LA FOUDRE ET LA FUREUR

Du même auteur
aux Éditions J'ai lu

À HUIS CLOS
À DEMI-MOT
JEU DE PATIENCE
JEU D'INNOCENCE
JEU D'INDULGENCE
JEU D'IMPRUDENCE
JEU D'ATTIRANCE
JEU D'INCONSCIENCE
OBSESSION
L'ÉTERNITÉ, C'EST COMPLIQUÉ
SI DEMAIN N'EXISTE PAS
NE TE RETOURNE PAS

Numérique
JEU DE CONFIANCE
JEU DE MÉFIANCE

OMBRE ET MYSTÈRE

1 – Envoûtée
2 – Troublée
3 – Fascinée

LUX

1 – Obsidienne
1.5 – Oubli
2 – Onyx
3 – Opale
4 – Origine
5 – Opposition

ORIGINE

1 – Étoile noire
2 – Flamme obscure

COVENANT

1 – Sang-mêlé
2 – Sang-pur
3 – Éveil
3.5 – Élixir (numérique)
4 – Apollyon
5 – Sentinelle

DARK ELEMENTS

1 – Baiser brûlant
2 – Toucher glaçant
3 – Ultime soupir

Jennifer L.
Armentrout

La Foudre et la Fureur

Traduit de l'anglais (États-Unis)
par Charline McGregor

J'AI LU

Titre original
STORM AND FURY

Éditeur original
Inkyard Press, Harlequin Books S.A., Ontario, Canada

À to
et aux étoiles que je vo

1

— Juste un baiser ?

L'excitation battait dans mes veines quand je quittai des yeux l'écran de télévision pour regarder Clay Armstrong. Il fallut un million de minutes à ma vision embrouillée pour se concentrer et reconstituer son visage.

De quelques mois mon aîné, il était plus que mignon avec ses cheveux châtain clair qui lui tombaient toujours sur le front et ne demandaient qu'à être caressés par mes doigts.

Cela dit, je n'avais jamais vu de Gardien qui ne soit pas séduisant, même si je n'avais pas la force de chercher à comprendre comment ces êtres pouvaient ressembler tantôt à des humains, tantôt à des Gardiens.

Clay était assis à côté de moi sur le canapé de ses parents. Nous étions seuls. Avais-je fait les bons choix pour me retrouver ainsi, ma cuisse contre la sienne ? Comme tous les Gardiens, il était si grand par rapport à moi que c'en était incroyable, et ce malgré mon mètre soixante-treize qui n'avait rien de petit pour une fille.

Clay s'était toujours montré plus amical envers moi que la plupart des Gardiens, plus coquin même. J'aimais le fait qu'il m'accorde le genre d'attention dont j'avais été témoin mais dont je n'avais jamais fait l'objet jusqu'à présent. À part mon ami Jada et bien sûr Misha, personne dans la communauté des Gardiens ne prêtait grande attention à ma personne, et ni l'un ni l'autre ne cherchait à m'embrasser.

Mais Clay était toujours gentil, il me complimentait même quand j'avais franchement l'air d'une loque et, ces dernières semaines, il m'avait beaucoup titillée. Ça me plaisait beaucoup.

Il n'y avait rien de mal à ça, bon sang.

Ainsi, lorsqu'il m'avait abordée au Foyer, une sorte de grand brasero autour duquel les jeunes Gardiens traînaient ensemble le soir, et qu'il m'avait demandé si je voulais venir chez lui regarder un film, il n'avait pas eu besoin d'insister.

Maintenant Clay voulait m'embrasser.

Et j'en avais envie.

— Trinity ?

Je cillai en découvrant ses doigts soudain tout près de mon visage. Il attrapa une mèche de cheveux retombée sur ma joue et la glissa derrière mon oreille. Sa main s'attarda.

— Tu recommences, ajouta-t-il.

— Je recommence quoi ?

— Tu t'échappes. (C'était vrai, et ça m'arrivait souvent.) Où étais-tu ?

Je souris.

— Nulle part. Je suis bien là.

Ses yeux de Gardien, d'un bleu vif, fouillèrent les miens.

— Parfait.

Mon sourire s'étira.

— Juste un baiser ? répéta-t-il.

L'excitation monta d'un cran, et j'expirai lentement.

— Juste un baiser.

Il se pencha en souriant, inclina la tête pour que nos bouches soient alignées. Mes lèvres s'entrouvrirent dans l'attente des siennes. J'avais déjà été embrassée auparavant. Une fois. Enfin, c'est moi qui l'avais fait. J'avais embrassé Misha quand j'avais seize ans, et il m'avait rendu mon baiser. Ensuite, c'était devenu très bizarre entre nous, parce qu'il était comme un frère pour moi, et aucun de nous ne souhaitait ce genre de relation.

Et puis les choses n'étaient pas censées être ainsi entre Misha et moi, à cause de ce qu'il était.

À cause de ce que j'étais.

Les lèvres de Clay touchèrent les miennes, elles étaient chaudes et… sèches.

Ça alors ! Je pensais qu'elles seraient, je ne sais pas, plus humides. C'était… agréable quand même, surtout quand la pression augmenta et que ses lèvres écartèrent les miennes. Puis ce fut… autre chose. Sa bouche se mit à bouger contre la mienne, et je l'embrassai en retour.

Je ne voulais pas l'arrêter lorsque la main qu'il avait posée sur ma nuque glissa le long de mon dos jusqu'à ma hanche. C'était plaisant, alors quand il m'allongea, je me laissai faire et posai les mains sur ses épaules tandis qu'il se positionnait au-dessus de moi, en appui sur un bras pour ne pas me faire mal.

La température corporelle des Gardiens est élevée – plus élevée que celle des humains, plus élevée que la mienne – mais lui semblait plus brûlant encore, comme s'il était sur le point de s'embraser.

Quant à moi… Je me sentais un peu… tiède.

Nous nous embrassions encore et encore, et les baisers n'étaient plus secs. J'aimais la façon dont les hanches de Clay étaient collées à moi, ses frottements contre mon entrejambe, le rythme mystérieux de ses va-et-vient qui semblait pouvoir s'accentuer… si je le voulais.

C'était… agréable.

Agréable, comme quand il m'avait tenu la main sur le chemin de chez lui. Comme la bougie qu'il avait allumée aux senteurs de pastèque et de citronnade – il y avait quelque chose de romantique là-dedans, ainsi que dans la façon dont sa paume s'ouvrait et se refermait sur ma hanche. J'étais enivrée, pas excitée au point d'arracher mes vêtements pour lui sauter dessus, mais c'était... c'était vraiment agréable.

Puis sa main passa sous mon chemisier et monta... sur mon sein.

Minute.

J'attrapai cette main hardie pour la retirer, séparant sa bouche de la mienne.

— Waouh.

— Quoi ?

Il avait toujours les yeux fermés et les doigts sur mon sein. Son bassin continuait ses mouvements.

— J'ai dit juste un baiser, lui rappelai-je en tirant sur sa main. Là, c'est plus qu'un baiser.

— Ça ne te plaît pas ?

Est-ce que ça me plaisait ? Avant, oui. Le mot clé était : « avant ».

— Plus maintenant.

Ne me demandez pas ce qui, dans ce « plus maintenant », signifia pour lui « embrasse-moi encore ». En tout cas, c'est ce qu'il fit. Il plaqua sa bouche contre la mienne, et cette pression n'avait plus rien de plaisant. Elle faisait presque mal.

Ma colère s'enflamma comme une allumette. Resserrant les doigts sur son bras, je sortis sa main de sous mon chemisier. Puis je repoussai son torse, mettant un terme à notre étreinte.

Je lui lançai un regard noir.

— Gicle.

— J'essayais, justement, grommela-t-il en se relevant.

Après ce commentaire grossier, son temps de réaction resta beaucoup trop long à mes yeux. Alors je le repoussai encore. Fort. Clay bascula sur le côté, dans le vide. Il atterrit sur le sol. Son poids fit trembler la télé et vaciller les flammes de la bougie.

— Qu'est-ce que tu fous ? maugréa-t-il en se redressant.

Il semblait abasourdi par la puissance de mon geste.

— Je t'ai dit que ça ne me plaisait pas, rétorquai-je en plaquant mes pieds au sol pour me relever. Et tu n'as pas arrêté.

Clay me fixa des yeux, clignant lentement des paupières sous l'effet du choc. C'était comme s'il ne m'avait pas entendue.

— Tu m'as repoussé.

— Ouais, en effet. Parce que tu m'écœures.

Sur ce, je l'enjambai pour passer devant la fenêtre, direction la porte. Il se redressa d'un bond.

— Tu n'avais pas l'air de trouver ça écœurant quand tu me suppliais de t'embrasser.

— Quoi ? T'es à côté de la plaque, crachai-je. Je ne t'ai pas « supplié ». Tu m'as demandé si tu pouvais m'embrasser, et j'ai répondu : « Juste un baiser. » Ne réécris pas l'histoire.

— Peu importe. Tu sais quoi ? Je n'étais même pas d'humeur.

Je levai les yeux au ciel et me retournai vers l'entrée.

— Ça en donnait l'impression, pourtant.

— Seulement parce que tu es la seule femelle dans les parages à ne pas espérer que je m'accouple avec elle.

« S'accoupler », dans le jargon des Gardiens, ne signifiait pas « coucher ensemble ». Ça impliquait de se marier et de pondre une putain de tonne de bébés Gardiens. Bref, j'étais plus qu'insultée. Pas seulement parce que cette déclaration était incorrecte, mais aussi parce qu'elle m'atteignait un peu trop.

Il n'y avait personne ici pour moi, aucune relation que je puisse considérer comme sérieuse. Les Gardiens ne se mélangeaient pas avec les humains.

Ils ne se mélangeaient pas avec ceux de mon espèce.

— Je suis sûre de ne pas être la seule *femelle* ici qui ne veut pas s'accoupler avec toi, crétin.

Clay se déplaça à la vitesse d'un Gardien. Planté l'instant d'avant à côté du canapé, il se dressait à présent juste devant moi.

— Pas besoin d'être…

— Choisis bien tes mots, mon pote.

L'irritation se transformait rapidement en une colère que je m'efforçai de calmer, car... de vilaines choses se produisaient quand je voyais rouge.

Et ces mauvaises choses s'accompagnaient généralement de sang.

Un muscle palpita au niveau de sa mâchoire, et son torse se souleva sur une profonde inspiration avant que son beau visage se radoucisse.

— Tu sais quoi ? Reprenons de zéro.

Sa main sortit de mon champ de vision pour se poser sur mon épaule. Je sursautai, surprise par ce contact inattendu.

Mauvais choix de sa part : je n'aimais pas être prise au dépourvu.

Je lui saisis le bras.

— Tu pourras me décrire la douleur que tu ressentiras en atterrissant sur le sol ?

La bouche de Clay s'entrouvrit.

— Quoi ?

— Parce que tu es sur le point de le heurter très fort.

Je lui tordis le bras et, l'espace d'une brève seconde, je vis la surprise se peindre sur son visage. Il était un Gardien en formation, il se préparait à devenir le guerrier que l'on attendait et il ne comprenait pas comment j'avais pris le dessus si rapidement.

Puis il ne pensa plus à rien.

Je le fis pivoter et pris appui sur ma jambe droite. Le coup de pied que je lui balançai avec la gauche, sans retenir mon élan, l'atteignit pile au milieu du dos. Incrédule et fière de moi, j'attendis qu'il se mange le sol.

Sauf que les choses ne se passèrent pas ainsi.

Clay vola à travers la pièce et cogna la fenêtre. Le verre craqua et céda, puis le futur Gardien passa à travers le carreau pour atterrir dans la cour. Je l'entendis se rétamer. Ce fut comme un petit tremblement de terre.

— Oups, chuchotai-je en pressant les mains sur mes joues. (Je restai là pendant une demi-minute, puis me précipitai vers la porte d'entrée.) Oh, non, non, non.

Heureusement, comme la lumière du porche était allumée, il faisait assez clair pour voir où gisait Clay.

Il avait fini dans un rosier.

— Oh, zut.

Je descendis les marches tandis que Clay roulait hors du buisson, sur le flanc, en gémissant. Au moins, il semblait vivant. C'était bon signe.

— Par l'enfer, qu'est-ce que… ?

Je sursautai, et levai les yeux, reconnaissant la voix de Misha. Il sortit de l'ombre, s'arrêtant sous les rayons lumineux. Il était trop loin de moi pour que je le distingue clairement, mais je n'avais pas besoin de voir son expression pour savoir qu'il affichait un mélange de déception et d'incrédulité.

Misha se détourna de l'endroit où Clay était allongé pour me regarder, puis il jeta un œil à la fenêtre et reporta de nouveau son attention sur moi.

— Est-ce que je veux savoir ?

Je n'étais pas surprise de voir Misha. Ce n'était qu'une question de temps avant qu'il découvre mon évasion du Foyer et ma présence ici, je le savais.

Nous avions été élevés ensemble et avions reçu la même formation dès que nous avions su marcher. Il avait assisté à ma première égratignure au genou lorsque j'avais essayé de le suivre et échoué – il s'était bien moqué de moi, ce jour-là – et il était présent la première fois que ma vie s'était effondrée.

Misha avait grandi, passant de l'adorable abruti rouquin au visage constellé de taches de rousseur au gars super mignon. J'avais eu le béguin pour lui pendant à peu près deux heures quand j'avais seize ans, et c'était à ce moment-là que je l'avais embrassé.

J'avais eu beaucoup de *crush* éphémères.

Mais Misha était plus que mon acolyte ou mon meilleur ami. Il était mon Protecteur, lié à moi depuis que j'étais petite fille, et ce lien était intense.

Intense, du genre si je mourais, il mourait aussi. Or, s'il disparaissait en premier, la connexion serait rompue, et un autre Gardien prendrait sa place. J'avais toujours trouvé ça injuste, même si le lien n'allait pas uniquement dans un sens. Misha se nourrissait de mon être, et ses pouvoirs de Gardien compensaient ma part d'humanité.

D'une certaine manière, nous étions les deux faces d'une même pièce, et j'avais violé une sorte de règle céleste en l'embrassant. D'après mon père, les Protecteurs et leurs protégés n'étaient pas censés s'adonner à des activités coquines ou amusantes. C'était une affaire de raison ; cependant, je n'avais aucune idée de ce que cela signifiait. En quoi le lien pouvait-il être affecté, au juste ? J'avais questionné mon père, mais il m'avait jeté un regard méprisant comme si je lui avais demandé de m'expliquer comment on faisait les bébés.

Bref, j'étais particulièrement irritée à cet instant précis.

Je désignai Clay, qui gémissait au sol. Je distinguais de petites taches sombres sur son visage. Des épines ? Mon Dieu, je l'espérais.

— Il est sous contrôle. Comme tu le vois.

Misha me dévisageait.

— C'est toi qui as fait ça ?

— Ouais. (Je croisai les bras alors que Clay commençait à se relever.) Et je ne regrette rien. Il n'avait pas compris ce que voulait dire « juste un baiser ».

Misha se retourna vers Clay.

— C'est vrai ?

— Complètement vrai, dis-je.

En grognant tout bas, Misha se dirigea vers Clay, qui s'était finalement hissé sur ses genoux. Il allait recevoir de l'aide pour se remettre debout. En le saisissant par le dos de sa chemise, Misha souleva Clay du sol et le retourna face à lui. Quand il le lâcha, le plus petit des Gardiens recula d'un pas vacillant.

— Elle t'a dit « non », et tu ne l'as pas écoutée ? C'est ça ? exigea-t-il de savoir.

Clay leva la tête.

— Elle ne le pensait pas vraiment…

Aussi rapide que l'éclair, Misha lui balança son poing en plein visage. Clay s'écroula pour la deuxième fois de la soirée.

Je souris.

— Et ça, je ne pensais pas le faire ? rétorqua Misha en s'accroupissant. Quand quelqu'un dit « non », il le pense.

— Putain de merde, pleurnicha Clay, qui se couvrit la moitié du visage avec sa main. Je crois que tu m'as cassé le nez.

— Je m'en fiche.

— Punaise.

Clay batailla pour se lever, puis retomba sur les fesses.

— Excuse-toi auprès de Trinity, ordonna Misha.

— Ouais, si tu veux, mec. (Clay parvint péniblement à se relever et, d'une voix étouffée, il se tourna vers moi.) Je suis désolé, Trinity.

Je dressai le majeur.

Misha n'en avait pas fini avec Clay.

— Tu ne lui adresses plus la parole. Tu ne la regardes pas, tu ne respires pas dans sa direction. Ou je te balance une nouvelle fois par la fenêtre.

Clay baissa la main, et je vis du sang noir couler sur son visage.

— Tu ne m'as pas balancé par…

— Manifestement, tu ne comprends pas, gronda Misha. Je t'ai jeté par une fenêtre, et je ferai pire la prochaine fois. Pigé ?

Clay s'essuya la bouche.

— Ouais. Je comprends.

— Alors dégage, je ne veux plus te voir.

Clay fila à l'intérieur de la maison et claqua la porte derrière lui.

— Tu dois rentrer.

La voix de Misha fut rauque quand il me prit la paume et m'obligea à traverser la cour vers les ombres.

Je le laissai ouvrir la voie, parce qu'une fois dans l'obscurité, je ne voyais plus rien.

— Thierry doit être mis au courant, dis-je lorsque nous atteignîmes le trottoir.

— Oh que oui, je vais le dire à Thierry. Il faut qu'il sache et que Clay reçoive un peu plus qu'une sacrée raclée.

— Je suis d'accord.

Une partie de moi brûlait de revenir sur mes pas et de balancer Clay à travers une autre fenêtre, mais Thierry s'occuperait de son cas, quand bien même je devrais avoir une conversation embarrassante avec l'homme que je considérais comme un second père.

Thierry était le seul capable d'agir. C'était le patron, ici, pas seulement un chef de clan, mais un Duc qui supervisait tous les autres clans et les nombreux avant-postes du mid-Atlantique et de la vallée de l'Ohio. Il était le responsable le plus haut placé de la formation de tous les nouveaux guerriers et en charge de la sécurité de la communauté, qui, grâce à lui, restait relativement cachée et en sécurité.

Il s'assurerait que Clay ne se comporte plus jamais ainsi.

Misha s'arrêta quand la maison de Clay fut à bonne distance.

— Il faut qu'on parle.

Je soupirai.

— Je n'ai vraiment pas envie de me faire sermonner, là, maintenant. Je sais que tu veux bien faire, mais…

— Comment tu l'as fait passer par une fenêtre ? demanda-t-il, me coupant dans mon élan.

Les lèvres pincées, je fixai des yeux le visage ténébreux de Misha.

— Je l'ai poussé, et ensuite je... Eh bien, je lui ai donné un coup de pied.

Lâchant ma main, il posa la sienne sur mon épaule.

— Comment as-tu réussi à le balancer par la vitre d'un simple coup de pied, Trin ?

— Bah, tu vois, j'ai levé la jambe, comme on m'a appris à l'entraînement...

— Ce n'est pas ce que je voulais dire, petite maligne. Tu deviens forte. Très forte.

Un frisson me parcourut l'échine et dansa sur ma peau. Je devenais plus forte, certes, mais malgré les années qui passaient, la situation demeurerait inchangée pour nous deux jusqu'à...

Jusqu'à quoi ?

Allez savoir pourquoi, j'avais toujours pensé que lorsque j'atteindrais mes dix-huit ans, quelque chose changerait, au lieu de quoi mon anniversaire était passé depuis plus d'un mois, et nous étions toujours là, cachés et tenus au secret, en attendant le moment où je serais convoquée par mon père pour combattre.

Je ne vivais pas.

Misha non plus.

Un sentiment trop familier de mécontentement commença à se déployer sur moi comme une couverture trop lourde, et je l'écartai.

Ce n'était pas le moment de penser à tout ça. En vérité, ça faisait un bon moment que je gagnais en puissance. En vitesse, aussi. Sauf que, jusqu'alors, j'avais réussi à contenir ma force quand je m'entraînais avec Misha.

J'avais juste perdu mon calme ce soir.

Or ça aurait pu être bien pire.

— Je n'avais pas l'intention de le projeter à travers la fenêtre, mais je suis contente de l'avoir fait, avouai-je en baissant les yeux vers mon pull foncé. C'est vrai qu'il a eu l'air... choqué par ma puissance.

— C'est évident, Trin, presque tout le monde ici pense que tu n'es qu'une humaine.

Sauf que je ne l'étais pas.

Je n'étais pas non plus à moitié Gardienne. Eux, ils étaient comme des super-héros dans la vraie vie, qui chassaient les méchants – sauf que les super-héros étaient, eh bien, des gargouilles.

Il y avait encore dix ans, les statues à l'allure bestiale perchées en haut des églises et des bâtiments du monde entier étaient simplement considérées comme des merveilles architecturales, mais ça, c'était avant qu'elles révèlent aux humains que nombre d'entre elles étaient en réalité des créatures bel et bien vivantes.

La sidération passée, les humains comprirent que les Gardiens n'étaient en fait qu'une espèce de plus sur terre, et ils les acceptèrent. Enfin, la plupart d'entre eux. Des fanatiques, comme les membres de l'Église des Enfants de Dieu, voyaient en eux un signe de la fin des temps. Heureusement, la plupart des gens n'avaient pas de problèmes avec les Gardiens, et même si ces derniers aidaient parfois la police s'ils découvraient un humain criminel, ils s'en prenaient surtout aux gros, gros méchants.

Les démons.

Le grand public ne savait pas que les démons existaient, ni à quoi ils ressemblaient, ni combien d'espèces différentes il existait. Pff, ils n'avaient même aucune idée que de nombreux démons se fondaient si bien parmi eux que certains avaient accédé à des postes clés au gouvernement.

La majorité des gens croyaient que les démons étaient liés à un mythe biblique, tout ça parce qu'une sorte de règle céleste, basée sur l'idée d'une foi aveugle, exigeait que l'humanité reste dans l'ignorance.

L'homme doit croire en Dieu et au Ciel, non par peur des conséquences célestes, mais parce que son âme est pure. S'il venait à découvrir que l'Enfer existe vraiment, les choses se gâteraient rapidement, y compris pour les Gardiens.

Il revenait donc à ces derniers de chasser les démons et de maintenir l'humanité dans l'obscurantisme afin qu'elle puisse vivre, prospérer, conserver son libre arbitre et tout le toutim.

Du moins, c'est ce qu'on nous avait enseigné, ce que nous croyions.

Quand j'étais plus jeune, je ne le comprenais pas. C'est vrai, quoi, si les hommes savaient que les démons existaient, ils pourraient s'en protéger. S'ils savaient que s'entre-tuer revenait à effectuer un aller simple pour l'Enfer, ils agiraient peut-être mieux. Thierry me l'avait expliqué, une fois.

« L'humanité doit toujours être en mesure d'exercer son libre arbitre sans en craindre les conséquences. »

Les Gardiens des hautes terres du Potomac, le siège ancestral du pouvoir pour les clans de la vallée de l'Ohio et du mid-Atlantique, où les guerriers étaient entraînés à protéger les villes humaines et à combattre la population de démons en constante augmentation, avaient une mission qui allait au-delà de la formation des guerriers.

Ils me cachaient.

La plupart des habitants de la communauté l'ignoraient, y compris Clay et ses ridicules cheveux en bataille. Il ne savait même pas que je pouvais voir les fantômes et les esprits – eh oui, il existe une différence entre les deux. Je pouvais compter sur les doigts de la main ceux qui connaissaient la vérité. Misha. Thierry et son mari, Matthew. Jada. Point.

Et ça ne changerait jamais.

La plupart des Gardiens pensaient que j'étais une humaine orpheline que Thierry et Matthew avaient prise en pitié, mais ils étaient loin du compte.

Ma part d'humanité me venait de ma mère. Chaque fois que je me regardais dans le miroir, je la voyais qui me dévisageait. Je tenais d'elle mes cheveux bruns, mes yeux marron et mon teint mat, hommages à ses origines siciliennes. J'avais aussi les traits de son visage.

De grands yeux. Peut-être un peu trop grands, parce qu'ils me donnaient aisément l'air d'une folle. J'avais ses pommettes hautes et son petit nez qui s'incurvait légèrement à l'extrémité. J'avais aussi sa bouche large et expressive.

Le physique, ce n'était pas la seule chose que je tenais de ma mère. J'avais aussi les gènes de sa famille de merde.

Quant à mon côté non-humain… Eh bien, je ne ressemblais pas à mon père.

Pas du tout.

— Un humain ne peut pas frapper un Gardien, ni avec les poings ni avec les pieds, pas même l'effleurer, reprit Misha, soulignant l'évidence. Je ne dis pas que tu n'aurais pas dû agir ainsi, mais tu dois être prudente, Trin.

— Je sais.

— Vraiment ? demanda-t-il doucement.

Je bloquai mon souffle et fermai les yeux. Oui, je le savais. Bon Dieu, comme je le savais ! Clay avait certes mérité sa raclée, mais je devais faire gaffe.

Et s'il se comportait ainsi avec moi, il était très probable qu'il ait agi de la même façon avec d'autres filles. Or Thierry avait déjà beaucoup de soucis à régler.

Depuis que le chef du clan Gardien de Washington DC était mort en janvier, les choses étaient tendues, ici. Il y avait eu énormément de réunions à huis clos récemment, plus que d'habitude, et j'avais entendu – ou plutôt j'avais écouté en douce – Thierry parler d'attaques clandestines, pas seulement sur des avant-postes mais sur des communautés presque aussi grandes que la nôtre, ce qui était chose rare.

À peine quelques semaines plus tôt, des démons s'étaient approchés de nos murs. Cette nuit-là…

Cette nuit-là, ça s'était mal passé.

— Tu penses que Clay va parler ? demandai-je.

— S'il a deux neurones en état de marche, non. (Misha me passa un bras autour des épaules et m'entraîna. J'enfouis mon visage contre son torse.) Il a probablement trop peur pour dire quoi que ce soit.

— Peur de moi, ajoutai-je avant de sourire.

Misha, lui, ne rit pas, contrairement à ce que je m'étais imaginé. Au lieu de quoi, je sentis son menton se poser sur le sommet de mon crâne. Un long moment s'écoula.

— La plupart des Gardiens ici n'ont aucune idée de qui ils cachent. Il ne faut pas qu'ils apprennent ce que tu es... (Oui, j'étais parfaitement au courant.) Ils ne doivent jamais savoir.

Je me réveillai en sursaut et me redressai dans mon lit. Il y avait des démons devant les murs d'enceinte.

Nous n'avions pas de sirènes pour avertir les habitants de se mettre à l'abri, ce qui était préconisé lorsque les démons s'approchaient. Le domaine était aussi silencieux qu'une tombe, pourtant je savais qu'ils étaient à proximité. Une sorte de radar interne me le disait.

La douce lueur des étoiles collées à mon plafond s'évanouit lorsque j'allumai la lampe de chevet et me levai rapidement.

J'enfilai en vitesse un survêt noir et un débardeur, parce que sortir enquêter en sous-vêtements avec le mot MERCREDI sur les fesses n'était pas la meilleure des idées.

D'ailleurs sortir tout court était probablement idiot, mais je ne me donnai pas le temps d'y penser.

Je chaussai mes baskets de course, récupérai les dagues en fer dans ma commode, cadeau de Jada pour mon dix-huitième anniversaire, et me rendis discrètement dans le couloir éclairé. Toutes les lumières de la maison restaient allumées pour moi, au cas où j'aurais une fringale au milieu de la nuit. Personne ne voulait que je trébuche à cause de ma vision défaillante et que je me casse le cou en tombant dans l'escalier. Par conséquent, le manoir ressemblait à un fichu phare.

Je n'osais même pas imaginer la facture d'électricité.

Le métal froid des dagues se réchauffait contre ma paume tandis que je passais furtivement du troisième étage au rez-de-chaussée, me pressant avant que quiconque découvre que j'étais debout et en goguette.

Misha serait furieux s'il me surprenait, surtout après ce qui s'était passé avec Clay.

Et Thierry pareil.

C'était la deuxième fois en un mois que des démons s'approchaient des murs et, la fois précédente, j'avais fait ce qu'on attendait de moi. J'étais restée en sécurité dans la maison de Thierry, véritable forteresse gardée non seulement par Misha mais aussi par un clan entier de Gardiens prêts à donner leur vie pour me protéger, même s'ils ignoraient pourquoi.

Deux d'entre eux étaient morts cette nuit-là, éventrés par les griffes acérées d'un Démon Supérieur. Lacérés d'une manière si affreuse qu'il ne restait presque rien d'eux à enterrer, et encore moins à montrer à leurs proches.

Pareil massacre ne se reproduirait pas.

Faire ce qu'on me disait, faire ce qu'on attendait de moi aboutissait presque systématiquement à ce que quelqu'un d'autre paie le prix de mon inaction.

Pour ma sécurité.

Même ma mère.

Je me glissai par la porte arrière dans l'air frais des montagnes de ce début juin, puis je partis au trot vers la partie gauche du mur, la section qui serait la moins bien surveillée. La faible lueur des réverbères de la ville et des lampes solaires s'éteignit, plongeant le terrain dégagé dans l'obscurité la plus totale. Mes yeux ne s'adaptaient pas. Ils ne le faisaient jamais la nuit, mais je connaissais ce chemin comme ma poche, ayant exploré presque chaque centimètre de cette communauté de plusieurs kilomètres au fil des ans. Je n'avais pas besoin de mes yeux de merde pour me guider à travers l'épaisse zone arborée alors que j'accélérais le rythme. Le vent soulevait les mèches de mes longs cheveux noirs. Alors que je dépassais le dernier des vieux ormes, je savais exactement combien de mètres me séparaient du mur, même si je ne pouvais pas le distinguer.

Cinquante.

Le mur lui-même était gigantesque, d'une hauteur équivalente à un immeuble de six étages. La première fois que j'avais essayé de sauter par-dessus, j'avais fini plaquée contre la paroi, comme un insecte sur un pare-brise.

Une expérience douloureuse.

Au bout du compte, il m'avait fallu quelques dizaines d'essais avant de le franchir et au moins le double avant d'y réussir plusieurs fois d'affilée.

Au moment où je pliai les genoux, une explosion de puissance et de force me secoua. À six mètres de distance du mur, je pris les dagues dans une paume, puis je sautai, les mains en l'air.

C'était comme voler.

L'afflux d'air, l'apesanteur, l'obscurité et le faible scintillement des lumières dans le ciel. Pendant quelques précieuses secondes, j'étais libre.

Puis je heurtai le mur, près du faîte. Abattant ma main libre sur le ciment lisse du sommet, je m'accrochai avant de tomber. Les muscles de mon bras hurlèrent tandis que je restais suspendue durant quelques secondes, puis je pliai les jambes pour me hisser tout en haut.

Haletante, je secouai mon bras gauche pour atténuer la brûlure, pris une dague dans chaque main et tendis l'oreille, tâchant d'entendre quelque chose, un indice sur l'endroit précis où se déroulait l'action.

Là.

La tête inclinée sur la droite, je perçus des voix masculines chuchotant près de l'entrée. Des Gardiens. Malgré leurs sens aiguisés, censés les alerter de la présence de démons, ils n'avaient rien entendu. Mes sens à moi étaient plus fins, et je savais que ce n'était qu'une question de minutes avant que les Gardiens se rendent compte de la présence des démons.

J'avais le choix.

Sonner l'alarme et envoyer les Gardiens dans la forêt vallonnée qui entourait la communauté. Il y avait de fortes chances pour que certains soient blessés, peut-être même tués, mais c'était ce que Thierry exigerait de moi, ce que Misha était censé m'inculquer.

C'était ce que j'avais fait à maintes et maintes reprises dans des situations différentes, et, chaque fois, ça s'était terminé de la même façon.

Je finissais sans une égratignure quand quelqu'un d'autre mourait.

Ou bien je pourrais changer la donne en me chargeant des démons avant même qu'ils comprennent à quoi ils avaient affaire.

Ma décision était déjà prise quand j'avais quitté ma chambre.

Sauter au sol me vaudrait une ou deux fractures. Aussi, forte de mon expérience, je me déplaçai prudemment le long de l'étroite corniche jusqu'à l'endroit où je savais qu'un arbre proche étendait ses branches jusqu'au mur, même si je ne le voyais pas. Je m'arrêtai à vingt pieds sur ma gauche, pris une grande inspiration, récitai une petite prière et m'accroupis. Les muscles de mes jambes se bandèrent. Mes mains serrèrent les dagues.

Un. Deux. Trois.

Je sautai dans le vide, levant les armes bien haut tandis que je ramenais les genoux contre mon ventre. Je sentis le premier frôlement des feuilles, écartai les jambes et abattis les dagues. Leurs pointes acérées s'enfoncèrent dans l'écorce, la griffèrent profondément alors que je glissais le long du tronc, m'arrêtant lorsque mes pieds touchèrent une branche épaisse.

Sur une lourde expiration, je libérai les dagues, puis m'agenouillai, m'aidant de mes doigts pour me guider.

Les yeux fermés, je laissai l'instinct prendre le relais. Glissade le long de la branche, atterrissage en position accroupie sans un bruit. Je restai un instant immobile avant de me redresser. Je partis sur ma gauche, pris un chemin qui s'enfonçait dans la forêt, laissant la pression me guider. Une trentaine de mètres plus loin, je m'arrêtai dans une clairière traversée par un étroit ruisseau et faiblement éclairée par une lune argentée. L'odeur de la terre, riche, m'envahit tandis que je regardais autour de moi. Mon rythme cardiaque bondit, une sensation oppressante s'installa sur mes épaules.

Serrant et desserrant le manche des dagues, je fouillai les ombres agglutinées autour des arbres. Elles semblaient palpiter tandis que je plissais les paupières. Malgré l'instinct qui me poussait à foncer, je savais que je ne devais pas faire confiance à ma vue. Je restai parfaitement immobile, à l'affût…

Crac.

Une brindille craqua derrière moi. Je fis volte-face et lançai la dague, qui décrivit un arc de cercle.

— Bon sang, grogna une voix, puis une main dure et chaude enveloppa mon poignet. Tu as failli m'arracher la tête, Trin.

Misha.

Je plissai les yeux, incapable de distinguer son visage.

— Qu'est-ce que tu fiches ici ?

— Tu es sérieux ?

Il continuait de me tenir le bras alors que l'air s'agitait autour de nous. Puis il se pencha, et tout ce que je pus apercevoir fut ses yeux bleus, vifs et vibrants, ses yeux de Gardien.

— Que fais-tu avec tes poignards, hors des murs en plein milieu de la nuit ?

Pas la peine de mentir.

— Il y a des démons.

— Quoi ? Je ne les sens pas.

— Ça ne veut pas dire qu'ils ne sont pas là. Je les sens, moi, répliquai-je en tirant pour dégager mon bras, qu'il finit par lâcher. Ils sont proches, même si tu ne peux pas encore les sentir.

Misha resta silencieux.

— Raison de plus pour que tu sois n'importe où sauf ici, rétorqua-t-il d'une voix empreinte de colère. Tu le sais mieux que personne, Trinity.

Ma peau me picotait. Je me détournai de Misha pour fixer les ombres, un geste bien inutile. Comme si, par magie, ma vue allait s'améliorer.

— Je suis fatiguée d'être la seule à savoir, Misha. Cette situation provoque des morts.

— Cela te permet de rester en vie, c'est tout ce qui compte.

— Non. Il n'y a pas que ça qui importe. (Je faillis taper du pied en parlant mais réussis à me retenir.) Et tu sais que je peux me battre. Je peux me battre mieux que n'importe lequel d'entre vous.

— Évite l'excès de confiance en toi, Trin, répliqua-t-il d'un ton sec.

Je ne relevai pas.

— Il se passe quelque chose, Misha. C'est la deuxième fois en un mois que des démons s'approchent du mur. Ces six derniers mois, combien de communautés ont été attaquées ? J'ai arrêté de compter quand on est arrivés à un nombre à deux chiffres, mais il ne faut pas être un génie pour comprendre que les communautés agressées étaient chaque fois plus proches de la nôtre et que chaque fois que les démons réussissaient à en franchir les enceintes, ils cherchaient clairement quelque chose. Ils ratissent.

— Comment es-tu au courant ? Tu as encore écouté Thierry en cachette ?

J'esquissai un sourire.

— Peu importe. Il se passe quelque chose, Misha. Tu le sais. Les démons peuvent s'en prendre à de petits complexes en ville mais ils ne sont pas assez stupides pour tenter un raid dans un endroit comme celui-ci, comme ils l'ont fait précédemment.

Il resta silencieux.

— Tu crois… qu'ils sont informés, pour toi ? Qu'ils te cherchent ? demanda-t-il enfin, et un léger frisson me parcourut le dos. C'est impossible. Ils ignorent que tu existes.

Une boule s'installa au creux de mon ventre.

— Rien n'est impossible, lui rappelai-je. J'en suis la preuve vivante.

— Encore une fois, si ce que tu soupçonnes est vrai, le dernier endroit où tu devrais être, c'est bien ici.

Je levai les yeux au ciel.

— Je t'ai vue, cracha-t-il.

— Impossible. (Je jetai un coup d'œil par-dessus mon épaule, à peu près à l'endroit où il se tenait.) Tu es derrière moi.

— Tu ne viens pas de dire que rien n'était impossible ?

— Laisse tomber, marmonnai-je.

Le soupir de Misha aurait pu faire trembler les arbres autour de nous.

— Si ton père te savait là…

Je lâchai un reniflement digne d'un petit cochon.

— Comme s'il en avait quoi que ce soit à fiche de moi.

— Tu n'en sais rien, me fit remarquer Misha. Il pourrait nous observer en ce moment même. Bon sang, si ça se trouve, il t'observait avec Clay, la nuit dernière…

— Beurk, arrête. Ne dis pas ça.

— Je dis juste…

Il laissa sa phrase en suspens.

Car il l'avait senti, lui aussi.

J'en étais persuadée vu qu'il lâcha un juron à mi-voix. La pression dans ma nuque laissa place à une série de picotements aigus, qui se propagèrent jusqu'à mes omoplates.

Les démons étaient tout proches.

— Si je te dis de retourner au mur, tu m'écouteras ? me demanda Misha en apparaissant dans la lumière lunaire.

Les rayons argentés de l'astre se reflétaient sur sa peau gris ardoise et ses grandes ailes. Deux cornes s'enroulaient vers l'arrière de son crâne, séparant ses boucles auburn.

Je ricanai.

— À ton avis ?

Misha soupira.

— Tâche de ne pas te faire pas tuer, car j'aimerais continuer à vivre.

— Fais plutôt gaffe à ne pas te faire tuer, toi, rétorquai-je en scrutant les ombres de plus en plus nombreuses. Parce que je n'ai vraiment pas envie de me retrouver liée à un inconnu.

— Ouais, ça serait la poisse pour toi, marmonna-t-il, redressant les épaules et écartant les jambes. Moi, je serai juste mort.

— Alors tu ne te soucieras plus de rien, raisonnai-je. Parce que, eh bien... tu seras mort...

Misha leva une grande main griffue pour me faire taire.

— Tu entends ça ?

Au début, je ne perçus rien d'autre que le cri lointain d'un oiseau, ou peut-être d'un chupacabra. Dans les montagnes de Virginie-Occidentale, tout était possible. Puis je l'entendis – un bruissement de buissons, des branches cassées, une série de cliquetis et de claquements. Mes bras se couvrirent de chair de poule.

Un chupacabra ne ferait pas ces bruits.

Les projecteurs installés en haut des murs s'allumèrent, remplissant la forêt d'une intense lumière blanc-bleu, signe que les Gardiens sentaient à présent les démons et qu'on allait très probablement savoir que j'étais ici et que j'aurais de gros, de très gros problèmes.

C'était trop tard.

Le bruissement s'intensifia, les ombres entre les arbres semblèrent se déformer et s'étendre. Chaque muscle de mon corps se crispa. Enfin, ils apparurent, jaillissant des bosquets et courant à travers la clairière. Par dizaines.

Des Démons Charognards.

2

Je n'avais jamais vu de Démon Charognard auparavant ; j'avais seulement lu des articles sur eux en classe et entendu d'autres Gardiens en parler. Mais rien de ce qu'ils avaient décrit ne rendait justice à ces créatures. Ils ressemblaient à des rats, des rats géants sans poils qui se déplaçaient sur deux jambes, avaient des dents qu'un grand requin blanc leur envierait et des griffes capables de trancher même la peau de pierre des Gardiens.

— En v'là toute une palanquée digne de mes pires cauchemars, murmurai-je.

Misha étouffa un rire.

Les Charognards étaient des mangeurs de charognes, des Démons Éboueurs qui misaient sur les humains affaiblis et les cadavres d'animaux, bref, sur tout ce qui était mort. Ils n'attaquaient pas les quartiers des Gardiens.

— Il y a quelque chose qui cloche, chuchota Misha, dont la pensée suivait manifestement le même cheminement que la mienne. Mais ça n'a pas d'importance pour le moment.

Non.

En effet.

Au moins six d'entre eux foncèrent directement sur Misha, voyant et sentant qu'il était un Gardien. Et moi ? Eh bien, ils n'en avaient rien à faire, probablement parce que je sentais l'humaine.

Ce fut leur première erreur. Et la dernière.

Le combat au corps à corps n'étant pas chose facile pour moi quand ma vision était réduite à un étroit tunnel, je devais rester prudente. Il me fallait être maligne et garder mes distances.

Misha s'élança, tournoyant sur lui-même en un large cercle. L'une de ses ailes attrapa le Charognard le plus proche, qui recula de plusieurs mètres sous l'impact, tandis que Misha plantait sa main griffue dans la poitrine d'un autre Charognard.

Le bruit me retourna l'estomac.

Un autre Charognard s'élança dans les airs, propulsé par ses pattes puissantes. Il se dirigeait droit sur le dos de Misha.

Je laissai mon instinct aiguisé prendre le dessus. Repliant mon bras en arrière, je lançai la dague. Elle frappa juste, s'enfonçant profondément dans le cœur du Charognard. La créature cria pendant sa chute avant d'atterrir sur le flanc, déjà morte.

Misha se retourna vers moi, la bouche entrouverte.

— Comment tu fais ça ?

— Je suis spéciale. (Je fis passer l'autre dague dans ma main droite.) Et il y en a un autre juste derrière toi.

Il fit volte-face, l'attrapa et le projeta à terre.

Mon lancer de couteau avait attiré l'attention de plusieurs autres Charognards. L'un d'eux se détacha du lot et chargea dans ma direction, d'un pas de plus en plus martelé. Il tenta de m'attraper, mais je plongeai ; son coup manqué provoqua un souffle d'air qui m'effleura les cheveux. Je ressurgis derrière la créature et lui projetai mon pied en plein dans le dos. Le Charognard roula dès qu'il heurta le sol, mais je ne lui laissai pas le temps de récupérer. J'abaissai ma dague de fer, stoppant son cri de rage.

Je me retournai mais ne vis pas la queue d'un Charognard, qui alla frapper ma jambe. Je bondis en arrière avec un couinement de douleur. J'avais senti sa texture épaisse et caoutchouteuse à travers mon survêtement.

— Oh, bon Dieu, tu as une de ces queues ! grognai-je avec un frisson. Vous en avez tous une. Je vais vomir.

— Tu peux essayer de te retenir ? demanda Misha, quelque part derrière moi.

— Je ne te promets rien.

Secouée par un nouveau frisson, je sautai de côté et pivotai pour enfoncer la dague dans la poitrine d'un Charognard. Un jet de sang chaud et poisseux de démon m'éclaboussa.

— Oh, non, mec, il va falloir que je prenne une douche.

— Ce que tu es pleurnicharde !

Tout sourire, je me dirigeai vers la droite et découvris le corps du Charognard que j'avais abattu avec la première dague, déjà en état de décomposition. Le cœur battant, je retirai la lame de sa poitrine, puis passai la clairière en revue. Il restait six créatures. Je fis un pas en avant.

— À côté de toi ! cria Misha.

Un sentiment de panique me zébra la poitrine alors que je pivotais. Il me fallut faire un bond en arrière pour éviter in extremis d'être balayée par des griffes. Ça aurait été douloureux… et sacrément risqué.

Si mon sang entrait en contact avec l'air, les démons sentiraient ce que j'étais.

Et là, ils deviendraient voraces… complètement dingos à l'idée de se nourrir.

La chose me chargea, la gueule grande ouverte. Une bouffée d'haleine rance m'enveloppa à l'instant où je lui plantais la dague dans le cœur.

— Qu'est-ce que tu as mangé, bordel ?

— Mieux vaut ne pas connaître la réponse, grogna Misha.

En effet.

Je me retournai et découvris un autre Charognard qui se ruait vers moi. Je retroussai les lèvres, mue par une poussée d'adrénaline. Cette sensation-là valait largement mieux qu'un baiser. Avançant d'un pas, je fis tournoyer les dagues entre mes mains, histoire de fanfaronner un peu...

Une énorme masse atterrit devant moi, faisant trembler le sol et les ormes.

Du moins, *ça* ressemblait à un être colossal et enragé, d'une puissance telle qu'elle irradiait dans tout le bois. Des ailes déployées d'un mètre quatre-vingts d'envergure obstruaient mon champ de vision.

Puis mes yeux s'ajustèrent. Je distinguai des cheveux roux mi-longs, et mon cœur se serra. Matthew.

Il était non seulement l'époux de Thierry, mais aussi le commandant en second sur le siège ancestral. Autrement dit, il ne répondait qu'aux ordres de Thierry.

Il me regarda par-dessus son épaule. Ses traits étaient flous, mais la colère qui teintait sa voix était on ne peut plus claire.

— S'il te plaît, dis-moi que j'hallucine et que tu n'es pas là.

Je regardai autour de moi.

— Eh bien...

— Ramène-la à la maison, tonna Matthew alors que plusieurs autres Gardiens atterrissaient, provoquant ce qui ressemblait à un mini-tremblement de terre. Si tu t'en sens capable, Misha.

Oh, là, là.

Misha lâcha un Charognard, puis sembla soudain disparaître.

J'ouvris la bouche pour le défendre et pour souligner que je n'avais pas besoin d'être exfiltrée, mais, pour une fois dans ma vie, je décidai de me taire.

Matthew, qui était comme un troisième père pour moi, reprit la parole :

— Tu le sais, pourtant, Trinity.

Là, je commis l'imprudence de répliquer :

— Tout était sous contrôle.

Matthew se tourna vers moi, et je vis la fureur embraser ses prunelles bleues.

— Visiblement, oui. Tu as de la chance que je sois là, et pas Thierry.

C'était probablement vrai.

Tout à coup, Misha se retrouva à côté de moi, ce qui ne me laissa plus le choix. Il passa un bras autour de ma taille et s'accroupit. Ce que j'étais sur le point d'ajouter se perdit dans une bouffée d'air frais et de ciel nocturne.

J'étais sérieusement dans la panade.

Misha ne me parlait pas.

Il était assis dans le salon, ses longues jambes allongées sur le canapé, ses bras croisés sur sa poitrine. Son corps entier occupait les trois coussins. Il regardait un spot publicitaire pour une sorte de poêle à frire magique, comme si c'était la chose la plus intéressante qui soit.

Moi, je faisais les cent pas derrière le canapé, les nerfs à vif. J'aurais pu me cacher dans ma chambre, feindre de dormir, mais ça aurait été lâche. Et puis, inutile de retarder le sermon monumental qui m'attendait.

Un mouvement flou apparut devant la télé, auquel Misha ne réagit pas. Je plissai donc les yeux. Était-ce Nabot, mon ami, pas vraiment vivant ? Je n'avais pas vu ce crétin de la journée et de la nuit. Dieu seul savait ce qu'il fabriquait.

Une porte s'ouvrit quelque part dans l'immense maison pour se refermer bruyamment quelques secondes plus tard. J'arrêtai de faire les cent pas. À ce moment-là seulement, Misha me regarda. Et haussa les sourcils.

Des pas lourds retentirent dans le couloir à l'extérieur du salon, et je me tournai vers l'arche qui servait d'ouverture. Thierry entra. Je distinguai son crâne chauve pendant qu'il enfilait un tee-shirt propre. Il était encore trop loin pour que l'expression de son visage basané puisse m'en révéler beaucoup. Matthew était juste derrière lui, légèrement plus petit et moins large. Je serrai mes mains l'une contre l'autre.

— J'ai plusieurs choses à dire, mais je veux d'abord obtenir une information, tonna la voix grave de Thierry. Que diable faisait-elle hors de ces murs ?

Ma bouche s'ouvrit.

Misha retira ses jambes du canapé et se redressa sur son siège, pivotant pour voir Thierry.

— Je n'en ai aucune idée. Je dormais tranquillement quand elle est partie en douce.

Je refermai la bouche ; comment Misha pouvait-il savoir que j'étais hors des murs s'il était assoupi ? Notre lien ne l'en aurait pas alerté. Il ne fonctionnait pas ainsi.

— Il t'incombe de savoir où elle est à tout moment, rétorqua Thierry. Même si tu dors.

— Ça semble peu vraisemblable, me lançai-je – il fallait bien que j'intervienne dans la conversation. Et puis, c'est moi qui ai sauté le mur, donc je ne comprends pas pourquoi tu lui poses la question à lui.

Thierry se tourna lentement vers moi, et, maintenant qu'il était plus proche, je discernais les lignes dures de sa mâchoire et ses yeux plissés. Oups ! J'aurais probablement dû garder la bouche fermée.

— C'est ton Protecteur. Il devrait savoir où tu es.

Sans même m'en assurer, je sentais le regard noir de Misha peser sur moi.

— Il ne peut pas être responsable de moi quand…

— Je ne suis pas sûr que tu comprennes vraiment son rôle, mais si, il est responsable de toi en permanence. Endormi ou éveillé, ça n'a pas d'importance, m'interrompit Thierry tandis que Matthew s'appuyait contre le dossier du canapé. Pourquoi étais-tu hors de ces murs, Trinity ?

Pour probablement la millième fois de la soirée, je m'expliquai :

— Je me suis réveillée et j'ai su qu'il y avait des démons à proximité. Je les ai sentis…

Matthew fronça aussitôt ses sourcils roux.

— Pendant que tu dormais ? (À mon hochement de tête, il jeta un coup d'œil à Thierry.) C'est nouveau.

— Pas exactement, nuançai-je. La dernière fois qu'ils sont venus, je les avais aussi sentis au milieu de la nuit. Ça m'avait réveillée.

— Et cette nuit-là, tu as fait ce que tu devais faire, répliqua Thierry. Tu es restée à l'intérieur, où…

— Où je suis à l'abri. Je sais. (La frustration me gagnait.) Et cette nuit-là, deux Gardiens sont morts.

— Le nombre de morts n'a pas d'importance, affirma Thierry, qui fit un pas vers moi. Ta sécurité est la priorité.

Je pris une brusque inspiration.

— Je peux me battre. Je sais me battre mieux que la plupart des Gardiens ! C'est dans ce but qu'on m'entraîne depuis que je sais marcher, et pourtant, on attend de moi que je me tourne les pouces pendant que des gens meurent ! Ne me dis pas que leurs vies ne comptent pas. Je suis fatiguée d'entendre ça. (Je serrai les poings.) La vie de Misha compte. La vie de Matthew compte. Ta vie compte ! Tout le monde a de l'importance. (Sauf Clay, mais je n'allais pas couper les cheveux en quatre.) Je suis fatiguée de rester sans rien faire pendant que d'autres se font tuer. La prudence est meurtrière. C'est cette prudence qui a tué ma mère…

Je m'interrompis en inspirant brusquement.

Le silence qui était tombé sur la pièce était si intense qu'on aurait entendu un grillon éternuer.

L'atmosphère se transforma. Misha se leva comme pour venir vers moi, mais je reculai d'un pas. Je ne voulais pas qu'il me touche. Je ne voulais pas de sa compassion ou de son empathie.

Je ne voulais rien d'autre que faire ce pour quoi j'étais sur cette terre. Combattre.

Tout en Thierry s'était adouci, même sa voix.

— Ta mère n'est pas morte à cause de toi.

Ça, c'était son opinion, et non un fait avéré.

— Je sais que tu veux aller sur le terrain et participer, poursuivit-il. Que tu es entraînée et douée. Mais, Trinity… tu dois faire attention à cause de ta vue, surtout la nuit.

Une lame d'acier s'enfonça dans mon dos.

— Je sais ce qu'il en est de ma vision nocturne, pourtant ça ne m'a pas gênée pour botter le cul d'un démon. Ça ne me bloquera jamais.

Nous savions tous que c'était un mensonge, parce que, au bout du compte, ma vue m'immobiliserait un jour. Elle m'empêcherait de faire beaucoup de choses. Et moi qui étais persuadée d'être si spéciale !

Mais ce n'était pas pour aujourd'hui, ni même pour demain.

Je relevai le menton tandis que Matthew et Thierry échangeaient des regards impuissants.

— Tôt ou tard, mon père me convoquera, et je doute que le combat qu'il me réserve se déroule uniquement en journée. D'ailleurs, même de jour, ma vue est flinguée. Ça ne changera pas. Voilà pourquoi je m'entraîne non-stop. Je devrais aller dehors pour y acquérir une vraie expérience.

Thierry se détourna, passa une main sur son crâne lisse. Ce fut Misha qui prit finalement la parole :

— Elle n'a pas eu de problèmes, dit-il. (C'était vrai à quatre-vingt-dix-neuf pour cent : je n'avais pas remarqué un Charognard, et c'était moins une avant qu'il m'agresse.) Elle s'est vraiment bien débrouillée.

Je lui adressai un grand et beau sourire.

Il me répondit par un regard.

— Et c'est vrai qu'il nous faudrait acquérir de l'expérience de terrain.

Matthew observait son mari avec attention. Il soupira et croisa les bras.

— Il est un peu trop tard pour avoir cette discussion.

Je la voulais, cette discussion, et plus encore.

— Ce n'est pas bizarre qu'il y ait des Charognards si près de nous ? C'était la première fois que j'en voyais un, et, waouh, ils sont vraiment flippants ! Mais je pensais qu'ils se nourrissaient de cadavres et qu'ils vivaient sous terre.

— C'est le cas, répondit Thierry en regardant Matthew. Ils ne sont pas censés traîner en surface. Ils ne se fondent pas dans la masse.

En raison de la même règle cosmique qui interdisait de dire aux humains que les démons étaient réels, seuls les démons susceptibles de se fondre parmi les hommes étaient autorisés à monter à la surface. Beaucoup semblaient, à première vue, parfaitement humains. Mais des rats géants perchés sur deux pieds, pas du tout.

— Et il n'y a pas que ça. Les Charognards sont généralement le signe avant-coureur d'un problème bien plus important, ajouta Matthew. Là où tu vois des Charognards, tu trouves presque immanquablement des Démons Supérieurs.

Mon cœur s'arrêta presque de battre. Ce léger détail était probablement enseigné en classe, mais je l'avais oublié. Je jetai un coup d'œil à Misha, qui avait l'air aussi mal à l'aise que moi.

Les Démons Supérieurs, c'étaient les très gros méchants.

Leurs capacités variaient. Certains pouvaient influencer les esprits humains pour qu'ils fassent de très, très vilaines choses. D'autres pouvaient invoquer le feu et faire pleuvoir le soufre, changer d'apparence en un clin d'œil, être humain un instant et devenir animal celui d'après. Beaucoup d'entre eux avaient un âge canonique. Et tous étaient en mesure d'abattre un Gardien.

Et si la présence de Charognards signifiait qu'un Démon Supérieur rôdait dans les parages, c'était un sérieux problème.

Je croisai les bras, osant à peine demander ce que je soupçonnais déjà.

— Pensez-vous possible qu'un Démon Supérieur sache, pour moi ?

Thierry hésita.

— Tous les êtres de ton espèce ont été massacrés, Trinity, jusqu'au dernier. Si un Démon Supérieur savait que tu es ici, ces murs auraient déjà été franchis. Rien ne l'empêcherait de t'atteindre.

Il y avait un fantôme dans l'allée.

Encore.

Ça pourrait être pire, bien sûr. L'attaque de Charognards s'était produite deux jours plus tôt, et nos murs n'avaient pas été franchis par un Démon Supérieur déterminé à me dévorer.

Littéralement.

Même avec mes yeux de merde, je savais que la silhouette qui faisait les cent pas devant les haies bordant l'allée était morte. Je le savais parce que son corps clignotait, comme une vieille télévision qui captait mal.

Ce n'était pas un esprit, j'avais assez vu des deux espèces en dix-huit ans pour faire la différence. Non, l'homme en contrebas, vêtu d'une chemise dorée, n'avait pas encore traversé.

Les esprits étaient les défunts qui avaient vu la lumière – il y avait presque toujours une lumière –, l'avaient rejointe et étaient revenus pour une raison ou une autre. En général, ils étaient porteurs d'un message ou voulaient simplement prendre des nouvelles de leurs proches.

Agenouillée sur le parapet de la Grande Halle, j'agrippai d'une main le rebord rugueux du toit et posai l'autre sur l'épaule voûtée de la gargouille de pierre à côté de moi. La chaleur irradiait de sa carapace, réchauffant ma paume. Je plissai les yeux derrière mes lunettes teintées et me penchai aussi loin que possible sans tomber du toit la tête la première. La Grande Halle était presque aussi haute que le mur et de deux étages plus haute que la maison de Thierry.

En regardant le fantôme faire les cent pas, visiblement confus, je me demandai d'où il pouvait bien venir. La communauté, nichée dans les contreforts de la montagne et accessible uniquement par des routes secondaires – des routes secondaires sinueuses –, n'était pas facile à atteindre.

Probablement un accident de voiture.

Plus d'un voyageur fatigué et imprudent avait été victime de ces routes traîtresses, avec leurs virages en épingle et leurs talus abrupts.

Le pauvre bougre avait probablement perdu le contrôle de son véhicule et s'était réveillé mort avant de venir errer ici, comme beaucoup d'autres fantômes. La semaine passée, c'était une randonneuse qui s'était perdue dans la montagne et avait fait une chute mortelle. Deux semaines plus tôt, un homme était mort d'overdose sur une route de campagne, trop saoul pour se rendre compte qu'il était en train de crever. Les secours n'étaient pas près d'arriver, de toute façon. Le mois dernier, une fillette était morte, de la pire des façons possible. Alors qu'elle faisait du camping avec sa famille, elle s'était éloignée et avait croisé le chemin de la mauvaise personne.

Le poids de ce souvenir et les cris de la fillette appelant sa mère s'installèrent lourdement sur ma poitrine. La faire passer de l'autre côté n'avait pas été facile, et il ne s'écoulait pas un jour sans que je me remémore ses hurlements.

J'écartai ces souvenirs pour me concentrer sur le fantôme en contrebas. Les accidents de voiture étaient inattendus et traumatisants, mais rien à voir avec les victimes de meurtres ou celles qui mouraient en colère. Lui, il ne serait pas difficile à faire traverser.

Comme je n'étais pas sortie de la communauté depuis plus d'un an, je n'avais pas vu d'esprits dernièrement. Les quelques fois où j'avais réussi à m'éclipser, je n'avais pas réussi à aller assez loin pour en croiser un.

Le manque d'action et l'ennui m'oppressaient, m'agitaient. Le sentiment d'être piégée me gagnait. Combien de temps comptaient-ils me garder ici ? Éternellement ? Le désespoir apparut et la culpabilité suivit presque aussitôt.

Thierry et Matthew étaient encore en colère contre moi, et je détestais qu'ils soient furieux, qu'ils ne comprennent pas pourquoi je ne pouvais pas me cacher plus longtemps.

Mon estomac se retourna quand je posai les yeux sur la statue à côté de moi. J'étais assez près pour en distinguer tous les détails. La couche de pierre lisse et les deux cornes épaisses capables de percer le métal le plus résistant. Pour l'heure, les griffes acérées qui pouvaient déchirer le ciment étaient rentrées. Le visage, si effrayant qu'il puisse être avec son nez plat et sa large bouche laissant entrevoir des crocs létaux, était paisible. Reposé. Endormi.

Misha ne m'avait pas quittée des yeux depuis la nuit des Charognards. J'étais surprise qu'il n'ait pas essayé de camper sur le plancher de ma chambre à coucher, ces deux dernières nuits.

Je ne suis pas enfermée.

Ici, c'était ma maison, pas ma prison. Tout ce dont j'avais besoin, je l'y trouvais. Je savais exactement combien de maisons bordaient les rues et les parcs. En plus de la demeure de Thierry, il y avait cent trente-six habitations abritant des familles, plusieurs dizaines de duplex et des maisons de ville pour ceux qui n'étaient pas accouplés. À l'intérieur des murs d'enceinte, c'était une vraie petite ville avec son propre hôpital, son centre commercial, son théâtre, sa salle de sport et ses nombreux restaurants et clubs. Ceux qui n'étaient pas des guerriers entraînés travaillaient au profit de la communauté. Tout le monde avait un rôle, ici.

Sauf moi.

À notre arrivée, presque tout le monde nous avait acceptées, ma mère et moi. Thierry nous avait prises sous son aile – enfin, il m'avait prise sous son aile. Pas ma mère. Il s'était occupé d'elle. Il l'avait bien accueillie et traitée comme une reine, et moi comme sa princesse, mais il n'avait pas été en mesure de la protéger.

La protéger n'avait jamais fait partie de l'équation.

Au bout du compte, je n'étais pas une Gardienne et je... je n'aurais bientôt plus la possibilité de sortir, de voir le monde au-delà des montagnes de Virginie-Occidentale et du Maryland.

J'avais dix-huit ans. Si aucune loi établie par les Gardiens ne pouvait s'opposer à mon entrée dans l'âge adulte et à mon libre arbitre, en sortir n'était pas simple.

Avec un soupir, je détournai le regard de la gargouille endormie et me concentrai sur le chemin alors que l'air frais du mois de juin soulevait les quelques mèches détachées de mes cheveux noirs, les agitant autour de ma tête.

Je devais ressembler à Méduse.

Plisser les paupières ne m'aidait pas à mieux voir, même avec la lumière du soleil déclinant derrière Green Mountain, néanmoins je vis le fantôme s'immobiliser et se tourner vers la route. Une seconde plus tard, il se dissout comme une volute de fumée dans le vent.

Il reviendrait, je le savais au plus profond de moi. Ils revenaient toujours.

Mon regard se porta au-delà, sur l'épais bosquet de grands ormes anciens qui bordaient les pavés. Tout se confondait en un mélange de couleurs – des verts, des blancs et des bleus. En contrebas, j'entendis les portes s'ouvrir et, un battement de cœur plus tard, je vis le sommet du crâne brun de Thierry : il s'avançait dans l'allée.

Je croisai les doigts pour qu'il ne lève pas les yeux.

D'accord, je n'étais pas punie. D'ailleurs, Thierry ne m'avait jamais punie. Maman, en revanche, c'était une autre histoire. Elle me sanctionnait toutes les cinq secondes.

En mâchonnant l'ongle de mon pouce, je regardais Thierry fixer la route déserte. Même depuis mon perchoir, je percevais la tension qui exsudait de lui, emplissant l'air frais des montagnes et se mêlant au vent.

Un instant plus tard, Matthew vint se planter à côté de Thierry et posa la main dans le creux de son dos.

— Ça va aller, chuchota-t-il.

Je me crispai.

Thierry secoua la tête.

— Je n'aime pas ça.

— Nous ne sommes pas obligés, mais... ils ont sollicité notre aide. (Matthew pressa les lèvres contre la tempe de Thierry.) Ça va aller.

Thierry ne répondit pas, et ils restèrent silencieux, comme s'ils attendaient quelque chose ou quelqu'un.

Les minutes s'écoulèrent, et je les entendis avant de les voir. Le crissement des pneus sur le gravier se mêla aux appels lointains des oiseaux. Je m'agenouillai et contemplai, par-dessus la silhouette de Misha endormi, l'arrivée d'un gros SUV noir. Il s'arrêta.

J'écarquillai les yeux tandis que ma curiosité s'aiguisait. Le bruit des portières qui se refermaient était trop difficile à ignorer. En me haussant un tout petit peu, je coulai un regard par-dessus le rebord et vis Matthew et Thierry s'avancer pour saluer...

Non d'un petit bonhomme, nous avions des visiteurs, et je n'étais absolument pas au courant de cette visite ! Si notre clan devait en rencontrer un autre, l'un des Gardiens partait pour tenir cette réunion ailleurs. Rarement, voire jamais, une réunion ne se déroulait ici, au siège. Les jeunes Gardiens de la région mid-Atlantique n'étaient conduits ici qu'une fois l'an, en septembre, pour être formés par les Gardiens plus âgés jusqu'à ce qu'ils atteignent leur maturité et, vu que nous n'étions qu'en juin, nos visiteurs ne pouvaient pas amener un jeune Gardien.

J'eus beau plisser les yeux, tout ce que je distinguais, c'étaient trois Gardiens mâles en plus de Matthew et Thierry. L'un d'eux avait des cheveux bruns mi-longs, un autre des cheveux bruns coupés ras et le dernier était blond. Aucune femme parmi eux. Ce n'était pas du tout surprenant. Les Gardiennes voyageaient rarement en dehors de leur communauté d'origine ou des avant-postes, pour la simple raison qu'elles étaient souvent la cible des démons, tout comme les enfants.

Les démons étaient d'une intelligence et d'une logique stupéfiantes. Ils savaient qu'en éliminant celles qui engendreraient la prochaine génération de Gardiens, ils pouvaient nous infliger un coup dont il nous serait presque impossible de nous remettre.

Et c'était l'une des raisons pour lesquelles toutes les classes de démons dépassaient de plusieurs millions le nombre des Gardiens.

J'étais un peu comme une Gardienne, retenue captive pour assurer ma sécurité, mais pour des raisons très, très différentes.

Thierry salua chacun des visiteurs d'une poignée de main. J'aurais bien aimé voir leur visage, mais le groupe se retourna pour entrer dans la Grande Halle.

Bon sang, qu'est-ce qui se passait ?

Tendant le bras, je cognai les phalanges contre la coquille de pierre et fus immédiatement récompensée par un grognement rauque et agacé. Je gloussai. Misha adorait ses siestes de fin d'après-midi sous le soleil déclinant. C'était là qu'il se rendait toujours après l'entraînement et les cours.

— Va dans ta chambre, lâcha-t-il d'un ton bourru. Lis un livre. Regarde un film. Occupe-toi.

J'ignorai sa remarque tant l'agacer à la première occasion me procurait une joie perverse.

— Il y a des Gardiens chez nous, débitai-je d'un ton surexcité.

— Il y a toujours des Gardiens chez nous, Trinity.

Je le dévisageai, les sourcils froncés.

— Ces Gardiens-là ne vivent pas ici.

La statue bougea, la pierre devint légèrement moins dure et passa du gris foncé au vif-argent tandis que ses ailes se déployaient derrière moi. Des cheveux brun-roux apparurent autour des cornes, les boucles furent soulevées par le vent.

Des yeux bleus perçants aux pupilles minces et verticales rencontrèrent les miens. L'irritation brillait dans son regard. Les Gardiens avaient des habitudes de sommeil étranges. Certains restaient debout toute la nuit, puis dormaient le matin et l'après-midi. Les horaires de Misha dépendaient de mon emploi du temps.

— Trinity...

Plongeant sous une de ses ailes, je m'envolai en même temps que Misha décollait de son perchoir, tournoyant sur lui-même.

— Merde ! cria-t-il.

Je connaissais le toit comme ma poche, au point que je n'avais même plus besoin de voir où j'allais. J'étais déjà de l'autre côté, sur le rebord, quand Misha s'élança derrière moi.

— Attention à ce qu'ils ne te voient pas ! fulmina-t-il alors que je sautais. Je te jure devant Dieu, Trinity, que je vais t'enfermer dans ta chambre !

Non, il ne le ferait pas.

En atteignant la petite alcôve en dessous, je dérapai sur la toiture arrondie. Au moment où mes pieds furent en contact avec le vide, je me retournai sur le ventre et m'agrippai au rebord pour me projeter à l'intérieur, par la fenêtre que j'avais laissée ouverte.

J'atterris dans le couloir vide et faiblement éclairé, puis fermai illico la fenêtre derrière moi, que je verrouillai au cas où Misha s'aviserait de me suivre. Après avoir glissé mes lunettes de soleil dans la poche arrière de mon jean, je m'élançai en avant, passant les portes fermées de plusieurs chambres d'amis et d'appartements qui n'étaient presque jamais occupés avant d'ouvrir la porte de la cage d'escalier. Ignorant l'odeur de moisi, je grimpai trois ou quatre marches à la fois et atteignis le premier niveau en dix secondes.

De là, je ralentis le pas et, tout en restant près du mur, je passai discrètement devant une cuisine qui n'était utilisée que lors des banquets et des cérémonies. L'activité y était intense en prévision de la prochaine Cérémonie, un rite de grande ampleur organisé pour célébrer le passage des jeunes Gardiens au statut de guerriers à part entière. La Cérémonie consistait surtout à manger et boire en abondance et à faire tout un tas de trucs louches qui étaient l'apanage des Gardiens nouvellement ordonnés.

Après la cuisine, je trouvai la pièce que je cherchais, une sorte de zone de stockage encombrée de tables pliantes et de chaises empilées. Je devais faire attention à ne rien renverser, ce qui m'obligeait à marcher extraordinairement lentement.

Ce qui me demandait beaucoup d'efforts.

Car je n'étais pas douée en la matière.

Les voix s'amplifiaient à mesure que j'approchais des rideaux bordeaux foncé qui séparaient la scène de la Grande Halle.

Plantée devant les pans de tissu, j'enroulai délicatement les doigts autour du bord de l'un d'eux et l'écartai de quelques centimètres, soulevant au passage un bon nuage de poussière, pour révéler la large salle cylindrique dans toute sa splendeur.

Seigneur, à quand remontait la dernière fois que quelqu'un avait touché ce rideau ?

Mon regard monta immédiatement vers le plafond, même si je ne pouvais plus en voir les peintures, et ce quelle que soit la luminosité. Des anges l'ornaient, dont beaucoup étaient des combattants, les Alphas. Ceux-là étaient les anges qui supervisaient les Gardiens et communiquaient avec eux, parfois même en personne, bien que je n'en eûs jamais vu de mes propres yeux. Peints dans leur armure, brandissant leur épée de justice, ils étaient redoutables.

— Comment s'est passé le voyage ? demandait Thierry, qui entra dans mon champ de vision, ce qui m'obligea à me concentrer sur le petit groupe. (Les visiteurs se tenaient sur l'estrade surélevée.) Sans incident, j'espère ?

Matthew suivit Thierry au centre, vers un siège que l'on n'était pas censé appeler un trône, mais qui, avec son assise surdimensionnée et son dossier en forme de bouclier taillé dans le granit, y ressemblait bel et bien. Mais qu'est-ce que j'en savais ?

— Oui, répondit celui qui se tenait le plus près de l'estrade. (Je le voyais distinctement, c'était celui aux cheveux bruns mi-longs.) La route a été longue mais belle.

— Cela fait de nombreuses années que je ne suis pas allé à la capitale de la nation, commenta Matthew, les mains croisées dans le dos. J'imagine que notre communauté est très différente de celle à laquelle vous êtes habitués.

Waouh.

Ils étaient de Washington DC ? Le clan de DC était un important avant-poste, et leur chef était mort récemment. Dès lors, Thierry avait commencé à être plus tendu que d'habitude.

Mon regard se tourna vers celui qui avait parlé. Il semblait proche de la trentaine. S'il n'était pas assez âgé pour être un chef de clan, c'était pourtant lui qui faisait la conversation.

— C'est très différent, répondit le Gardien avec un petit rire. Je ne pense pas avoir vu autant d'espace depuis des années.

Thierry s'assit.

— Eh bien, nous sommes heureux que tu aies pu venir jusqu'ici, Nicolaï.

Je répétai son nom tout bas et me rendis compte que je l'aimais bien.

— Merci de nous recevoir, répondit ce dernier. Nous avons été surpris que notre demande soit acceptée.

Et moi donc !

— Nous n'accédons qu'à un nombre restreint de demandes, convint Thierry. Mais nous avons pensé qu'il serait préférable de vous rencontrer en personne, ton clan et toi.

Donc il était bien le nouveau chef du clan. Mon regard se tourna vers les autres Gardiens. Celui qui portait ses cheveux noirs court se tenait près du blond, lequel était le plus proche de moi, soit à moins d'un mètre de ma planque. Je ne voyais pas encore le visage du blond, mais, bonté divine, il était grand, à peu près un mètre quatre-vingt-dix, et le vêtement thermique noir dont il était revêtu enrobait ses larges épaules. Ses cheveux mi-longs, tirés en arrière, étaient attachés dans sa nuque.

— Comme vous le savez certainement, l'activité des démons autour de plusieurs villes a diminué au cours des trois derniers mois, reprit Nicolaï, attirant de nouveau mon attention. Avant, nous repérions peut-être deux ou trois Démons Supérieurs par semaine. Or, nous n'en avons pas vu un seul depuis des mois.

Voilà qui me semblait être une bonne nouvelle, surtout qu'il y en avait peut-être un qui rôdait par ici.

— Eh bien, je dirais que ça n'est pas un problème, commenta Thierry.

— Pas en apparence, non. Seulement, nous avons noté une augmentation de Diablotins et, plus inquiétant encore, de Démons Inférieurs qui ne pourraient pas se fondre à la populace, même s'ils essayaient, poursuivit Nicolaï. Zayne a croisé quatre hordes de Démons Charognards rien que ce mois-ci. Il est étrange de constater autant d'activité de la part de Démons Inférieurs sans qu'un Démon Supérieur soit derrière tout ça.

Mon regard se porta sur le blond. Zayne. Ce devait être son nom. Il pivota légèrement, et toutes mes pensées se dispersèrent comme cendres dans le vent quand je le vis. Une minuscule partie encore fonctionnelle de mon cerveau savait à quel point il était mauvais de se laisser distraire à ce point par l'apparence physique, mais j'étais… j'étais abasourdie.

Assommée, complètement abêtie.

J'aimais à penser que je n'étais pas du genre à me laisser facilement distraire par un beau visage, mais lui, il était… il était sublime. Et ce n'était pas peu dire, vu que j'étais constamment entourée de Gardiens magnifiques, dotés d'un ADN génial sous leur forme humaine.

Sa peau était dorée, à croire qu'il avait passé pas mal de temps au soleil. Il avait une mâchoire puissante qui semblait taillée dans la pierre, et ces lèvres… Comment pouvaient-elles paraître si douces et si dures à la fois ? N'était-ce pas un constat étrange ? Pourtant, je venais de le faire, signe probable que je m'aventurais en terrain dangereux. Des pommettes hautes et anguleuses s'accordaient parfaitement à un nez droit et fier. J'étais trop loin pour distinguer ses yeux, mais je les supposais semblables à ceux de tous les autres Gardiens : d'un bleu profond et vif.

D'où je me trouvais, ce Gardien semblait n'avoir que quelques années de plus que moi. Il me rappelait les nombreux anges peints qui recouvraient le plafond de la Grande Halle – des peintures dont je ne pouvais plus voir les détails.

— Waouh, chuchotai-je, les yeux tellement écarquillés que je ressemblais probablement à un insecte écrasé.

Il se raidit, et je retins ma respiration, craignant qu'il ne m'ait entendue. Comme il ne regardait pas dans ma direction, je pus me détendre un peu.

— Quelque chose effraie les Démons Supérieurs au point qu'ils se cachent, reprit Nicolaï. Et ce quelque chose nous tue… nous, les Gardiens.

3

Je pris une brusque inspiration. Quelque chose tuait les Gardiens ? À l'exception des Démons Supérieurs et… de moi, pratiquement personne ne pouvait nuire aux Gardiens, entraînés pour remporter les batailles les plus sanglantes.

Ils n'étaient pas faciles à terrasser.

— Au début, nous avons pensé que c'était un démon – un Supérieur – qui abattait certains des siens, intervint Zayne. Mais quand ils s'affrontent, ils ne se tuent pas de la sorte. Puis des Gardiens sont morts de la même façon. Aujourd'hui, ce sont les démons *et* les Gardiens qui sont touchés.

Le Gardien aux cheveux courts s'avança.

— Puis-je parler ?

— Dez, tu sais que je me fiche des formalités, répondit Thierry.

Un léger sourire apparut sur le visage de Dez.

— Je sais que Zayne et moi n'avons pas les décennies d'expérience qui sont les vôtres, à Matthew et toi, mais ce à quoi nous assistons est un phénomène nouveau. Certains de nos meilleurs guerriers sont morts, des Gardiens très puissants.

— Pourquoi est-il impossible que ce soit l'œuvre d'un Démon Supérieur hautement qualifié ? demanda Matthew. Pourquoi pensez-vous tous qu'il s'agit quelque chose d'autre ?

— Peut-être avons-nous tort. Peut-être qu'un démon orchestre tout ça, nuança Nicolaï, et je remarquai que la mâchoire de Zayne se contractait, comme s'il se retenait de répliquer. Nous ne le savons pas encore. En tout cas, cette semaine, nous avons perdu un autre Gardien. Nous avons besoin de renforts. C'est pourquoi nous sommes ici.

Thierry s'adossa à son siège, les épaules tendues.

— Eh bien, vous arrivez au bon moment. La Cérémonie est sur le point de commencer. Nous aurons de nouvelles recrues.

Nicolaï échangea un regard avec Zayne et Dez mais ne pipa mot.

— Nous allons faire préparer vos chambres, et le repas est en route. Je suis sûr que beaucoup d'entre vous aimeraient se reposer, ajouta Thierry. Vous allez rester pour la Cérémonie.

Nicolaï prit un moment avant de répondre :

— Nous sommes honorés de rester, mais il est impératif que nous retournions à la ville…

— Crois-tu que le fait de passer une semaine ici va faire pencher la balance ? Je ne pense pas, insista Thierry.

Je reconnus son ton, celui qui ne laissait aucune place à l'argumentation, pour l'avoir souvent entendu moi-même…

— Mais si des Gardiens mouraient, vous repartirez avec de l'aide. Nous aurons tout le temps pour discuter de vos besoins. (Il marqua une pause.) Et des nôtres.

Soudain, je n'eus absolument plus envie de sourire. Je serrai le rideau tandis que Zayne fit un pas en arrière, tourna la tête et…

Et regarda directement là où je me tenais.

Quelque chose… quelque chose se produisit.

Une prise de conscience me traversa, un choc suivi d'une impression de déjà-vu, comme si j'avais déjà vécu cette scène. Non, cela n'avait aucun sens. C'était la première fois que je voyais Zayne. Je m'en serais souvenue dans le cas contraire.

Je ne bougeai pas d'un iota tandis qu'il me fixait du regard. Je ne pouvais pas. J'étais enracinée derrière mon rideau et assez proche de lui pour distinguer sa bouche et lire sur ses lèvres quand elles se mirent à bouger.

Je te vois.

Oh, mon Dieu !

Dans un mouvement de recul, je lâchai le tissu, qui reprit sa place initiale, et reculai lentement.

Bon sang, il m'avait vue – enfin, en partie –, et il n'aurait aucun mal à me reconnaître plus tard. En prime, les Gardiens ont une vue incroyable, surtout la nuit…

Ma hanche heurta le coin d'une table empilée, faisant fuser une douleur aiguë dans mon articulation. J'étouffai un juron, me retournai et réussis à stabiliser la table avant que tout s'écroule. Une fois assurée que la catastrophe était évitée, je bougeai mes fesses de la Grande Halle et gagnai l'air frais de la montagne.

Le soleil s'était couché, mais le chemin entouré de vastes jardins était bien éclairé. Mes pensées revinrent sur ce que j'avais entendu. Quelque chose qui n'était pas un démon assassinait des Gardiens *et* des démons ?

Qu'est-ce que ça pouvait bien être ?

Traversant le pré vers la maison principale, je ralentis le pas à l'approche de l'épais bosquet d'arbres. À partir de ce point, il n'y avait plus que la lueur argentée de la lune pour me guider, ce qui signifiait que je n'y voyais quasiment rien. Or j'avais parcouru ce chemin tant de fois que mes pas étaient sûrs, bien qu'encore un peu prudents – contrairement à la nuit où j'étais sortie affronter les Charognards. Ce soir-là, j'étais tellement gorgée d'adrénaline que mes pas étaient assurés. Ce n'était pas toujours le cas.

Mes pensées passèrent de ce que j'avais entendu au sentiment étrange que j'avais éprouvé face à Zayne. C'était super bizarre, mais probablement dû à mon imagination débordante…

Une brindille craqua juste derrière moi. Tout près. Refoulant la morsure inattendue de la surprise, je réagis aussitôt, comme j'y avais été entraînée.

J'attrapai un bras. Il y eut une secousse. Une décharge d'électricité statique au moment où je me retournai, tordant le bras de l'adversaire tout en ancrant mon poids sur ma jambe droite. Je distinguai la forme vague d'un être beaucoup plus grand que moi lorsque je lançai le poing.

Avec une rapidité surprenante, ma main fut attrapée, et je fus retournée dans l'autre sens, mon dos fut plaqué contre un torse et un ventre durs, très certainement masculins. En quelques secondes, on m'avait immobilisé les bras. Une odeur de… menthe d'hiver m'enveloppa.

— C'est comme ça que tu salues les gens ? me chuchota à l'oreille une voix vaguement familière et faussement doucereuse.

Je me penchai en avant, avec l'intention de mettre assez d'espace entre nous pour balancer un méchant coup de pied arrière.

— Ce ne serait pas très sage, entendis-je.

Mon souffle était saccadé et rapide quand je me redressai pour tenter de résister à son étau.

— Attraper les gens par-derrière dans le noir ne l'est pas plus, répliquai-je.

— Je ne t'ai pas « attrapée », rétorqua-t-il, resserrant son emprise sur moi une fois que je réussis à mettre à nouveau quelques centimètres entre nous. Je t'ai appelée et tu n'as pas répondu.

Je tournai la tête sur le côté.

— Je ne t'ai pas entendu. C'est donc ce que tu fais quand quelqu'un ne te répond pas ? Tu l'attrapes par…

— Je ne t'ai pas attrapée.

— Tu étais juste derrière moi, insistai-je, irritée qu'il m'ait neutralisée si rapidement. Tu peux me lâcher ?

Il laissa passer une seconde.

— Je ne sais pas. Tu vas encore essayer de me frapper ? De me donner des coups de pied ?

— Non, sauf si tu essaies de me coincer à nouveau.

Après un battement de cœur saccadé, les bras qui m'entouraient me relâchèrent. Je m'élançai en avant aussi vite que si mes pieds étaient sur ressorts, mettant plusieurs mètres de distance entre nous avant de faire volte-face. La lune éclairait juste assez la scène pour que je le voie.

— Merde, chuchotai-je, reculant d'un pas supplémentaire.

C'était *lui*.

Le sublime Gardien blond.

Zayne.

Il inclina la tête.

— Tu es… humaine.

Ouais. En quelque sorte.

— Tu t'attendais à autre chose ?

— *Oui*, fit-il en appuyant volontairement le mot, puis il sembla réfléchir longuement.

Il était assez rare que des humains vivent dans les communautés de Gardiens, je n'étais donc pas étonnée qu'il soit surpris.

— À moins que tu ne sois pas censée être ici, dit-il en s'avançant d'un pas mesuré vers moi.

Je me crispai.

— Je suis censée l'être.

— Tout comme tu étais censée te trouver derrière le rideau dans la Grande Halle, à nous espionner ?

Zut.

— Je vis ici, répliquai-je au lieu de répondre à sa question.

Dieu merci, il était en partie dans l'ombre, je pouvais du coup lui parler normalement, sans baver comme une cruche tant il était beau.

— Et toi, qu'est-ce que tu fabriques ici ? Tu n'es pas supposé aller dans ta chambre et attendre qu'on te serve à dîner ?

— T'apercevoir derrière le rideau a attisé ma curiosité. J'ai donc décidé de mener ma petite enquête.

— Tu n'es pas censé être dehors à me suivre.

— J'ignorais que, en tant que Gardien, je ne pouvais pas aller et venir à ma guise.

Je gardais les bras ballants contre mes flancs.

— Tu es déjà venu ici auparavant ? lui demandai-je, même si je connaissais la réponse.

— Non.

— Alors peut-être que tu ne devrais pas présumer de ce que tu peux ou ne peux pas faire.

Zayne resta silencieux, puis il laissa échapper un gloussement profond et rauque.

Je fronçai les sourcils.

— Tu marques un point, admit-il, et un autre moment de silence s'étira. Je suis entouré de mystères.

Je regardai autour de moi. Dans l'obscurité, j'étais incapable de voir au-delà des arbres et de la faible lueur des lampes solaires.

— Ah bon ?

— Oui. Comment as-tu atterri ici ? Une humaine qui vit dans la communauté régionale… Qui plus est une humaine au courant que les démons existent… Tu es manifestement informée, car tu n'as pas fui la salle en criant ou en riant lorsque nous avons parlé de l'activité démoniaque.

Tout à coup, je regrettais de ne pas voir son expression.

— Je ne suis ni la première ni la dernière personne ordinaire à savoir pour les démons, répliquai-je en me frottant les paumes contre les hanches.

C'était vrai. Certains humains étaient au courant – la plupart d'entre eux travaillaient pour des services de police ou occupaient des postes au sein du gouvernement et œuvraient en étroite collaboration avec les Gardiens. Mais ils étaient peu nombreux.

Il s'approcha, et son visage apparut plus clairement, quoique toujours assez flou.

— Je suis prêt à parier qu'il n'y a rien d'ordinaire chez toi.

Je ne savais pas trop si je devais le prendre comme un compliment.

— Qu'est-ce qui peut bien t'amener à penser ça ?

— Tu vis ici, au siège du pouvoir de dizaines de clans, et tu as failli me mettre un coup de poing dans la figure en moins de cinq secondes, expliqua-t-il. En plus, tu te cachais derrière un rideau, petite fouineuse.

Je croisai les bras.

— Je ne suis pas une fouineuse.

— Ah non ?

— Ce n'est pas parce que je me trouvais là...

— Derrière un rideau.

J'ignorai sa remarque.

— Ce n'est pas parce que je me trouvais derrière un rideau...

— Cachée derrière un rideau, précisa-t-il.

— Ce n'est pas parce que j'étais partiellement cachée par un rideau que je fouinais.

Zayne n'était qu'à un pas de moi, à présent, et je sentis de nouveau l'odeur de la menthe d'hiver.

— Tu te retrouves souvent partiellement cachée par des rideaux ?

Je fermai obstinément la bouche et pris une profonde inspiration.

— Pourquoi est-ce qu'on parle de ça ?

Il haussa les épaules, puis les laissa retomber.

— Parce que tu prétends que tu n'es pas une fouineuse. Peut-être que tu passes ton temps libre à te planquer derrière des rideaux. Qu'est-ce que j'en sais ?

Je plissai les yeux.

— Ouais, en fait c'est mon passe-temps favori. J'aime le côté poussiéreux des rideaux.

— Vu ton sarcasme, en gros tu admets que tu fouinais.

— Je n'admets rien de la sorte.

Il baissa le menton.

— Pourquoi ne pas le reconnaître ?

Je m'apprêtais à lui dire qu'il n'y avait rien à avouer, mais bien sûr que oui, je fouinais. Évidemment. Je soupirai.

— Nous n'avons pas beaucoup de… visiteurs, alors quand je vous ai vus arriver, j'étais curieuse. Je n'imaginais pas que vous parleriez de sujets aussi importants.

— Ben voilà, était-ce si difficile à admettre ?

— Oui, répondis-je sèchement. Ça m'a fait mal. Au plus profond de moi-même. Je ne m'en remettrai peut-être jamais.

— Pourquoi vis-tu ici ? demanda-t-il, ramenant le sujet à sa question initiale.

— C'est une longue histoire, que je n'ai pas l'intention de te raconter.

Le silence se fit, et, même sans apercevoir ses yeux, je sentais son regard peser sur moi.

— Tu es… frustrante.

Je haussai les sourcils malgré moi. Waouh.

— Eh bien, toi, tu es catégorique. Devine ce qui est pire ?

Zayne rit, mais rien à voir avec le son profond qu'il avait émis avant. Là, c'était sec comme du sable.

— Je suis probablement la personne la moins catégorique que tu puisses rencontrer.

— Désolée, mais je vais devoir te signaler que ce n'est pas le cas.

— Tu ne me connais pas.

— Tu ne me connais pas non plus, et pourtant tu viens de dire que j'étais frustrante, lui fis-je remarquer.

— Je formule cette observation éclairée après t'avoir parlé pendant quelques minutes.

Je serrai les poings, brûlant soudain de le frapper, ce qui n'était pas recommandable mais serait en revanche très plaisant. Il fallait que je fiche le camp.

— Tu sais quoi ? Je ne vais pas mentir en disant que c'était sympa de discuter avec toi. Je vais partir.

Je commençai à me tourner.

— Quel est ton nom ?

Je m'immobilisai et lui fis face à nouveau.

— Sérieusement ?

— Quel est ton nom ? répéta-t-il – non, exigea-t-il.

Mes poils se hérissèrent.

— C'est Mindya Business[1].

— Nul… à l'extrême, rétorqua-t-il.

Je reniflai. Comme un petit cochon.

— Je trouve ça plutôt fin, moi.

— Nous avons des visions très différentes de ce qui est fin ou non. Tu as conscience que je vais le découvrir tôt ou tard ? ajouta-t-il devant mon regard ironique.

En effet, mais plutôt mourir que de le lui dire.

— Eh bien, tu vas devoir attendre alors. À plus.

Je lui adressai un doigt d'honneur, sûre qu'il pouvait le voir avec ses yeux de Gardien, puis je pivotai sur moi-même, prête à m'en aller…

— Trinity Lynn Marrow ! Ma fille, je jure devant Dieu que quand je vais te mettre la main dessus…

Arrêtée dans mon élan, je fermai les yeux. Misha.

— J'admets que je ne m'attendais pas à le découvrir aussi tôt.

Le ton de Zayne était empreint d'humour.

— Je ne te connais pas, dis-je en me retournant. Mais je ne t'aime pas.

— Ce n'est pas très gentil.

Avant que j'aie pu l'informer que je m'en fichais complètement, Misha déboula dans la clairière. En l'espace de quelques secondes, il se retrouva entre Zayne et

1. Jeu de mots signifiant : « Mêle-toi de tes oignons ». (*N.d.E.*)

moi, comme s'il soupçonnait Zayne d'être un animal sauvage sur le point d'attaquer.

— Recule, grogna Misha, levant une main menaçante vers Zayne, ce qui m'obligea à regarder par-dessus son épaule.

Zayne ne recula pas.

Au contraire, il s'avança pour s'arrêter à quelques centimètres de la main de Misha et, en se penchant sur le côté, regarder dans ma direction.

— Dites, vous n'êtes vraiment pas très accueillants par ici, on dirait.

J'esquissai un sourire malgré moi.

— Comme je l'ai dit, nous n'avons pas beaucoup de visiteurs.

— Ça se voit, répliqua sèchement Zayne.

Misha se déplaça pour que Zayne soit à nouveau bloqué. Pff, typique de Misha.

— Qui es-tu et que fais-tu là ?

— Il s'appelle Zayne, répondis-je pour lui. Et il fait partie du clan de DC. Ils ont été invités.

— Personne n'est invité par hasard, rétorqua Misha.

— Eh bien, il faut croire qu'il y a une première fois à tout.

La froideur de Zayne aurait pu geler les feuilles des arbres autour de nous.

Et moi qui pensais que Misha était l'un des Gardiens les plus grands et les plus effrayants que j'aie vu sous sa forme humaine… Zayne allait le détrôner.

— Je me fiche que tu sois invité ou non, répondit Misha, qui, pour sa part, exsudait une forte chaleur.

Et sans crier gare, il sauta devant Zayne, un geste officieux par lequel les Gardiens déclaraient le combat lancé.

— Tu ne devrais pas être dehors à rôder et à lui parler, fulmina-t-il.

— D'abord, je ne rôdais pas, lâcha Zayne. Ensuite, pourquoi je ne pourrais pas lui parler ? Parce qu'elle est humaine ou parce qu'elle frappe avant de parler ?

Oh, mon Dieu !

Je contournai Misha et plantai mes yeux dans ceux du Gardien blond.

— J'ai voulu te frapper, parce que…

— Je marchais derrière toi ? Je suis désolé. J'essaierai de ne plus recommencer, ironisa-t-il, et même si je ne pouvais distinguer son visage, je perçus le sourire dans sa voix.

— Qu'est-ce que tu fiches ici ? répéta fermement Misha.

Pour une fois, la question ne m'était pas adressée.

Zayne marqua une pause avant de répondre :

— J'avais juste besoin de prendre l'air. Le voyage a été long.

Je haussai un sourcil, surprise qu'il n'ait pas souhaité m'enfoncer plus encore.

— Bien, alors maintenant que tu t'es aéré, je te suggère de retourner dans la Grande Halle.

Une partie de moi s'attendait à ce que Zayne refuse. Il semblait du genre combatif.

Au lieu de quoi, à ma grande surprise, il recula d'un pas.

— Oui, il est temps que je rentre.

— Parfait, grogna Misha.

Zayne inclina la tête à mon intention.

— Enchanté de t'avoir rencontrée… Trinity Lynn Marrow.

J'allais exploser en hurlant, mais Misha s'empara de mon bras, et je finis par ravaler mes jurons.

— Je vais me montrer clémente et oublier ton insolence, criai-je à la place.

— Se montrer aventurière, c'est beaucoup plus amusant, répliqua Zayne.

Je me retournai d'un coup vers lui, mais Misha ne me lâcha pas et me traîna à sa suite.

— Merde, Trin.

Je devais faire des pas de géant pour le suivre, avec ses jambes anormalement longues.

— Quoi ? Je n'ai rien fait.

— Tu ne fais jamais rien.

Je fronçai les sourcils.

— Qu'est-ce que ça signifie ?

— Eh bien, parlons du jour où tu t'es énervée et où tu t'es cachée dans la Grande Halle pendant une journée entière en faisant croire à tout le monde que tu avais disparu. Et quand on t'a retrouvée, tu n'as rien trouvé d'autre à dire que : « Je n'ai rien fait de mal. »

Je levai un bras, dépitée.

— Hein ? J'avais huit ans à l'époque, et t'étais vraiment méchant avec moi.

— Et la fois où tu as pleurniché pour que je t'emmène au cinéma en dehors de la communauté et où tu m'as planté pour aller retrouver des mecs rencontrés sur Internet ?

— Je travaillais.

— Non, tu jouais à *Ghost Whisperer*, corrigea-t-il.

— Je ne jouais pas ! Un esprit avait besoin qu'on transmette un message extrêmement important.

— Et quand tu es tombée du toit et que c'est moi qui ai été accusé ? C'était il y a un mois.

Je fis la moue.

— Et que dire de la nuit où tu as franchi les murs pour aller te battre avec des Charognards, Trin ?

Mes joues rougirent tandis que nous sortions du couvert des arbres et approchions de la maison de Thierry.

— Tu sais pourquoi j'ai agi ainsi, et tu es sorti de l'enceinte, toi aussi.

— On ne parle pas de moi.

— Oh, bien sûr que non.

Misha ne releva pas.

— Tu causeras ma mort.

— Je pense que c'est un poil exagéré, me moquai-je.

En vérité, oui, il pourrait mourir par ma faute.

— Ah oui ?

— Oui.

Il marmonna un juron.

— Alors comme ça, tu écoutais Thierry en douce pendant qu'il leur parlait ?

— Tu vas te fâcher si je réponds que oui ?

— Trinity.

Je soupirai.

— Oui, j'écoutais en cachette. Zayne m'a vue et m'a suivie dehors. C'est pour ça qu'on parlait.

— Qu'est-ce que tu as entendu ?

— Ils sont venus demander du renfort. Il se passe quelque chose à DC.

— Quoi ?

— Ils ont dit que quelque chose tuait des démons et des Gardiens. Apparemment ce ne serait pas un démon, expliquai-je. Ils voulaient repartir immédiatement, mais Thierry leur a dit de rester pour la Cérémonie.

— Quelque chose qui n'est pas un démon tue des Gardiens ?

— Ouais.

— Ça n'a aucun sens.

— Ouais, répétai-je. Il y a un grand méchant dehors qui tue des Gardiens. On va peut-être nous *appeler*. Tu ne crois pas ?

Il fronça les sourcils en me regardant.

— Je l'ignore.

Il y avait bien un moment où on serait sollicités. On partirait d'ici. Ensemble. Et pour se battre. Je haussai les épaules.

— Quoi qu'il en soit, ils pourraient séjourner ici une semaine.

Misha resta silencieux pendant plusieurs secondes.

— Je veux que tu restes dans la maison jusqu'à ce qu'ils soient partis.

— Tu es sérieux ?

On traversa l'allée. Les projecteurs s'allumèrent, alertés par notre présence, et leur luminosité me fit grimacer.

— Je ne peux pas m'enfermer tout ce temps, ajoutai-je.

— Tu as oublié pourquoi on ne reçoit jamais de visiteurs ? Ou tu es juste une égoïste écervelée ?

— Y a-t-il une troisième option ?

Misha s'arrêta devant les larges marches du porche éclairé. Le regard rivé sur moi, il me toucha les joues du bout des doigts, m'obligeant à le regarder dans les yeux.

— Tu peux le faire, s'il te plaît ? Rester cachée ?

La frustration tonna en moi tel un orage d'été.

— Je ne peux pas passer mes journées séquestrée dans la maison, Misha. C'est ridicule. Je ne suis pas une prisonnière.

Il eut une expression exaspérée.

— C'est juste pour une semaine, et seulement s'ils restent aussi longtemps.

— Une semaine, c'est une éternité.

— Passer quelques jours dans une maison pourvue de tout ce qu'il faut pour t'occuper, ce n'est pas une éternité, petite morveuse, assena-t-il, laissant retomber ses mains. Tu peux t'installer devant la télé et manger non-stop au lieu de t'entraîner.

— Je ne veux pas rester assise à ne rien faire. Ça me pousserait à commettre quelque chose de totalement irresponsable et imprudent.

— Vraiment ?

— Je connais mes limites.

— Tu sais, la plupart des gens seraient heureux d'en avoir fini avec l'école et de pouvoir se détendre.

— Je ne suis pas la plupart des gens.

Nos cours ayant pris fin à la mi-mai, Misha et moi étions passés de quatre heures d'entraînement par jour à environ huit. Conclusion : je m'ennuyais encore incroyablement.

Il ignora ma remarque pourtant très valable.

— Tu pourrais considérer ça comme des vacances.

— Des vacances de quoi, exactement ? m'emportai-je, au comble de l'agacement. J'ai besoin de prendre des vacances de quoi ?

— Trin, soupira-t-il.

— Ne me parle pas comme ça, Misha. Toi, tu peux quitter cette communauté quand tu veux…

— Ce n'est pas tout à fait vrai, et tu le sais, me fit-il remarquer, la mâchoire crispée par la colère. Si tu sous-entends que je suis libre quand tu ne l'es pas, c'est injuste.

Un sentiment de culpabilité s'empara de moi, rapidement remplacé par la morsure amère du chagrin d'amour. Il avait raison, et je me comportais comme une gamine. Ce n'était pas comme si Thierry lui avait donné le choix, en l'appariant avec moi, nous préparant tous les deux pour…

Je pris une grande inspiration et contemplai le garçon avec qui j'avais grandi. Celui que j'avais vu devenir un jeune homme. Et, pour la première fois, quelque chose me frappa violemment.

— Tu veux ça ? chuchotai-je.

Ses sourcils se froncèrent.

— Quoi, « ça » ?

— Nous. Être lié à moi. Cette vie.

Je remarquai à son visage qu'il venait de comprendre.

— Trin…

Je pris ses mains dans les miennes.

— Sois honnête avec moi, Misha. Je sais qu'on ne peut rien y changer, que la chose est déjà faite, mais je… j'ai besoin de savoir, voilà.

Il resta silencieux, et les battements de mon cœur s'accélérèrent.

— C'est ce pour quoi j'ai été élevé, Trin. C'est tout ce que je sais et, comme tu l'as dit, ce n'est pas comme si on pouvait y changer grand-chose.

Un peu nauséeuse, je détournai le regard et laissai retomber ses mains.

— Ce n'est pas pareil de le vouloir.

Misha se tourna, et quand je le regardai, je le vis passer la main dans ses boucles indisciplinées – il les détestait, alors que je les avais toujours trouvées adorables – et, tandis qu'il levait les yeux vers la maison où nous vivions, où nos chambres n'étaient séparées que par quelques murs, j'eus soudain envie… de pleurer.

C'était peut-être dû à la période du mois, parce que je n'avais jamais pleuré.

Mais non, ce n'était pas ça.

La brûlure au fond de ma gorge était là, parce que j'avais passé presque toute ma vie aux côtés de Misha et que nos vies étaient irrémédiablement liées. Pourtant, jamais je ne m'étais demandé ce qu'il pouvait ressentir à ce sujet.

Ou plutôt si, mais de manière superficielle. J'avais surtout pensé à ce que j'éprouvais, moi.

— Je suis égoïste, chuchotai-je.

Misha tourna la tête vers moi.

— En temps normal, j'apprécierais cette prise de conscience si rare et ne la remettrais pas en question, mais qu'est-ce qui te pousse à penser ça ?

Ma lèvre inférieure trembla.

— Je n'avais jamais envisagé que tu puisses ne pas vouloir cette vie.

— Trin, arrête. (Il était à nouveau devant moi, les mains sur mes épaules.) Bien sûr que je la veux. C'est un honneur d'être ton Protecteur.

Je lâchai un rire rauque.

— Ah oui ? Parce que je n'ai pas…

— C'est un honneur, insista-t-il en exerçant une pression sur mes épaules, et le poids de ses mains était à la fois réconfortant et étouffant. Je le pense vraiment. Avoir été choisi pour être à tes côtés, c'est le plus grand des honneurs.

Il semblait sincère, vraiment. Pourtant, moi, j'avais l'air de penser des choses tout le temps, or ce n'était pas le cas.

Misha m'attira contre son torse, et je me laissai faire, nouant vaguement les bras autour de sa taille tandis qu'il repliait les siens autour de mes épaules. Quand j'étais plus jeune, j'avais accueilli ces étreintes avec plus de plaisir que je ne m'en étais rendu compte alors et, même en grandissant, j'avais toujours pu trouver du réconfort dans ses câlins. Mais maintenant ?

Maintenant, ça me démangeait.

Misha resta silencieux un long moment.

— J'ai été ridicule de suggérer que tu t'enfermes dans la maison. Tu finirais par y mettre le feu. (J'esquissai un sourire.) Mais peux-tu me faire une faveur ? (Je hochai la tête contre son torse.) Peux-tu rester loin de Zayne ?

Celle-là, je ne m'y attendais pas.

Je reculai pour le dévisager.

— Non pas que je veuille devenir sa meilleure amie pour la vie, mais où est le problème ?

— J'ai... entendu parler de lui, avoua-t-il en baissant les bras. Ce n'est pas un gars bien, Trin. Zayne n'est pas très fréquentable.

4

Je restai sagement cloîtrée, comme une gentille petite Trinity. Misha était parti après m'avoir escortée jusqu'à ma chambre, parce que je me sentais mal à cause de la nuit passée. J'avais veillé assez tard à attendre qu'il revienne, mais il n'avait pas réapparu ; sans doute était-il tombé sur Jada ou Ty, le petit ami de celle-ci.

Bref, j'avais passé beaucoup de temps seule, ce qui signifie que j'avais énormément réfléchi pour arriver à la conclusion que, eh bien… que je devais peut-être des excuses à Zayne.

Il ne m'avait pas attrapée, en vérité. Peut-être m'avait-il bel et bien appelée, et je ne l'avais pas entendu. Et, d'accord, ma réaction avait peut-être été un peu excessive. Bref, je devrai probablement m'excuser quand je le reverrai – si je le revoyais. Mais je n'allais pas pour autant le chercher. Si Misha jugeait qu'il était infréquentable, c'est que c'était vrai.

D'un autre côté, je mourais de curiosité : pourquoi Zayne était-il une mauvaise fréquentation ?

Voyez à quel point je m'ennuyais.

Agacée, je laissai tomber ma brosse à dents sur son support, puis jetai un coup d'œil à mon reflet après avoir chaussé mes lunettes que j'avais posées sur le bord du lavabo. Des mèches de cheveux humides me collaient aux joues.

Je me traînai jusqu'à mon lit et m'allongeai sur le dos. Mes lunettes remontèrent sur l'arête de mon nez tandis que je fixais dans le noir les étoiles scintillantes qui parsemaient mon plafond. Elles étaient à peine visibles, vu qu'il faisait jour.

Heureusement, Netflix venait de mettre en ligne *Le Prince de Bel Air*, et il y avait six saisons avec Will Smith à regarder.

En roulant sur le côté, je posai les yeux sur la photo encadrée sur ma table de nuit et sur le vieux livre en lambeaux qui se trouvait à côté. Pris deux ans plus tôt, le cliché nous montrait, ma mère et moi. Le 20 mai. Jour de mon seizième anniversaire. L'image ne m'apparaissait que sous la forme d'une tache, mais je savais à quoi elle ressemblait dans mon cœur et dans mon esprit.

Elle avait été prise par Thierry au Foyer, pendant la journée. Maman et moi étions assises sur le banc de pierre, ma joue posée sur son épaule, et j'avais à la main une voiture rose Barbie. Pour plaisanter, j'avais demandé un véhicule pour mon anniversaire. Et ce pour deux raisons : personne n'avait de voiture dans la communauté, puisque tout le monde marchait… ou volait. Et parce que je ne conduirais jamais. Je n'avais pas les yeux pour. Donc, maman, fidèle à elle-même, m'avait offert ce jouet, entre autres cadeaux.

C'était… tellement elle.

Le livre aussi venait de maman. Son préféré. Un vieux livre de poche avec, en couverture, un couple qui s'enlaçait. La femme regardait l'homme avec amour. *Hearts Aflame* de Johanna Lindsey. En grande fan de romance historique, ma mère avait lu ce livre une centaine de fois.

Et moi une dizaine de fois avant que les lettres deviennent trop petites pour que je puisse les déchiffrer, même avec mes lunettes.

Que ça me manquait de le lire ! D'une certaine manière, en me plongeant dedans, je me sentais proche de maman. Je l'avais téléchargé en e-book sur mon iPad, mais ce n'était pas la même chose que l'édition papier.

Ce n'était jamais pareil.

En me redressant, je rajustai mes lunettes. Les images à la télévision étaient pour la plupart floues, même après que Thierry avait remplacé mon téléviseur trente pouces par un cinquante pouces. Je pris la télécommande.

— Qui sont les dangereux étrangers dans la Grande Halle ? L'un d'eux vient d'emménager dans ma chambre, Trinity. Dans *ma* chambre à coucher.

Je sursautai en entendant la question et laissai tomber la télécommande sur le lit. Nabot franchit la porte – *fermée* – de ma chambre.

Nabot était un surnom bizarre, mais c'était ainsi que ses amis l'appelaient, parce qu'il ne mesurait guère plus d'un mètre cinquante. C'était le sobriquet qu'il préférait, et je n'avais aucune idée de son vrai nom.

Nabot était… Il était décédé dans des circonstances bizarres, lors d'un concert des Whitesnake dans les années 1980. Il était mort après avoir grimpé bêtement sur l'un des immenses haut-parleurs alors qu'il y avait de l'orage, prouvant ainsi qu'il n'était pas l'ampoule la plus brillante qui soit. L'histoire raconte que la foudre était tombée près de la baffle, ce qui l'avait fait lâcher prise au point qu'il en avait fait une chute mortelle.

À dix-sept ans.

Tragique.

Je l'avais vu pour la première fois il y avait environ huit ans, quand ma mère et Thierry m'avaient emmenée chez un ophtalmo à Morgantown, à deux heures d'ici. À dix ans, j'avais vu assez de fantômes et d'esprits pour reconnaître Nabot quand je l'avais aperçu debout sur le trottoir, l'air blasé et un peu perdu.

Le concert où il avait trouvé la mort avait eu lieu tout près, et il avait passé Dieu sait combien de temps à errer dans les rues de Morgantown. Il s'était attaché à moi à l'instant où il avait compris que je pouvais le voir et lui parler, et il avait fait ce que font certains fantômes.

Il m'avait suivie jusqu'à la maison.

J'avais essayé de le faire traverser, mais il avait refusé. Résultat : il était coincé et ressemblait à ce qu'il était au moment de son décès plutôt qu'à un esprit à part entière. Il portait un tee-shirt vintage – avec le nom du groupe écrit en blanc et le chanteur sérigraphié –, un jean noir serré et une paire de Chuck Taylor rouges.

Ironie du sort : sa tenue était revenue à la mode.

Ses cheveux hirsutes et noirs avaient la judicieuse idée de cacher la légère entaille à l'arrière de son crâne, que j'avais eu le malheur de voir une fois. Gros, gros traumatisme crânien.

Alors, oui, Nabot était tellement bloqué dans les années 1980 que la moitié du temps, je ne comprenais pas ce qu'il essayait de me communiquer.

C'était une rareté – une créature qui se savait morte et pouvait interagir avec son entourage, qui avait trépassé depuis des décennies mais n'avait pas rejoint l'au-delà et qui, pourtant, parvenait à se montrer gentille.

Nabot était maintenant un peu comme un colocataire, que j'étais la seule à voir. Il devait toquer avant de passer à travers les murs et les portes.

C'était la seule règle.

Et ne pas toucher à mes affaires, aussi, surtout depuis qu'il avait appris à accéder à mon iPad et à mon ordinateur portable. Et qu'il avait pris l'horrible habitude de mettre la pagaille dans mes vêtements.

Ce qui était particulièrement dérangeant.

— Tu es censé frapper, lui rappelai-je. (Mon cœur reprit un rythme plus normal.) Ce sont les règles.

Nabot leva ses bras transparents, formant, pour une raison qui m'échappait, des signes de paix avec ses doigts.

— Désolé, ma petite cocotte. Tu veux que je retourne dans le couloir et que je toque ? Tu verras, je serai parfait. Je vais toquer jusqu'à ce que la maison…

Je levai les yeux au ciel.

— Non. Ce n'est pas la peine. Où étais-tu ?

— J'me détendais... comme un méchant.

Il glissa jusqu'à la fenêtre – « glissa », car ses pieds ne touchaient pas le sol. La moitié supérieure de son corps disparut à travers le rideau pendant qu'il regardait dehors.

— Qui est le type dans ma chambre ? demanda-t-il.

Je fronçai les sourcils.

— Quelle est la chambre que tu estimes être la tienne ?

— Toutes les pièces de la Grande Halle sont ma chambre.

— Non, ce n'est pas vrai.

Il s'éloigna de la fenêtre, les mains sur les hanches.

— Et pourquoi pas ?

— Tu es un fantôme, Nabot. Tu n'as pas besoin d'une chambre.

— J'ai besoin d'espace pour vagabonder, vivre, respirer et être créatif...

— Tu ne vis pas, tu ne respires pas, et il y a plein de chambres d'amis vides, ici, lui fis-je remarquer. Tu peux les utiliser.

— Mais j'aime celle qui est dans la Grande Halle, chouina Nabot. Celle qui donne sur le jardin. Et elle a sa propre salle de bains.

Je le regardai fixement.

— Tu es mort. Tu n'as pas besoin d'une salle de bains.

Nabot soutint mon regard.

— Tu ne me connais pas. Tu ne sais rien de ma vie, de mes désirs, de mes besoins.

— Oh, Nabot, sérieusement ! (Je rampai jusqu'au bord du lit, puis posai les pieds sur le plancher.) Les autres chambres sont très bien.

— Je refuse cette situation.

Je secouai la tête.

— Qui occupe ta chambre, qui n'est pas vraiment ta chambre ?

— Un blond, très grand et costaud.

Mon cœur manqua un battement. Sans doute une indigestion... même si je n'en avais jamais fait.

— Zayne ?

Nabot s'approcha de moi, les pieds à quinze centimètres du sol.

— C'est son nom ? Thierry accepte de faire des échanges étudiants, maintenant ? Avec des Gardiens étrangers et sexy ?

Je reniflai.

— Pas vraiment. Ce sont des Gardiens de la capitale en visite.

— Ah, ouais. Rien à voir. Il n'accepte pas de petits nouveaux pour les entraînements.

— Non, ce n'est pas le moment de la reprise des cours, et leur présence ici n'a rien à voir. (Je marquai une pause.) J'ai rencontré l'un d'entre eux hier soir. Le blond. Zayne.

Il posa le menton sur son poing.

— Raconte ! J'ai tout mon temps. J'aimerais savoir le genre de travail que fait ce type pour avoir de tels abdos, parce que je viens de le voir dans toute sa gloire...

— Attends. Comment ça, tu l'as vu dans toute sa gloire ?

Je me sentis rougir à cette pensée. J'avais beau trouver Zayne agaçant et donneur de leçons, ça ne changeait rien au fait qu'il était à tomber.

— S'il te plaît, dis-moi que tu n'étais pas en train de l'épier.

— C'était un accident ! protesta Nabot en levant les bras au ciel. J'allais dans ma chambre...

— Ce n'est pas ta chambre.

— Et il sortait de la douche, sans rien d'autre qu'une serviette nouée autour des hanches. J'ai été choqué, je te jure.

Il s'assit sur mon lit et s'enfonça de plusieurs centimètres, ce qui eut pour conséquence de faire disparaître ses jambes et la moitié de son torse.

Comme si mon lit l'avait avalé à demi.

— Alors, il a commencé à s'habiller, et moi, je pensais : *Serre-moi plus fort, petit danseur,* ce n'est pas l'Amérique qu'on m'a promise, mais c'est l'au-delà qu'il me faut.

— Je ne comprends pas ce que tu me dis.

— Commence par me donner le 06 de ce clan de DC.

— Leur 06 ? répétai-je en secouant la tête. Je ne sais pas grand-chose sur eux. Ils sont là pour obtenir des renforts.

Nabot se leva, ce qui donna l'impression qu'il était assis sur mon lit.

— C'est chiant. Pourquoi ont-ils fait tout ce chemin depuis Washington pour en demander ? Je veux dire, FaceTime et Skype, ça existe.

Je le dévisageai, et il me fallut un moment pour me recentrer.

— Ouais, c'est bizarre qu'ils aient fait tout ce chemin et qu'ils en aient eu la permission, d'ailleurs.

Nabot se mit à flotter au-dessus du lit.

— Hum. Peut-être que...

Un coup à la porte nous interrompit, suivi par la voix de Misha :

— Trin, tu es réveillée ?

— Il a frappé, me fit remarquer Nabot.

— Oui, répondis-je à Misha en sautant du lit. Entre !

La porte s'ouvrit, et Misha pénétra dans la pièce, vêtu d'un legging en nylon noir, d'un débardeur et de baskets. Comme s'il revenait de son footing.

Il referma la porte, tout sourire.

— Tu as l'air bien joyeuse ce matin.

— Je suis contente de te voir, répondis-je avant de grimacer quand Misha avança et traversa littéralement Nabot. Euh...

Nabot se dispersa comme une fumée prise dans une forte brise, et Misha s'immobilisa, ouvrant tout grand ses yeux bleu vif.

— Est-ce que je viens de traverser le fantôme ?

— Ouais, acquiesçai-je.

Derrière Misha, Nabot réapparut, les bras croisés.

— Quelle grossièreté !

Misha frissonna.

— C'est tellement flippant que ça me met mal à l'aise.

— Comment tu crois que je me sens, moi ? rétorqua Nabot, même si Misha ne pouvait pas l'entendre. Tu étais littéralement à l'intérieur de mon corps. À l'intérieur de chaque partie de mon corps. Chaque. Partie.

Je fronçai le nez.

— Qu'est-ce qu'il dit ? demanda Misha.

— Mieux vaut pas que tu saches, lui conseillai-je. Il est ici parce qu'il est furieux que nos visiteurs prennent possession de « ses » chambres, et j'essayais de lui expliquer que, vu qu'il est mort, il n'a pas besoin de chambre. Mais il ne comprend pas.

— Et mes sentiments, tu en fais quoi ? (Écartant les bras, Nabot s'envola vers la porte.) Je m'en vais voir si Zayne se déshabille à nouveau. À plus !

Ma mâchoire se décrocha.

— Il est toujours là ? demanda Misha, qui balaya la pièce du regard.

— Non. Il est parti jouer les pervers.

Il plissa le nez.

— Tu as raison, il vaut vraiment mieux que je n'en sache pas plus. En fait, je suis surpris.

— Pourquoi ?

— Je ne m'attendais pas à te trouver là. (Il sourit quand je levai les yeux au ciel.) Tu fais vraiment profil bas ?

— Pour l'instant, marmonnai-je. Tu t'es bien amusé, hier soir, dans la Grande Halle avec tout le monde ?

Il sourit, narquois, et se détourna.

— Tu as l'air jalouse.

— Je ne suis pas jalouse.

— Vraiment ?

Il se dirigea vers ma chaise de bureau et s'y assit. Quand il me fit face, il me coula un regard signifiant qu'il n'était pas dupe. Je croisai les bras.

— Peu importe.

— En fait, je suis ici pour t'apprendre que j'ai enfin pu parler à Thierry hier soir, à propos de Clay.

— Qu'est-ce qu'il a dit ?

Misha décrivit un cercle avec ma chaise à roulettes.

— Il va lui parler ainsi qu'à ses instructeurs. Sa Cérémonie sera sûrement retardée d'un an afin de s'assurer qu'il est assez « mature » et « respectueux » et qu'on puisse lui faire assez confiance pour l'affecter à l'un des avant-postes.

— Waouh.

Je savais que Thierry réprimanderait Clay, pourtant j'étais surprise de voir jusqu'où allait la punition. Une partie de moi, au fond, avait craint que cet incident ne m'attire des problèmes. C'était stupide, mais je ne pouvais m'en empêcher, même si je savais que je n'avais rien fait de mal. Dès leur naissance, les Gardiens mâles étaient placés sur un piédestal, et notre structure sociale a été fondée sur la misogynie. Un peu comme chez les humains.

— Il y est allé fort, Thierry.

Le sourire de Misha retomba.

— Tu es surprise ?

— Un peu. Tu sais comment ça se passe, admis-je, m'asseyant sur le bord du lit. Je savais qu'il prendrait des mesures, et je suis contente qu'il s'assure que Clay n'est pas un…

— Un sale type qui est allé trop loin ? suggéra-t-il.

Je hochai la tête.

Misha effectua une autre lente rotation sur le siège.

— Sois vigilante. Clay va probablement être énervé.

— Probablement, murmurai-je.

— Non pas que tu ne sois pas en mesure de te défendre, mais…

— Je sais. (Je soupirai, balayai une mèche de cheveux de mon visage.) Tu as vu nos visiteurs ?

Misha se fendit de nouveau d'un sourire narquois, et je fronçai les sourcils.

— Ouais, ils étaient là, et ils n'avaient pas l'air ravis. Enfin, bref, magne-toi d'enfiler ta tenue de sport pour qu'on puisse terminer notre entraînement.

Sur ces mots, il se leva.

— J'arrive dans dix minutes, promis-je.

Il s'arrêta à la porte.

— Oh que non, tu ne seras pas prête dans dix minutes, mais je t'attendrai dehors.

Je clignai des yeux.

— Pourquoi ?

— J'ai expliqué à Thierry que tu avais assisté en cachette à sa réunion d'hier, m'expliqua-t-il. Je suis sûr qu'il va vouloir te parler, ajouta-t-il avec un sourire tandis que ma mâchoire se décrochait.

— Tête de con ! criai-je quand Misha referma la porte derrière lui.

Je me laissai retomber sur le lit et lâchai un grognement. J'allais avoir de gros ennuis.

Gros, gros ennuis.

Jada frappa à ma porte. À ce stade, j'avais enfilé un legging noir et tee-shirt blanc ample qui glissait constamment d'une de mes épaules et allait sûrement m'agacer toute la journée.

Je relevai mes cheveux en queue-de-cheval tandis que Jada m'attendait au coin de mon lit. Elle portait une jolie robe bleu ciel, décolletée au niveau des épaules, avec une jupe longue et bouffante qui s'accordait très bien à sa peau brune. Ses cheveux noirs étaient coupés très court.

Parfois, je détestais Jada pour sa beauté naturelle.

— Je n'arrive pas à croire que Misha lui ait répété que j'étais dans la Halle, grommelai-je en resserrant ma queue-de-cheval.

— Sans doute qu'il s'y est senti obligé, au cas où quelqu'un d'autre parlerait à Thierry, répondit Jada.

Je la détestais aussi parfois pour sa logique.

Je sortis de la salle de bains en tirant sur mon tee-shirt pour le remettre sur mes deux épaules.

— Allez, finissons-en.

Jada se leva en riant.

— Désolée. On dirait que tu vas au bûcher.

— Ton oncle est flippant quand il est furax.

Je la suivis hors de la chambre et refermai la porte. Dans le couloir, je regardai autour de moi : aucune trace de Nabot.

— C'est vrai qu'il peut être effrayant, convint-elle au moment où on atteignait le haut de l'escalier. Tu sais, je m'attendais à ce que tu tiennes au moins un jour avant d'être vue par l'un d'eux.

On entama la descente des marches.

— Tu me connais, j'aime dépasser les attentes.

Elle lâcha un petit rire au moment où on atteignait le palier du deuxième étage.

— Alors, tu as vraiment frappé Zayne ?

— Comment tu sais ça ? Misha te l'a dit ?

— Oui. (Elle glousse en m'entendant grogner.) Donc, tu l'as fait. Pourquoi ?

— Tu l'as rencontré ?

Elle me jeta un coup d'œil par-dessus son épaule, tout sourire.

— Hier soir. Il est… mignon.

— Je ne suis pas sûre que « mignon » soit l'adjectif approprié, et je me demande ce que Ty penserait de ton avis.

Jada s'esclaffa.

— Je vais peut-être m'accoupler avec Ty, mais ça n'empêche pas mes yeux de fonctionner.

« L'accouplement », c'était la façon archaïque et super dégueu dont les Gardiens désignaient ce que les gens normaux appelaient le mariage. Ils avaient une cérémonie très similaire, sauf que le rituel d'accouplement durait trois jours. L'accouplement était… eh bien, c'était pour toujours. Le divorce ou la séparation n'étaient pas reconnus chez les Gardiens. C'était tellement dépassé, d'autant plus qu'ils organisaient beaucoup d'accouplements arrangés.

Ty et Jada avaient de la chance, cependant. Honnêtement, je ne savais pas ce que c'était d'être amoureuse. D'être aimée ou d'aimer d'une manière passionnée, qui vous donnait envie de faire des choses ridicules comme unir sa vie à celle d'une autre personne.

Et si je restais ici, je ne risquais pas de découvrir ce qu'était l'amour.

— Tu devrais écrire un livre sur la façon d'impressionner et de te faire apprécier des personnes que tu rencontres, ironisa-t-elle.

— Tais-toi.

Je rigolai en la poussant dans le dos. Elle trébucha d'un pas.

— N'empêche, pourquoi tu lui as flanqué un coup de poing ? reprit-elle. Il a l'air super cool.

Elle me précédait dans un dédale de couloirs tous très éclairés. Thierry laissait toujours les lumières allumées, de jour comme de nuit.

— Quoi ? m'étonnai-je. Il s'est comporté comme un con.

— Après que tu t'es jetée sur lui ?

— Eh bien, oui, mais… (Je fermai la bouche, refusant de penser à Zayne et de parler de lui.) Tu sais quoi ? Laisse tomber. Tu as entendu ce que pense leur chef de clan de ce qui se passe en ville ?

— Au dîner, ils n'ont parlé que de trucs ennuyeux, comme la météo et les membres du Congrès qui, selon eux, sont manipulés par des démons, dit-elle – je ne trouvais pas ce dernier point ennuyeux du tout, pour ma part. Mais Misha a mentionné quelque chose à ce sujet : ils pensent que quelque chose tue les Gardiens et les démons, c'est ça ?

— Qu'est-ce que ça t'inspire ?

Alors que nous passions devant le bureau vide de Thierry, je fus rassurée : je n'étais pas tant que ça dans le pétrin, car quand il était vraiment en colère contre moi, il aimait s'asseoir derrière son grand bureau pour me faire la morale.

— Je ne sais pas s'il y a vraiment quelque chose d'autre dehors, Trin. Ça a l'air fou... Attention, la porte ! (Elle attrapa mon bras et me tira de côté. J'étais tellement concentrée sur elle que je n'avais pas vu que la porte était ouverte.) C'est forcément un démon, mais exposer les corps sur la voie publique... Ça semble risqué. Si la population découvre l'existence des démons, ils seront tous morts. Les Alphas vont anéantir les démons.

Ces derniers élimineraient tous les Gardiens, et beaucoup d'humains innocents seraient tués par la même occasion.

C'était du moins ce qu'on nous disait.

— Tu penses vraiment que ça arriverait ? Je comprends l'existence des démons pour rééquilibrer le bien et le mal, mais s'ils savaient que les Alphas allaient les anéantir, pourquoi se seraient-ils soulevés il y a dix ans ?

Le regard de Jada se fit acéré, comme si elle n'en revenait pas que je remette en question le bien-fondé de cette vieille croyance.

— Beaucoup des démons impliqués dans le soulèvement étaient des Démons Inférieurs, trop stupides pour comprendre qu'ils signaient leur propre arrêt de mort. Ils pensaient sans doute qu'ils pouvaient prendre le contrôle du monde et le transformer en enfer. Tu le sais. On nous l'a appris.

— On nous a aussi enseigné qu'il y a toujours un Démon Supérieur qui tire les ficelles d'un Démon Inférieur, lui rappelai-je.

Elle me jeta un coup d'œil surpris en poussant la porte de la cuisine. Certes, je disais des choses bizarres, mais voilà le genre de pensées que j'avais quand j'étais confinée.

Même si ça ne faisait que douze heures.

— Coucou, Thierry ! lança Jada.

Je balayai la cuisine lumineuse du regard, jusqu'à ce que je le découvre, assis devant l'îlot central, une tasse de café devant lui, ses mains hâlées posées sur le comptoir en marbre blanc.

Il sourit à sa nièce quand elle se pencha pour l'embrasser sur la joue avant de se diriger vers le réfrigérateur.

— Salut, ma puce. Je ne savais pas que tu étais par ici.

— Je passe juste. Maman voulait que je récupère la spécialité de Matthew, la recette du rôti du Mississippi, répondit-elle. Et regarde sur qui je suis tombée.

Je m'avançai depuis le seuil de la porte, où j'étais restée plantée, mal à l'aise.

L'expression de Thierry changea quand il tapota le tabouret de bar à côté de lui.

— Viens t'asseoir.

Ayant l'impression d'avoir six ans et qu'on venait de me surprendre en train de piquer les guimauves dans la boîte à sucreries, je m'exécutai en traînant des pieds.

— Salut, dis-je sans conviction en lui jetant un coup d'œil, l'air de rien.

La peau autour de ses yeux se plissa.

— Salut.

— Tu veux quelque chose à boire ? me demanda Jada, qui se versait du jus de pomme.

Je secouai la tête, décidée à en finir sans plus attendre.

— Est-ce que tu es fâché ?

Thierry pencha la tête.

— À ton avis ?

Levant les mains, je les espaçai d'environ trente centimètres.

— Fâché comme ça ?

— Disons qu'hier soir, j'ai brièvement envisagé de verrouiller tes portes et fenêtres, répondit Thierry en prenant sa tasse. Tu te trouvais dans la Grande Halle, et tu savais que tu n'aurais pas dû y être. Si le reste du clan t'avait vue, qu'auraient-ils pensé, à ton avis ?

Je croisai les mains sur mes genoux.

— Que je suis... trop curieuse ?

— Oui, mais ils se seraient surtout demandé pourquoi j'ignorais qu'on écoute en cachette une conversation très importante. Tu comprends ce que cela révèle de mon autorité ? Nos visiteurs auraient pu être offensés de constater que je n'avais pas sécurisé le périmètre.

En regardant Jada, je vis qu'elle fixait studieusement ses ongles rose vif.

— Je suis le Duc, et personne ne devrait écouter mes réunions sans mon accord, poursuivit-il – à ce stade, je me sentais réduite à la taille d'une banane, or je détestais les bananes. Tu as de la chance que ce soit Zayne qui t'ait vue et qu'il semble s'en être plus amusé qu'autre chose.

« Amusé » ? Je l'avais amusé ? Ça...

— Tu sais que mon pouvoir peut être contesté à tout moment.

Médusée, je tournai vers lui un regard interrogateur. Est-ce que le fait que j'écoute aux portes pouvait à ce point porter préjudice à Thierry ? Cela pouvait-il tant le dévaloriser que son statut de Duc serait remis en cause ?

Cela semblait excessif.

Son regard bleu vif rencontra le mien et le soutint.

— Il se passe trop de choses en ce moment pour qu'on puisse accepter la moindre erreur.

En me mordillant l'ongle du pouce, ce que je faisais chaque fois que j'étais nerveuse, je reportai mon regard sur l'îlot.

Thierry toucha légèrement mon bras pour ramener mon attention sur lui.

— Tu sais combien il est important pour ta propre sécurité de te montrer plus intelligente que ne le laisse supposer ton attitude d'hier soir. Ton père ne serait pas ravi d'apprendre cela. Tu peux en être sûre.

Normalement, j'aurais ri du commentaire, mais quand Thierry faisait référence à mon père… C'était une tout autre histoire. Mon sang se glaça. Je n'avais pas besoin de regarder Jada pour savoir qu'elle ressentait le même frisson. Je ne pus m'empêcher de demander :

— Tu… tu vas lui dire ?

Thierry m'observa par-dessus le rebord de sa tasse. Je lis enfin ce qui était écrit dans ses yeux : « Je ne peux pas être l'adulte, aujourd'hui. » Une expression tellement typique de Matthew. Thierry baissa son mug.

— Non.

Je ressentis un profond soulagement.

— C'est seulement parce que je n'ai vraiment pas envie de parler à un tel salaud, ajouta-t-il.

Je clignai des yeux.

Les lèvres de Thierry tressautèrent.

— J'aurais préféré que nos visiteurs viennent et repartent sans t'avoir vue, mais c'est raté. Ils savent que tu vis ici, ou du moins Zayne le sait, et si on ne te revoyait plus, ils pourraient penser qu'on cache quelque chose. Ça ne veut pas dire que tu dois chercher à les croiser. Je sais combien tu es curieuse, trop curieuse. Reprends-toi.

Bon, ce n'était sans doute pas le bon moment pour lui faire remarquer que, en effet, on cachait quelque chose. Moi. Pour une fois, et c'était rare, je comprenais qu'il ne fallait pas dire la première chose qui me venait à l'esprit.

Alors je dis la deuxième :
— Je ne devrais pas chercher à les croiser parce que Zayne est un sale type ?
Les sourcils bruns de Thierry se haussèrent.
— Pardon ? Qu'est-ce qui te fait penser ça ?
Je jetai un coup d'œil à Jada.
— Je… ne sais pas…
Il pinça les lèvres.
— Zayne est… très honorable pour un si jeune homme. Il est l'opposé d'un… sale type.
Tout le contraire de ce que Misha m'avait dit. Bizarre. Comment Misha pouvait-il savoir quelque chose sur Zayne que Thierry ignorait ?
Je mis cette anomalie de côté.
— Je ne vais pas les chercher volontairement, mais… (Je pris une profonde inspiration.) Si l'un d'entre eux pose des questions sur moi et sur ce que je fais ici, que dois-je répondre ?
— La vérité.
Jada s'étrangla.
— Tu peux répéter ? couinai-je.
— Ils percevront la partie humaine en toi, et rien d'autre.
— Et s'ils demandent comment elle a atterri ici ? intervint Jada. On leur dit qu'une meute de loups l'a déposée ?
Je la dévisageai bêtement.
— S'ils demandent comment tu es arrivée dans cet endroit, tu leur raconteras la vérité, ce que connaissent tous ceux qui vivent ici, précisa Thierry en posant les bras sur l'îlot. Ta mère et moi, nous nous sommes rencontrés alors que j'étais à New York, quand tu étais toute jeune. Elle avait été victime de démons, et comme ses blessures auraient éveillé les soupçons des humains, nous l'avons amenée ici. Et elle est restée avec nous. Compris ?
C'était… un peu la vérité. Mais pas tout à fait. Je hochai quand même la tête.

Le regard de Thierry rencontra le mien une fois de plus.

— Nous ne savons pas de quoi ils sont capables, Trinity. Nous l'avons déjà appris à nos dépens avec des personnes que nous pensions connaître : la soif de pouvoir ne connaît aucune limite, aucune frontière.

Le froid revint, s'infiltrant à travers ma peau jusqu'à ma moelle, et j'eus soudain envie de vomir. Ça, je le savais. Oh, que oui !

L'un des prix que nous avions eu à payer... c'était la vie de ma mère.

— Je sais, chuchotai-je.

— Bien, répondit Thierry. Parce qu'ils ne doivent jamais savoir ce que tu es.

5

— Et donc tu n'as pas été punie ? Je n'en reviens pas.

Misha me tendit la dague en fer. Que je pris, enroulant les doigts autour de la poignée en cuir.

— Désolée de te décevoir.

Ses sourcils, plus bruns que roux, se froncèrent.

— J'espère au moins qu'il t'a crié dessus.

— Oui, il m'a fait la morale, grâce à toi.

Il renifla, sarcastique.

— Ça craint pour toi.

— C'est ta faute.

— Tu veux que je te prépare ce plat du restaurant où on est allés hors les murs, histoire de me faire pardonner ? Des frites au fromage et au bacon ?

Mes yeux ne se seraient pas écarquillés davantage si des anges s'étaient mis à chanter devant moi.

— Outback, chuchotai-je. Des frites au fromage façon Outback ?

— Oh, attends. J'ai déjà quelque chose de prévu. Je ne peux pas faire ça pour toi.

Je plissai les paupières.

— Quel crétin !

Il gloussa, mais au fond, c'était probablement mieux qu'il ne me prépare pas de frites au fromage. Les Gardiens avaient un métabolisme incroyablement rapide, tandis que l'ADN humain en moi pensait que j'avais constamment besoin de stocker des graisses comme si j'étais un ours sur le point d'entrer en hibernation.

Par chance – ou par malchance –, mon corps en stockait beaucoup au niveau de la poitrine. Et des hanches.

Et des cuisses.

Bref.

Je m'enverrais quand même volontiers cette assiette de frites au fromage toute seule si on m'en donnait l'occasion. Mon estomac gargouilla. Je serais allée jusqu'à faire de très vilaines choses pour obtenir ces frites, en fait.

Avec un soupir, je balayai du regard la salle gigantesque. Mon plat ne risquait pas d'apparaître par magie dans le vaste centre d'entraînement où les Gardiens étaient formés à toutes sortes de combats. Corps à corps. Lutte. Techniques défensives et offensives. Arts martiaux mixtes. Il y avait même des salles pour s'entraîner au tir sur cible avec des armes à feu. Non pas que les armes soient particulièrement utiles pour éliminer les démons, mais une balle dans la tête pouvait les ralentir et même les assommer pendant un moment.

Certaines salles possédaient cependant une double fonction. Le sol de celle où nous nous trouvions, Misha et moi, était couvert d'épais tapis bleus destinés à atténuer le choc des chutes à répétition lorsqu'on apprenait à tomber et à se relever. On s'y entraînait aussi au couteau, c'est-à-dire qu'on lançait des dagues très pointues sur des mannequins très réalistes.

Sentant la lame au creux de ma main, j'ouvris les doigts, puis les refermai. Le fer était mortel pour les démons. Tout comme les griffes et les dents des Gardiens, mais si vous vouliez mettre un démon hors d'état de nuire sans trop vous en approcher, une lame en fer plongée dans l'eau bénite était la meilleure solution.

Je jetai un coup d'œil vers le mannequin sans cheveux et sans expression à l'autre bout de la salle. Il était beaucoup trop loin pour que je voie les nombreuses entailles qui couvraient presque chaque centimètre carré de sa chair très bien imitée. De là où je me tenais, ce n'était qu'une forme floue.

Misha se déplaçait avec moi, de manière à ne jamais se trouver trop loin et à rester dans mon champ de vision.

— Tu sais, tu pourrais faire profil bas tant qu'ils sont ici. Tu n'es pas obligée de te tourner les pouces toute la sainte journée, mais disons que tu pourrais rester à distance de la Grande Halle.

— Je doute de les revoir, dis-je en levant ma lame.

Je pensais à ce que Thierry avait dit de Zayne. Son avis était très différent de celui de Misha.

— Tu ne vas pas à la Cérémonie, ce soir ? Ils seront là.

— Ça ne veut pas dire que je les verrai. Je doute qu'ils me remarquent.

— Tu ne te rends pas compte à quel point tu sors du lot.

Je posai sur lui un regard perplexe.

Il haussa un sourcil.

— C'est ta part humaine. Nous, on la sent.

— Je ne suis pas stupide. Je ne vais pas aborder l'un d'eux et lui dire : « Coucou, ravie de te rencontrer, je suis un mythe vivant. Tu veux mon 06 ? »

— Ton 06 ?

Je soupirai. Nabot serait tellement déçu.

— Laisse tomber.

Il croisa les bras et inclina la tête sur le côté.

— En fait, ça ne me surprendrait pas.

— La ferme.

Il sourit, narquois.

Je levai les yeux au ciel.

— Bon, tu t'y mets, ou quoi ?

Je me reconcentrai sur le mannequin. Je fis un pas en avant, puis fléchis légèrement le corps et laissai la dague s'envoler.

Elle frappa en plein dans la poitrine de la cible et s'enfonça jusqu'à la garde. Je baissai la main, soufflai et jetai un coup d'œil à Misha.

Il fixait le mannequin des yeux.

— Je ne comprends toujours pas comment tu fais ça.

Je lui adressai un sourire effronté.

— Je suis un flocon de neige, spécial, unique et beau.

Il lâcha un rire moqueur.

— Tu es quelque chose.

En vérité, je devais m'entraîner plus dur que les autres. Me concentrer plus fort pour compenser. J'étais douée parce que je ne pouvais pas laisser mes yeux me faire défaut. Et quand ils deviendraient trop défaillants, je devrais m'adapter.

Ce qui signifiait s'exercer plus encore.

Savoir utiliser les dagues et se battre était important, mais pas seulement dans le but de me défendre.

Pour me maîtriser également.

Ce que j'avais fait aux Charognards n'était qu'un minuscule aperçu de ce dont j'étais capable si je ne me contrôlais pas.

— Tu ne trouves pas bizarre que Thierry ait ordonné au clan de DC de rester pour la Cérémonie ? demandai-je aussi nonchalamment que possible. (Misha ne répondit pas mais il fronça les sourcils.) C'était quand, la dernière fois qu'un des clans qui allait recevoir de nouveaux combattants est venu y assister ? insistai-je. Ce n'est encore jamais arrivé.

— Où veux-tu en venir ? demanda-t-il.

— Je trouve ça bizarre. Les Gardiens ne voulaient pas rester ici. (Je haussai les épaules.) Et il n'y a au fond aucune raison qu'ils séjournent ici.

Il m'observa un long moment.

— Si tu passes plus d'une heure par jour dans ta chambre, ton cerveau commence à partir en vrille. Tu as encore regardé la chaîne ID ?

Je souris.

— Peu importe. Je regardais *Le Prince de Bel Air*.

Misha traversa la salle et saisit le manche de ma dague, qui fit un horrible bruit de succion quand il la retira de la cible.

— Encore ?

Je hochai la tête, et il me rapporta la dague. Je m'en saisis tout en jetant un coup d'œil à l'endroit où Misha se tenait.

— Tu as dit que tu connaissais Zayne et que c'était un mauvais gars. Qu'est-ce que tu as entendu sur lui ?

Il pencha la tête.

— Pourquoi tu demandes ça ?

— Parce que je suis curieuse, répliquai-je, ce qui était entièrement vrai.

Misha croisa les bras.

— Les membres de son clan ne sont pas, disons, fans de lui. Ils ne lui font pas confiance.

Bizarre, compte tenu du fait que son chef de clan l'avait pourtant amené ici.

— Où est-ce que tu as entendu ça ? Y a une sorte de tableau d'affichage réservé aux Gardiens ?

Il ricana.

— Ouais, exactement. Je connaissais un des Gardiens qui a été envoyé auprès d'eux l'année dernière pour leur prêter main-forte. Il m'a raconté des choses sur Zayne.

Les yeux braqués sur la dague, je savais que si je le harcelais à ce sujet, Misha finirait par se méfier. Il ne me connaissait que trop bien. Je lui confiais ma vie sans crainte, et pourtant j'avais un doute. Sa mise en garde concernant Zayne ne lui était-elle pas dictée par une sorte d'amour fraternel, plutôt que basée sur des faits avérés ? C'était comme si, à ses yeux, aucun gars ne serait jamais assez bien pour moi. Je n'avais parlé à Zayne qu'une fois, et ça n'avait pas vraiment été un coup de foudre. Plutôt un coup de bâton. Je jetai un nouveau regard à Misha.

Ses yeux pivotaient vers la porte et revenaient. Pas besoin de regarder ou de voir pour comprendre qui nous observait. En me rapprochant, je vis que les joues de Misha prenaient une teinte légèrement rosée.

— Tu rougis, le taquinai-je.

— Tais-toi, grommela-t-il en tournant le dos à la porte.

Mais il ne tint qu'un moment avant de jeter un coup d'œil par-dessus son épaule. Je tanguai d'un pied à l'autre.

— Je pense qu'Alina t'aime bien, dis-je, faisant référence à la jolie Gardienne à la peau foncée qui le reluquait depuis le seuil.

Misha tourna vivement le regard vers moi.

— Et je crois que tu aimes bien Alina, ajoutai-je.

— Trin..., commença-t-il.

Je repensai à ce qu'il m'avait dit, la nuit dernière. Que sa vie était irrévocablement liée à la mienne. Il ne l'avait pas exprimé en ces termes, mais presque, et ce n'était pas juste. Il n'avait que quelques mois de plus que moi et il endossait depuis longtemps une responsabilité que peu d'adultes avaient.

— Tu devrais aller lui parler.

Ses yeux s'arrondirent à cette idée, comme si elle ne lui était jamais venue à l'esprit. Puis son expression se ferma, et toute émotion disparut.

— Je travaille, là.

— Non, tu ne travailles pas, m'esclaffai-je. On a fini le gros de l'entraînement, et je n'ai pas besoin de toi pour m'exercer avec les dagues. Ce n'est pas comme si tu pouvais m'apprendre quoi que ce soit. Je suis largement meilleure que toi.

— Ce n'est pas ce que je voulais dire. Tu ne dois pas rester...

— Je peux rester seule. Je ne suis pas en danger ici.

— On ne peut jamais en être absolument sûrs.

Je refusai de prêter attention au frisson qui passa sur ma peau.

— C'est bon, ça va. Je vais continuer de m'exercer avec les lames, et ensuite je rentre à la maison voir ce que fabrique Jada. Je n'ai pas besoin que tu sois mon Protecteur à chaque seconde de la journée...

— Je ne fais pas que ça.

Mon regard croisa le sien tandis que mon sourire s'éteignait et que j'abaissais la lame.

— Tu fais exactement ça, plutôt ?

Un moment s'écoula tandis qu'il soutenait mon regard.

— Je voulais dire que je suis aussi ton ami, pas seulement ton Protecteur.

Je continuai de le fixer. Il se comportait bizarrement.

— Tu es mon ami, oui, et je te le dis en tant qu'amie : tu devrais aller parler à Alina.

De nouveau, il jeta un coup d'œil par-dessus son épaule, et je vis la lueur qui passait sur son visage. Un désir ardent. Ce fut bref mais impossible à manquer. Je ne pouvais pas me tromper, je savais à quoi ça ressemblait.

Je savais ce qu'on éprouvait.

C'était ce qui m'avait conduite chez Clay. Dommage que le rencard se soit terminé par sa chute dans un rosier, mais mon trop-plein de désir me compliquait parfois les choses.

— Tu me suis comme mon ombre à cause de nos visiteurs, et ça paraît bien plus suspect que vous ne l'imaginez, Thierry et toi. (Je haussai les épaules.) Va lui parler. Emmène-la prendre un café ou un smoothie. Je t'écris un texto plus tard.

Pendant un long moment, je crus que Misha allait refuser. Puis, il prit une profonde inspiration et me fit face.

— Combien de temps vas-tu rester ici ?

— Pas plus d'une demi-heure. Ensuite, je rentre.

— C'est certain ?

Je soupirai.

— Oui.

Misha semblait avoir pris sa décision. Il hocha la tête.

— OK. Tu m'envoies un message.

— Promis. (Je me mordis la lèvre et lui souris.) Dis-lui qu'elle est très jolie et écoute-la quand elle parle.

— La ferme.

Il se tourna.

— Et ne la regarde pas fixement…

— Je sais comment me comporter avec une fille, me coupa-t-il.

— Tu es sûr ?

Il parut à deux doigts de m'étrangler, si bien que je pouffai. Il secoua la tête, et je le regardai se diriger vers Alina. J'attendis que leurs silhouettes disparaissent dans le couloir, puis je me dirigeai vers la petite table contre le mur. Posée sur une sacoche en cuir, il y avait la deuxième dague en fer.

Je m'en saisis, me demandant combien de temps Misha resterait auprès d'Alina avant de retourner à son devoir.

« Je suis aussi ton ami. »

Il ne mentait pas, au fond, et moi non plus en lui répondant qu'il l'était aussi. Car il était mon ami, un de mes meilleurs amis, comme Jada et même Ty. Comme Nabot. D'accord, c'était un fantôme, mais il comptait quand même. Hormis eux, je n'étais proche de personne dans la communauté.

J'avais pensé qu'avec Clay, ce serait différent. Non pas qu'il ait été follement amoureux ou brûlant de désir pour moi, mais je m'étais imaginé qu'il… qu'il pouvait représenter quelque chose.

Et que ce serait mieux que rien.

Je repoussai cette pensée, comme je le faisais chaque fois que je m'appesantissais un peu trop sur mon avenir.

Si dans l'ensemble les gens m'avaient acceptée, certains demeuraient méfiants quant à la présence d'une « humaine » parmi eux. D'autres m'ignoraient carrément. C'était difficile de se rapprocher de quiconque ne connaissait pas la vérité sur vous.

Et puis, il y avait ceux qui considéraient que je ne méritais pas d'être parmi eux et de récolter le fruit de leurs sacrifices. J'en connaissais assez sur le monde extérieur et tous les problèmes auxquels il était confronté pour savoir que nos communautés autonomes et préservées pouvaient paraître idylliques en comparaison.

Misha aurait-il été mon ami s'il n'avait pas été lié à moi ? Cette interrogation me bouleversait. Pire encore : Jada serait-elle mon amie si son oncle ne nous avait pas accueillies, ma mère et moi ?

Il y avait des jours et des moments, comme maintenant, où je me sentais complètement seule. Pourtant j'avais honte d'éprouver ce sentiment, parce que des amis, j'en avais bel et bien, qui étaient d'ailleurs comme une famille. J'aimais Misha et Jada, mais ma mère me manquait, et je...

Je voulais plus.

Je voulais ressentir le désir ardent que j'avais lu sur le visage de Misha quand il avait aperçu Alina. Je voulais vivre la passion que Jada et Ty partageaient. Je voulais cet amour que je devinais dans les regards échangés par Thierry et Matthew, dans les mots qu'ils se murmuraient.

Je voulais tout ça.

Or je n'obtiendrais rien ici.

Soudain accablée, je revins me positionner face au mannequin. Je baissai les yeux sur les dagues pendant ce qui me sembla durer une éternité, à me répéter qu'il ne servait à rien de s'attarder sur des hypothèses ou de ruminer sur ce qui ne pouvait être changé.

J'avais le choix.

Je pouvais rester ici, ce qui serait le plus judicieux. Je serais en sécurité, et Thierry et mes amis n'auraient pas à s'inquiéter pour moi. Ou je pouvais partir et... vivre ma vie, même si cela signifiait regarder par-dessus mon épaule toutes les heures. Seulement Misha et moi resterions liés. Il serait capable de me trouver où que j'aille, de me sentir s'il s'approchait ne serait-ce qu'à une poignée de kilomètres. Et si quelque chose m'arrivait, il serait atteint à son tour. Ce n'était pas juste de le mettre en danger en m'enfuyant.

Un tremblement me secoua le bras. Je savais ce que je devais faire, ce que je voulais faire. Or il y avait peu de place dans cette vie pour les rêves.

Je pris une inspiration, la retins et lançai la dague. Pas plus d'une seconde plus tard, j'entendis un bruit satisfaisant qui m'arracha un début de sourire. Passant la deuxième lame dans ma main droite, je la lançai, et elle s'enfonça profondément en dessous de l'autre. Sur un brusque soupir, je laissai ma main retomber…

Des applaudissements me firent sursauter, puis attirèrent mon regard vers la porte. Personne. Mon regard pivota vers la droite.

Oh, merde.

C'était lui.

Zayne.

6

Appuyé contre le mur, les chevilles croisées, Zayne était trop loin pour que je puisse distinguer son expression. Il était habillé plus ou moins comme la veille : un henley noir associé à un jean foncé, qui formaient un contraste saisissant avec sa peau et ses cheveux dorés.

— Tu es vraiment douée, dit-il en croisant les bras. J'ai eu de la chance : tu aurais très bien pu avoir ces poignards sur toi, hier soir.

Mon cœur battait la chamade. Je jetai un coup d'œil à travers la salle vide avant de revenir sur lui.

— Merci. Depuis combien de temps es-tu là ?

— Assez longtemps pour me poser une question : est-ce que tu essayais de mémoriser chaque centimètre de la lame avant de la lancer ?

Je sentis mes joues s'échauffer. Super.

— C'est une habitude, chez toi, d'observer les gens en cachette ?

— Je pensai que tu m'avais vu, dit-il. (Et sans doute en était-il vraiment persuadé.) Ce n'est pas comme si j'étais planqué derrière un rideau.

Je plissai les yeux.

— Tu aurais pu dire bonjour au lieu de me regarder en silence.

— Eh bien, la dernière fois que j'ai essayé de t'avertir de ma présence, tu as tenté de me tuer.

Je haussai les sourcils.

— Je n'ai pas essayé de te tuer.

— Ce n'est pas l'impression que j'ai eue.
— Alors ton impression penche vers l'exagération.
— C'est difficile de discuter avec toi, commenta Zayne après un moment de silence.
Offensée, je lui lançai un regard noir.
— Je ne vois pas pourquoi.
— OK, je reformule : tu es querelleuse.
— Pas du tout.
Zayne me regarda fixement, comme si ma réponse constituait une preuve suffisante de ce qu'il affirmait.
Bon, certes, ça l'était plus ou moins, et ce constat m'irrita.
— Pourquoi es-tu ici ?
— Ici, sur terre, à cet endroit, en ce jour précis et à cette heure exacte ?
— Ce n'est pas ce que je voulais dire, l'interrompis-je, et j'aurais juré entendre un sourire dans sa voix. (Est-ce qu'il me... taquinait ?) Pourquoi es-tu dans cette pièce, à me reluquer ?
— À t'écouter, on croirait que je te harcèle.
— C'est toi qui l'as dit, pas moi.
Il s'écarta du mur, sans toutefois s'avancer.
— En fait, je suis un peu surpris de te trouver là, répliqua-t-il, au lieu de répondre à ma question.
Je commençai à me diriger vers le mannequin pour récupérer les dagues.
— Pourquoi ça ? Parce que je suis humaine ?
— Oui... (Il marqua une pause.) Beaucoup de Gardiens sont incapables de toucher une cible avec une telle précision.
Je ne pus m'en empêcher. Ce compliment, intentionnel ou non, me fit sourire et éveilla en moi un sentiment de fierté.
— Tu t'es vraiment exercée. C'est pour ça que tu as réagi comme tu l'as fait hier soir.
Postée devant le mannequin, je retirai la première lame.
— J'ai de l'entraînement.

Je sortis la lame suivante et me retournai. Il n'était plus près du mur mais au centre de la salle. Je pris une brève inspiration. Plus tôt, j'avais songé à m'excuser, et je n'avais pas envisagé qu'une occasion aussi parfaite me serait donnée.

— À propos d'hier soir, je... pense que je te dois des excuses.

— Tu « penses » ?

— Oui, enfin, je le sais.

Il s'approcha encore, et je vis que ses cheveux, lâchés, effleuraient la ligne nettement dessinée de sa mâchoire.

— Vraiment ? Tu vas t'excuser ?

Il avait l'air surpris, ce qui était un comble puisqu'il ne me connaissait pas.

J'avançai vers lui, passant mes lames dans une seule main, et à mesure que j'évoluais, les détails de son visage devinrent plus nets. Je me pris alors à regretter qu'ils ne soient pas restés flous. Je me focalisai sur sa gorge.

C'était une jolie gorge.

J'avais des pensées vraiment bizarres.

— Je suis en train de changer d'avis, parce que tu recommences à m'agacer.

— Ne te laisse pas influencer par si peu.

— C'est déjà fait, répliquai-je sèchement. Mais bref, je... j'ai surréagi. Tu ne m'as pas attrapée.

Quand je levai mon regard vers le sien, je découvris ses yeux rivés sur moi. J'étais suffisamment près pour les distinguer. Ils étaient du bleu le plus pâle qui soit, encadrés par les cils les plus épais que j'aie jamais vus chez un homme. Étrange, cette couleur... Tous les Gardiens avaient des yeux bleu vif quand ceux de Zayne étaient des yeux de loup, froids comme le gel de l'hiver. De quoi piquer ma curiosité.

Je m'éclaircis la gorge.

— Donc, bon, c'était... mal de ma part, etc.

Un sourire se dessina sur ses lèvres charnues.

— « Etc. » ? répéta-t-il, moqueur. J'accepte tes excuses.

— Bien.

Je détournai le regard pour vérifier par-dessus son épaule si Misha revenait. S'il trouvait Zayne ici, il aurait une attaque cardiaque et ne me quitterait plus jamais d'une semelle.

— En fait, je te cherchais.

Surprise, je reculai d'un pas. Son sourire s'effaça.

— Pourquoi ?

— Parce qu'on est partis du mauvais pied, expliqua-t-il. Je suis un invité, et d'habitude je me montre plus... aimable que je ne l'ai été hier soir.

Une partie de la tension qui pesait sur mes épaules s'envola.

— Bon, j'ai quand même tenté de te cogner. Disons que ça a en quelque sorte donné le ton.

— C'est vrai, mais c'était surtout ma faute. À ma décharge, j'étais extrêmement surpris de voir une humaine au siège régional. (Ses cils s'abaissèrent, masquant ses étranges prunelles.) Je peux ?

Il me fallut un moment pour comprendre qu'il parlait des dagues.

— Bien sûr.

Ses doigts effleurèrent les miens lorsqu'il en saisit une, ce qui provoqua une mini-décharge dans mon bras. Une sensation de familiarité m'envahit comme si les nombreuses pièces d'un puzzle se mettaient enfin en place.

Je retirai ma main d'un coup sec.

Je levai mon regard vers le sien et pris une brusque inspiration.

Ses yeux étaient écarquillés et sa tête légèrement penchée, comme s'il ressentait quelque chose qu'il ne comprenait pas.

Ou alors, il me regardait ainsi parce que j'agissais bizarrement.

C'était probablement la seconde explication.

Zayne s'éclaircit la gorge. La dague paraissait nettement plus petite dans sa main.

— Je n'ai pas parlé au Duc de ta présence dans la Grande Halle, hier soir.

— Merci. (Je le regardai pivoter et se diriger vers l'endroit où je me tenais pour jeter mes dagues.) Misha l'a fait, de toute façon, donc...

— Le gars qui était avec toi la nuit dernière ? me demanda-t-il avec un coup d'œil par-dessus son épaule. Il a l'air... coincé.

Je ricanai en m'écartant de la trajectoire du mannequin.

— C'est un peu son boulot.

Zayne me regarda.

— C'est son travail d'être coincé ?

Merde.

Pourquoi avais-je dit ça ? J'avais envie de me claquer.

— Je voulais dire que c'est sa personnalité. Il ne pensait pas à mal.

Sauf que Misha pensait effectivement à mal en ce qui concernait Zayne. Il avait affirmé qu'il était un sale type. Mais l'intéressé n'avait pas besoin de le savoir.

Il contemplait la dague avec l'air de celui qui voulait ajouter quelque chose mais se retenait.

— Tu lances, ou quoi ? demandai-je.

Il m'adressa un sourire et haussa les épaules.

— J'ai peut-être juste envie de la tenir.

Mes lèvres frémirent malgré moi.

— Peut-être.

Je repensai à ce que j'avais entendu la veille. J'avais sans doute enfin l'opportunité de découvrir ce qui se tramait.

— Je peux te demander quelque chose ? lançai-je.

— Bien sûr.

— Tu crois sincèrement que ce qui tue les Gardiens et les démons n'est pas un démon lui-même ?

— Tu étais cachée derrière le rideau, donc tu as entendu ce que j'en pense.

J'ignorai l'allusion à ma curiosité.

— Mais qu'est-ce que ça pourrait être d'autre ?

Zayne resta silencieux un long moment.

— Je ne sais pas. On l'ignore tous. Nous avons vu des choses étranges – pas aussi étranges qu'une humaine parfaitement entraînée qui vit au siège régional, mais très étranges tout de même. C'est ce qui nous préoccupe.

Ma présence ici était certes surprenante, mais pas tant que ça.

— Je... pense que je serais inquiète, moi aussi.

— On aurait pu croire que le Duc le serait également.

— Je suis sûre qu'il l'est. Thierry cache plutôt bien ses émotions. (Je me balançais d'un pied sur l'autre.) Tu savais que deux jours avant votre arrivée, des Charognards rôdaient dans les bois devant nos murs ?

Ses traits se durcirent.

— Non. Personne ne nous en a parlé.

J'ouvris la bouche pour répondre avant de comprendre que, puisqu'ils n'avaient pas été mis au courant, j'avais fait une gaffe.

— Ah... Eh bien, je suis sûre qu'on vous en informera bientôt.

— Pourquoi des Charognards viendraient-ils jusqu'ici ?

— Bonne question, murmurai-je. Il n'y avait pas de Démon Supérieur avec eux. Juste une horde de Charognards, un peu comme ce que vous avez décrit à DC.

Il resta silencieux.

— Tu en sais beaucoup sur les démons.

Ce n'était pas une question, aussi me contentai-je de hausser les épaules.

— J'ai appris pas mal de choses en vivant ici.

— Tu as entendu parler des raids qui étaient faits sur d'autres communautés ?

— Oui, mais Thierry ne sait pas que je suis au courant.

— Tu t'es encore cachée derrière les rideaux ?

Je réprimai un sourire.

— Plutôt derrière des portes fermées.

— Tu fais ça souvent ?

— Assez pour être informée.

Il inclina la tête.

— Ça n'a pas de sens qu'un démon essaie d'envahir cet endroit, vu le nombre de Gardiens à différents niveaux de formation qui y vivent.

J'étais d'accord. La seule explication possible était que les démons savaient ce qu'il y avait d'autre entre ces murs.

— Ils étaient peut-être perdus. Ou ils s'ennuyaient.

— Ouais.

Il n'avait pas du tout l'air convaincu par mes suggestions, et j'espérais vraiment qu'il ne mentionnerait à personne d'autre ce que je lui avais dit.

— En dehors du lancer de lame et de ce que j'ai vu la nuit dernière, reprit-il, à quoi d'autre es-tu entraînée ?

Je croisai les bras et mentis éhontément :

— Pas grand-chose. Juste des petits trucs que Misha m'a enseignés.

— C'est lui qui t'a appris à lancer ?

Misha n'avait pas été le seul à me former. Thierry et Matthew y avaient pris une grande part.

— Oui, mais je suis devenue meilleure que lui.

Zayne gloussa, et ce son était toujours aussi agréable que la veille au soir. Il arma son bras. Ses mouvements étaient rapides, et il avait lâché la dague avant que j'aie le temps de le comprendre. Elle atteignit le mannequin, et je me précipitai pour constater qu'il l'avait touché à l'estomac.

— C'était cette partie que tu visais ? demandai-je en enveloppant les doigts autour du manche toujours vibrant.

— Si je te disais que oui, tu me croirais ?

— Non, rigolai-je en retirant la lame.

— Je visais la poitrine.

— Alors je suis meilleure que toi.

Je me retournai et le vis passer une main dans ses cheveux.

— On dirait bien. Je n'ai pas manié le couteau depuis des lustres.

— Tu n'en as vraiment pas besoin.

— Alors que toi, si ?

La question me prit au dépourvu, et mon esprit se mit en quête d'une réponse qui ne paraîtrait pas trop suspecte.

— Hum, on ne sait jamais. Je vis quand même auprès de Gardiens, une espèce souvent menacée par les démons. Et puis des Charognards sont venus à l'extérieur du mur. Voilà pourquoi je connais les éléments de base et que je sais lancer une dague.

Bien joué. Une réponse intelligente dont j'étais plutôt fière.

— Malin, commenta-t-il. Si jamais tu te retrouves face à l'un d'eux, tu pourras te défendre si tu as des dagues sur toi.

Ce qu'il ne savait pas, c'est qu'elles ne m'étaient pas indispensables. Si jamais les choses se gâtaient avec Zayne, je serais tout à fait capable de le mettre à terre. Je pouvais venir à bout de tous les Gardiens ici présents sans même transpirer.

Il revint vers moi et, quand il me tendit la lame, je fis en sorte que nos doigts ne se touchent pas.

— Tu as vu un démon ? demanda-t-il.

— Oui. Et toi ?

Cette fois, quand Zayne s'esclaffa, ce fut d'un vrai rire. Profond. Guttural.

Sexy.

— Tu es une petite maligne.

— Je plaide coupable.

— Quel genre de démons tu as vus ? Juste les Charognards ?

— Pourquoi tu poses tant de questions ?

Je me dirigeai vers la table.

— Je suis extrêmement curieux de toi.

Je rangeai les dagues chacune dans son petit créneau.

— Parce que je vis ici ? Si tu me voyais dans la rue, tu ne te retournerais même pas sur mon passage.

— Ce n'est pas vrai.

Je coulai un regard vers lui. Son sourire caractéristique était de retour, ce beau sourire en coin.

— Je regarde toujours une jolie fille et je me retourne toujours sur elle, dit-il. Je ne pense pas qu'on soit censé l'admettre, ni même le faire, mais c'est la vérité.

Je le dévisageai.

Son sourire s'élargit, réchauffant le bleu froid de ses yeux.

— Est-ce que j'ai dépassé les bornes ?

Je cillai et préférai me concentrer à nouveau sur la sacoche, dont je rabattis les côtés que j'attachai ensemble.

— Non. Mais ta curiosité te réserve une sacrée déception.

— Qu'est-ce qui te fait penser ça ?

— Je ne suis pas très intéressante.

— C'est la chose la plus fausse que j'aie entendue de toute la journée.

Je réprimai un sourire ironique. Si seulement il savait la vérité…

— Ma mère a connu Thierry avant qu'il devienne Duc, alors qu'il vivait à New York. Elle a été attaquée par un démon quand j'étais enfant, et le reste appartient à l'histoire, expliquai-je, répétant le récit que Thierry m'avait sommée de raconter. Quand il est devenu Duc, on a emménagé ici avec lui.

— Ton père n'est pas venu ?

Un rire presque hystérique monta dans ma gorge.

— Non. Il est dans le coin, mais pas ici.

Ses sourcils se froncèrent, signe qu'il essayait de résoudre ce mystère. Jamais il n'y parviendrait. Pas même en faisant preuve de l'imagination la plus folle.

— Et ta mère ?

Je détournai le regard quand une douleur aiguë me vrilla la poitrine.

— Elle est partie.

Zayne ne répondit pas pendant un long moment.

— Partie, c'est-à-dire… Elle n'est plus avec nous ?

En hochant la tête, je ravalai le nœud soudain formé, celui qui me serrait toujours la gorge quand je pensais à maman.

— Ouais.

— Je suis vraiment désolé de l'apprendre, dit-il. Perdre un parent est… ce n'est jamais facile.

Quand je levai les yeux, je découvris les siens qui me sondaient. Son regard accrocha le mien et le soutint.

— Est-ce que tu… sais ce que ça fait ?

— Ma mère est décédée en me mettant au monde, comme beaucoup de nos femelles. (Il passa une mèche de cheveux derrière son oreille.) Mon père est mort il y a quelques mois.

Mon cœur se serra face à cette information inattendue.

— Je suis vraiment désolée. Mon Dieu, c'est… intense. Toutes mes condoléances. Ma mère nous a quittés il y a environ un an, donc c'est encore frais, mais pas… pas autant que ça.

— Merci.

Il détourna le regard.

J'eus un déclic tandis que j'étudiais son profil. Mon ventre se retourna.

— Ton père, c'était Abbot ? Le chef de clan de DC ?

Il pivota la tête vers moi, dans un mouvement brusque.

— Oui.

J'inclinai la tête pour capter son regard.

— Je suis vraiment désolée. Il est mort en guerrier.

— En effet.

— Je sais que ça ne rend pas les choses plus faciles.

— Non.

Les Gardiens n'étaient pas aisés à tuer, mais la mort rôdait toujours près d'eux, faisant tristement partie de leur quotidien. Ce qui ne rendait pas sa présence plus acceptable.

— Je suis vraiment désolée, répétai-je, sentant que j'avais besoin de le dire à nouveau.

Je serrai la sacoche en cuir contre ma poitrine : je commençais à comprendre quelque chose d'autre. Abbot, son père, avait été le chef du clan à DC, ce qui signifiait qu'à son décès, Zayne aurait dû accéder à ce poste. Avait-il été défié par Nicolaï et avait-il perdu ? Ou avait-il refusé d'endosser le rôle ? La dernière hypothèse semblait impossible à croire.

Je repensai à l'avertissement de Misha. Le clan avait-il refusé de reconnaître Zayne comme son chef ? Il était jeune – quelques années de plus que moi, grand maximum – mais y avait-il autre chose ? Ce qui n'avait pas de sens, car si tel était le cas, Thierry le saurait et ne dirait pas de Zayne qu'il est honorable.

— Alors..., commençai-je en faisant courir mes doigts sur le cuir lisse. (Ce que je m'apprêtais à demander était personnel, limite grossier, j'en étais consciente, mais comme Thierry l'avait dit plus tôt, j'étais souvent trop curieuse, et ça me causait du tort.) Pourquoi n'es-tu pas le chef du clan ?

Zayne baissa les yeux vers moi.

— Ce n'est pas un sujet que je peux aborder avec toi.

La déception monta en moi, même si sa réponse n'était pas inattendue.

— Parce que je ne suis pas une Gardienne ?

Il esquissa un sourire crispé.

— Et parce que je ne te connais pas.

La honte me nouait le ventre.

— Pardon. Je n'aurais pas dû poser la question. Je suis souvent... impulsive et curieuse.

— Curieuse ? Alors ça, je ne l'aurais jamais deviné.

Son ton était léger, taquin même, cependant je sentis mes joues s'enflammer.

En jetant un coup d'œil à la porte, je décrétai qu'il était temps de ramener mes fesses à la maison avant de prononcer une autre bêtise. Je reculai d'un pas, hyper mal à l'aise.

— Je dois y aller. C'était sympa, euh, d'éclaircir un peu les choses. Et, encore une fois, désolée pour hier soir.

Son sourire se détendit.

— Ça veut dire que tu ne me détestes pas ?

Je grimaçai.

— C'est ce que je t'ai balancé la nuit dernière, c'est ça ?

— Exact.

— Je dis souvent des choses que je ne devrais pas. Tu peux ajouter ça à la liste, en plus d'« impulsive » et de « curieuse ».

Il enfonça les mains dans les poches de son jean avec un petit rire.

— Je veillerai à l'ajouter à tes brillants attributs.

— Fais donc. (Je reculai.) À plus tard, Zayne.

Sur quoi, je pivotai et fis quelques pas de plus.

— Trinity.

Je m'arrêtai et fermai les yeux. J'ignorais comment gérer le petit frisson qui s'insinuait dans mon corps. C'était une réaction forte, mais il avait prononcé mon prénom comme s'il… comme s'il le goûtait.

— Ouais ?

N'ayant plus aucun contrôle sur moi, je me retournai vers lui.

Il n'avait pas bougé, et j'étais à nouveau trop loin pour distinguer ses yeux, pourtant je sentais son regard sur moi, intense et lourd. Mon rythme cardiaque grimpa en flèche.

— Comment ta mère est-elle morte ? C'était un démon ? Ou autre chose ?

Tous les muscles de mon corps se crispèrent et, même si une partie de moi savait que je devais mentir, les mots se précipitèrent pour franchir mes lèvres. Une vérité qui avait rarement eu voix au chapitre.

— Non. C'était un Gardien.

7

Jada poussa un soupir de lassitude en s'appuyant sur le canapé à côté de ma chaise.

— Ce qu'il est agaçant.

— Ouais.

Je pris une gorgée de mon smoothie à la fraise en regardant Clay heurter le torse d'un des jeunes mâles et rire de le voir tomber contre la pierre du brasero.

Pourquoi n'avais-je pas remarqué ce comportement avant ? Étais-je aveuglée par l'attention qu'il m'accordait ? La réponse était « probablement », ce qui signifiait que je devrais à l'avenir faire de meilleurs choix.

— J'espère vraiment qu'il sera affecté dans un endroit très, très loin d'ici, reprit Jada, qui agita les doigts alors je lui tendais le smoothie. En Antarctique, par exemple.

Ty était assis à côté d'elle, ses longues jambes étendues devant lui. Il avait récemment fait tondre ses cheveux bruns, et je ne m'y étais pas encore tout à fait habituée.

— C'est encore trop près. Vu ma chance, il finira par être affecté dans la même ville que moi.

L'année prochaine, à la même époque, il assisterait lui-même à la Cérémonie et, ensuite, comme Clay et les autres, il serait transféré dans une ville. Jada l'y accompagnerait certainement, et moi… je serais sans doute encore ici. Un poids s'insinua au creux de ma poitrine, que j'essayai d'ignorer.

Jada prit une gorgée de mon smoothie.

— Et allez, il tombe la chemise.

Les sourcils froncés, je me tournai vers le foyer. Des flammes rugissaient derrière Clay, qui passait son tee-shirt par-dessus sa tête et le jetait sur le garçon qu'il venait de bousculer en lui criant quelque chose.

— Pourquoi il fait ça ? demandai-je.

— Je ne sais pas, chuchota Jada en secouant la tête. Ce doit être sa façon de simuler l'accouplement ou quelque chose du genre.

Je frissonnai.

— Beurk.

— Tu devrais aller lui parler, Trin, suggéra Ty en haussant les sourcils quand je lui jetai un regard perçant. Il t'aime bien.

Oui, j'avais remarqué.

— Dis donc, reprit Ty en s'appuyant contre Jada. Qu'est-ce qui se passe avec ton gars, là-bas ?

Je focalisai mon attention sur Misha. Il était assis à côté d'Alina, et je tapai dans mes mains. Il lui montrait quelque chose sur son téléphone.

— Mon petit garçon grandit.

Jada gloussa.

— Regardez-le, chuchotai-je en reprenant le smoothie. Il partage. Il crée du lien avec elle. Vous allez voir qu'en deux temps, trois mouvements, il va s'accoupler et…

La tête de Misha pivota soudain dans ma direction. À croire qu'il avait un sixième sens, parce que je savais très bien qu'il ne pouvait pas nous entendre.

On lui adressa tous les trois un signe de la main.

Misha secoua la tête avant de se retourner vers Alina.

— Vous la connaissez ? demandai-je à mes amis en étouffant un bâillement.

— Pas très bien, mais elle a l'air plutôt cool. (Jada posa la joue sur l'épaule de Ty.) Juste un peu timide et calme. Elle est en formation pour être guérisseuse à la clinique.

Je pris une autre gorgée en observant Misha et Alina, partagée entre l'envie d'interrompre leur conversation et d'être odieuse, comme à mon habitude, et celle de faire ce que je ne faisais pas d'ordinaire, à savoir leur accorder l'espace que Misha méritait.

— Ce sont eux, les gars du clan de DC ? demanda Ty.

Je suivis son regard, et mon ventre, cet imbécile, se noua tandis que je scrutais les visages flous de deux silhouettes assises non loin de nous, sous plusieurs guirlandes lumineuses.

— Ouais, répondis-je. C'est Dez et Zayne.

Silence. Jada et Ty me dévisageaient.

— Quoi ?

Ty haussa les sourcils.

— Comment connais-tu leurs noms ?

Jada releva la tête, tout sourire.

— Je ne lui ai pas raconté que tu t'étais faufilée dans la Grande Halle quand ils sont arrivés.

Je tâchai d'afficher une expression neutre.

— Ouais, j'ai entendu leurs noms en écoutant aux portes.

Jada m'observait bizarrement et, le regard irrésistiblement attiré par Zayne et Dez, je les contemplai. Ce dernier semblait rire d'un propos de Zayne. Je me demandai malgré moi de quoi ils parlaient et si Zayne souriait.

Savait-il que j'étais là ?

À l'instant où cette question se forma dans mon esprit, je voulus me gifler. Quelle idiote ! Ce n'était pas comme si Zayne passait son temps à me suivre ou à penser à moi. D'accord, il m'avait cherchée hier à l'entraînement, mais il souhaitait juste savoir pourquoi je vivais ici. Ce dont je ne pouvais pas le blâmer.

Et pourquoi est-ce que je pensais à Zayne, d'ailleurs ? Il n'y avait aucune raison, d'ailleurs je ne pensais pas à lui. Pas à…

— Tu les fixes, me fit remarquer Jada, qui s'était penchée vers moi.

Je clignai des yeux. J'étais, en effet, en train de le faire. Ni l'un ni l'autre n'avait regardé vers nous, Dieu merci.

— Je rêvassais, mentis-je, sentant mes joues s'échauffer.

— Waouh !

Jada me regardait bizarrement.

— Quoi ?

Elle tourna les yeux vers l'endroit où les Gardiens étaient assis.

— Rien.

— Eh !

Levant les yeux, je vis Clay se diriger vers nous, toujours torse nu.

— Oh, merde, grommela Ty tout bas.

Je baissai mon smoothie pendant qu'il s'approchait en fanfaronnant. Il ne risquait pas de venir me parler, pas après ce qui s'était passé.

Pourtant, il se planta devant nous. Aucun de nous ne le salua. Je me contentai de le dévisager. Pas découragé pour autant, Clay regarda tour à tour Jada et Ty, puis se concentra sur moi.

— Tu sais ce que tu devrais faire, là ? lança-t-il. (Je me crispai.) Tu devrais aller me chercher un verre, reprit-il, assez fort pour que la moitié des gens présents au Foyer l'entendent. J'ai les mains vides.

Ma mâchoire se décrocha.

— Je te demande pardon ?

Le sourire de Clay était toujours identique, il devait se trouver charmant ainsi – ce avec quoi j'étais d'accord, avant.

— Un verre. Tu devrais aller en chercher un pour moi.

Je me penchai.

— Tu es sérieux ?

Son sourire s'étira.

— Très. Qu'est-ce que tu fais d'autre, de toute façon ?

— Tu es défoncé ? intervint Jada.

Il la regarda en se passant une main sur le torse.

— On n'a pas un corps comme ça si on se drogue.

Un rire m'échappa.

— Je n'arrive pas à croire que tu viens de sortir un truc pareil. À haute voix. Devant des gens.

Clay laissa retomber sa main.

— Quoi ? C'est la vérité.

Ty lâcha un rire ironique en secouant la tête. Provocation à laquelle Clay ne réagit pas. Il n'osa pas non plus s'en prendre à Jada. C'était un con, mais il n'était pas assez stupide pour fermer son clapet à la fille du Duc.

— Allez, Trin. Va me chercher un verre, et on pourra discuter. Parce qu'on a vraiment besoin de parler.

— Je préfère sauter dans ce brasier vêtue d'un costume en polyester.

Ty éclata de rire.

— Je pense que tu as ta réponse, fit-il.

— Pourquoi tu es comme ça ? me demanda Clay, ignorant Ty. Écoute, j'essaie juste d'arranger les choses. Surtout que tu m'as foutu dans le pétrin.

Je me raidis.

— *Je* t'ai foutu dans le pétrin ? Tu es certain d'être sobre ?

— De quoi parle-t-il ? s'étonna Jada.

— À croire que tu es innocente.

Sur quoi, Clay leva les bras, courba le dos et fit craquer sa colonne vertébrale. Quand il eut achevé sa petite séance de chiropractie, il se pencha et posa une main sur le bras de mon siège et l'autre derrière moi, sur le coussin.

Il approcha son visage du mien.

— Tu vas encore me jeter par la fenêtre ?

— Quoi ? s'étrangla Jada.

Les petits poils de ma nuque au garde-à-vous, je basculai en avant, si bien que Clay et moi étions presque aussi proches que lorsqu'on s'était embrassés.

— Non, soufflai-je. Mais je vais te balancer dans le brasero, si tu ne me lâches pas.

— Ouais, fit-il au creux de mon oreille, pour que je sois la seule à l'entendre. J'aimerais bien te voir essayer.

Chaque cellule de mon corps exigeait que je mette autant d'espace qu'il était humainement possible entre nous, parce que j'étais à ça de le transformer en torche.

— Vraiment ? Parce que je serais ravie de te montrer. (Clay sourit, narquois.) J'ai une question pour toi, repris-je. Tu as vu *Game of Thrones*, non ?

Une expression confuse passa brièvement sur son visage.

— Ouais, et ?

Je lui adressai mon plus doux sourire.

— Tu te souviens du roi Joffrey ? Tu me fais penser à lui.

À côté de moi, Jada riait tant qu'elle menaçait de s'étouffer.

Le sourire trop charmant de Clay s'effaça. Un long moment s'écoula tandis qu'il me fixait.

— J'ai compris.

— Compris quoi ?

— Toi.

Je haussai les sourcils.

— Il y a un problème ? (Soudain Misha se trouva derrière Clay.) Parce que je me rappelle clairement la conversation qu'on a eue, toi et moi.

Clay avait retrouvé son sourire moqueur quand il pivota vers Misha, qu'il tapota sur l'épaule.

— Ouais, moi aussi, lâcha-t-il. À un de ces jours.

Sur ces mots, il s'éloigna, les bras en l'air et la tête renversée en arrière pour pousser un rugissement qui n'avait rien d'humain.

Mon regard dévia vers l'endroit où Zayne et Dez étaient assis. Tous les deux semblaient regarder dans ma direction, constat qui me dépita. Bien sûr, il fallait qu'ils aient été témoins de cette scène.

— C'est un con, grommela Misha, en regardant Clay par-dessus son épaule. Je n'en reviens pas qu'il ait eu le culot de te parler.

— Tu vas nous dire ce qui s'est passé, au juste ? réclama Jada.

Je répondis avant que Misha ne réagisse, en leur faisant un rapide résumé de la situation, moins le vol plané de Clay à travers la fenêtre.

— Donc, ouais, je suis un peu choquée qu'il vienne ne serait-ce que me parler.

Jada avait l'air furibonde après Clay.

— Et Thierry a retardé sa Cérémonie ? (Je hochai la tête.) Bien.

Ty se pencha en avant.

— C'est énorme. Ne me fais pas dire ce que je n'ai pas dit – Clay le méritait amplement –, mais même si ça me fait mal de l'admettre, c'est un très bon Gardien, d'un point de vue compétences. En cours, il est le plus dur à battre. Il est rapide, et pas seulement sous sa forme de Gardien.

— Eh bien, il l'a cherché. (Étouffant un autre bâillement, je donnai mon smoothie à Jada pour qu'elle le termine et me levai.) Je vais rentrer.

— Pourquoi ? demanda-t-elle, visiblement inquiète. C'est à cause de Clay ? Ne le laisse pas gâcher ta soirée.

— Ça n'a rien à voir avec lui. Je suis fatiguée, en fait.

Et c'était vrai. Jada me scruta comme si elle en doutait mais elle n'insista pas.

— OK, dit Misha. Laisse-moi juste dire au revoir à Alina…

Je tendis le bras pour lui tapoter la tête avant de me dégager avec agilité quand il tenta de se défendre.

— Non, reste, lui dis-je. Je rentre à la maison, promis. Je n'ai pas besoin que tu m'accompagnes.

Misha hésita.

— Je t'envoie un message quand je suis arrivée, d'accord ?

— D'accord, accepta-t-il après réflexion.

Je ne me le fis pas dire deux fois, songeant que, autrement, Misha risquait de changer d'avis et de laisser Alina assise au coin du feu. Je fis mes au revoir, contournai le canapé et je jetai un coup d'œil par-dessus mon épaule, vers les guirlandes lumineuses.

Dez et Zayne étant toujours là, je détournai rapidement le regard.

Je pris le chemin de la maison. Heureusement que Misha n'avait pas eu vent de ma rencontre d'hier avec Zayne.

Et de ce que je lui avais dit.

Certes, je m'en voulais, mais si Misha l'apprenait, il serait avec moi au lieu de passer du temps avec Alina et de s'amuser.

Sur le trajet, je repensai à ce que Clay venait de dire. C'était... bizarre. « J'ai compris. » Qu'est-ce qu'il pouvait bien sous-entendre par là ? Parce que justement, il n'avait rien compris.

Zayne avait-il entendu Clay ? Je soupirai. Probablement. Non que ce soit embarrassant ou...

— Eh !

Mon cœur fit un bond dans ma poitrine au son de sa voix, comme si je l'avais subitement fait apparaître ou sortir de la pénombre. Je m'arrêtai et me retournai, ignorant l'accélération de mon pouls.

— Je remarque que tu n'as pas essayé de me frapper, commenta Zayne en s'arrêtant à quelques pas de moi, sous la douce lueur d'un lampadaire, les mains dans les poches. On entame un nouveau chapitre ?

— Ah, ah, grommelai-je. Ou peut-être que tu as crié assez fort pour que je t'entende, cette fois.

Il eut un petit sourire.

— Peut-être. Alors, qu'est-ce qui s'est passé, là-bas ?

Je savais exactement de quoi il parlait mais je préférai jouer les idiotes.

— De quoi tu parles ?

— Ce type, répondit-il. Qui te hurlait dessus pour que tu ailles lui chercher un verre.

— Tu as entendu, soupirai-je.

— Je suis sûr que tout l'État de Virginie-Occidentale l'a entendu.

Secouant la tête, je levai les mains.

— Ce n'était rien.

— Ça n'en avait pas l'air, vu que tu es partie immédiatement après.

Je baissai les mains.

— Waouh ! Tu as tout observé.

— En effet.

La surprise me coupa le sifflet.

— Pourquoi ? finis-je par demander.

— Quand je t'ai vue là-bas, j'ai fait attention.

— Tu ne m'avais même pas regardée avant que Clay se ridiculise en public.

Ce sourire, naturel et taquin, que je commençais à connaître, réapparut. Il se mordit la lèvre inférieure.

— Donc, tu m'observais aussi.

Le rouge me monta aux joues.

— Non, pas du tout.

Il gloussa en passant une mèche de cheveux blonds derrière son oreille.

— Tu es ridicule.

— Et agaçante ?

— Aussi, oui. (Il regarda vers sa gauche, puis moi de nouveau.) C'est quoi, le problème avec ce Clay ?

— C'est juste... une tête de con.

Une brise souleva la pointe de mes cheveux. Un frisson bizarre me parcourut le dos. Le vent se mit à souffler plus fort et rabattit plusieurs mèches sur mon visage. Je reculai d'un pas.

— Faut que je rentre à la maison.

— Je peux te raccompagner.

Une petite voix me murmurait « Oui ! », motivée par le désir presque désespéré de recevoir plus qu'une attention passagère, mais c'était imprudent. Et intéressant.

— Je vais dans cette direction, de toute façon, ajouta-t-il en désignant ma maison d'un geste de la tête, et la Grande Halle derrière. Ce n'est pas un problème.

Je soupirai doucement et opinai du chef.

— D'accord. Bien sûr. Si ça te fait plaisir.

Zayne gloussa.

— Tu te moques de moi ?

— En quelque sorte.

— Alors j'annule ce que je viens de dire.

Sur quoi, je tournai les talons et me remis en marche. Zayne n'eut aucun mal à me rattraper.

— Non. Pas de retour en arrière possible.

Je parvins à retenir un sourire.

On marcha en silence pendant un moment, puis Zayne demanda :

— Comment c'est, de vivre ici ?

— Qu'est-ce que tu veux dire ?

— Les autres Gardiens, ils se comportent comme Clay, ou ils sont gentils avec toi ?

Je le regardai subrepticement.

— Ils ont presque tous accepté ma présence, si c'est ce que tu veux savoir. Clay est juste… Eh bien, c'est un con. J'ai grandi avec une grande partie des Gardiens les plus jeunes. Y compris Clay.

— Et tu as été scolarisée avec eux ? C'était comment ?

— Bien. J'avais un cours sur la guerre de Sécession et un autre sur les différentes espèces de démons. Ce qui signifie que j'ai probablement eu une expérience éducative plus intéressante que la plupart des humains.

Chaque communauté était équipée de sa propre école qui était, bien sûr, beaucoup plus petite que la plupart de celles qu'on trouvait chez les humains. Un seul bâtiment abritait les classes de la maternelle à la terminale, et une classe ne comptait pas plus de dix à quinze élèves.

— Et toi ? Tu as grandi dans une communauté ?

— Je suis né au sein de l'une d'elles, en Virginie, près de Richmond, mais je n'en garde aucun souvenir.

— Tu as toujours vécu dans l'un des avant-postes, alors ? demandai-je, faisant référence aux endroits où vivaient les Gardiens une fois formés, qui patrouillaient et chassaient les démons.

— Ouais, répondit-il. Et toi, tu n'as jamais vécu ailleurs qu'ici et... à New York ?

J'étais surprise qu'il s'en souvienne.

— Je suis venue là avec ma mère quand j'avais huit ans. C'est tout ce que j'ai connu.

On traversa la rue, en direction du muret de pierre qui séparait la maison principale de la communauté. Zayne restant silencieux, je lui coulai un regard discret. Il était concentré sur le chemin faiblement éclairé. Soudain, son menton pivota dans ma direction.

Je détournai le regard, aspirant une petite bouffée de l'air nocturne, frais et parfumé au pin.

— Comment c'était, à l'avant-poste ?

— Rien à voir avec ici, répondit-il. J'ai grandi entouré de Gardiens entraînés et pas loin de tout. J'ai passé autant de temps en ville que dans l'enceinte. Ce n'est pas aussi calme, là-bas.

— J'imagine, murmurai-je.

En réalité, non, je n'imaginais pas du tout. Je ne me rappelais pas grand-chose de la vie dans l'État de New York. On avait vécu dans une banlieue près d'Albany, jamais dans un endroit comme Washington DC ou New York.

— Tu as suivi l'école à la maison ? lui demandai-je.

— Oui. Mon père faisait venir quelqu'un pour s'occuper de mon éducation, un humain que la perspective d'être entouré de Gardiens n'effrayait pas trop.

— Ça devait être dur d'être le seul enfant.

— Je n'étais pas le seul enfant, répliqua-t-il, et ma curiosité fut piquée. (Avant que je puisse me demander pourquoi, il ajouta :) Je peux te demander quelque chose ?

— Si je disais non, tu me poserais de toute façon la question, non ?

— Non. Pas si ton refus était franc.

La sincérité dans sa voix me surprit. En cet instant, je le croyais.

— Que veux-tu savoir ?

— Quel âge as-tu ?

Je haussai un sourcil.

— J'ai dix-huit ans. Et toi ?

— Vingt et un ans, répondit-il. Vingt-deux dans quelques mois. En septembre.

Je croisai les bras alors que nous contournions le muret pour nous approcher de la maison.

— Tu as dix-huit ans, et ta mère n'est plus là... J'en suis vraiment désolé pour toi. (Il avait prononcé la fin de la phrase à toute allure.) Mais pourquoi es-tu toujours ici ?

8

Oh, bon sang... Difficile de répondre à cette question, pour la bonne raison que je ne pouvais pas être honnête. Quand on arriva à la maison, je n'avais toujours pas de réponse. On s'arrêta au niveau du porche d'entrée éclairé.

— C'est parce que tu n'as nulle part où aller ? insista-t-il. Loin de moi l'idée de me montrer grossier. J'imagine qu'il est difficile de grandir ici et de partir à la découverte du monde.

— Mais je veux partir découvrir le monde.

À l'instant où ces mots franchirent mes lèvres, je me maudis. Il fallait vraiment que j'apprenne à contrôler le flot de mes paroles.

Zayne s'inclina vers moi.

— Alors pourquoi tu ne le fais pas ?

— Ce n'est pas... si simple, admis-je. Je veux dire, je n'ai nulle part où aller. Comme tu l'as dit. C'est difficile, avec mon passif, d'aller ailleurs. Le Conseil de l'éducation reconnaît désormais nos diplômes, comme la plupart des universités, mais où trouver l'argent ? Obtenir une bourse serait délicat, parce que les Gardiens n'y ont pas droit, et même si je ne suis pas une Gardienne, c'est pourtant ce que suggère mon éducation. Bref, ce serait le bazar, or tout le monde ici a mieux à faire.

— On dirait que tu t'es renseignée.

C'était le cas, oui. Beaucoup. Et toutes les recherches que j'avais faites étaient inutiles, parce qu'aller à l'université, ça n'était pas mon destin. Je n'étais pas née pour ça. Après la mort de maman, j'avais récolté des informations sur les universités, en me disant que rien ne m'interdisait d'aller à l'école, même si je me tenais prête pour le moment où je serais appelée.

Mais comment allais-je payer ? En demandant des fonds à Thierry et à Matthew ? Ils payaient déjà tout pour moi. Je ne pouvais pas leur demander ça en plus.

— J'ai une autre question, reprit Zayne.

— Vas-y.

Je soupirai, presque effrayée de ce qu'il allait me demander.

— Qu'est-il arrivé au Gardien qui a tué ta mère ?

Secouée comme par une décharge électrique, je m'écartai d'un pas.

— Je n'aurais pas dû te parler de ça.

— Pourquoi ?

— Parce que je n'aime pas l'évoquer ou y penser.

— Pardon, s'excusa-t-il aussitôt. Je n'aurais pas dû aborder le sujet.

Ma respiration était saccadée. Je me retournai pour monter les marches, puis je m'arrêtai pour faire face à Zayne.

— Le Gardien est mort. Je ne serais pas restée ici autrement.

— J'imagine bien que non, chuchota-t-il. Je suis désolé, Trinity.

L'air se coinça dans ma gorge. Encore. Cette façon qu'il avait de prononcer mon prénom… Un frisson chaud dansa sur ma peau et me fit penser au désir que j'avais lu sur le visage de Misha quand il avait regardé Alina. Ce frisson me rappela les chaudes nuits d'été, au contact de la peau contre la peau.

La chaleur m'enveloppa, roulant le long de ma gorge, sur ma poitrine, repoussant le chagrin amer qui accompagnait toujours le souvenir de ma mère, et je sus qu'il fallait partir.

C'est ce que je fis, sans un mot, sans un regard en arrière.

Le fantôme flou était de retour, à faire les cent pas dans l'allée à l'extérieur de la Grande Halle. Il était plus que temps d'aller lui parler et de l'aider.

— Ça me met mal à l'aise, marmonna Misha.

Traînant les pieds, il me suivait sur le chemin pavé autour de la Grande Halle.

Je souris.

Jada aussi détestait quand je l'embarquais avec moi pour ce genre de missions. En toute honnêteté, Misha aurait dû être dans la Grande Halle pour la Cérémonie avec tout le monde, mais il était en « service Trinity », comme à son habitude.

— Tu ne peux même pas les voir, alors je ne comprends pas pourquoi ça te met si mal à l'aise.

— Je ne suis peut-être pas en capacité de les voir, n'empêche que je sais qu'ils sont là.

Misha m'attrapa par le bas de mon tee-shirt et m'attira sur le côté pour m'éviter de heurter un petit sapin que je n'avais pas vu.

— Merci, murmurai-je, avant de m'arrêter à l'angle du bâtiment.

La nuit était tombée, et des lumières douces brillaient à l'entrée de la Grande Halle.

Le fantôme s'était arrêté près des haies ; les bras levés, il se tirait les cheveux. Mon cœur se serra, compatissant.

— Qu'est-ce qu'il fait ? chuchota Misha.

— Il flippe, lui répondis-je.

Il y avait assez de lumière en provenance du bâtiment pour que je voie où j'allais. Je m'apprêtai à sortir mais je m'arrêtai et me retournai vers les larges marches.

Des rires étouffés et des applaudissements émanaient de la salle, attirant mon attention. Les Cérémonies étaient des jours de fête. On dansait. On festoyait. En famille. C'est à ça que ça ressemblait. À la famille.

Je jetai un coup d'œil à Misha. Lui aussi contemplait la Halle. Pensait-il à Alina ?

— Alina est à la Cérémonie ?

— Oui, répondit-il, et je pris conscience de la stupidité de ma question.

Tout Gardien majeur qui n'avait pas de jeune à surveiller assistait à la Cérémonie. Misha aussi devrait y être. Au lieu de rôder dans l'obscurité avec moi pendant que je parlais à des fantômes.

Tout en me rongeant l'ongle du pouce, je lui fis face.

— Pourquoi tu n'entrerais pas voir ce qui se passe ? Dès que j'ai fait traverser le fantôme, je te rejoins.

Le visage de Misha était ombrageux.

— Pourquoi est-ce que j'aurais envie d'y aller sans toi ?

— Parce que c'est mieux que d'être ici avec moi pendant que je parle à des fantômes.

— Je préfère rester avec toi, malgré cette histoire de revenant.

Mes lèvres tressaillirent.

— C'est un mensonge.

— Pas du tout, insista-t-il. De plus, je ne peux pas te laisser seule quand tu communiques avec l'un d'eux. Si quelqu'un sortait et te voyait, il penserait…

— Que quelque chose ne tourne pas rond chez moi ? terminai-je à sa place.

— Non, je voulais dire qu'on trouverait ça bizarre et qu'on commencerait à poser des questions.

En me retournant vers le fantôme, je constatai qu'il était toujours au niveau des haies. Je me dirigeai vers lui en faisant bien attention à rester près de ces dernières. Le fantôme ne parut pas m'entendre approcher et, maintenant que j'étais plus près, je constatais que sa chemise était de la couleur or et bleu des WVU Mountaineers, les alpinistes de l'université de Virginie-Occidentale. Son vêtement avait quelque chose d'anormal.

Le dos du tee-shirt était déchiré et taché d'une couleur plus sombre. Mon cœur fit un bond, comme toujours quand je me trouvais tout près d'un fantôme ou d'un esprit, et ce malgré le nombre de fois où j'en avais vu.

Je m'éclaircis la gorge.

— Salut.

Le fantôme se dissipa, comme un nuage de fumée dans le vent. Ma mâchoire s'en décrocha.

— Quelle impolitesse !

Quelques secondes plus tard, il reprit forme. Cette fois, il se trouvait face à moi. Sa tête et ses épaules se dessinèrent en premier, puis le reste de son corps apparut, sauf qu'il était transparent de la taille aux pieds.

— Putain de merde, lâchai-je.

Les yeux ronds, j'observai attentivement l'homme. J'entendis Misha s'arrêter à quelques pas derrière moi.

Le fantôme était jeune, il avait peut-être une vingtaine d'années, et le visage livide. Pourtant, ce ne fut pas ce détail qui me retourna l'estomac. Le devant de sa chemise était déchiré, ainsi que la peau en dessous, jusqu'à son ventre qui n'était plus constitué que de bandes de chair.

Je fis un pas en arrière. Je n'avais pas remarqué ça depuis le toit. Peut-être que je m'étais trompée en imaginant un accident de voiture.

— Vous me voyez ? demanda le fantôme, se précipitant vers moi… puis me traversant.

Des mèches de mes cheveux furent balayées de mon visage tandis qu'un vent glacial me fouettait. Je frissonnai et déglutis péniblement pour chasser la sensation.

— Est-ce qu'il… est-ce qu'il t'a traversée ?

À sa voix, Misha donnait l'impression d'être au bord de la nausée.

— Malheureusement. (Je me retournai et trouvai le fantôme, les yeux baissés vers son propre corps.) Dis, ne recommence pas, d'accord ?

— Je suis désolé. Je ne voulais pas. Je ne comprends pas comment c'est arrivé. Vous pouvez me voir et me parler ?

La panique s'était immiscée dans la voix de l'homme, qui fit un pas vers moi, puis s'arrêta. En baissant les yeux, je constatai que ses jambes s'étaient solidifiées.

— Oui, je te vois. Quel est ton nom ?

— Wayne… Wayne Cohen. Vous pouvez m'aider ? Je n'arrive pas à retrouver le chemin de la maison.

Oh, bon Dieu.

Je recommençai à mordiller mon ongle alors que mon regard glissait vers le sud. Il devait savoir qu'il était mort.

— Je peux t'aider, Wayne, je peux t'aider à rentrer chez toi, mais ce n'est pas la maison à laquelle tu penses.

Les sourcils bruns de Wayne se froncèrent.

— Je ne comprends pas. Il faut que je rentre à la maison…

— Sais-tu que tu es mort ? demandai-je.

Mieux valait ne pas tourner autour du pot.

Misha émit un bruit étouffé derrière moi.

— Waouh ! Quelle délicatesse…

J'ignorai sa remarque et m'adressai au fantôme :

— Est-ce que… est-ce que tu t'es regardé ?

— Oui, mais… (Il porta deux doigts sur le côté de son cou, les yeux rivés sur le reste de son corps.) Je suis… Je ne peux pas être mort. J'étais sur le chemin du retour quand… (Il laissa retomber sa main, sans quitter des yeux sa poitrine en lambeaux.) J'allais commander une pizza. Avec supplément viande et pâte au fromage.

Quand les gens décédaient, ils étaient souvent obsédés par les choses les plus ineptes.

— Je suis… Je suis vraiment mort ?

— Absolument, confirmai-je.

— Non, je n'arrive pas à croire que je le suis, chuchota-t-il.

C'était rarement facile à accepter.

— Je suis désolée. (Et je l'étais, même si je ne l'avais jamais vu avant.) Que t'est-il arrivé, Wayne ?

— Je ne… Ma voiture est tombée en panne. Un pneu à plat. (Il se tourna vers Misha.) Il peut me voir, lui aussi ?

— Non, il ne te voit pas.

— Est-ce qu'il me regarde ? marmonna Misha. S'il te plaît, dis-moi que ce n'est pas le cas.

Wayne inclina la tête.

— Non seulement il te regarde, mais il peut t'entendre, dis-je en lançant à Misha un regard noir destiné à le faire taire. Wayne, que s'est-il passé avec ton pneu crevé ? Ce n'est pas ça qui a causé… ce truc à ta poitrine.

— Oh, mon Dieu, grommela Misha. Qu'est-ce qu'elle a, sa poitrine ?

Wayne dévisageait Misha en secouant lentement la tête, confus.

— Je changeais mon pneu, et c'est venu… de nulle part.

— Quoi ? demandai-je. Un lion des montagnes ?

— Tu es sérieuse, là ? s'exclama Misha.

— Il y a des lions des montagnes dans la région. C'est ça qui t'a attaqué ? repris-je à l'intention de Wayne. Ou peut-être un ours ?

— Il est si amoché que ça ? demanda Misha, les lèvres retroussées sur une moue.

Je n'allais pas répondre à cette question devant le pauvre Wayne, mais effectivement, il l'était, amoché, salement même. Wayne devait déjà le savoir, et je ne tenais pas à enfoncer le couteau dans la plaie. J'avais sous les yeux un spectacle qui me ferait sûrement faire des cauchemars.

Parfois, dans ce genre de cas, je savais que Misha ou Jada me demanderaient pourquoi je m'occupais des fantômes. En apparence, ça pouvait sembler plus facile de ne pas m'y intéresser, sauf que ça ne m'aurait pas empêchée de les voir, surtout quand c'était aussi gore, donc obsédant. Je m'étais souvent posé la question, surtout après avoir vu une certaine petite fille.

Mais je ne pouvais pas ignorer ces gens.

Alors je me portais volontaire pour aider les fantômes et les esprits. Au fil des années, j'avais même développé une méthode formidable. Aussi cliché que cela puisse paraître, parvenir à les aider, c'était unique. Et puis, ce n'était pas comme si j'allais les voir éternellement. Le temps n'était pas de mon côté.

Je ne fuyais donc pas devant une tâche que je pouvais accomplir.

Je ne m'en détournais pas.

— C'était gros, mais pas un gros chat. Il marchait sur deux pattes. Ce n'était pas non plus un ours.

Le regard de Wayne se porta sur moi, et la chair de poule me parcourut les bras alors que je contemplais à nouveau sa poitrine.

— Ce n'était pas un animal ?

— Il faisait sombre, et c'est arrivé très vite, mais... Oh, bon sang, vous savez. J'ai déjà regardé une émission sur les monstres. Ça y ressemblait, c'était comme un être irréel. Et ça... ça avait des ailes immenses. Je les ai entendues. Je les ai vues, même si je ne voyais rien d'autre.

Les petits poils sur mon corps se dressèrent. Les monstres n'existaient pas ; toutefois, si ce n'était ni un ours ni un lion de montagne affamé qui lui avait infligé ça, il n'y avait qu'une seule autre possibilité.

Et ce n'était pas un chupacabra.

Ni un yéti.

— Je pensais en avoir réchappé. C'est pour ça que je suis ici. J'ai survécu, continua Wayne. Pas vrai ?

Je secouai la tête.

— Où étais-tu quand ton pneu a crevé ?

— Près du vieux château d'eau. Peut-être à un kilomètre de là.

Un frisson me parcourut. Le château d'eau abandonné était tout proche. À seulement quelques kilomètres.

— Tu as de la famille ?

— Je… euh, juste ma mère et un frère, répondit-il d'une voix rauque. Comment pouvez-vous me voir si je suis mort ?

— Je le peux, c'est tout.

Il jeta un coup d'œil dans l'allée. Il faisait trop sombre pour que je puisse distinguer son expression, mais je pensais savoir ce qu'il voyait.

— Tu aperçois une lumière là-bas ? demandai-je, pleine d'espoir. Une lumière blanche, très brillante, qui t'aurait suivi jusqu'ici ?

— Ouais, fit-il. Il y a une… il y a une putain de lumière, là-bas. Elle est là depuis que je me suis éloigné de cette chose.

Son rire se transforma en un sanglot, et mon cœur se serra.

— C'est bien. Tu dois aller vers la lumière, lui expliquai-je.

Heureusement, Misha savait que c'était le moment où il devait se taire pour de bon.

— Vraiment ?

— Oui.

— Je ne comprends pas.

Sa voix se brisa, et je grimaçai.

— Tout prendra sens une fois que tu entreras dans le halo, lui assurai-je. Tu dois partir. Tu ne peux pas rester ici.

— Pourquoi ?

Sa voix était à présent un gémissement.

C'était une question courante.

— Parce que tu es censé aller de l'avant, maintenant, et rejoindre ce qui t'attend.

— Co… comment vous savez ce qui m'attend ?

Encore une question courante.

— Je ne le sais pas exactement, mais si tu vois une lumière, c'est forcément positif.

Je n'avais jamais rencontré de fantôme qui n'ait pas vu une lumière, même s'ils étaient morts longtemps avant que je les voie. Cette lumière les suivait partout comme un chien fidèle.

Certaines personnes étaient simplement trop effrayées ou confuses pour s'engager dans cette voie. Je ne pouvais pas leur en vouloir. J'aurais peur, moi aussi. Qui n'aurait pas peur ? La mort était la grande inconnue.

— Est-ce que je verrai mon père ? Il est décédé il y a un an dans un accident de voiture sur la US50.

Il regardait toujours vers l'allée sombre, où, je le savais maintenant, la lumière l'attendait.

J'essayais de ne pas mentir à ceux qui traversaient, ça me semblait mal.

— J'aimerais pouvoir te dire oui, mais honnêtement, je ne sais pas. Tout ce dont je suis sûre, c'est que tu appartiens à cette lumière. Elle ne te fera pas de mal.

Wayne était à nouveau silencieux. Enfin, il fit un pas en avant, et c'est à ce moment-là que je m'approchai de lui.

— OK, dit-il. Très bien. Je peux le faire.

Portant une fois de plus l'ongle de mon pouce à ma bouche, je plissai les paupières pour que son visage devienne net. Son apparence était plus fantomatique qu'autre chose, mais je distinguai quand même son expression au moment où il se décida à aller vers la lumière.

Mes lèvres s'entrouvrirent sur une légère expiration.

Les yeux de Wayne s'écarquillèrent, puis une chaleur se répandit sur ses traits et une expression joyeuse se dessina sur son visage. Il se mit à avancer.

Je lui posai alors la question que je posais toujours à ce moment-là.

— Qu'est-ce que tu vois ?

Wayne ne répondit pas.

Ils ne répondaient jamais.

Même les esprits qui avaient traversé et revenaient ne parlaient pas de ce qu'ils avaient vu. Sans doute existait-il une sorte de règle cosmique à ce sujet, comme toutes les autres règles stupides.

Je savais que la lumière dans laquelle Wayne était sur le point d'entrer l'enverrait soit en haut... soit en bas. Le paradis ou l'enfer. Les deux existaient et, d'après l'expression de son visage, j'avais le sentiment qu'il allait vivre quelque chose de magique et de pur. Je n'avais jamais vu personne avoir peur une fois la décision prise, et j'avais ma petite théorie là-dessus : ça signifiait que tous les fantômes que j'avais aidés étaient en route pour le paradis.

Wayne fit un pas de plus, puis il disparut.

Je laissai échapper un petit hoquet, les yeux soudain embrumés. Je me sentais toujours dans cet état après une traversée. J'ignorais pourquoi. Je coinçai une mèche de cheveux derrière mon oreille.

— Il est parti ? demanda Misha à voix basse.

Je m'éclaircis la gorge et me tournai lentement vers lui, repoussant la tristesse qui persistait en moi.

— Ouais. Il faut qu'on voie Thierry. Immédiatement.

— Hein ? fit-il, confus. Pourquoi ?

Je fis un pas vers lui.

— Parce que cet homme a été tué près d'ici... par un Démon Supérieur.

9

Les Démons Supérieurs pouvaient prendre une apparence humaine, à l'instar des Gardiens. D'ailleurs, curieusement, lorsqu'ils étaient sous leur véritable apparence, ils avaient aussi tendance à ressembler à des Gardiens, sans leur peau gris ardoise et leurs cornes.

C'était sur ce détail que les représentations des démons avaient toujours faux : ils n'avaient pas de cornes.

Les Gardiens, si.

— Reste là, m'ordonna Misha quand on arriva devant la salle de banquet, située dans l'atrium orné de statues de gargouilles qui, elles, ne se transformaient pas en créatures vivantes. Elles étaient espacées de plusieurs pieds, perchées contre les murs, avec leurs ailes largement déployées.

Misha disparut avant que je puisse dire un mot. Il se glissa par les portes ouvertes, et je restai seule avec les statues.

Je jetai un coup d'œil vers ma gauche. La bouche béante de l'une d'elles était à quelques centimètres de mon visage.

Ces trucs me fichaient la frousse.

Rejetant mes cheveux derrière mon épaule, je me précipitai vers les portes grandes ouvertes et scrutai la salle lumineuse.

Mes sens furent immédiatement submergés. Tant de gens, dont beaucoup vêtus des couleurs cérémonielles éclatantes, des jaunes et des bleus sublimes. Le fumet de la viande rôtie m'aurait donné envie de me ruer sur une assiette pour me goinfrer dans un coin si je n'avais pas encore eu en tête la poitrine en lambeaux de Wayne.

J'eus beau balayer la pièce du regard, je ne voyais pas Misha, mais je savais qu'il se dirigeait vers l'estrade surélevée, où Thierry serait assis auprès de Jada et sa mère, Aimee. Nos invités seraient là, eux aussi, installés aux places d'honneur, et si j'avais décidé d'assister à la soirée, c'est également là que je me tiendrais.

Je ne savais pas pourquoi je ne m'y étais pas rendue. Je m'étais sentie bizarre toute la journée, j'avais péniblement réussi à m'entraîner avec Misha et refusé l'offre de rejoindre Jada et Ty pour manger un morceau après.

J'avais passé de nombreuses heures enfermée dans ma chambre avec Nabot, à regarder *Le Prince de Bel Air*.

Les doigts agrippés sur les bords de la porte, je laissai mon regard ramper sur les dizaines de tables rectangulaires, pour se diriger vers les rires masculins et rauques.

Un Gardien se tenait au centre de la salle, dans la tenue de celui qui est sur le point de recevoir la Cérémonie : pantalon de lin blanc et chemise sans manches. Il était trop loin pour que je distingue de qui il s'agissait, et ils étaient au moins vingt diplômés concernés, ce soir-là.

Agitée, je dansais d'un pied sur l'autre. Ce que Wayne m'avait dit ne pouvait pas attendre. Nous savions tous que les Charognards étaient souvent contrôlés par des Démons Supérieurs, et ce que ce pauvre gars avait décrit…

— Tu te caches encore ?

Je sursautai et me retournai vivement au son de la voix de Zayne. Bon Dieu, ce type était plus silencieux qu'un fantôme quand il se déplaçait ! Il se tenait à quelques pas de moi.

La première chose que je remarquai, ce furent ses cheveux, à nouveau peignés en arrière, qui mettaient en valeur ses pommettes hautes et larges et la ligne dure de sa mâchoire. Je ne savais trop comment je le préférais. Non pas que je doive avoir une opinion, mais disons que ma préférence allait plutôt aux cheveux détachés.

Et j'ajouterais que je ferais bien de me ressaisir.

La deuxième chose que je remarquai, c'est que Zayne n'était pas habillé comme les autres Gardiens présents. Il portait sa tenue habituelle, à savoir son henley noir et un jean.

Il ne participait donc pas au banquet ?

Il haussa les sourcils, et je me rendis compte que je le reluquais comme une crétine.

Je sortis de ma stupeur, presque dans un sursaut. Une mèche de cheveux me retomba sur la joue.

— Est-ce que tu me pistes ? Je commence à me poser la question.

Il sourit, narquois.

— Oui. Quand je piste quelqu'un, je le préviens toujours de ma présence.

— Peut-être que tu es nul, comme pisteur.

— Possible. Je suis sans doute aussi nul pour pister que toi pour te cacher, rétorqua-t-il.

Il se tut. Son regard ultra-clair se posa sur moi. Mes cheveux étaient détachés et, sans même les toucher, je savais que je ressemblais à une fille dans un clip des années 1980. D'après Nabot, en tout cas. Cette tignasse s'emmêlait constamment.

— Je ne me cache pas, lançai-je en croisant les bras.

Zayne s'approcha, baissant le menton alors qu'il parlait à voix basse.

— On va vraiment se disputer à ce sujet ? Encore ? On dirait bien que tu espionnes à nouveau en cachette.

Me haussant sur la pointe des pieds, je soutins son regard.

— Si c'est l'impression que tu as, alors ton sens de l'observation ne vaut pas grand-chose.

Il se redressa. Son regard passa par-dessus ma tête, vers la porte ouverte.

— Tu n'as pas le droit d'entrer ? C'est pour ça que tu te caches ?

Décontenancée par sa question, je jetai un coup d'œil derrière moi.

— Je ne me cache pas, et je suis la bienvenue à la Cérémonie si je veux y assister. (Je me retournai vers lui.) Pourquoi tu n'es pas à l'intérieur ? Tu es l'invité du clan.

— Ce n'est pas mon truc.

Ses doigts effleurèrent ma joue, attrapèrent la mèche de cheveux échappée et la replacèrent derrière mon oreille. Je frémis, n'ayant pas vu bouger sa main avant qu'elle me frôle. Il la retira aussitôt, les sourcils froncés.

— Je ne te ferai pas de mal.

Le rouge me monta aux joues.

— Non, en effet, parce que je ne te laisserai pas faire.

Ce demi-sourire que je commençais à lui connaître apparut, sans toutefois éclairer son regard.

— Je ne pense pas, non.

Je dépliai les bras et touchai les extrémités emmêlées de mes cheveux.

— Pourquoi est-ce que tu n'aimes pas les banquets ?

Il haussa les épaules, puis les laissa retomber.

— C'est ennuyeux.

— Et rôder ici, non ?

Ses yeux pâles se réchauffèrent quand ils rencontrèrent les miens.

— Il n'y a absolument rien d'ennuyeux ici.

Surprise, je ne pus m'empêcher de sursauter.

— Est-ce que… tu flirtes avec moi ?

Il mordilla sa lèvre inférieure, faisant glisser ses dents sur le rose tendre de la chair tout en me contemplant à travers ses cils épais.

— Je n'envisagerais jamais de faire une telle chose.

Était-ce une réponse honnête ? Aucune idée. Les Gardiens ne flirtaient qu'avec des Gardiens. À l'exception de Clay, mais voyez comme ça avait fini.

Et s'il flirtait avec moi ? Et s'il me trouvait... attirante ? Un désir naquit en moi. Comme une fleur en quête de soleil et d'eau, il étendit profondément ses racines. Et s'il voulait m'embrasser ?

Waouh !

Il fallait que je me calme. Je m'emballais sérieusement. Les joues brûlantes, je choisis de me concentrer sur l'une des statues.

— À quoi penses-tu ? demanda Zayne.

Je plantai mon regard médusé dans le sien. Il n'y avait aucun moyen qu'il sache ce que je pensais. S'il le savait, je préférais disparaître et mourir sur-le-champ.

Son sourire s'agrandit.

— Ton visage est aussi rouge qu'une tomate. (Je me sentais rosir un peu plus à chaque seconde qui passait.) Mon petit doigt me dit que ce qui se passe dans ta tête m'intéresse beaucoup.

Dans ma poitrine, les papillons s'envolèrent.

— Je ne pense à rien du tout.

— Hum hum.

Il n'avait pas l'air de me croire. Bon, il devenait urgent de changer de sujet.

— De toute façon, je ne me cache pas. J'attends Thierry.

— Pour quoi faire ?

— Je ne peux pas en parler, répliquai-je, me rappelant ce qu'il m'avait dit l'autre jour, dans la salle d'entraînement.

— Touché, murmura-t-il. Je parie que je le découvrirai tôt ou tard.

— Je parie que non.

— On verra.

Son regard passa au-dessus de moi. Puis Zayne inclina la tête. Je pivotai et découvris Misha.

— Zayne.

Le ton de Misha était froid, le sourire de Zayne à peine esquissé.

— Misha.

Je fronçai les sourcils.

— Thierry veut qu'on le retrouve à la maison, m'annonça Misha. Il y sera dans quelques minutes.

— OK.

Je jetai un coup d'œil à Zayne, qui nous observait avec curiosité. Et les papillons, ces imbéciles, se déplacèrent dans mon ventre.

— On se revoit bientôt, me lança-t-il.

J'avais le sentiment que ce serait bien le cas.

Arrivés à la maison avant Thierry, Misha et moi l'attendîmes dans son bureau.

— Il faut qu'on discute avant que Thierry arrive, m'annonça-t-il.

Je m'installai dans le fauteuil bien rembourré, juste en face de l'énorme bureau.

— À propos de quoi ?

— Tu dois être prudente avec lui.

— Qui ça ? demandai-je, même si j'avais compris de qui il parlait.

— Zayne.

Il avait aboyé son nom. Croisant les bras, je haussai un sourcil.

— Deux choses.

Le regard de Misha se fit scrutateur alors qu'il s'appuyait contre le bureau de Thierry.

— Primo, on a déjà eu cette conversation. Tu n'as pas besoin de me répéter de me méfier de lui. Et puis ce n'est pas comme si on allait devenir les meilleurs amis du monde. Il part dans quelques jours.

Au son de mes propres mots, une étrange déception me pinça la poitrine, réaction à laquelle je ne comprenais rien, mais alors rien du tout. Après tout, on n'avait discuté que deux fois, et la plupart du temps, c'était pour nous insulter.

— C'est quelques jours de trop.

— C'est quoi, ton problème avec lui ? Et ne me dis pas que c'est parce que je lui ai parlé. (Je marquai une pause.) À moins que tu ne sois secrètement amoureux de moi et donc jaloux.

L'expression de Misha se fit indéchiffrable.

— Tu ne le connais pas.

— Toi non plus. Tout ce que tu as dit, c'est que c'était un sale type et que son clan ne lui faisait pas confiance, mais ça n'a aucun sens. Si son clan ne lui faisait pas confiance, alors pourquoi l'auraient-ils amené ici ?

Après un coup d'œil vers la porte, Misha passa une main dans sa tignasse rousse.

— Tu n'as pas remarqué quelque chose de bizarre chez lui ?

J'avais remarqué beaucoup de choses chez lui, que je préférais garder pour moi.

— Tu peux être un peu plus précis ?

Misha laissa retomber sa main.

— Ses yeux. Tu ne t'es peut-être pas assez approchée de lui pour les voir…

— Je les ai vus, l'interrompis-je, et son regard s'aiguisa. Ils sont un peu différents.

— « Un peu différents » ?

Je fronçai les sourcils.

— D'un bleu plus clair.

— Et tu as déjà vu un Gardien avec des yeux de cette nuance ? insista-t-il. On a tous des yeux identiques, Trin. C'est comme ça qu'on est faits.

— Soit, les yeux de Zayne sont différents, je reconnais que c'est bizarre, mais quel est le problème ? On discrimine les Gardiens aux yeux clairs maintenant ?

— Ne sois pas stupide, s'énerva-t-il. Il n'y a aucun autre Gardien comme lui.

— Il n'y a pas d'autre être comme moi non plus, lui fis-je remarquer.

— Ce n'est pas pareil. Loin de là, argua Misha. Écoute, ses yeux sont comme ça parce qu'il… il a perdu une partie de son âme.

Cette révélation me choqua. Je me penchai en avant, manquant de basculer de mon siège.

— Quoi ?

Misha jeta un nouveau coup d'œil à la porte avant de continuer :

— Je ne connais pas les détails, mais leur clan a élevé une fille qui était moitié Gardienne, moitié démone.

— Quoi ? parvins-je à murmurer, même si j'avais envie de hurler. Comment se fait-il que je n'en aie pas entendu parler avant maintenant ?

Il cligna des yeux.

— Pourquoi quelqu'un t'en aurait-il parlé ?

— Parce que je… Bon, je n'ai pas de raison valable à énoncer, convins-je. (Je me souvins tout à coup que Zayne avait dit n'avoir pas été le seul enfant élevé dans son enceinte. Avait-il parlé de cette fille ?) Continue, s'il te plaît.

— La gamine était la fille de Lilith.

Je mâchai un hoquet.

— LA Lilith ?

Misha hocha la tête, et je cillai lentement. Lilith était la mère d'un grand nombre de démons très dangereux – des créatures qui pouvaient vous prendre votre âme juste en vous touchant. Ils étaient appelés les Lilin. Quelque chose me revint vaguement en mémoire à ce sujet. Plusieurs mois plus tôt, j'avais entendu Matthew et Thierry parler de ces créatures. À l'époque où le père de Zayne était mort.

— Je ne sais pas dans quelles circonstances, mais il a perdu une partie de son âme, poursuivit Misha.

Je me laissai retomber contre le dossier de mon fauteuil. J'ignorais quoi penser.

— Tu veux dire qu'il n'a... pas d'âme ?

Il secoua la tête.

— Je ne dis pas ça, parce que si c'était le cas, je doute qu'il serait encore en vie. Son clan l'aurait éliminé.

Éliminé.

Comme un animal enragé.

Je m'agrippai aux accoudoirs du fauteuil pour réprimer un frisson.

— Et donc, où est-ce que tu veux en venir, Misha ?

— Pourquoi n'est-il pas le chef du clan, à ton avis ? Il était pourtant le fils du dernier chef, préparé à prendre la relève, et il ne l'a pas fait.

Je lui avais posé cette question et j'avais toujours la sensation d'être une sale petite curieuse.

— Peut-être qu'il a juste choisi de ne pas le faire.

Misha me regarda comme si j'étais à moitié stupide.

— J'en doute. Il est évident que le clan ne lui fait pas confiance pour endosser ce rôle, d'autant qu'il est toujours ami avec cette démone.

— La mi-démone, mi-Gardienne ?

Je n'arrivais pas à comprendre. Je découvrais qu'insérer la prise A dans la prise B entre un Gardien et une démone pouvait produire un enfant.

— La fille de Lilith, corrigea-t-il. Et il est connu pour travailler avec les démons.

Je ris de l'absurdité de cette affirmation. Non seulement parce que c'était insensé de penser qu'un Gardien puisse faire ça, mais aussi parce qu'un démon ne s'approcherait jamais volontairement d'un Gardien. Cette demi-démone, la fille de Lilith, était manifestement l'exception qui confirmait la règle, et c'était parce qu'elle était aussi à moitié Gardienne.

— Vraiment ? D'où tu tiens cette bêtise ?

— Je ne suis pas le seul à entendre des choses que je ne devrais pas, Trin. J'ai entendu Matthew et Thierry en discuter il y a des mois, apparemment quand tous ces événements se sont déroulés. Et ça n'a rien d'impossible.

Je commençai à mâchonner l'ongle de mon pouce.

— On ne dirait pas qu'il lui manque une partie de son âme.

— Et à quoi ressemble une personne à qui il manque une partie de son âme ?

— À un être maléfique ? suggérai-je. Et Zayne n'en a pas l'air.

Misha croisa mon regard.

— Ce n'est pas ça, justement, le plus grand talent du diable ? De se cacher derrière une apparente innocence ?

Il marquait un point.

Je ne savais pas quoi penser de la mise en garde de Misha. Peut-être qu'il manquait une partie de son âme à Zayne. Peut-être qu'on ne pouvait pas lui faire confiance pour devenir chef de clan et peut-être, plus fou encore, qu'il avait travaillé avec des démons.

Misha avait raison. Le mal se cachait souvent derrière une fausse innocence.

Je devais me montrer prudente avec Zayne, surtout compte tenu des risques, mais en vérité, ce que Misha venait de m'apprendre ne faisait que renforcer ma curiosité à son égard.

Thierry arriva peu après. Il n'était pas seul. Il avait amené toute une équipe avec lui, et pas seulement Matthew. Lui, je n'étais pas surprise de le voir. Mais le dernier à franchir la porte me sidéra.

Nicolaï.

Je regardai Misha avec de grands yeux. N'avait-il pas précisé à Thierry ce que cette conversation impliquait ? Mon Protecteur semblait tout aussi perplexe que moi.

— Tu peux fermer la porte, Nicolaï ? demanda Thierry en traversant la pièce pour aller s'asseoir derrière son bureau.

Matthew le rejoignit et se posta à sa droite.

— Misha m'a dit que tu souhaitais partager une information qui ne peut pas attendre la fin du banquet.

— Oui, mais…

Je laissai ma phrase en suspens lorsque Nicolaï s'assit sur le siège à côté de moi.

— Je ne crois pas que Trinity ait déjà rencontré Nicolaï, intervint Matthew avec sa douceur habituelle.

En retombant en avant, ses cheveux roux lui caressèrent le front.

— Non, nous n'avons pas été présentés, confirma Nicolaï en m'adressant un sourire. Enchanté de te rencontrer.

— Pareil. (Confuse, je reportai mon attention sur Thierry.) Je ne comprends pas…

— Tout va bien. Tu peux parler ouvertement devant Nicolaï.

Thierry ponctua sa phrase d'un sourire faiblard.

Misha haussa les sourcils.

Je n'avais aucune idée de ce qui se tramait.

— Hum, je ne suis pas sûre…

Ma confusion atteignit des sommets lorsque mon regard se porta sur Thierry.

— Tu peux, m'encouragea-t-il. Nicolaï comprend que ce qu'il entend dans cette pièce ne doit pas en sortir.

L'intéressé hocha la tête.

— Bien sûr.

— Que souhaites-tu nous dire ? insista Mathew.

Je jetai un coup d'œil à Misha. Ses sourcils étaient tellement froncés que je crus son visage sur le point de se craqueler.

Je pris une grande inspiration tandis que mon cœur battait la chamade.

— J'ai vu… J'ai vu un fantôme à l'extérieur de la Grande Halle, ce soir.

La tête de Nicolaï se tourna dans ma direction.

— Pardon ?

Je regardai Thierry, sans savoir quoi dire.

— Trinity peut voir les fantômes et les esprits, expliqua Thierry tout à fait calmement, comme s'il annonçait à Nicolaï que j'étais capable de marcher à reculons tout en me tapotant le ventre et en me frottant le sommet du crâne. C'est tout.

Je compris le message tacite.

— Ah, oui ?

Nicolaï me dévisageait, et je n'avais pas besoin de le regarder pour le savoir. Je me recroquevillai sur mon siège, me sentant comme un drôle d'insecte observé au microscope.

— Ouais.

— Je n'ai jamais rencontré personne capable de faire ça.

De plus en plus gênée, j'esquissai un sourire, les lèvres pincées.

— Non, j'imagine que non, murmura Matthew.

Les yeux écarquillés, je pivotai vers lui, et il m'adressa un clin d'œil. Je n'avais aucune idée de ce qui se tramait, mais je compris en l'espace d'une seconde que quelque chose était en jeu, quelque chose d'assez important pour que Thierry abandonne sa politique du « ils ne doivent rien savoir » et choisisse de révéler un de mes dons à Nicolaï.

En me rongeant l'ongle du pouce, je jetai un coup d'œil à ce dernier. Il me dévisageait toujours.

— S'il te plaît, Trinity, continue, reprit Thierry.

Je détournai le regard de Nicolaï.

— Le fantôme… l'homme ? Il a été tué par un démon. Et ce n'était pas un Démon Charognard.

Dans la pièce, la tension était à son comble lorsque Thierry insista :

— Dis-nous tout.

Ce que je fis, en leur répétant les propos de Wayne.

— Comment peux-tu être sûre que c'était un démon et pas un animal ? voulut savoir Matthew. Il y a des ours dans ces montagnes.

— Le seul animal que je peux imaginer lui faire ça serait un chupacabra, or, la dernière fois que j'ai vérifié, ils n'existaient pas.

— Un chupacabra, répéta Nicolaï en secouant la tête.

Matthew posa ses mains sur le bureau.

— Il est mort il y a combien de temps ?

— Je ne sais pas. Il était trop confus pour me le préciser, mais je l'avais déjà vu le jour de leur arrivée, expliquai-je en jetant un coup d'œil à Nicolaï. Or il avait disparu avant que je puisse lui parler. Je ne pense pas que ça fasse très longtemps. Quelques jours tout au plus.

Matthew regarda Thierry.

— Assez longtemps pour qu'un démon ait découvert la communauté.

— Et le château d'eau abandonné n'est qu'à quelques kilomètres d'ici, leur rappela Misha. Cela dit, ça a pu arriver quand les Charognards étaient ici.

Nicolaï ne parut pas le moins du monde surpris par la mention des Charognards, donc soit Thierry l'avait mis au courant, soit Zayne s'en était chargé.

— Est-il possible que cet homme soit mort depuis aussi longtemps ? s'enquit Thierry.

— Je ne suis pas médecin légiste, donc je ne peux pas vous indiquer l'heure de sa mort. Ça a pu se passer avant ou après l'arrivée des Charognards, répondis-je.

— Nous allons envoyer une équipe pour arpenter la zone, annonça Thierry, qui se leva. Aucun de vous deux ne doit parler de cela à qui que ce soit, pas même à Jada. Est-ce que je me suis bien fait comprendre ? Je ne veux pas causer d'affolement inutile.

— Compris, acquiesça Misha, et je hochai la tête à mon tour.

Sur quoi, on nous congédia, et je montai dans ma chambre. Misha me suivit et, dès que j'ouvris la porte, je sus que quelque chose clochait.

La chambre était une glacière.

Je balayai la pièce du regard, vis les rideaux qui flottaient au-dessus de la chaise longue couleur crème.

— Nabot, grommelai-je en me précipitant vers la fenêtre.

Écartant les rideaux, je refermai la fenêtre, puis je me retournai vers Misha.

— Ce fantôme est vraiment bizarre, lâcha-t-il.

— Ce qui vient de se passer en bas était plus bizarre encore. Je n'en reviens pas que Thierry m'ait fait parler devant Nicolaï. (Je me dirigeai vers mon lit et m'y laissai tomber.) Il se passe quelque chose, Misha.

— Normalement, je te répondrais que tu es paranoïaque, mais là, tu as raison, convint-il en s'appuyant contre la porte. C'était carrément étrange.

Je le regardai fixement en frottant mes paumes contre mes cuisses.

— Ouais. Savoir que je peux voir les fantômes et les esprits, ça n'est pas si grave, mais…

— Mais c'est un pas de plus vers la découverte de ce que tu es.

Je n'arrivais pas à dormir.

Probablement parce qu'il n'était que 23 heures, et que, d'habitude, je ne pensais pas à me mettre au lit avant le milieu de la nuit. Mais je ne me sentais pas dans mon assiette.

Encore.

Agitée. Tendue. Irritée.

J'ignorais pourquoi, mais j'étais irritée.

J'avais même refusé l'offre de Misha de descendre au Foyer, c'est dire. J'avais été un peu surprise que des gens y soient, d'ailleurs. Peut-être que la Cérémonie s'était terminée plus tôt ? Bref, ce qui était sûr, c'est que Misha voulait s'y rendre parce que Alina s'y trouverait probablement. J'étais donc là…

Tendue.

Agitée.

Nerveuse.

Irritée.

En attente.

Je ne comprenais pas ce sentiment d'attente, ni aucun autre, d'ailleurs. Pourtant, voilà dans quel état je me trouvais, comme si quelque chose allait se produire. Comme si tout était sur le point de changer.

Ou que quelque chose *avait* changé.

Étendue dans mon lit, les yeux braqués sur les étoiles qui brillaient doucement, je levai une jambe. Mon cœur battait trop vite, aussi vite qu'au milieu d'une séance d'entraînement avec Misha, alors que, depuis une heure, j'étais juste allongée. Avant de me coucher, je m'étais mise en quête de Nabot, mais sans doute était-il dans la Grande Halle en train de reluquer Zayne.

Zayne.

Aïe.

Je me passai les mains sur le visage. Est-ce qu'il me draguait ? Pour de vrai ? Non que ça ait de l'importance. Quand il serait parti, ce serait réglé, or il serait justement bientôt parti. La Cérémonie finale était dans trois jours.

Et il y avait des choses bien plus importantes auxquelles penser.

Je roulai sur le côté, les yeux grands ouverts. Un millier de questions tournaient en boucle dans ma tête. Je me demandais avec inquiétude ce qui avait tué Wayne et si le groupe qui était parti en reconnaissance trouverait quelque chose. Je ne sentais pas de démon, ce qui signifiait qu'aucun de leurs représentants ne rôdait près des murs.

Je n'arrêtais pas de penser au fait que Thierry et Matthew aient fait participer Nicolaï à cette réunion et qu'il ait été informé de ce que je voyais. C'était plus qu'étrange, bon sang !

Manquait-il vraiment une partie de son âme à Zayne ?

Punaise, je ne risquais pas de m'endormir.

Aucune chance. Non.

Je me rassis, balançai les jambes hors du lit, puis allumai la lampe de chevet. Je clignai des yeux jusqu'à ce qu'ils m'offrent une vision plus ou moins nette avant de me lever. J'attrapai un legging, l'enfilai, ainsi qu'une brassière de sport sous un tee-shirt thermolactyl que j'avais piqué à Misha des années plus tôt. Il était si ample qu'il m'allait comme une tunique. Je l'adorais parce qu'il était douillet et sentait le clou de girofle, peu importe ses passages en machine à laver.

Ainsi attifée, je quittai la chambre et m'engageai dans l'escalier. En passant devant le bureau de Thierry, je vis une faible lumière sous les doubles portes lambrissées. Et je perçus des voix. Celle de Matthew. Celle de Thierry. Une troisième aussi. Je ne parvenais pas à comprendre ce qu'ils disaient.

Encore une réunion à huis clos.

Si Nabot était dans le coin, je l'aurais envoyé espionner pour moi, il adorait ça. Ça lui donnait l'impression d'être un certain Davey Osborne, même si je n'avais aucune idée de qui il parlait. Sans doute une autre référence aux années 1980. Mais Nabot était tellement curieux à propos des visiteurs qu'il passait son temps à traîner dans la Grande Halle.

Baissant le menton, je sortis par la porte de derrière et traversai le patio, empruntant un chemin tellement balisé que je n'avais pas besoin d'y voir pour avancer. J'avais parcouru ce trajet des centaines de fois. Je tirai sur mes manches longues pour recouvrir mes mains et croisai mes bras pour me protéger de l'air encore frais de la nuit alors que j'atteignais le mur de pierre, plus petit que celui qui entourait toute la communauté. Ce mur-là faisait le tour de l'un des plus grands parcs boisés.

Tout au bout du muret se trouvait le Foyer.

Je me dirigeai vers l'entrée. L'odeur de bois brûlé m'enveloppa. Les rires et le bourdonnement des conversations se mêlaient à la douce ballade de la musique.

Je m'arrêtai, regardai les flammes danser sur le ciel nocturne. Étais-je sur le point de m'immiscer entre Misha et Alina ? Dans ce cas, il serait concentré sur moi au lieu d'elle. Au lieu de s'amuser.

Et si Misha n'avait pas voulu être lié à moi ?

Dès l'instant où cette pensée pénétra mon esprit, je brûlai de l'en effacer. Aucun de nous n'avait le choix, ni moi depuis ma naissance, ni Misha depuis qu'il m'avait rencontrée. Il avait affirmé que c'était un honneur d'être auprès de moi, et je le croyais. Toutefois, ce n'est pas parce qu'une chose est un honneur que c'est ce qu'on veut.

Soudain nauséeuse, je fis demi-tour et repris le chemin de la maison. Peut-être que Thierry et Matthew en auraient fini et que je pourrais les déranger.

Ou alors je me glisserais de nouveau dans mon lit et me forcerais à dormir. Voilà qui promettait d'être drôle.

J'avais parcouru la moitié du trajet quand je m'arrêtai et levai les yeux vers le ciel. La nuit était assez claire. J'aperçus quatre petits scintillements. Des étoiles. Je fermai l'œil droit. Erratum : je distinguai trois petits scintillements. Il y en avait probablement plus. Le ciel entier était sans doute plein d'étoiles, et peut-être que si je l'observais assez longtemps…

J'entendis des pas derrière moi et, au lieu de frapper comme je l'avais fait plusieurs nuits auparavant, je voulus me tourner.

La douleur explosa à l'arrière de mon crâne, descendit le long de mon échine, court-circuitant mes sens.

Puis je tombai.

10

Mes genoux craquèrent sur le trottoir, et mes paumes raclèrent la surface rugueuse.

Respire.

Voilà ce que je me disais alors que je forçais mes yeux à rester ouverts malgré la douleur, aiguë et lancinante, et la vague de nausée qui me submergeait.

Respire quand même. Ne t'évanouis pas. Respire.

Ma vision se troubla, encore plus que d'habitude, et je luttai pour ne pas sombrer dans l'obscurité et la douleur.

Un bras s'enroula autour de ma taille, l'air s'agita autour de moi et je fus soulevée du sol. Dans un coin de mon esprit, je savais… je savais ce qui m'avait attrapée. Je ne sentais pas de présence démoniaque, et aucun humain n'était capable de me soulever comme ça.

Un Gardien.

Les souvenirs d'un an plus tôt refirent surface. Les grands yeux marron de maman, remplis d'horreur, alors qu'elle réalisait ce qui était sur le point de se passer. On avait été prises au dépourvu, trahies.

Non. Pas question.

Hors de question que ça se reproduise.

Un éclair de peur me traversa comme un coup de feu, qui mit en branle des années d'entraînement. Je laissai tomber un pied au sol, balançai l'autre en arrière et sentis ma plante entrer en contact avec le mollet de mon agresseur.

Je fus récompensée par un grognement de souffrance, et le bras se desserra autour de moi. Je me ramollis dans son étau, sachant que mon poids mort le déstabiliserait. Il me lâcha, et je heurtai le sol si violemment que mes dents claquèrent. Là encore, je résistai malgré la douleur dans ma tête et la confusion. Je roulai, puis je bondis en tournoyant sur moi-même.

Je découvris un masque – un de ceux qu'on voit dans les fêtes foraines, en plastique blanc avec des joues rouges peintes et un large sourire rose.

— Je vais devoir suivre une thérapie après ça.

Je reculai d'un pas en frissonnant. Le Gardien avait sa forme humaine et commençait à se transformer en se ruant sur moi. Sa chemise sombre se déchira au niveau des épaules, et ses ailes se déployèrent, révélant une peau gris foncé.

C'était mal embarqué, vraiment mal. Même si j'avais eu mes lames, ce qui n'était pas le cas, j'avais face à moi un tout autre type de combattant, à la peau durcie.

Je feintai sur la gauche quand il chercha à m'attraper. Sur une volte-face, je me pliai en deux et lançai le pied. Ma chaussure l'atteignit sur le côté du visage, projetant sa tête en arrière et faisant craquer le masque en plastique, qui commença à glisser. Dessous, je ne distinguai rien d'autre que des ombres.

Il recula d'un pas et s'élança de nouveau. Trop fort et trop vite, dans mon angle mort. Je fis un bond en arrière au moment où sa main se transforma en griffes acérées comme des lames de rasoir. Il attrapa la manche de mon tee-shirt, et le vêtement se déchira tandis qu'une douleur ardente embrasait mon épaule.

Je parvins à lui échapper, mais une chaleur humide se mit à couler le long de mon bras. Je fus soudain horrifiée. La peur ne venait pas de la blessure ou du fait qu'un Gardien s'en prenait à moi. Non, elle me gagna à cause du sang.

Mon sang.

Son arôme remplit l'air et suivit le mouvement du vent. Le parfum métallique et sucré était impossible à masquer.

Il allait les attirer. Ce constat enclencha ce qui résidait au plus profond de moi, ce pouvoir que l'on m'avait appris depuis ma naissance à garder sous contrôle, caché jusqu'au moment où mon père le libérerait – *me* libérerait.

— Non, murmurai-je, même si c'était inutile.

C'était trop tard.

Une brûlure enfla dans ma poitrine, aussi ardente qu'un millier de soleils réunis. Elle gonfla mes veines, qui bouillaient, chauffées à blanc.

Ma *grâce* prit le dessus sur moi-même alors que je la combattais et tentais de penser à l'hiver, aux matins froids et à la pluie glacée. Peine perdue.

Je la sentais.

La chaleur descendit le long de mon bras, et une lumière blanche s'alluma dans les angles de mon champ de vision.

— Tu ferais mieux de t'enfuir.

Le Gardien n'écouta pas mon conseil.

Un feu blanc jaillit de mon bras et explosa dans ma main. Des flammes apparurent, et mes doigts s'enroulèrent autour de la poignée brûlante qui se formait au creux de ma paume. La lourde épée m'était familière, même si je ne l'avais invoquée qu'une seule fois auparavant. Ses bords enflammés étaient tranchants comme des lames de rasoir, l'air crépitait et sifflait.

Le Gardien déploya ses ailes quand je levai l'arme. Je l'abattis, touchant mon adversaire à l'épaule. La peau d'un Gardien était presque impénétrable. *Presque*. L'épée s'enfonça en lui comme un couteau dans du beurre, brûlant la peau et le sang avant même qu'il puisse se répandre, le scindant tandis que le feu vertueux le traversait, consumant chaque centimètre de son être sans qu'il puisse crier.

En quelques secondes, il ne restait plus du Gardien qu'un tas de cendres, éclairé par l'arme crachotante. Et son masque à moitié fondu.

La *grâce* entra en moi, et l'épée disparut dans une volute de fumée et une fine poussière de lumière dorée, qui s'évapora.

Un mince filet de sang coulait de mon nez.

Je m'accroupis et ramassai le masque détruit. Dès que mes doigts le touchèrent, le plastique se changea en poudre, qui se mêla à la poussière au sol.

— Oups, murmurai-je avant de me redresser.

Le souffle court, grelottante, je fis un pas en arrière. Le sang dégoulinait le long de mon bras gauche, jusqu'au bout de mes doigts, pour s'écraser sur le trottoir.

Ce n'était pas bon signe, pas bon du tout.

Je devais aller voir Thierry immédiatement. Il fallait nettoyer ce bazar avant qu'il soit trop tard. C'était la priorité, et plus important encore que d'essayer de comprendre pourquoi un Gardien avait essayé de me tuer à nouveau.

Faisant volte-face, je me mis en route et courus plus vite que jamais. Je ne ralentis pas, bien que chaque foulée heurtât violemment mon crâne, comme si un batteur y avait élu domicile. Je ne cédai pas non plus aux ténèbres qui me poursuivaient. Si je m'évanouissais sans avoir rejoint Thierry, si je continuais à saigner, *ils* viendraient.

Surtout si ce qui avait tué Wayne traînait toujours dans les parages. Ils viendraient en masse.

J'atteignis le mur qui entourait la maison, pris à droite…

Et entrai en collision avec un truc chaud et dur, qui sentait… la menthe d'hiver.

Zayne.

Un mouvement de recul, trop brusque, me fit perdre l'équilibre.

— Qu'est-ce qui se passe ? s'exclama-t-il en me rattrapant par le bras, celui qui était blessé.

J'étouffai un cri aigu tandis que la douleur explosait.

— Trinity ?

Il me tira en avant si vite qu'il ne put m'arrêter. Je rebondis contre son torse et atterris un peu plus loin. Il attrapa alors mon autre bras et me stabilisa. La senteur de menthe évinça l'odeur métallique de mon propre sang. Mon regard affolé se posa sur le visage de Zayne, mais il faisait trop sombre pour le voir.

— Putain de merde ! chuchotai-je, nauséeuse. Tu es comme un mur… un mur chaud et dur.

— Un mur chaud et dur ? répéta-t-il avant d'ajouter, l'air inquiet : Attends. Mais tu saignes. Bon sang ! Tu saignes beaucoup.

Il entreprit de me palper. J'eus vaguement conscience que ses gestes s'adoucissaient et que mon cœur battait la chamade.

— Un peu.

Sans lâcher mon bras valide, Zayne passa de l'inquiétude à la colère, de plus en plus soucieux.

— Un peu ? Que t'est-il arrivé ? Qui t'a fait ça ?

J'allais répondre, puis me ravisai.

— Je… je ne sais pas.

— Tu ne sais pas ?

— Non.

Je ravalai la montée de bile. Bon Dieu, j'allais vomir ! Ou m'évanouir. Peut-être les deux.

— Je dois… je dois voir Thierry.

— Tu as surtout besoin d'un médecin.

Une main toucha ma joue et, à nouveau, j'éprouvai cette sensation étrange, aiguë à son contact. Je reculai d'un bond.

— Désolé, me parvint la réponse bourrue. Tout va bien.

Je n'en étais pas si sûre.

— Nicolaï, appela-t-il, et mon estomac se noua. (Il n'était pas seul. Super. Comment allions-nous leur expliquer tout ça ?) Nous avons un problème.

— Pas du tout, murmurai-je, consciente que le chef du clan de DC nous rejoignait.

— Mince, que s'est-il passé ? demanda Nicolaï.

— J'ai eu un accident.

— Avec une tronçonneuse ? ironisa Zayne. Tu es blessée ailleurs ?

— Non, ça va, répondis-je en m'écartant de sa main. (Mes jambes me faisaient un drôle d'effet.) J'ai juste besoin d'aller à la maison. Matthew est… Il peut m'aider.

— Trinity…

— J'ai besoin de voir… (Le monde vacilla un peu.) Oh là.

— « Oh là » quoi ?

La main était de retour sur ma joue, les doigts écartés glissaient le long de mon cou, dans mes cheveux. Malgré mon envie de vomir, je frissonnais sous la caresse.

— Tu saignes aussi de la tête.

Ah bon ? Je ne devais pas être surprise. Après tout, le Gardien avait essayé de me défoncer le crâne.

— J'ai juste besoin de…

— Je ne pense pas qu'elle aille bien, intervint Nicolaï d'une voix pressante.

Zayne s'avança de nouveau vers moi, et la chaleur de son corps m'envoûta. La sensation dans mes jambes s'accentua, et le peu de lumière que je voyais encore s'éteignit. Je crus l'entendre crier mon nom.

La chose suivante dont j'eus conscience, c'est que je n'étais plus sur mes pieds. J'étais… on me portait. Ma joue posée contre un torse… celui de Zayne.

Oh, bon sang, c'est quoi, ce bordel ?

— Pose-moi, exigeai-je.

J'essayai de soulever la tête, mais n'y parvins pas. À croire qu'elle pesait une tonne.

— Oh, non, je ne vais pas te reposer. Tu viens de t'évanouir, et je n'ai pas du tout envie de devoir te rattraper à nouveau.

Tout en parlant, il avançait à grandes enjambées. La confusion m'engloutit.

— Je... Je ne me suis pas évanouie.

— Tu vas vraiment te disputer avec moi alors que tu viens de tomber comme un sac de pommes de terre ?

Un sac de pommes de terre ? Voilà qui était... flatteur.

— Je ne me suis jamais évanouie de toute ma vie.

— Il y a une première fois à tout.

Je tâchai de voir où nous étions, mais il n'y avait pas assez de lumière.

— Où on est ? Où est Nicolaï ?

— Il est parti chercher Thierry. Je n'ai aucune idée de l'endroit où se trouve l'hôpital. Si je le savais, c'est là que j'irais déposer tes fesses.

Serrant fort les paupières, je m'efforçai de ne pas penser au fait que j'étais portée par Zayne, qui n'était pas seulement le type le plus séduisant que j'aie jamais vu mais aussi...

— Tu... sens.

J'ouvris brusquement les yeux pour constater que nous étions sous des projecteurs et que Zayne avançait, les yeux braqués sur moi.

— Quoi ? hoquetai-je entre mes dents serrées. Je suis en train de me vider de mon sang, et toi, tu prends le temps de me dire que je pue ?

— Je croyais que tu allais bien ?

— Je ne... je ne sens pas.

— Si, insista-t-il, mais sa voix trahissait désormais une certaine perplexité. Tu sens la crème glacée.

Je cillai. Le coup que j'avais pris sur la tête avait endommagé mon audition, ou quoi ?

— Pardon ?

Un rire bref et hésitant secoua Zayne.

— C'est vrai. Je ne savais pas que ça avait une odeur, mais si. Vanille et sucre, poursuivit-il, sans que je puisse deviner s'il était sérieux ou non.

— Je ne sens pas la crème glacée, grommelai-je. Et repose…

— Trinity !

Thierry tonna. Soudain, il fut à côté de nous, et il me toucha la joue.

— Mon Dieu, porte-la immédiatement à l'intérieur.

Zayne ne se le fit pas dire deux fois. Il monta les marches et franchit la porte ouverte pour entrer dans la maison bien éclairée. J'aperçus brièvement Matthew, qui se précipitait avec son sac rempli – je l'espérais très, très fort – de médocs.

— C'était Clay ? demanda Thierry.

Zayne se crispa.

— Qui c'est, ce Clay ?

Mon cœur fit un bond dans ma poitrine. Clay m'aurait-il attaquée parce que je l'avais envoyé valser ? Je repensai à ce qu'il m'avait lancé au Foyer. « À un de ces jours. » Effectivement, ça ressemblait fort à une mise en garde.

— Je… Je ne sais pas. (Je n'étais pas sûre de savoir quelles précisions je pouvais donner devant Zayne, et je n'avais aucune idée de l'endroit où se trouvait Nicolaï.) Je n'ai pas vu qui c'était, mais ce n'est pas…

Je laissai ma phrase en suspens et croisai le regard de Thierry, espérant l'amener à comprendre ce que je ne pouvais pas révéler. Le Duc écarquilla légèrement les yeux : il avait compris.

— Oh, Trinity, chuchota-t-il. Où est-ce que ça s'est passé ?

Je le lui indiquai, puis murmurai :

— Je suis désolée.

— Qu'est-ce que je t'avais dit ? souffla-t-il en me touchant le front.

— Je ne sais pas, chuchotai-je. Tu m'as dit beaucoup de choses.

Le petit rire de Thierry était rauque.

— Je te le redemanderai la prochaine fois que tu prétexteras ne pas pouvoir t'empêcher de faire ceci ou cela.

Matthew arriva et écarta Thierry. Son regard passa sur moi, attentif, s'attardant sur mon bras écrasé contre le torse de Zayne.

— Dans quel pétrin t'es-tu encore fourrée, Trin ?

— Un petit problème.

Les commissures de ses lèvres s'incurvèrent.

— Un petit problème t'est tombé dessus, c'est ça ?

— Comme toujours, murmurai-je.

— Tu peux l'aider ? nous interrompit Zayne, et mon regard se porta sur lui.

Dès que j'eus levé les yeux, je fus incapable de les détourner. Il me fixait, et la ligne forte de sa mâchoire était dure.

— Parce qu'elle est en train de se vider de son sang sur moi.

Je fronçai les sourcils. Il n'avait pas besoin d'être si... contrarié.

— Je ne t'ai pas obligé à me porter.

— Donc j'aurais dû te laisser là-bas, à même le sol ?

— Ouais, répliquai-je d'un air de défi. Et je n'étais pas à même le sol. Tu as failli me renverser.

— Tu m'es rentrée dedans.

— Parce que tu te cachais derrière un mur !

— Voyons, tu sais bien que, de nous deux, ce n'est pas moi qui me cache derrière. Donc, tu aurais préféré que je te laisse là-bas ?

Zayne était perplexe.

— C'est toujours mieux que de t'entendre te plaindre.

— Ce que tu es... agaçante.

Je lui lançai un regard noir.

— J'espère que j'ai taché tes vêtements.

Ses lèvres tressaillirent, ses yeux froids se réchauffèrent.

— Sois rassurée, mission accomplie.

— Parfait, marmonnai-je.

— Bon, si elle reste belliqueuse, c'est qu'elle n'est pas à l'article de la mort. Porte-la dans la cuisine, ordonna Matthew. Ce sera plus facile de nettoyer là-bas.

Zayne suivit Matthew dans le couloir, et je gardai quant à moi les yeux rivés sur lui. Et lui… me fixait toujours. Ne me demandez pas comment il faisait pour ne pas se prendre un mur.

La voix de Thierry me parvint :

— Où est Misha ?

Zayne cligna des yeux, et son regard se déplaça vers le haut.

— Il est… il est occupé, répondis-je.

— C'est inacceptable, s'emporta Thierry.

Je finis par détourner le regard.

— Ce n'est pas sa faute…

— Il est censé rester avec toi, rugit Thierry si fort que je sursautai. Il a *un* travail, ajouta-t-il en tranchant l'air de sa main. Un seul !

Les bras de Zayne se resserrèrent.

— On pourrait peut-être redescendre d'un cran ?

Le Duc tourna brusquement la tête vers lui.

— Pardon ?

— Je ne pense pas que ça aide Trinity de hurler.

Comme Zayne soutenait le regard incrédule de Thierry, je me dis qu'il n'était finalement pas si irritant que cela.

— À cause de vous, elle s'agite comme un poisson à l'agonie.

Bon, d'accord, il était sacrément irritant.

Matthew apparut soudain dans mon champ de vision. Il écarta deux chaises du passage.

— Zayne a raison, Thierry. On aura le temps de crier plus tard. Place-la ici.

Zayne hésita.

— Par terre ? Un lit ou au moins un canapé serait plus confortable.

— En effet, mais j'ai besoin qu'elle soit sur le plancher, expliqua Matthew. Maintenant.

— Le plancher, ça me va, dis-je, les yeux rivés sur le sac médical posé sur la chaise.

Je crus que Zayne allait refuser d'obtempérer, mais il finit par s'agenouiller. Il me déposa délicatement sur ce qui ressemblait à une couverture. Je m'attendais à ce qu'il recule ensuite, mais non. Surprise, je le vis rester à genoux à mes côtés.

— Je vais essayer de ne pas te faire de mal, Trin, m'annonça Matthew tandis que je reportai mon attention sur Zayne. J'ai besoin d'examiner ton bras, et après...

— Sa tête, répondit Zayne à ma place.

Je sombrais dans ses prunelles bleu pâle. Elles étaient insondables et elles me rappelèrent les yeux de quelqu'un d'autre. Je n'arrivais pas à déterminer qui, mais j'avais déjà vu des iris comme les siens auparavant, j'en étais sûre. Ou bien j'avais perdu trop de sang, et mon cerveau était perturbé.

— Elle saigne à la tête et aussi du nez.

Les doigts de Matthew, doux et rapides, me débarrassèrent de ma fichue manche.

— Merci. Oh, ma puce ! Il va te falloir des points de suture.

J'observai Zayne. Un muscle se contracta au niveau de sa mâchoire tandis qu'il portait les yeux vers l'endroit où s'était posté Thierry, tout près de ma tête.

— Mon Dieu ! Elle a été griffée. Pourquoi a-t-elle été griffée ici ?

— Appelle Misha, ordonna Thierry à quelqu'un que je ne voyais pas. Trouve ce qui peut bien l'occuper ailleurs, bordel ! J'ai besoin que quelqu'un mette la main sur Clay, histoire de nous assurer qu'il est toujours... ici. Et envoyez une équipe dehors, près du parc, pour nettoyer le sang. Tout de suite.

— Clay ? répéta Zayne, avant de me scruter. C'est le Gardien qui t'a embêtée au Foyer ?

Je ne répondis pas.

— Si c'était lui, il n'ennuiera plus personne, commenta tranquillement Matthew.

Zayne ne réagit pas, sans doute savait-il ce que ça signifiait. Si mon assaillant était bel et bien Clay, il avait signé son arrêt de mort.

Matthew glissa les doigts sous ma tête et tâta. Je grimaçai et fermai les yeux quand la douleur fusa.

Thierry ordonna :

— Toi. Il me faut tes vêtements, tout de suite.

— Quoi ? s'exclama Zayne.

— Je n'ai vraiment pas envie de me répéter. Déshabille-toi illico. Ta tenue doit être intégralement détruite.

Waouh ! J'ouvris les yeux. Si Zayne se déshabillait, j'allais jouer les Nabot avec grand plaisir. Quitte à mourir vidée de mon sang, autant que je découvre ce qu'il y avait sous cette chemise.

Quelle fille horrible je faisais.

— Pourquoi détruire ma tenue ? voulut savoir Zayne.

— Obéis-lui, intervint Nicolaï. (J'avais oublié qu'il assistait à tout ça, lui !) Je suis sûr qu'il te fournira quelque chose à porter ainsi que des réponses.

À mon avis, ils n'obtiendraient pas les réponses qu'ils cherchaient.

— Je ne vois rien de trop inquiétant dans tes blessures, mais je vais devoir recoudre ton bras, annonça Matthew, qui reposa délicatement ma tête pour attraper son sac. Je vais te donner quelque chose qui va t'endormir, d'accord ? Tu n'as pas besoin d'être réveillée pendant l'opération.

Je gardai les yeux résolument fixés sur Zayne, car je n'avais vraiment pas envie de voir cette aiguille. Pas du tout.

— OK. Je n'aime pas les aiguilles.

Les mains de Zayne, qui reposaient sur ses genoux, étaient teintées de rouge… de mon sang.

— Personne n'aime ça.

Je déglutis quand les doigts de Matthew effleurèrent mon bras.

— Toi, tu m'as l'air de quelqu'un qui aime les aiguilles.

— Parce que je suis un emmerdeur ?

Mon rire se termina sur une brusque inspiration lorsque l'aiguille me piqua.

— C'est toi qui l'as dit. Pas moi.

Le coin de ses lèvres se retroussa.

— Ça va ?

Je clignai lentement des yeux. Je sentais un bourdonnement chaud remonter le long de mon dos pour se diffuser partout dans ma nuque.

— Ouais. Et toi ?

L'autre coin de ses lèvres se retroussa.

— Ouais.

— Tant mieux, parce que si tu t'évanouis, tu risques de tomber sur moi, lui fis-je remarquer. Or tu m'as l'air sacrément lourd.

— Je suis sacrément lourd.

Il leva brièvement les yeux vers Matthew, puis revint sur moi. Il capta mon regard au moment où je m'apprêtais à tourner la tête pour voir ce que Matthew fabriquait.

— Tu veux entendre quelque chose d'étrange ? ajouta-t-il.

Je déglutis en sentant la chaleur inonder ma poitrine.

— Bien sûr.

Zayne se pencha et parla d'une voix très basse :

— J'ai l'impression... qu'on s'est déjà rencontrés, dit-il. (J'eus vaguement la sensation que les doigts de Matthew s'immobilisaient.) J'ai ressenti ça la première fois qu'on s'est parlé, mais c'est impossible. Je m'en serais souvenu.

Mon rythme cardiaque d'escargot s'accéléra, parce que j'avais ressenti la même chose.

— Pareil pour moi, murmurai-je. C'est bizarre, non ?

— Très, acquiesça-t-il.

— Thierry, lâcha Matthew dans un murmure étouffé.

Je n'entendis pas ce qu'il ajouta, si jamais il ajouta quelque chose. La dernière chose que j'aperçus, ce furent ces yeux bleu pâle, puis je ne vis plus rien.

11

Quand je rouvris les yeux, le visage transparent de Nabot était penché au-dessus du mien.

— Je pensais que tu étais morte, dit-il.

Poussant un petit cri, je me recroquevillai dans le lit, loin du fantôme.

— Oh, mon Dieu, ne me refais jamais ça !

Sa tête s'inclina.

— Quoi donc ?

— Ça ! couinai-je. Planer au-dessus de moi pendant que je dors.

— Je le fais tout le temps.

J'écarquillai les yeux.

— Pardon ?

— Désolé. Oublie ce que j'ai dit. (Il dériva sur le côté, quelque part hors de mon champ de vision.) Content que tu ne sois pas morte.

— Moi aussi.

La bouche et la gorge incroyablement sèches, je m'assis et regardai autour de moi. J'étais dans ma chambre, et la lampe de chevet était allumée, projetant une douce lueur dans la pénombre. Au-dessus de moi, les étoiles du plafond scintillaient.

— Tu fais réellement ça quand je dors ?

— Tu tiens vraiment à ce que je réponde ?

Je réfléchis.

— Non.

Il gloussa.

Je rabattis la couverture et m'examinai.

— Comment je me suis retrouvée en pyjama ?

— Une dame t'a nettoyée et changée. Je pense qu'ils ont mis le feu à tes vêtements. Tu étais dans les vapes. (Nabot flotta jusqu'au centre de la pièce.) Je ne t'ai pas matée. Je te le jure. Je ne mate que les étrangers.

— C'est... ce n'est pas mieux.

— Ne me juge pas, ni ma vie ni mes choix.

Je le regardai fixement, puis je m'allongeai de nouveau, avec l'impression qu'il n'y avait plus de tendons entre mes os et mes muscles. Je savais que mon épuisement n'avait rien à voir avec les médicaments que Matthew m'avait injectés.

En parlant de médicaments... Je relevai la manche de mon bras gauche. Trois vilaines marques rouges striaient ma peau sur un peu plus de dix centimètres. Les points de suture étaient fins et soignés, mais j'allais en garder des cicatrices.

Une cicatrice, ça ne posait pas de problème.

En revanche, ce qui s'était passé en posait un. Si mon agresseur n'était pas Clay, alors la situation ressemblait à celle qu'avait connue ma mère. Ce qui signifiait que je n'étais pas en sécurité ici.

Que je n'étais en sécurité nulle part.

Et si c'était Clay ? Qu'est-ce que ça pouvait bien signifier ? Je m'étais défendue, mais les Gardiens étaient... ils étaient parfois au-dessus de ce que j'estimais être bien ou mal.

Et surtout, j'avais saigné. S'il y avait d'autres Charognards dans le coin, ou si ce Démon Supérieur l'était, ils allaient se regrouper en une meute de chiens enragés. Dès l'instant où ils flaireraient le sang, ils rappliqueraient.

Les démons avaient tendance à devenir un brin cannibales quand ils mettaient la main sur quelqu'un comme moi. C'était l'une des raisons pour lesquelles j'étais la dernière de mon espèce.

Bref, en comparaison de tout ça, des cicatrices n'étaient rien.

Je lâchai ma manche et laissai retomber ma main sur mon ventre. Je pris alors pleinement conscience de ce qui m'était arrivé.

Tout était sur le point de changer.

— Quelqu'un arrive, m'avertit Nabot et, une seconde plus tard, ma porte s'ouvrait.

Je me redressai sur mes coudes, les paupières plissées. C'était Thierry.

— Trin ?

— Je suis réveillée, croassai-je.

La porte s'ouvrit en grand, et je découvris qu'il n'était pas seul. Matthew le suivait, tenant ce que j'espérais être un verre d'eau. Je m'attendais à voir Misha sur leurs talons, mais Matthew referma le battant.

C'était étrange.

— Comment te sens-tu ? me demanda Thierry en traversant presque Nabot pour gagner ma chaise de bureau.

— Ça va. Juste fatiguée.

Je regardai Nabot agiter en vain son bras devant le visage de Thierry.

Matthew vint s'asseoir au niveau de mes jambes.

— Tu crois que tu peux te redresser pour boire un peu ?

— Je sauterais par cette fenêtre pour avoir de l'eau !

Pourtant, quand je m'assis, les points de suture à mon bras me tiraillèrent.

— Voilà qui serait intéressant, commenta Nabot.

Thierry fit rouler le siège de bureau jusqu'au lit.

— N'allons pas si loin, ironisa-t-il. Tu te sens épuisée ?

Il tendit la main derrière moi et tapota les oreillers pour que je puisse m'y adosser. Thierry savait ce qui se passait quand je faisais appel à ma *grâce*. Il y avait peu de choses qu'il ne savait pas, en fait.

— Comme d'habitude.

— J'ai l'impression que tu as moins saigné du nez, cette fois, fit observer Matthew en me tendant le verre.

Il avait raison. La dernière fois, j'avais saigné pendant des heures.

Je bus goulûment jusqu'à ce que les doigts de Matthew recouvrent les miens pour m'écarter le verre des lèvres.

— Doucement. Ne va pas te faire vomir.

— Et te couvrir de vomi.

Commentaire de Nabot, évidemment, qui se trouvait derrière Thierry.

— Tu peux parler de ce qui s'est passé ? enchaîna ce dernier.

À contrecœur, je baissai le verre presque vide.

— J'étais ici, mais je... je ne pouvais pas dormir, alors je me suis levée et je suis allée au Foyer, mais une fois sur place, j'ai changé d'avis. Sur le chemin du retour, j'ai entendu quelqu'un derrière moi. Avant que j'aie le temps de me retourner, j'ai reçu un coup à l'arrière du crâne. Ça m'a assommée.

— Tu n'as pas vu qui c'était ? demanda Thierry.

J'ingurgitai le restant d'eau et remerciai Matthew dans un souffle.

— Il portait un masque.

Matthew se raidit, et son regard bleu se porta brusquement sur Thierry.

— Quel genre de masque ?

— Un masque en plastique super flippant. Le genre avec les joues rouges. (Je frissonnai.) Je n'ai pas vu son visage, mais je sais que c'était un Gardien. Clay ?

En posant ma question, je me préparai mentalement à la réponse.

— On ne l'a pas encore trouvé, répondit Thierry. Il n'était ni chez lui ni au Foyer.

Je les regardai tour à tour.

— Alors, ça pourrait être lui ?

— Ça pourrait, confirma Thierry.

Je ne savais pas quoi en penser. Clay m'aurait-il vraiment attaquée pour se venger ? C'était horrible de l'envisager, et pourtant cela valait mieux que d'imaginer que l'agresseur soit un parfait inconnu.

— On vérifie qu'il ne manque personne dans la communauté, poursuivit Thierry comme s'il lisait dans mes pensées. Nous saurons bientôt de qui il s'agissait.

En prenant une légère inspiration, je me concentrai sur lui.

— Je suis vraiment désolée. J'ai essayé de l'empêcher, je me suis débattue, mais j'étais... mal préparée. (La honte m'obstruait la gorge.) Il m'a attaquée par-derrière et il m'a griffée. Je suppose que l'instinct a pris le dessus. Je n'ai pas réussi...

Thierry couvrit ma main avec la sienne.

— Arrête. Tu n'as pas à t'excuser. Tu as fait ce qu'il fallait pour survivre.

Un nœud se forma au fond de ma gorge.

— Mais...

— Il n'y a pas de « mais ». Ce qui est arrivé n'est pas ta faute. Si on doit accuser quelqu'un, c'est ce salopard qui t'a attaquée, et Misha...

— Ce n'est pas la faute de Misha.

— Je lui ai déjà parlé, lança Thierry en se calant contre le dossier du siège. Misha sait qu'il est en partie responsable. Il aurait dû être avec toi...

— Je lui ai dit que je n'allais pas sortir de la nuit, et c'est ce que j'avais prévu. Il ne savait pas que j'allais bouger, insistai-je, ne voulant pas causer des soucis à mon ami. Je pensais être en sécurité ici.

La mâchoire de Thierry se durcit.

— Son devoir n'est pas de faire ce que tu lui dis ou de partir du principe que tu vas agir de telle ou telle façon, Trinity. Tu le sais bien.

— Il ne peut pas veiller sur moi vingt-quatre heures sur vingt-quatre, sept jours sur sept. Il faut bien qu'il vive sa vie.

— C'est toi, sa vie, répliqua Thierry. Ça peut paraître extrême, mais c'est vrai.

— Elle le sait, tout comme Misha, intervint doucement Matthew. Mais ils sont jeunes. Tous les deux. Les erreurs, ça arrive. Dieu sait que nous en avons fait plein nous-mêmes. Nous en avons même fait de grosses, qui en ont inévitablement entraîné d'autres.

Je n'avais aucune idée de ce qu'il sous-entendait.

Thierry fronça ses sourcils bruns et se tut. Un long moment s'écoula.

— Y a-t-il autre chose que tu puisses nous dire sur celui qui t'a attaquée ?

J'aurais préféré insister pour défendre Misha, mais je devais répondre à toutes les questions sur mon agresseur.

— Il n'a rien dit. Il s'est approché de moi sans bruit et m'a frappée derrière la tête. J'ai riposté, et je pense que ça l'a surpris. Tout ce que je peux te décrire, c'est ce masque qu'il portait.

Thierry ne pipa mot, et je remarquai que Nabot avait disparu. Je me calai contre mes oreillers empilés.

— Tu crois que ça s'est passé comme ça… quand ma mère a été tuée ?

Matthew baissa la tête, mais Thierry se pencha vers moi.

— Je ne sais pas, Trin. Après ce qui est arrivé à ta mère, nous avons éliminé tous les Gardiens qui travaillaient avec Ryker.

Ma peau se glaça à la mention de ce nom. Jamais il n'était prononcé à haute voix. Je ne me rappelai même pas la dernière fois où je l'avais entendu.

— On a pu en manquer un, dit Thierry avec un soupir. C'est possible.

Je doutais que Clay ait été proche de Ryker.

— Si c'est un fidèle de Ryker, alors pourquoi maintenant ? Pourquoi s'en prendre à moi après tout ce temps ?

Thierry et Matthew échangèrent un long regard, qui eut le don de piquer ma curiosité. Ce fut Matthew qui me répondit :

— Quelqu'un a pu deviner ce que tu étais. J'ignore comment, en revanche, avec toutes les précautions qu'on a prises.

Dire au chef du clan de DC que je pouvais voir les fantômes et les esprits n'était pas très prudent, cependant je n'avais pas été très maligne non plus quand j'avais balancé Clay par la fenêtre.

D'accord, ça n'avait pas pu donner à Clay des indices sur mon identité, n'empêche qu'il avait dû se rendre compte que j'étais différente.

— C'est juste que je ne comprends pas pourquoi un Gardien voudrait me faire du mal, dis-je après un moment. Je ne le comprenais pas plus à l'époque. Je ne suis pas un danger.

Les deux hommes se turent et, de nouveau, ce fut Matthew qui rompit le silence :

— Mais si.

Mon cœur manqua un battement quand mon regard trouva le sien. Il m'adressa un faible sourire.

— Thierry et moi savons que tu ne représenterais jamais un danger pour un Gardien, mais tu es une arme, Trinity, et quand quelqu'un le découvre, il réagit comme nous sommes tous entraînés à le faire face à une arme susceptible de nous détruire en quelques secondes.

Exprimé ainsi, cela donnait l'impression que quelque chose clochait chez moi. Comme si je n'étais pas une personne capable de se contrôler et de résister à des pulsions violentes.

— Cela ne rend acceptable ni ce que Ryker a fait, ni ce que ce Gardien a tenté de faire, précisa Matthew.

Thierry se passa une main sur la tête et se massa la nuque.

— Espérons que nous aurons demain matin l'identité du coupable, afin que nous puissions débusquer toute autre personne susceptible d'être au courant.

L'inquiétude me gagna soudain. Et s'il y en avait d'autres ?

Thierry repoussa le siège et se leva.

— J'ai une bonne nouvelle à t'annoncer malgré tout : les éclaireurs ont fait leur rapport. Aucun démon n'a été repéré près de la communauté.

C'était une bonne nouvelle, certes, mais on n'était pas tranquilles pour autant. D'autant que j'avais énormément saigné.

Thierry vint se pencher sur moi pour déposer un bref baiser au centre de mon front.

— Je veux que tu te reposes. D'accord ?

— Oui, promis-je.

Thierry partit, et il ne resta plus que Matthew et moi.

— Que se passe-t-il d'autre ? demandai-je. Vous agissiez tous très bizarrement, ces derniers temps avec vos réunions à huis clos. Vous avez permis à Nicolaï de rester dans la pièce et ça ne vous a pas gênés qu'il me sache capable de voir les fantômes et les esprits.

Il secoua lentement la tête en fixant des yeux le fauteuil où Thierry s'était assis.

— Il ne se passe rien, Trin.

— Vraiment ?

Matthew se pencha, prenant soin de bouger lentement pour que je le voie arriver. Il passa les doigts dans le désordre de mes cheveux, repoussant les mèches en arrière.

— Nicolaï a beau être au courant de ton don, cela ne lui dit pas pour autant ce que tu es. Il y a plein d'humains, au-dehors, qui peuvent également les voir.

Oui, mais les humains étaient sacrément moins forts, et ils n'avaient aucune idée d'où ils tenaient ces pouvoirs d'un autre monde.

Matthew se leva gracieusement.

— Au fait, tu as de la visite.

— Misha ?

Matthew m'adressa un large sourire.

— Il semble que tu te sois fait un ami du jeune Gardien de la capitale.

— Quoi ?

Mes yeux faillirent sortir de leurs orbites.

— Oui. Il attend pour te voir. (Matthew marqua une pause.) Il est dans le couloir, en fait. Il refuse de partir tant qu'il n'aura pas constaté par lui-même que tu ne t'es pas vidée de ton sang sur lui. Je suis presque sûr qu'il l'a formulé ainsi.

Pas étonnant.

Matthew ouvrit la bouche et la referma.

— Où était-il quand tu es tombée sur lui ?

— Il faisait le tour du mur intérieur, près de la maison. Il était avec Nicolaï, répondis-je. Pourquoi ?

— Il n'a pas dit ce qu'il fabriquait là-bas ?

Je me raidis.

— Non. Pourquoi ? Tu ne penses pas qu'il ait quelque chose à voir avec… ce qui m'est arrivé, si ? Matthew ?

Rien que de le suggérer me paraissait injuste.

— Non. Pas du tout, m'assura Matthew, dont le sourire, cependant, était pincé. C'est juste… qu'il était au bon endroit au bon moment. (C'était le moins qu'on puisse dire.) Tu te sens la force de lui parler ?

J'étais encore un peu abasourdie que Zayne veuille me voir, et que Thierry et Matthew soient d'accord.

Et que Misha ne soit pas dans le couloir en train de piquer une crise.

Je hochai la tête en espérant ne pas avoir mauvaise mine, puis je décrétai presque aussitôt que mon apparence n'avait pas d'importance.

Matthew ouvrit la porte et se glissa dans le couloir. Je l'entendis parler et, une seconde plus tard, Zayne se tenait sur le seuil. Il s'était changé et portait, je vous jure, un legging de sport en nylon appartenant à Thierry et un tee-shirt blanc. Ses cheveux humides étaient peignés en arrière.

Ce qu'il m'avait dit avant que je m'évanouisse me revint soudain en mémoire : « J'ai l'impression qu'on s'est déjà rencontrés. » Avait-il vraiment prononcé ces mots ? Ou était-ce un effet des produits chimiques que Matthew m'avait injectés ? Je ne savais plus trop. Alors qu'il avançait sans me quitter des yeux, je sus que c'était ce que je ressentais, moi aussi.

C'était en effet comme si je le connaissais.

Zayne s'arrêta au pied de mon lit.

— Content de voir que tu n'es pas morte.

Mes lèvres esquissèrent un sourire.

— Je suis difficile à tuer.

— Bon à savoir. (Il se tourna vers le siège que Thierry avait occupé.) Je peux ?

— Bien sûr.

J'ignorai le petit bourdonnement nerveux dans mes veines alors qu'il s'installait sur le fauteuil. Je jetai un coup d'œil à la porte, m'attendant toujours à voir apparaître Misha.

— Comment tu te sens ?

Tandis que je dévisageais Zayne, je m'agitai nerveusement. Non, ce n'était pas de la nervosité, c'était plutôt comme avaler quelques gorgées d'une boisson énergisante très puissante, comme les frémissements procurés par un excès de caféine.

— Trinity ?

Il pencha la tête. Je clignai des yeux.

— Désolée. Je me sens bien. Juste un peu endolorie.

Son regard se porta sur mon épaule, où seules les extrémités des marques de griffes restaient visibles. D'ici un jour ou deux, ces marques seraient presque guéries.

— Qu'est-ce qui t'est arrivé, là-bas ?

— Je l'ignore.

Et c'était la vérité.

Il fit rouler la chaise plus près du lit, s'inclina en avant et planta les coudes sur ses genoux. Une mèche de cheveux humides retomba, qui lui effleura la joue.

— Thierry et Matthew ne m'ont pas dit grand-chose, mais j'ai l'impression que celui qui t'a attaquée est mort, non ?

— Oui, admis-je.
— Bien.
Je sursautai sous l'effet de la surprise.
— Il a essayé de te faire du mal. Il t'a fait du mal. Il a eu ce qu'il méritait.
Waouh.
Zayne avait l'esprit de vengeance.
Ça ne me déplaisait pas.
— Et c'est toi qui as tué un Gardien ? continua-t-il, à quoi je ne répondis pas. Comment ?
Je secouai lentement la tête.
— Les lames ? demanda-t-il, puis il ajouta : Ou alors, tu es vachement plus entraînée que tu ne le laisses croire.
Un sourire étira mes lèvres. Il était temps de changer de sujet.
— Tu as vraiment attendu dans le couloir tout ce temps ?
— Hormis pendant que je me changeais et que je prenais une douche ? Oui. (Il remit la mèche de cheveux derrière son oreille, et je me pris à espérer que Nabot ne l'ait pas reluqué en douce.) Ton ombre n'était pas ravie, d'ailleurs.
— Tu as vu Misha ?
Il tira sur le col de son tee-shirt.
— Brièvement. C'est ton… petit ami ?
Je rigolai.
— Quoi ? C'est un Gardien.
— Et alors ?
— Alors ? répétai-je, les yeux écarquillés. Les Gardiens sortent exclusivement avec d'autres Gardiens.
Ses sourcils se froncèrent.
— Ce n'est pas vrai.
— Tu es sorti avec des humaines ?
— Je suis sorti avec des non-Gardiennes.
Je ne savais pas quoi faire de cette information, hormis la garder dans un coin de ma tête pour fantasmer dessus plus tard.

— Ah. Misha et moi, on s'est embrassés une fois. Enfin, c'est moi qui l'ai embrassé, et c'était vraiment bizarre, vu qu'il est comme mon frère. (Ne me demandez pas pourquoi je lui racontais ça, en tout cas il m'écoutait.) Bref, je le considère vraiment comme tel, excepté cet épisode... Ça m'a fait l'effet d'un baiser incestueux.

Zayne pinça les lèvres.

— C'était un peu trop personnel, c'est ça ?

— Un peu. Je vais ajouter ça à la liste de tes attributs. (Son sourire s'élargit.) Il était vraiment inquiet pour toi, cela dit.

Je jetai un coup d'œil à la porte. Où était Misha ?

— Moi aussi, je m'inquiétais pour toi, dit Zayne.

Mon regard revint aussitôt sur lui.

— Pourquoi ?

Ses sourcils se haussèrent, son sourire disparut.

— Tu me poses vraiment la question ?

— Oui. Je pensais que tu me trouvais agaçante et frustrante.

— C'est le cas. (Un sourire apparut, puis disparut sur son visage.) Ça ne m'empêche pas de m'inquiéter.

— Eh bien, comme tu peux le voir, je vais très bien.

— Personne ne va très bien après avoir autant saigné, nuança-t-il – bon, sur ce point, je ne pouvais le contester. Thierry et Matthew ont réagi un peu bizarrement à cette histoire de sang.

Merde. Ils auraient dû y penser avant de flipper.

— Ils sont... La vue du sang les écœure facilement.

— Hum hum.

Il n'en croyait pas un mot.

— J'ai vu des tas de trucs étranges. Je te l'ai déjà dit. (Il marqua une pause.) J'ai vécu beaucoup de choses étranges.

Eh bien, s'il avait perdu une partie de son âme, effectivement ça pouvait entrer dans cette catégorie. Et figurer en tête de liste, même.

Mais Zayne n'avait pas terminé.

— Toi, ce clan et tous ces événements qui se passent depuis mon arrivée se disputent la première place dans la catégorie « bizarrerie ». Nous ne sommes pas venus ici pour la Cérémonie. Nous sommes venus pour demander des renforts, et Thierry a exigé que nous restions. Ce qui est étonnant, parce qu'il est rare que quelqu'un obtienne la permission de venir ici, et encore moins de rester. Et puis il y a toi.

— Moi ? couinai-je.

— Tu es une humaine, qui vit au siège régional du pouvoir, une humaine qui peut tuer un Gardien. Et maintenant, cette histoire de sang. Ouais. C'est bizarre de chez bizarre.

— Je ne sais pas quoi répondre.

— Eh bien, prépare-toi, parce que je sais autre chose sur toi, ajouta-t-il, et je me crispai si fort qu'une douleur sourde irradia dans mon bras. Nicolaï a dit que tu pouvais voir les fantômes.

Ma bouche s'ouvrit, puis se referma. Il me fallut un moment pour parler :

— Il n'était pas censé le répéter.

— Il y a très peu de choses que Nicolaï ne partage pas avec moi, répliqua-t-il en inclinant la tête. Alors, c'est vrai ?

Je secouai vaguement la tête, puis répétai ce que Matthew m'avait dit :

— Je ne suis pas la seule personne à voir les fantômes et les esprits, Zayne. Beaucoup de gens ont ce don. Ça n'a rien d'extraordinaire.

Il ricana doucement et laissa retomber ses mains entre ses genoux.

— Il n'y a que toi pour penser une chose pareille. Si, c'est extraordinaire. Je ne connais personne d'autre qui soit doté de cette capacité.

— Peut-être que tu l'es, toi, et que personne ne te l'a dit.

— J'en doute, murmura-t-il. Tu as toujours été capable de les voir ?

— Oui, admis-je, et c'était à la fois étrange et agréable de le lui confier. Toujours.

— Ça fait quel effet ? demanda-t-il, plein de curiosité.

Je haussai les sourcils.

— C'est difficile à expliquer. Les fantômes et les esprits sont différents. Tu le savais ?

Il secoua la tête.

— Bon, repris-je, les fantômes n'ont pas traversé. Soit ils ne savent pas qu'ils sont morts, soit ils refusent de l'accepter. Ils sont généralement dans l'état où la mort les a saisis, donc ils sont parfois un peu dégoûtants. Les esprits, eux, ont traversé, ils sont allés là où ils sont censés aller, mais ils reviennent soit pour voir leurs proches, soit pour transmettre un message.

— Et c'est ce que tu fais ? Tu communiques leurs messages aux personnes concernées ?

— Quand je vois des esprits, oui, mais je n'en ai pas vu depuis longtemps, avouai-je en tripotant ma couverture. Quand je vois des fantômes, je… je les aide à aller vers la lumière. Pour qu'ils puissent trouver la paix.

— Ça a l'air difficile, mais aussi merveilleux, commenta-t-il, et quand je levai le regard, je croisai le sien, intense, rivé sur moi. Certaines personnes choisiraient probablement de les ignorer, ou bien elles auraient peur.

— Je ne peux pas les esquiver. Ils ont besoin d'aide, et si tu les voyais, surtout les fantômes… ils sont complètement perdus. On ne peut pas les abandonner. (Je me tus une seconde, mordillant ma lèvre inférieure.) Il y a d'autres choses, en revanche, avec lesquelles je ne veux pas interagir.

— Les spectres ?

J'étais sidérée.

— Comment tu le sais ?

— J'ai malheureusement un certain passif avec eux.

Les spectres étaient des humains qui avaient été dépouillés de leur âme avant de mourir. Ils ne pouvaient pas traverser, que ce soit pour gagner le paradis ou l'enfer. Ils étaient coincés et, plus longtemps ils restaient coincés, plus ils perdaient de leur humanité.

— Il y a aussi les ectoplasmes, ajoutai-je en enroulant mes doigts autour de l'ourlet de la couverture. Tu en as entendu parler ?

— Des Démons Inférieurs, dit-il, et je hochai la tête. Ce ne sont ni des fantômes, ni des esprits.

— Je sais, mais on les confond souvent. J'en ai vu un, une seule fois. Il était super flippant. (Je marquai une pause.) C'est quoi, ton expérience avec les spectres ?

Zayne soupira lourdement et baissa les yeux vers ses mains.

— Toi qui passes ton temps à fouiner, tu n'en as pas entendu parler ?

— Je ne fouine pas..., marmonnai-je. Pas à ce point.

Ses cils se relevèrent, et une esquisse de sourire effleura ses lèvres.

— C'est une longue histoire.

— On a le temps.

— Il est tard, et tu dois te reposer.

— Je me repose, arguai-je en me désignant. Je suis au lit. (Voyant qu'il ne parlait pas, je manifestai ma surprise.) Ou est-ce une histoire que tu ne veux pas que j'entende parce que je ne suis pas Gardienne ? Parce que tu ne me connais pas ?

Zayne restait obstinément silencieux.

Mon irritation monta d'un cran.

— Tu me poses une tonne de questions et pourtant tu refuses de répondre à quatre-vingt-dix pour cent des miennes. Ce n'est pas cool.

Il fit la moue.

— Nous avons eu un Lilin à Washington.

Si j'avais été assise, je serais tombée à la renverse.

— Tu es sérieux ?

Il hocha la tête.

— Un démon voulait libérer Lilith, expliqua-t-il, et je songeai immédiatement au demi-démon que son clan avait élevé – la fille de Lilith. Il s'était convaincu qu'il était amoureux d'elle et il avait tenté d'accomplir le rituel pour la libérer. Il s'appelait Paimon.

Mince alors ! J'eus l'impression que mes yeux allaient me sortir de la tête. Paimon était un ancien Démon Supérieur, un des vieux démons de la Bible. Roi de l'enfer, il régnait sur des centaines de démons.

— Paimon est venu sur terre ?

— Il s'avère qu'on a quelques gros joueurs à DC. Avec tous les politiciens qu'il y a à corrompre dans le coin, ils sont comme qui dirait attirés chez nous. Bref, on pensait l'avoir arrêté à temps, mais on ignorait que le rituel avait en fait été mené à son terme. (Sa mâchoire se durcit pendant un instant.) Un Lilin a été créé et, par malchance, il a mis la main sur quelques humains. Il en a dépouillé certains de leur âme sur-le-champ. Pour d'autres, il a juste joué avec, prenant un peu ici et là, ce qui nous a laissé des spectres à gérer.

Je brûlais de lui demander si c'était le sort qui avait été réservé à son âme, ou si ça avait quelque chose à voir avec la fille de Lilith, mais je ne savais même pas si cette histoire était vraie. Et j'avais beau être impulsive et parler avant de réfléchir, je n'étais pas non plus crétine au point de demander à quelqu'un s'il avait perdu une partie de son âme.

Au lieu de quoi, je m'enquis :

— Comment vous avez géré le Lilin ?

— Ça n'a pas été facile, admit-il. Il a fallu le faire tomber. C'étaient beaucoup de sacrifices. Le Lilin avait engendré une armée de spectres, et il avait réussi à infiltrer de vieilles gargouilles… qui ont pris vie. C'était… c'était fou. L'un de ces spectres s'est emparé de mon père. C'est comme ça qu'il est mort, en combattant le Lilin. J'étais là, mais je n'ai pas réussi à le sauver.

— Ce n'est pas ta faute.

Son regard plongea dans le mien.

— Comment le sais-tu ?

— Parce que je suis sûre que tu as fait tout ce que tu pouvais, affirmai-je, et même si je le connaissais à peine, j'en étais persuadée. Je suis désolée, Zayne. Je sais que ce que tu as vécu n'était pas facile.

La mâchoire serrée, il hocha la tête.

— Il est mort en combattant, mais il est aussi mort pour protéger quelqu'un qu'il aimait beaucoup. Le savoir rend le processus plus facile. Plus acceptable.

— J'en suis sûre, oui, dis-je, regrettant de ne pas avoir de parole plus profonde à ajouter.

— Tu sais, en dehors de ceux qui étaient présents, tu es la première personne à qui je parle de mon père, reprit Zayne, et son aveu me sidéra. (Un sourire charmeur aux lèvres, il secoua la tête.) Ça me surprend moi-même.

— Pourquoi ? J'inspire les confidences.

Il m'adressa un sourire narquois.

— Sérieusement ?

Je laissai, moi aussi, un sourire se dessiner sur mon visage.

— Sérieusement. C'est un autre de mes attributs.

— Je vais devoir m'en souvenir. (Sauf que ça n'avait pas d'importance, puisqu'il allait partir.) Tu m'as confié quelque chose, quand on était au centre d'entraînement. Tu as dit que ta mère avait été tuée par un Gardien.

Mince, je n'aurais pas dû le lui avouer.

— Exact.

— Et maintenant, tu te fais attaquer par un Gardien. Est-ce que les deux événements sont liés ?

J'avais envie de me gifler, mais comme ma tête avait déjà assez souffert, je m'abstins.

— Je ne sais pas.

Zayne contemplait à nouveau ses mains.

— Je peux te demander quelque chose, et tu me réponds honnêtement ?

— Euh, oui.

Pourvu que ce soit une question à laquelle je puisse répondre honnêtement… Or je pariais que non.

La frange épaisse de ses cils se souleva.

— Tu es en sécurité, ici ?

J'ouvris la bouche mais la refermai, parce que je ne savais pas du tout comment répondre et, pour une raison qui m'échappait, je ne voulais pas lui mentir.

C'était stupide, parce que je lui avais déjà menti de bien des façons depuis le début.

Un muscle se crispa le long de sa mâchoire.

— Si tu n'es pas en sécurité, on peut t'emmener. T'aider de quelque façon que ce soit.

Le choc me coupa le sifflet, alors que ma poitrine se gonflait.

— C'est... c'est gentil de me le proposer.

— Ce n'est pas « gentil », répliqua-t-il en soutenant mon regard. C'est très sérieux. Si tu n'es pas en sécurité ici, nous pouvons t'emmener dans un endroit où tu le seras.

Détournant les yeux, je me concentrai sur mon couvre-lit. Il était plus facile de ne pas me montrer honnête en évitant son regard.

— Je suis très bien ici, merci.

Il se tut pendant si longtemps que je dus le regarder à nouveau. Il me dévisageait.

— OK.

— OK, répétai-je.

Il s'agrippa aux accoudoirs de son siège et se leva avec la grâce inhérente à tous les Gardiens.

— Je devrais y aller, maintenant.

À quoi je ne répondis rien, parce que je voulais qu'il reste.

Comme si, par je ne sais quel miracle, il pouvait lire dans mes pensées, Zayne s'immobilisa. Je retins mon souffle et me rendis compte que j'attendais. Encore.

— Que faisais-tu dehors, ce soir ? lâchai-je tout à trac.

Zayne fronça les sourcils.

— Tu sais, pendant toute la soirée, je me suis senti nerveux, agité, même si j'étais avec Dez et Nicolaï. Ça va te sembler étrange, mais j'ai eu une soudaine envie de prendre l'air. (Il lâcha un rire gêné.) Bon timing, hein ?

— Ouais, acquiesçai-je. Parfait timing.

12

— J'ai un travail pour toi, annonçai-je à Nabot.

Quelques secondes après le départ de Zayne, le fantôme avait traversé le mur de la chambre. Sans frapper, bien sûr, mais j'étais trop fatiguée pour le réprimander.

— Je suis partant pour n'importe quoi. Tu sais pourquoi ? « La vie file très vite. Si tu ne t'arrêtes pas pour regarder autour de toi de temps en temps, tu vas passer à côté. »

Je clignai des yeux lentement.

— Quoi ?

L'expression transparente de Nabot retomba.

— Ferris ! Ferris Bueller !

— Ouais. Bref, tu peux garder Matthew et Thierry à l'œil ? Voir si tu peux entendre ce qu'ils se disent ?

— Du genre ?

Bonne question, parce que je ne savais pas trop.

— S'ils parlent de nos invités ou… ou de ce qui m'est arrivé. Je ne sais pas. N'importe quoi qui te paraisse bizarre.

Nabot hocha la tête.

— Je peux le faire, toute la nuit même. En fait, je peux le faire dès maintenant. Ils étaient juste en bas, en train de chuchoter avec l'autre gars. Nicolaï.

— Oui, vas-y, ce serait le bon moment pour les espionner.

— Génial !

Et en levant les deux pouces, il s'évapora.

Ma tête retomba sur l'oreiller. Je ne pensais pas que je parviendrais à m'endormir, cependant c'était comme si la montée d'adrénaline que j'avais ressentie à l'arrivée de Zayne était repartie avec lui.

Ce qui était particulièrement étrange.

Je sombrai assez rapidement.

Je dormis pendant ce qui me parut une éternité et me réveillai un peu après 10 heures le lendemain matin. La première chose que je voulais faire, c'était trouver Misha, mais je pris d'abord une douche, puis séchai mes cheveux avec une serviette et en démêlai les nœuds. Mon bras était un peu douloureux, pourtant la rougeur avait déjà commencé à disparaître. Comme les Gardiens, je guérissais assez vite. D'ici demain, les points de suture seraient probablement dissous et, ce week-end, les cicatrices auraient déjà viré au rose pâle.

Après avoir enfilé un jean foncé et un tee-shirt, je chaussai une paire de tongs et partis en quête de Misha. Je n'eus pas à le chercher bien loin. Il répondit quand je frappai à sa porte.

— Coucou, dis-je, en entrant et en refermant derrière moi.

Sa chambre était faiblement éclairée, les rideaux étaient tirés, et il y avait juste une petite lampe près du lit. Il était assis à son bureau, en train de refermer son ordinateur portable.

— Coucou, répondit-il, sans se retourner vers moi.

Je m'immobilisai, en proie à une sensation étrange. Je jetai un coup d'œil autour de moi. Son lit était trop bien fait : il n'avait pas dormi dedans, car il était toujours sens dessus dessous, habituellement. J'attendis qu'il se retourne et, voyant qu'il ne bougeait pas, je sentis une boule se former au creux de mon ventre. J'ouvris la bouche, la refermai, puis essayai à nouveau.

— Est-ce que tout va bien ?

Sa réponse fut sèche et bourrue.

— Ouais.

Je plaquai les mains l'une contre l'autre.

— Alors pourquoi tu me tournes le dos ?

Misha finit par faire pivoter son siège. Il ne répondit rien, en revanche, et la lumière était trop faible pour que je puisse distinguer son expression.

Mon estomac se serra.

— Tu es... tu es en colère contre moi ?

— Pourquoi je le serais, Trin ?

Je n'en savais trop rien.

— À cause d'hier soir ? Je t'ai dit que je restais à l'intérieur...

— Je ne suis pas en colère contre toi.

— Sûr ?

— Sûr. J'aurais aimé que tu restes à l'intérieur comme tu l'avais dit, ou que tu m'envoies un message pour me prévenir que tu voulais sortir, mais tu ne t'es pas fait ça toute seule.

Soulagée, je m'avançai.

— Alors pourquoi...

Je laissai ma question en suspens, ne sachant comment formuler ma question.

— Pourquoi quoi ?

Je pris une grande inspiration. Je ne m'étais jusqu'à présent jamais autocensurée avec Misha.

— Pourquoi n'es-tu pas venu me voir hier soir ?

— Je voulais, mais après m'être fait engueuler par Thierry, je ne pensais pas être de bonne compagnie.

Ça tenait debout, bien sûr, mais quand même.

— Je suis désolée que tu aies eu des problèmes. J'ai dit à Thierry que ce n'était pas ta faute.

— Je sais, n'empêche que Thierry avait raison : je n'aurais pas dû sortir, dit-il en renversant la tête en arrière. Et ne discute pas avec moi à ce sujet. Tu ne changeras pas ce que je ressens.

— Misha...

— Mon travail consiste à assurer ta sécurité. La nuit dernière, j'ai échoué.

Je croisai les bras en me mordant la lèvre pour me taire, mais je ne pus me retenir bien longtemps.

— Tu sais, je n'avais pas besoin de toi, la nuit dernière. (Il releva la tête.) Je me suis débrouillée. J'ai réussi à sauver mes miches.

— Tu as utilisé ta *grâce,* Trin. C'est comme ça que tu t'es débrouillée.

L'irritation me piquait la peau.

— Je sais que je n'aurais pas dû l'employer, mais je l'ai fait, point barre. Et si je l'avais employée la dernière fois...

— Tu n'aurais pas sauvé ta mère pour autant, Trin, m'interrompit-il d'une voix calme. Même si tu avais fait appel à ta *grâce*, ça n'aurait rien changé. Ne rejette pas la faute sur toi.

Je serrai les lèvres. La culpabilité liée à la mort de ma mère était compliquée à gérer, mais Misha avait tort. Sa disparition était ma faute pour de multiples raisons.

Il se pencha en avant sur son siège.

— Donc, tu es en train de me faire comprendre que tu n'as plus besoin de moi ?

Je me dirigeai vers son lit et me laissai tomber sur le bord.

— Ce n'est pas ce que je dis, et tu le sais. On forme une équipe, mais il n'y a aucune raison pour que tu restes prostré dans ta chambre parce que quelqu'un a essayé de me faire du mal. (Misha se raidit.) Et il n'y avait pas non plus de raison pour que Thierry te passe un savon. Au lieu de t'engueuler et te faire bouder, il aurait mieux fait de chercher à savoir qui est le coupable.

Détournant le regard, il se passa une main sur le crâne. Un long moment s'écoula avant qu'il lâche enfin :

— Tu as raison.

— Bien sûr que j'ai raison.

Il ricana.

— C'est juste que... (Il se radossa à sa chaise de bureau.) Peu importe. Comment tu te sens ?

Je remontai la manche de mon chemisier, sachant qu'il pourrait voir mon bras.

— Bien. Tu vois ? Rien du tout.

Il se frotta le front.

— Ça va laisser des cicatrices.

Lâchant ma manche, je soulevai l'autre épaule.

— C'était Clay, dit-il.

Je cessai de respirer.

— Pour de vrai ?

— J'ai parlé à Thierry ce matin, répondit-il. Tout le monde a répondu à l'appel, sauf lui. Et Thierry ne pense pas qu'il ait quitté la communauté.

Je ne savais pas quoi dire.

— Comment peuvent-ils être sûrs qu'il ne s'est pas enfui ? Il a très bien pu sauter par-dessus les murs.

— Oui, il aurait pu, mais nous avons des caméras. Les vidéos ont été épluchées et, jusqu'à présent, ils n'ont vu personne quitter le navire.

Déstabilisée, je baissai les yeux sur mes mains.

— Tu penses… qu'il s'en est pris à moi parce qu'il a eu des problèmes avec Thierry ?

— Oui.

J'esquissai un mouvement de la tête.

— Quel idiot !

— Jamais mot plus vrai n'a été prononcé, commenta Misha.

Mon ventre se noua. Ce n'était pas de la culpabilité. Je m'étais défendue. Si je n'avais pas riposté et que je n'avais pas tué Clay, j'aurais pu mourir et, par conséquent, Misha serait mort aussi. N'empêche, je me sentais bizarre.

Ce n'était pas la première fois que je tuais.

Et ce ne serait probablement pas la dernière.

Je levai la tête.

— Honnêtement, je ne pensais pas que c'était lui. Je veux dire, c'est logique, mais… Depuis combien de temps Clay est-il ici ? Depuis qu'il est enfant, non ?

Misha fronça les sourcils.

— Exact.

— Donc, il aurait connu Ryker ?

— Oui, mais ça ne veut pas dire qu'il partageait les… croyances de Ryker.

Je ne savais plus que penser. Misha avait raison. C'était logique. Clay était furax et il m'avait plus ou moins menacée, pourtant quelque chose ne tournait rond.

— Tu sais, j'ai réfléchi, reprit Misha, qui renversa de nouveau la tête en arrière. Je n'ai rien ressenti, la nuit dernière. Rien quand tu as été blessée, or je pense que j'aurais dû.

Hésitante quant à la réponse à lui donner, je levai les mains, puis je les laissai retomber.

— Le lien ne fonctionne pas ainsi.

— Le lien est conçu pour m'alerter lorsque tu es en danger, insista-t-il en me regardant. Tu étais en danger, et je n'ai rien ressenti.

J'étais censée me reposer, mais ce n'était pas le cas. J'avais quitté la maison, et si Misha ou quelqu'un d'autre découvrait que je n'étais pas dans mon lit, l'enfer s'abattrait sur moi.

J'étais en mission : je devais localiser et récupérer Nabot.

Appelez ça un septième sens, en tout cas je savais que ce petit fantôme pervers se cachait dans la chambre de Zayne.

Je ne l'avais pas vu depuis qu'il était parti la veille pour espionner Matthew et Thierry, et j'en déduisais qu'il n'avait rien entendu de notable à me rapporter.

Et oui, peut-être aussi que je voulais parler à Zayne, lui dire merci de m'avoir si vite emmenée chez Thierry la veille et d'avoir pris de mes nouvelles. Je ne pensais pas l'avoir fait.

Et peut-être que je ne voulais pas rester seule, à ressasser ma conversation avec Misha. Entre Clay qui avait essayé de me tuer et le fait que Misha n'ait rien senti alors que j'étais en danger, j'avais besoin d'une distraction.

Chaussant mes lunettes de soleil préférées, bien noires et surdimensionnées mais qui ne bloquaient pas encore assez les rayons du soleil, je me dirigeai vers la Grande Halle et empruntai l'entrée latérale. En grimpant l'escalier de derrière, je me demandai comment j'allais trouver la chambre qu'occupait Zayne. Je n'y avais pas réfléchi, et frapper à toutes les portes n'était guère recommandé.

J'aurais probablement dû y penser avant.

Trop tard maintenant. Je poussai la porte de la cage d'escalier et aboutis dans le large couloir du deuxième étage, pour tomber pile poil sur Nicolaï et Dez.

Je m'arrêtai net avec un petit rire.

— Waouh ! Désolée. Je ne m'attendais pas à voir l'un d'entre vous.

Nicolaï s'avança vers moi.

— Que fais-tu debout ? Comment te sens-tu ? Tu ne devrais pas être… ?

— Je vais bien, l'interrompis-je, coupant court à ses questions. Juste un peu endolorie. Merci beaucoup de m'avoir aidée, la nuit dernière.

— Nul besoin de me remercier, m'assura-t-il, le front plissé par l'inquiétude. Je suis heureux de voir que tu es debout et que tu marches.

Je jetai un coup d'œil à Dez.

— Pareil pour moi, fit-il en souriant. Mon nom est Dez. Je ne crois pas qu'on se soit rencontrés. (Il marqua une pause.) Je suis content, moi aussi, de voir que tu es debout et que tu marches.

— Merci.

Le visage de Dez se fendit d'un large sourire.

— C'est le moment où on se serre la main, là.

— Oh. Désolée. (Rougissant, je baissai les yeux : bien sûr, Dez m'avait tendu une main que je n'avais pas vue. Je la serrai.) En fait, je suis venue pour, euh, remercier Zayne. Je n'en ai pas eu l'occasion, hier soir. Savez-vous s'il est dans sa chambre ?

— Je crois que oui, répondit Dez en jetant un coup d'œil par-dessus son épaule. C'est la cinquième sur la droite.

Je souris, remerciant le ciel pour cet heureux hasard.

— Merci.

Les deux hommes hochèrent la tête et, juste après que je les eus dépassés, Nicolaï me rappela.

— Trinity ?

Je me retournai.

— Oui ?

Son regard fouilla le mien alors qu'il s'avançait.

— Zayne nous a dit qu'il t'avait proposé de partir avec nous si tu le jugeais nécessaire, chuchota-t-il. Sache que je soutiens complètement sa démarche.

Le choc que j'avais ressenti au moment où Zayne me l'avait suggéré revint me frapper de plein fouet. Je regardai les deux Gardiens tour à tour.

— Moi aussi, renchérit Dez. Tu affirmes être en sécurité ici, mais si cela change, même après notre départ, pense que tu as des amis à DC qui peuvent t'aider.

Un nœud se forma dans ma poitrine.

— Merci, répétai-je, sincère. Je... je m'en souviendrai.

Nicolaï hocha la tête, et les deux hommes s'éloignèrent pour disparaître dans la cage d'escalier que je venais d'emprunter. Je restai plantée là un moment. Ces types étaient... ils étaient des gens bien.

Le sourire aux lèvres, je progressai dans le couloir, les yeux plissés pour compter les portes. Je m'arrêtai devant la cinquième à droite, et mon sourire vacilla, puis s'évanouit.

Qu'allais-je dire à Zayne ? « Salut, il y a peut-être un fantôme qui te reluque ? » Bon, certes, je voulais le remercier, mais ça aurait pu attendre.

— Merde. Merde. Merde.

Je fis un pas en arrière et m'apprêtai à faire demi-tour...

La porte s'ouvrit avant que je puisse bouger d'un pouce.

— Trinity ?

Je pivotai, tout en essayant désespérément de trouver une excuse, mais je me figeai en le voyant. Je me figeai complètement.

Zayne était nu – nu et mouillé.

Mes yeux s'arrondirent. Bon, il n'était pas complètement nu. Il avait bien une serviette bleu foncé enroulée autour de ses hanches étroites, mais elle était nouée très bas. Je voyais deux creux de chaque côté de ses hanches… Comment le gars avait-il des muscles à cet endroit ?

Tout balèze qu'il soit, Misha n'avait pas ces trucs-là. Je le savais. Je l'avais vu à moitié nu un million de fois.

Il y avait aussi cette très intéressante touffe de poils blond foncé qui partait de son nombril et descendait…

Une chaleur fleurit au creux de mon ventre, qui m'embrasa la peau. J'avais l'impression d'être en plein cœur de l'été, pas début juin, et de porter un col roulé et une veste.

Et une couverture.

Bon Dieu, il était sublime. Je devais arrêter de le zieuter, sauf que je ne pouvais pas m'en empêcher. Je savais aussi, tout au fond de moi, que c'était une réaction viscérale. Pourtant ce n'était pas le premier gars qui m'attirait, alors pourquoi me faisait-il autant d'effet ?

Les hanches en question bougèrent, comme s'il écartait les cuisses.

— Je commence à me sentir un peu violé, là.

— Hein ? Quoi ?

Je clignai des yeux pour ramener mon regard vers son visage. Ses cheveux mouillés étaient plaqués en arrière.

— Tu me fixes un peu beaucoup.

La chaleur me brûla encore plus les joues. Je ne valais pas mieux que Nabot.

— Non, pas du tout.

— Tu me reluques comme si tu n'avais jamais vu un gars de ta vie.

— N'importe quoi ! J'ai déjà vu des gars – plein.

Il haussa un sourcil, qui forma un arc parfait.

— Alors comme ça, tu vois beaucoup de mecs à poil ?

Je pris un air agacé.

— Non, ce n'est pas ce que je voulais dire.

— C'est ce que tu sous-entendais.

La vérité, c'est que je n'avais jamais vu un type aussi déshabillé.

— Pourquoi es-tu presque nu ?

Il inclina la tête.

— Je viens de prendre une douche.

C'était évident.

— Alors, tu ouvres toujours la porte dans cette tenue ?

— J'ai entendu des bruits de pas et je me suis dit que je ferais mieux d'aller voir.

— Mais tu portes une serviette, lui fis-je remarquer. Et comment as-tu pu m'entendre ? Ce n'est pas comme si je marchais en tapant des pieds.

— J'ai une très bonne ouïe, répondit-il. Tu devrais le savoir, toi qui vis avec toute une bande de Gardiens.

Il avait raison. Les Gardiens avaient une ouïe et une vue étonnamment développées. Je les détestais.

— Tu réponds toujours à ta porte en serviette quand tu entends quelqu'un ?

Il porta les doigts sur le nœud qui retenait le tissu.

— Je n'en fais pas une habitude. Mais tu étais devant ma porte en train de jurer, alors je me suis dit que j'allais vérifier ce que tu voulais.

Ce que je voulais ? La bouche soudain sèche, je déglutis. Je n'étais pas sûre de pouvoir répondre.

— Et j'ai pensé, en entendant marmonner « merde » à plusieurs reprises, que ça ne pouvait sûrement pas être toi.

Je recouvrai mes esprits.

— Pourquoi pas ?

— Parce qu'après avoir failli te vider de ton sang…

— Sur toi.

— Oui, merci pour le rappel. Après ce qui s'est passé la nuit dernière, il me semblait logique que tu sois dans ta chambre à te reposer, et pas à te balader seule.

Il avait le don de m'agacer.

— Pourtant c'est moi, bel et bien sortie du lit et en promenade, ce qui est mon droit. (Pas tout à fait.) Je ne vais pas me cacher dans ma chambre à cause de ce qu'il s'est passé hier soir.

— Apparemment, tu n'utilises pas ton bon sens pour autant, répliqua Zayne avec un soupir. Que veux-tu, Trinity ? J'aimerais me sécher et enfiler des vêtements.

Évidemment, vu qu'il venait de faire allusion à sa tenue, je ne pus m'empêcher de regarder de nouveau. Cette fois, mes yeux s'arrêtèrent sur son torse. Nous étions suffisamment proches pour que, même avec ma vue défaillante, je distingue le filet d'eau qui coulait entre ses pectoraux, le long des muscles fermes de son ventre.

— Tu recommences à me reluquer.

— Je ne… (OK, à ce stade, mentir serait ridicule.) Peu importe.

Il me dévisagea une seconde, puis se mordit la lèvre.

— Attends.

Il ne me laissa pas le choix. Reculant d'un pas, il ouvrit la porte en grand. Je ne voyais pas Nabot, mais je ne distinguais pas clairement toute la pièce non plus. Zayne se tourna, m'offrant un aperçu de son dos avant de disparaître. En moins de dix secondes, il revint, vêtu d'un legging de sport en nylon. C'était nettement mieux qu'une simple serviette, mais s'il avait trouvé un tee-shirt, ça aurait été cent fois mieux.

— Que se passe-t-il ? demanda-t-il, toujours debout dans la pièce.

— Rien. Je voulais juste te remercier pour la nuit dernière, mais je suis en train de me demander si c'est une bonne idée.

— Pourquoi me remercier pour la nuit dernière ?

— Parce que tu m'as aidée. Tu as vérifié si tout allait bien et tu m'as ramenée auprès de Thierry et de Matthew.

Et tu as attendu pour voir si je m'en sortais. Mais ça, je ne l'ajoutai pas.

— Tu n'as pas besoin de me remercier, répliqua-t-il. J'ai fait ce qui était normal.

En effet.

Cela signifiait-il davantage ?

Pff.

Quelle pensée ridicule ! Bien sûr que non.

— Pourquoi est-ce que tu te demandes si c'était une bonne idée ? s'enquit-il.

— Hein ?

— Tu as dit que tu te demandais si c'était une bonne idée de me remercier.

— Ah. Ouais. (Je haussai mon épaule indemne.) Parce que tu recommences à m'agacer.

Zayne gloussa, et je frissonnai. Ce son, je l'aimais et le détestais à la fois.

— Ce n'est pas drôle, grommelai-je.

Il s'assit sur le lit, assez loin pour que son visage devienne flou.

— Comment te sens-tu ?

— Presque normale, répondis-je honnêtement. Mon bras me fait à peine mal.

— C'est surprenant. Les marques de griffes étaient sacrément profondes.

Merdum et merdibus.

— Eh bien, Matthew m'a donné des médicaments efficaces, ceci explique probablement cela. (En déplaçant mon poids d'un pied à l'autre, je secouai la tête.) Repose-moi la question quand ils ne feront plus effet.

Il resta silencieux un moment, puis :

— Tu as eu de la chance.

Non, je n'avais pas eu de chance. J'étais juste puissante, mais je hochai quand même la tête.

— Oui.

— Tu as eu des informations sur l'auteur de ton agression ? demanda Zayne, qui s'appuya sur un coude.

La vision me vrilla le ventre. J'opinai du chef. Zayne m'observait, toujours allongé.

— Tu sais, tu es la bienvenue si tu veux entrer. Tu n'es pas obligée de rester dans le couloir.

— Je sais.

Je ne bougeai pas pour autant.

— Enfin, tu peux aussi rester plantée dehors, si ça te fait plaisir. Aucun souci. Je pensais juste que tu serais plus à l'aise à l'intérieur, puisque tu veux discuter.

Est-ce que je voulais discuter ? J'étais venue ici dans l'espoir de dénicher Nabot, mais était-ce la seule raison de ma présence ? Non. Néanmoins, j'étais également ici pour m'assurer que Nabot ne jouait pas les voyeurs.

En revanche, j'ignorais pourquoi j'étais encore plantée dans le couloir. Zayne n'était qu'un gars comme un autre, après tout. Certes, il était aussi un Gardien et beau à tomber, n'empêche que c'était un mec qui m'énervait au plus haut point.

Bon, il m'avait aussi parlé de son père et proposé de m'emmener si je ne me sentais pas en sécurité.

J'entrai dans la chambre en prenant bien soin de ne pas poser les yeux sur lui, car plus je m'approchais, plus je remarquais que les muscles du bras sur lequel il s'appuyait roulaient sous sa peau de façon... intéressante.

Je regardai autour de moi et sentis une drôle de douleur dans mon derrière.

Nabot était dans le coin de la pièce, assis sur la commode, un énorme sourire sur son visage niais.

— Tu vas bien ? demanda Zayne.

Portant un doigt sur sa bouche, Nabot m'adressa un clin d'œil. Je lui renvoyai un regard noir.

— Ouais. Moi, ça va.

— Oh, j'ai peur ! railla Nabot en secouant ses bras et ses jambes.

— OK, fit Zayne. Pourquoi fixes-tu la commode ?

— Bonne question, commenta Nabot.

Je détournai le regard.

— Je pensais avoir vu un insecte.

Nabot hoqueta.

— Tu me traites de parasite ?

— Vous avez des problèmes d'insectes, ici ? s'étonna Zayne.

— Parfois, marmonnai-je. Mais si l'insecte est suffisamment intelligent, il ne s'attardera pas.

Nabot lâcha un ricanement moqueur.

Zayne clignait des yeux lentement.

— Tu… tu es vraiment très bizarre.

— C'est gênant, cette conversation, ajouta Nabot.

J'ignorai sa remarque.

— Alors, qu'as-tu appris sur celui qui t'a attaquée ? enchaîna Zayne.

— C'était Clay, répondis-je avec un soupir. Du moins, c'est ce qu'ils pensent.

— Le gars du Foyer ? (Je hochai la tête.) Tu sais pourquoi ?

Une partie de moi ne voulait pas en parler, pourtant…

— Clay a toujours été plus gentil avec moi que la plupart des gens. Je veux dire, les Gardiens ne sont pas grossiers, mais ils ne font pas attention à moi. La semaine dernière, je traînais avec lui… et on s'est embrassés.

— Ouh là, c'est de plus en plus gênant, dit Nabot.

Je lui lançai un regard furibond.

— Bref, au début je n'avais rien contre, et puis il est devenu super tactile, et quand je lui ai dit d'arrêter, il n'a pas obéi. Ou plutôt, j'ai dû l'obliger à arrêter. Si je ne l'avais pas fait, je ne sais pas s'il aurait… (Je fixai des yeux le tapis beige.) J'en ai informé Thierry, qui a retardé sa Cérémonie d'un an.

— D'accord, dit Zayne après quelques secondes. De quoi le mettre en colère.

Je levai aussitôt les yeux vers les siens.

— Tu as fait le bon choix en le répétant à Thierry, reprit-il. Clay méritait qu'on le punisse et lui apprenne à ne plus se comporter comme ça. (Il haussa les épaules sur une profonde inspiration.) J'ai connu un type dans son genre. Il est mort, lui aussi.

Je ne m'étais pas attendue à cette remarque. Pourtant, il continua :

— Tu sais, les gens pensent que les Gardiens ne font rien de mal à cause de la pureté de leur âme. Certains d'entre eux le pensent, mais la chose que personne ne prend en considération, c'est que, tout comme les humains, nous avons aussi notre libre arbitre. Les Gardiens ne sont pas au-dessus du mal absolu, ils peuvent le commettre, et ce que nous sommes ne doit pas nous protéger des conséquences de nos actes.

Je le dévisageai pendant un moment.

— Je n'ai jamais entendu personne tenir ce genre de propos.

— Ouais, eh bien, ça devrait être plus fréquent.

Il avait raison.

— Qui a tué le Gardien que tu connaissais ?

— Un démon, répondit-il. Car ce Gardien a tenté de faire subir quelque chose à quelqu'un.

— Je ne sais pas quoi répondre.

Et c'était vrai. Surtout quand Misha prétendait que Zayne travaillait avec les démons.

— Comme la plupart des gens, fit-il. J'ai une question. Comment as-tu tué Clay ?

— Avec mes lames, mentis-je. Je l'ai eu… dans le cou. (Un endroit vulnérable, même chez les Gardiens.) Ça a été rapide.

— Ouais, murmura Zayne en m'étudiant.

Je baissai le regard.

— Je… je l'ai tué, et je ne me sens pas coupable, parce que je me défendais. (Je sentais le besoin de me justifier comme si je ne pouvais m'en empêcher.) Pourtant j'aurais préféré ne pas en arriver là.

Zayne ne répondit pas, puis il se redressa dans un mouvement fluide pour poser les bras sur ses jambes.

— Tu as fait ce que tu devais. C'est tout ce que tu dois te dire.

Étant un Gardien, il avait sans doute tué à de nombreuses reprises. Mais uniquement des démons. Ce n'était pas pareil, de tuer un Gardien ou un humain.

— Est-ce que tu as… ?

— Quoi ? répéta-t-il en écartant les doigts sur ses genoux.

Je secouai la tête.

— Laisse tomber. C'est stupide.

— Laisse-moi décider si c'est stupide.

Croisant les bras, je pris une légère inspiration.

— Tu as tué des démons. Probablement des centaines, voire des milliers, mais as-tu déjà tué un Gardien ou… un humain ?

Zayne soutint mon regard sans ciller.

— Non, mais il s'en est fallu de très peu, et parfois, j'en ai eu envie.

— Vraiment ?

Je repensai au Gardien qu'il connaissait, celui qui avait été tué par un démon.

Il hocha la tête.

— Si j'avais réussi, je n'aurais pas éprouvé une once de culpabilité. Les Gardiens ne sont pas foncièrement bons, insista-t-il. J'ai mis beaucoup de temps à le comprendre, mais manifestement tu as été plus rapide que moi.

— Non, ils ne sont pas toujours bons, murmurai-je, avec l'impression de commettre un acte de trahison.

— Je l'aime bien, intervint Nabot, me rappelant ainsi sa présence.

Je me remémorai ce que Misha m'avait dit à propos de la fille à moitié démone et de Zayne, qui travaillait prétendument avec des démons.

— Je peux te demander quelque chose ?

Zayne s'adossa de nouveau et, une fois de plus, les muscles de ses épaules et de son ventre vibrèrent de façon intéressante, ce que j'aurais aimé distinguer plus nettement.

— Bien sûr.

— Est-il vrai… que tu as travaillé avec des démons par le passé ?

Quelque chose traversa fugacement son visage, et je ne pus rien déchiffrer.

— Quelqu'un a dû chuchoter à ton oreille.

— Peut-être.

Il inclina la tête sur le côté.

— Que penserais-tu si je confirmais ?

Bonne question.

— Je ne sais pas. Je penserais que c'est incroyable.

— Comme la plupart des gens.

— Mais ?

— Mais sans doute que la plupart des gens pensent que voir des fantômes et des esprits, c'est incroyable, raisonna-t-il.

Je fronçai les sourcils en jetant un coup d'œil vers Nabot, qui m'adressa un doigt d'honneur. Mes lèvres frémirent.

— Voir des fantômes et des esprits, ce n'est pas la même chose que travailler avec des démons.

— Non, en effet, mais pour certaines personnes, fantômes et esprits sont des démons.

— Comment osent-ils ? s'exclama Nabot.

— Ce n'est pas vrai, arguai-je.

— Je ne dis pas que ça l'est, toutefois des humains en sont persuadés.

Je le regardai en fronçant les sourcils.

— Où veux-tu en venir avec ton argument à la Chewbacca ?

— Mon argument à la Chewbacca ?

— Ouais, tu déballes un tas de trucs absurdes comme s'ils avaient un sens.

Il semblait se retenir de rire.

— Ce que je veux dire, c'est que les Gardiens ne sont pas purs et innocents par naissance. On pourrait affirmer la même chose de certains démons, qui ne sont pas intrinsèquement mauvais et corrompus.

Ma mâchoire se décrocha. Il était en train de prétendre qu'il existait de bons démons ? C'était complètement dingue et dangereux.

— Tu te bases sur la demi-démone que ton clan a accueillie ? lui demandai-je.

Tout en lui changea soudain. Sa mâchoire se durcit, et ses yeux devinrent de glace.

— Ça ne te regarde pas. Tu as besoin d'autre chose ? Sinon, j'ai du travail.

Je sursautai, piquée au vif par cette fin de non-recevoir et ce renvoi dans mes pénates.

— Non, je n'ai besoin de rien d'autre. (J'allai pour partir, puis m'arrêtai.) Au fait, il y a un fantôme assis sur ta commode, lui dis-je. Il s'appelle Nabot et il s'est pris d'affection pour toi. Amuse-toi bien !

Et je souris avec malice en voyant son visage devenir livide.

13

Ma conversation avec Zayne resta gravée dans mon esprit pendant le reste de la matinée et l'après-midi, m'empêchant de me concentrer sur autre chose.

La façon dont il s'était fermé après que j'avais évoqué la demi-démone était révélatrice, tout comme son affirmation selon laquelle tous les démons n'étaient pas mauvais. Je n'arrivais pas à le comprendre.

Et je n'en revenais pas non plus de lui avoir parlé de ce que je ressentais après le meurtre de Clay. Ça me donnait des picotements et me mettait mal à l'aise. J'aurais tout simplement dû accepter mon acte, vu ce qui s'était passé la veille. Après tout, Matthew et Thierry avaient raison.

J'étais une arme.

Et une arme ne vous rendait pas coupable de tuer en légitime défense.

Je soupirai en passant les mains sous mes lunettes. J'avais des sujets de préoccupation plus importants que les réactions de Zayne ou mes sentiments soudain à fleur de peau. Comme le fait que Clay avait été en mesure de me griffer. Je devais m'entraîner davantage et mieux me préparer. Trouver le moyen de travailler sans me fier à mes yeux, parce que j'aurais dû être plus rapide que Clay et veiller à garder de l'espace entre nous.

Nabot, qui apparut en voletant au-dessus de mon lit, me détourna de mes pensées. Il nageait à reculons à travers la pièce.

— Qu'est-ce que tu fais ? lui demandai-je enfin.
— Ma séance d'exercice quotidien, répondit-il en atteignant la fenêtre. Je dois rester mince et en forme.
Je baissai mes mains.
— Les fantômes peuvent prendre du poids ?
— Oui.
Il revint vers moi à la nage.
— Je ne pense pas que ce soit vrai.
— Tu es un fantôme ?
— Non, soupirai-je.
— Alors qu'est-ce que tu en sais ?
— Je n'ai pas besoin d'être morte pour comprendre que garder la forme, pour les fantômes, ça n'a de sens ni d'un point de vue logique ni d'un point de vue scientifique.
Nabot évoluait désormais au-dessus de ma tête.
— Je ne savais pas que tu étais scientifique. Dois-je commencer à t'appeler Dr Marrow ? (Je levai les yeux au ciel.) Tu vas voir, je vais me faire des abdos comme Beau-Gosse.
Il s'arrêta au milieu de ma chambre, juste sous le ventilateur du plafond, et se lança dans une série d'abdominaux.
— Il s'appelle Zayne.
J'écarquillais un peu plus les yeux à chaque série d'abdos. Chaque fois qu'il se relevait, la lame du ventilateur du plafond lui coupait la tête.
— Je vais être super tanqué, continuait Nabot, qui grognait systématiquement à chaque effort. J'aurai des abdos d'acier. Je vais être aussi balèze que Hulk Hogan et Randy Savage. (Je le dévisageai.) Faut souffrir pour être beau, conclut-il. La sueur, c'est la gloire.
— Est-ce que tu transpires ?
Nabot s'arrêta et me regarda comme si j'étais à moitié idiote.
— Les fantômes ne transpirent pas.
Ma bouche s'ouvrit.
— Tu t'écoutes, au moins, quand tu parles ?

— Pas vraiment, admit-il. Je n'arrive pas à croire que tu lui aies dit que j'étais dans sa chambre quand tu es partie. (Je souris joyeusement à ce souvenir.) J'ai cru qu'il allait verser du sel partout dans la pièce et la fumer à la sauge.

— Ça marche ?

— Ça marche quand ce sont les frères Winchester qui le font.

Je le fixai, perplexe.

— Tu es à la ramasse. (La moitié du corps de Nabot disparut alors qu'il me souriait.) Sacrément à la ramasse. (Il descendit du plafond, s'arrêtant à une trentaine de centimètres du sol.) Au fait, j'ai entendu Thierry et Matthew parler d'un truc bizarre.

— Et tu ne me le dis que maintenant ?

— J'ai été occupé, Trin. Mon emploi du temps est chargé. Comme tu viens de le voir, j'ai dû faire de l'exercice…

— Qu'est-ce que tu as entendu ? l'interrompis-je.

Ses pieds touchèrent le sol.

— Pas grand-chose. C'était ce matin, quand ils étaient dans leur chambre.

— Nabot, je ne t'ai pas demandé d'aller dans leur chambre.

Il haussa les épaules.

— Si quelqu'un doit avoir une conversation secrète avec son mec, c'est dans la chambre. (Il marquait un point, mais quand même.) Comme je le disais, je les ai entendus parler d'une sorte d'erreur qu'ils auraient commise. C'est Matthew qui a dit ça, mais ensuite Thierry a répliqué qu'ils n'étaient pas les seuls à s'être trompés.

Mes sourcils se froncèrent.

— Matthew a sorti quelque chose concernant la nuit dernière. Ils n'ont pas précisé quelle était l'erreur en question ?

Il secoua la tête.

— Non, mais ensuite Thierry a dit qu'il n'y avait plus rien à faire. Que c'était déjà en train de « se réparer ». Aucune idée de ce que ça signifie. Et toi ?

— Non, murmurai-je en secouant la tête. Je n'en ai aucune idée.

— Tu vas à la cérémonie finale demain ? me demanda Jada.

Nous marchions ensemble vers les salles d'entraînement.

Plissant les yeux derrière mes lunettes teintées pour lutter contre l'éclat du soleil matinal, je haussai les épaules.

— Je ne sais pas.

Elle passa son bras sous le mien.

— Thierry voudra que tu sois là. Et moi aussi.

— Pour que tu ne sois pas la seule à mourir d'ennui ?

Jada s'esclaffa.

— Peut-être.

Je lui coulai un long regard, ce qui ne fit qu'augmenter son hilarité. La dernière partie de la Cérémonie durait des heures. Entre les discours et le dîner, je deviendrais folle, mais comme je n'avais encore assisté à aucune d'entre elles, il serait sans doute bon que je me pointe.

— Je n'ai rien à me mettre, objectai-je.

Elle ricana.

— J'ai une robe que tu peux emprunter – et ne me regarde pas comme ça. J'ai plein de robes qui t'iront.

J'ouvris la porte en ronchonnant, et on quitta la chaleur du soleil pour gagner la fraîcheur.

— Au fait, où est Misha ? me demanda Jada.

Remontant mes lunettes de soleil sur ma tête, je m'avançai la première dans le couloir.

— Il est avec Matthew. Ils interrogent les entraîneurs pour voir s'ils peuvent obtenir des informations sur Clay. Voir s'il a dit quelque chose sur ce qu'il... ce qu'il mijotait.

Jada secoua la tête et libéra son bras.

— Je n'arrive toujours pas à y croire. Ty non plus. C'était certes un connard, mais je ne l'aurais pas soupçonné.

— Moi non plus. C'est juste que… je pense qu'on ne sait jamais de quoi les gens sont capables.

Sans un mot de plus, Jada me suivit alors que nous passions devant les nombreuses salles occupées par les Gardiens. Je me dirigeais vers celle où Misha et moi nous entraînions d'habitude, puisqu'elle était généralement ouverte.

— Tu ne crains rien, ici ? Sans Misha ? Non pas que tu ne puisses pas te défendre toute seule, évidemment, mais…

— Misha est occupé, je suis fatiguée de rester dans ma chambre, et ce truc avec Clay, c'était un incident isolé. Du moins, c'est ce qu'on pense. Et tu sais ce que Nabot a fait, toute la journée d'hier ?

— Dieu seul le sait.

Déplaçant la sacoche en cuir dans le creux de mon bras, je me dirigeai vers la porte bleue.

— Il nageait au plafond de ma chambre pour faire du sport. Il faisait dcs abdominaux ct dcs jumping jacks en chantant *Beat It* de Michael Jackson. Si je passe une minute de plus là-dedans, je vais perdre la tête.

Jada étouffa un rire.

— Quoi ? s'exclama-t-elle. Oh, mon Dieu, c'est la chose la plus improbable que j'ai entendue depuis longtemps.

— Bienvenue dans ma vie, marmonnai-je en ouvrant la porte… et en m'arrêtant net. Oh !

Jada vint se heurter derrière moi.

— Pourquoi tu… ?

Elle laissa sa question en suspens en apercevant la même chose que moi, c'est-à-dire Zayne et Dez en pleine séance d'entraînement.

Ils ne nous avaient pas remarquées. Dez chargea Zayne. Sur une volte-face, le Gardien blond lui échappa avec la grâce agile d'un danseur et, passant sous le bras tendu de Dez, il émergea derrière son aîné pour l'attraper par les épaules et l'entraîner en avant. Je n'eus aucune idée de la manière dont il s'y prit ensuite, parce que tout se brouillait entre la vitesse et ma vue défaillante. En tout cas, en un battement de cœur, il avait complètement décollé Dez du sol et le tenait au-dessus de sa tête. Une seconde plus tard, il le plaquait sur le linoléum.

— Bon sang, murmura Jada.

— Hum hum.

Je hochai la tête, me crispant lorsque Zayne se redressa et écarta de son visage la mèche de cheveux qui s'était détachée. Il porta le regard vers l'endroit où nous nous tenions.

Dans un grognement, Dez pivota sur le flanc.

— Même pas mal.

Zayne gloussa, puis se retourna vers son comparse et lui tendit la main.

— On a de la compagnie.

— Je vois, fit Dez en prenant la main de Zayne, qui le hissa sur ses pieds. (Il nous adressa un signe de la main, que nous lui rendîmes.) Content de voir que j'ai un public pendant que je me fais botter le cul, ajouta-t-il, la main maintenant posée dans le bas de son dos. Vous auriez dû arriver il y a un quart d'heure, les filles, quand j'ai plaqué Zayne sur le tapis.

Zayne se fendit d'un large sourire.

— Ça n'est arrivé que dans son imagination.

Dez fit craquer son dos tel un chiropracteur expérimenté.

— Faux. Vous avez besoin de quelque chose ? reprit-il à notre intention.

— Non, répondis-je.

Dans ma tête, j'avais encore l'image de Zayne soulevant Dez dans les airs comme si le Gardien ne pesait pas plus lourd qu'un sac de grain.

Zayne inclina la tête.

— Enfin, on était à la recherche d'une salle libre, corrigeai-je.

— On ne savait pas que vous étiez là, ajouta Jada.

— On a terminé, annonça Dez. Ou plutôt, moi, j'en ai terminé, nuança-t-il, posant les yeux sur Zayne avant de se retourner vers nous. Vous êtes là pour vous entraîner avec les lames ?

Surprise, je resserrai ma main sur la sacoche en cuir.

— Zayne m'a dit que tu étais très douée, ajouta Dez alors que l'intéressé se dirigeait vers un coin de la pièce, les bras croisés.

— Je me débrouille.

Jada s'esclaffa et me poussa en avant.

— Tu rigoles ? Elle est meilleure au couteau que la plupart des Gardiens.

N'ayant pas le choix, j'avançai, non sans jeter des regards furtifs à Zayne. Je m'arrêtai à côté de lui. On ne s'était pas quittés sur une note chaleureuse, et il était anormalement silencieux.

— Tu me ferais une petite démonstration ? demanda Dez.

— Bien sûr, répondit Jada à ma place, ce qui lui valut un regard noir de ma part. (Sans se démonter, elle m'arracha la sacoche des mains et traversa la pièce jusqu'à la table.) Elle aime s'exhiber.

Ça, c'était... vrai.

Normalement.

Pour l'heure, j'avais plutôt envie de retourner dans ma chambre, parce que quand je regardais Zayne, je ne le voyais plus plaquer Dez contre le tapis.

Je le voyais, aussi clair que le jour, vêtu en tout et pour tout d'une serviette, le torse humide et...

— Tu recommences à me reluquer, chuchota-t-il à mon oreille, vers laquelle il s'était penché. Je dis ça, je dis rien.

— Pas du tout, rétorquai-je.

Mes joues s'étaient embrasées, aussi me détournai-je. Dez nous observait avec curiosité. Tout comme Jada, qui camouflait très mal un large sourire tandis qu'elle me tendait mes lames.

— Comment va ton bras ? demanda Zayne quand je fis un pas sur le côté pour me placer en face du mannequin à l'autre bout de la pièce.

J'enroulai mes doigts autour de la poignée familière.

— Bien. Comment va ton humeur ?

— Hein ?

— Ça va mieux, depuis la dernière fois que je t'ai vu ? précisai-je, luttant contre un sourire quand je le vis froncer les sourcils.

— Ça allait mieux, répondit-il après un moment.

Un sourire narquois aux lèvres, je levai la lame.

— Dis-moi où frapper.

— N'importe où ? s'enquit Dez, qui se tourna vers le mannequin. Pourquoi pas… la poitrine ?

— C'est trop facile, dit Jada. Choisis une autre zone.

Dez gloussa.

— La tête ?

La tête représentait une tache beige floue, mais la mémoire musculaire prit le dessus et je laissai la lame s'envoler. Elle frappa juste, en plein centre du visage.

— Punaise ! fit Dez.

— Touche le cou, m'ordonna Jada.

En souriant, je transférai la dague dans ma main forte. Encore une fois, la lame s'enfonça pile à l'endroit où je visais, au milieu de la gorge.

Dez se tourna vers moi.

— Je pense qu'on pourrait t'utiliser pour donner des cours à nos guerriers.

Mon sourire s'élargit alors que Jada se précipitait vers le mannequin, qu'elle débarrassa des lames.

Un demi-sourire apparut sur le superbe visage de Zayne quand je le regardai.

— Tu es douée, très douée. Mais c'est un peu plus difficile quand la cible bouge.

— Je sais, sifflai-je. Tu veux essayer ?

Il décroisa les bras.

— Non, merci. Je suis plus doué pour le corps à corps.

Je m'ordonnai de la boucler, mais mes lèvres se mirent en mouvement avant que je puisse me retenir.

— Je parie que je suis meilleure dans ce domaine.

Zayne ricana.

— Trinity, tu es plus maligne que ça.

— Oh, oui, beaucoup plus, affirmai-je en me plantant devant lui. Tu te crois meilleur juste parce que tu es un Gardien ?

— Je suis meilleur, parce que j'ai des années d'entraînement derrière moi, et que toi, tu ne disposes que des bases, déclara-t-il. (Supposition tout sauf correcte.) Sans compter que je suis plus grand et plus fort que toi.

Je lui adressai le genre de sourire qui avait le don d'irriter Misha au plus haut point.

— La vitesse et l'intelligence l'emporteront toujours sur la force et le poids, affirmai-je avant de marquer une pause. Tu ne devrais pas le savoir ?

Sa mâchoire se durcit, et il me regarda fixement.

— J'ai l'impression que tu viens d'insulter mon intelligence.

— Jamais, objectai-je.

Les sourcils de Zayne se haussèrent.

— Tu penses vraiment que tu peux me battre ?

— Je ne pense rien du tout. Je le sais.

Il me dévisagea d'un air intrigué.

— Tu sais quoi ? J'ai très faim, tout à coup, annonça Jada en posant mes lames sur la sacoche.

Je me tournai vers elle, les mains sur les hanches.

— Quoi ? On vient de manger.

— Ouais, mais je suis d'humeur à prendre un dessert. (Les yeux pétillants de malice, elle sourit à Dez.) Tu as eu l'occasion de goûter les cupcakes Red Velvet que propose le café ?

Dez sourit jusqu'aux oreilles.

— Non, pas encore. J'adorerais en essayer un.

— Parfait. (Jada décocha un regard en passant à Zayne.) Tu peux t'assurer qu'elle rentre à la maison en un seul morceau, Zayne ?

J'ouvris la bouche, mais il répondit avant moi, plein de dérision :

— Ce serait un plaisir.

Oubliant Jada et Dez, je me retournai vivement vers lui.

— Ben dis donc ! Tu pourrais au moins faire croire que tu en as envie.

— J'ai dit que ce serait un plaisir.

Ses yeux clairs étaient fixés sur les miens.

— Alors ton idée du plaisir doit être vraiment différente de la mienne.

— Tu sais... (Il mordilla sa lèvre inférieure.) Je me vois obligé d'être d'accord avec toi, pour le coup. Allez, ramasse tes lames, je te raccompagne.

J'avais le sentiment qu'il venait de m'envoyer une pique, et songeai à lui demander si traîner avec des démons était pour lui un plaisir, mais je réussis à me taire. J'étais une sale gosse, mais pas à ce point.

En revanche, je n'étais pas prête à rentrer.

J'étais agitée, pleine d'énergie et je ressentais le besoin de faire mes preuves.

— Donc, tu admets que je peux te battre. Tu t'en rends compte, pas vrai ?

Zayne me regarda comme si je parlais une langue ancienne et inconnue.

— Je n'ai rien admis de tel.

Je reculai d'un pas, tout en lui faisant signe d'approcher.

— Viens, alors. C'est parti.

Il éclata de rire – un rire profond, qui montait du ventre et actionna illico mon alerte interne « je te nargue » à la puissance maximale.

— Tu n'es pas sérieuse.

— Je suis parfaitement sérieuse.

— Je n'aime pas dominer les filles pour prouver ma technique ou mes compétences, surtout celles qui viennent d'être blessées, lâcha-t-il en se détournant. Je vais récupérer tes lames…

J'attendis qu'il ne soit plus qu'à un pas pour bondir, légère et rapide comme l'éclair. Je sautai, l'attrapai aux épaules et lui envoyai un violent coup de genou dans le dos. Zayne tomba, surtout par surprise, mais je l'avais anticipé. En prenant appui sur ses épaules, je me jetai par-dessus lui, atterrissant dans une roulade qui fit mal à mon bras blessé mais ne m'empêcha pas de me remettre sur pied et de pivoter pour lui faire face.

Zayne était debout et me dévisageait, médusé.

— C'est quoi, ce bordel ?

— Qu'est-ce que tu disais, déjà, à propos de dominer les filles ?

Un sourire se dessina lentement sur ses lèvres.

— Tu as perdu la tête.

— Ne crois pas que tu doives y aller mollo avec moi, lançai-je avant de charger.

Zayne esquiva pour éviter le choc, mais j'avais anticipé. En tournoyant, je le frappai au milieu du corps d'un coup de pied latéral, qui lui tira un grognement. Il pivota, attrapant mon bras indemne alors que je saisissais le sien. En m'appuyant sur lui pour recouvrer mon équilibre, je sautai et tournai, balançant un féroce coup de pied qui le fit reculer de plusieurs mètres.

— Tu es sûr d'avoir des années d'entraînement ? le raillai-je en m'approchant progressivement de lui.

Plusieurs mèches de ses cheveux s'étaient libérées, qui caressaient ses joues alors qu'il me faisait face.

— Tu es sûre que tu n'as eu que quelques séances d'entraînement ?

— Devine quoi ? (J'évitai son swing et heurtai le sol, les paumes plantées dans le tapis tandis que je donnai un coup de pied qui l'atteignit dans les jambes et le déséquilibra.) J'ai menti.

— Je vois ça, grogna-t-il.

— Admets-le : je suis meilleure que toi.

À la faveur d'une expiration, il sauta sur ses talons.

— Je ne l'admets pas encore, princesse.

— « Princesse » ? répétai-je en clignant des yeux. Je ne suis pas une princesse.

— Tu es quelque chose.

Il sourit, puis s'envola sur un coup de pied papillon que je faillis bien ne pas voir à temps. Je l'accueillis avec un rire sauvage. On lançait nos attaques tour à tour. Au début, quand je me jetais sur lui, il se retenait, mais à mesure que j'assenais coups de poing et de pied pour percer ses défenses, il arrêta de faire semblant.

Zayne bloqua une série de directs qui auraient mis un humain sur le carreau. Il devinait facilement les mouvements.

— Allez, Trinity, tu peux faire mieux, non ? Je commence à m'ennuyer.

La façon dont sa bouche se retroussa sur mon nom envoya un frisson le long de mon échine, et je rougis. Je détestais ça.

Un sourire mauvais aux lèvres, je tournoyai sur mon talon et balançai un coup de pied circulaire qui lui coupa les deux jambes. Il tomba sur le dos en grognant. Pantelante, je m'approchai de l'endroit où il était allongé.

— Tu t'ennuies encore, tête de nœud ?

Zayne roula sur le côté et leva les yeux vers moi.

— « Tête de nœud » ? s'étrangla-t-il. Dans quel monde vis-tu ?

Se déplaçant à la vitesse de l'éclair, il m'attrapa les jambes avant que j'aie pu le voir bouger. Il accrocha mon pied et tira dessus.

Incapable de me rattraper, j'atterris sur son corps. Mais je me récupérai vite, serrai une main autour de sa gorge et le chevauchai.

— Si j'avais mes lames, tu serais déjà mort.

Il baissa le menton, puis son regard se leva vers le mien. Ses yeux pâles n'étaient plus aussi glacés, à présent. Ils étaient pleins de feu, et je me retrouvai coincée dans leurs profondeurs. Ses pupilles s'étiraient verticalement, signe certain qu'il était sur le point de se transformer.

— J'ai gagné.

— Pas tout à fait, dit-il.

Je clignai des yeux.

— J'ai gagné. Il n'y a pas moyen…

Mes mots se terminèrent sur un cri lorsqu'il se redressa comme une fusée, plia les jambes autour de ma taille et me renversa sur le dos d'un coup de hanches. En un battement de cœur, il m'avait coincée sous lui.

— Tu as gagné ? fit-il avec un sourire narquois.

J'essayai de me dégager à coups de pied, mais l'acier puissant de ses cuisses me clouait les jambes au sol. Lorsque je levai le haut de mon corps pour le déséquilibrer, il me repoussa immédiatement avec une force brute, attrapant et emprisonnant mes poignets sur le tapis au-dessus de ma tête.

— La vitesse et l'intelligence te mèneront loin, convint-il en baissant la tête, si près de la mienne que les pointes de ses cheveux effleurèrent ma joue. Mais la vitesse, l'intelligence *et* la force l'emportent toujours à la fin.

Pas prête à admettre la défaite, je jetai la tête en arrière en essayant de libérer une de mes jambes coincées sous lui. J'étais sur le point de planter mon pied dans une zone sensible, mais dégager ma jambe provoqua quelque chose de totalement inattendu. Son corps se déplaça et s'installa entre mes cuisses, ce qui eut pour effet d'aligner nos hanches. Son torse sec et ses jambes pressées contre les miennes me firent penser à certaines choses – des choses qui n'avaient aucun lien avec la bagarre et qui nécessitaient moins de vêtements.

Nos visages étaient à quelques centimètres l'un de l'autre, et nos yeux se rencontrèrent. J'arrêtai de bouger. J'arrêtai peut-être même aussi de respirer.

S'ensuivit un changement dans l'atmosphère. Une tension soudain entêtante et un tourbillon de désir, brûlant d'être libéré, nous enveloppèrent. La sensation me rappela celle de ma *grâce* lorsqu'elle illuminait mes veines, me consumait la peau et les tissus.

Respirer devint difficile alors qu'on continuait à se fixer, les yeux dans les yeux. Zayne ne se retirait toujours pas : il aurait dû le faire à ce stade, mais il était toujours au-dessus de moi, et ses pupilles continuaient à s'étirer. Ses lèvres pleines s'entrouvrirent.

Je… je le désirais.

Je n'avais jamais vraiment ressenti de désir jusqu'alors. Là, ça me brûlait de l'intérieur. Désir. Besoin. Voilà ce qui m'avait manqué quand j'avais embrassé quelqu'un auparavant. C'était ça, le désir, et quand je levai la tête du tapis, rapprochant nos bouches au point de sentir son souffle sur mes lèvres, je crus que j'allais m'y noyer. Zayne ne bougeait toujours pas. Au contraire, on aurait dit qu'il était encore plus immobile.

Je l'embrassai.

Ce n'était pas vraiment un baiser au début, juste le frôlement de mes lèvres contre les siennes mais, comme il ne bougeait pas, j'appuyai plus fort, parcourue par un frisson au contact de sa bouche, un frisson qui descendit jusqu'au bout de mes orteils. Je touchai ses lèvres avec la pointe de ma langue pour les lécher.

Ses mains se resserrèrent autour de mes poignets, puis se relâchèrent. Un battement de cœur plus tard, ses mains se déplacèrent pour glisser le long de mes bras, les callosités rugueuses de ses paumes me coupant le souffle.

Et puis, je n'étais plus la seule à embrasser.

Zayne pressa ses lèvres chaudes contre les miennes pendant une infime, une brûlante seconde, et soudain, il disparut.

Il s'arracha de moi, s'accroupit sur les talons en respirant lourdement alors que sa peau s'assombrissait, se durcissait. Je ne voyais plus ses yeux, mais je savais que ses pupilles étaient verticales.

Il commençait à se transformer, et je...

Je me rassis, reculai en prenant de grandes respirations. Qu'est-ce que je venais de faire ? Je l'avais embrassé. Enfin, je l'avais plutôt léché, et il me dévisageait comme si je venais effectivement... de le faire.

Putain de merde.

J'eus l'impression que mon corps tout entier était devenu rouge tomate. Je me levais d'un bond, instable et étourdie.

— Je suis désolée, bredouillai-je en reculant. Je... je ne voulais pas agir ainsi.

Il se leva lentement, me regardant comme si j'étais un animal sauvage capable de bondir sur lui à tout moment.

— Je suis vraiment désolée, répétai-je avant de faire volte-face.

Et là, au comble de l'effroi, je découvris Misha debout dans l'embrasure de la porte, une main tenant le battant ouvert.

Je traversai les tapis presque en courant jusqu'à la sortie sans me retourner, pas même au moment où je passai devant Misha pour regagner le couloir beaucoup plus frais.

Putain de merde, j'ai embrassé Zayne.

Je l'avais embrassé, et il s'était écarté à la vitesse d'une fusée.

— Trinity ! me rappela Misha.

Je ne ralentis pas et continuai de marcher en ouvrant et refermant les mains. Bon sang, qu'est-ce qui m'avait pris ?

Misha me rattrapa.

— Qu'est-ce qui s'est passé ?

— Rien, répondis-je en prenant une inspiration tremblante. Absolument rien.

14

— Tu… tu l'as embrassé ? demanda la voix étouffée de Jada de l'autre côté de la porte de la salle de bains. Quand je vous ai quittés hier, je pensais que vous alliez continuer à vous disputer et à flirter. Vous avez dépassé mes attentes, une fois de plus.

Debout devant le miroir, j'essayais de remonter le corsage de la robe empruntée, mais dès que je le lâchai, il glissait vers le bas, dévoilant un décolleté méga échancré.

Je soupirai et renonçai. La robe blanche était un peu trop serrée au niveau des hanches, mais elle était de la longueur parfaite et m'allait bien partout ailleurs. De toute façon, elle devrait faire l'affaire, puisque Jada menaçait de me traîner à la Cérémonie finale, et ce quelle que soit ma tenue.

Je ramassai mes cheveux et les ramenai sur mes épaules nues. Pas mal. De cette manière, les mèches épaisses cachaient mon bras déjà presque guéri, ce qui était particulièrement suspect. En prime, ils couvraient plus ou moins ma poitrine.

Plus ou moins.

— Trinity ?

Je fermai les yeux si fort que le mascara chipé dans la chambre de Jada, que j'avais appliqué sur mes cils, allait couler. Je regrettai d'avoir parlé à mon amie, mais je devais bien me confier à quelqu'un.

J'aurais implosé si j'avais tout gardé pour moi.

— Je l'ai embrassé, oui.

Je rouvris les yeux et pris un tube de rouge à lèvres couleur pêche.

— Et il a répondu à ton baiser ? demanda-t-elle.

— Je... je ne sais pas.

Je dévissai le bouchon. Un silence s'ensuivit, puis :

— Comment peux-tu ne pas savoir ça, Trin ?

— Eh bien, au début, je pensais que oui, mais plus j'y réfléchis, moins je suis sûre. (J'appliquai le bâton et pressai mes lèvres l'une contre l'autre.) Je veux dire, c'était un baiser rapide. (Carrément trop bref, pourtant je me rappelais encore la sensation de sa bouche contre la mienne.) Et puis après, il a décollé comme une fusée.

Nouveau long silence.

— Il a dit quelque chose ?

— Non.

Je soupirai à nouveau, confuse, honteuse et en colère, ce qui n'était vraiment pas bon.

Je n'avais pas revu Zayne depuis l'après-midi de la veille. Les lames et les lunettes de soleil que j'avais laissées dans la salle d'entraînement étaient apparues comme par magie ce matin sur l'îlot de la cuisine. Soit Zayne les avait rapportées, soit Misha les avait récupérées.

— Je ne sais pas quoi dire, finit par avouer Jada.

— Ouais, moi non plus. (J'ouvris la porte de la salle de bains.) De quoi j'ai l'air ?

— Magnifique. (C'était Jada qui était superbe, dans une robe blanche à la grecque avec un ruban doré noué autour de sa taille fine.) Assez belle pour être embrassée en retour.

Je clignai lentement des yeux.

— On peut arrêter de parler de baisers ?

Haletante, je contournai mon amie et découvris Misha assis sur le bord de mon lit, vêtu d'un pantalon en lin noir et d'une chemise-tunique assortie, sans manches.

— Depuis combien de temps tu es là ?

— Assez longtemps pour savoir pourquoi tu t'es enfuie de la salle d'entraînement avec le visage en feu.

— Je te déteste, marmonnai-je en croisant les bras.

— Tu ne devrais pas faire ça, me conseilla Jada en regardant ma poitrine. Tu risques de faire craquer une couture ou deux.

Exaspérée, je décroisai les bras.

— Je vous déteste tous les deux.

— Ce n'est pas nous qui courons partout en embrassant des gars au hasard, remarqua Misha.

— Ni moi !

— Ça n'a rien à voir avec Clay, me défendit Jada. Elle n'a pas balancé Zayne à travers une fenêtre.

J'ouvris la bouche, puis la refermai.

— Eh bien, on pourrait dire que je l'ai frappé à plusieurs reprises avant.

Misha haussa les sourcils.

— Pourquoi autant de violence ?

Je levai les mains, puis les laissai retomber.

— J'ai sérieusement besoin d'aide.

Toujours assis sur mon lit, Misha hocha la tête d'un air sombre.

— Vous ne comprenez pas, repris-je en regardant Jada. (Punaise, ce que je détestais ce ton geignard que j'avais !) Toi, tu as Ty. Et toi, ajoutai-je à l'intention de Misha, tu as un début de relation avec Alina. Thierry a Matthew... Je sais, tu penses que Zayne n'est pas un gars bien, Misha, mais je ne suis pas de cet avis, et je veux juste un soupçon de... Je veux être...

Tu es une arme, Trinity.

— Quoi ? demanda Jada calmement.

Je secouai la tête.

— Rien. On ne devrait pas y aller, là ?

Jada me bloqua le passage, véritable force inamovible.

— Non, ce n'est pas rien, insista-t-elle. Qu'est-ce que tu veux ?

J'étais entraînée à me battre, à tuer si nécessaire. J'avais la *grâce*, un pouvoir puissant capable de tuer des démons, des Gardiens et tout ce qui se trouvait entre les deux. J'étais une arme depuis ma naissance, très peu de choses me faisaient peur, et pourtant je n'avais pas le courage de dire ce que je voulais.

Être désirée pour autre chose que ce pour quoi j'étais née.

Misha se leva du lit et vint me passer un bras autour des épaules.

— Allez, on y va ou on risque d'être en retard.

Pendant un instant, je crus que Jada n'allait pas céder, puis elle hocha la tête et pivota en faisant tournoyer gracieusement sa jupe. Après m'avoir guidée hors de ma chambre, Misha nous arrêta en haut de l'escalier, et je me préparai à subir un énorme sermon. Pourtant, quand il parla, sa voix fut un murmure à mon oreille.

— Je sais ce que tu veux, chuchota-t-il en me serrant contre son flanc. Tu veux être désirée, et il n'y a rien de mal à ça, Trin. Rien du tout.

Il y avait un esprit dans la Grande Halle.

Je savais qu'il ne faisait pas partie de l'équipe « je vis, je respire », car son corps ne cessait d'aller et venir entre « j'apparais » et « je disparais », et bien qu'il se tînt pile derrière Dez et Nicolaï, ils n'avaient pas conscience de sa présence, allant même jusqu'à pousser plus d'une fois leurs chaises à travers l'esprit.

Dez et Nicolaï étaient face à nous, de l'autre côté de la grande table. Il y avait une chaise vide à droite de Nicolaï et, si j'avais espéré que Zayne se montrerait – ce qui n'était pas le cas –, j'aurais été déçue.

Il n'assisterait pas à la Cérémonie.

Non que j'en sois surprise. Il avait déclaré que ce n'était pas son genre et si, en plus, il avait eu vent de ma présence, je ne pouvais pas lui reprocher d'être n'importe où ailleurs qu'ici.

Quelle idiote, vraiment ! Une idiote qui ne comprenait pas les limites. Lâchant un soupir exagéré, je décrétai que ça n'avait pas d'importance.

Les Gardiens de DC seraient partis le lendemain, emmenant les renforts dont ils avaient besoin. Tout redeviendrait alors normal – enfin, aussi normal que les choses puissent l'être ici, mais au moins, une fois Zayne parti, j'arrêterais… j'arrêterais de vouloir ce que je ne pouvais pas obtenir.

Alors que je jouais avec le bord de ma serviette, mon regard retourna vers l'esprit. Il était toujours debout derrière Dez et Nicolaï, comme s'il prenait part à leur conversation.

C'était super étrange. L'esprit me donnait vaguement l'impression d'être familier, et pourtant je n'avais jamais vu cet homme d'un certain âge. Était-il lié à Dez et Nicolaï ? Ou à quelqu'un d'autre ici ?

Quoi qu'il en soit, en l'observant prudemment, j'acquis la certitude qu'il avait vu la lumière et traversé. Son teint doré était sain et, hormis ce clignotement, il avait l'air humain – voilà pourquoi, parfois, avec mes yeux, je prenais les esprits pour des vivants.

C'était un bel homme avec une crinière de cheveux blond-roux, qui me rappelait un lion. Il était grand et large d'épaules. S'il avait été vivant, il aurait sûrement attiré l'attention de tout le monde.

Avait-il été Gardien ? Ce n'était pas impossible. Il m'était arrivé de voir des esprits de Gardiens.

Quelqu'un rit.

Détachant mon regard, je jetai un coup d'œil au bout de la table. Thierry étant en discussion ailleurs, son siège était vide. Matthew, dont les cheveux roux offraient un spectacle ardent sous les lumières vives de la salle, était assis à côté de Jada et de sa mère.

Je retournai à l'esprit. Il fixait l'entrée des yeux, les sourcils froncés.

— Qu'est-ce que tu regardes sans cesse, Trinity ? me demanda Dez.

Oh, merde !

Apparemment, je n'étais pas aussi discrète que je le pensais. Comme je ne savais pas si Nicolaï ou Zayne avaient informé Dez de mon don, je m'obligeai à sourire.

— Rien. J'étais dans les nuages.

Il haussa un sourcil.

— Le dîner est si ennuyeux que ça ?

Je grimaçai.

— Tu me croirais si je disais non ?

Dez gloussa en s'adossant à sa chaise.

— Pas le moins du monde.

Tout sourire, je jetai un coup d'œil à la scène. Thierry avait déjà prononcé son discours, présentant les compétences et les réussites des Gardiens qui recevaient la Cérémonie. Il nous restait encore à subir le discours des formateurs et, ensuite, on commencerait à danser.

Misha enroula un bras derrière le dossier de ma chaise et se pencha vers moi, le menton baissé.

— Qu'est-ce que tu regardes ? chuchota-t-il.

Je baissai le regard.

— Mieux vaut que tu ne le saches pas.

— Un fantôme ? Nabot ?

Je secouai la tête.

Il resta silencieux quelques secondes avant de revenir à la charge.

— Un esprit ?

— Ouais.

— Intéressant, murmura-t-il en regardant l'endroit où l'esprit s'était trouvé mais avait disparu.

Qu'est-ce que... ?

En balayant du regard la grande salle lumineuse et les murs couleur crème tapissés de marbre, je finis par le repérer au centre de la pièce.

Sautant sur cette opportunité de distraction, je reculai ma chaise.

— Je reviens tout de suite.

Misha saisit les accoudoirs de son propre siège, sur le point de se lever, mais je l'arrêtai.

— Tu n'as pas besoin de venir, lui dis-je, consciente que Dez et Nicolaï nous observaient. Je vais aux toilettes.

Une expression de doute traversa son visage, mais il se rassit, sachant que s'il me suivait, ça aurait l'air super bizarre. Je lui adressai un large sourire, imaginant le chapelet de malédictions qu'il était en train de me lancer *in petto*, et j'adressai un signe de tête aux deux Gardiens en face de moi.

Je pris garde de ne pas me cogner contre les tables que l'esprit traversait, obligeant leurs occupants perplexes à redresser plats et bougies avec force exclamations.

J'accélérai le pas, dépassant deux guerriers en formation qui attendaient près des portes. Dans le couloir beaucoup plus faiblement éclairé, je regardai des deux côtés. Il y avait des gens dehors qui discutaient en petits groupes. Cela me prit quelques instants, mais je finis par apercevoir l'esprit au bout du couloir, près des portes qui menaient au jardin. Une seconde plus tard, il les avait franchies.

Attrapant le jupon de ma robe pour ne pas trébucher, je m'engageai dans le couloir et m'arrêtai devant les portes. Le jardin n'était éclairé que par la lueur chaude des guirlandes et quelques torches. Qu'y avait-il de pire pour ma vue qu'une pièce extrêmement lumineuse ?

Pas ou peu de lumière.

Je soupirai, poussai la porte d'un coup de hanche et sortis dans la véranda et l'air tiède de début juin. Mes pas se firent prudents, car je me souvenais qu'il y avait des marches. Or ma perception de la profondeur n'était pas la meilleure qui soit dans la pénombre. Lentement, je progressai jusqu'à l'allée pavée.

Je n'entendis personne alors que je suivais le chemin en me demandant si je serais capable de voir l'esprit dans ces conditions.

Passant devant ce qui semblait être plusieurs bancs vides, je suivis la courbe du sentier et fus surprise de découvrir qu'il débouchait sur un espace ouvert, bien éclairé par plusieurs lampes anciennes. Une statue se dressait en son centre, un ange de combat levant une épée d'une main et tenant la tête d'un démon dans l'autre.

Je contournai la statue, pour m'immobiliser en découvrant l'esprit. Mon cœur effectua un petit bond, comme chaque fois que je me trouvais si près d'un fantôme ou d'un esprit.

Il regardait fixement la statue et, maintenant que nous étions plus proches, je ne pouvais m'empêcher de trouver ses traits familiers. Peut-être l'avais-je déjà vu du temps où il était vivant.

Lâchant ma jupe, je jetai un coup d'œil autour de moi. Je n'entendais personne d'autre dehors, mais ça ne voulait pas dire que l'endroit était désert.

Je me mordis l'ongle du pouce, poussée à l'imprudence par ma curiosité.

J'ignorai les nœuds dans mon ventre. C'était une étrange réaction, une réaction que je ne comprenais pas et que je mis de côté…

— Bonjour, dit l'esprit.

Secouée, je reculai d'un pas quand il se tourna vers moi pour devenir transparent à partir de la taille. Je sentis mes yeux s'écarquiller.

— Tu sais que je peux te voir ?

— Pourquoi est-ce que tu ne me verrais pas ?

— Parce que tu es mort ? suggérai-je.

Ses lèvres s'étirèrent sur un demi-sourire qui me donna la chair de poule.

— Certes, mais je ne suis pas le premier esprit que tu voies.

— Non, admis-je. Loin de là. Comment le sais-tu ?

L'esprit m'observa un moment.

— Je le sais, c'est tout.

— C'est vague, comme réponse. Alors je vais te poser une autre question : tu as traversé, n'est-ce pas ? (Quand il hocha la tête, je m'enveloppai de mes bras pour me protéger contre la brise fraîche de la montagne qui agitait les feuilles.) Mais tu es revenu.

— Je suis revenu.

J'attendis qu'il précise son propos ; cependant, voyant qu'il ne le faisait pas, je me résolus à le faire à sa place.

— Pourquoi es-tu revenu ?

Son esquisse de sourire s'effaça quand il leva les yeux vers la statue.

— Je voulais voir.

Je fronçai les sourcils.

— Voir quoi ?

Plusieurs instants s'écoulèrent avant qu'il réponde :

— Voir à quel point j'avais merdé.

Je commençais à comprendre. Cet esprit était de retour parce qu'il regrettait quelque chose qu'il avait fait ou aurait dû faire, ou quelque chose qu'il avait dit ou aurait souhaité dire.

Je pouvais l'aider.

— Tu es un Gardien, c'est ça ? demandai-je.

L'esprit hocha la tête.

— Et toi... tu n'es pas une Gardienne.

— Non.

Il baissa les yeux vers moi, le visage devenu presque transparent.

— Je sais qui tu es.

Surprise par cette affirmation, je restai coite. Je n'avais jamais rencontré un esprit ou un fantôme qui connaisse mon identité. Avait-il vécu ici ? Peut-être quand j'étais plus jeune ?

— Ah bon ?

— La mort rend certaines choses beaucoup plus claires, d'autres pas tant que ça. (Quand il me fit face, ses traits avaient repris un tracé plus net.) À présent, je sais pourquoi je suis revenu.

Un frisson glissa le long de mon échine.

— C'est drôle, cette façon qu'a le destin de tout faire s'aligner, n'est-ce pas ?

C'était la conversation la plus bizarre que j'avais jamais eue avec un esprit, et pourtant j'en avais eu... N'était-ce pas la phrase que Nabot avait entendu Thierry prononcer ?

Avant que je puisse lui demander ce qu'il entendait par là, ses traits exprimèrent soudain une tristesse si profonde que je la sentais dans ma propre poitrine. Une seconde plus tard, il se dispersait dans l'air. Je haussai les sourcils alors que la brise soulevait une mèche de mes cheveux et la projetait sur mon visage.

J'attendis.

Il ne se reconstitua pas.

Les sourcils toujours froncés, je dépliai les bras.

— Pourquoi as-tu disparu ?

— Je ne vois pas pourquoi quiconque disparaîtrait face à toi.

15

Mon cœur faillit bondir de ma poitrine au son d'une voix grave, chargée d'amusement et d'un soupçon de sarcasme. Le bas de ma robe virevolta autour de mes chevilles lorsque je pivotai.

— Zayne…

Je sentis mes yeux s'arrondir au point de me donner des allures d'insecte écrasé.

Debout, à quelques pas de moi, dans la tenue de Cérémonie d'un guerrier, pantalon en lin blanc et tunique sans manches assortie, ses cheveux détachés lui balayant les épaules. Beau comme un roi.

J'étais tellement sous le choc de sa soudaine apparition que je restai là, à le dévisager, incapable de penser autre chose que : « Je l'ai embrassé. » Et peut-être, peut-être qu'il m'avait embrassée en retour mais, même si c'était le cas, il s'était aussitôt éloigné de moi comme si j'étais en feu. Il ne s'était pas laissé emporter par le tourbillon de désir qui m'avait secouée, moi.

Un coin de sa bouche se retroussa alors que je le dévorais des yeux.

— Tu vas bien ? (Un moment s'écoula.) Je commence à m'inquiéter.

Une bouffée de chaleur balaya mon visage et me tira de ma stupeur. Je retrouvai ma voix.

— Je suis désolée. Tu m'as fait peur.

Le demi-sourire s'étira un peu plus.

— Je vois ça. Ce n'était pas intentionnel. Mais c'est vrai que je n'ai pas fait de bruit, ajouta-t-il après avoir jeté un coup d'œil à la statue avant de reporter son attention sur moi.

— Évidemment, répondis-je, les mains contre mes flancs.

Un moment s'écoula pendant qu'il regardait le jardin autour de nous.

— Donc, quelqu'un… a disparu devant toi ?

Je hochai la tête. J'avais trouvé amusant tout à l'heure de le railler à propos de la présence de Nabot, mais plus maintenant.

— Tu es habillé comme si tu assistais à la Cérémonie.

— J'y assiste.

— Tu n'étais pas à l'intérieur.

Une mèche de cheveux blonds tomba sur sa joue, et il leva la main pour la coincer derrière son oreille.

— J'ai décidé de venir à la dernière minute. Je suis surpris de te voir ici.

Surpris ? Et c'est pour ça qu'il avait décidé de venir, parce qu'il pensait que je ne serais pas là ? Les mains jointes, je levai le menton.

— Disons que je suis ici contre ma volonté.

Zayne gloussa.

— J'ai bien du mal à imaginer qu'on puisse te faire faire quoi que ce soit contre ta volonté.

Mes lèvres tressaillirent.

— Eh bien, comme tu peux le voir, je n'assiste pas vraiment à la Cérémonie, et tu n'en as pas l'air non plus. Je ne sais même pas si je suis censée être ici, pour être honnête.

Je jetai un coup d'œil alentour : l'esprit restait invisible.

— Pourquoi pas ? demanda-t-il.

— Ces jardins sont normalement sacrés, expliquai-je. Seuls les guerriers entraînés sont autorisés à y accéder.

Il inclina la tête et parut m'étudier.

— J'ai du mal à croire que tu enfreins les règles pour la première fois. (Je me contentai de hausser les épaules.) Je ne peux pas vraiment t'en blâmer, cela dit. Moi aussi, je préfère être dehors à contempler des arbres et cette statue que dans la halle.

Incapable de m'en empêcher, je lâchai un petit rire.

Zayne se rapprocha.

— Tiens, voilà une nette amélioration par rapport à la simple contemplation des statues et des arbres.

Je ressentis une infime palpitation au centre de ma poitrine, que je refusai de remarquer.

— Ça ne signifie pas grand-chose.

Le sourire moqueur se dessina sur ses lèvres.

— Je vais devoir m'inscrire en faux. Ça signifie beaucoup.

Je ne savais pas quoi répondre. Il leva la tête.

— C'est une belle nuit. Le ciel est dégagé et plein d'étoiles.

En suivant son regard, les yeux plissés, je parvins à distinguer de faibles scintillements. Je savais qu'ils étaient plus brillants pour lui et qu'il en voyait probablement beaucoup plus. Pour ma part, j'en distinguais… quatre. Je fermai mon œil droit. Correction : j'en voyais trois. Mes épaules se contractèrent.

— En effet, murmurai-je, repoussant le sentiment oppressant de mes limites.

— Et toi… tu ressembles à une déesse, Trinity. Magnifique.

Je sentis mon souffle se bloquer dans ma gorge alors que nos regards s'accrochaient. Était-il sérieux ? Très peu de gens songeraient au mot « déesse » en me regardant. Jada ? Oui. Moi ? Je pencherais plutôt pour la nymphe des bois un peu sale qui fuit les dieux.

Zayne détourna le regard et s'éclaircit la gorge. Je me pris à vouloir l'entendre répéter ces mots tandis qu'une certaine chaleur se répandait sur mes joues et ma gorge.

— Vraiment ? soufflai-je, et sitôt que le mot passa mes lèvres, je voulus le reprendre.

Zayne inclina le menton, et je crus deviner que son rictus amusé s'était changé en vrai sourire.

— Oui, vraiment.

Je me retins de sourire comme une bécasse.

— Merci. Tu n'es pas trop mal non plus.

Il pouffa en se tournant vers moi.

— En fait, j'espérais pouvoir te parler. Je voulais qu'on discute à propos d'hier.

Tous les muscles de mon corps se crispèrent, et je fermai les yeux.

— À propos d'hier. Je suis... je suis désolée de la façon dont je me suis comportée.

— Pour quoi est-ce que tu t'excuses, au juste ? demanda-t-il.

Sa voix était plus proche. J'ouvris les yeux et découvris qu'il n'était qu'à un pas de moi.

— Eh bien, je pourrais m'excuser pour bien des choses.

— Comme le fait de me provoquer jusqu'à ce que je te combatte ? suggéra-t-il.

Les lèvres pincées, je hochai la tête.

— Oui, mais...

— Ou le fait de laisser entendre que je n'étais pas assez entraîné ?

— Je ne pense pas avoir sous-entendu ça.

— Oh que si.

J'enfonçai les doigts dans le tissu de ma jupe.

— Bon, peut-être que oui, mais je m'excusais plutôt pour...

— Pour m'avoir traité de tête de nœud ?

Je l'avais appelé comme ça, en effet.

— Ou bien est-ce que tu t'excuses d'avoir menti en déclarant que tu n'avais eu qu'un entraînement de base ? poursuivit-il en douceur.

Je fronçai les sourcils. Il leva les yeux pour les plonger dans les miens.

— Oh, attends. Tu t'excuses pour avoir refusé d'admettre ta défaite ? C'est ça ?

Je pris une grande inspiration.

— Tu as fini ?

— Je ne sais pas. (Son sourire taquin avait le don à la fois de m'irriter et de m'exciter, et c'était la seconde émotion qui me frustrait le plus.) J'ai oublié quelque chose ?

— Oui, sifflai-je. La seule chose pour laquelle j'allais vraiment m'excuser.

— C'est-à-dire ?

Il voulait me la faire énoncer, le salaud.

— Pour t'avoir embrassé.

Mon visage brûlait comme un feu impie.

Zayne inclina la tête sur le côté, et un long moment s'écoula.

— C'est la seule chose pour laquelle tu n'as pas besoin de t'excuser.

— Hein ?

Il haussa les épaules.

— C'est arrivé. Tu n'as pas besoin de t'excuser.

— Oui, n'empêche que je n'aurais pas dû, insistai-je. Ça ne se fait pas d'embrasser les gens ainsi, et puis, ce n'est pas comme si tu en avais eu envie…

— Tu ne sais pas ce dont j'ai envie ou pas.

Je me tus, faute de savoir comment le prendre. Qu'est-ce que ça signifiait, au juste ? Je ne serais pas la seule personne à être complètement désorientée par cette déclaration.

— C'est arrivé, répéta Zayne tranquillement.

— « C'est arrivé » ? À t'entendre, on dirait que j'ai glissé et que ma bouche a malencontreusement frôlé la tienne.

Zayne rit, d'un vrai rire, agréable et profond.

— Ce n'est pas drôle.

— La façon dont tu viens de décrire la situation était assez drôle.

— Content que tu le penses.

Je soupirai, me reculant pour m'éloigner de lui.

— Trinity, tu n'es pas la première fille à m'embrasser.

Je fixai de nouveau mon regard dans le sien.

— C'est donc un problème récurrent ? Les filles se jettent sur toi d'un coup ?

— Je ne dirais pas que tu t'es jetée sur moi, ni que c'est un problème récurrent. Ce que je voulais dire, c'est que tu... as ressenti quelque chose et que tu as agi en conséquence. Ça arrive.

Je me sentais plus inexpérimentée que jamais et restai sans voix. Je n'étais pas d'accord avec ses propos. Il me tenait certainement ce genre de discours pour que je me sente mieux. Si j'appréciais l'intention, ça ne faisait en réalité que décupler mon malaise.

— Bref, quoi qu'il en soit, je suis désolée, et je voulais te le dire, conclus-je en m'éclaircissant la gorge. Je ferais mieux de retourner à l'intérieur.

— Depuis combien de temps tu t'entraînes ? demanda-t-il en m'arrêtant. Il est impossible que tu aies appris tout ça en seulement quelques séances avec Misha ou l'un des entraîneurs.

J'avais ressenti hier le besoin de montrer ma valeur, et j'étais maintenant acculée. Par ma faute.

— J'ai suivi pas mal de séances d'entraînement. Probablement autant que n'importe quel Gardien qui passe la Cérémonie.

Zayne l'avait sans doute déjà compris, pourtant je vis quand même la surprise s'installer sur ses traits.

— Pourquoi entraîner ainsi une humaine ?

C'était la question à un million de dollars, à laquelle je ne pouvais pas répondre. Pas en restant honnête.

Zayne secoua la tête.

— Voilà ce que je ne comprends pas chez toi. Tu es humaine, mais tu peux voir les fantômes et les esprits. Oui, je sais que d'autres humains sont dans ton cas, mais tu vis avec des Gardiens et tu t'es entraînée avec eux au point de pouvoir te défendre face à l'un d'entre nous.

— J'aime à penser que j'ai fait plus que me défendre contre toi, nuançai-je.

Certes, ma saillie ne plaidait guère pour ma cause.

— Tu as raison. Tu as tué l'un d'entre nous en état de légitime défense, convint-il, et j'en fus terriblement consternée. Tu as été attaquée, et pas une seule personne ici, y compris toi, ne semble s'en inquiéter.

— Les gens sont inquiets. Je suis inquiète…

— Vraiment ? me défia-t-il. Pourtant, tu te promènes seule comme si tu ne te souciais pas le moins du monde que quelqu'un te veuille du mal.

— Je ne suis pas censée me promener seule. Quant à la menace qui pèse sur moi, elle a été évincée. Et puis, ce n'est pas comme si j'étais là à traînasser.

— C'est exactement ce que tu fais, pourtant, répliqua sèchement Zayne. Qu'est-ce que tu fabriques ici, d'ailleurs ? Tu parlais à quelqu'un.

Je soupirai.

— En effet.

Il haussa les sourcils et croisa ses bras.

— J'ai vu… un esprit, ajoutai-je.

Il me lança un regard intrigué.

— Ici ? À la Cérémonie ?

Il me fit tellement penser à Misha que je ne pus m'empêcher de rire.

— Oui, les esprits sont partout. Même ici. C'était étrange, cependant. (Je jetai un coup d'œil à la statue.) Je ne l'avais jamais vu avant, pourtant il semblait savoir qui j'étais. C'était sans doute un ancien Gardien de la communauté, terminai-je avec un haussement d'épaules.

— Tu… tu vois les esprits des Gardiens ?

Je hochai la tête, soulagée d'être revenue sur un terrain plus sûr et moins embarrassant.

— Je n'en vois pas souvent, et je n'ai jamais vu un fantôme de Gardien, mais quelques esprits, oui.

Zayne sembla réfléchir.

— Qu'est-ce qui te fait penser que tu n'as jamais vu le fantôme d'un Gardien ?

— Je suppose qu'ils ont tous traversé, expliquai-je. Contrairement aux humains, ils n'ont pas grand-chose à craindre de la mort.

— Sans doute que non...

Les coins de sa bouche s'étaient abaissés. Zayne exsudait à présent une tension palpable, tandis qu'il fouillait des yeux les arbres et les buissons qui nous entouraient. Son immobilité était si totale que je doutai qu'il respire. Puis il décroisa les bras.

Un sentiment de malaise se forma dans mon ventre, se propageant comme un virus, puis je le sentis – comme un souffle chaud contre ma nuque, au bas de mon dos...

Affolée, je regardai aux quatre coins du jardin, de Zayne à la statue, et observai toutes les zones d'ombre alentour.

Des démons.

Il y avait des démons dans les parages.

La surprise me coupa le souffle lorsque la main de Zayne s'enroula autour de mon bras. Une décharge d'électricité passa de ses doigts à ma peau et me remonta le long du bras, suivie d'une sensation étrange, aiguë mais brève. Puis je n'y pensai plus.

Une seconde, j'étais debout près de la statue en train de causer à propos de fantômes et d'esprits, la suivante, je tournoyais dans les airs derrière Zayne, qui me maintenait à quinze bons centimètres *au-dessus* du sol.

Quelque chose... quelque chose arrivait... lui arrivait. Le bras autour de ma taille se mua en une bande d'acier, et le dos contre lequel ma poitrine était plaquée devint aussi dur que la pierre et aussi chaud qu'un bain de soleil. J'entendis un bruit de déchirure, celle du tissu, puis un rapide brassage d'air qui souleva des mèches de cheveux autour de mon visage. Puis je vis les ailes de Zayne se déployer.

Zayne se transformait.

Je pris une inspiration alors que l'air autour de nous semblait exploser.

16

Un cri de surprise se logea dans ma gorge lorsque Zayne se plia en deux et m'entraîna à terre, à genoux.

Bon sang, il se passait quoi, là ?

Mon cerveau ne parvenait pas à analyser les cris venant de toutes les directions, le rugissement des sirènes et le bruit du verre brisé. Et les hurlements… les cris suraigus de terreur. Nous étions passés d'une conversation sur les esprits à l'explosion du monde qui nous entourait. Aucun entraînement n'aurait pu me préparer à réagir aussi vite que nécessaire.

Quelque chose se mit à heurter le sol près de nous, crépitant sur le marbre et s'enfonçant profondément dans la terre.

Des balles.

Il pleuvait des balles, ça n'avait aucun sens. Les démons n'utilisaient pas d'armes à feu.

Le ciment s'effrita, et de petits cailloux voltigèrent, qui vinrent me fouetter les joues et les bras. Je me mordis la lèvre jusqu'à sentir le goût du sang, serrant fort les paupières. J'avais beau être impressionnante, mon corps n'en restait pas moins en partie humain. Les balles n'étaient pas mes amies, et pourtant elles tombaient tout autour de nous.

À l'intérieur, la chaleur puissante et bourdonnante de ma *grâce* s'éveilla.

L'étau du bras de Zayne se raffermit autour de ma taille, et je sentis son inspiration comme si c'était la mienne.

— Reste à terre.

Je n'eus pas le temps de répondre. Déjà, son bras glissait, et sa main se plantait au milieu de mon dos. Ainsi aplatie au sol, je sentis mes doigts s'écraser sur l'asphalte déchiqueté par les balles. Puis le poids et la chaleur quittèrent mon corps dans un souffle de vent et un battement d'ailes.

Une sorte d'instinct primaire prit le dessus, faisant taire la voix du bon sens qui me disait de garder la tête baissée. Mon menton se leva. Je clignai des yeux, plissai les paupières pour tenter de voir à travers les mèches de cheveux qui obstruaient la majeure partie de ma vision déjà peu efficace.

Et je vis… des jambes. Des jambes qui marchaient dans ma direction.

Zayne atterrit devant moi, accroupi. Le sol trembla. Mon cœur fit un bond quand je me redressai sur un coude. J'écartai les cheveux de mon visage et le vis.

Zayne tel qu'il était vraiment.

Redressé, il avait la même forme et la même taille que quelques instants plus tôt, sauf que sa tunique blanche pendait maintenant en lambeaux. Les muscles roulaient le long de son dos nu, sous une peau gris ardoise, et ses…

Nom d'un petit bonhomme, ses ailes étaient déployées, d'une envergure d'au moins deux mètres, peut-être même trois. De part et d'autre de ses cheveux blonds, deux cornes féroces s'enroulaient vers l'arrière de son crâne.

J'avais toujours pensé que Misha était grand pour un Gardien, mais ce n'était rien comparé à Zayne.

Il bondit, et un hurlement de douleur retentit. Un objet tomba au sol. Quelques secondes plus tard, je compris que c'était une sorte de fusil. Ensuite, ce fut un corps qui atterrit par terre, un corps au cou étrangement tordu. Mon estomac se vrilla quand Zayne pivota sur la droite, se souleva du sol et redescendit. S'ensuivit un claquement sourd, un bruit de chair et de muscles arrachés. Les doigts enfoncés dans la terre, j'entendis d'autres coups de feu retentir.

Je ne comprenais rien à ce qui se passait. Les démons n'utilisaient pas d'armes, et les balles étaient pratiquement inutiles contre les Gardiens. Une fois qu'ils étaient transformés, on ne pouvait plus transpercer leur peau avec une balle. La mienne si, alors je restai à terre et tournai la tête vers la droite, où se trouvait la Grande Halle. Les tirs rapides semblaient fuser de partout, et Jada était là-bas. Tout comme Misha, Matthew et tout le monde.

Je ne pouvais rester allongée ici. Je poussai sur les bras et...

Une explosion sonore me transperça les oreilles, puis je n'entendis plus aucun son. La nuit se transforma soudain en jour, dans un éclair de lumière blanc-orangé ultra-brillante. Un souffle d'air brûlant s'ensuivit avec une force qui me plaqua au sol, chassant l'air de mes poumons. Abasourdie, je restai figée un moment, puis des débris se mirent à pleuvoir au sol. De gros morceaux de ciment s'écrasaient partout autour de moi. Je jetai les bras sur ma tête avec un grognement. Le monde semblait s'écrouler.

Puis tout s'arrêta.

Les sons revinrent en force. Tout ce que j'entendais, c'étaient des hurlements, des gens qui criaient des noms.

Les bras et les jambes tremblants, je me mis à genoux et vis un épais nuage blanc s'échapper du flanc du bâtiment. Là où s'était dressé un mur, il y avait maintenant un trou béant avec des fils qui pendaient librement. Les projecteurs s'allumèrent dans une série de claquements mats, et une lumière vive illumina le jardin à travers la fumée. Je sentis l'odeur de métal et de plastique brûlés, ainsi que celle... d'un barbecue, qui m'enveloppa alors que je tendais les bras pour me stabiliser. Je m'accrochai à quelque chose, qui se brisa en même temps que je me relevais. Baissant les yeux, je découvris que j'avais à la main l'épée de la statue, et un rire presque hystérique monta dans ma gorge.

Respirant péniblement à cause du nuage de poussière blanche et épaisse qui envahissait le jardin, j'enjambai des débris et tâchai de me trouver un abri. Je ne voyais ni Zayne ni personne. L'explosion avait été proche, et je n'avais aucune idée des dommages qu'elle pouvait causer à un Gardien ou de la distance à laquelle ce dernier se trouvait.

— Zayne ? appelai-je, grimaçant tant ma gorge était sèche.

La panique s'installait avec ses griffes acérées comme des rasoirs alors que j'essayais de voir à travers l'épaisse fumée. Je m'accrochai au bras de fer et appelai de nouveau :

— Zayne ?

Je ne pensais pas que quelqu'un puisse m'entendre par-dessus les cris et le hurlement des sirènes qui alertaient tous les habitants de la communauté qu'une brèche avait été ouverte et qu'il fallait se mettre à l'abri.

Le nuage de fumée blanche s'agita devant moi, s'étalant et se dissipant. Puis je vis un homme, un homme en smoking avec un masque blanc. Un autre de ces masques de poupée de porcelaine effrayants, avec des cercles roses peints sur les joues et un sourire rouge vif.

Le même que celui de Clay.

— C'est quoi ce bordel ? chuchotai-je.

Mon regard tomba vers ce qu'il tenait à la main, cette chose, et mon corps réagit avant que mon cerveau comprenne ce que je voyais.

Balançant l'épée de pierre aussi fort que possible, je l'abattis sur son bras, lui arrachant la chose – un fusil – des mains. Son glapissement de douleur m'évoqua brièvement le bruit que ferait un animal. Je ne m'arrêtai pas là. Je relevai le bras, touchant l'homme masqué sous le menton. Mon coup eut pour effet de lui renverser la tête en arrière. Il tomba au sol en une série de soubresauts.

Lâchant l'épée de pierre, je m'élançai en avant et je chevauchai mon assaillant. Sans réfléchir, je saisis la tête de la créature et la tordis d'un geste sec. Elle frémit sous moi avant de s'immobiliser. Passant les doigts sous le masque, je tirai jusqu'à ce que la sangle qui le maintenait en place se détache. Et je me retrouvai à contempler le visage d'un...

— Humain.

Stupéfaite, j'eus un mouvement de recul. Cet homme... c'était un humain. Je secouai lentement la tête en me levant et en reculant.

Puis je compris. Je sentais les démons, mais cet homme n'en était pas un, et soudain tout prenait sens. Je pouvais déceler les démons parfois plusieurs minutes avant les Gardiens. Je n'avais pas senti les hommes dans le jardin, je ne les avais pas entendus, contrairement à Zayne. Les démons n'étaient pas là.

Et pourtant.

Une main se posa sur mon épaule, me faisant sursauter. Je pivotai aussitôt pour me retrouver face à Zayne sous sa forme de Gardien.

C'était son visage, tout en n'étant pas lui. Les pommettes étaient toujours hautes, mais le front était plus large, le nez plus fin et la mâchoire plus large.

Il était beau de la manière la plus primitive qui soit.

— Qu'est-ce que je t'avais dit ? gronda-t-il d'une voix plus profonde, plus rauque. (Je vis deux crocs blancs.) Je sais que tu peux te battre, mais ils ont des armes. Je t'ai dit de rester à terre.

— Ils sont humains, lâchai-je entre deux profondes inspirations. Ils sont humains et je... j'ai tué l'un d'entre eux.

La ligne de sa mâchoire sembla s'adoucir, mais alors que son regard passait sur l'homme par terre derrière moi, sa voix resta bourrue.

— C'est bon. Tu as fait ce que tu devais faire.

J'ouvris la bouche pour acquiescer, pour dire que oui, il le méritait s'il était mêlé à ce qui se passait ici, mais j'avais tué un humain, ce que je n'avais encore jamais fait.

Il scruta mon visage de ses yeux étranges, puis, reculant, il examina le reste de mon corps.

— Tu vas bien ? demanda-t-il. Tu es blessée ? Trinity ?

Je me ressaisis.

— Ça va. Et toi ?

— Ça va.

Je regardai autour de moi, au-delà de l'homme mort, vers le portail par lequel j'étais sortie plus tôt. Il y avait… il y avait des silhouettes sur le sol, par terre.

— Est-ce que… ? Sont-ils… ?

Son autre main s'enroula autour de ma nuque, pour tourner mon regard vers le sien.

— Non. Ne regarde pas.

Mon cœur se logea dans ma gorge.

— Il y a d'autres humains, c'est ça ? Il en arrive d'autres…

— Trinity ! Tu es là ? Trinity !

En reconnaissant le son de la voix de Misha, je me libérai de l'emprise de Zayne. Je fouillai la fumée de moins en moins épaisse, prise du besoin désespéré de le voir, de savoir qu'il allait bien même si je le savais déjà, parce que je l'aurais senti à travers notre lien si quelque chose d'horrible était arrivé, n'empêche que j'avais besoin de cette réassurance.

Je le vis. Enfin… Il traversait à grandes enjambées le trou dans le côté du bâtiment, repoussant les fils sur le côté.

— Misha ! criai-je en me dirigeant vers lui, car il était trop loin pour que je puisse voir s'il était blessé. Misha !

Zayne me retint avant que j'aie fait deux pas. Je lui saisis le bras, sa peau dure et chaude sous mes doigts.

— Lâche-moi, dis-je, et il me tira en arrière. Lâche-moi !

— Je ne peux pas faire ça.

— Quoi ? criai-je, tentant de me libérer. J'ai besoin d'aller…

Les ailes de Zayne se replièrent sur moi et me bloquèrent l'accès à Misha, au jardin… au monde entier.

— Putain de merde, hoquetai-je, retombant contre son torse.

Je ne voyais plus rien du tout. J'étais dans le noir complet, comme… comme aveugle. Un nœud de panique, amère et brute, se forma au fond de ma gorge.

— Écoute-moi. (Le souffle de Zayne fit frémir les cheveux autour de mon oreille.) Ce n'est pas prudent que tu files comme ça à travers le jardin. Il pourrait y avoir d'autres humains avec des fusils.

— Je ne vois rien, murmurai-je, en bataillant pour aspirer de l'air, mais le nœud grossissait dans ma gorge.

— Il pourrait y avoir d'autres bombes, poursuivit Zayne comme s'il ne m'avait pas entendue. Je ne peux pas te laisser courir partout.

— Je ne vois rien, répétai-je.

Ma poitrine se soulevait et s'abaissait lourdement.

— Tout va bien. Tu es…

— Je ne vois rien ! criai-je en me grattant la gorge.

Ses ailes s'ouvrirent si brusquement que ma vision n'eut pas le temps de s'ajuster. Je grimaçai, les yeux bombardés par une lumière vive. Je clignai des paupières à plusieurs reprises, et ma vue se précisa juste au moment où Misha grimpait par-dessus un muret de pierre. Son visage était couvert de suie. Il avait une tache rouge sous le nez.

— Trin ! s'exclama-t-il. Tu vas bien ?

— Ça va, répondit Zayne, retirant son bras de ma taille.

Aussitôt libérée, je me précipitai à la rencontre de Misha.

— Comment va Jada ? Et Ty ? Thierry et Matthew…

— Ils vont bien. Que s'est-il passé ici ? ajouta-t-il à l'intention de Zayne.

— Ils sont entrés – des humains, lui répondis-je, après un regard par-dessus mon épaule. Ils sont entrés avec des armes, ils ont tiré et j'ai tué l'un d'entre eux.

Misha prit mon visage entre ses paumes, son regard fouilla le mien.

— Tu as… ?

Je savais ce qu'il me demandait.

— Non.

— Bien. (Il laissa retomber ses mains, se tournant vers Zayne.) Elle n'aurait pas dû être ici, dehors.

Sa déclaration me prit au dépourvu.

— Ce n'est pas lui qui m'a fait venir ici. Je suis sortie toute seule et on s'est croisés par hasard.

Le regard furibond que Misha jeta à Zayne semblait indiquer que tout était sa faute, ce qui était ridicule, et là tout de suite, sa colère injuste était déplacée.

— Bon sang, mais qu'est-ce qui vient de se passer ? C'étaient des humains, intervins-je, soulignant l'évidence. Mais j'ai senti…

Je m'interrompis avant de révéler que j'avais senti un démon. En tant qu'humaine, c'était chose impossible.

Zayne me fixait d'un regard dur, dont l'expression brutale se fit calculatrice.

— Senti quoi ?

— De la peur, mentis-je avant de me retourner vers Misha. Il y avait des démons ?

— Non, juste des humains, grogna-t-il. Il y avait des démons ici ? demanda-t-il à Zayne

Ce dernier me fixait toujours. En s'agitant, ses lourdes ailes faisaient frémir l'air autour de nous.

— Non. Juste des humains.

— Mais il pourrait y avoir des démons, dis-je en agrippant les bras de Misha.

Misha comprit ce que je ne pouvais pas dire. Je les sentais. Ils étaient proches. Il hocha la tête et je lâchai son bras.

— Je ne comprends pas ce qui s'est passé, là.

Je secouai la tête, encore sous le choc, et retournai vers la Grande Halle. Je ne voulais même pas penser à la façon dont les humains avaient franchi les murs : puisqu'ils étaient gardés en permanence, ça signifiait…

Ça signifiait que des Gardiens étaient morts.

17

Misha m'avait ramenée à la maison principale, et il n'y avait que nous. Je faisais les cent pas dans le hall, toujours dans cette fichue robe de soirée, mais je m'étais précipitée à l'étage pour prendre mes lames, juste au cas où.

— Où est Jada ? demandai-je, l'estomac noué.

Misha faisait le guet devant les fenêtres de devant.

— Je pense qu'elle est allée avec Ty chez lui pour tout verrouiller, répondit-il. Je sais qu'elle est saine et sauve, Trin. Dès que ça a commencé à défourailler, elle s'est transformée, tout comme Ty, et il l'a emmenée.

Une pointe de soulagement s'infiltra dans mes muscles crispés.

— Et tu es sûr que Thierry et Matthew vont bien aussi ?

— Oui. Les seules blessures que j'ai vues étaient très légères. Mais toi, tu es sûre que ça va ? ajouta-t-il avec un coup d'œil vers moi par-dessus son épaule.

Je passai devant lui, ma jupe froufroutant le long de mes mollets.

— Oui. Juste des égratignures. Je n'arrive pas à croire que des humains travaillent avec les démons. J'ai d'abord pensé à ces gens de l'Église des Enfants du Seigneur : d'accord, ils détestent les Gardiens, mais pourquoi travailleraient-ils avec des démons ?

Le dos de Misha était raide.

— Parce que ces idiots ne comprennent pas que les démons sont réels. Ils se laissent facilement manipuler par les démons ou par quiconque leur donne l'occasion de nous faire violence.

C'était vrai, mais...

— Mais ils portaient les masques, Misha. (Je frissonnai.) Les mêmes masques que celui de Clay et... et Wayne a été tué par un démon, à proximité d'ici. Les éclaireurs ont affirmé qu'il n'y avait aucun signe, mais ils se sont trompés. Et je sens encore des démons.

Misha se détourna de la fenêtre.

— Je l'ai dit à Thierry. Ils sont en train de chercher. Il se passe quelque chose, pas de doute.

L'euphémisme de l'année.

— Thierry et Matthew sont où, à ton avis ? demandai-je, stressée comme une... comme une humaine.

— Probablement aux murs.

Les murs étaient à moins d'un kilomètre, et la Grande Halle à mi-chemin. Plusieurs longueurs de terrain de football séparaient la maison principale de la communauté et de l'autre mur, beaucoup plus petit, mais si les démons ou des humains, égarés ou crétins, arrivaient jusqu'ici, jusqu'à cette maison, ils traverseraient cette communauté avec l'efficacité d'une lame pour percer un tissu.

Ici, la plupart des Gardiens, à part ceux qui gardaient les murs et enseignaient dans les classes, n'étaient pas des guerriers qualifiés. Il y avait plus de femmes et d'enfants que d'hommes, et en raison d'une structure ridicule et sexiste en diable, les Gardiennes n'étaient pas formées.

Pas même Jada.

Je me retournai, pivotai sur mes talons puis je m'arrêtai lorsque la sirène retentit de nouveau. Misha et moi, on s'immobilisa, on arrêta de respirer et on écouta. Si ça sonnait deux fois, c'était la fin de l'alerte.

Trois coups, en revanche, annonçaient une très, très mauvaise nouvelle.

La sirène hurla une fois, deux fois, et le sentiment familier d'oppression s'installa sur mes épaules... puis une troisième fois avant de plonger la grande maison à colombages dans un silence sinistre.

Un frisson parcourut mon échine quand je me tournai vers Misha. Dans la lumière vive du hall, ses boucles rousses ressemblaient à des feuilles d'automne.

— Les démons sont là.

— Oui.

Les pupilles de ses yeux bleu vif commencèrent à s'étirer verticalement. La mâchoire dure, il se tourna vers les grandes portes en fer forgé.

Depuis que je vivais parmi les Gardiens dans les montagnes du Potomac – et cela faisait pas mal d'années –, il n'y avait jamais eu la moindre violation, et je ne vous parle même pas d'un événement pareil.

Un tremblement parcourut mes bras alors que je me dirigeais vers la porte, que je trouvai déverrouillée.

— Trin, ne...

J'ouvris et l'air sombre de la nuit s'engouffra, balayant mes bras nus.

— Tu crois vraiment qu'une porte va les arrêter s'ils arrivent jusqu'ici ?

— Ça les ralentirait au moins.

Le ciment froid du porche me glaça les pieds sitôt que je sortis. Je n'entendais rien. Pas même un oiseau ou la stridulation d'un insecte, comme s'ils percevaient le caractère anormal de l'air.

Tout était silencieux, trop silencieux, dans l'allée éclairée par les puissantes lanternes et même au-delà, dans l'obscurité qu'aucune lumière ne pouvait pénétrer.

— Tu vois quelque chose ? demandai-je.

Misha vint se placer à côté de moi en haut des marches. Même si mes yeux n'avaient pas été merdiques, sa vision serait toujours un million de fois meilleure que la mienne.

— Rien, répondit-il, avec un coup d'œil vers moi. Sauf cette robe. Tu aurais pu te changer. La première chose qu'un démon va voir, c'est ta…

— La ferme, grommelai-je.

— Tu sais, tu devrais peut-être aller au mur, poursuivit-il. Je suis sûr que si un démon te voyait dans cette robe, il réfléchirait à deux fois avant d'essayer de nous assiéger.

Je le poussai.

— Imbécile. Zayne a dit que je ressemblais à une déesse.

Il ricana.

— Vraiment ?

— Et il a dit que j'étais magnifique.

Je ponctuai ma phrase d'un coup de coude cette fois.

— Tu parles du gars qui ne t'a pas rendu ton baiser ? Du gars dont je t'ai dit de ne pas t'approcher ? Tu croyais que je n'allais pas remettre ça sur le tapis ?

Il me repoussa et je me cognai contre la balustrade. Je levai les yeux au ciel.

— Vraiment, ce n'est pas le moment de me faire la morale sur le sujet. Pourquoi ne pas attendre qu'on ne soit plus assiégés par des humains et des démons ?

Il soupira.

— Tu devrais retourner à l'intérieur, Trin.

Je tins aussi peu compte de son conseil que de la plupart des choses qu'il me disait ou me hurlait dessus.

— Tu crois que Jada va bien ? demandai-je pour ce qui devait être la cinquième fois.

— Elle est avec Ty. Je suis sûr que ça va, me rassura-t-il encore. En plus, toutes les maisons ont des chambres fortes au cas où quelque chose de ce genre arriverait. Tu devrais y être aussi, d'ailleurs, mais c'est trop tard maintenant. Ils vont s'en sortir. Ils iront tous bien.

À moins que les démons n'aient ouvert une brèche dans les murs et dévasté la communauté, brûlant les maisons comme cela était arrivé quelques mois plus tôt, dans une communauté plus à l'ouest, d'après ce que j'avais entendu dire – ces chambres fortes ne les avaient pas tous sauvés. Certaines n'avaient pas résisté au feu anormal que les démons avaient déclenché.

Et si la même chose arrivait ici ?

Je fermai les yeux alors qu'un frisson me parcourait.

— C'est ma faute.

— Quoi ? Non, pas du tout. Ce n'est pas ta faute.

La réponse de Misha avait été rapide, presque trop rapide.

Sentant la brûlure remonter dans ma gorge, je secouai la tête.

— Et pourtant, si. J'ai été prise de vitesse par Clay et j'ai laissé mon sang partout, Misha. J'ai utilisé ma *grâce* alors que j'aurais dû m'enfuir…

— Si tu n'avais pas utilisé ta *grâce*, tu aurais pu mourir, dit-il en posant ses doigts chauds sur mes joues. J'aurais pu mourir. Tu t'es protégée. Tu as fait de ton mieux.

En ouvrant les yeux, je rencontrai son regard. Sous la lumière du porche, ses yeux étaient deux mares bleu nuit.

— Pourquoi faut-il que tu sois toujours aussi logique ?

Il baissa la tête pour que nos yeux soient au même niveau et ses pouces glissèrent sur mes pommettes.

— Parce que tu es toujours très illogique.

Un rire rauque monta de ma gorge.

— Tu marques un point.

— Un point qui…

De soudains picotements le long de ma nuque et entre mes omoplates me coupèrent le souffle. En serrant mes dagues au point que leurs poignées s'imprimèrent sur ma peau, je murmurai :

— Ils arrivent.

Misha baissa les mains et pivota face à l'allée.

— Recule.

Cette fois, j'obéis et m'éloignai de quelques pas pour lui laisser de l'espace. Misha était sur le point de prendre sa vraie forme et je ne pouvais pas détacher les yeux de mon ami quand ça se produisait. Je n'y avais jamais réussi et je me pris à regretter de n'avoir pas vu le moment où Zayne s'était transformé.

La peau pâle et rosée de Misha fut la première chose à changer. Sa teinte fonçait à mesure que sa peau durcissait, jusqu'à se muer en un gris ardoise profond. À ses mains poussèrent des griffes assez tranchantes pour couper la pierre. Des cornes audacieuses trouèrent sa tignasse de boucles brun-roux. Les os de ses épaules remuèrent sous la peau et ses omoplates saillirent. Des ailes se formaient, qui se déployèrent derrière lui de chaque côté.

J'avais bien vu. Misha était immense, mais Zayne l'était encore plus.

Il me jeta un regard par-dessus son épaule et je constatai que son visage aussi avait changé. Ses narines s'étaient aplaties pour devenir deux fentes. Sa bouche s'était élargie, afin de faire de la place à des crocs capables de déchirer la chair comme le métal. Seuls ses yeux gardaient leur couleur bleu Gardien.

— Tu vas m'écouter pour une fois et rentrer dans la maison ? demanda-t-il, d'une voix devenue plus épaisse, plus profonde.

Je ricanai.

— Et te laisser tout le plaisir de tuer des démons ? Non alors.

— Il y a quelque chose qui ne tourne pas rond chez toi, vraiment pas rond. (Il se retourna vers l'allée et je souris malgré la situation.) Et s'il y avait d'autres humains ?

Ma peau se glaça et mon sourire s'effaça.

— Je peux le faire.

— Essaie juste de te contrôler, Trin.

Je savais à quoi il faisait référence.

— Bien sûr, patron.

Une cavalcade de pas retentit dans l'allée et Misha sauta, atterrissant accroupi à quelques mètres des marches. J'eus le souffle coupé quand une masse volumineuse fila sous le lampadaire et que je le vis.

Bon Dieu, c'était un Noctambule.

Je restai stupéfaite en reconnaissant la peau couleur pierre de lune. Je n'en avais jamais vu de mes propres yeux. Seulement dans les textes qu'on lisait à l'école, à côté des sujets normaux comme l'anglais et le calcul. Comme les Charognards, les Noctambules n'étaient pas censés se trouver sur terre, parce qu'ils ne pouvaient absolument pas se mélanger aux humains. Leur venin était toxique, paralysant leurs victimes en quelques minutes, parfois moins. Celui-ci était trop loin pour que je puisse distinguer les détails de son visage, même sous les lumières vives, mais pour le coup, ma mauvaise vue était sans doute une bénédiction.

Car leur laideur était notoire.

Misha décolla du sol, mais je pouvais être plus rapide. Ramenant un bras en arrière, je me concentrai et le monde autour de moi disparut. Je laissai la lame s'envoler.

Elle frappa juste, s'enfonçant profondément dans la poitrine du Noctambule avant même que Misha ait pris son envol.

Le Noctambule s'immobilisa dans un rugissement de douleur et de fureur, un son si horrible qu'il me secoua les tripes. Des flammes jaillirent de sa poitrine, embrasant son corps tout entier en quelques secondes.

Le fer était mortel pour un démon et en frapper un à un endroit vital, comme le torse, le mettait quasi immédiatement hors d'état de nuire.

Ma lame retomba dans un bruit métallique, sur un tas de poussière de démon.

Atterrissant à un pied de l'endroit où se trouvait le Noctambule, Misha se retourna vers moi.

— Tu ne me vois pas si je fais un pas à gauche, mais tu touches ce bâtard en plein cœur, juste comme ça.

Un autre Noctambule apparut au bord du cercle lumineux.

— Celui-là est pour moi.

Misha décolla, ses ailes fendirent l'air et, une seconde plus tard, il s'abattait sur le Noctambule, le projetant plusieurs mètres en arrière, dans l'obscurité et le vide où je ne voyais plus rien.

Je me précipitai vers ma dague et la ramassai, sans me soucier de la chaleur du métal. Je m'immobilisai pour scruter l'obscurité et localiser l'endroit d'où montaient les grognements de Misha et du Noctambule en plein affrontement. Combien pouvait-il y en avoir d'autres qui avaient réussi à tromper la vigilance des Gardiens sur les murs ? Un filet de peur s'insinua dans mes veines, mais je le repoussai, le ravalai pour ne pas céder. La peur pouvait être utile. Elle aiguisait les sens, mais elle pouvait aussi vous écraser. C'était une ligne dangereuse et délicate à suivre, que je n'étais pas prête à emprunter pour le moment.

Quelque chose bougea sur ma droite, trop rapide dans ma vision périphérique pour que je parvienne à bien le distinguer. Je pivotai juste au moment où une silhouette grande et mince se précipitait sur moi. Elle avait l'air humaine. Belle comme un ange, une femme magnifique dont la beauté avait sûrement voué plus d'un homme et d'une femme à un terrible destin.

Un Démon Supérieur.

J'aperçus ses yeux jaunâtres tandis que sa bouche s'ouvrait, la mâchoire déformée de la manière la plus artificielle qui soit par un grognement sourd qui me fit penser au miaulement d'un chat, très gros et très en colère. La chair de poule hérissa tous les poils de mon corps.

Je bondis sur la gauche, mais elle était rapide, plus rapide que tout ce que j'avais jamais affronté. Un souffle d'air tourbillonna autour de moi quand elle attrapa ma robe et me rejeta sur le côté. J'allai m'écraser contre l'encadrement du porche. Malgré les éclats de lumière qui parsemaient ma vision, je me relevai, tenant toujours les lames.

La démone me tomba dessus en une nanoseconde, m'attrapa par l'épaule et me tira vers elle. Je n'avais aucune idée de ce qu'elle comptait faire, mais je n'allais pas attendre de le découvrir.

Je laissai l'instinct prendre le dessus. Je pivotai, entrevis de la surprise sur son visage l'espace d'une fraction de seconde avant que je balance mon coup de pied. Il l'atteignit sur le côté de son joli visage, projetant sa tête en arrière dans un craquement écœurant. Elle tournoya et se replaça face à moi, pendouillant selon un angle très peu naturel, et son cou...

— Meuf, chuchotai-je, les yeux écarquillés. T'as le cou super cassé.

Elle laissa échapper un rire gras.

— Ce n'était pas très gentil de ta part.

Ce spectacle, je n'arriverais pas à l'effacer de ma mémoire avant de nombreuses années.

La démone se transforma, sa peau prit une teinte d'un orange profond. Ses ailes se déployèrent et je m'autorisai un bref instant de sidération, tant était grande la ressemblance entre les Démons Supérieurs et les Gardiens. Puis je bondis...

Une main griffue lui transperça la poitrine, faisant gicler un sang violacé. La main recula d'un coup et la démone tituba sur le côté. Puis sa surprise se mua en horreur quand elle baissa les yeux sur son propre corps.

— Je pense que c'était ton cœur, ironisai-je.

La démone leva le menton et s'embrasa, incinérée sur place.

Je découvris Misha qui s'essuyait la main sur son pantalon de cérémonie noir.

— Dégueulasse, commentai-je.

— Et encore, toi, tu ne viens pas de plonger ta main en elle.

— Disons que je suis assez maligne pour laisser mes lames faire le travail.

— Disons plutôt que tu as besoin de lames parce que tu n'es pas dotée de ces vilaines fifilles, dit-il en remuant ses doigts griffus tachés de sang sous mon nez. Au fait, je ne t'avais pas dit…

Le sol trembla lorsque quelque chose de grand et de lourd atterrit derrière Misha. J'entrevis des ailes noires, puis Misha saisit mon bras et m'entraîna à sa suite vers l'escalier et la maison, au pas de charge.

Si quelque chose faisait courir Misha, c'était mauvais, très mauvais signe. Je jetai un coup d'œil par-dessus mon épaule au moment où l'on franchit le porche, et tout ce que je vis, ce fut une forme noire qui montait lentement l'escalier, de la démarche du gars qui se promenait comme on le ferait dans un parc…

Misha me poussa dans le hall, lâcha mon bras et pivota pour claquer la porte derrière lui.

Je lui fis face.

— C'était qu… ?

La porte d'acier fut arrachée de ses gonds, s'envola et percuta Misha. Je poussai un cri et me ruai vers lui alors qu'il s'écrasait contre le mur. La porte se brisa sous l'impact. Misha s'effondra au sol. Arrivée à son niveau, je transférai les lames dans une main et l'attrapai par le bras. Puis je levai les yeux et je me figeai.

Des ténèbres huileuses, d'un noir d'encre, remplaçaient la porte arrachée, léchant les murs de leurs vrilles épaisses. Une vague de chaleur suivit, qui m'obligea à lâcher le bras de Misha et à me redresser.

Je n'avais jamais rien vu de tel. Je n'avais même jamais entendu parler d'une chose pareille.

L'obscurité enfumée fonça, me frappant en plein ventre. Soulevée du sol, je basculai en arrière et heurtai le parquet. Dans le choc, je perdis prise sur une des lames. Assommée et désorientée, je luttai pour me relever tandis que la masse remplissait le hall.

Je laissai alors l'instinct reprendre le dessus. Je visai, la dague partit, direction le centre de la masse.

Les ténèbres clignotèrent, disparurent, et ma lame s'empala dans le mur derrière. Un battement de cœur sidéré plus tard, la masse apparut directement devant moi.

— Putain de merde, chuchotai-je.

La chose prit forme rapidement. Une seconde plus tôt, ce n'était rien qu'un amas d'ombres palpitantes et vibrantes, à présent c'était un homme qui me surplombait de toute sa hauteur et plongeait sur moi ses yeux dorés, les lèvres retroussées sur un petit rictus cruel.

— Bonjour, dit-il. Je te cherchais justement.

Je tentai d'esquiver, mais il attrapa mon bras d'une main et projeta son poing au centre de ma poitrine, me privant d'air et de l'usage de mes pieds. Je fus propulsée en arrière, devant les bureaux et jusque dans la cuisine, où je m'écrasai contre les tabourets de bar.

Le pouvoir de ma *grâce* frémit, mais je le repoussai, tâchant péniblement de reprendre un souffle réduit à un sifflement. Tournoyant sur moi-même, j'attrapai un tabouret de bar alors que la chaleur envahissait mes veines. Pas question que le démon sache ce que j'étais. Je ne pouvais pas...

Misha arrivait dans le couloir, une main contre le mur, toujours sous sa forme de Gardien.

Le Démon Supérieur se tourna vers lui et je balançai le tabouret aussi fort que je pus.

Il n'atteignit jamais son but.

Une main jaillit, et le démon attrapa le pied du tabouret. Par-dessus son épaule, il m'adressa un sourire, puis une odeur de bois brûlé emplit la cuisine. Une seconde plus tard, le tabouret s'enflammait et se changeait en poussière en l'espace d'un battement de cœur.

— Doux Jésus, murmurai-je, écartant prestement le bras.

Ce démon pouvait contrôler le feu.

— Pas tout à fait, chérie.

OK, oubliez l'interdiction de faire appel à ma *grâce*. J'écartai les bras, laissant grandir la chaleur au creux de mon ventre.

— Vas-y ! cria Misha.

Au même moment, quelque chose de lourd frappa la porte de la cuisine et atterrit dans la pièce, un impact qui provoqua une sorte de tremblement de terre. Je n'eus pas besoin de regarder, je savais au plus profond de mes os que c'était Zayne ; et il était sur le point d'assister au spectacle de sa vie...

Tout arriva très vite, trop vite pour que je puisse réagir.

Une lueur passa sur le visage du Démon Supérieur quand il croisa le regard de Zayne, presque comme s'il l'avait reconnu. Puis il pivota et se rua sur Misha. Il le percuta et soudain ils furent tous les deux dans les airs, qui volaient ensemble vers l'entrée principale.

Je fonçai à leur suite, en proie à une panique qui étouffait le feu en train de se développer en moi l'instant d'avant. Mes pieds glissèrent sur les planches en lambeaux et je trébuchai sur la porte cassée en me précipitant vers la porte d'entrée.

— Misha !

Zayne me rattrapa, sa main chaude venant peser sur mes épaules.

— Trinity...

Je me débattais, essayant désespérément de me libérer.

— Non ! Va chercher Misha ! Lâche-moi ! Il faut...

— C'est trop tard.

— Non ! hurlai-je, en lui ruant dans les jambes. Laisse-moi y aller !

Il m'enveloppa de ses bras, m'attirant contre sa poitrine.

— Je ne peux pas. Je ne peux pas les laisser t'attraper. Je ne peux pas. Ils sont déjà partis.

J'arrêtai de me débattre et levai les yeux vers le ciel, incapable de voir les étoiles. Et le constat horrifié tomba sur moi : Zayne avait raison. Misha était parti, dans la nuit, dans l'obscurité.

18

Assise sur le canapé, les genoux serrés et les mains jointes sur mes genoux, je portais encore la robe empruntée à Jada.

Fichue.

Le devant de la robe était déchiré au-dessus de mes genoux. De la suie et du sang de démon tachetaient le corsage et la taille. J'avais besoin de me changer et de prendre une douche, tant j'avais l'impression d'être couverte d'une couche de crasse et de sang, mais je ne pouvais pas y aller avant le retour du groupe parti à la recherche de Misha.

Une équipe énorme s'était mise en branle, comprenant même Dez et Zayne. Matthew aussi les avait rejoints et, maintenant, Nicolaï et Thierry étaient dans un coin de la pièce, qui parlaient à voix basse. Jada était arrivée avec Ty une fois que le signal de fin avait retenti. Elle était assise à côté de moi et jetait des regards nerveux tantôt à Ty tantôt à moi. Elle avait renoncé à essayer de me parler depuis à peu près une demi-heure. J'étais trop tendue pour former des mots.

— Que s'est-il passé ? Je ne comprends pas ce qui s'est passé, répétait en boucle Nabot, qui flottait près du canapé.

Je lui avais déjà expliqué ce que je savais, mais il ne comprenait toujours pas, tellement rien de tout cela ne semblait réel.

Le Démon Supérieur avait enlevé Misha. La tempête faisait rage dans mes tripes, une fureur dirigée contre Thierry et Matthew et tout le monde sur terre, mais surtout contre moi-même, parce que j'aurais pu faire quelque chose pour empêcher ça. Si j'avais utilisé ma *grâce* au lieu de la combattre, j'aurais été capable d'arrêter ce démon avant qu'il capture Misha.

Au lieu de ça, bon sang, comme toutes les fois précédentes, j'avais fait ce qu'on attendait de moi. J'avais caché mon vrai pouvoir. Tout comme le jour où ma mère avait été assassinée.

Mais il y avait plus que mon inaction qui me taraudait. Ce démon, il était venu pour moi.

Mes doigts se resserrèrent autour de mes genoux et je fermai les yeux. Si quelque chose arrivait à Misha… Mon Dieu, je ne pourrais jamais me le pardonner. Jamais je ne…

Des voix venant de l'avant de la maison me tirèrent brusquement de mes pensées. Je rouvris les yeux et me levai d'un bond pour aller me placer à côté de Nicolaï.

Zayne et Dez entrèrent les premiers, sous leur forme humaine, et derrière eux se trouvait Matthew. Au moment où mon regard rencontra le sien, je sus qu'ils n'avaient pas trouvé Misha.

Dez me rejoignit d'abord, le regard sombre. Je lus une grande compassion sur ses traits lorsqu'il posa sa main sur mon épaule.

— Je suis désolé.

— Il n'est pas mort, dis-je en inspirant profondément et en me dégageant de son contact. Je sais qu'il n'est pas mort.

Dez jeta un coup d'œil à Zayne, puis à l'endroit où se tenaient Thierry et Nicolaï. Ils ne comprenaient pas : je le saurais, si Misha était mort. Le lien me dirait s'il était mort, or je n'avais rien ressenti de tel.

Je me tournai vers Thierry.

— Misha est toujours en vie.

Il hocha la tête et puis reporta son attention sur le groupe.

— Avez-vous trouvé quelque chose ?

— Oui, répondit Zayne. À environ quatre ou cinq kilomètres d'ici, il y avait une grosse camionnette, une sorte de mini-bus sur le bord de la route. Le conducteur était toujours au volant, mais mort.

— Humain ? demanda Nicolaï.

Zayne hocha la tête.

— La gorge tranchée. On s'est occupé du problème.

« S'occuper du problème » signifiait qu'ils s'étaient probablement débarrassés du van et du corps.

— Il n'y avait rien d'autre, ajouta Matthew avec lassitude, assis à côté de Jada alors que je me tenais au centre de la pièce. Rien qui puisse indiquer s'ils appartenaient à l'Église, mais il est assez logique de supposer que oui.

Pour moi, ça n'avait aucun sens.

— Les démons sont manipulateurs, mais il y avait des Noctambules avec eux. Comment diable les démons auraient-ils pu les cacher ?

— Il se peut qu'ils ne les aient même pas vus, répondit Zayne. Qu'ils soient venus ici séparément. Mais j'ai reconnu le démon qui a enlevé Misha. (Son regard passa de moi à son chef de clan.) Je l'ai déjà vu à Washington. Je l'ai affronté plusieurs fois. Il est rapide, fort, et il sait contrôler le feu, qu'il utilise généralement pour créer la diversion parfaite pour s'échapper. Son nom est Bael.

Bael ?

Mes genoux flageolèrent. Bael n'était pas juste un démon ancien et puissant parmi tant d'autres.

— Bael ? répéta Jada avec un regard à la ronde. Tout le monde est super silencieux, tout à coup. Je sais que c'est un Démon Supérieur, mais j'ai l'impression qu'il y a autre chose, non ?

Les Gardiens qui n'étaient pas formés ne recevaient qu'un enseignement sommaire en démonologie. On ne leur apprenait pas tous les détails sanglants.

— Bael est un roi de l'enfer, expliqua Nicolaï. Dans le passé, il errait sur terre en tant que faux dieu. Un de nos Gardiens l'a vu pour la première fois vers le mois de janvier, mais Bael a refusé de se battre. Nous avons pensé alors qu'il était en ville pour corrompre un politicien quelconque. Bael est connu pour sa capacité à influencer les esprits. Chaque fois qu'on le voyait, il gardait ses distances, on devait lancer une sacrée course-poursuite à travers la ville. Comme Zayne l'a dit, il utilise le feu pour s'échapper. Il a bien brûlé une tonne de bâtiments depuis qu'on le connaît, mais on ne l'a pas revu… bon sang, depuis trois mois, non ?

— La dernière fois que je l'ai aperçu, c'était vers la fin mars, confirma Zayne. C'est le dernier Démon Supérieur que j'ai vu à Washington.

— Vous pensez qu'il a suivi votre clan jusqu'ici ? demanda Ty, posté derrière Jada, sur les épaules de qui il avait posé les mains.

Nicolaï prit un long moment avant de répondre :

— Tout est possible, mais dans ce cas, pourquoi auraient-ils attendu jusqu'à maintenant pour attaquer ? Nous sommes ici depuis presque une semaine.

Une partie de moi n'arrivait pas à croire que ce soit aussi récent. J'avais l'impression que leur séjour durait depuis beaucoup plus longtemps.

— Les Gardiens du mur ont été tués d'une manière qui suggère qu'ils n'ont rien vu venir, expliqua Dez en croisant les bras. Ils ont tous été abattus sous leur forme humaine, des coups directs en pleine poitrine ou à la tête.

— Ce qui s'est passé ce soir est forcément lié à Clay, intervins-je en secouant la tête. Et les Charognards ? On sait qu'on ne les voit jamais sans un Démon Supérieur à proximité. Ils étaient juste à l'extérieur de ces murs, et ce pauvre humain, Wayne, a été tué par un Démon Supérieur. Sans parler des attaques sur les autres communautés. Ils cherchaient…

— Nous explorons tous les liens possibles, me coupa Thierry avant que je puisse énoncer ce qu'ils auraient pu chercher.

— Je sais que Clay était une vraie tête de nœud, mais de là à travailler avec des démons ? Comment aurait-il été en contact avec eux ?

Ty passa une main sur ses cheveux courts.

— Ça, je ne sais pas, Trin.

Pourtant, certains Gardiens travaillaient bel et bien avec des démons.

Mon regard glissa vers Zayne et je sentis mon estomac se nouer. Zayne avait travaillé avec des démons et il avait même laissé entendre qu'il ne croyait pas que tous les démons fussent mauvais. Une lourdeur inconfortable s'installa en moi et je le regardai fixement pendant que le reste du groupe parlait de renforcer la sécurité du mur et d'envoyer des groupes d'éclaireurs plus régulièrement, pour le cas où une seconde attaque serait envisagée.

Rien de tout cela n'avait commencé avant l'arrivée de Zayne. Son clan et lui étaient là depuis quelques jours quand Clay m'avait attaquée, mais pourquoi Zayne ou l'un d'entre eux serait-il derrière tout ça ? Ce n'était pas comme s'ils savaient ce que j'étais.

Du moins le pensais-je.

Mon cœur se mit à tambouriner dans ma poitrine. Le clan de DC était au courant que je pouvais voir les fantômes et les esprits, et Zayne savait désormais que j'étais plus forte que je n'en avais l'air, plus rapide qu'il ne l'avait imaginé. Je n'avais pas vraiment essayé de le lui cacher, et depuis tout le temps qu'il était ici, il semblait se trouver partout où j'étais.

Il tourna lentement les yeux vers moi, son si beau visage indéchiffrable alors que nos regards se croisaient. Un frisson me glissa le long des bras, laissant sur son passage les petites bosses de la chair de poule.

Si j'avais ne serait-ce qu'un tout petit peu raison, j'ignorais cependant toujours pourquoi Zayne ou son clan étaient derrière tout ça ; je décidai donc de me taire. Je pouvais être impulsive, mais j'étais assez intelligente pour ne pas évoquer une telle possibilité sans preuves tangibles.

Mais y avait-il déjà des preuves ?

Il manquait à Zayne une partie de son âme, et cela pouvait s'avérer suffisant pour faire le mal.

Jada s'était endormie sur le canapé et ceux du clan de DC s'étaient retirés avec Thierry et Matthew dans le bureau. Ty avait porté Jada à l'étage dans une des chambres disponibles et je les avais suivis pour gagner la mienne. Je pus enfin enlever la robe en lambeaux, que j'abandonnai sur le sol de la salle de bains, petit amas de tulle et de coton froissé.

Je ne voulais plus jamais la revoir.

Je me baissai pour ramasser cette loque, dont je fis une boule que je jetai dans la poubelle, puis je reculai en soumettant mon corps à un examen.

Mes genoux étaient rougis et tachetés, comme des fraises. En pivotant sur moi-même, je vis que mes coudes l'étaient aussi. Ce n'était pas trop grave. Surtout, ça aurait pu être bien pire.

Qu'est-ce qui se passait pour Misha en ce moment ?

Des choses horribles, horribles.

Je n'arrivais pas à appréhender ce qui s'était passé. Ce n'était pas un cauchemar. C'était bien réel. Misha avait été enlevé, et si le démon ne savait pas qui ou ce que Misha était pour moi, il serait tué.

Ou bien Bael savait, et c'était la raison pour laquelle il avait emporté Misha ?

Dans ce cas, il y avait une chance qu'il garde mon Protecteur en vie. Il l'aurait alors forcément enlevé pour l'utiliser comme monnaie d'échange. C'était du moins ce que j'espérais, parce que cela signifiait qu'il y avait une chance de récupérer Misha.

La vapeur emplit la pièce et j'entrai dans la douche, sifflant lorsque l'eau chaude éclaboussa les parties à vif de ma peau. J'avais l'impression que le jet n'était qu'à quelques degrés de l'ébullition, et pourtant l'eau ne parvenait pas à atténuer le froid qui s'était installé au plus profond de mes os et de ma moelle.

Je me douchai à la hâte, en regardant le liquide sale tourbillonner autour de l'évacuation. Lorsque je sortis de la baignoire sur des jambes flageolantes, j'étais épuisée. Je ne perdis pas de temps à me regarder à nouveau pendant que je me séchais et que je passais les vêtements que j'avais apportés dans la salle de bains. Le legging s'avéra un peu difficile à enfiler sur ma peau encore humide, ce qui eut le don d'ajouter à ma frustration mêlée de colère. Le tee-shirt fut plus facile, Dieu merci, et quand je sortis de la salle de bains en furie, j'étais déjà en sueur. Je n'avais qu'une envie : m'allonger. Hélas, je n'en avais pas le loisir.

Nabot voletait près de mon lit alors que je me dirigeai à grands pas vers la porte de la chambre.

— Qu'est-ce que tu fais, Trinnie ?

— Je retourne en bas voir ce qu'ils font pour récupérer Misha, lui répondis-je en ouvrant la porte pour sortir dans le couloir silencieux.

Nabot me suivit jusqu'à la porte fermée du bureau au premier étage. Je frappai et la voix étouffée de Thierry me répondit. Poussant la porte, je découvris que tout le monde était encore là. Les Gardiens de DC avaient trouvé de quoi remplacer les tee-shirts ou chemises abîmés lors de leur transformation. Thierry était derrière son bureau et Matthew, appuyé contre le bord, avait l'air exténué.

Thierry n'eut pas l'air surpris de me voir entrer.

— Qu'est-ce qu'il y a, Trinity ?

— Je veux savoir comment nous allons secourir Misha, répondis-je, m'arrêtant derrière l'endroit où Nicolaï et Dez étaient assis.

Je ne regardai pas Zayne, je savais qu'il se tenait près de la fenêtre : j'avais choisi de garder mon regard fixé sur Thierry.

Il s’adossa contre le dossier de son fauteuil, qui grinça sous son poids.

— Nous enverrons des éclaireurs supplémentaires dans la matinée, m’informa-t-il.

— Et s’ils ne sont plus dans le coin ? demandai-je. Lors de leur première sortie, les éclaireurs n’ont repéré aucune trace de Misha ou du démon.

— C’est une bonne question, fit Nabot.

— Ça ne veut pas dire qu’ils ne se sont pas terrés quelque part, argua Matthew. Nous allons retourner le moindre mètre carré.

Ça ne me suffisait pas.

Je voulais que des gens y aillent là, maintenant, qu’ils partent le chercher.

— Vous savez ce que Misha représente pour moi, ajoutai-je, luttant pour garder une voix claire. Il est toujours en vie, mais plus on attend…

— Qu’est-ce qui te fait penser qu’il est toujours en vie ? intervint Zayne, attirant mon regard sur lui. J’espère qu’il l’est et ce serait une excellente nouvelle, Trinity, mais les démons ne gardent pas les Gardiens en vie à moins que…

Qu’ils ne veuillent d’abord jouer un peu avec leur proie ? terminai-je à sa place, le ventre tordu par la peur. Ou les utiliser pour attirer d’autres Gardiens ? Je sais ce que les démons font aux Gardiens.

— J’espère qu’ils ne sont pas en train de torturer Misha, chuchota Nabot. Il flippe quand il me sait dans les parages, mais je l’aime bien, ce gars.

Nicolaï se retourna face à moi.

— Je sais que ça peut être dur à entendre, mais la probabilité qu’il soit en vie…

— Il n’est pas mort, le coupai-je. Je le saur…

— On ne l’abandonne pas, reprit Thierry en m’interrompant. Nous allons partir le chercher quoi qu’il en soit.

Un « mais » flottait dans l’air entre nous. Un « mais » qui signifiait qu’ils le chercheraient, mais qu’ils ne mettraient pas en danger d'autres Gardien pour autant. « Mais », ça voulait dire qu'en fin de compte, Misha était remplaçable, parce que s'il était tué, le lien rompu entre nous serait réaffecté par mon père.

« Mais », ça voulait dire que Misha était comme mort.

— Nous rentrons demain matin chez nous, poursuivit Nicolaï. Nous le chercherons aussi à Washington.

— Ah oui, donc vous avez obtenu vos renforts et puis basta ? m'emportai-je, incapable de garder mon calme. Vous venez ici pour demander notre aide et une fois qu'on vous l'a donnée, vous vous défilez ?

— Bien dit, Trinnie ! lança Nabot, un poing en l'air.

— Trinity, gronda Thierry.

— En fait, non, nous n'avons pas reçu de renforts, intervint Zayne une fois de plus. Vu l'ampleur de cette attaque, il n'est pas question que la communauté se permette de nous céder des Gardiens fraîchement émoulus.

— Oh, zut, ça craint, grommelai-je, et il inclina la tête. Désolée pour vous.

— Waouh, murmura Nabot. Tu pourrais avoir l'air un peu plus convaincante.

Soudain, une évidence me frappa.

Si Zayne avait reconnu Bael, il y avait de fortes chances que ce démon emmène Misha à DC. Et vu qu'ils repartaient finalement sans renforts, ils avaient leur propre problème à régler : le problème de ce quelque chose qui tuait les démons et les Gardiens.

Je n'avais rien contre Zayne ou son clan, mais... je n'allais pas compter sur eux pour rechercher Misha, et je ne pouvais pas non plus aller à DC toute seule. Je n'y étais jamais allée, je n'aurais aucune idée de l'endroit où chercher. Ajoutez à l'équation mes problèmes de vue... Bref, j'aurais besoin d'aide.

— Je veux aller à DC, annonçai-je tout à trac.

Nabot hoqueta.

— Certainement pas, rétorqua Thierry en posant les mains sur le bureau. Pas question.

Sans réagir à sa réponse, je me tournai vers Nicolaï.

— Je peux vous aider.

Lorsqu'il croisa mon regard, il était évident que Nicolaï était mal à l'aise.

— Trinity, je sais que tu t'inquiètes pour Misha, mais...

— Oui, je suis inquiète pour lui. Il est comme un frère pour moi et je ne compte pas laisser les autres le chercher en me contentant de rester à l'abri ici, ajoutai-je, ignorant la façon dont la mâchoire de Thierry s'était crispée.

— Je sais que tu es entraînée et que tu peux te défendre, commença Zayne, qui s'éloigna de la fenêtre. Et je suis désolé de ce qui est arrivé à Misha. Nous allons le chercher. Je te le promets. Mais nous n'avons pas les ressources nécessaires pour faire du baby-sitting avec toi pendant que tu courras partout dans DC à sa recherche.

— Du « baby-sitting » ? répétai-je hilare, tout en serrant les poings. Tu es sérieux ?

Nabot porta les mains sur ses hanches.

— Oh non. J'en connais un qui est sur le point de recevoir une gifle.

— Je ne pense pas qu'il ait eu l'intention de s'exprimer ainsi, intervint Dez.

— En fait si, c'est exactement ce que je voulais dire, répliqua Zayne.

— Je ne t'ai pas demandé ton avis.

— Je te le donne quand même.

— Zayne aurait pu mieux le formuler, insista Dez, dont la voix s'éleva au-dessus de la nôtre. Mais il est vrai que nous avons un problème de taille à gérer chez nous et sans renforts...

— Sans renforts, vous et moi savons que vous ne vous mettrez pas en quatre pour rechercher Misha, or il y a de fortes chances que ce démon l'emmène à DC. Vous avez tous déclaré l'avoir vu là-bas. (Mon cœur se mit à battre la chamade alors que je me tournais vers Nicolaï, dont je devais obtenir l'accord, que ça me plaise ou non, pour les accompagner.) Vous avez un problème, et je peux vous aider mieux que n'importe quel Gardien.

Thierry commença à se lever.

— Trinity. Ne...

Derrière lui, Matthew posa une main sur son bras pour l'empêcher de continuer.

— Je n'ai pas le choix, lâchai-je dans un filet de voix. Je ne resterai pas sans rien faire pendant qu'il arrive quelque chose à Misha alors que je peux agir.

Nabot flotta vers le plafond.

— Oh non..., répéta-t-il. Oh non, Trinnie, qu'est-ce que tu vas faire ?

Ce que j'allais faire ? Leur montrer exactement comment je pouvais les aider.

Thierry vit le message écrit sur mon visage lorsque je fis un pas en arrière. Il leva les mains, comme s'il pouvait m'arrêter.

— Ton père...

— Je me fiche de ce qu'il pense. Tu ne peux pas m'en empêcher, Thierry. Et lui non plus. J'ai dix-huit ans et aucune loi ne supplante le fait que je suis une adulte, déclarai-je, accueillant la lueur chaude qui pétillait au fond de mon ventre. Je vous aime, je vous aime tous les deux, mais je dois faire quelque chose.

Puis je laissai la *grâce* prendre possession de moi.

19

Une puissance chaude et capiteuse alluma mes veines et les coins sombres de mon champ de vision, qui passèrent de l'obscurité à la lumière… et je vis le moment exact où ceux qui étaient présents dans la pièce comprirent que je n'étais pas qui ils pensaient. Pour une raison que je ne m'expliquais pas, je me concentrai sur Zayne.

Il écarquilla les yeux et recula d'un pas face à la lueur qui commençait à irradier de ma peau. Il décroisa les bras, qu'il garda ballants contre ses flancs.

— Quelle diablerie…, chuchota quelqu'un.

— Plutôt le contraire, corrigeai-je.

Et je tendis la main droite pour sentir le tourbillon de feu blanc jaillir et tourbillonner le long de mon bras, formant l'épée qui ressemblait d'ailleurs beaucoup à celle qu'avait tenue la statue de l'ange de combat.

— Oh pétard ! chuchota Nabot, quelque part au-dessus de moi.

L'épée était lourde et chaude dans ma paume, elle crachait ce feu à blanc, elle en dégoulinait. Je détournai mon regard de l'expression de stupéfaction qui s'était peinte sur le visage de Zayne pour observer celle des Gardiens plus anciens de DC. La lueur de ma *grâce* dansait sur leur visage.

— Je peux vous aider à vaincre la chose qui tue les Gardiens, annonçai-je, pleinement consciente du fait que Thierry et Matthew avaient l'air à deux doigts de la crise cardiaque. Cette épée peut découper un Gardien entièrement transformé en un battement de cils, sans rien laisser derrière. Idem pour un démon, n'importe quel démon.

Je levai l'épée, l'amenai près de ma poitrine, ce qui fit sursauter les deux Gardiens. Je tournai la tête vers l'endroit où se tenait Zayne.

— Donc, comme tu peux le voir, je n'ai pas besoin d'une baby-sitter. Vous, en revanche, vous avez tous besoin de moi.

— Ça suffit, gronda Thierry d'une voix lasse en se rasseyant sur son fauteuil.

— Ah oui ? lançai-je, défiante, en balayant la pièce du regard. Parce que je veux juste m'assurer que tout le monde ici prend bien conscience du fait que je ne suis pas un fardeau. Je suis un atout.

— Je suis sûr que tout le monde ici s'en rend compte, maintenant, lâcha Matthew avec un soupir. S'il te plaît, Trinity, range tout ça. Je crois que tu commences à leur faire peur.

Tout sourire, je pris une grande inspiration et forçai mes muscles à se détendre. Le feu blanc qui entourait l'épée flamboya de plus belle, puis il s'éteignit et l'épée s'effondra sur elle-même pour ne laisser qu'un fin scintillement doré qui s'évapora avant de toucher le sol. Je déterminai le moment exact où ils ne pouvaient plus voir ce qui existait en moi, lorsque les coins de ma vision retournèrent à leur obscurité vague et boueuse.

Pour refouler le picotement généralisé de ma peau, je croisai les bras et levai le menton.

— Vous m'aidez à trouver Misha et je vous aide à régler votre problème.

— Quoi... ?

Zayne s'éclaircit la gorge et, quand je le regardai, je sus au plus profond de moi qu'il n'avait jamais soupçonné ce que j'étais. Personne ne pouvait simuler un choc tel que celui qui était peint sur son visage. Ça ne voulait pas dire que je leur faisais entièrement confiance, tous autant qu'ils étaient, mais au moins j'avais la certitude qu'il n'était pas au courant avant.

— Qui es-tu ?

— C'est une Légitime, répondit Thierry, sur le ton le plus las que j'aie jamais entendu de sa bouche. À moitié humaine...

Nicolaï fixait sur moi ses yeux écarquillés, emplis d'un mélange d'étonnement et... d'autre chose, quelque chose de bien plus puissant. La peur.

— À moitié ange ? termina-t-il. Tu es une nephilim.

— Je préfère qu'on m'appelle Légitime, précisai-je. Nephilim est tellement... démodé.

Nabot ricana, me rappelant sa présence dans la pièce.

Zayne tendit la main pour agripper le dossier d'une chaise vide.

— Comment ? Comment est-ce possible ? Je pensais que...

— Tu pensais que tous les Légitimes avaient disparu ? Chassés jusqu'à extinction par les démons et les Gardiens ? Qu'ils n'étaient plus que des mythes et des légendes ? répondit Matthew à sa place. C'est vrai.

— Pourtant... pourtant elle se tient juste là. (Zayne fit un pas vers moi et s'arrêta net.) Comment ?

— Elle est la dernière de son espèce, expliqua Matthew. Et nous avons été chargés de la garder cachée et en sécurité dans notre communauté depuis qu'elle est toute petite. C'est grâce à cela qu'elle a tenu aussi longtemps.

— Ce n'est pas la seule raison, intervins-je.

Sentant une chaleur humide couler de mon nez, je l'essuyai d'un revers de la main. Quand je baissai les yeux, mon doigt était couvert de sang. Je soupirai.

— C'est pour ça que j'ai été entraînée, terminai-je.

— Et... on te garde juste ici ? demanda Zayne.

Je haussai les épaules alors que Matthew s'avançait vers moi en sortant un mouchoir de sa poche.

— Jusqu'à ce que mon père me convoque. Pour la fin des temps, je suppose, ou quelque chose comme ça. Mais si je suis restée saine et sauve, c'est aussi grâce à Misha.

Matthew leva lentement la main, s'assurant que je l'avais vu avant de tamponner le mouchoir sous mon nez.

— Oh, Trinity, murmura-t-il en me tendant le tissu.

— Pourquoi est-ce qu'elle saigne ? voulut savoir Zayne.

— C'est la *grâce*, répondit Matthew en se reculant. Elle a toujours eu des saignements de nez après et ils l'affaiblissent. Trinity est peut-être un mythe vivant, il n'empêche qu'elle reste à moitié humaine. Utiliser la *grâce* est pénible pour son côté humain. On ne tardera pas à la retrouver endormie quelque part.

Je souris un peu, parce qu'à l'entendre me décrire, on aurait pu croire que j'étais une gamine épuisée à force de jouer.

— Je pense connaître le rôle de Misha dans tout ça, intervint Dez, qui parlait pour la première fois depuis que j'avais décidé de faire mon *coming out*. Si je me souviens bien, quand il y avait beaucoup plus de Légitimes, chacun était... lié à un Gardien. Dont la force aide... comment le formuler ? À annuler certaines des faiblesses des humains ? Et vice versa ? Le côté angélique alimente le Gardien, le rend plus fort et plus rapide ?

Je hochai la tête.

— Misha est mon Protecteur. Si vous m'emmenez et que vous m'aidez à le chercher, je vous aiderai à résoudre votre problème. Je resterai avec vous aussi longtemps qu'il le faudra, même après avoir retrouvé Misha.

— C'est comme ça que tu sais qu'il n'est pas mort, comprit Zayne. Parce que tu es liée à lui ?

Je portai le poing à ma poitrine, froissant le mouchoir dans ma main.

— Oui. Je le sentirais. Or je ne l'ai pas senti. Pas encore. Tant que je ne l'aurai pas senti, je ne peux pas renoncer à lui. Pas question. Tu le ferais, toi ?

Un muscle se contracta le long de la mâchoire de Zayne, qui détourna le regard.

— Incroyable, murmura Nicolaï. Qui est au courant de ce qu'elle est ?

— Très peu de gens, répondit Matthew en se laissant tomber sur le siège inoccupé. Si cela se savait, les démons essaieraient de franchir ces murs tous les jours pour l'atteindre. Les démons pensent qu'elle est humaine, sauf s'ils sentent son sang.

— C'est pour ça que vous avez tous réagi comme vous l'avez fait à son sang, conclut Zayne avant de jurer tout bas. S'ils le sentent, il leur indiquera qu'elle est à moitié ange, c'est ça ? Bon Dieu. Ils ne pourraient pas s'empêcher de s'en prendre à elle. Elle est la chose la plus proche du paradis qu'ils pourront jamais atteindre.

— Ouais, et ils ont tendance à me trouver miam-miam, dis-je en frissonnant. Les démons croient que s'ils consomment un Légitime, ils pourront entrer au paradis.

— Par l'enfer, chuchota Dez. Et c'est vrai ?

— On n'en a aucune idée, admit Matthew. Mais les démons y croient, et tant qu'ils y croiront, ce sera une menace.

— Et ce n'est pas la seule, ajouta Thierry. Le sang, les os, les cheveux et même les muscles des Légitimes sont convoités pour la confection des incantations et des sorts. Chaque partie de son corps est considérée comme précieuse sur le marché noir.

Le marché noir était un peu comme celui des donneurs d'organes... à la différence qu'il était fréquenté par des sorcières, des démons et tout un tas de méchants surnaturels.

— Je suis spéciale, conclus-je dans un nouveau haussement d'épaules. Très spéciale.

Zayne me dévisageait, ouvrant la bouche, puis la refermant.

— C'est pour ça que tu peux voir les fantômes ? demanda Nicolaï.

Nabot poussa un soupir théâtral depuis sa position près du ventilateur au plafond.

— Ah bon, maintenant ça intéresse les gens qui peut me voir ou pas ?

Je secouai la tête à son intention avant de répondre à Nicolaï.

— Oui, c'est parce que les anges peuvent voir les esprits et l'âme de ceux qui sont morts. Et les autres humains qui peuvent le faire, c'est qu'ils ont du sang angélique dilué. Probablement d'une arrière-arrière-arrière-grand-mère d'il y a mille ans, qui a un peu fricoté avec un ange.

— Il va sans dire que vous ne devez répéter à personne ce qu'est Trinity, pas même à vos autres compagnons de clan, reprit Thierry, et quelque chose se dessina sur le visage de Zayne, comme s'il assemblait un puzzle dans sa tête et qu'il venait de trouver la pièce manquante. Nous avons été chargés de la garder en sécurité jusqu'à ce qu'on ait besoin d'elle…

— Et on a besoin de moi maintenant, dis-je à Thierry.

— Je sais que Misha est comme un frère pour toi, mais tu ne peux pas t'exposer aux démons, tenta-t-il à nouveau de me convaincre d'une voix douce. Te lancer à sa poursuite est un risque qu'il ne voudrait même pas te voir prendre, sans compter que ce pourrait être un piège.

— Je m'en fiche. J'aurais pu arrêter ce démon. J'aurais dû utiliser ma *grâce* pour le faire, mais je ne l'ai pas fait. Je peux la contrôler. Tu le sais. Je ne peux pas rester sans rien faire, Thierry. Je suis désolée. Et si tu me l'interdis ou que tu leur interdis de m'aider, je te jure devant Dieu que je partirai toute seule. Tu ne pourras pas m'en empêcher. Tu le sais bien.

Oui, Thierry le savait.

Il s'adossa contre son dossier et se passa une main sur le visage en secouant lentement la tête.

— Ça devait arriver, lui dit Matthew. Nous le savions au fond de nous. Elle a raison. Nous ne pouvons pas l'arrêter. Seul son père le peut.

— Qui est son père ? demanda Zayne.

— Tu ne veux pas le savoir, marmonna Thierry à voix basse, et je ricanai.

Non, vraiment, mieux valait qu'ils ne se sachent pas. Thierry releva la tête en laissant tomber sa main.

— Trinity est une arme, et quel que soit le problème que vous rencontrez à DC, elle pourra vous aider. C'est vrai. Mais vous, êtes-vous prêts à l'aider ?

J'en eus le souffle coupé quand je compris ce qui était en train de se produire.

Thierry était sur le point de céder. Putain de merde, il cédait !

Ce fut Zayne qui répondit, à ma grande surprise.

— Oui. Oui, nous l'aiderons. Tu as raison, ajouta-t-il ensuite à mon intention. Je ne pourrais pas non plus me défiler si c'était quelqu'un que je connaissais et à qui je tenais. Donc, je comprends. Je te comprends.

Un peu mal à l'aise d'avoir douté de lui, je baissai le menton.

— Merci.

Le regard de Nicolaï passa de moi à Zayne, puis se posa sur Thierry.

— Oui, nous l'aiderons.

Je faillis m'évanouir. Une partie de moi ne parvenait pas à croire que c'était vraiment en train de se produire. Ils allaient m'aider à trouver Misha et moi... je quittais la communauté, je la quittais vraiment, pour la première fois depuis que j'étais petite. On s'en allait demain matin et je devais faire mes bagages.

J'étais encore stupéfaite quand Nabot prit la parole.

— Je viens avec toi.

Surprise par cette déclaration, j'en oubliai que j'étais entourée d'autres personnes lorsque je me tournai vers lui.

— Quoi ?

Nabot était complètement matérialisé, les yeux écarquillés.

— Je viens avec toi. À Washington DC.

— Mais tu n'as pas quitté la communauté depuis que tu y es arrivé avec moi.

— À qui… à qui parle-t-elle ? demanda Dez.

— Probablement à Nabot, répondit Thierry dans un soupir. C'est un fantôme.

— Vous avez un fantôme ici ?

La voix de Nicolaï était étrangement aiguë.

— Oui, répondit Matthew. Apparemment, il l'a suivie jusqu'ici il y a une dizaine d'années…

Pendant que Matthew expliquait qui et ce qu'était Nabot, je me concentrai sur mon colocataire fantôme.

— Tu es sûr ?

Il hocha la tête.

— Oui. Certain. Si tu pars, je te suis.

— Mais je reviendrai, lui dis-je.

Un air de doute traversa son visage blême.

— Si tu pars, je viens avec toi. N'essaie même pas de discuter. Tu sais que c'est inutile. Je te suivrai de toute façon, et je te hanterai. Tu le sais.

Je le savais. Il en était absolument capable.

— OK, repris-je, m'adressant à tout le monde. Eh bien, apparemment, vous avez droit à un spécial deux pour le prix d'un. Nabot vient avec moi.

Dire au revoir à Jada et Ty le lendemain matin fut encore plus difficile que je ne l'avais imaginé, même si c'était temporaire.

— J'aurais aimé qu'on vienne avec toi, dit Jada, dont les beaux yeux bleu vif brillaient. Je vais être tellement stressée, coincée ici en te sachant dehors.

— Ne le sois pas, répondis-je en lui serrant les mains. Tu sais que je suis capable de prendre soin de moi, et puis je ne serai pas seule.

— Je sais, mais on ne va pas moins s'inquiéter pour autant.

Ty s'approcha et posa une main sur mon épaule.

— Tu promets de nous appeler tous les jours ?

Je hochai la tête.

— Bien sûr.

— FaceTime, ordonna Jada. Tu dois nous appeler en FaceTime même si je sais que tu détestes ça.

— Je le ferai, même si je déteste ça, promis-je en riant. Je ne serai pas absente bien longtemps et je serai de retour avant que vous ayez eu le temps de vous ennuyer de moi. Avec Misha.

Jada exerça une pression sur mes mains.

— Oui. Avec Misha.

Jada et Ty restèrent à mes côtés pendant que je finissais mes bagages, opération qui consista à jeter tous les leggings, les hauts, ainsi que quelques pulls légers que pouvait contenir une valise surdimensionnée. On était juste au début de l'été, donc je me disais qu'il pourrait encore y avoir des nuits fraîches. Sur la suggestion de Jada, j'ajoutai quelques jeans. Après leur départ, je fourrai tous les sous-vêtements et les soutiens-gorge que je possédais dans une petite valise, car en réalité, je ne savais vraiment pas combien de temps j'allais rester. J'essayais d'être optimiste, mais même avec l'aide du clan de DC, je comprenais bien que je n'allais pas retrouver Misha sitôt débarquée là-bas, et ça, c'était si…

— Arrête, chuchotai-je en fermant les yeux.

Misha était toujours en vie, et il le resterait. Je refusais de croire autre chose.

Je rouvris les yeux et fermai le sac, puis je pris mon ordinateur portable, que je glissai dans un cabas avec mes lunettes et la sacoche contenant mes lames. Puis j'allai à ma table de chevet et je pris la photo de ma mère ainsi que son livre de poche. Avec soin, je les rangeai dans un autre tote bag, entre les pulls qui ne rentraient pas dans la valise pour qu'ils soient protégés. Je passai ma chambre en revue, à l'affût de tout ce dont je pourrais avoir besoin quand on frappa à ma porte. Je me tournai et découvris Zayne.

Un mélange d'émotions m'envahit quand je le vis. La suspicion persistait vaguement, mais éclipsée par l'excitation et quelque chose de plus acéré, de plus lourd.

— Je peux entrer ?

Je hochai la tête.

— J'ai presque fini. Je vérifiais juste que je n'avais rien oublié.

— C'est bon. On a le temps. (Zayne s'assit sur le bord de mon lit, son regard bleu pâle fixé sur moi.) Je n'ai pas bien dormi la nuit dernière. Je suis sûr que toi non plus.

— J'ai dû fermer les yeux à peu près une heure.

Mes doigts s'attardèrent sur la sangle de mon cabas.

Il avait l'air fatigué. De légères ombres s'étaient formées sous ses yeux.

— Nicolaï, Dez et moi, on est restés debout, à discuter de la façon dont on allait mener ces recherches avec toi sans que le reste du clan le sache.

Je m'assis à côté de lui et posai le tote bag sur le plancher.

— Alors, quel est le plan ?

— Garder le secret sur ce que tu es sera trop difficile sur le camp, répondit-il en se grattant le crâne, et je remarquai ses cheveux en bataille. Ça va déjà être assez difficile d'expliquer ta présence en ville, mais puisque je… je ne vis plus au camp depuis plusieurs mois maintenant, on a pensé que ce serait mieux si tu venais habiter chez moi.

Je lâchai un hoquet, non parce que j'allais vivre seule avec lui – ce qui était déjà un gros, gros truc – mais plutôt d'apprendre qu'il vivait seul.

— Quoi ?! Tu ne vis pas dans le complexe commun ?

— Non.

— Pourquoi ? C'est dangereux d'être seul. Les démons peuvent sentir ce que tu es, dis-je, enfilant ma casquette de Monsieur La Palisse.

— Mon appartement se trouve dans un quartier tranquille et, jusqu'à présent, relativement peu fréquenté par les démons, répondit-il en souriant. Ce sera plus facile et, avec un peu de chance, ça permettra de retarder l'explication de ta présence.

— Mais comment est-ce qu'on va retarder ça ? Si on cherche à retrouver Misha et à régler ce truc qui vous pose souci, le clan entier sera impliqué, non ?

Il inclina son corps vers moi.

— Le clan entier ne peut pas être impliqué dans la recherche de Misha. Pas si on veut cacher ce que tu es. Dez va nous aider, mais ce sera surtout toi et moi. C'est la meilleure option.

Je réfléchis. Je n'avais pas vraiment le choix, en plus c'était logique.

— OK. Ça va marcher. (Voyant que Zayne ne répondait pas, je le regardai. Il avait les yeux rivés sur moi.) Quoi ?

— Maintenant je sais pourquoi je trouvais que tu sentais la crème glacée.

Je rougis.

— C'était un hasard.

Un rapide sourire apparut, puis disparut sur ses lèvres.

— Tu dois savoir que le paradis a une odeur, non ? Que pour chacun elle est différente, mais c'est toujours quelque chose qu'on apprécie ou qui nous procure une sensation de bien-être. Mon truc préféré, c'est la crème glacée.

— Ah bon ?

— Tu as l'air bien surprise.

— Ben… oui. Je ne sais pas. J'imaginais que ton plat préféré, c'était plutôt un bon steak avec des pommes de terre.

— Disons que ça viendrait en second, répondit-il. En tout cas, maintenant je comprends pourquoi j'ai senti cette odeur sur toi quand tu as été blessée.

— C'était mon sang, terminai-je à sa place. Je ne savais pas. Je veux dire, je savais que les démons pouvaient le sentir.

— Mais tu ne savais pas que la lumière aussi a une odeur ?

Je secouai la tête, en songeant que je n'avais jamais rien senti, toutes les fois où j'avais vu la lumière.

— Et tu sais ça comment ?

— Chaque fois que les Alphas viennent nous voir, il y a toujours une lumière épaisse et dorée qui arrive en premier. Je ne suis même pas sûr que ce soit de la lumière, parce que ça m'évoque un liquide. Chaque fois que je me suis trouvé en leur présence, j'ai senti cette odeur. (Il secoua la tête.) Tant de choses prennent sens maintenant, j'ai presque du mal à comprendre comment je ne l'avais pas pigé avant.

— Mais comment tu aurais pu ? Les Légitimes sont considérés comme des créatures du passé. (Je posai les mains sur mes cuisses.) Je ne veux pas que tu me traites différemment maintenant que tu sais ce que je suis.

Zayne rit tout bas.

— Je ne suis pas sûr de pouvoir y arriver.

— Pourquoi ?

— Parce que je sais ce que tu es, Trinity.

— Et alors ?

— Et alors ? répéta-t-il en souriant de nouveau. Tu y es allée mollo avec moi, le jour de l'entraînement ?

Flattée par sa question, je ne cherchai même pas à masquer mon large sourire. J'étais trop fatiguée.

— En fait, non. Tu es vraiment bon, c'est juste que je suis…

— Meilleure ?

Je rigolai sous cape.

— Ne laisse pas ce constat te saper trop le moral. Même Misha… (Je pris une brusque inspiration et j'essayai à nouveau.) Même lui ne peut pas prendre le dessus sur moi.

Son regard passa sur mon visage.

— Je ne sais pas ce que c'est que d'être lié à quelqu'un à qui on tient, en revanche je sais ce que c'est de grandir avec quelqu'un et de le voir disparaître de ta vie.

— Ah oui ?

Zayne hocha la tête.

— Pas pour les mêmes raisons. Rien de semblable à ce que tu vis, n'empêche que c'est dur de côtoyer quelqu'un presque tous les jours, et puis de ne plus le voir faire partie de ta vie sans... sans avoir la moindre idée de ce qu'est devenue la sienne.

Je brûlais de le pousser à en révéler plus, mais il se leva du lit.

— Prête ? demanda-t-il doucement en me tendant la main.

Je me détournai pour jeter un dernier coup d'œil à ma chambre – le lit, les étoiles accrochées au plafond, le bureau que j'utilisais rarement et la chaise dans le coin. Un brusque sentiment d'incertitude m'envahit. J'avais dit à Jada et Ty que je ne m'absentais pas longtemps, mais en regardant ma chambre, je ne pouvais m'empêcher de penser que c'était la dernière fois que je voyais cette pièce, que je partais et ne reviendrais pas.

Déstabilisée, je plaçai ma main dans celle de Zayne. Une secousse électrique dansa sur mes doigts lorsqu'ils se refermèrent autour des siens.

— Prête.

20

En raison du manque de sommeil et du départ tardif, parce que je devais m'assurer que Nabot était avec nous – et il l'était – et parce que Thierry et Matthew m'avaient traitée comme sans doute le font des parents lorsque leur enfant partait pour l'université, je finis par m'endormir trente minutes après le début du trajet. Après avoir vainement essayé de lutter contre le ronronnement de berceuse émis par le SUV et la tranquillité qui régnait à l'intérieur de la voiture – car notre destination était un endroit où je n'étais jamais allée et que je voulais tout voir –, je perdis la bataille.

Trinity ?

Je fronçai les sourcils au son de mon prénom à travers les couches du sommeil. Je ne réagis pas, mon lit était trop douillet. Je me recroquevillai, et mon... mon lit bougea légèrement sous moi. Bizarre.

— Trinity ? répéta la voix, et les toiles d'araignée du sommeil commencèrent à se dissiper. On est arrivés.

Quelque chose toucha ma joue, attrapa les mèches de cheveux tombées là et les passa derrière mon oreille. Je tapai sur la main mais ne touchai que mon visage. Puis mon lit gloussa.

Il *glousssa*.

Les lits ne faisaient pas ça.

— Tu dors comme une morte. (Une main me prit à l'épaule et me secoua doucement.) Allons, Trinity, réveille-toi, on est arrivés.

On est arrivés.

Les trois mots traversèrent la brume du sommeil. Mes yeux s'ouvrirent brusquement et, quand ma vision s'adapta enfin à la pénombre de l'habitacle, je découvris une jambe vêtue d'un jean sombre – une cuisse en fait.

Oh, mon Dieu ! Niveau maxi du c'est quoi ce bordel.

Je me redressai brusquement et tournai des yeux ronds vers Zayne, qu'apparemment j'avais utilisé comme oreiller.

— C'est gentil de te joindre enfin à moi. Je commençais à m'inquiéter, dit-il avec son demi-sourire taquin. Surtout quand tu t'es mise à baver.

Je sortis du brouillard.

— Baver ?

Une chaleur s'immisça dans ses yeux de glace.

— Juste un peu.

— N'importe quoi.

Mais je me hâtai de m'essuyer la bouche du revers de la main.

Qui revint humide.

— Ducon, marmonnai-je.

Il s'esclaffa et puis fit un signe de tête vers l'avant de la voiture. Où Dez et Nicolaï nous observaient depuis leurs sièges.

— Salut, dit Dez, tout sourire.

— Salut, grommelai-je, sentant mon visage s'échauffer. Alors, on est arrivés ? (Dez hocha la tête.) Parfait.

Je trouvai la poignée de la portière que je tirai, pour constater qu'elle était verrouillée. Je poussai un gros soupir et j'attendis que Dez déverrouille. Puis je fus libre. Je sortis de la voiture, prête à voir Washington, DC pour la toute première fois et je vis…

Rien, que l'obscurité.

Qu'est-ce que… ? Je me retournai. Je m'attendais à voir le Washington Monument, des bâtiments, des gens, et, si j'entendais bel et bien des klaxons, je ne voyais…

Minute. Nous étions dans un parking, près d'une série d'ascenseurs. Pff.

En un clin d'œil, les gars étaient sortis et déchargeaient ma valise, mon cabas… et Nabot, qui était assis sur ma valise, à l'insu de Zayne.

Je clignai lentement des yeux. Le sourire de Nabot était si large qu'il avait l'air un peu cinglé alors que Zayne prenait ma valise par la poignée et la faisait rouler, avec Nabot, jusqu'à l'endroit où je me tenais.

— Ça va ? demanda Zayne.

Nabot lâcha un gloussement assez flippant.

— Ouais, je suis… encore un peu dans les vapes.

Zayne s'arrêta, son regard passa de moi à la valise.

— C'est le fantôme ?

— Eh ouais, lâchai-je avec désinvolture.

Nabot tapa dans ses mains comme un petit phoque tout content.

— Vaut mieux que je n'en sache pas plus ? demanda Zayne.

— Vaut mieux confirmai-je.

J'allai à l'arrière du SUV, dont je sortis mon sac fourre-tout. On prit congé de Dez et Nicolaï, puis je suivis Zayne jusqu'aux portes de l'ascenseur. Il appuya sur le dernier bouton et entra un code. Je ne vis pas à quel étage correspondait ce bouton, mais vu le « ploc » dans mes oreilles à la moitié du trajet, j'en déduisis qu'on montait haut. Le trajet fut fluide et rapide et, lorsque l'ascenseur s'arrêta, les portes s'ouvrirent pour révéler une immense pièce baignée par la lumière du soleil qui entrait par une baie aux vitres sans doute teintées, car je ne fus pas complètement aveuglée.

Nabot sauta de la valise.

— Je pars enquêter !

Je m'abstins de tout commentaire et il disparut dans un clignement d'yeux.

— Viens.

Zayne me tint les portes et j'entrai avec une certaine méfiance. Plus je regardais autour de moi, plus j'étais… perplexe.

Les sols étaient en béton brut, les plafonds hauts dotés de grands ventilateurs qui tournaient lentement. À ma gauche, il y avait un coin cuisine. Une rangée de placards blancs séparés par une cuisinière à gaz et une hotte d'extraction en acier inoxydable. Il y avait un long îlot rectangulaire, assez grand pour accueillir plusieurs personnes, mais seulement deux tabourets de métal noir, d'apparence robuste, sur un côté. De l'autre côté de la cuisine, un grand canapé modulable, assez large pour que deux Gardiens puissent s'y allonger côte à côte, en face d'un grand téléviseur. À gauche de ce dernier se trouvait un espace ouvert. Je distinguais un punching-ball et ce qui ressemblait à des tapis bleus posés contre le mur, du genre de ceux que l'on trouvait dans les centres d'entraînement chez nous. Au-delà, plusieurs portes fermées et… c'était tout.

Le tout dans un style très industriel, très dépouillé.

— Tu es sûr que tu habites ici ? demandai-je, toujours surprise que Zayne vive seul.

C'était plus qu'inhabituel.

Il me jeta un long regard de biais.

— Oui. Pourquoi ?

— Cet endroit ne donne pas l'impression que quelqu'un y vit.

Je posai mon tote bag sur l'îlot.

— Il y a tout ce dont j'ai besoin.

Il se dirigea vers le réfrigérateur, ouvrit la porte et en sortit deux bouteilles d'eau. Il en posa une sur le plan de travail, puis il attrapa ma valise, qu'il fit rouler derrière lui.

— Suis-moi.

J'embarquai la bouteille d'eau et le suivis à travers la vaste pièce, à la recherche de détails prouvant qu'il vivait bel et bien ici. Comme une paire de chaussures abandonnée, un magazine ou une canette de soda à moitié bue. Il n'y avait rien.

— Voici l'une des salles de bains. Mais qui n'a pas de douche. Et là, c'est la chambre à coucher, ajouta-t-il en désignant d'un geste du menton la porte du milieu sur notre droite.

Il l'ouvrit et alluma une lumière. Mon regard passa des immenses baies vitrées, garnies de stores occultants, au grand lit central, à côté de la table de nuit. Il n'y avait rien d'autre dans la chambre. Pas d'armoire. Pas de télévision. Pas même un tapis au sol.

Passant devant moi, Zayne ouvrit une porte, révélant une autre salle de bains alors que j'étais toujours figée à l'entrée de la chambre.

— C'est la salle de bains principale. Qui a une douche et une baignoire.

Le plastique de la bouteille d'eau se froissa sous mes doigts tandis que je fixais le lit – le seul lit visible dans tout cet appartement. Comment notre cohabitation allait-elle se passer ? Allions-nous partager un lit ? Une chaleur inconfortable envahit mon corps à cette idée.

Je secouai la tête, parce qu'il n'y avait aucune chance que Zayne ait envisagé un tel scénario. On parlait du type qui s'était écarté de moi quand je l'avais embrassé, et me dire que j'étais belle et que je lui évoquais une déesse n'effaçait pas cette réaction-là.

J'entrai dans la chambre, en passant devant Zayne. Que je ne voie pas Nabot ne voulait pas dire qu'il n'était pas là. Je me dirigeai vers les fenêtres. Plus je m'approchais, plus la luminosité était intense, mais je risquai quand même un œil dehors : de l'autre côté de la rue se dressaient des bâtiments de brique. Je baissai les yeux et constatai que j'avais eu raison dans mon intuition : nous étions effectivement à un étage élevé. Tout ce qui se trouvait au niveau du sol se résumait à une série de taches en mouvement.

Je me détournai des fenêtres pour faire face à Zayne.

— Bon, qu'est-ce qu'on fait maintenant ?

— On se repose, répondit-il. Tu prends le lit et moi le canapé.

Je le suivis des yeux tandis qu'il ouvrait un placard à linge et en sortait un oreiller et une fine couverture.

— On ne devrait pas commencer à chercher Misha ?

— Si tu connais un peu les démons, tu sais qu'ils ne sont pas très actifs l'après-midi.

Il jeta la couverture sur le dossier du canapé.

— Mais ça ne veut pas dire qu'on ne peut pas commencer à les pister.

— Non, en effet, concéda-t-il. Sauf que tu n'as dormi qu'une heure la nuit dernière, plus une autre sur le trajet jusqu'ici.

— Ça va. Je suis bien réveillée.

Ce n'était pas tout à fait faux. Si je m'allongeais, je me rendormirais probablement, mais je voulais me mettre en mouvement.

Et voir la ville.

— J'ai aussi à peine dormi la nuit dernière et, contrairement à toi, je n'avais pas de jambe confortable pour faire la sieste dans la voiture, me rappela-t-il en jetant l'oreiller sur le canapé. Tu peux t'asseoir quelque part et te détendre pendant les deux prochaines heures ou tu peux être intelligente et te reposer vraiment.

— Ou alors, tu peux te reposer et moi, je commence à chercher Misha…

— Le chercher où ? me coupa Zayne, planté face à moi, la mine perplexe. Tu as une idée de la taille de cette ville ? Tu sais combien de personnes y vivent ? Combien de personnes travaillent ici sans y vivre ? Tu sais où traînent les démons ? Où tu as des chances d'en croiser ?

Les questions fusaient à un rythme soutenu.

— Eh bien, non, mais…

— Il n'y a pas de mais, Trinity. Tu ne sais pas où aller. (Il se passa une main dans les cheveux, puis s'agrippa la nuque.) Écoute, j'ai dit que je t'aiderais à chercher Misha, et je le ferai. Je ne fais pas de promesses sans les tenir, seulement on va agir intelligemment. On ne sait pas si le démon qui a enlevé Misha sait ce que tu es, mais le cas échéant, il va te chercher.

— Bien, rétorquai-je sèchement. Ça rend mon travail d'autant plus facile, parce que cette fois, je vais utiliser ma *grâce*.

— Tu ne quitteras pas cet endroit sans moi, et si tu essaies, je le saurai.

J'écarquillai les yeux.

— Je suis prisonnière, maintenant ?

— Tu es une invitée qui fera preuve de bon sens, nuança-t-il. Donc, tu peux au choix : te sentir prisonnière, ou te sentir comme une invitée bien reposée. Dans tous les cas, moi, je vais dormir, parce que j'ai besoin de sommeil avant de me lancer dans ce que nous allons faire ce soir.

Frustrée, je croisai les bras.

— Et on va faire quoi ? Essayer des coiffures et des masques de beauté ?

— Oh, tu veux bien me tresser les cheveux ?

Il baissa la main et serra le poing contre son flanc. Il avait l'air de vouloir m'étrangler, et je savais que je me montrais pénible, mais un démon tenait Misha et moi, j'étais censée faire une petite sieste en plein après-midi ?

— Tu sais ce que ça fait de savoir que quelqu'un est en danger et de rester sans rien faire ? demandai-je, sentant ma gorge se contracter. Tu le sais ?

L'expression de Zayne s'adoucit et il s'approcha de moi.

— Oui, je le sais, Trinity. Je sais ce que c'est que d'être forcé de regarder quelqu'un que tu aimes se faire blesser et d'être complètement incapable de l'empêcher.

Je fermai la bouche, car ses mots venaient de s'immiscer dans mon irritation.

— On pourrait croire qu'on se connaît, toi et moi, et je sais que tu as entendu des choses sur moi, mais tu ne me connais pas. Tu ne sais pas ce que j'ai vécu et ce que je n'ai pas vécu, poursuivit-il. Pas plus que je ne sais tout ce que tu as traversé. Ce que je sais de toi, en revanche, c'est que tu es forte et dure au mal, et que tu es loyale. Et je sais aussi que tu es assez intelligente pour comprendre que nous devons tous les deux être bien reposés pour être prêts à tout.

Je pris une inspiration entrecoupée d'un hoquet, fermant les yeux pour éviter la soudaine brûlure des larmes.

— Tu as raison, admis-je en les ravalant. Et je suis… je suis désolée. C'est juste que…

— Tu es inquiète.

Sa voix était plus proche et, quand j'ouvris les yeux, il était à moins d'un pas de moi. Je n'avais aucune idée de la façon dont il s'y prenait pour se déplacer aussi silencieusement. Je le vis lever la main et attraper une mèche de mes cheveux, retombée sur mon visage. Et quand il la glissa derrière mon oreille, sa main s'attarda.

— Je comprends, Trinity. Je t'assure que je comprends.

Mon corps prit le contrôle. Fermant les yeux, je pressai ma joue contre sa paume chaude. Je ne devais pas me comporter ainsi, je le savais, mais son contact avait quelque chose d'apaisant, de réconfortant. Comme s'il avait été fait simplement pour ça, et c'était une bien étrange sensation.

— Tu es fatiguée, reprit-il. Repose-toi juste une heure ou deux.

— J'ai l'air si mal en point ? demandai-je.

— Non. Tu es parfaite.

J'ouvris les yeux et mon regard se retrouva capturé par le sien. Une expression possessive et sombre à la fois traversa son visage avant qu'il retire sa main et recule d'un pas.

Mal à l'aise, je croisai les bras.

— OK. Donc, on dort et ensuite… ?

— Je connais une personne, et je n'en reviens pas d'envisager ça, mais si quelqu'un sait où Bael peut se trouver, c'est bien lui. Il devrait être dans le coin ce soir. Il n'est pas du genre à avoir des horaires normaux.

— Qui est-ce ? Un autre Gardien ?

Zayne rit à nouveau, mais sans beaucoup d'humour.

— Non. Ce n'est pas un Gardien. C'est probablement le plus grand emmerdeur qui ait jamais existé. (Il marqua une pause.) Ce qui veut dire que tu vas probablement bien t'entendre avec lui.

21

Je me réveillai avec un hoquet, me redressai brusquement et me retrouvai face à face avec Nabot…

Qui me soufflait sur le visage.

— Qu'est-ce que tu fabriques ? demandai-je, le cœur battant.

— Je m'assure que tu n'es pas morte, répondit-il avant de flotter vers l'autre côté du lit. Et devine quoi ?

— Quoi ?

Alors que j'écartais une mèche de cheveux de mon visage, un poids inconnu se posa sur mes épaules. Et cette sensation, je savais ce qu'elle signifiait.

— Des démons, murmurai-je, en rabattant l'épaisse couverture pour jeter les jambes hors du lit. Il y a des démons dans le coin.

— Quoi ? couina Nabot.

Je sautai au bas du lit, courus vers la porte de la chambre et l'ouvris à la volée. Mes pieds nus glissèrent sur le sol frais en ciment tandis que je scrutais la pièce en quête de Zayne. Je me précipitai vers la silhouette grande et immobile que je repérai sur le canapé.

Zayne était endormi sur le dos, la tête tournée vers le dossier du canapé. Il avait un bras sous la nuque et son autre main reposait en un poing lâche sur son torse.

Son torse nu.

La couverture grise s'était repliée au niveau de ses hanches minces et j'espérais vraiment qu'il n'était pas complètement nu là-dessous. Sans doute pas, étant donné que j'étais là, mais la plupart des Gardiens dormaient sous leur vraie forme, c'est ainsi qu'ils trouvaient le sommeil le plus profond. Il était donc étrange de voir Zayne dormir comme ça.

— Zayne, dis-je, la voix encore épaisse de sommeil. Réveille-toi.

Il ne bougea pas.

Je lui touchai doucement l'épaule. Une drôle de charge statique irradia de mes doigts, complètement inexpliquée.

— Zayne…

Il bougea si vite que je ne compris pas ce qui se passait avant de me retrouver sur le dos, avec lui au-dessus de moi, une main plaquée sur mon épaule qui m'enfonçait dans les épais coussins du canapé. Mon regard écarquillé pivota vers son visage et je découvris que ses pupilles étaient verticales.

— Punaise, hoquetai-je, pétrifiée.

Il parut mettre un moment à me reconnaître et à comprendre qu'il m'avait coincée sous lui. Ses pupilles furent les premières à redevenir normales, comme des yeux humains.

— Trinity, qu'est-ce que tu fabriques ?

— Qu'est-ce que je fabrique, moi ? (Je clignai des yeux une fois, puis deux.) Tu me demandes ce que je fabrique alors que tu viens de me faire faire une pirouette en l'air ?

Il était toujours au-dessus de moi, mais il ôta la main de mon épaule pour la poser sur le coussin à côté de ma tête.

— Oui. Je dormais.

— Je sais.

J'osai un coup d'œil vers le bas, qui me permit de constater qu'il n'était pas nu, merci bébés gargouilles du monde entier. Il portait ce qui ressemblait à un survêtement gris.

— J'essayais de te réveiller, expliquai-je. Je t'ai appelé, mais tu ne répondais pas.

— Désolé, grogna-t-il. Je n'ai pas l'habitude d'avoir des gens ici.

— Oui, ça se voit.

— Quelle heure est-il ? demanda-t-il avant de tourner les yeux vers la cuisine. Il n'est que 16 heures, Trinity. Tu devrais encore être endormie.

Je gardai mes bras immobiles le long du corps.

— Je sais, mais je me suis réveillée. J'ai senti des démons. Ça m'a réveillée.

— Je ne les sens pas.

Il pencha la tête et plusieurs mèches de cheveux dorés tombèrent sur sa joue.

— J'ai une sensibilité plus aiguisée quand il s'agit d'eux, expliquai-je. En général, je les sens quelques minutes avant un Gardien, et là, je les sens. Il y a des démons ici, Zayne. Pas dans ton appartement, mais pas loin. Probablement dehors, dans les rues ou…

— Ils sont probablement dehors, à arpenter les rues, m'interrompit-il avec un soupir.

— D'accord. Dans ce cas, il faut nous lever et aller…

— Il y a des démons partout ici, me coupa-t-il encore en plongeant les yeux dans les miens – enfin, seulement un œil, ses cheveux cachant le second. Probablement juste des Diablotins qui se promènent. Ce sont les seuls à être actifs dans la journée, généralement en fin d'après-midi.

— Et nous, on reste tranquillement allongés ici parce que… ?

— Les Diablotins sont relativement inoffensifs, Trinity. Tout ce qu'ils font, c'est traficoter l'électronique et d'autres trucs du genre. Ils ne dérangent pas vraiment les humains.

Je savais que les Diablotins étaient plus ou moins inoffensifs et qu'ils apparaissaient sous une forme aussi humaine que lui et moi, à moins de scruter leurs yeux de très près. La lumière s'y reflétait bizarrement. Les Diablotins, c'était plus ou moins la raison de l'existence de la loi de Murphy : en gros, si un jour tout allait mal pour vous – panne de voiture, feux de signalisation hors service, votre café préféré fermé et votre bureau privé d'électricité –, un Diablotin était très probablement derrière tout ça.

— Et tu… ne les chasses pas ? demandai-je, perplexe.

Il ne répondit pas pendant un long moment, puis :

— Avant, je chassais tous les démons sans discernement, peu importe ce dont ils étaient coupables.

— Ce n'est pas un peu ton boulot de Gardien ?

— Si.

Comme il n'ajoutait rien, je me contentai le fixer en me demandant dans quel enfer je m'étais fourrée. Pas étonnant qu'il ne soit pas chef de clan. Comment pouvait-il en aller autrement s'il ne chassait pas les Diablotins ? Et puis, je ne pouvais me sortir de la tête qu'il avait déjà travaillé avec des démons. Malgré tout, son clan semblait lui faire confiance, du moins assez pour me permettre de rester avec lui, même en sachant ce que j'étais.

— Tu es un étrange Gardien, chuchotai-je.

Un côté de ses lèvres se releva.

— Et toi, tu es juste… étrange.

— Je pense que je suis offensée.

Le demi-sourire se transforma en sourire.

— Tu vas devoir t'habituer à sentir des démons. Je ne plaisantais pas quand je disais qu'il y en a partout ici, surtout ceux de niveau inférieur comme les Diablotins.

— OK, répondis-je, faute de savoir quoi dire d'autre.

J'étais parfaitement consciente d'être toujours allongée sous lui et, même si nos corps ne se touchaient pas, je percevais la chaleur que dégageait sa peau. La dernière fois qu'on s'était retrouvés dans cette position, je l'avais embrassé. Et on avait tous les deux beaucoup plus de vêtements sur nous.

— Alors, euh, tu vas me laisser me relever ?

Zayne cligna des yeux, comme s'il venait de comprendre que j'étais sous lui. Et croyez-moi ou pas, mais cette réaction me parut plus offensante encore que de l'entendre me dire que j'étais étrange. Genre, je lui faisais aussi peu d'effet ?

Merde.

— Ouais, je pense que je peux faire ça.

Sur quoi, il bascula en arrière dans un mouvement fluide et je roulai de sous son corps, puis du canapé. Pour me remettre debout. Il inclina le menton en faisant glisser sa lèvre inférieure entre ses dents. Les épaules crispées, il détourna le regard.

— Tu devrais essayer de dormir encore une heure ou deux.

J'allais pour protester que nous étions tous les deux déjà réveillés, mais à ce moment précis, je compris que je n'avais pas enfilé mon pyjama avant ma sieste. Je n'avais fait qu'enlever mon jean, ce qui signifiait que j'étais en tee-shirt et en sous-vêtements, or mon tee-shirt n'était pas très long.

Bref, il voyait ma culotte.

Ma culotte noire et blanche avec des crânes imprimés dessus.

Oh, bon Dieu !

Le visage en feu, je fis volte-face et traversai la pièce en vitesse pour me réfugier dans la chambre, dont je refermai la porte derrière moi. Je m'y appuyai, les yeux fermés.

J'étais un vrai bazar ambulant.

Il était près de 18 heures quand on quitta l'appartement de Zayne pour aller parler à cet ami… qui n'avait pas l'air d'être tant un ami que ça.

Avant de quitter la chambre de Zayne pour la deuxième fois, je m'étais assurée d'enfiler un pantalon et j'avais sorti de mes bagages le holster de hanche où je portais mes lames. C'était un autre cadeau de Jada, que je n'avais jamais utilisé, mais j'étais soulagée de voir qu'il m'allait et qu'il était bien camouflé sous un tee-shirt beaucoup plus long.

À présent, je me trouvais dans le garage, à contempler une Chevy Impala noire, rutilante, garée à côté d'une moto à l'air hyper rapide, tout en essayant désespérément de ne pas penser au fait que Zayne m'avait vue en sous-vêtements.

J'étais impressionnée par l'Impala, cependant, car je n'avais encore jamais vu ce modèle en vrai.

— Tu es un fan de *Supernatural* ? demandai-je.

Zayne me contourna et ouvrit la portière côté passager.

— Pas jusqu'à récemment. J'avais la voiture avant d'être introduit dans le monde des Winchester.

— Ah.

Il se tourna vers moi, tenant toujours la portière. Comme moi, il portait des lunettes de soleil. Les siennes étaient des Aviator argentées avec des verres réfléchissants. Les miennes étaient énormes, au point de me faire probablement ressembler à une mouche, avec des verres aussi noirs que possible.

Demi-sourire de ses lèvres charnues.

— Tu montes ou quoi ?

— Ah, répétai-je. Ouais.

Zayne fut derrière le volant en une nanoseconde, me sembla-t-il, et il tourna la clé. Le moteur rugit.

— Alors, on va où ? demandai-je.

— De l'autre côté de la rivière. On ne devrait pas mettre trop de temps, répondit-il en sortant de la place de parking avec un coup d'œil dans ma direction. Ceinture.

Je n'avais même pas compris que je ne m'étais pas attachée. J'obtempérai et collai mon visage à la vitre alors qu'il sortait du garage et s'arrêtait quand un embouteillage monumental, pare-chocs contre pare-chocs, nous accueillit dehors. Les yeux ronds, je m'efforçais de ne rien rater de ce qui m'entourait.

Ce n'était pas comme tout à l'heure, quand je regardais par la fenêtre depuis les étages.

Les bâtiments de toutes tailles et couleurs semblaient entassés les uns sur les autres comme autant de doigts épais tendus vers le ciel du crépuscule, bloquant à peu près tous les derniers rayons du soleil. Il y avait des gens partout.

Partout.

Je n'avais jamais vu autant de gens sur un trottoir. Même à Morgantown, quand j'étais plus jeune, ce n'était jamais comme ça. Il devait y avoir là des centaines de personnes, dont la forme et le visage n'étaient que des taches floues pour moi, alors qu'ils se dépêchaient de dépasser les badauds plus lents ou de traverser la route au milieu des voitures. Ça klaxonnait. Ça criait. Et par-dessus le marché, je sentais encore des démons, et je savais que certains de ces passants n'étaient pas tout à fait des gens. Le son affluait de toutes les directions, c'était un peu écrasant. J'avais déjà du mal à faire la différence entre les humains et les fantômes en temps normal, comment allais-je pouvoir y arriver maintenant ?

— Il y a beaucoup de monde, constatai-je.

— En fait, pas tant que ça, répondit Zayne, et mon regard écarquillé se tourna vers lui.

— Vraiment ? chuchotai-je.

Il acquiesça.

— L'heure de pointe est derrière nous. Si on était sortis à peu près trois heures plus tôt, ça aurait été deux fois pire.

— Ben putain…

J'étais contente de ne pas être sortie toute seule. Je n'avais pas peur des grandes foules, ou du moins je le pensais. Maintenant, je n'en étais plus sûre.

Je me tournai vers la vitre côté passager. Mes pensées vagabondaient tandis que je regardais, dehors, la brume d'immeubles qui finit par devenir un kaléidoscope d'ormes et de parcs. Je me mis à penser à Misha, à ce qui avait pu lui arriver, et je dus forcer mes pensées à prendre un autre chemin. Je ne pouvais pas me laisser entraîner dans ce puits sans fonds. Je n'avais pas ressenti la perte de notre lien, donc il était toujours en vie et c'était tout ce qui comptait.

Je me retrouvai à penser à ce que Zayne avait dit plus tôt, sur le fait d'être forcé de regarder souffrir quelqu'un à qui on tenait sans être capable de l'aider. Encore une fois, il avait raison. Je ne savais pas grand-chose de lui, et je voulais… je voulais en savoir plus.

— Voilà, on y est, annonça-t-il, me tirant brusquement de mes pensées.

Je me concentrai sur notre environnement et fus surprise de constater qu'on se trouvait sur une sorte de route privée, arrêtés devant un… manoir ?

Le visage collé à la vitre, je plissai les paupières pour examiner l'imposante structure en brique sur deux étages, avec de sacrés piliers blancs bordant une large terrasse qui faisait apparemment le tour de la maison.

Oui, c'était carrément un manoir.

Je ne bougeai pas, même quand Zayne coupa le moteur et, en prenant une brève inspiration, je sentis la lourde présence de… démons. Ils pouvaient être littéralement n'importe où. Je les avais sentis presque tout le long du trajet jusqu'ici, à l'exception du moment où on avait traversé un pont.

— Ça va ? me demanda Zayne.

— Ouais, chuchotai-je. On est où ?

— Juste de l'autre côté de la rivière, dans le Maryland. C'est la… c'est une maison privée, ajouta-t-il, d'un ton suffisamment distant pour attirer mon regard sur lui. (Il observait lui aussi la maison, l'expression fermée.) Deux personnes vivent ici, mais je pense que d'autres vont et viennent.

— Waouh. Seulement deux personnes dans cette grande maison ?

— Oui, murmura-t-il en enlevant ses lunettes, qu'il glissa dans le pare-soleil. Mais regarde la maison de Thierry. Elle faisait le double de celle-ci, et combien de personnes y vivaient ? Quatre ?

Il marquait un point.

— Tout va bien ?

Il cligna des yeux et, quand il me regarda, son expression s'adoucit.

— Toujours.

Je haussai les sourcils, mais il ouvrit la portière et descendit, alors je décidai qu'il était temps pour moi de l'imiter. Laissant mon sac sur le siège, je pris mon téléphone avec moi.

En traversant l'allée de pavés gris, je remarquai qu'il faisait plus chaud ici, malgré le soleil déjà tombé derrière la maison. La brise n'était pas aussi fraîche que dans les montagnes.

— Eh…

Je m'arrêtai, me tournai vers Zayne.

Il me regardait fixement, la joue caressée par une mèche de cheveux avec laquelle le vent s'amusait. Puis son torse se souleva sur une profonde respiration.

— Juste une mise au point. Le gars que tu vas rencontrer, il est… différent.

— Différent, genre quoi ?

— C'est un démon.

— Quoi ? hoquetai-je, une main déjà sur mes lames par habitude.

— Vilaine Trinity, murmura Zayne en m'attrapant les poignets avant que je puisse saisir les couteaux. Écoute-moi bien. Il n'y a aucune raison de te montrer agressive. Aucune des personnes qui vivent ici…

— Tu veux dire : « aucun des démons qui vivent ici », corrigeai-je.

— Aucune des *personnes* ici ne nous fera le moindre mal, à toi ou à moi, répéta-t-il d'une voix qu'il gardait basse et calme, mais ses yeux étaient devenus deux fentes.

Punaise, le gars travaillait vraiment avec des démons. Qu'est-ce que je m'étais imaginé ? Que c'était quelque chose qu'il n'avait fait que dans le passé ? Qu'il ne travaillait pas activement avec les démons maintenant ?

Zayne se positionna devant moi, sans lâcher mes poignets.

— Je sais que c'est bizarre, mais je te répète qu'ils sont OK. Je connais l'une de ces personnes depuis la moitié de ma vie et, si on veut de l'aide pour retrouver Misha, c'est vraiment eux qui peuvent nous la fournir.

Soudain, je compris de qui il parlait.

La fille, moitié Gardienne et moitié démone, qui avait été élevée avec lui. C'était elle qui vivait ici ? En me mordant la lèvre, je regardai l'immense maison par-dessus mon épaule. Est-ce que je pouvais le faire ? Entrer dans une maison où vivaient des démons et leur demander de l'aide ?

Que penserait mon père ?

Punaise, il piquerait une crise. Une partie de moi s'attendait presque à ce qu'il apparaisse et abatte Zayne, puis me ramène illico chez Thierry.

— On est en sécurité ici, poursuivit Zayne, qui me lâcha un poignet pour remonter mes lunettes de soleil sur mon crâne afin de plonger dans mes yeux. Tu me fais confiance, Trinity ?

— Je...

Je n'étais pas sûre de savoir comment répondre à cette question. Une partie de moi, oui, parce qu'il ne m'avait donné aucune vraie raison de ne pas lui faire confiance, pourtant je me méfiais encore de lui, de toute la situation. Je pris une brève inspiration.

— Tu penses vraiment qu'ils peuvent nous aider ?

Zayne hocha la tête.

— Oui.

Ce que je m'apprêtais à faire constituait une énorme folie potentielle, mais j'étais prête à tout pour trouver Misha, y compris aller à l'encontre de tout ce que j'avais appris.

— OK, dis-je.

Lâchant mon second poignet, il se tourna vers la maison et, ensemble, on se dirigea vers son entrée.

La double porte de bronze était déjà ouverte en grand, encadrant un homme sur le seuil. Il avait des cheveux d'un blond glacé qui lui descendaient plus bas que les épaules et portait une… barboteuse ?

Ouais.

Ouais, ouais : une barboteuse noire.

Le souffle chaud dans mon cou et le poids dans ma poitrine montèrent d'un cran. Je m'immobilisai et portai machinalement la main à mes lames.

L'homme en barboteuse était un démon.

Zayne posa une main dans le creux de mon dos pour me pousser doucement vers l'avant alors que le démon se postait en haut des marches.

— C'est une surprise, lâcha-t-il.

Je m'arrêtai au pied des marches, jetai un coup d'œil vers Zayne.

Il prit ma main dans sa paume chaude. Et m'entraîna en haut des marches.

— Ça va. C'est Caïman.

Caïman inclina la tête et son regard se promena de Zayne à moi.

— Ça faisait longtemps, Zayne.

— Un moment, oui.

Zayne s'arrêta devant Caïman et, maintenant qu'on était proches, je remarquai que les yeux du démon étaient couleur miel. Ce n'était pas un Démon Inférieur, donc.

— Est-ce qu'il est ici ? J'ai besoin de le voir.

— Ils sont là tous les deux.

La mâchoire de Zayne se crispa.

— Super.

Caïman baissa les yeux sur nos mains jointes et releva lentement la tête.

— En effet, confirma-t-il avant de pivoter sur ses pieds nus. Suivez-moi.

Une vague de chair de poule me hérissa la peau lorsqu'on entra dans un grand hall. Je levai les yeux, vis un énorme lustre en cristal. Chic. Zayne lâcha ma main quand on passa sous un large escalier en colimaçon. En regardant autour de moi, je remarquai quelques… étranges peintures sur le mur. Certaines étaient dans des tons pastel de rouge et de noir, des toiles représentant le feu à côté d'agrandissements de gratte-ciel photographiés en noir et blanc.

— Alors, Zayne, mon gars, quand est-ce que tu vas me laisser faire un tour dans ta belle voiture ? demanda Caïman, avec un coup d'œil par-dessus son épaule.

Ses sourcils étaient presque noirs, un contraste saisissant sur sa peau.

— Quand tu arrêteras de faire des affaires, Caïman.

Mon regard s'aiguisa. Caïman était-il un Démon Courtier ? C'étaient des Démons Supérieurs, mais assez semblables à… des cadres moyens, qui passaient des contrats avec les humains en rapport à leur âme. Dans la culture populaire, ils étaient connus sous le nom de démons d'intersection, sauf qu'il n'était pas nécessaire de partir sur une route quelque part dans le Sud profond pour en invoquer un. Souvent, on les trouvait dans les bars et autres endroits qui attiraient les humains angoissés.

— Eh bien, ça ne risque pas d'arriver, répliqua le démon.

— Je sais, fit Zayne.

Moi, je n'arrivais pas à comprendre comment il pouvait tailler tranquillement une bavette avec un démon qui volait les âmes des gens.

— Désolé pour le salon. C'est un peu le bazar. On a regardé la série des *Avengers* et on a construit une sorte de fort en oreillers.

Un… fort en oreillers ?

Le démon en face de moi portait une barboteuse, voulait conduire la voiture de Zayne et construisait aussi des forteresses en oreillers ?

Étais-je tombée, dehors, en me cognant la tête ?

Zayne ne répondit pas, mais Caïman tourna ensuite à gauche et je compris de quoi il parlait. Le salon était immense, avec des bibliothèques du sol au plafond, de part et d'autre d'un téléviseur si grand que je ne savais même pas qu'on en fabriquait de cette taille. Un grand canapé convertible trônait au centre de la pièce et, sur le parquet devant la télévision, se trouvait exactement ce que Caïman avait évoqué.

Un fort fait de coussins colorés, avec de longs traversins étroits et des oreillers douillets et blancs.

Cette forteresse m'avait l'air très confortable.

J'en détournai le regard. Le plus grand bol de pop-corn que j'avais jamais vu était posé sur une table d'appoint, à côté d'un rouleau à moitié mangé de... pâte à cookies ? Et d'environ trois bouteilles de jus d'orange.

Drôle de mélange.

Caïman s'installa au centre du canapé-lit tandis que je m'arrêtai sur le seuil de la pièce.

— Il sera bientôt là, annonça-t-il avant de couler son regard étrange dans ma direction. Tu peux entrer et t'asseoir. Je ne mords pas. Sauf si tu aimes ça.

Un lent sourire retroussa ses lèvres. Je me crispai.

— Caïman, grogna Zayne, comme un avertissement.

Le démon ne releva pas et moi, je décidai que j'étais bien là où je me tenais. Il fit la moue.

— Et toi, Zayne ?

— Ça va. Merci, répondit-il, appuyé contre le mur à quelques mètres de moi, les mains dans les poches de son jean et les chevilles croisées.

Il avait l'air de ne pas vouloir s'approcher davantage, constat qui ne me mettait pas beaucoup plus à l'aise.

— Désolé, nous interrompit une voix grave. J'avais certaines choses à régler.

Les yeux ronds comme des soucoupes, je découvris un grand brun qui entrait dans la pièce depuis ce que je devinais être la cuisine. Il était habillé tout en noir – jean noir et haut noir. Il y avait de fortes chances qu'il soit encore plus grand que Zayne. Certainement pas aussi large, mais plus grand. Il était trop éloigné pour que je puisse distinguer ses traits.

— Stony, quoi de neuf ? demanda-t-il.

Stony ?

Je regardai Zayne.

Qui lança un regard noir au démon.

Pas déstabilisé pour deux sous par cet accueil plutôt froid, le type alla tranquillement se poster derrière le canapé, puis s'arrêta net lorsque son regard se posa sur moi.

Tête penchée sur un côté, il fit un pas de plus et, soudain, il fut pile devant moi et ses traits m'apparurent. Il était… il était sacrément séduisant, avec un visage anguleux et des yeux de couleur dorée, comme ceux de Caïman, lumineux et légèrement en amande, ce qui lui donnait une apparence féline. Ses lèvres s'entrouvrirent sur une inspiration brusque et audible.

— Qu'est-ce que tu fais ? lui demanda Zayne, qui se repoussa du mur.

Le type ne répondit pas. Il leva son bras comme s'il était en transe, les doigts tendus vers moi.

Je m'écartai maladroitement, heurtant Zayne dans le mouvement.

— Ne me touchez pas.

Zayne m'attrapa contre lui et, en l'espace d'un battement de cœur, je me retrouvai prise en sandwich entre les deux, mon dos réchauffé par la chaleur que Zayne dégageait, et mon ventre par le gars qui se tenait devant moi.

— Rappelle-toi ce que je t'ai dit. Il ne te fera pas de mal, me souffla Zayne. Je te disais la vérité. Il est juste plus bizarre qu'à son habitude.

— Ça devient chelou, commenta Caïman depuis le canapé. Et assez torride, ce qui n'est pas du tout ce que j'avais imaginé.

Je clignai des yeux.

— Quoi ?

Le type en face de moi cilla et baissa les yeux sur sa main. Un air de surprise passa sur son visage, comme s'il venait de réaliser ce qu'il faisait. Et en refermant les doigts, il baissa le bras.

— Waouh !

Zayne me déplaça de façon que je sois plus ou moins derrière lui.

— « Waouh » quoi ? Qu'est-ce que tu fiches ?

— J'arrive ! retentit une voix féminine, et j'entendis Zayne jurer tout bas. Désolée...

— Tout va bien, lui dit le nouveau venu en reculant d'un pas. N'entre pas dans la pièce, Layla. Je suis sérieux. Donne-moi quelques secondes.

Mon ventre se serra quand je sentis les dorsaux de Zayne se contracter.

— Merde.

Ça non plus, ça n'était pas un commentaire rassurant.

Le démon leva le menton.

— Où est-ce que tu l'as trouvée ? Dans une église, quelque chose comme ça ?

Je commençai à froncer les sourcils. Ça arrivait souvent à Zayne de trouver des gens dans les églises ?

— Non. Je ne l'ai pas trouvée dans une église. C'est quoi, d'abord, cette question ?

— OK. Bon, où que tu l'aies trouvée, tu dois la remettre à sa place, Stony.

— Je ne suis pas un jouet, lançai-je en m'éloignant de Zayne. Ni un objet inanimé à prendre et à remettre en place.

Les yeux ambrés posèrent un regard féroce sur moi.

— Oh, je sais exactement ce que tu es.

À ces mots, je me pétrifiai.

— Comment ? demanda Zayne. Comment sais-tu ce qu'elle est ?

Sa peau semblait devenir plus fine et des ombres noires se développaient en dessous.

— Je ne suis pas un simple démon de base, Stony. Je suis le Grand-duc Astaroth, Prince héritier de l'enfer. Je sais tout.

22

Sainte huile de colza, Zayne m'avait emmenée voir le Prince héritier de l'enfer ?!

Qu'est-ce que c'était que cet enfer ?

Mes doigts me démangeaient de sentir le poids de mes lames, mais pire encore, je commençais à sentir la *grâce* s'agiter au creux de mon ventre. Je la fis taire, sauf qu'elle était toujours là, demandant à être libérée.

— Vous êtes un vrai prince ? demandai-je.

Il inclina la tête.

— Je suis le Prince héritier de l'enfer, le seul et l'unique.

Bouche bée, je me tournai vers Zayne.

— Quand tu as lâché la bombe comme quoi on allait voir des démons, tu as omis de mentionner que l'un d'eux était le Prince héritier.

— Désolé, j'espérais que Roth garderait ce petit détail pour lui, grogna Zayne. Mais il est effectivement… unique en son genre.

— Oh que oui, confirma Roth.

— Uniquement irritant, ajouta Zayne et, quand mon regard revint sur Roth, il affichait une moue boudeuse. C'est le Prince héritier, mais il n'est pas… si mauvais que ça.

Roth prit une brusque inspiration en plaçant une main sur son cœur.

— Stony, est-ce que tu viens de me faire un compliment ?

Zayne passa outre la pique.

— Ce n'est pas un mauvais gars, répéta-t-il.

— Un autre compliment ? Oh, waouh, je vais rougir, ironisa Roth. Mais ça ne change rien au fait que je suis très, très mécontent que tu aies amené *ça* chez moi.

Zayne se retrouva soudain devant moi, faisant complètement bouclier de son corps.

— Je suis venu te demander de l'aide, Roth.

— Tu apportes *ça* dans ma maison avec Layla ici ? insista Roth. Tu as perdu la tête ?

— OK, lança Caïman de quelque part derrière eux. Je suis suuuper curieux de savoir ce qui se passe ici.

Zayne ignora Caïman, et moi, je sortis de derrière lui.

— Je sais ce qu'elle est – elle sait ce qu'elle est, mais elle ne constitue pas une menace pour vous. On est ici parce qu'on a besoin d'aide.

— Bon, je ne vais pas attendre plus longtemps, parce que je jure que j'entends la voix de Zayne et que..., lança la femme qui était probablement dans la cuisine.

Roth cria quelque chose avant de disparaître devant nos yeux. Je hoquetai lorsqu'il réapparut de l'autre côté du canapé, en même temps que Zayne se raidissait à côté de moi, au point que je le crus en train de se transformer.

Je levai les yeux vers lui. C'était comme si un voile avait glissé sur son visage. Si je lui avais trouvé l'air dénué d'émotion avant, je m'étais trompée. C'était maintenant qu'il ressemblait à une statue. Mon regard suivit le sien pour se porter sur une fille qui se tenait maintenant près de l'extrémité du canapé.

Dès que je la vis, il me fut impossible de détourner le regard. Elle était... belle, d'une manière irréelle, éthérée, et si je n'avais pas su ce que j'étais et ce qu'elle était, je l'aurais prise, elle, pour la Légitime. Avec ses longs cheveux blanc-blond et ses grands yeux bleu pâle, elle donnait l'impression d'avoir plus de sang d'ange en elle que moi. Mais je savais ce qu'elle était.

Elle était moitié démone, moitié Gardienne, elle n'avait pas une goutte de sang angélique en elle.

— Zayne, lâcha-t-elle, un sourire se dessinant sur son visage. Je suis… Je suis tellement heureuse de te voir. Ça faisait bien trop longtemps.

— Oui. Très longtemps, répondit-il d'une voix bourrue pour le moins étrange. Trinity ? Voici Layla. On a, euh, grandi ensemble.

— Elle s'appelle Trinity ?

Roth eut l'air de s'étrangler, et j'ignorai sa réaction, préférant me concentrer sur une créature qui était tout aussi rare que moi.

Layla fixait toujours Zayne des yeux, et j'avais le sentiment qu'elle ne m'avait même pas encore accordé un regard. Elle me faisait penser à l'une de ces poupées en porcelaine, le genre qui était beau mais aussi légèrement effrayant et probablement maléfique. Mon regard se porta sur Roth.

Ce qui était aussi effrayant chez lui, c'était la façon dont il me dévisageait depuis l'endroit où il se tenait, à côté de Layla. Il me regardait comme… comme moi je regarderais une assiette de frites au fromage.

Je commençais vraiment à me sentir super mal à l'aise.

Layla détourna enfin le regard de Zayne, comme à contrecœur, et me considéra. Son sourire s'éteignit et ses yeux bleus s'arrondirent.

— Putain de merde ! chuchota-t-elle.

Je me figeai.

— Euh…

— Que vois-tu ? lui demanda Roth, qui posa une main sur le bras de Layla.

Minute. Je pouvais peut-être croire que le Prince héritier de l'enfer perçoive ce que j'étais, mais une mi-Gardienne, mi-démone ? Ça n'avait aucun sens pour moi.

— Je ne sais pas, répondit Layla en contournant Roth, mais ce dernier ne la laissa pas s'éloigner beaucoup, car il continuait à la tenir par le bras. Je n'ai jamais rien vu de tel.

Je haussai les sourcils, médusée.

— J'aimerais vraiment bien que quelqu'un me mette au courant, soupira Caïman. Je me sens exclu, là.

— Pourquoi m'as-tu amenée ici ? demandai-je à Zayne.

— C'est une question incroyablement judicieuse et que je me suis posée aussi, fit remarquer Roth, toujours accroché à Layla, et...

Maintenant, c'était elle qui me regardait comme si j'étais un plat de frites au fromage avec sauce ranchero au babeurre.

— Ils ne devraient pas savoir ce que je suis, poursuivis-je. Pourtant ces deux-là me reluquent d'une façon qui me met très mal à l'aise.

— Ils ne devraient pas savoir, mais Roth est... vraiment très spécial, dit Zayne. Apparemment.

— Tu me dragues, Stony ? ironisa Roth.

— Oui, c'est exactement ce que je fais, Roth. (Zayne se tourna vers moi, son regard fouillant le mien alors qu'il baissait la voix.) Je ne pense pas que Layla sache ce que tu es, mais... (Il la regarda.) Elle voit ton âme.

— Quoi ?! m'exclamai-je, la voix stridente. (Je me retournai vers eux : Layla tirait maintenant sur le bras de Roth.) Tu es vraiment certain que ce sont des gens bien ?

Zayne lança un regard d'avertissement à Roth et répondit :

— Oui. Tu peux me faire confiance. Et tu peux leur faire confiance.

— Ça, je n'en sais rien, nuançai-je en les dévisageant de mon côté. Ils me regardent comme s'ils voulaient me manger.

— Avec un peu de chance, ils vont arrêter, lança Zayne, en guise de conseil aux deux autres. Genre tout de suite.

— Je le vois, ce regard, commenta Caïman. Je le vois maintenant. Layla, tu devrais peut-être… enfin, tu sais, quoi, arrêter de la mater.

Layla cligna des yeux, puis elle balaya la pièce du regard, les joues rougies quand elle réalisa à quel point elle avait tiré sur le bras de Roth.

— Quoi ? Oh, waouh ! Désolée.

— C'est bon. J'ai eu la même réaction, fit Roth.

Il l'attira dans ses bras, la serra contre lui… de la même manière que j'avais vu Ty étreindre Jada. Je ne comprenais pas cette façon dont il l'enlaçait. Je ne comprenais rien de tout ça.

Layla posa les mains sur le bras de Roth. Elle continuait à regarder dans ma direction, à voir… mon âme ?

— Que vois-tu, Layla ? demanda Zayne.

D'une main, elle frottait le bras de Roth.

— Je vois… Je vois du blanc pur… et du noir pur.

Zayne me regarda. Si je n'avais aucune idée de ce que cela signifiait, en tout cas lui avait l'air surpris.

— Le meilleur des deux mondes, murmura Layla. (Je frissonnai.) Qui c'est ? répéta-t-elle sur un ton qui me rappelait celui d'un enfant réclamant un bonbon.

— C'est une Légitime, répondit Roth, et je sentis mon ventre se contracter : il savait donc bel et bien ce que j'étais. Plus communément appelé nephilim.

La mâchoire de Layla se décrocha.

Caïman se leva et bondit par-dessus le canapé… ou plutôt non, il bondit à l'autre bout de la pièce.

— Merde en boulettes !

Je me sentais plutôt fière de susciter une telle réaction, étant donné que les deux autres avaient au contraire l'air de vouloir s'approcher de très, de beaucoup trop près.

Zayne sourit.

— Waouh, Caïman, je ne pense pas t'avoir jamais vu bouger aussi vite.

— Mais putain, Zayne ! Je lui ai proposé de s'asseoir à côté de moi. De s'asseoir à côté de moi, merde !

C'est tordu, conclut Caïman en secouant la tête. Je n'ai jamais vu de Légitime. Bon sang. Je ne suis pas fait pour ce genre de vie.

Et il recula encore, les yeux écarquillés.

— Je... je ne vais pas vous faire de mal, à aucun de vous, lançai-je, parce que je me sentais à la fois dans la peau d'une dure à cuire et d'un monstre. Je veux dire, je n'en ai pas l'intention, précisai-je en regardant Zayne, déstabilisée par la situation. Tu confirmes ?

Un côté de ses lèvres se retroussa.

— Oui.

— Mais tu en as les moyens, dit Roth en posant son menton sur la tête de Layla. Il n'y a que deux choses dans ce monde auxquelles même moi je ne veux pas être confronté. Et je ne parle pas des Gardiens.

Zayne soupira.

— En revanche, l'une d'entre elles est un Légitime, termina Roth.

Je ne pus m'empêcher de demander :

— Quelle est la deuxième chose ?

Le sourire de Roth ressemblait à de la fumée quand il me fixait. Il me donnait le frisson.

— Elle n'a aucune raison de vous faire du mal, reprit Zayne. Alors, ne lui en donnons pas, parce que si tu t'y connais un minimum en Légitimes, tu sais que je ne serai pas capable de l'arrêter si vous la contrariez.

Roth pinça les lèvres.

— Et malgré tout, tu l'as amenée ici, au risque de mettre Layla en danger...

— On est venus ici demander ton aide...

Roth se fendit d'un large sourire.

— J'aime quand tu as besoin de moi, Stony.

— Dieu, ce que je te déteste, grogna Zayne.

— Tiens ! C'est la première fois que tu m'appelles par mon nom.

Zayne leva les yeux au ciel.

— Quoi qu'il en soit, nous sommes ici parce que je pense que vous pouvez tous oublier le fait qu'elle est en partie ange, surtout si elle ne tient pas compte du fait que vous êtes tous des démons, ajouta Zayne d'une voix plus dure. Donc, est-ce qu'on pourrait, s'il vous plaît, revenir au sujet ?

Comme personne ne mouftait, je levai la main.

— J'ai une question.

Zayne laissa échapper un autre soupir qui me rappelait tellement Misha qu'il me fit mal à la poitrine.

— Quoi ?

Je regardai Layla.

— Comment vois-tu les âmes ?

Elle jeta un coup d'œil à Roth avant de répondre :

— Tu sais ce que je suis ?

— Moitié Gardienne et moitié démone ?

— OK. Tu sais qui était ma mère ? Et j'utilise le mot « mère » dans un sens très éloigné.

— Lilith ? répondis-je, me rappelant ce que Misha m'avait raconté. (Je sentis le sursaut de surprise de Zayne, mais je n'y prêtai pas attention.) Ta mère est Lilith ?

— Oui, et les dons de ma mère se sont transmis différemment en moi à cause de mon sang de Gardienne, expliqua-t-elle, en continuant à frotter les bras de Roth avec ses deux petites mains. Je peux voir les âmes. Elles sont comme des auras, pour moi. Les âmes blanches sont les plus pures : les Gardiens, les anges et les humains qui n'ont jamais péché ont des âmes pures. (Elle marqua une pause, et je vis son regard se promener autour de moi.) Tu as une âme pure et...

— Et quoi ?

Je plissai les yeux, regrettant de ne pas voir ce qu'elle voyait.

— Je ne sais pas. Je n'ai jamais vu d'âme aussi sombre, reprit-elle, et je cillai. Je veux dire, comme les démons n'ont pas d'âme, il n'y a rien à voir.

Roth fit la moue derrière elle.

— Et les humains vraiment mauvais, vraiment méchants, ont des âmes très sombres, mais noir-noir ?

Une âme d'un noir pur et d'un blanc pur… (Une expression songeuse passa sur son visage.) Je suppose que c'est à cause de ce que tu es, et c'est pourquoi je n'ai jamais rien vu de tel.

— Mais pourquoi serait-elle noire aussi ? demandai-je. Je veux dire, si plus l'âme est noire, plus la personne est mauvaise…

— Je peux répondre à cette question pour toi, proposa Roth. Tu paies probablement les péchés de ton père. Je ne crois pas que les anges soient censés fricoter avec les humains.

— Pff, murmura Caïman.

— Pendant longtemps cette pratique a eu cours, lui fis-je remarquer. Il y en avait des milliers de mon espèce.

— Et c'était il y a combien de centaines d'années ? Les choses ont changé depuis. La procréation entre anges et humains a été interdite, répliqua Roth.

— Comment le sais-tu ? demanda Zayne.

— Je suis un démon, Prince héritier qui plus est. Je sais ce qui est interdit et ce qui ne l'est pas, fit-il avec un sourire suffisant. Ce qui m'amène à me demander pourquoi un ange enfreindrait cette règle cardinale, t'engendrerait et te laisserait vivre.

La partie « te laisser vivre » me fit hausser un sourcil.

— Et cela pose également la question de savoir qui est ton père, ajouta Roth.

— Et tu as d'autres capacités comme ta mère ? demandai-je à Layla, ignorant la question de Roth. Comme prendre les âmes ?

— Je sais le faire, mais je ne le fais pas, répliqua-t-elle en croisant mon regard, où elle lut sans doute de la circonspection. Je veux dire, j'essaie de ne pas le faire. J'ai commis quelques faux pas dans le passé…

Son regard se porta sur Zayne, et je le sus au plus profond de mes os : Misha avait raison en affirmant que Zayne avait perdu une partie de son âme. Et je compris que c'était Layla qui l'avait prise.

— Je fais tout ce qui est en mon pouvoir pour m'en abstenir, conclut-elle.

— Et elle y parvient presque toujours, termina Roth, qui déposa un baiser sur la tête de Layla. Mais même quand elle n'y parvient pas, elle reste parfaite.

Un doux sourire se dessina sur les lèvres de Layla, qui renversa la tête en arrière. Le baiser que Roth lui donna fut léger et bref, mais il m'émut tout de même. J'étais troublée par l'affection, par l'amour évident entre eux. J'étais complètement perdue.

On ne m'avait jamais appris que les démons pouvaient... aimer. OK, ils pouvaient éprouver un désir charnel, mais de l'amour ? Toutes les leçons que j'avais reçues soulignaient qu'ils étaient incapables d'une telle émotion humaine.

Même les anges, ceux de sang pur, ne pouvaient pas aimer comme les humains. D'ailleurs, au tout début, les Gardiens non plus ne pouvaient pas faire l'expérience de ce sentiment. Ils avaient appris à aimer via leurs interactions avec les humains. Après des centaines d'années, c'était devenu un comportement acquis. La même chose était-elle arrivée aux démons ?

Je jetai un coup d'œil à Zayne, que je découvris silencieux et tendu. Il les observait à travers la frange baissée de ses cils épais.

Un long moment s'écoula, et le Prince démon conduisit Layla vers le canapé, où il l'assit à côté de lui.

— Assieds-toi, Trinity. Apparemment, nous avons tous besoin de discuter.

Je ne voulais pas m'asseoir.

Zayne me donna un petit coup de coude.

— Vas-y.

Résistant à l'envie de protester, je traînai les pieds jusqu'au canapé et m'exécutai. Caïman commençait à ne plus donner l'impression qu'il essayait de disparaître à travers le mur. Au lieu de quoi, il semblait curieux à nouveau.

Roth se pencha en avant et nous regarda tour à tour, Zayne et moi.

— Alors, Trinity qui est peut-être une sainte, ou peut-être pas, comment as-tu rencontré Stony là-bas ? Je meurs d'envie d'entendre l'histoire.

— Moi aussi, murmura Layla.

Je jetai un coup d'œil à Zayne. Le menton baissé, il semblait à deux doigts d'arracher la bibliothèque du mur et de la lancer à la tête de Roth.

— La façon dont on s'est rencontrés n'est pas vraiment importante pour le moment, répliqua Zayne, la voix tendue par l'impatience.

— En fait, je pense que si. Je veux savoir comment vous vous êtes rencontrés, intervint Layla en plantant son regard dans le mien.

Je pris une petite inspiration.

— Il... il est venu dans la communauté où je vis.

— Tu vis dans une communauté... une communauté de Gardiens ? demanda-t-elle sur un ton teinté de surprise.

— Au siège régional, répondis-je sans développer davantage, mais Layla semblait savoir ce que cela signifiait.

Ses yeux s'arrondirent encore un peu plus.

— Et depuis combien de temps tu vis là-bas ?

Je ne savais trop ce que je pouvais révéler sans trahir le clan qui m'avait protégée.

— Depuis que je suis jeune – sept ou huit ans, admis-je. J'étais... cachée là-bas. Très peu savaient ce que je suis.

— Intéressant, murmura Roth d'une manière qui me disait qu'il pensait exactement le contraire. Mais j'aimerais surtout apprendre pourquoi Zayne a besoin de notre aide.

— La communauté a été attaquée la nuit dernière et quelqu'un... un proche de Trinity a été enlevé par un démon que j'ai reconnu. Un Supérieur que j'ai vu à

Washington, expliqua Zayne. On doit le retrouver, or il est très possible que le démon soit revenu ici.

Roth se pencha en arrière, croisant une cheville sur son genou.

— Et ce quelqu'un, ce proche de Trinity, c'est un Gardien ?

— Oui, répondis-je.

— Pourquoi penses-tu que cette personne est encore en vie ? demanda Roth, qui jouait avec les cheveux de Layla. À l'exception des jolies demi-Gardiennes, les démons ne gardent généralement pas leurs captifs en vie.

— Je sais qu'il est vivant, insistai-je. C'est mon Protecteur attitré. Je le saurais s'il était mort, et il ne l'est pas.

— Protecteur attitré ? marmonna Layla pour elle-même.

Roth agita son pied.

— Alors, c'est vrai ? Les Légitimes sont bien liés aux Gardiens ?

Je hochai la tête.

— Et s'il est toujours en vie, alors il y a probablement une raison, intervint Caïman, qui vint se planter derrière Roth et Layla. Et ce n'est pas une bonne raison. Ils doivent vouloir…

— L'utiliser pour obtenir des informations sur la communauté ou pour m'attirer dehors, s'ils savent ce qu'il est et ce que je suis, l'interrompis-je. J'ai bien pigé, en revanche on ignore si ce démon sait ce que je suis.

— À mon avis, on ne prend pas beaucoup de risque à supposer que oui, s'il a pénétré dans une communauté de Gardiens et n'en a emmené que ton Protecteur, dit Caïman.

Roth leva la main.

— Puisqu'on fonctionne en levant la main… (Il m'adressa un clin d'œil.) J'ai une question. Comment un démon s'est-il introduit dans cette communauté et a-t-il réussi à s'en échapper indemne et avec un Gardien, un Protecteur attitré ?

Bonne question. Zayne prit le relais pour relater ce qui s'était passé, y compris l'attaque précédente des Charognards, les humains avec les masques flippants et les Noctambules. Le seul détail qu'il omit, ce fut mon agression par Clay.

Pendant qu'il parlait, toujours adossé contre le mur, les bras croisés, je compris que s'il se tenait bel et bien dans la pièce, il ne voulait pas faire partie de ce groupe.

— Si des humains travaillaient avec ce démon, il y a une bonne chance pour qu'ils soient possédés, commenta Layla avec un coup d'œil à Zayne. On a déjà vu ce genre de choses arriver. Tu prends un démon doué pour la possession et il te crée une jolie petite armée.

Je n'avais pas envisagé cette éventualité et maintenant je me sentais bête de ne pas y avoir pensé.

— Que savez-vous d'autre ? demanda Roth.

— Trinity a aussi été attaquée pendant que j'étais à la communauté, répondit Zayne.

Bon, au temps pour l'omission de ce détail.

Le regard de Roth s'aiguisa.

— Dites-nous donc, cela aussi peut être une information utile.

— Un Gardien t'a attaquée ?

Layla cligna des yeux rapidement. Je hochai la tête.

— Et qu'est-il arrivé à ce Gardien ?

— Il est mort, répondis-je en réprimant un frisson. Je l'ai tué.

— Bien joué, commenta Roth avec un sourire approbateur.

Un frisson parcourut ma peau tandis que je le dévisageais. Bon sang, ce qu'il était flippant, son sourire !

— L'attaque précédente devait être liée, parce que le Gardien qui s'en est pris à Trinity portait le même genre de masque que les humains pendant l'invasion, ajouta Zayne. (Il marqua une pause.) Et il y a autre chose.

— Qu'est-ce que c'est ? voulut savoir Layla.

Zayne me regarda. Il me fallut un moment pour comprendre à quoi il faisait référence. La tension s'insinua dans mes muscles.

— Ce n'est pas lié à ça, lui dis-je. Pas du tout.

— Quoi donc ? demanda Layla.

Les lèvres pincées, je secouai la tête. Jamais de ma vie je ne m'étais attendue à devoir expliquer à des démons ce qui était arrivé à ma mère, et pourtant voilà, j'y étais.

— Ma mère a été tuée il y a environ un an, par un Gardien en qui nous avions confiance.

— Oh, mon Dieu ! souffla Layla, une main pressée au centre du tee-shirt noir qu'elle portait. Je suis vraiment désolée de l'apprendre.

— Merci, murmurai-je, croisant les mains sur mes genoux.

— Et pourquoi es-tu sûre que ce n'est pas lié ? demanda Zayne calmement.

— Parce que le Gardien qui a tué ma mère cherchait en fait à me tuer, car il... il estimait que j'étais une abomination, répondis-je, les yeux baissés sur mes doigts. Que j'étais une menace pour les Gardiens, plus que n'importe quel démon. Il nous a prises au dépourvu, et maman... elle a été très courageuse. Elle s'est interposée et ça... voilà, ça l'a tuée.

— Doux Jésus, fit Zayne.

Je pris une brève inspiration et levai les yeux vers les démons en face de moi.

— Ouais, donc ça n'a rien à voir avec ça. Misha est plus que mon Protecteur. Il est comme mon frère. On a été élevés ensemble et, même si on se tape mutuellement sur les nerfs, je ne sais pas ce que je ferais si quelque chose lui arrivait.

Un sourire triste se dessina sur les lèvres de Layla alors qu'elle tournait les yeux vers Zayne.

— Je comprends.

Pas besoin d'être un génie pour deviner qu'elle parlait de Zayne, et que ces deux-là avaient de toute évidence eu une énorme dispute. Parce qu'elle lui avait pris une partie de son âme ? Ça devait énerver, c'est sûr. Ou était-ce plus que ça ? Je regardai Roth. Y avait-il un rapport avec lui ?

— Je vois, fit Roth. (Pour ma part, je n'avais aucune idée de ce qu'il voyait, ni de la raison pour laquelle il jetait un regard à Caïman par-dessus son épaule.) Et vous avez une idée de l'identité de ce démon ?

— Bael, répondit Zayne.

— Diable, murmura Roth tandis que Layla pâlissait. Il est de retour en ville ?

— Eh bien, je pense. Ça faisait un moment qu'il traînait dans le coin et c'est bien lui qui a enlevé Misha.

— Tu connais Bael ? demandai-je à Roth.

— Oh oui. Nous, les démons, sommes tous amis sur Facebook, répondit-il, et mes yeux s'étrécirent, ce qui le fit sourire. Je le connais mais je ne l'aime pas.

— Le sentiment est réciproque, précisa Caïman. Bael a toujours été jaloux de Roth.

— Parce que j'ai de plus beaux cheveux, expliqua l'intéressé.

Je fronçai les sourcils.

— En réalité, c'est parce que Roth a toujours été le préféré du patron, précisa Caïman, et j'avais l'écœurante impression que le patron en question, c'était Lucifer, constat sur lequel je ne savais vraiment pas quoi dire. Enfin, il *était* le préféré du boss. Plus tellement maintenant.

Roth acquiesça lentement.

— C'est vrai, mais si vous avez vu juste et que Bael a ton Protecteur, c'est une mauvaise nouvelle.

— Oui, ça, j'ai déjà compris, dis-je.

Le Prince démon se pencha en avant.

— Non, je ne pense pas, Trinity. Bael n'est pas un Démon Supérieur avec une méchante tendance à la jalousie. Il ne sort jouer que lorsque le gain est important. Il n'enlèverait pas un Gardien juste pour s'amuser. Il a emmené *ton* Gardien, et s'il y avait un doute dans ton esprit sur le fait qu'il sache ce que tu es ou ce qu'est ton Gardien, tu peux l'oublier. Il l'a pris pour t'atteindre, toi, ce qui signifie que tu ferais mieux d'arrêter les frais et de partir aussi loin que possible d'ici.

Je poussai un cri strident.

— Arrêter les frais ? Je ne peux pas faire ça. Je m'y refuse.

Roth inclina la tête.

— Que va-t-il se passer si Bael met la main sur toi, à ton avis ?

— Je le sais exactement, rétorquai-je sèchement. Je vais le tuer.

Il continuait à me fixer, la mâchoire dure, puis il bascula en arrière. Et de nouveau regarda par-dessus son épaule.

— Vois ce que tu peux trouver sur Bael.

— Bien sûr, répondit Caïman avant de s'adresser d'abord à Zayne, puis à moi. Toujours un plaisir de te voir, Stony. Et toi, tu me fais peur.

Sur ces mots, Caïman se volatilisa.

— Donnez-lui quelques jours…, dit Roth.

Le souffle coupé, je m'avançai.

— Quelques jours ? Misha n'a peut-être pas quelques jours devant lui.

— Peut-être pas, convint Roth, mais essayons de rester positifs. Nous devons nous comporter intelligemment. Les démons du type de Bael ne sont pas stupides. Si on commence à bombarder tous les coins sombres de la ville, ceux qui savent quelque chose se feront rares.

Les lèvres pincées, je secouai la tête, en proie à une frustration croissante.

— On va trouver où est retenu ton Protecteur, m'assura Roth. Je suis comme l'*Agence tous risques*.

— Ouais, et c'est toi qui joues Looping le taré, commenta Zayne.

Je n'en revenais pas.

— Mais tu sais être drôle, dis donc.

En riant, Roth se leva et se dirigea vers l'endroit où se trouvait la pâte à cookies. Il la tendit à Layla, puis il se plaça devant le fort.

Il restait cependant une question de taille.

— Pourquoi es-tu d'accord pour m'aider ?

Roth sourit.

— Parce que j'ai toujours voulu qu'un Légitime me doive une faveur.

Je frissonnai et songeai que je n'avais peut-être pas besoin d'en savoir plus.

— Et parce que c'est Zayne qui t'a amenée ici, ajouta Layla. Ce qui me souffle que tu es importante pour lui.

J'ouvris la bouche, mais je ne savais pas quoi répondre à ça. Quant à Zayne, je ne parvenais pas à distinguer son expression.

— Il m'aide, parce que j'ai promis de les aider en retour, expliquai-je en regardant Zayne.

Toujours pas de réaction.

— Les aider à quoi ? demanda Layla en arrachant un morceau de pâte.

— Tu sais qu'il y a quelque chose dans cette ville qui tue des Gardiens et des Démons Supérieurs, répondit Zayne après un moment. Quelles que soient la ou les créatures en question, elles sont puissantes, mais je doute qu'elles soient aussi puissantes qu'une Légitime.

Un étrange sentiment de déception m'envahit. C'était moi qui avais suggéré que Zayne m'aidait seulement à cause du marché que nous avions conclu, et pourtant… je voulais qu'il le nie et affirme que nous étions amis.

Sauf que je n'étais pas sûre qu'on puisse nous qualifier comme tels.

— On peut parler ? demanda Layla à Zayne. Juste un instant ?

— Le moment est mal choisi, répondit-il aussitôt. Il faut qu'on y aille.

— Ça ne prendra que quelques minutes, insista-t-elle. C'est tout.

— Je n'ai pas vraiment le temps.

Layla se pencha en avant et ouvrit la bouche, la referma, puis essaya à nouveau.

— Je ne t'ai pas vu depuis des mois, Zayne. Des mois. Je t'ai appelé, envoyé des SMS, tu n'as pas répondu. Et puis tu te pointes ici, sans prévenir, avec *ça*.

Avec « ça » ? Là, elle commençait à m'énerver. La façon dont elle me désignait me donnait l'impression d'être une MST, du genre dont on ne parvient pas à se débarrasser.

— Layla..., commença Roth.

— Non, le coupa-t-elle, le rouleau de pâte à cookies tendu vers lui.

Il leva aussitôt les mains en signe de reddition.

Layla se leva et puis elle pivota vers Zayne.

— J'ai vu Dez il y a quelques semaines. Tu étais au courant ?

Zayne ne répondit pas mais, même moi, je pouvais voir le muscle tressauter au niveau de sa mâchoire, comme une bombe à retardement.

— Et tu sais ce que Dez m'a dit ? poursuivait Layla, ses joues devenues roses de colère. Que tu avais déménagé. Tout seul ! Aucun membre d'un clan ne fait ça, s'il tient à sa vie... (Elle s'interrompit, prenant une grande inspiration et lâchant un geignement exaspéré.) Pourquoi as-tu déménagé ?

— Ce ne sont pas tes affaires.

— Pas mes affaires ? Tu te pointes après des mois de silence avec une nephilim, j'apprends que tu as déménagé, et tu me dis que ce ne sont pas mes affaires ? Qui es-tu ?

— Apparemment pas celui que tu croyais, rétorqua Zayne. Ça répond à ta question ?

Layla se raidit et abaissa le tube de pâte à cookies. Un mélange de douleur et de colère traversa son visage, puis elle s'avança vers moi, toujours avec son rouleau de pâte, et je devinai que ce qui allait sortir de sa bouche ne serait pas très gentil.

Alors je décidai que j'en avais assez de rester silencieuse.

— OK. Je ne sais pas ce qui se passe ici, et franchement, je n'en ai absolument rien à fiche. Honnêtement. Mon meilleur ami a été enlevé par un démon et il est probablement en train d'être torturé pendant qu'on reste ici à se crier dessus pour des appels téléphoniques laissés sans réponse ?

Layla referma la bouche.

Maintenant que j'étais lancée, je n'allais pas m'arrêter.

— Et pour couronner le tout, j'ai été élevée dans la croyance que les démons étaient mauvais, sans zone grise, et me voilà avec le Prince héritier de l'enfer qui construit des forts avec des oreillers comme si c'était normal…

— C'est normal pour moi, murmura Roth. J'aime les forts en oreillers.

J'ignorai sa remarque.

— Et je suis assise en face d'une demi-Gardienne, demi-démone qui a mangé, genre, dix kilos de pâte à cookies en dix secondes chrono ! Je comprends que vous ayez des problèmes, mais ils ne peuvent pas être plus importants que ce qui pourrait arriver à Misha. Je dois le retrouver avant qu'il soit tué.

— Et si tu ne le retrouves pas à temps ? demanda Roth.

Un silence s'abattit sur la pièce.

— S'il est mort ? (Mon cœur se brisa, incapable de supporter l'idée que je venais de formuler à haute voix.) Alors je gérerai.

— Il y a des choses pires que d'être mort, Trinity.

Un frisson parcourut ma peau lorsque je croisai son regard ambré.

— Je vais devoir te croire sur parole, pour le coup.

— Et tu devrais, oui, renchérit Roth en croisant les bras. Je pense qu'il est temps que vous partiez, tous les deux. On vous recontacte. Et la prochaine fois qu'on t'appelle, essaie de répondre au téléphone, ajouta-t-il avec un regard noir à Zayne.

23

— Eh bien, c'était sympa, hein ? J'ai hâte de recommencer, dis-je quand Zayne grimpa derrière le volant de l'Impala.

J'attendis qu'il ferme la portière et je me penchai vers lui pour lui donner un coup de poing dans le bras.

— Aïe. (Il me regarda, les yeux écarquillés.) C'était pour quoi, ça ?

— Ça, c'était pour ne pas m'avoir dit qu'on allait voir le putain de Prince héritier de l'enfer.

Je le frappai encore. Il s'écarta et se frotta le bras.

— Et ça, c'était pour quoi ?

— Pour t'être comporté comme un connard avec Layla.

Je pris mon élan pour recommencer. Mais la main de Zayne surgit, qui m'attrapa le poing.

— Frapper, ce n'est pas bien, dit-il. Et je ne me suis pas comporté comme un connard avec elle.

— Si.

J'essayai de libérer ma main, mais il la tenait fermement.

— Regarde-toi. Une seule rencontre avec des démons et te voilà qui les défends.

Zayne abaissa ma main entre nous.

— Non, je ne les défends pas. (Ben si, totalement.) Qu'est-ce qui s'est passé entre elle et toi, bon sang ?

Les yeux pâles de Zayne rencontrèrent les miens.

— Tu ne vas pas me frapper à nouveau si je te lâche ? Je suis fragile.

Je ricanai.
— Je ne te frapperai pas.
Il lâcha prise et tourna la clé de contact. Le moteur démarra.
— Alors ? insistai-je.
Zayne soupira et enclencha une vitesse.
— Avec Layla, les choses sont… compliquées et c'est tout ce que je peux dire à ce sujet.
— Ça ne révèle pas beaucoup plus que ce que je sais déjà.
Voyant qu'il ne répondait pas, je sentis mon irritation monter en flèche et, en dessous, une fine pointe de déception embraser ma poitrine. Pourquoi refusait-il de me dire ce qui s'était passé entre eux ? Un mur immense entourait Zayne, fait de granit et d'obstination.
Il conduisait sans un mot. Comme le soleil s'était couché, j'ôtai mes lunettes noires et les glissai dans le pare-soleil.
— Tu penses qu'ils vont nous aider ? demandai-je, préférant me concentrer sur les choses importantes plutôt que ses problèmes personnels.
Une main sur le volant, il posa l'autre bras derrière le dossier de nos sièges.
— Oui. Si quelqu'un peut trouver des informations sur l'endroit où Bael s'est terré ou sur ce qu'il prépare, c'est bien Caïman.
Je pensai au démon en barboteuse.
— Il avait l'air d'avoir peur de moi.
— Ouais, s'esclaffa Zayne. Il avait peur.
C'était bizarre de sourire pour ça, mais je souris.
— Donc, il est courtier en affaires ?
Zayne hocha la tête.
— Il ne cherche pas à débusquer les humains. C'est eux qui viennent le trouver, parce qu'ils veulent ou ont besoin de quelque chose pour quoi ils seraient prêts à tout abandonner, y compris leur âme. Le problème, et c'est d'autant plus tordu, c'est que la plupart des humains aspirent à des choses tout à fait insignifiantes.

Ils renoncent à une partie de leur âme pour une promotion, ou pour être avec quelqu'un qui ne les mérite probablement pas.

— Juste une partie ? Je pensais qu'ils abandonnaient leur âme tout entière.

— Non, juste une petite partie.

— Et… tu trouves ça bien ? demandai-je.

— Je pense que lorsque les humains utilisent leur libre arbitre et compromettent l'endroit où ils finiront à leur mort, c'est leur problème. On fait tout ce qu'on peut pour les protéger des démons qui enfreignent les règles, et tu sais qu'il y a des règles. Il doit y avoir un équilibre entre le bien et le mal, conclut Zayne alors qu'on approchait du pont qui nous ramenait en ville. Caïman suit ces règles.

Je savais qu'il y avait des règles et que l'équilibre entre bien et mal découlait du concept de libre arbitre.

— Je ne sais pas quoi penser de tout ça, admis-je en fixant son profil ombragé.

Zayne resta silencieux pendant un long moment.

— Tu sais, j'ai été un peu comme toi pendant… diable, toute ma vie. Je voyais les choses en noir et blanc. Pas de gris… sauf concernant Layla. (Il regardait droit devant lui pendant qu'il parlait.) Je pensais que la partie Gardienne de ce qu'elle était annulait sa partie démone. C'était ce que je lui disais, même, quand elle était plus jeune et qu'elle venait me voir, inquiète de ce qu'elle était, contrariée que le clan ne l'accepte jamais ou soucieuse que quelque chose ne tourne pas rond chez elle. J'ai toujours insisté sur le fait qu'elle était en partie Gardienne et que c'était tout ce qui comptait. J'avais tort.

Je me taisais, je l'écoutais, car mon instinct me soufflait que c'était un sujet dont il ne parlait pas beaucoup.

— J'aurais dû lui dire d'accepter sa partie démone, et j'aurais dû l'accepter, moi, parce que ce qu'elle m'a montré… et je l'ai compris un peu tard… que ce que l'on est à la naissance ne définit pas ce que l'on devient.

(Sa mâchoire se contracta.) Tu savais avant aujourd'hui que les démons pouvaient aimer ?

— Non, chuchotai-je. Je l'ignorais.

— Ben voilà. Moi non plus, je ne le savais pas avant de rencontrer Roth. C'est l'un des démons les plus puissants que tu rencontreras jamais, et il est létal quand on le provoque. Mais qu'il soit capable du genre d'amour qu'il éprouve pour Layla me suggère que ce qu'on nous a appris n'est pas forcément la vérité, en fin de compte.

Ne sachant toujours pas quoi dire, je tripotais ma ceinture de sécurité. Le constat qu'il me demandait d'admettre allait à l'encontre de tout ce qu'on m'avait enseigné, en effet, cependant il avait raison : Roth aimait Layla. Je l'avais vu de mes propres yeux, je l'avais entendu dans la manière dont il lui parlait.

Et si nous avions intrinsèquement tort à propos de certains démons ? Et dans ce cas, comment pouvions-nous ne serait-ce que commencer à savoir comment procéder avec eux ? Certains d'entre eux étaient-ils là, à essayer de vivre leur vie au mieux, et les Gardiens étaient-ils censés se contenter de les ignorer ? Comment les Gardiens pourraient-ils les distinguer des autres ?

Zayne sembla deviner mes pensées.

— Peu de démons sont comme ceux que tu viens de rencontrer, et il est assez facile de reconnaître les créatures de ce genre.

— Comment ?

— En général, tu peux le déterminer par un fait simple, répond-il avec un large sourire. Ils n'essaient pas de te tuer à vue.

Zayne et moi étions en patrouille et ça impliquait beaucoup… de marche.

Beaucoup, beaucoup de marche.

Et ce n'était pas particulièrement la chose la plus facile au monde, avec ma vue. J'aurais aimé être au crépuscule, le meilleur moment de la journée pour distinguer quelque chose. Dans ce cas, j'aurais pu découvrir la ville. Les trottoirs étaient assez bien éclairés pour que je puisse marcher sans trébucher, mais ma perception de la profondeur n'était pas bonne et j'avais du mal à ne pas percuter les passants et à tenter de déchiffrer en même temps si les passants en question, qui étaient nombreux, étaient tous vivants ou si certains d'entre eux étaient morts, ou si c'étaient des démons.

On était retournés à l'appartement où Zayne logeait, on avait mangé un morceau dans un restaurant en bas de la rue et à présent, je remplissais ma part du contrat.

Je patrouillais avec Zayne, à la recherche de la créature mystérieuse qui massacrait les Gardiens comme les démons.

On y était depuis au moins deux heures et, jusqu'à présent, tout ce qu'on avait vu c'était une poignée de démons qui avaient détalé dès qu'ils avaient repéré Zayne.

— C'est normal ? demandai-je alors qu'on approchait de l'entrée d'un métro. Que les Diablotins s'enfuient dès qu'ils te voient ?

— Oui. Ils n'attaquent jamais.

Zayne me conduisit en bas des escaliers du métro. Mon cœur manqua un battement. Les marches, c'était ce qu'il y avait de pire, quand l'éclairage était mauvais. Je m'accrochai à la rampe, progressant à pas prudents.

— Je les laisse tranquilles, poursuivait Zayne. Certains autres Gardiens agissent différemment, mais comme je l'ai déjà dit, ces démons-là sont relativement inoffensifs.

Une partie de moi était soulagée d'entendre ça, parce que nombre des Diablotins que j'avais aperçus ce soir avaient l'air jeunes, genre adolescents, sans que je sois sûre qu'il s'agisse de leur âge véritable.

— J'ai une autre question, dis-je, une fois parvenue au bas des marches sans y avoir laissé ma peau.

On se trouvait sur le quai humide et sentant le moisi. Zayne soupira.

— Pourquoi je ne suis pas surpris…

Je l'avais assailli de questions toute la soirée et je savais que j'étais une plaie absolue, mais là, j'avais une question plus sérieuse pour lui.

— Est-ce que ton déménagement et ton désir d'indépendance ont un rapport avec Layla ?

Il marchait devant moi.

— Pourquoi ça t'intéresse ?

— Parce que ça m'intéresse, répondis-je en pressant le pas pour le rattraper. Et parce que le fait que tu vives seul est étrange. Note que si tu avais répondu à la question avant, je ne continuerais pas à te la poser.

Zayne poussa un soupir sonore, puis s'arrêta sous l'éclat d'un néon.

— J'avais juste besoin d'espace, Trinity. Après la mort de mon père, et après les choses avec… avec Layla, j'ai refusé de prendre la tête du clan, parce que j'avais besoin d'espace.

Pendant un moment, je restai sidérée qu'il ait répondu à la question.

— Il s'est passé quoi avec Layla ?

Il détourna le regard.

— C'est une histoire longue et alambiquée, mais en gros, le clan s'est retourné contre Layla. Pas tous les membres, mais suffisamment. Après l'avoir vue passer de petite fille à jeune femme, en sachant ce qu'elle était et ce dont elle était incapable, ils se sont mis à imaginer le pire à son sujet et ils ont failli la tuer. C'est mon père qui a mené la charge contre elle, précisa-t-il. (Je sentis mon ventre se tordre.) Et c'était ma faute.

— Comment ça, c'était ta faute ? Qu'est-ce… ?

Je m'interrompis et plissai les paupières pour observer la zone derrière Zayne.

— Hum, mes yeux peuvent me jouer des tours, mais…

On était à environ un mètre cinquante des escaliers, et l'espace sombre entre nous et les marches s'était mis à… chatoyer et à vibrer. Je relâchai brusquement le souffle que je retenais, qui forma des bouffées de petits nuages blancs comme une brume. Un vent glacial s'engouffra dans le tunnel, rejetant mes cheveux en arrière.

— C'est quoi ce bordel ? marmonnai-je.

Zayne se retourna et me fit reculer.

— Merde.

— Quoi ? demandai-je en regardant autour de lui.

Soudain, le bourdonnement sourd qui m'avait alarmée explosa sous la forme d'une pression à la base de mon cou.

La silhouette prit forme en quelques secondes. Une créature semblable à un homme, mesurant près de deux mètres de haut. Des muscles roulant sous une peau brillante, couleur onyx. Deux cornes épaisses s'incurvaient vers l'intérieur sur le sommet de son crâne. Les pointes en étaient acérées et je n'avais aucun doute : si cette créature donnait un coup de tête à quelqu'un, il l'empalerait sans mal.

Ses pupilles de félin fendaient des iris de la couleur du sang. Et quand il sourit, deux crocs acérés comme des rasoirs apparurent.

Un Infernal.

Créées par la douleur et la misère, ces créatures ne vivaient pas sur terre. J'avais lu des choses à leur sujet dans l'un des énormes livres que Misha et moi avions étudiés. Elles existaient dans les entrailles de l'enfer, avec pour mission de torturer les âmes des damnés. Il leur était interdit d'être à la surface, et pourtant l'une d'entre elles se tenait devant les marches montant vers le monde, où les gens allaient et venaient.

Mais ce n'était même pas ça, le plus perturbant.

— Il est nu. Genre vraiment nu, dis-je en attrapant mes lames.

— Je vois bien.

— Oui, mais moi, je ne vois que ça, Zayne. Le type est vraiment à poil, ajoutai-je en secouant la tête. Je ne peux pas me concentrer. Oh, mon Dieu. Il a ses trucs qui pendouillent, là, à la vue de tout le monde.

— Tu veux bien arrêter d'en parler, s'il te plaît ? Merci bien.

— Mais pourquoi il est nu ? Ils n'ont pas de vêtements en enfer ?

Ben quoi, ma question était valable, non ?

— Peut-être qu'il voulait t'impressionner.

J'avais la nausée.

— Je vais vomir.

— Essaie de ne pas le faire sur moi.

Sur quoi Zayne s'élança et sa transformation s'effectua pendant sa course vers l'Infernal. Il avait atteint sa forme pleine et entière de Gardien quand il percuta la créature au niveau du flanc. L'Infernal rugit et l'envoya valser contre le mur avec un grognement. Des morceaux de ciment cédèrent sous l'impact.

Lâchant un juron, je me ruai vers Zayne qui se relevait. Soulagée de voir qu'il n'avait rien, je me tournai vers l'Infernal.

L'adrénaline réveilla mes sens alors que la créature m'observait. Il inclina la tête, renifla l'air par ses narines de taureau. Négligeant le fait qu'il était très, très nu, j'armai mon bras, prête à lancer une de mes lames, quand l'Infernal... disparut, tout simplement. Une seconde plus tard, je sentis son souffle sur mon cou. Je fis volte-face. Du sang s'écoulait par les deux trous qu'avaient perforés les griffes de Zayne dans son estomac hyper musclé.

Je balançai ma lame d'acier contre l'Infernal. Qui disparut et réapparut à quelques pas sur ma gauche. Je me baissai et me jetai vers les jambes de la créature, en grimaçant parce que, oui, le gars était nu. Avant que mon coup de pied fasse mouche, l'Infernal s'évanouit à nouveau.

— Merde ! criai-je, agacée.

Son gloussement profond et guttural m'indiqua l'endroit où il se tenait maintenant. Bondissant debout, je pointai la lame vers... le milieu.

À une vitesse déstabilisante, il attrapa mon bras, puis sa main entoura ma gorge et me souleva du sol. Son corps vibra, et un homme apparut devant moi, presque trop beau pour être regardé. Les cornes étaient toujours là, tout comme les crocs, mais il avait l'air tout droit sorti d'un calendrier de mecs sexy tout nus.

De mecs sexy tout nus avec des cornes.

Il renifla l'air à nouveau et grogna.

— Il a dit que ce serait facile de te trouver. Je ne pensais pas que ce serait aussi facile.

— Qui ? hoquetai-je.

L'Infernal aux cheveux bruns sourit, faisant apparaître des crocs tout sauf humains alors qu'il m'attirait en avant, vers sa bouche.

— Celui qui fait saigner ton Protecteur.

La fureur explosa en moi. Ma *grâce* brûla dans mes veines, mais je la repoussai. Même s'ils savaient ce que j'étais, pas la peine de le signaler aux autres démons des environs. Saisissant ses poignets charnus, je levai les jambes et utilisai le torse de l'Infernal comme un tremplin. Le mouvement fit lâcher prise à la créature, et je finis ma chute dans une roulade qui me remit sur pied.

Zayne se précipita à travers le quai, sauta par-dessus le garde-fou. Il frappa l'Infernal abasourdi dans le dos, le propulsant à terre. Ils tombèrent tous les deux sur le ciment dur du sol et roulèrent dangereusement près du bord de la plate-forme et des rails en contrebas.

— Ne le tue pas ! criai-je. Il a des informations sur Misha !

— Je ne te promets rien.

Zayne pivota, attrapant l'Infernal à la mâchoire.

Pendant un moment, je restai comme envoûtée par la brutalité gravée sur le beau visage de Zayne, qui reculait pour donner un autre coup. Peut-être parce que c'était la première fois que je me retrouvais ici, à me battre comme ça. Misha et moi nous étions entraînés pour un jour comme celui-ci, mais en dehors des

Charognards et de l'attaque qui avait fini par son enlèvement, je n'avais jamais rien vécu de tel.

L'Infernal disparut de nouveau et Zayne heurta le sol, mais se rattrapa avant de s'écraser à plat ventre sur le ciment.

Réapparaissant au-dessus de lui, l'Infernal l'attrapa par la peau du cou et le souleva. Arquant le dos, Zayne balança les jambes en arrière, les noua autour de la taille de son adversaire, tandis qu'il utilisait ses deux bras pour se débarrasser de la prise de l'Infernal sur lui. Il bascula vers le bas et posa les deux mains sur le sol crasseux. Utilisant l'élan et le poids de l'Infernal, il poussa la créature cul par-dessus tête.

Un souffle glacé dansa sur mon cou nu. Je pivotai et me retrouvai face à un autre Infernal.

Celui-ci avait une peau de la couleur des charbons ardents. Il rougeoya et se transforma en un autre homme d'une beauté inhumaine – lui aussi super à poil.

— Attrape-la ! hurla le premier Infernal.

— C'est fait, répondit celui qui se trouvait devant moi, d'une voix tout aussi profonde et gutturale.

— Dites, les gars, vous n'avez pas de vêtements en enfer ?

Laissant l'instinct prendre le dessus, je plongeai sous le bras de l'Infernal et j'enroulai le mien autour de son cou, que je serrai. Au loin, une rame de métro klaxonna.

L'Infernal rit.

— Tu aimes ce que tu vois ?

— Désolée, marmonnai-je. Pas intéressée.

— Oh, mais moi, si.

L'Infernal se courba et me jeta par-dessus son épaule.

Mon dos heurta le bord du quai de plein fouet. La douleur explosa en moi, m'assommant momentanément. En un instant, l'Infernal se tint au-dessus de moi. Je roulai, mais pas assez vite. Son sabot me frappa directement dans le dos et, avant que je puisse me rattraper, je basculai par-dessus le bord de la plate-forme.

Je ne tombai que d'un mètre environ, mais l'atterrissage me fit un mal de chien. Mais c'était mieux que de se prendre un métro en pleine face, cependant, et le Klaxon de la rame à l'approche fit disparaître la douleur. Me relevant d'un bond, je m'agrippai au rebord.

— Où crois-tu aller ? (L'Infernal était derrière moi, qui me tirait en arrière.) Tu croyais qu'on s'amusait ?

Je vis brièvement Zayne passer derrière l'autre Infernal pour lui enfoncer un poing griffu profondément dans le dos. Un sang noir et huileux jaillit de la poitrine de l'Infernal alors qu'un trou se formait à la place de son cœur – en supposant qu'il en ait eu un. Le hurlement de douleur de l'Infernal me conforta dans ma supposition et, bon, autant faire une croix sur les informations que je risquais d'obtenir de ce côté-là.

Zayne relâcha l'Infernal, qui s'embrasa. En quelques secondes, il ne restait plus que du ciment brûlé et une odeur de soufre.

Il leva la tête et me vit.

— Merde !

En une seconde, Zayne atterrit accroupi sur les rails à côté de moi.

— Recule, par l'enfer, ordonna-t-il à mon assaillant.

L'Infernal reprit sa vraie forme et se mit à rire.

— Écarte-toi ou je répands tes entrailles partout sur ce quai et je fais un festin de ton cœur, Gardien.

— J'aimerais te voir essayer.

— J'aimerais te voir mourir, grogna l'Infernal en montrant les crocs.

La lumière les avala soudain : le train venait de prendre le virage à environ huit cents mètres sur la voie ferrée. Mon rythme cardiaque grimpa en flèche et l'Infernal disparut.

— Derrière toi ! cria Zayne.

Je tournoyai et frappai, mais l'Infernal m'attrapa le poing. Il inclina la tête sur le côté.

— Ou alors, je vais peut-être te faire revivre ton pire souvenir encore et encore, jusqu'à ce que tu t'arraches la peau et que tu supplies la mort de venir te prendre. Ah, oui… « Maman » ? Tu veux que je te rappelle comment elle est morte ? Comment tu… ?

La rage, puissante et létale, déferla en moi par vagues empoisonnées et je sentis ma *grâce* me brûler la peau.

— Va te faire foutre.

J'arrêtai de penser. Pivotant, je me pliai en deux au moment où l'Infernal se rapprochait et je donnai un coup de pied. Ma chaussure entra en contact avec la créature, juste sous son menton. Son cou fut projeté en arrière et je tournoyai sur moi-même, avant d'enfoncer la lame d'abord dans son cou, juste pour entendre son cri guttural.

— Où est Bael ?

— Tue-moi maintenant, lança-t-il en crachant le sang. Parce que je ne te le dirai jamais.

J'abaissai la dague et lui transperçai la poitrine.

— Dis-moi où est Bael, putain !

L'Infernal baissa la tête, laissa échapper un rire sanguinolent, puis il s'empala complètement sur ma dague. Vu le tranchant de la lame, elle s'enfonça jusqu'à la garde.

— Merde ! criai-je en retirant aussitôt la main.

Lui aussi s'embrasa et disparut. Je commençai à me tourner vers Zayne…

Il se précipita, plaquant son corps contre le mien pour me coller contre le mur de pierre. Il n'y avait plus aucun espace entre nos deux corps. Un rugissement assourdissant emplit mes oreilles alors que le train passait devant nous. Le crissement aigu des roues sur les rails me perça les tympans. Je sentis le corps de Zayne se crisper autour de moi alors que mes doigts s'enfonçaient dans ses bras. J'avais l'impression que cette rame n'en finirait jamais. Le vent provoqué par sa vitesse nous fouettait, vêtements et cheveux.

Finalement, le dernier wagon nous dépassa et, la menace d'être écrasée par un train ayant disparu, je pris conscience de chaque endroit où une partie de mon corps touchait celui de Zayne. Aucun de nous ne bougea. Je ne pouvais pas. Pas avec son corps si étroitement serré contre moi.

Non pas que j'en aie eu envie, de toute façon.

Zayne était toujours sous sa forme de Gardien, sa chemise déchirée par la transformation, et la chaleur de son corps s'insinuait à travers mes vêtements. La peau de ses bras sous mes mains était dure comme de la pierre, lisse, idem pour la peau de son torse contre ma joue. Sa tête était toujours collée contre la mienne, sa main toujours dans ma nuque. Je n'avais pas compris qu'il m'avait glissé la main dans le cou quand il avait bondi vers moi, mais il avait placé sa main entre mon crâne et le mur, pour me protéger en même temps qu'il me poussait contre le ciment.

Il sentait… Mon Dieu, il sentait incroyablement bon. Son parfum de menthe d'hiver envahit chaque pore de mon corps. À chaque inspiration, je l'avais sur le bout de ma langue.

Mes lèvres s'entrouvrirent et je fermai les yeux, surprise qu'il n'ait pas brisé son étreinte et soudain, désespérément, je m'interdis de bouger ou de faire quoi que ce soit, de peur qu'il ne me lâche.

Surtout pas ça.

Je le voulais près de moi. Je le voulais plus près. Mon pouls se mit à cogner à tout rompre lorsque je pris conscience des battements de son cœur contre ma joue. La main dans ma nuque fut secouée d'un spasme, ses doigts s'enfoncèrent dans mes cheveux et un frisson me parcourut l'échine.

Le souffle chaud de Zayne effleura le côté de mon cou quand il leva lentement la tête. Je me forçai à rester aussi immobile que possible alors que son souffle dansait maintenant sur ma joue, et puis je ne pus plus résister, plus rester immobile.

Je bougeai la tête, chassant son souffle chaud et ne m'arrêtant que lorsque je le sentis sur mes lèvres. Mes yeux s'ouvrirent et tout ce que je voyais, c'étaient ses yeux pâles de loup, brûlants et dévorants. Mon regard tomba sur les crocs fins qui séparaient ses lèvres, mais je n'avais pas peur.

J'étais envoûtée.

Je me demandais ce que ça ferait de l'embrasser sous sa vraie forme, et quelque chose que je n'avais jamais ressenti auparavant m'envahit. Un désir puissant et paralysant qui me priva de tout contrôle, me laissa étourdie et comme...

Comme si j'avais attendu ça, comme si je l'attendais, lui depuis toujours.

Zayne brisa soudain le contact et sauta sur le quai. Sa chaleur corporelle fut remplacée par du froid et je me retrouvai à me demander ce qui venait de se passer.

— Trinity, murmura-t-il en tendant un bras.

Et il s'accroupit pour me hisser et nous finîmes sur le flanc, l'un en face de l'autre.

Je roulai sur mon dos douloureux et pliai les genoux.

— Doux Jésus !

— Comme tu dis, fit-il en poussant un lourd soupir. Il t'a mordue ?

Les morsures des Infernaux étaient extrêmement venimeuses. Elles tuaient un humain en quelques secondes et pouvaient paralyser un Gardien pendant des jours.

— Non, répondis-je. Et toi ?

— Non. Ça va ?

Je grimaçai en me redressant.

— Super. Eh bien, c'était sympa. Ils me cherchaient. Le premier a dit...

— J'ai entendu. Il pourrait avoir menti. (Il tourna la tête et me regarda.) Juste pour t'embrouiller la tête.

— Peut-être, murmurai-je, peu convaincue. (Zayne aussi savait que c'était peu probable.) Tu as vu ce que cet Infernal a fait ? Il s'est empalé sur ma dague.

— J'ai vu.

— Il s'est tué plutôt que de nous dire où se trouve Bael.

— Je ne suis pas du tout surpris, commenta Zayne en repoussant une mèche de cheveux. Tu sais ce que ça signifie, non ?

— Quoi ? grognai-je, en essayant, en vain, d'épousseter mon corps.

On aurait pu croire que j'étais tombée dans un tas de sucre en poudre.

— Bael sait que tu es ici.

24

— Il sait que je suis là, dis-je à Jada le lendemain matin.

Comme promis, j'étais allongée sur mon lit, mon téléphone était posé sur un oreiller supplémentaire et on se parlait en FaceTime. Elle était superbe, les yeux brillants, blottie dans sa couette à motifs en cachemire rose et gris. Moi, d'un autre côté, j'étais à moitié cachée sous la couverture de Zayne et j'étais plus que contente de ne pas pouvoir me voir dans le petit carré en haut de l'écran de mon téléphone.

— Bael a envoyé deux Infernaux à mes trousses.

— Putain de merde ! lâcha-t-elle.

Je tenais la couverture sous mon menton.

— Ouais. Je ne les avais même pas sentis jusqu'à ce qu'ils surgissent de nulle part. J'avais oublié qu'ils pouvaient faire ça. On a essayé de les prendre vivants, mais Zayne a dû en tuer un et l'autre s'est empalé sur ma dague.

— Bon Dieu, Trin, pour ta première nuit dehors, ça craint. (Elle tendit la main et ajusta son téléphone, le rapprochant de son visage.) Donc il sait ce que vous êtes, Misha et toi.

Je frissonnai.

— Ben ouais. Cela dit, c'est sans doute une bonne nouvelle.

Je vis sa mâchoire se décrocher.

— Pourquoi penses-tu que ce soit une bonne nouvelle ?

— Parce que ça veut dire qu'il garde Misha en vie. (Je marquai une pause.) Probablement comme appât, ce qui craint, mais il est en vie et c'est tout ce qui compte.

Jada resta silencieuse un long moment, puis elle demanda :

— Vraiment ?

Je fronçai les sourcils.

— Qu'est-ce que tu veux dire ?

Je l'entendis soupirer.

— Je ne veux même pas l'envisager et je sais que toi non plus, mais Dieu seul sait ce qu'ils font à Misha et comment ça va l'affecter. Je ne dis pas qu'être mort, c'est mieux, mais... ça va probablement être très dur quand tu le ramèneras.

Des larmes me brûlaient les yeux.

— Je sais. Je ne peux pas... Je ne veux pas penser à ça. Peu importe... l'état dans lequel il est, on le soignera.

— Absolument, acquiesça-t-elle en clignant rapidement des paupières, puis en s'essuyant le dessous des yeux avec sa paume. OK. Dis-moi autre chose. Tu as pu visiter un peu la ville ?

Ravie de ce changement de sujet, je laissai échapper une petite expiration.

— Pas vraiment. Hier, on est restés dedans pour se reposer pendant la journée, puis on est sortis le soir, lui racontai-je, passant sous silence l'entrevue avec Roth et Layla.

Je ne pensais pas que Jada comprendrait qu'on demande de l'aide à des démons, alors que je ne le comprenais pas moi-même.

— Tu vas prendre le temps de voir des trucs ? demanda-t-elle.

Je secouai brièvement la tête.

— J'en ai envie, mais c'est un peu bizarre de faire du tourisme pendant que Misha est…

— Oui, tu as raison. (Un léger sourire apparut et s'éteignit sur ses lèvres.) J'adorerais voir les musées. J'en ai toujours eu envie, mais ce n'est pas comme si ça risquait d'arriver.

Ma compassion monta à mesure que je la contemplais. Les Gardiennes étaient gardées dans des cages dorées ornées de bijoux.

— Peut-être que Ty sera affecté ici l'année prochaine ? De toute évidence, ils ont besoin de renforts.

— Peut-être, répondit-elle avec un soupir. Tu sais, je comprends pourquoi je ne peux pas simplement venir te voir ou t'aider, mais ça…

— Ça craint, complétai-je à sa place. Si au moins ils entraînaient les femmes à se battre, vous ne seriez pas aussi…

Je laissai ma phrase en suspens, faute de trouver le bon mot.

— Coincées, termina Jada à ma place. C'est comme ça que je me sens. Coincée. (Je ne savais pas quoi répliquer.) Ne te méprends pas. J'ai de la chance, j'en suis bien consciente. J'aime Ty et je sais que je serai heureuse avec lui, mais… savoir que mes amis sont dehors, qu'ils ont besoin d'aide et que je ne peux rien faire, ça craint, voilà. (Elle poussa un autre soupir sonore.) Ça m'énerve, aussi, parce que ça pourrait être différent.

— Alors fais en sorte que ça change, lui dis-je.

— Comment ?

— Thierry t'écoute. Si quelqu'un peut t'aider à changer les choses, c'est bien lui.

Croyant entendre Zayne dans le salon, je me déplaçai légèrement et jetai un coup d'œil vers la porte fermée de la chambre. La douleur dans mon dos me tira un geignement.

— Je t'ai vue ! s'exclama Jada. Tu es blessée ?

— Pas vraiment. J'ai juste mal au dos. L'Infernal m'a secouée comme si j'étais un bébé mal élevé. Tu sais quoi, je te rappelle…

— Attends ! Vite fait, comment ça se passe avec Zayne ?

Je reportai les yeux sur mon téléphone.

— Bien. Je suppose. Je veux dire, on n'a pas encore essayé de s'entre-tuer.

— Tu l'as encore embrassé ?

— Oh, mon Dieu ! gémis-je en repensant à la nuit passée. Non, mais merci de me le rappeler. Je raccroche.

Elle rigola.

— Tu me rappelles plus tard, d'accord ?

— Promis. Je t'aime.

— Je t'aime encore plus, répliqua-t-elle en coupant l'appel.

À peine avais-je roulé sur mon dos douloureux et regardé la photo sur la table de nuit, rangée près du livre, que la voix de Zayne me parvint de l'autre côté de la porte.

— Trinity ? Tu peux venir me rejoindre ?

Non sans grogner à mi-voix, je me tirai du lit et sortis de la chambre en traînant les pieds, puis sentis immédiatement l'odeur du café et… du bacon ? Mon estomac gargouilla quand je vis Zayne devant la cuisinière. Ses cheveux étaient tirés en arrière au niveau de la nuque. Ce qui m'amena à réaliser, à cet instant précis, que j'appréciais un chignon bien fait, chez un homme.

Jada serait morte de rire en entendant ma conclusion.

Il jeta un coup d'œil par-dessus son épaule vers le milieu de la pièce où je m'attardais.

— Approche. Je me suis dit que tu aurais faim.

Je ne m'étais pas rendu compte de l'ampleur de mon appétit jusqu'alors.

— Oui, j'ai les crocs.

— Alors prends un siège et laisse-moi te nourrir.

Ce que je fis, en sautant sur le tabouret. Zayne était en train d'éteindre la cuisinière. Il y avait déjà deux assiettes prêtes, toutes deux recouvertes d'une serviette en papier.

— Tu bois du café ? demanda-t-il sans se retourner. J'ai du jus d'orange, ajouta-t-il en me voyant secouer la tête.

— C'est parfait, dis-je en m'apprêtant à descendre de mon perchoir. Je peux le sortir, si tu m'indiques...

— Reste assise.

Il alla vers un placard et prit un verre, puis se dirigea vers le frigo.

— Je me suis dit qu'après t'avoir vue te faire pourchasser par des Démons Infernaux nus, le moins que je puisse faire c'était de te préparer un petit déjeuner.

Je frissonnai.

— Je vais avoir besoin de plusieurs années de thérapie intensive pour effacer certains souvenirs.

— Et moi donc.

Il posa l'assiette et le verre de jus d'orange devant moi, et je m'attaquai illico au bacon. C'était délicieux, à la fois salé et pourtant sucré, cuisiné au sirop d'érable, et je dus me retenir de me lécher les doigts une fois mon bacon avalé.

Zayne, qui termina le sien avec un café noir, me regarda par-dessus le bord de sa tasse.

— Quoi ? demandai-je, en passant mon doigt sur le bord de mon assiette.

— Tu te débrouilles très bien.

— Pour quoi ? Manger du bacon ? Je suis extrêmement douée en effet.

Il sourit.

— Dans tous les domaines. Tu n'avais jamais patrouillé auparavant et même si tu as déjà combattu des démons, ce n'est pas une activité quotidienne pour toi, or tu t'es très bien débrouillée hier soir.

Contente du compliment, je haussai les épaules dans un geste faussement détaché.

— C'est à ça que j'ai été formée, tu sais ? Peut-être pas à combattre des Infernaux nus, mais je passe ma vie à m'entraîner avec...

Je laissai ma phrase en suspens et posai les yeux sur mon assiette vide. J'avais encore envie de bacon et peut-être de chocolat.

Beaucoup de chocolat.

— Misha ? compléta-t-il doucement.

Je hochai la tête.

— On s'entraîne depuis toujours en vue du jour où on sera appelés.

— Appelés pour quoi ?

— Tu sais, ça n'a jamais été vraiment spécifié, admis-je en glissant du tabouret, grimaçant à la douleur au dos provoquée par la secousse. Seulement qu'on serait convoqués par mon père à un moment donné, pour combattre.

Zayne baissa sa tasse.

— Qu'est-ce qu'il y a ?

— Qu'est-ce qu'il y a... quoi ?

— Tu viens de tressaillir. Tu es blessée ? devina-t-il soudain, je le vis sur son visage si beau.

— Je vais bien.

J'apportai mes couverts à l'évier. Oui, techniquement, j'allais bien.

Zayne était immobile et puis, soudain, il fut derrière moi : ce gars se déplaçait plus vite que je ne pouvais le suivre.

— Je déteste quand tu fais ça ! lançai-je.

— Hum.

Il attrapa mon tee-shirt, sourd à mes protestations quand il le souleva. Il marmonna un juron et je sus qu'il venait de découvrir ce que j'avais examiné dans le miroir de la salle de bains en me levant ce matin pour aller aux toilettes.

— Pourquoi tu n'as rien dit, Trinity ?

Je récupérai mon tee-shirt et me dirigeai vers l'endroit où se trouvait mon jus de fruit. Je l'attrapai d'un geste agacé.

— Ça va.

— Ça ne va pas, répliqua-t-il. Ton dos ressemble à un punching-ball cabossé.

Je fronçai les sourcils.

— Belle description.

— Ça date des Infernaux ? Ou est-ce que tu es comme ça depuis un moment ?

— Des Infernaux. Probablement quand l'autre m'a jetée d'une plateforme.

— Tu aurais dû m'en parler.

Je haussai une épaule en prenant une gorgée de jus, tandis qu'il me contournait. Ses pieds nus chuchotaient sur le ciment.

— Pourquoi n'en avoir rien dit ? insista-t-il.

Il passa derrière l'îlot et ouvrit l'un des tiroirs, dont il sortit un petit bocal.

— Je ne sais pas.

Honnêtement, je ne voulais pas qu'il pense que je me plaignais pour un rien.

— Tu as beau être une Légitime dure à cuire, tu n'en es pas moins à moitié humaine. Tu fais des hématomes plus facilement que les Gardiens, et si tu avais été complètement humaine, tu aurais été tuée une dizaine de fois la nuit dernière.

Il posait sur moi son regard perçant même si, à la distance où il se tenait, ses traits étaient flous pour moi. Je levai les yeux au ciel.

— Je ne voulais pas passer pour une geignarde et puis, c'est… ce n'est vraiment pas si grave. Ce ne sont que des bleus, ils vont bientôt s'estomper.

— Que des bleus ? Je n'ai pas l'habitude de… patrouiller avec des demi-humains, donc je ne connais pas tes limites, et j'ai besoin de les connaître pour que tu ne te blesses pas.

Je me rendis compte, alors qu'il s'approchait, qu'il avait quelque chose à la main.

— Je ne suis pas blessée, m'entêtai-je.

— Je ne suis pas d'accord, fit-il en prenant ma main libre dans la sienne. Et c'est la première fois que tu te frottes aux démons au quotidien. Tu ne connais même pas tes propres limites.

— Tu réagis de façon excessive.

— Tu as vu ton dos ?

Il me traîna dans la chambre, puis dans la salle de bains, où il alluma les néons très lumineux.

Je grimaçai.

— Oui, je l'ai vu et ce n'est pas grand-chose.

Zayne lâcha ma main.

— Il n'y a que toi pour te disputer avec moi sur l'état de ton dos. J'ai besoin que tu te déshabilles jusqu'à la taille.

Il avait posé son pot sur le rebord du lavabo.

Je le regardai, médusée.

— Quoi ? D'habitude, le mec me dit que je suis jolie avant d'exiger que j'enlève le haut.

Son regard était sans expression aucune.

— C'est tout ce qu'il faut pour que tu enlèves ton tee-shirt ? Tu es très jolie, Trinity.

Les paupières plissées, je posai mon jus d'orange sur le lavabo pour ne pas le lui jeter à la figure.

— Ça ne suffit pas, non, merci beaucoup, et tu n'avais même pas l'air de le penser.

— Oh, je le pensais.

— Peu importe. Pourquoi est-ce que je dois enlever mon tee-shirt ?

Il prit le pot.

— Pour que je puisse t'appliquer ça dans le dos. Ça fera cicatriser les bleus plus vite et, à moins que tes articulations ne se plient dans les deux sens, tu vas avoir besoin d'aide pour l'appliquer. Donc, je dois voir ton dos.

Je le regardai fixement.

Il soutint mon regard.

— Tu es ridicule, Trinity. Je n'essaie pas de te zieuter à moitié nue. J'essaie de m'assurer que tu n'es pas blessée ailleurs encore et aussi que tu guéris pour qu'on puisse continuer à patrouiller.

Une petite partie de moi était… déçue qu'il n'essaie pas de me déshabiller parce qu'il était attiré par moi. Tordu, comme réaction, non ? Je n'avais aucune idée de la raison pour laquelle ça me décevait. Ça ne devrait pas. Zayne était un véritable gentleman, agaçant et Monsieur Je-sais-tout, mais gentleman jusqu'à la moelle. Cependant, mon étrange sensation de déception se transforma en quelque chose d'explosif.

Je ne sais pas précisément pourquoi je fis ce que je fis ensuite, mais il y avait toute une liste de raisons pour que je perde le contrôle, donc je pourrais vous citer n'importe laquelle pour me justifier.

En soutenant son regard, j'enlevai mon tee-shirt, que je laissai tomber au sol.

— Content ?

Incroyablement immobile, Zayne continuait à me fixer et il resta comme ça si longtemps que je commençai à le croire endormi debout avec les yeux ouverts. Mais alors son regard lâcha le mien et moi, je retins ma respiration. Je ne portais rien de sexy. Juste un soutien-gorge normal, un noir ordinaire avec des festons sur les bordures des bonnets.

Un muscle tressauta le long de sa mâchoire tandis que son regard remontait lentement vers le mien. Sans rompre le contact visuel, il me tendit une serviette.

Je la lui pris, mais je ne m'en couvris pas.

— Le soutien-gorge aussi ?

Zayne haussa un seul sourcil et un long moment s'écoula.

— Ce serait probablement plus facile.

L'espace d'une petite seconde, je me figurai arrachant mon soutien-gorge, là, juste devant lui aussi. Et Zayne en mourrait probablement sur-le-champ. Son expression en vaudrait la peine, mais je me dégonflai avant même d'y avoir pensé sérieusement.

— Tu peux te retourner ?

Sourcil arqué, il se tourna vers la douche, hors de la trajectoire du miroir, dans un mouvement volontairement exagéré.

Pivotant le haut du corps, je posai la serviette sur le lavabo, puis je dégrafai mon soutien-gorge. Il glissa le long de mes bras jusqu'au sol. Je le poussai de l'orteil sous mon tee-shirt déjà par terre, puis je repris la serviette et la tins sur ma poitrine. Je voyais mon dos dans le miroir : il ressemblait vraiment à un échiquier en rose et bleu.

— Je suis à peu près visible, annonçai-je.

Dans la glace, Zayne se retourna derrière moi.

— Bon sang, grogna-t-il, et pas en réponse à ma quasi-nudité. Je n'en reviens pas que tu n'aies rien dit ! Et ne viens pas prétendre que ça ne fait pas mal. Ça fait forcément mal, Trinity.

En effet.

— Je suis plus dure que je n'en ai l'air.

— Certes, mais j'aurais dû mieux te surveiller.

— Ce n'est pas ta faute, répliquai-je.

Je humai l'air quand il dévissa le couvercle du pot. L'odeur me rappelait le camphre, mais il y avait quelque chose d'autre en dessous.

— Qu'est-ce que c'est ?

— Un baume concocté par Jasmine, la femme de Dez. Elle est vraiment douée pour ce genre de trucs. C'est un mélange d'arnica, de curcuma et de méthanol. Je pense qu'elle en a même avec de l'hamamélis dedans. Il s'agit d'un anti-inflammatoire qui réduit la douleur et les gonflements. Un véritable produit miracle.

Sur quoi, Zayne posa les doigts sur ma peau et je sursautai à son contact.

— Désolé, marmonna-t-il.

La pommade était froide et visqueuse, mais ma réaction, elle, avait été provoquée par ses doigts. À part me prendre la main ou occasionnellement me jeter à terre, Zayne n'avait pas pour habitude de me toucher.

Or, là, il me touchait vraiment.

Il commença par étaler le baume épais sur ma peau, puis le fit pénétrer par des mouvements de haut en bas. Ses doigts effleurèrent le côté de mon sein, et ma peau devint étrangement chaude.

Je levai le regard vers le miroir. Je ne voyais que lui, debout derrière moi, si incroyablement grand et large. Il inclinait sa tête blonde, concentré sur sa tâche.

Bon, le voir derrière moi ne fit rien pour aider à refroidir ma peau.

— Elle est comment, Jasmine ? demandai-je, en essayant d'oublier que j'étais absolument topless.

Il gloussa.

— Sa sœur Danika et elle contournent le système dès qu'elles le peuvent, disons, mais avec Dez, ils ont de la chance. Ils s'aiment... ils s'aiment pour de vrai et ils ont deux enfants. Sacrés petits bouts... Leur fille Izzy commence juste à apprendre à se transformer et à voler. Elle n'arrête pas de se prendre le ventilateur du plafond.

— Oh, là, là, murmurai-je, secouée malgré moi par le rire, car je pensais à Nabot et à sa relation aux ventilateurs.

Pensée qui m'amena à prier pour que Nabot n'apparaisse pas tout à coup.

— J'aime observer les petits de la communauté lorsqu'ils commencent à se transformer. C'est adorable de les voir apprendre à marcher et à utiliser leurs ailes.

— Désolé, chuchota-t-il quand je sursautai à nouveau.

— C'est bon.

Je me sentais vraiment, étrangement chaude, ce qui était bizarre, car le baume était très froid.

Zayne continuait sans se presser. En effleurant les bords de la serviette et suivant mes côtes, ses doigts me tiraient des frissons et je n'étais pas sûre qu'il y ait des bleus à cet endroit-là. Quand ses mains repartirent en arrière, je ne savais pas si je devais en être soulagée ou déçue.

— Tu crois que j'aurai l'occasion de rencontrer Danika et Jasmine ? demandai-je, dans l'espoir sans doute vain de détourner mon attention.

— Si ça te dit, je ne vois pas pourquoi tu ne les verrais pas.

Sa réponse tranquille me réchauffa aussi à l'intérieur.

— J'aimerais bien.

Pendant une seconde, son regard monta et rencontra le mien dans le miroir.

— Alors je vais m'assurer que ça arrive.

Plusieurs autres secondes s'écoulèrent et je me pris à penser à des choses étranges – n'importe quoi, vraiment – pour garder mon esprit loin de ses mains.

— Avant de savoir ce que j'étais… ou plutôt, avant de comprendre ce que j'étais, je pensais être normale et, enfant, j'ai eu envie de devenir mille choses différentes quand je serais grande. Aucune d'entre elles ne correspondait à ça, mais…

— Tu as voulu être quoi ?

— Oh, il y a eu des trucs vraiment stupides.

— J'en doute.

Je ricanai.

— Après avoir vu *Jurassic Park*, j'ai voulu devenir archéologue.

— Je ne trouve pas ça stupide, argua-t-il, et même si je ne voyais pas son sourire, je le perçus.

— J'ai aussi voulu élever des lamas.

La main de Zayne s'immobilisa de nouveau.

— Des lamas ?

Je gloussai.

— Ouais. Et ne me demande même pas pourquoi. Je n'en ai aucune idée. Je voulais juste une ferme de lamas. Je pense que ce sont les animaux les plus incroyables qui existent. Tu savais que les enfants peuvent les monter ? Pas les adultes. Ce ne serait pas très confortable, ni pour toi, ni pour le lama.

— Je n'en savais rien, admit-il en pouffant. C'est probablement la chose la plus étrange que j'aie entendue depuis un bon moment. (Ses doigts habiles glissèrent sur ma colonne vertébrale.) Tu voulais aller à l'université ?

Je pris une inspiration pour me calmer et l'odeur fraîche du menthol me monta aux narines.

— Oui. Mais ma mère a toujours été contre, enfin tu sais, avant que je comprenne ce que j'étais, avouai-je en fermant les yeux. Je voulais voir un peu le monde et c'est bizarre, parce que la première fois que j'ai eu l'occasion de visiter Washington, quand on est allés chez Roth, ça m'a fichu la frousse. C'est bête, hein ?

La main de Zayne s'immobilisa.

— Non, je ne trouve pas. La ville, ça fait beaucoup de choses nouvelles à appréhender si on n'a pas l'habitude de voir tous ces gens.

Un sourire désabusé m'étira les lèvres.

— C'était un peu beaucoup, oui. Tous ces gens. Je ne peux même pas te dire combien de fois j'ai été incapable de déterminer si telle ou telle personne était morte ou vivante quand on la croisait dans la rue.

— Ça doit être gênant.

Sa main avait recommencé à bouger et moi, je cambrai légèrement le dos.

Il me fallut un moment pour rassembler mes pensées.

— Un peu, oui.

— En parlant de fantômes, celui qui est venu avec toi…

— Nabot ?

— Ouais. (Une pause.) Lui. Peut-il… déplacer les objets ?

Je souris.

— Oui. Il a déplacé quelque chose ?

— Ce matin, mes chaussures étaient dans le frigo.

Je ne pus m'empêcher de pouffer.

— Désolée. Nabot est très... très bizarre, mais il est inoffensif. Il veut juste attirer ton attention et il a une façon étrange de le montrer.

— Je peux être honnête ?

— Euh, oui.

— J'essaie de ne pas me focaliser sur le fait qu'il hante mon appartement en ce moment.

— Il ne le hante pas vraiment, nuançai-je. Envisage ça plutôt comme une cohabitation.

Zayne ricana.

— J'ai presque fini. (Sa main était de l'autre côté, qui faisait pénétrer la pommade au niveau de mon flanc.) Tu devrais déjà commencer à te sentir mieux.

— C'est le cas.

Et c'était vrai mais, alors qu'on se taisait tous les deux, je ne pouvais plus ignorer les mains de Zayne sur ma peau et l'effet qu'elles me faisaient. C'était comme si de l'électricité passait de ses doigts à ma peau et, quand ses longs doigts effleurèrent la bosse sensible près de mes côtes, je haletai légèrement.

— Désolé, dit-il encore, mais d'une voix différente, plus rauque. Ça va ?

— Ouais. (Je m'éclaircis la gorge.) Oui, répétai-je, tâchant de me trouver une autre distraction. Tu sais de quoi je suis le plus jalouse vis-à-vis des Gardiens ?

— Quoi ?

— Votre capacité à voler. Je suis une Légitime, une dure à cuire, mais je n'ai pas d'ailes. Ça craint. (Il gloussa. Je fis la moue.) Ce n'est pas drôle. J'adorerais voler et m'approcher des étoiles. À une époque, j'essayais de convaincre Misha de m'emmener dans le ciel, mais il n'a jamais accepté même si vous, les Gardiens, vous pourriez sans mal porter une voiture dans les airs. Quel enfoiré !

Zayne me fit pivoter avec précaution, puis ses mains quittèrent mon corps. Je plongeai dans ses yeux. Où je fus immédiatement piégée, tout à coup chaude et étourdie, comme si j'étais restée assise à bronzer sur une plage de sable blanc et, même s'il ne me touchait plus, je sentais encore ses paumes et ses doigts. Je ne pus m'empêcher de me demander ce qui se passerait si je laissais tomber la serviette.

Chaque muscle de mon corps se crispa. Lâcher la serviette et me retrouver seins nus devant Zayne ? Mon Dieu, il ferait une attaque. À quoi je pensais, moi ?

Pourtant, j'en avais envie, parce que je voulais... je voulais sentir à nouveau ses mains sur ma peau. Je voulais sentir sa bouche sur la mienne et, cette fois, je voulais qu'il m'embrasse.

Quelque chose changea dans son expression.

Ses yeux clairs, habituellement si froids, étaient soudain pleins de feu, et sa mâchoire était une ligne dure et droite. Ses traits étaient à la fois beaux et bruts, une combinaison sauvage.

— Il se peut qu'il faille recommencer, dit-il, d'une voix qui sonnait différemment, plus profonde et plus grave.

J'attendais ça avec grande impatience.

Ses lèvres s'ouvrirent comme s'il allait ajouter quelque chose, mais son téléphone sonna dans l'autre pièce. Il hésita, le regard toujours accroché au mien, puis il posa le pot sur le comptoir avant de tourner les talons et de sortir.

— Bon Dieu ! murmurai-je en me retournant vers le miroir.

Je pris une nouvelle inspiration saccadée. J'avais encore beaucoup trop chaud et vraiment besoin de remettre mon tee-shirt et mon soutien-gorge. C'était la chose logique à faire, surtout avant que Zayne revienne, pourtant je restai là, à regarder mon reflet dans le miroir.

Je ne me reconnaissais pas.

Bon, le chignon désordonné, à moitié tombé au sommet du crâne, c'était bien moi, mais les yeux vitreux, les lèvres fendues et la peau rougie, ça ne me ressemblait pas du tout. Un autre léger frisson parcourut ma peau tandis que la chaleur se précisait au creux de mon ventre. Zayne n'était même plus dans la salle de bains avec moi, et pourtant je sentais encore ses mains sur la peau de mon dos, le long de mes flancs jusqu'à l'endroit où le bout de ses doigts avait effleuré les côtés de mes seins.

Un bourdonnement aigu frappa mes veines alors que j'aspirais péniblement de l'air, et une lourdeur chaude et agréable s'installa en moi.

C'est normal.

C'est ce que je n'arrêtais pas de me répéter. Ce que je ressentais, c'était juste mon corps qui réagissait au contact de quelqu'un qui m'attirait, car oui, j'étais attirée par Zayne, mais c'était tout, juste une... une attirance charnelle, dont j'étais sûre qu'elle n'était pas réciproque.

Mais si c'était le cas ?

Ma respiration s'accéléra. Cela compliquerait les choses, pas vrai ? Cela dit, mon corps s'en fichait pas mal, de ces considérations. Pareil pour mon cerveau reptilien qui, soudain, envoyait des images pour accompagner le souvenir de ses mains nues, glissantes et douces sur ma peau, et ces images étaient aussi claires que la réalité.

Le reflet de Zayne apparut dans le miroir, qui me fit sursauter. Son regard rencontra le mien dans la glace.

— Je pensais que tu serais rhabillée, dit-il.

Je ne savais vraiment pas quoi dire lorsque je me tournai vers lui, en partant du principe que la serviette serait plus pudique que mon dos nu.

— Je, euh, je suis encore mouillée.

Les yeux pâles s'allumèrent d'une chaleur hivernale et son regard tomba.

— Vraiment ? dit-il, et j'aurais pu jurer qu'il avait ronronné contre ma peau.

Mon visage s'embrasa quand je réalisai ce que je venais de dire et la manière dont ma réplique pouvait être perçue.

— La pommade… la pommade est encore humide et je pensais la laisser sécher un peu.

Zayne hocha lentement la tête en se mordillant la lèvre inférieure. Il abaissa ses cils épais, qui voilèrent son regard.

— Qui a appelé ? demandai-je.

— Roth, répondit-il, et ma peau se glaça aussitôt. Il veut nous voir. Ce soir.

25

L'endroit où nous avions rendez-vous avec Roth s'avéra être un restaurant du nom de *Zeke's*. Il fallut nous garer dans un parking souterrain en bas de la rue, et c'était un peu bizarre de marcher à côté de Zayne, en me demandant si les gens qu'on croisait avaient la moindre idée de ce qu'il était.

Le restaurant me plut dès l'instant où on y entra. Baigné dans un éclairage doux, l'intérieur était un mélange de bois et d'acier bruts. Les banquettes avaient l'air confortables, avec des assises épaisses et des dossiers moelleux. Il s'en dégageait un côté rustique-moderne qui me rappela les montagnes et le Colorado.

Ce qui était d'autant plus étrange que je n'étais jamais allée dans le Colorado, mais allez savoir pourquoi, sans doute était-ce stupide, je me figurais beaucoup d'endroits comme ça, dans le Colorado.

L'hôtesse sembla reconnaître Zayne. Avec un sourire sincère et un regard insistant que je ne pouvais pas lui reprocher, elle nous installa à une table étonnamment intime près d'une grande cheminée en pierre. Il y avait une ambiance romantique dans cet endroit qui me rendit hyper consciente de la présence de Zayne et me fit regretter de ne pas porter quelque chose de plus… mignon qu'un jean et un tee-shirt.

Bref.

Ma tenue était confortable et c'était tout ce qui comptait.

Dès que la serveuse repartit après avoir posé nos boissons sur la table – un Coca pour moi et une eau pour Zayne –, je lui demandai :

— Ça ne pose pas de problème qu'on se retrouve ici ?

La lumière des bougies au centre de la table léchait son visage tandis qu'il hochait la tête.

— Les gens qui viennent ici s'occupent de leurs affaires.

Je regardai autour de moi en triturant ma serviette.

— Ah. Et ils savent ce que tu es ?

— Ils savent que je suis un Gardien, mais ils ignorent ce qu'est Roth, m'expliqua-t-il. Comment va ton dos ?

— Parfait.

Et c'était vraiment vrai. Je ne ressentais aucune douleur, aucun élancement du tout, même quand je faisais des mouvements brusques. Ramenant mes mains sur mes genoux, je jetai un autre coup d'œil au restaurant avant que mon regard retrouve celui de Zayne.

— Merci, c'est grâce à toi.

Il inclina le menton, ce qui fit glisser une mèche de cheveux sur sa joue.

— C'était un plaisir.

Un bourdonnement chaud parcourut mes veines.

— Je suis sûre que tu as mieux à faire que de me masser le dos avec un truc gras.

— Tu as raison. Je pourrais faire autre chose de mon temps, répondit-il.

Aïe…

La chaleur disparut.

— Mais ça ne veut pas dire que ça ne m'a pas plu, ajouta-t-il, et mon regard repartit vers le sien.

Un demi-sourire jouait sur ses lèvres.

Avant qu'une réponse me vienne, je sentis le poids familier au niveau de mes épaules.

— Je pense qu'il est arrivé, dis-je. Ou bien, il y a un autre démon ici.

Quelques secondes plus tard, Zayne acquiesça :

— Je le sens maintenant. C'est fou l'avance que tu as sur moi pour sentir ça.

Sur ce, il se leva et passa de mon côté de la table. Il s'assit à mes côtés, cuisse contre cuisse.

— Qu'est-ce que ça te fait ? demanda-t-il.

— Comme un souffle chaud dans la nuque, lui répondis-je à voix basse. Et une lourdeur sur la poitrine et les épaules. Pareil pour toi ?

Il hocha la tête.

Roth arriva, habillé plus ou moins comme la première fois que je l'avais vu. Tout en noir. Il n'était pas seul. Le démon blond de glace était avec lui, cheveux nattés, ce qui rendait bizarrement bien sur lui.

— J'espère qu'on vous a fait attendre, lança Roth en se glissant sur la banquette en face de nous, suivi de Caïman. Et oui, c'est sorti exactement comme je l'entendais.

— On vient d'arriver, répondit Zayne, qui s'adossa confortablement. Donc non, on n'a pas attendu longtemps.

Le regard d'ambre de Roth se fixa sur moi pendant qu'il s'installait.

— C'est décevant, lâcha-t-il. Extrêmement bizarre.

— Quoi ?

Il bascula en avant.

— J'ai toujours envie de te toucher.

Mes yeux s'arrondirent.

— Vous êtes un Prince démon bizarre et effrayant.

Roth sourit.

— Eh bien, perso, tu me fiches toujours la trouille, déclara Caïman alors que Roth se penchait davantage vers moi et qu'une de ses mains glissait sur la table dans ma direction.

— Pas touche, l'avertit Zayne.

Le Prince démon fit la moue et retira sa main.

— Ce n'est pas drôle.

— Où est Layla ? demandai-je, histoire qu'on cesse de parler de « me toucher ».

Le sourire de Roth se fit pincé.

— Elle a décidé qu'elle avait tout intérêt à rester en dehors de ça.

Je jetai un coup d'œil à Zayne. Pas même un soupçon d'émotion sur son visage.

— Ce que vous êtes mignons tous les deux, et super à l'aise, on dirait, commenta Caïman, qui nous considérait attentivement.

— Ah oui ? murmura Zayne.

— Oui, renchérit Roth. J'aime bien. Beaucoup.

Le doigt de Zayne commença à tapoter le dossier de la banquette.

— Je suis vraiment ravi de l'entendre, car j'attendais avec impatience de connaître vos pensées et vos impressions sur le sujet.

Sourire narquois de Roth.

— Vous avez commandé quelque chose ? demanda Caïman, en passant le menu en revue. Je suis affamé.

On n'avait pas commandé à manger et je n'eus pas le temps de rediriger la conversation vers la raison de notre présence ici, car la serveuse arriva et prit auprès de Roth et Caïman les commandes de leurs boissons, ainsi qu'un assortiment d'amuse-gueules.

Quand la fille s'empressa d'aller répercuter la commande, je me penchai en avant.

— Vous avez trouvé quelque chose, les gars ?

Ce fut Caïman qui répondit.

— J'ai une moyenne et une mauvaise nouvelle.

Je me raidis alors que mon ventre faisait des siennes.

— D'accord...

— J'ai tendu l'oreille sur tous les terrains possibles, et personne ne parle de ton Misha, de Bael... ou de toi, expliqua Caïman.

— Je ne sais pas si c'est la moyenne ou la mauvaise nouvelle, dis-je en jetant un regard à Zayne.

— C'est la moyenne nouvelle. Ça signifie que Bael ne veut pas que ça se sache, et c'est étrange, parce que nous, les démons, on est du genre à se vanter, commenta Caïman avec un sourire moqueur. Et je ne parle pas de la vantardise tout en humilité des Gardiens.

Zayne ricana.

— Deux Infernaux nous ont attaqués la nuit dernière. Envoyés par Bael.

— Bael a une putain d'armée d'Infernaux à sa disposition, donc attendez-vous à continuer d'en voir s'il les a lancés à votre recherche.

— Et quelle est la mauvaise nouvelle ? demandai-je.

Zayne toucha l'arrière de mon épaule, passant sous mes cheveux pour atteindre mes muscles qui se crispaient.

Roth croisa mon regard et ses traits s'adoucirent un peu.

— Personne ne sait où Bael se terre, mais je pense qu'il est la raison pour laquelle nous avons constaté une augmentation de l'activité parmi les Démons Inférieurs. Comme il est sur terre, ils vont suivre.

Zayne bougea à côté de moi, sans ôter sa main de mon épaule.

— Qu'est-ce que tu veux dire ?

— Je veux dire que lorsqu'on localisera Bael, il ne sera pas seul. De toute évidence, il a une tonne d'Infernaux avec lui, mais vous pouvez d'ores et déjà vous attendre à en voir beaucoup plus.

— Super, murmurai-je.

— Et Bael n'est pas connu pour son hospitalité, souligna Caïman en prenant son verre de vin. Même quand il essaie d'être gentil.

Mon regard se porta sur Roth, qui haussa une épaule en signe d'approbation.

— Mais vous êtes déjà au courant, et tu sais déjà qu'il garde Misha en vie pour une raison précise, confirmée par votre altercation avec les Infernaux la nuit passée. Il utilise Misha pour t'attirer dehors, puis il lance ses Infernaux à tes trousses.

— Ils ne l'auront pas, dit Zayne.

Je lui lançai un regard, bizarrement… flattée par la certitude de son ton.

— Mais ça nous amène à la partie bizarre de nos nouvelles, poursuivit Roth. Personne ne parle d'elle. Pas le moindre murmure quant à la présence d'une Légitime sur la scène.

— Eh bien, ce n'est pas inquiétant, si ? demandai-je.

Les doigts de Zayne étaient toujours sur l'arrière de mon épaule, légers mais étrangement réconfortants.

— Ce n'est pas bon non plus. Parce que ça ne nous dit pas ce que Bael essaie d'accomplir, hormis de chercher à t'avoir.

— Mettre la main sur toi peut constituer une raison suffisante pour lui, commenta Roth, qui passait un doigt sur le bord de son verre. Tu sais ce que les démons peuvent faire à un Légitime.

Je réprimai un frisson et pris mon verre.

— Bael pourrait-il être à l'origine de ce qui attaque les Gardiens et les autres démons ?

Roth haussa les épaules.

— Bael est un gros poisson. Il est puissant, mais…

— Tu ne penses pas que c'est lui, c'est ça ? termina Zayne.

Le Prince démon ne répondit pas immédiatement.

— Pourquoi ferait-il ça ? Qu'est-ce qu'il aurait à gagner en s'exposant ainsi ? Nan, Bael est gonflé, mais il n'est pas stupide.

Un assortiment d'amuse-gueules arriva : gâteaux de crabe, crevettes cocktail, sauce au crabe et frites. La nourriture avait belle allure et sentait bon, pourtant je n'y touchai pas.

— Tu étais au courant que plusieurs Superviseurs de l'enfer ont quitté la ville ou ont l'intention de le faire ? demanda Roth en se servant une crevette, avec un coup d'œil à Zayne. N'est-ce pas… suspect ?

Les Superviseurs de l'enfer étaient des Démons Supérieurs qui contrôlaient des légions de Démons Inférieurs. Un peu comme des cadres dans une entreprise et, en filant la métaphore, ça ferait de quelqu'un comme Roth un DG, dont le patron, Lucifer, serait le président, mais est-ce que ça voulait dire que Bael était un DG, lui aussi ?

J'en avais mal à la tête.

Les doigts de Zayne s'écartèrent sur mon épaule.

— Alors, ce qui traîne dans les rues les effraierait aussi ?

— Les Gardiens ne sont pas les seuls à mourir de façon très gore, lui rappela Roth.

Je baissai brièvement les yeux vers l'assiette de crabe que Zayne avait glissée devant moi.

— C'est quelque chose que je ne comprends pas, admis-je. Si c'est un démon, pourquoi s'en prendrait-il à d'autres démons ?

Secouant la tête, Roth versa une cuillerée de sauce dans son assiette.

— Il veut être le plus gros poisson du bocal, je suppose.

— Et vous deux, vous n'êtes pas inquiets ? insistai-je, fronçant à nouveau les sourcils alors qu'une fourchette apparaissait entre mes doigts. Vous n'avez pas peur ? Vous êtes tous les deux de gros… poissons-démons.

Zayne gloussa discrètement.

— On ne m'avait jamais traité de poisson-démon, mais oui, j'aime à penser qu'on est importants, lâcha Caïman en se fourrant une frite dans la bouche.

Le sourire de Roth apparut lentement, machiavélique.

— Inquiet ? Oui. Effrayé ? Jamais.

— Arrogant, murmura Zayne. Tu devrais avoir peur, si ce n'est pour toi, au moins pour Layla.

Je commençai mon gâteau au crabe tandis qu'il se servait une crevette à la vapeur.

Le vague amusement disparut des traits de Roth alors qu'il tournait les yeux vers le Gardien à côté de moi.

— Je t'ai demandé des conseils sur ce dont il faut s'inquiéter ou avoir peur ?

— Non, mais on dirait bien que tu en as besoin.

Préférant m'affairer sur mon assiette, je portai un peu de mon gâteau au crabe à ma bouche et faillis lâcher un gémissement de plaisir. Succulent. Une chair assaisonnée à l'Old Bay. Je pris une autre bouchée, à deux doigts d'attaquer le gâteau comme une gloutonne, pendant que Zayne et Roth se toisaient, les yeux dans les yeux.

— Va falloir t'habituer, Trinity.

Je levai les yeux vers Caïman.

— M'habituer à quoi ?

— À ce qu'ils se disputent et essaient de casser l'autre, fit Caïman avec un clin d'œil. Certains jugent l'exercice fatigant, moi je trouve ça follement divertissant. J'attends juste le moment où leur dispute passionnée se transformera en amour passionnel.

Mes lèvres tressaillirent et Roth grommela quelque chose tout bas. Je finis le délicieux gâteau au crabe.

— Je pensais... Bael a la capacité de contrôler les humains, OK ?

— Au-delà de ce que nous pouvons tous faire ? Oui. Mais au niveau de ce que vous avez vu pendant l'attaque de la communauté ? Je serais surpris, répondit Roth. Bael est particulièrement doué pour influencer les humains, mais pour en posséder autant à la fois, je pense que quelque chose d'autre est impliqué.

— Quoi ?

Je jetai un coup d'œil à mon assiette, où de la sauce et des frites venaient d'apparaître.

Le fromage fondu et le crabe avaient l'air savoureux.

— Un sort, répondit Roth.

— Des sorciers, ajouta Zayne en opinant du chef. Ce serait logique.

— Des sorciers ?

Je me tournai vers lui, médusée. Les sorciers, les vrais, étaient des humains dont les ancêtres, à un moment donné, s'étaient liés à un démon, et ce sang démoniaque dilué les avait dotés de certaines capacités le plus souvent en lien avec les quatre éléments : la terre, le vent, l'eau et le feu. Ils avaient aussi un don pour les sorts et les enchantements.

— Vous avez des assemblées ici ?

— Oui. Certaines sont très actives. Ils ont tendance à se cacher à la fois des démons et des Gardiens, raison pour laquelle ils ont réussi à rester en vie et à échapper au radar des Gardiens, dit Roth en glissant un regard dans la direction de Zayne. Parce que, comme tu le sais, les Gardiens aiment tuer sans discernement. (Zayne soupira.) Les Légitimes aiment tuer sans discernement ?

Il inclina la tête et son regard ambré glissa vers moi.

— En ce moment, là ? Oui, répondis-je, agacée.

Zayne pouffa tout bas tandis que Roth grimaçait et se penchait sur la table.

— Je t'aime bien.

— C'est génial à entendre, murmurai-je.

Son sourire s'agrandit.

— Il se peut que des sorciers aient pu être utilisés et, bien que la plupart restent aussi loin de ceux de mon espèce que des Gardiens, certaines assemblées aiment se frotter aux démons. J'en connais une en particulier, annonça Roth en s'adossant à sa banquette. Bien sûr, Zayne ne sera pas en mesure de leur parler. Ils ne sont pas fans des Gardiens.

— Mais ils sont fans de vous ? demandai-je.

— Tout le monde est fan de moi. Toi, tu pourrais les rencontrer. Ils ne seront pas capables de déterminer ce que tu es et je peux t'emmener. Un énorme groupe se réunit habituellement le samedi.

Samedi, c'était genre dans une semaine. Sept jours, punaise. L'impatience fleurit, teintée de frustration. Misha survivrait-il à une semaine supplémentaire ?

Zayne se raidit.

— Je ne sais pas trop.

Le regard du Prince démon se tourna vers lui.

— Je croyais que tu me faisais confiance.

— Je te fais confiance, mais pas pour effectuer des choix de vie judicieux.

Zayne retira son bras du dos de la banquette. Roth porta une main à sa poitrine.

— Je suis offensé.

— Je suis prête à le faire, intervins-je, sans croiser le regard que Zayne me lança. S'il y a ne serait-ce qu'une infime chance qu'ils nous donnent des informations, je suis prête à vous accompagner et à les rencontrer.

— Parfait, ronronna Roth.

Zayne avait l'air tout sauf ravi.

Je m'appuyai contre la banquette.

— Bien. Tu dois juste me promettre que tu ne vas pas essayer de… me manger ou quelque chose comme ça, ajoutai-je, sur un ton devenu plus familier, puisqu'on devait collaborer.

Le sourire diabolique de Roth revint.

— Alors ça, c'est peut-être trop demander.

26

— Je n'aime pas ça, dit Zayne alors que nous quittions le restaurant.

Je restais près de lui, car l'éclairage sur le trottoir était faible.

— Quoi, « ça » ?

— Que tu ailles avec Roth voir les sorciers.

— Je croyais que tu faisais confiance à Roth... (Le bout de ma botte heurta le rebord que je n'avais pas vu et je trébuchai.) Zut.

Zayne attrapa mon bras.

— Ça va ?

Je me libérai de sa poigne et adressai au trottoir que je ne voyais pas un regard furibond.

— Oui. J'ai juste trébuché. C'est bon.

Un moment s'écoula.

— Je fais confiance à Roth, mais pas aux sorciers. Tout ce qu'ils font, c'est dans le but d'obtenir quelque chose en retour. Tu vas devoir rester sur tes gardes avec eux.

— Donc je ne les laisse pas prélever des échantillons de mes cheveux ou de mes ongles ?

Zayne ricana.

— Non, essaie d'éviter, reprit-il alors qu'on se dirigeait vers le parking. Mais ne passe pas non plus de marché avec eux pour obtenir des informations. Parfois, ils consentent à t'aider, seulement le prix à payer n'est jamais celui auquel on s'attend.

— Je paierai n'importe quel prix.

Zayne s'arrêta si vite que je lui rentrai dedans et fus projetée un pas en arrière. L'irritation me monta à la gorge quand il me fit face.

— Tu vois, c'est pour ça que je suis inquiet.

Je levai les yeux vers lui, incapable de distinguer ses traits dans la lumière blanche et crue du parking.

— Tu ne devrais pas.

— Je ne devrais pas ? Que tu sois prête à tout pour recueillir la moindre information sur Misha, c'est dangereux. Surtout quand tu vas rencontrer une assemblée de sorciers, qui sont connus pour profiter du désespoir des gens et les manipuler, afin d'utiliser ça à leur avantage.

Je croisai les bras.

— Je ne suis pas facilement manipulable.

— Je n'ai pas dit que tu l'étais, mais je sais aussi que tu es désespérée, et je comprends…

— Ah oui, vraiment ? demandai-je. Je ne sais pas. Tu n'arrêtes pas d'insinuer que tu sais ce que c'est que de voir un être cher en difficulté sans pouvoir agir. Si c'est vrai, alors tu devrais comprendre. Tu ferais n'importe quoi…

Zayne fit un pas en avant, envahissant mon espace, mais je ne reculai pas.

— Je sais que c'est dangereux, justement parce que je comprends. J'ai été assez désespéré pour faire n'importe quoi, moi aussi, et ça ne finit jamais bien, Trinity.

Mon sentiment constant d'impuissance ressurgit et ôta tout filtre à mes propos.

— C'est comme ça que tu as perdu une partie de ton âme ?

Zayne recula comme si je l'avais frappé. Un voile glissa sur son visage et ses traits se vidèrent de la moindre émotion.

— Qui t'a dit ça ?

Je gardai la bouche close.

— Qui ? insista-t-il, allant pour m'attraper le bras, mais s'arrêtant net. Qui t'a dit ça ?

Je décroisai les bras et détournai le regard. Bon sang, pourquoi est-ce que je n'avais pas fermé ma bouche ?

— Misha. Il a dit… il a dit qu'il avait entendu raconter que tu avais perdu une partie de ton âme et que c'était… pour cette raison que tes yeux étaient différents.

— C'est ce qu'il a dit ?

Il pencha la tête. Le cœur battant, j'opinai du chef.

— C'est… c'est vrai ?

Zayne ne répondit pas pendant un long moment, puis :

— Oui, c'est vrai.

Je vais mourir.

Recroquevillée sur le quai du métro, je savais que le beau démon, avec ses yeux dorés et son sourire cruel, allait me tuer. Il était censé m'aider, mais la pièce baignait soudain dans le sang et la masse brisée et affalée au sol n'était autre que Zayne. « Il ne peut pas te sauver, grogna le démon entre ses dents irrégulières acérées. Personne ne le peut. » Un cri monta dans ma gorge alors que le démon se précipitait vers moi, ses griffes pointues dehors…

Je me réveillai en sursaut, haletante, en essayant de comprendre ce qui m'entourait. Où étais-je ? Je ne reconnaissais pas l'obscurité de la chambre. Il n'y avait pas d'étoiles au plafond et le lit… était bien trop grand pour être le mien.

Il me fallut un moment pour me rappeler que j'étais chez Zayne, dans son lit, qu'il était vivant et que j'étais vivante.

C'était juste un cauchemar.

Gémissant, je sortis mes mains de sous la couette et écartai plusieurs mèches de cheveux de mon visage.

Je sursautai quand la porte de la chambre s'entrouvrit et retins mon souffle en m'efforçant de distinguer la forme dans l'encadrement obscur.

— Tout va bien ? (La voix de Zayne était rauque à cause du sommeil.) J'ai cru t'entendre crier.

La chaleur de la gêne envahit mon visage.

— Désolée. Je ne voulais pas te réveiller.

— Pas de problème, répondit-il.

Je ne le vis pas bouger mais je le sentis se rapprocher. Ma vision ne s'était toujours pas ajustée lorsque la lampe de la table de chevet s'alluma. Je grimaçai. Son regard se tourna vers moi, s'attardant sur les bords de la couverture que je serrais dans mes poings, les phalanges blanchies.

— Tu n'arrives pas à dormir ?

Je secouai la tête, surprise que Zayne vienne prendre de mes nouvelles. Après l'épreuve de force dans le parking, les choses étaient devenues… bizarres entre nous. On avait à peine parlé, même lorsqu'on avait croisé une meute de Charognards dans la ruelle derrière l'un des principaux théâtres du centre-ville. On était rentrés chez lui quelques heures plus tôt, avant de se séparer sans se dire grand-chose.

J'osai lever les yeux vers lui.

Une expression pleine de compréhension passa sur son visage, puis il regarda vers la porte qu'il venait de franchir. Ensuite de quoi, sans mot dire et tandis que mon cœur se mettait à battre comme un fou, il désigna le lit.

— Je peux ?

Je n'étais pas sûre que cela puisse améliorer notre situation actuelle mais, comme je ne voulais pas être seule, j'acquiesçai et me décalai, accrochée à ma couverture comme à une bouée de sauvetage.

— Des cauchemars ? demanda-t-il à voix basse en s'asseyant à côté de moi.

Il s'adossa contre la tête de lit et étira ses longues jambes, qu'il croisa au niveau des chevilles. La tête rejetée en arrière, il me regarda le regarder.

— Je suis désolé.
— À propos de quoi ?
Il resta silencieux un long moment.
— De tout, en fait. Tu as traversé beaucoup d'épreuves et c'est épuisant, aussi bien émotionnellement que mentalement. Ton esprit va te malmener, même au repos.
— Tu n'as pas à t'excuser. Ce n'est pas ta faute. Au contraire, tu fais tout ce que tu peux. C'est juste que… je ne sais pas. J'ai l'impression de n'avoir aucun contrôle sur tout ça et je suis…
— Quoi ?
Confuse. Agitée. Perplexe.
— Je suis… J'ai peur. Je sais que je ne devrais pas l'admettre, mais j'ai peur de ne pas trouver Misha à temps ou, quand je le trouverai, qu'il ne soit trop tard, car il doit subir des tortures que je ne peux même pas imaginer.
Zayne croisa les bras sans les serrer sur son torse.
— C'est normal d'avoir peur, Trinity. C'est normal de s'inquiéter.
— Je sais.
Je serrai ma couverture plus fort.
— Alors arrête de te faire des reproches.
Je lâchai un soupir.
— Et je… je voulais m'excuser auprès de toi. Je n'aurais pas dû te poser cette question, tout à l'heure. Ce n'étaient pas mes affaires et c'était… c'était con, alors que tu essayais de m'aider.
— C'est bon. Tu n'as pas à t'excuser. (Il replia une jambe.) Ça m'a pris au dépourvu, voilà tout. Je suis un peu surpris que tu ne m'en aies pas parlé avant ce soir, vu toutes les questions que tu te poses.
Je reniflai.
— Ouais, je suis moi-même assez surprise.
— Je veux juste… Sache que je comprends pourquoi tu éprouves ce besoin de faire tout ce que tu peux, dit-il

pendant que je luttais contre l'envie de lui demander ce qui s'était passé.

Je remontai mes genoux sous la couverture et posai mon menton dessus. Plus facile à dire qu'à faire.

— Donc, tu es d'accord pour que je rencontre les sorciers ?

— Ce n'est pas comme si j'avais le choix.

— Tu n'as pas pour habitude d'attendre que les choses se passent, je me trompe ?

— Tellement pas.

Je souris, un peu moins gênée par ce qui s'était passé dans le garage.

— Tu crois que ces sorciers dont Roth parlait vont pouvoir nous dire quelque chose ?

— À ce stade, qui diable le sait ? (Il poussa mes genoux avec les siens.) Mais si les humains qui ont attaqué la communauté aux côtés de Bael étaient sous l'emprise d'un sort, les sorciers devraient savoir qui l'a jeté ou du moins qui en est capable et, grâce à eux, on pourra peut-être découvrir où est Bael et s'il détient toujours Misha.

— Et si les sorciers qu'on va voir étaient ceux qui ont aidé Bael ? demandai-je.

— Alors les choses vont se gâter. (Une pause.) Je sais qu'on t'a appris à ne pas utiliser ta *grâce*, parce que ça t'affaiblit et que ça peut attirer d'autres démons vers toi, mais si jamais tu te trouves dans une situation dont tu ne peux pas te sortir en te battant autrement, utilise-la.

Je ne sus pas comment répondre au début.

— Tu sais, tu es la première personne à me dire ça. Ni Misha, ni Thierry ne me l'ont jamais dit.

— Je sais que c'est risqué pour toi d'invoquer ta *grâce*, mais je préfère gérer le risque et les conséquences plutôt que de te voir blessée ou pire, me confia-t-il, et ma poitrine s'emplit d'une drôle de substance toute chaude. Si les sorciers tentent quelque chose, élimine-les.

— Tu es bien assoiffé de sang, dis donc.

— J'ai appris à l'être.

Ça oui. Détournant mon regard du sien, je levai les yeux au plafond et me pris à regretter de ne pas y voir des étoiles.

— Mon plafond me manque.

— Quoi ? s'esclaffa Zayne.

J'esquissai un sourire.

— Chez moi, j'ai des étoiles au plafond, tu sais, ces trucs phosphorescents bien ringards. Enfin, elles sont blanches. Pas vertes. Je ne suis pas ringarde à ce point.

— Jamais, murmura Zayne. Je me rappelle les avoir vues.

— Bref, j'aimais bien les contempler. (Je voulus hausser une épaule, mais le geste déclencha un léger tiraillement dans mon dos.) C'est un peu bête, je sais.

— Pas du tout. C'est quelque chose de familier.

Je ne pouvais m'empêcher de me demander si je m'allongerais à nouveau sous mes étoiles un jour.

— Je peux te poser une question ? s'enquit-il.

Je hochai la tête.

— OK.

— Que s'est-il passé avec ta mère exactement ? Je déteste aborder le sujet et je me suis senti hyper mal de l'avoir fait quand on était chez Roth et Layla, mais tu as dit que ce Gardien pensait que tu étais…

— Une abomination ? terminai-je à sa place dans un soupir.

Je ne parlais pas beaucoup de ma mère, parce que je finissais alors toujours par me demander pourquoi je n'avais jamais vu son fantôme ou son esprit, mais je voulais l'évoquer avec Zayne. Peut-être, comme il ne me connaissait pas quand c'était arrivé, que c'était plus facile de m'ouvrir à lui ? Ou peut-être parce que, contrairement à Jada ou Ty, il savait ce que c'était de perdre un parent ? Je ne savais pas trop.

— Ma mère était entraînée. Tu le savais ?

— Non.

Un petit sourire m'étira les lèvres.

— Elle voulait être formée, pour le cas où quelque chose arriverait. Elle était forte, elle ne voulait pas que quelqu'un s'occupe d'elle pendant qu'elle restait sans rien faire comme une fleur fragile.

— Ça me fait beaucoup penser à sa fille.

Sa remarque accentua mon sourire.

— C'est un compliment.

— Je l'espère. Qui l'avait formée ?

— Thierry et Matthew. Ils... ils l'aimaient, dis-je en me tournant sur le côté, face à Zayne. Et je pense... je pense qu'ils pleurent encore sa mort autant que moi. (Je pris une brève inspiration.) Ryker était un Gardien en qui ma mère avait confiance, au même titre que Matthew et Thierry. Ils étaient amis et... il était toujours gentil avec moi, mais j'ai... j'ai merdé.

— Comment crois-tu avoir merdé ?

Je fermai les yeux.

— C'est arrivé environ un an avant que ma mère soit tuée. J'avais seize ans et je m'entraînais avec Misha. Il avait pris le dessus sur moi. (Je marquai une pause.) Il prenait souvent le dessus sur moi, parce qu'il connaissait mes faiblesses et les exploitait pour essayer de me faire progresser.

— C'est logique.

— Oui, tout à fait.

Je repensais à la façon dont Misha se postait volontairement dans mes angles morts pour m'entraîner à réagir, même quand je ne voyais pas ce qui se passait.

— Bref, je me suis énervée... et comme tu l'as déjà compris, je peux être un brin impulsive.

— Juste un brin, ironisa-t-il, d'une voix où je percevais aussi la douceur.

— Bref, Misha était vraiment en train de me taper sur les nerfs, il se jouait de moi, mais j'ai perdu mon sang-froid – mon contrôle. J'ai laissé la *grâce* prendre le dessus, histoire de lui rappeler qu'au bout du compte, il ne pouvait pas me battre. Non pas qu'il ait eu besoin qu'on le lui rappelle, mais j'étais une sale gamine et...

et Ryker m'a vue. Je ne m'en suis pas rendu compte sur le moment, d'ailleurs je ne comprends toujours pas comment il a fait, parce qu'il ne fréquentait pas les centres d'entraînement, mais... à partir de là, il a compris ce que j'étais. Il m'a vue comme une abomination et une menace pour les autres Gardiens. Il savait aussi que je pouvais attirer les démons dans la communauté, donc j'étais selon lui une double menace. Il en a parlé à d'autres membres du clan et ils ont décidé que je devais être... éliminée.

— Doux Jésus.

Zayne avait l'air horrifié.

— Le pire, c'est qu'il a attendu presque un an pour s'en prendre à moi. Un an à faire semblant d'être mon ami, à se montrer gentil avec ma mère et à cacher qu'il me détestait. (Je laissai échapper un soupir saccadé.) Bref, j'avais l'habitude de consulter un médecin à Morgantown pour un traitement que je ne pouvais pas recevoir dans la communauté, et Ryker nous y avait accompagnées auparavant, plein de fois en fait, mais... cette fois-là, c'était différent. Après le rendez-vous, sur le chemin du retour, il s'est arrêté en prétextant un problème avec la voiture. Maman et moi, on est descendues, et c'est là qu'il a fait son coup. Il s'est transformé et jeté sur moi, et j'étais tellement sous le choc que je suis restée plantée là comme une idiote. Alors maman... elle a sauté devant moi et... voilà, c'était fini.

Je roulai sur le dos tandis que Zayne restait silencieux et, je ne sais comment, lorsque je tendis les jambes, on était plus proches. Ma jambe reposait contre la sienne.

— On m'a appris presque toute ma vie à contrôler ma *grâce*. À ne pas l'utiliser avant le moment opportun. Sauf que si j'avais utilisé ma *grâce*, ce jour-là, j'aurais pu l'empêcher – l'arrêter comme je l'ai fait avec Clay. J'aurais pu sauver ma mère...

— Trinity, ne t'engage pas plus loin dans cette voie. Je ne te connaissais même pas à l'époque, et je te pratique depuis peu, pourtant je sais que ça fait deux ans que tu t'en veux. Tu n'es pas responsable de la mort de ta mère.

Je déglutis, encore complètement bouleversée de me retrouver en train de parler de ça. Jada en serait tellement sidérée qu'elle voudrait enregistrer la scène.

— Ah non ? Et si c'était le moment où je devais l'utiliser, Zayne ? Et si on prenait le truc d'être « appelée par mon père » trop littéralement ? Et si…

— Arrête. Tu n'es pas responsable. Ce n'est pas toi qui lui as fait du mal. C'était la faute de ce Gardien. La sienne. Pas la tienne.

Je savais que je n'avais pas fait de mal à ma mère de mes propres mains, mais je ne pouvais m'empêcher de penser que je l'avais blessée par mes actes. Il m'était difficile d'oublier qu'en fin de compte, mon comportement avait joué un rôle dans la chaîne d'événements qui avait conduit à sa mort.

Zayne resta silencieux pendant un long moment, puis :

— Je pense… parfois je pense que mon père est toujours là. (Je levai les yeux vers lui, les lèvres serrées.) C'est presque comme si je pouvais… le sentir, tu comprends ? Je sais qu'il n'est pas là, et c'est probablement parce qu'il y a des moments où j'oublie qu'il est parti. Je me surprends à penser à lui dire quelque chose et puis tout à coup je réalise : il n'est plus là.

— J'ai encore des jours comme ça, admis-je. Je ne crois pas que ça cessera un jour de nous tarauder.

Il prit une inspiration si profonde que je la sentis.

— Non, probablement pas. Les choses n'allaient pas bien entre nous vers la fin. On se parlait à peine.

D'après ce qu'il m'avait déjà dit auparavant, je commençais à rassembler les pièces du puzzle.

— À cause de Layla ?

— Oui, à cause d'elle.

Il redevint silencieux, si longtemps que mes yeux commencèrent à se fermer, mais il reprit la parole.

— Cependant, avant de mourir, il avait commencé à comprendre que la façon dont on est né, ce qu'on est ne détermine pas notre valeur morale. La vie, même pour les créatures auxquelles on dénie le libre arbitre de choisir entre le bien et le mal, ne se résume pas à la somme de leur ADN. Tout le monde est… beaucoup plus complexe que ça.

— Vous avez eu l'occasion d'en parler tous les deux avant qu'il meure ? demandai-je.

— Un peu. (Zayne retomba dans le silence et il me sembla qu'une éternité s'écoulait entre nous avant qu'il dise :) Tu es d'accord pour que j'éteigne la lumière ?

Je rouvris les yeux.

— Tu t'en vas ?

— Si tu veux, j'y vais.

— Non, je ne veux pas.

— Alors je reste pour le moment.

Son « pour le moment » resta en suspens entre nous tandis que je regardais l'endroit où ma main était tombée.

— Tu peux rester un petit moment ?

— Oui. (Le matelas s'enfonça quand il tendit la main vers la lumière. Une seconde plus tard, la pièce était plongée dans l'obscurité.) Sur la photo… Tu ressembles à ta mère.

Je souris dans l'obscurité.

— Je sais.

— Sympa, ta lecture, au fait.

— La ferme, rétorquai-je, mais mon sourire s'accentua encore. (Il avait dû voir mon livre avant d'éteindre la lumière.) C'était le livre préféré de ma mère – et le mien.

— Je vais peut-être devoir le lire.

— Pas sûr que les Vikings soient ton truc.

— On ne sait jamais. Je pense que mon plafond aurait bien besoin de quelques étoiles, ajouta-t-il après un instant.

Il me fallut un moment pour comprendre de quoi il parlait.

— Ah bon, vraiment ?

Il gloussa doucement.

— Oui. On dirait que tu ne me crois pas.

— Je pensais plutôt que tu trouverais ça puéril, disons. En plus, j'ai du mal à t'imaginer avec des étoiles partout au plafond.

— Je suis plein de surprises, Trinity.

Mes orteils se recroquevillèrent : cette façon dont il disait mon nom…

Je ne sais pas combien de temps s'écoula ensuite, en tout cas j'étais toujours éveillée et je… je voulais en savoir plus sur Zayne.

— J'ai des questions.

Il lâcha un petit rire qui secoua le lit.

— Je ne suis pas le moins du monde surpris.

Mon sourire revint.

— Pourquoi tu n'as pas de petite amie ?

— Quoi ? hoqueta-t-il. Je ne suis pas sûr de savoir comment répondre à cette question. (Il marqua une pause.) Pourquoi tu n'as pas de petit ami, toi ?

— Facile, répondis-je, si gênée que j'eus brusquement envie d'enfouir mon visage dans l'oreiller. Je suis une Légitime vivant avec des Gardiens qui me prenaient pour une humaine. Ça ne laisse pas vraiment beaucoup d'options pour les rencards.

— Ça se tient. (Il se déplaça et je sentis sa jambe bouger juste un tout petit peu contre la mienne.) Et Misha et toi, vous n'avez jamais eu quelque chose ?

— Non. Sérieusement. Je t'ai déjà dit que j'ai eu le béguin pour lui pendant, genre, cinq secondes. J'ai eu beaucoup de béguins, mais Misha et moi, on ne s'est jamais regardés comme ça. Par ailleurs, les Légitimes ne sont pas censés sortir avec leurs Protecteurs, ajoutai-je.

— Pourquoi ? demanda-t-il.

Je haussai à moitié les épaules.

— Ça va à l'encontre des règles et il paraît que ça perturbe le lien. Je ne sais pas comment. On ne me l'a jamais vraiment expliqué. Et tu n'as pas répondu à ma question, lui rappelai-je au bout d'un instant.

— Principalement parce que je ne sais honnêtement pas comment y répondre.

— Tu es beau. Tu es drôle et charmant quand tu n'es pas pénible.

— Merci. (Une pause.) Je pense.

— Tu es… un type bien, ajoutai-je. Donc, voilà, je suis surprise que tu sois célibataire.

Zayne sembla réfléchir à ma remarque.

— Tu sais que les Gardiens sont censés s'accoupler. J'ai presque vingt-deux ans. La plupart des mâles de mon âge sont déjà accouplés, avec un enfant en route par-dessus le marché.

— Oui. Alors, pourquoi toi, tu n'es pas accouplé et chargé de famille ?

Il bougea à côté de moi.

— Si tu demandes à mes compagnons de clan, ils te répondront que j'ai peu de respect pour la tradition, mais personne ne me forcera à m'engager pour la vie, même si cette vie ne sera sans doute pas bien longue.

Mon cœur se serra.

— Tu prévois de mourir bientôt ?

— Je me réveille chaque jour en sachant que ce pourrait être le dernier. Je ne prévois rien, je l'accepte simplement, répondit-il. C'est ce à quoi j'ai été formé depuis ma naissance.

En y songeant, je compris que ce qu'il disait était la vérité. Peu de Gardiens arrivaient à l'âge de la retraite. C'était l'une des raisons pour lesquelles ils s'accouplaient et avaient des enfants si tôt.

— Tu n'as jamais eu envie de faire autre chose ?

Il soupira.

— Tu poses beaucoup de questions, dis donc.

Mes mains se détendirent sur mon ventre.

— En effet. Je comprends que tu es chargé d'un devoir énorme et important, mais n'y a-t-il jamais eu un moment où tu t'es dit que tu ne voulais pas y aller ? Que tu aspirais à autre chose ? Être un guerrier, c'est ce que tu veux ?

— Oh là. OK. Ça fait beaucoup de questions d'un coup. Est-ce que je veux y aller ? Est-ce que c'est ce à quoi j'aspire ? répéta-t-il avant de laisser échapper un petit rire. Tu sais, personne ne m'a jamais interrogé là-dessus. Même pas… (Il s'interrompit et je me demandai comment il aurait pu finir sa phrase.) C'est tout ce que je sais faire, Trinity.

Je me mordis la lèvre.

— Ça ne répond pas à mes questions.

— Je sais.

La pression sur ma poitrine augmenta.

— Que… que ferais-tu si tu n'étais pas un Gardien ?

— Je ne peux pas répondre à cette question.

Du genou, je lui donnai un petit coup dans la jambe.

— Essaie.

Son bras se déplaça hors de ma portée.

— Vraiment, je ne peux pas. Je n'y ai jamais réfléchi. Je ne l'ai même jamais envisagé.

Quel genre de vie c'était, sans aucun choix, sans même un rêve ? J'en avais fait avant même de savoir ce que j'étais. Je rêvais encore de faire plus que ce pour quoi j'étais née, même si mes options étaient sérieusement limitées.

Le silence s'installa entre nous et, au bout d'un moment, je lui demandai :

— Dis-moi… dis-moi comment c'est de grandir ici, en ville. S'il te plaît ? terminai-je après une pause.

J'entendis de nouveau ce petit rire rauque, puis il me raconta ses années d'enfant unique élevé dans une grande maison, avec juste des guerriers surentraînés pour toute compagnie, jusqu'à l'arrivée de Layla. Il ne parla pas beaucoup d'elle, cependant. Il préféra m'expliquer comment il passait ses après-midi sur les talons de son père, à mémoriser toutes les rues et les différents bâtiments. Je ne sais pas combien de temps dura notre conversation, mais au bout d'un moment, je commençai à me sentir sombrer.

Et je m'endormis le sourire aux lèvres.

27

Je m'assis sur le lit, jambes croisées, et je fixai des yeux la photo de maman et moi. Je venais juste de raccrocher d'avec Jada et Ty. Nabot était dans le salon, en train de faire un bœuf sur de la musique qu'il était le seul à entendre, tandis que Zayne parlait à quelqu'un au téléphone. C'était l'après-midi, aux alentours de 15 heures, et il restait plusieurs heures avant qu'on sorte patrouiller.

Au cours des derniers jours, on n'avait rien vu d'autre que des Diablotins. Pas d'Infernaux. Pas de Charognards. Pas de créatures étranges qui tueraient Gardiens et démons. Les soirées avaient été plutôt longues et ennuyeuses, mais quand on rentrait chez Zayne, généralement vers 3 heures du matin… alors là, c'était tout sauf ennuyeux. Depuis la nuit où mon cauchemar l'avait réveillé, il venait dans la chambre et restait avec moi jusqu'à ce que je m'endorme. Il était toujours parti au matin et, bien qu'on parlât de tout pendant les minutes, parfois les heures, qu'il me fallait pour m'endormir, jamais ni lui ni moi ne faisions mention de ses visites dans ma chambre, quand on était réveillés et le soleil levé.

Je ne savais pas ce que c'était, si Zayne se montrait juste gentil et me distrayait ou autre chose, en tout cas, très vite, je me surprenais à attendre avec impatience la fin de chaque patrouille.

Misha me manquait de toutes les fibres de mon être et il n'y avait que quelques minutes par jour où je ne pensais pas à lui, mais une fois que je l'aurais trouvé, les choses changeraient entre Zayne et moi. Je ne quitterais pas la ville, pas tant que je n'aurais pas rempli ma part du marché ; en revanche, je ne resterais sans doute pas chez lui. Est-ce que Misha et moi emménagerions dans la communauté ? J'étais sûre que je reverrais Zayne, mais les choses… seraient différentes.

J'écartai ces pensées.

Demain, on allait rencontrer Roth et les sorciers et, avec un peu de chance, on découvrirait quelque chose qui nous mènerait à Misha.

Posant le téléphone sur le lit, je jetai un coup d'œil vers la porte ouverte. Zayne était parti quand je m'étais réveillée ce matin et le fait qu'il vienne me voir au cœur de la nuit ressemblait à un rêve.

J'espérais que ça n'en soit pas un.

Je me levai du lit, me dirigeai vers la fenêtre et j'ouvris les stores juste assez pour voir dehors. La journée était claire, le temps semblait chaud. Sur une profonde expiration, j'appuyai le front contre le mur. Je fermai les yeux et enroulai les bras autour de ma taille.

Maman me manquait.

Misha me manquait.

Jada et Ty me manquaient.

Thierry et Matthew me manquaient.

Maman était partie et je savais que tous les autres étaient sains et saufs, à l'exception de Misha, et je… Bon Dieu, je ne pouvais pas m'empêcher de penser à ce que Jada avait dit au téléphone. Dans quel état serait Misha ? Physiquement, ce serait un désastre, je le redoutais. Pareil au niveau émotionnel et mental, mais je pouvais l'aider à aller mieux.

Avec Jada et tout le monde, on pourrait… on pourrait l'aider à guérir si besoin. Misha était si fort qu'il faisait du mieux qu'il pouvait, je le savais. Je savais qu'il ne craquait pas. Qu'il survivait…

— Trinity ?

Rouvrant les yeux, je me tournai vers la voix de Zayne, dans l'embrasure de la porte de la chambre.

— Coucou, dis-je, en agitant maladroitement la main.

Il entra dans la pièce.

— Tu vas bien ?

Je hochai la tête.

— Bien sûr.

— Tu es occupée ? demanda-t-il. À t'appuyer contre le mur ?

— Extrêmement occupée. J'essaie de faire ça au moins une fois par jour.

— Désolé de t'interrompre.

Il commença à battre en retraite.

— Qu'est-ce qu'il y a ?

Je m'écartai du mur et me précipitai vers lui. Seulement j'évaluai mal la distance qui me séparait du coin du lit et mon mollet en heurta le pied.

— Aïe !

Il s'avança vers moi, ses yeux bleu clair écarquillés.

— Oups, j'ai entendu. Tu vas bien ?

— Ouais, marmonnai-je. Alors, qu'est-ce qui se passe ?

Un air de doute traversa son visage.

— Nicolaï veut que j'aille pointer. Je me suis dit que tu pourrais avoir envie de te joindre à moi.

— Vraiment ? m'exclamai-je, les yeux ronds.

— Bien sûr, dit-il, et j'étais assez près pour voir son esquisse de sourire. Tu as demandé si tu aurais l'occasion de rencontrer Jasmine ou Danika. C'est le moment idéal. Je ne peux pas te garantir qu'elles seront là toutes les deux, mais je suis sûr qu'il y en aura au moins une.

— Je ne…

Je laissai ma phrase en suspens, comprenant à l'instant que je ne l'avais pas cru quand il m'avait dit que je pourrais les rencontrer. Sans même savoir pourquoi, j'avais pensé qu'il n'était pas sérieux.

— OK. Je suis bien habillée ? demandai-je en examinant ma tenue. (Legging noir et débardeur, c'était peut-être trop décontracté.) Je peux me changer.

— Tu es très bien, s'esclaffa Zayne. On va seulement dans l'enceinte de la communauté, pas à l'opéra.

Prenant mon téléphone, je dardai un regard sur son dos alors qu'il sortait de la pièce.

— Je veux juste faire une bonne impression. Je veux dire, je ne veux pas qu'ils me regardent et pensent : « C'est qui, cette souillon ? »

Toujours rigolard, Zayne passa près de l'îlot de cuisine et y récupéra ses clés.

— Ce n'est pas drôle. (Je me retournai, trouvant Nabot enveloppé autour du punching-ball. N'importe quoi !) Et s'ils ne m'aiment pas ?

Zayne me regarda par-dessus son épaule, les sourcils froncés.

— Je ne vois pas comment ils pourraient ne pas t'aimer, mais quelle importance dans le cas contraire ? Ce n'est pas ton clan, Trinity. Ils font même à peine partie du mien, à ce stade.

Le trajet jusqu'à l'enceinte des Gardiens se fit en grande partie dans le silence. Je réfléchissais aux paroles de Zayne, comme quoi ces gens n'étaient pas de mon clan. Ce n'était pas tant cette affirmation qui me dérangeait. Car elle était vraie, et qui sait même si je les reverrais un jour ? Non, ce qui me préoccupait, c'est ce qu'il avait dit sur lui-même. Il n'avait pas l'impression de faire partie de son clan, de sa famille ? Les yeux perdus sur la vitre, je ne savais pas comment appréhender l'information. D'une certaine façon, je comprenais ce qu'il ressentait, parce que, oui, je savais ce que c'était que de vivre avec un clan sans en faire partie intégrante, mais je n'étais pas Gardienne. Qu'il ressente ça, lui, c'était un gros problème.

Je jouais avec l'ourlet de mon tee-shirt alors que nous approchions d'un pont. Au loin, je vis quelque chose de grand et blanc dans le ciel bleu. Je plissai les paupières.

— Est-ce que c'est le… Washington Monument ?

— Quoi ? Oui. C'est ça.

— Waouh, murmurai-je, regrettant de ne pouvoir le voir plus clairement.

— C'est la première fois que tu le remarques ? demanda-t-il. Tu aurais dû le voir toutes les nuits où on est sortis patrouiller.

— Je n'ai pas dû faire attention, mentis-je, les épaules lourdes. Un de ces jours, quand on aura récupéré Misha, j'adorerais le voir de près et peut-être visiter les musées.

Une main sur le volant, Zayne tourna la tête vers moi.

— Je te dirais bien que je trouve l'idée sympa, mais j'ai l'impression que Misha ne voudra pas de ma compagnie dans votre exploration de DC.

Sa remarque me tira un sourire.

— Je pense qu'il finira par t'apprécier.

— Ah oui ?

— Oui. J'ai bien fini par t'apprécier, moi, fis-je en le regardant. Malgré le fait que tu sois parfois un crétin.

Zayne secoua la tête.

— Je ne sais pas. Je pense qu'il aura toujours un problème avec moi.

— À cause du truc de l'âme ? (À cet instant, je regrettai qu'il porte ses lunettes de soleil et de ne pouvoir scruter ses yeux.) Misha s'en remettra. Je pense que vous vous entendrez bien. Vous aimez tous les deux essayer de me donner des ordres.

— Et tu n'écoutes aucun d'entre nous, donc ça nous fait un point commun, en effet.

Je levai les yeux au ciel.

— Bref. Alors, qu'est-ce que je suis censée dire si on me demande qui je suis ?

— Nicolaï leur a déjà parlé de toi : tu viens du siège régional et tu es à la recherche d'un ami. C'est tout ce qu'ils ont besoin de savoir.

Je haussai les sourcils.

— Pas du tout suspecte, comme explication.

— Oh, ils peuvent être aussi soupçonneux qu'ils le veulent, ça n'a pas d'importance.

Il bifurqua à droite, s'engageant dans une zone fortement boisée, et j'eus enfin l'impression de pouvoir respirer profondément, maintenant que la présence constante des démons se calmait.

— Les membres du clan sont des gens bien, ajouta Zayne. On pourrait leur faire confiance, même si on leur révélait ce que tu es.

Maman et moi avions aussi cru que Ryker était un type bien, sauf que les gens bien faisaient des choses pas bien, parfois.

On arriva devant un portail qui s'ouvrit à notre approche. Au-devant, je découvris l'énorme bâtiment en brique de plusieurs étages. Il me rappelait tellement la maison de Thierry que j'en avais mal à la poitrine.

Je laissai échapper un soupir sonore alors que Zayne suivait l'allée et se garait face à une large volée de marches. La nervosité m'envahit quand je décrochai ma ceinture de sécurité. Je jetai un coup d'œil à Zayne. Il avait enlevé ses lunettes teintées et les avait rangées dans le pare-soleil.

— On dirait que tu es sur le point de vomir.

— Vraiment ?

Un coin de ses lèvres se releva.

— Peut-être pas de vomir, mais tu as l'air extrêmement nerveuse, disons.

Je serrai mes mains l'une contre l'autre.

— Je le suis. Je ne sais même pas vraiment pourquoi. Je veux dire, tu avais raison tout à l'heure. Tout le monde ici pourrait me détester, mais qu'est-ce qu'on s'en fiche ?

— Ils ne vont pas te détester, dit-il, et je le vis lever la main. (Je me figeai quand cette main attrapa quelques mèches de mes cheveux et les lissa.) Mais tu portes des tongs. J'aurais probablement dû te dire de choisir d'autres chaussures.

Oh non.

— Pourquoi ?

— Parce que Izzy est dans une phase où elle aime grignoter les orteils.

— Quoi ? lançai-je en riant, et je recroquevillai mes orteils. Pour de vrai ?

— Pour de vrai, gloussa-t-il. Allez, on y va.

Décidant que j'agissais comme une folle sans raison, j'ouvris la portière, sortis et trébuchai illico sur le trottoir.

D'un bond en avant, je me rattrapai avec mes mains avant de manger le ciment. Mes lunettes de soleil glissèrent en bas de mon nez.

— Oh, mon Dieu, ça va ? demanda une voix féminine quelque part au-dessus de moi.

Je lâchai un juron étouffé. Bien sûr, il fallait que quelqu'un me voie.

— Je vais bien, criai-je, sentant mes joues s'échauffer.

Tout à coup, Zayne fut à mes côtés, qui me saisissait par les bras et me remettait sur mes pieds.

— Tu vas bien ? chuchota-t-il.

— La pêche, marmonnai-je en jetant un coup d'œil à mes paumes.

Leur peau était rouge, mais pas écorchée. Je pris conscience de quelqu'un qui venait à notre rencontre en bas des marches. Je levai la tête et mes yeux s'arrondirent derrière mes lunettes de soleil quand ils tombèrent sur une magnifique Gardienne aux cheveux bruns qui ne devait pas être bien plus vieille que moi.

— Tu es vraiment jolie, lâchai-je.

Elle sourit en jetant un coup d'œil à Zayne, qui était toujours derrière moi et me tenait les bras comme s'il craignait que je ne tombe à nouveau.

— Je l'aime bien, Zayne.

— Je n'en doute pas, répondit-il, ironique. Danika, voici Trinity.

La fille me tendit la main.

— Salut ! Je me demandais quand j'allais enfin te rencontrer.

Zayne lâcha prise alors que je prenais la main de la fille pour la serrer.

— D'habitude, j'essaie de faire une meilleure première impression, dis-je.

Danika rit et agita la main.

— Ne t'inquiète pas pour ça, dit-elle en exerçant une pression sur ma main avant de la lâcher. Je suis vraiment désolée, pour ton ami. J'espère que tu le retrouveras.

— Merci.

Et je le pensais.

— Comment ça va ici ? demanda Zayne en me contournant.

Je ne sus pas trop qui était allé vers qui en premier, mais ils s'enlaçaient, et c'était un vrai câlin, plein d'affection. Mon cœur se serra à nouveau, parce que c'était le genre d'étreinte que Jada et moi nous donnions, le genre d'étreinte que Misha et moi partagions.

— Bien, répondit Danika, qui s'écarta pour le prendre par les bras. Et toi ?

— Parfait.

Elle inclina la tête comme pour suggérer qu'elle n'était pas dupe, mais ensuite elle se tourna vers moi.

— J'espère que tu tiens Zayne à l'écart des problèmes.

— Euh, eh bien, ça marche probablement dans l'autre sens.

Le sourire de Danika était malicieux quand elle glissa à Zayne un long regard que je ne sus déchiffrer. On entama la montée des marches.

— Depuis que Nicolaï a dit que vous alliez venir, je suis excitée comme une puce.

— Tu t'ennuies tant que ça ? demanda Zayne alors que je les suivais prudemment dans l'escalier, faisant bien attention à ne pas tomber à nouveau.

Elle rit en rejetant ses cheveux noirs brillants par-dessus son épaule.

— Oh oui, quel enfer ! En plus, Izzy et Drake font leurs dents, donc je suis prête à me jeter par la fenêtre.

Les bébés gargouilles n'étaient pas de tout repos. Les bébés gargouilles qui faisaient leurs dents, c'était probablement le cauchemar.

Zayne passa devant et ouvrit la porte tandis que Danika me regardait par-dessus son épaule.

— Que penses-tu de la ville jusqu'à présent ?

— C'est sympa, d'après ce que j'ai vu, répondis-je.

Et immédiatement, je me rendis compte que je n'avais rien d'autre à dire. D'habitude, je n'étais pas si mal à l'aise, mais j'étais dans une forme bizarre aujourd'hui.

— Je veux dire, j'aimerais bien en voir plus, ajoutai-je piteusement.

— Tu devrais la sortir, Zayne, fit Danika en le bousculant lorsqu'elle passa devant lui. Tu la gardes enfermée chez toi ou quoi ?

Je haussai un sourcil en découvrant le vaste hall circulaire. Avec beaucoup de portes.

— Toute la journée et la nuit, répondit-il.

— Hum, ça a l'air sympa, présenté comme ça, glousssa-t-elle quand il secoua la tête. Je pense que Dez et Nicolaï sont…

Une forme grise arriva soudain devant mon visage. Je hoquetai. Reculant d'un pas maladroit, je levai les bras par réflexe et quelqu'un cria :

— Izzy, non !

Des mains et des ailes me tombèrent dessus et, l'instant d'après, je tenais dans mes mains une petite gargouille tout agitée. Une petite chose minuscule, mais aussi lourde qu'un camion tandis qu'elle martelait mes bras de ses petits poings. Ses traits se précisèrent et je la découvris sous sa forme de Gardienne, visage poupin d'un gris ardoise et petites cornes au milieu d'une multitude de boucles rousses. Elle jeta ses bras autour de moi et me serra aussi fort que le ferait un ami perdu depuis longtemps.

Je fus frappée d'immobilité alors qu'elle murmurait des choses incompréhensibles et se balançait dans mes bras, accrochée à moi comme si sa vie en dépendait. Par-dessus une petite aile, je considérai Danika et Zayne. Tous deux nous observaient béatement tandis que je tapotais maladroitement le dos de la petite fille, juste entre ses ailes.

— Salut, toi, dis-je, en resserrant mes bras autour de la petite, qui rejeta la tête en arrière et laissa échapper un gloussement.

Par-dessus sa tête, j'avisai Zayne et Danika, qui nous observaient toujours, bouche bée.

— Je suppose que c'est Izzy ?

Zayne hocha la tête.

— Ouais, confirma Danika. C'est elle… et ça, ce doit être ma sœur, Jasmine.

Quelques secondes plus tard, une femme qui ressemblait étrangement à Danika se précipita vers nous.

— Oh mon Dieu, je suis vraiment désolée ! Elle faisait une sieste et, tout à coup, elle s'est enfuie et la voilà. (Jasmine tendit les bras vers sa fille et l'attrapa par la taille, mais Izzy s'accrochait.) Oh ! Je suis désolée. Izzy, lâche-la.

Non seulement Izzy ne lâcha pas, mais elle s'accrochait désormais à mes cheveux.

— Je pense qu'elle m'aime bien.

— Je le pense aussi, confirma Jasmine.

Je baissai les yeux et remarquai un petit garçon du même âge qu'Izzy attaché à l'arrière de la jambe de Jasmine. Caché derrière sa mère, il m'observait de ses grands yeux bleus.

— Salut.

Il se cacha aussitôt. Une seconde plus tard, une grande prunelle bleue réapparut derrière sa jambe.

Je souris.

— Izzy, si tu ne lâches pas cette pauvre fille, tu n'auras pas de pudding pour ton goûter.

La petite fille m'abandonna immédiatement et alla nouer les bras autour du cou de sa mère.

— Waouh, ça a marché remarquablement vite.

Jasmine sourit.

— Cette enfant obéit au pudding et c'est à peu près tout. Encore une fois, je suis vraiment désolée.

— Pas de souci, souris-je. C'était un bel accueil.

— Ravie que tu le penses, fit Jasmine avant de se tourner vers Danika et Zayne. Danika, peux-tu me rendre un grand service et attraper Drake pour que je ne m'entrave pas avec lui ?

— Bien sûr.

Danika s'éloigna de Zayne et prit facilement le garçonnet dans ses bras, lequel enfouit aussitôt le visage dans son cou.

— Drake est un peu timide.

— Et comme tu peux le constater, Izzy ne l'est pas, ajouta Jasmine, tout sourire, en reculant d'un pas. Ces deux-là ne pourraient pas être plus différents.

— Ils savent tous les deux se transformer ? demandai-je.

— Izzy peut se transformer complètement et tenir sa forme, mais Drake ne se transforme que partiellement, répondit leur mère alors que la fillette se tortillait dans ses bras pour se tourner vers moi. Izzy préfère être sous sa forme de Gardienne.

— Drake réfléchit trop, c'est ça ? (Danika ébouriffa les cheveux du petit garçon et il releva la tête, partagea un petit sourire avec elle avant de replonger le visage dans son cou.) Izzy ne réfléchit jamais à rien. Elle veut faire quelque chose, elle le fait tout simplement.

— Une fille comme je les aime, commentai-je, jouant avec la main qu'Izzy me tendait à nouveau.

Danika et sa sœur échangèrent un regard.

— Comme nous les aimons aussi. Mais avec elle, son père fait une crise cardiaque toutes les cinq secondes.

En riant, je jetai un coup d'œil à Zayne et le vis appuyé contre le mur, les chevilles croisées et les mains enfoncées dans les poches de son jean. Il y avait un léger sourire sur son visage, une douceur dans la ligne normalement dure de sa mâchoire. Je fus frappée de voir à quel point cela me rappelait la journée chez Roth et Layla.

Zayne était là, mais il ne faisait pas partie de tout ça.

Mon sourire s'estompa lorsqu'il inclina la tête vers moi.

Des voix masculines nous parvinrent d'une des pièces fermées, puis une porte s'ouvrit. Un Gardien sortit dans le couloir. Il était trop loin pour que je puisse voir son visage, mais je reconnus la voix de Dez quand il parla.

— Isabella a encore attaqué quelqu'un ?

Jasmine s'esclaffa.

— Non. Elle était juste un peu trop heureuse de faire la connaissance de Trinity.

— C'est vrai ? (Dez traversa le hall de sa démarche chaloupée et s'arrêta pour arracher son fils des bras de Danika.) Salut, toi, me lança-t-il en prenant Drake dans le creux d'un bras.

J'agitai la main d'Izzy en direction de Dez, et la fillette gloussa.

— Salut.

— Comment vont les choses ? demanda Dez à Zayne.

— Bien. Rien à ajouter en dehors de ce que j'ai déjà rapporté, répondit Zayne en se repoussant du mur. Comment ça se passe, ici ?

— Normal, mais nous avons des nouvelles pour vous. (Dez me regarda.) C'est quelque chose qui va intéresser Trinity, alors je suis content que tu l'aies amenée. Allons rendre visite à Nicolaï.

Zayne me jeta un regard et je démêlai mes doigts de ceux d'Izzy pendant que Danika reprenait Drake à son père. Je m'approchai pour les rejoindre.

— Rappelle à Nicolaï qu'il a trente minutes, dit Danika. Sinon je pars sans lui.

Dez lança un regard à sa belle-sœur, mais elle se contenta de lui sourire, et deux choses me parurent soudain étranges. Primo, elle parlait de partir sans le chef de clan, menace que je n'avais jamais entendu un Gardien oser faire, et secundo... elle partait ? Genre, elle quittait l'enceinte ? Toute seule ?

Le regard de Danika rencontra le mien et ce que je pensais devait être écrit sur mon visage.

— Izzy tient de sa tante, dit-elle, et Jasmine hocha la tête. Je fais ce que je veux.

Les commissures de mes lèvres se relevèrent.

— Je t'aime bien.

Danika m'adressa un clin d'œil.

Dez nous fit signe.

— Venez. Avant que Danika et toi commenciez à discuter, parce que je sens que de très mauvaises choses en découleraient.

— Alors là, tu n'as réussi qu'à me donner encore plus envie de parler avec elle, lança Danika.

— Je ne saurais dire laquelle des deux exercerait la pire influence sur l'autre, commenta Zayne, à qui j'adressai un sourcil dubitatif. Toi ou Danika.

— Ajoutes-y Layla, et toute la maison brûle, commenta Dez.

— Je t'ai entendu ! cria Danika depuis le vestibule.

Je jetai un coup d'œil à Zayne, mais il ne montra aucune réaction au nom de Layla ou au fait que l'un des membres du clan l'ait évoquée. Je ne connaissais pas les tenants et les aboutissants de cette histoire : qui s'était retourné contre elle et qui ne l'avait pas fait ?

Dez ouvrit la porte et immédiatement me parvint la légère odeur d'un tabac riche. J'entrai et aperçus Nicolaï derrière un grand bureau. Il leva les yeux des papiers qu'il était en train de feuilleter quand je m'avançai dans la pièce. Dez marchait devant, sur un tapis tissé de fils aux couleurs chatoyantes.

— Danika m'a chargé de te rappeler que si tu n'es pas prêt dans trente minutes, elle part sans toi.

Nicolaï soupira, mais quand il parla, sa voix était chargée de tendresse.

— Bien sûr qu'elle le fera, fit-il en se calant contre le dossier de son siège. Bon, mettons-nous au travail et vite, que je n'aie pas à poursuivre ma femme à travers les rues de Washington.

J'ouvris la bouche pour demander si elle avait vraiment le droit de se balader seule en ville, quand je compris que Zayne n'était pas avec nous. Je regardai derrière moi et constatai qu'il s'était arrêté à l'entrée du bureau. Plus pâle que d'habitude, il balayait la pièce lentement du regard, comme pour tout bien absorber.

Soudain je compris.

Ç'avait été le bureau de son père.

Mon cœur se gonfla pour lui et j'allais pour m'approcher, mais il finit par s'avancer, ses prunelles pâles fixées sur moi. J'attendis qu'il soit tout près pour murmurer :

— Ça va ?

— Toujours, répéta-t-il avant de se tourner vers Nicolaï. Tu as des infos pour nous ?

Si Nicolaï ou Dez avaient remarqué son hésitation, ils ne le montrèrent pas. Puis Nicolaï lâcha la bombe.

— Bael a été aperçu la nuit dernière.

— Quoi ? hoquetai-je alors que Zayne s'avançait. Quand ? Où ?

— Cal l'a vu en patrouille vers 20 heures hier, près de Franklin Square, répondit Nicolaï.

Mon cœur commença à s'emballer. C'était une information énorme, une information à laquelle je ne m'attendais pas.

— Cal est sûr que c'était bien Bael ? Certain ? demanda Zayne.

Dez hocha la tête en se renversant en arrière et s'empara d'une feuille sur le bureau.

— Cal a réussi à prendre une photo de lui avec son téléphone. Nous avons fait imprimer l'image. (Il la tendit à Zayne.) Tu penses que c'est lui ?

Je me précipitai à côté de Zayne et contemplai l'image un peu granuleuse d'un grand homme brun debout devant une berline noire. Il était habillé d'un costume gris et ses cheveux noirs étaient gominés. Il levait les yeux et même moi, je voyais l'étrange lumière jaune qui s'y reflétait.

— C'est lui, dis-je, l'espoir renaissant. C'est Bael.

— C'est lui, confirma Zayne en relevant les yeux tandis que je lui arrachai presque la photo des mains. Sait-on qui est dans la voiture ?

Je plissai les paupières. Il y avait… quelqu'un sur la banquette arrière.

— Pas encore, mais on a sollicité nos contacts dans les services de la police pour faire vérifier les plaques. Le véhicule est enregistré au nom d'une société locale de location de voitures. Nous attendons de savoir qui était le conducteur et qui il transportait. Dès que nous avons l'information, nous vous tiendrons au courant.

Bael était en ville.

— C'est une bonne nouvelle, dis-je en regardant Zayne. Hein ? Une fois qu'on aura découvert avec qui il est, avec un peu de chance on pourra le localiser.

Il hocha la tête.

— Pas seulement ça. Maintenant on sait où patrouiller.

28

Zayne me tendit la main alors que j'atteignais la dernière marche de l'escalier de secours de l'immeuble surplombant Franklin Square.

— Tu es sûre que tu es en sécurité ici ?

Je le regardai fixement et haussai un sourcil. Il était sous sa forme de Gardien, spectacle magnifique et primitif avec ses cheveux blonds séparés par des cornes féroces. Je plaçai ma main dans la sienne, chaude et dure.

— Tu parles comme Misha.

— En d'autres termes, je pose des questions raisonnables ?

Il me hissa d'un bras et là, je ne sais même pas ce qui se passa. Soit Zayne avait sous-estimé sa force, soit il avait surestimé l'effort nécessaire pour me soulever, en tout cas je me retrouvai au-delà du rebord. Sans le toit en ciment sous mes pieds pour m'équilibrer, je basculai en avant, contre Zayne. Il lâcha ma main et m'attrapa en passant les bras autour de ma taille.

— Waouh, dit-il en riant quand il me reposa sur mes pieds. Et je suis censé ne pas m'inquiéter pour toi ?

— Ce n'est pas ma faute, là. Tu es comme l'Incroyable Hulk.

Je renversai la tête en arrière. La lumière argentée de la lune tomba sur son visage.

— Ça, je ne saurais pas le dire, admit-il.

Je m'attendais à ce que Zayne me lâche, qu'il recule, qu'il garde une distance respectable comme il le faisait toujours, mais voyant qu'il ne bougeait pas, je me pris à regretter de ne pas voir ses yeux et savoir ce qu'il pensait. On n'était pas aussi proches qu'on l'avait été dans le métro, mais je sentais la chaleur de son corps.

Je pris une inspiration rapide et peu profonde en posant les mains sur ses bras.

— Tu n'as pas à t'inquiéter pour moi, même ici. Je t'assure.

— Je ne peux pas m'en empêcher, quand on est à plus de cinquante mètres au-dessus du sol. (Ses bras se relâchèrent et ses mains glissèrent vers le bas de mon dos.) Tu es une dure à cuire, Trinity, cependant je ne pense pas que tu t'en sortiras bien si tu glisses et que tu tombes.

— Je ne vais ni glisser ni tomber, lui assurai-je. Et je sais faire des sauts assez impressionnants. Je peux te montrer…

Profitant de ce qu'il avait desserré son étreinte, je m'éloignai. Il m'attrapa par la main et me tira de nouveau vers lui.

— Ouais, non. Je n'ai pas besoin d'une démonstration. On est montés ici pour patrouiller, pas pour frimer.

— Mais je veux frimer, répliquai-je en tirant sur ma main, en vain car sa prise se resserra. Je peux vérifier la ruelle et sauter de toit en toit. Probablement même au-dessus de la rue, avec un bon élan.

— Vraiment, je ne te suggérerais pas de tenter l'expérience.

— Et qu'est-ce que je suis censée faire si on voit un démon ou Bael en bas ? Tu sautes et moi, je me dirige lentement vers l'escalier de secours et je le descends ?

Zayne me tira vers le centre du toit, ses ailes repliées.

— Tu peux te diriger *rapidement* vers l'escalier de secours et le descendre.

Je levai les yeux au ciel.

— Ça va me rendre très utile si tu as besoin de renfort.

— Je préfère t'avoir vivante qu'utile, répliqua-t-il, lâchant alors ma main. En plus, c'est calme depuis quelques nuits.

Sur ce point, il avait raison.

Mais ce soir, c'était différent car on savait que Bael était dans les parages.

Alors que je m'éloignais sans me presser du centre du bâtiment, Zayne restait juste derrière moi, comme une ombre… comme Misha. Le cœur serré, je levai la main pour frotter le centre de ma poitrine.

Misha me manquait tellement que je le ressentais physiquement et je comprenais d'autant moins comment Zayne pouvait être aussi distant de son clan. Je me retournai vers lui.

— Je peux te demander quelque chose ?

— Tu sais, je commencerais à m'inquiéter si tu n'avais pas une question à me poser, répondit-il.

Je ricanai.

— Eh bien, au moins tu le devineras, si jamais je me fais posséder.

Ses ailes se déployèrent derrière lui, me masquant presque la lune.

— Exact. Quelle est ta question ?

— Ceux de ton clan, tu les vois souvent ?

Un silence s'installa avant qu'il réponde :

— Pourquoi ?

— Simple curiosité.

— C'est un sujet de curiosité bizarre.

— Et alors ? Réponds à ma question.

— Je prends souvent des nouvelles d'eux.

Je me rapprochai un peu plus de lui.

— D'après la façon dont Danika et Jasmine ont réagi à notre arrivée, on aurait dit que vous ne vous étiez pas vus depuis des semaines, voire plus.

— Eh bien, ça fait un moment que je ne les ai pas vues, et parfois je prends des nouvelles de Nicolaï ou Dez par téléphone ou je les rencontre ici, en ville.

— Donc depuis combien de temps tu n'es pas rentré chez toi ? insistai-je, et les ailes de Zayne se replièrent, se refermant sur lui. (Je croisai les bras.) Quoi ? C'est chez toi, Zayne.

— Ce n'est pas l'impression que j'en ai, moi. Pas maintenant que mon père est mort et… (Il s'interrompit et se retourna pour aller vers la corniche.) Ça fait longtemps que je n'y suis pas retourné.

— Ils ne… ils ne te manquent pas ? Je veux dire, je ne suis pas partie depuis aussi longtemps et tout le monde me manque déjà tellement que ça fait mal.

Il sauta sur le rebord, resta perché là, surplombant la ville en contrebas.

— Ce n'est pas la même chose. Mon clan est là, dans cette ville, et je peux les voir quand je veux.

— Oui, en effet, dis-je, les poings serrés. Ça doit être bien d'avoir ce privilège.

Il détourna la tête et un long moment s'écoula.

— Tu ne comprends pas. Quand je retourne là-bas… tout ce à quoi je pense, c'est à mon père, à mon incapacité à le sauver et à empêcher… à empêcher Layla d'être blessée. Cet endroit m'évoquait de bons souvenirs, jadis. De super souvenirs. Mais maintenant… plus vraiment.

Je contemplai sa silhouette.

— Je sais ce que ça fait, Zayne… tu l'as oublié ?

Il lâcha un juron.

— Non, je ne l'ai pas oublié. Je suis désolé…

— Ne t'excuse pas. Juste… écoute-moi. Tu m'as dit que je n'étais pas responsable de la mort de ma mère, or, sans vouloir passer pour arrogante, je suis plus forte que toi. J'aurais pu mettre fin à la vie de Ryker en un battement de cils, mais je ne l'ai pas fait. Tu n'as pas pu sauver ton père…

— Ce n'est pas pareil.

— Comment ça ?

Zayne s'éleva dans un mouvement fluide et se retourna.

— J'étais distrait par des problèmes personnels, Trinity. Je n'avais pas la tête aux affaires. Dans le cas contraire, j'aurais pu arrêter l'attaque.

J'ignorais si c'était vrai ou non, mais j'avais le sentiment que ce n'était pas aussi simple.

— Tu es en train de m'expliquer que tu étais trop occupé à te morfondre pour faire quoi que ce soit quand il est mort ?

— Non. Je combattais un spectre.

Je levai les bras au ciel.

— Peut-être que tu étais distrait, mais ce n'est pas comme si tu étais resté sans rien faire. Sa mort n'était pas ta faute, et je n'ai aucune idée de ce qui s'est passé avec Layla, mais je suis sûre que ce n'était pas ta faute non plus.

— Oh si, c'était entièrement ma faute, rétorqua-t-il en se reposant sur le toit. J'ai failli la faire tuer, mais il n'y a pas que ça. C'est plus grave. (Il soupira, regarda la rue par-dessus son épaule.) Ils me manquent. Vraiment. J'ai juste besoin d'avoir mon espace. C'est pourquoi j'ai déménagé. Et que je n'ai pas pris la tête du clan.

— Parce que tu as l'impression d'avoir failli vis-à-vis de ton père ?

Il se planta devant moi, les ailes déployées.

— Parce que je ne suis pas sûr… d'être en capacité de le faire. Je ne sais pas si je pourrais diriger le clan alors que je ne crois plus entièrement en ce qu'ils font

J'écarquillai les yeux en entendant cet aveu.

— Le truc de tuer tous les démons sans distinction ?

Il acquiesça.

— Ce n'est pas parce qu'on nous répète que quelque chose est juste que ça l'est.

Je ne savais pas comment répondre à ça. Que Zayne remette en question le précepte selon lequel « tous les démons sont mauvais », c'était déjà assez problématique pour moi, mais j'imaginais que les Alphas seraient très, très mécontents d'entendre ce genre de propos.

Mon père aussi.

Toutefois, maintenant que j'avais rencontré Roth, Layla et, oui, même Caïman, je trouvais la théorie de Zayne assez sensée. Ces démons-là m'aidaient alors que mon propre clan me conseillait de… passer à autre chose.

— C'est admirable, conclus-je finalement.

— Quoi ?

— Toi, dis-je en hochant la tête. C'est admirable que tu t'autorises à voir ce que voient probablement moins d'un pour cent des Gardiens.

Il inclina la tête.

— Et qu'en pense une Légitime ?

Je haussai les épaules.

— Je pense… je pense que j'ai beaucoup à apprendre sur, eh bien, sur tout.

— Ouais.

— Mais…

— J'en ai fini avec cette conversation, me coupa-t-il, et j'ouvris la bouche. Sérieusement.

Je refermai la bouche, puis je hochai la tête. J'étais déjà surprise qu'il en ait partagé autant. J'avais l'impression d'avoir escaladé le mur d'une forteresse. Alors que la brise chaude soulevait les fines mèches de cheveux dans ma nuque, je repensai au jour où Zayne et son clan étaient arrivés chez nous.

— À la maison, j'aimais bien grimper en haut des bâtiments quand Misha y montait pour se reposer. C'est là que j'étais quand je vous ai vus arriver, ton clan et toi : sur le toit de la Grande Halle. Je ne sais pas si je te l'ai déjà raconté ? Quoi qu'il en soit, Misha détestait ça, il s'inquiétait toujours que quelqu'un me voie ou que je glisse et tombe, expliquai-je en me dirigeant vers le rebord. Mais j'adorais ça – être aussi haut et aussi près des étoiles. Je ne peux pas voler, alors c'est… c'est ce que j'ai de plus approchant, moi.

Zayne jura à mi-voix quand je sautai sur le rebord et il vint aussitôt se poser à côté de moi, son grand corps incliné pour me rattraper, au cas où je perdrais l'équilibre.

Sourire taquin aux lèvres, je pivotai et m'éloignai de lui. Dans ma vision périphérique, il n'y avait que des ombres et ma vision nocturne était à chier, pour le dire simplement, mais mon sens de l'équilibre était tip-top. Devant moi, je voyais l'endroit où le bâtiment se terminait. Quand j'étais dans la ruelle, plus tôt, j'avais estimé l'écart entre les bâtiments à environ six mètres.

Zayne restait juste derrière moi.

— C'est quoi, cette fascination pour les étoiles ?

En me mordillant la lèvre inférieure, je jetai un regard en arrière, vers lui, puis je levai les yeux vers le ciel.

— Tu vois les étoiles ? En ce moment, là ?

Il ne répondit pas immédiatement et je le supposai dérouté par ma question.

— Oui. Pourquoi ?

— Parce que Dieu a un sens de l'humour un peu tordu...

Je poussai un brusque soupir, consciente que je m'apprêtais à parler de quelque chose dont je parlais encore moins souvent que de la mort de ma mère. Je n'en avais pas envie, mais j'avais réussi à faire en sorte que Zayne s'ouvre un peu, alors peut-être que c'était... que c'était mon tour.

— Mon père est un ange, un archange, Zayne. Un ange si puissant et si... effrayant pour la plupart des gens que j'ose à peine prononcer son nom. Son sang coule en moi, son ADN, mais aussi celui de ma mère et d'une partie de sa famille. Or il s'avère qu'ils n'avaient pas le meilleur patrimoine génétique qui soit, et certains de ces gènes fâcheux se sont immiscés dans le mélange.

— C'est-à-dire ?

— J'ai ce qu'on appelle une rétinite pigmentaire, et s'il te plaît, ne me demande pas de l'épeler. Je ne le prononce probablement même pas correctement.

C'est une... maladie oculaire dégénérative qui se termine généralement par une cécité partielle ou totale, expliquai-je de manière factuelle. C'est généralement héréditaire, mais parfois les gens la développent aussi spontanément. En l'occurrence, une de mes arrière-grands-mères l'avait, ça a sauté quelques générations, et me voici l'heureuse gagnante d'une vue pourrie. J'ai une vision latérale très dégradée. Genre, si je regarde droit devant moi, je ne te vois même pas si tu es sur le côté. Tu n'es rien qu'une tache d'ombre. C'est comme si j'avais des œillères de cheval, précisai-je en levant les mains de part et d'autre de ma tête. Et il y a aussi ma perception de la profondeur, qui est assez naze.

— Attends. C'est pour ça que je t'ai vue sursauter quand quelque chose s'approche brusquement de ton visage ?

Je hochai la tête.

— Ouais, si quelque chose arrive par le côté, souvent je ne le vois pas avant qu'il soit, genre, juste là, pile devant moi. Mes yeux ne s'adaptent pas bien au passage de la lumière à l'obscurité, et une lumière très vive, c'est aussi mauvais qu'une zone extrêmement sombre. J'ai... de minuscules points noirs devant les yeux, un peu comme des flocons que j'arrive encore à oublier pour le moment, mais j'ai déjà la cataracte. C'est un effet secondaire des gouttes oculaires à base de stéroïdes que je devais prendre quand j'étais plus jeune. (Haussant les épaules, je recommençai à marcher le long du bord.) Du coup, pour moi la lune ressemble à deux lunes l'une sur l'autre, sauf si je ferme mon œil droit.

Je m'immobilisai et posai les mains sur mes hanches pour contempler le parc qui longeait la rue. Les arbres n'étaient que des silhouettes de ténèbres épaisses contre des ombres plus claires, même si le parc était éclairé.

Zayne toucha mon bras et je le regardai : il était repassé à sa forme humaine.

— Qu'est-ce que ça veut dire exactement ? Est-ce que tu deviens aveugle ?

Je haussai encore les épaules.

— Je ne sais pas. Probablement… Le fait que je ne sois pas complètement humaine vient tout chambouler, et la maladie nécessiterait une cartographie génétique précise, pour envisager un pronostic – je suppose que tu comprends pourquoi ça ne pourra jamais se faire. Cela dit, la maladie n'est pas prévisible non plus chez les humains. Certains, à mon âge, sont complètement aveugles. D'autres ne développent pas de symptômes avant d'avoir atteint la trentaine. Peut-être que ma perte de vision ralentira à cause du sang angélique que j'ai en moi, voire que sa progression s'arrêtera complètement. Cela étant, les choses ont empiré, donc je ne pense pas que mon côté angélique soit aussi efficace que ça. Bref, je ne sais pas. Personne ne peut répondre. Personne ne peut répondre non plus à la question concernant de nombreux humains atteints de la maladie.

Zayne m'écoutait en silence, alors je poursuivis :

— Quand ma mère a remarqué que je me cognais plus souvent aux objets et que j'avais du mal à m'orienter lorsque la lumière était très vive dehors, Thierry et elle m'ont emmenée chez un ophtalmologue. Après de nombreux tests très fastidieux, la maladie a été diagnostiquée. Ça m'a fait un choc, c'est le moins que je puisse dire. (Je ris.) Bon sang, vous déconnez, les gars ? Je suis une Légitime, quoi. Me battre tout en ayant ces énormes lacunes dans ma vision, ce n'est pas ce que je qualifierais de facile. Alors, comment c'est arrivé ? Bref c'est… comme ça.

— J'avais remarqué quelques détails : tes brusques sursauts parfois et ta démarche qui semblait hésitante la nuit, mais je n'aurais jamais deviné ça, avoua-t-il. Jamais.

— Ouais, je pense que la plupart des gens ne s'en doutent pas. Tu sais quoi ? La plupart des gens ne pensent qu'en termes d'aveugles et de voyants, ils n'ont aucune compréhension, aucune idée de tout ce qui se situe entre les deux. Je ne cache pas ma maladie. J'ai juste appris à la compenser, terminai-je en le regardant. À tel point qu'il m'arrive même à moi de l'oublier… et puis je rentre dans une porte ou un mur, et ça me rappelle brutalement à ma réalité.

— Et les étoiles ?

Un léger sourire franchit mes lèvres alors que me revenait en mémoire la question que m'avait posée l'ophtalmologue de Morgantown un jour.

— Lors de ma dernière consultation, il y a environ un an, mon ophtalmologue m'a demandé si je pouvais encore voir les étoiles, la nuit. C'était bizarre sur le moment, parce que j'ai dû y réfléchir et je me suis rendu compte que j'étais incapable de répondre à sa question. Je n'avais pas regardé les étoiles depuis, genre, une éternité, et ça m'a frappée, tu vois ? Qu'un jour, je lèverais les yeux et je ne verrais pas d'étoile, ce serait fini. Je ne verrais plus quelque chose d'aussi… beau et simple. Moi qui, jusqu'alors, avais pris ce spectacle pour acquis. Du coup, chaque nuit, je lève les yeux pour vérifier si je vois encore les étoiles.

Zayne ne répondit pas, mais je sentais son regard intense sur moi. Je me mis à tortiller mes cheveux et je haussai une épaule, ne sachant trop quoi ajouter.

— Donc, ouais…

Un moment s'écoula.

— Tu peux voir les étoiles, là ?

Je renversai ma tête en arrière et levai les yeux. C'était une nuit sans nuages et le ciel était comme une profonde nappe de pétrole parsemée de minuscules points.

— Je les vois. C'est ténu. (Je levai la main et montrai deux étoiles, l'une au-dessus de l'autre.) Juste là. Il y en a deux. (Je fermai mon œil droit et les deux petites taches blanches devinrent une seule tache blanche.) Oh, attends, m'esclaffai-je. Non, il n'y en a qu'une.

— Oui, murmura-t-il. (Il regardait fixement dans la direction que j'avais indiquée.) Il y a une étoile. Tu en vois d'autres ?

Il avait tourné la tête vers moi, et nos regards se nouèrent. Me sentant un peu étourdie et bête, je détournai les yeux au prix d'un énorme effort. Et je fouillai le ciel à nouveau.

— J'en vois quelques-unes. Pourquoi ? Il y a beaucoup d'étoiles ?

Comme il ne répondait pas, je lui jetai un discret coup d'œil et constatai qu'une fois de plus, il me dévisageait, la tête légèrement inclinée, ce qui avait fait retomber une mèche de cheveux blonds sur sa joue.

Je continuais à tortiller mes cheveux, en réaction à la nervosité qui grandissait en moi, comme une nichée d'oiseaux qui se réveille et dont les petits s'envolent. Je détournai le regard.

— Je suppose que le ciel est plein d'étoiles ?

— Il l'est, mais les seules qui comptent sont celles que tu vois.

Mon regard retrouva le sien.

Il me sourit.

— Tu es… tu es incroyablement forte.

Son commentaire me prit au dépourvu.

— Quoi ?

— Tu es là à parler de la perte de ta vue comme si ce n'était rien. Comme si ce n'était pas grave, or c'est énorme. Tu le sais bien. (Il posa sa main sur la mienne et je sursautai. Doucement, il ôta mes doigts de l'enchevêtrement de mes cheveux.) Mais tu fais face. Tu vis avec. Si ce n'est pas la définition de la force, je ne sais pas ce que c'est.

La nichée d'oiseaux s'installa au creux de ma poitrine.

— Je ne pense pas que ce soit de la force.

Il retira ma main de mes cheveux.

— Trin…

C'était la première fois qu'il m'appelait par mon diminutif et, comprenant que j'aimais bien, je me sentis rougir et reportai le regard vers les deux étoiles qui n'en étaient qu'une en réalité.

— Ce que je veux dire, c'est que je ne pense pas que ce soit un signe de force. Je ne peux pas changer ce qui va se passer. Peut-être qu'un jour, un remède saura me soigner, mais en attendant, je dois l'accepter et je ne peux pas trop me pencher dessus, parce que c'est effrayant – terriblement effrayant de penser vraiment que tout ça va disparaître et que je devrai apprendre à vivre autrement avec les attentes liées à qui je suis et ce que je suis, mais je n'ai d'autre choix que de gérer la situation. Et je le fais en ne laissant pas ce handicap me définir ou envahir chaque instant de ma vie. Ce n'est pas de la force. Ça ne me rend pas spéciale. (Je haussai les épaules.) Ça veut juste dire que je... fais du mieux que je peux.

Tenant toujours ma main, il exerça une pression dessus.

— C'est bien ce que je dis : la définition de la force.

Comme si je n'avais aucun contrôle sur moi, je me retrouvai à fixer à nouveau ses yeux, en me disant que ça allait être nul, le jour où je ne pourrais plus voir les étoiles, mais que ça allait être encore plus nul quand je ne pourrais plus voir ces yeux de loup bleu pâle.

— Je n'en reviens pas que tu ne m'aies rien dit avant.

— Ne le prends pas personnellement. Ce n'est pas quelque chose dont je parle volontiers, parce que je... je ne sais pas. Je ne veux pas que les gens me traitent différemment à cause de ça. Je ne veux pas que tu me traites différemment, ajoutai-je, tournée vers lui.

— Jamais. (Il s'avança vers moi, avec précaution car nous étions toujours sur le rebord.) OK. Ce n'est pas tout à fait vrai. Je t'admire comme un fou, mais je t'admirais déjà. Encore plus maintenant, disons.

J'essayai de ne plus sourire, mais en regardant ma main encore dans la sienne – grâce au clair de lune, je la voyais –, je me trouvai incapable d'arrêter.

— Tu vas faire quoi si ça empire ? demanda-t-il.

— Je me dégoterai peut-être une gargouille d'aveugle.

Zayne gloussa.

— Je peux jouer ce rôle pour toi.

— Euh, ouais, j'ai l'impression que tu ne tarderais pas à t'ennuyer ferme.

— Je ne pense pas.

Ses doigts s'enroulèrent autour de mon menton, ramenant mon regard vers le sien. L'air se bloqua dans ma gorge.

— Je ne pense pas..., répéta-t-il, qu'on puisse s'ennuyer une seconde avec toi.

— Ah non ?

Après avoir abordé un sujet aussi personnel, j'avais besoin d'un peu d'espace. Je me libérai et reculai.

— Bien. Je parie que tu ne peux pas m'attraper.

Je pivotai et partis en courant sur la corniche. Je l'entendis crier mon nom, mais le son se perdit dans le vent alors que je prenais de la vitesse. Le vent soulevait mes cheveux de mes épaules et les envoyait voleter derrière moi. J'atteignis le bord de la corniche à une vitesse vertigineuse et ne connus pas un seul moment d'hésitation ou de peur. Je sautai. Pendant ces brèves secondes, entourée par rien d'autre que l'air, juste avant de commencer à tomber, je devins une plume et je sus que c'était ça, la sensation de voler.

Je sentis sous mes pieds le rebord du bâtiment de l'autre côté de la ruelle, glissai et roulai, entraînée par la vitesse, puis je fis volte-face, un sourire sauvage aux lèvres.

Zayne se posa une seconde après moi, de nouveau transformé, les ailes hautes et déployées. Le toit était plus éclairé ici et je distinguais l'air stupéfait gravé sur ses traits.

Rejetant la tête en arrière, j'éclatai de rire alors qu'il se ruait vers moi.

— Tu devrais voir ta tête. Oh, mon Dieu, tu as l'air sans voix. Je ne savais pas que c'était possible, ajoutai-je en me détournant de lui.

Zayne fut sur moi en un battement de cœur.

Je couinai quand il m'attrapa par la taille, me soulevant du sol. Il me fit pivoter, me plaqua contre le métal froid d'un hangar de maintenance. Comme la nuit dans le métro, il n'y avait plus aucun espace entre nous, et je ne sais pas exactement à quel moment j'enroulai mes jambes autour de sa taille svelte, mais je le fis et j'aimai ça.

Beaucoup.

Il posa sur moi un regard furieux, la pointe de ses crocs dénudée.

— Tu… Tu…

— Quoi ?

Agrippée à ses épaules, j'étais essoufflée et cela n'avait rien à voir avec le saut et tout avec sa proximité.

— Tu es exaspérante, dit-il en se collant encore contre moi.

Une pulsation me fit frissonner au plus profond de moi.

Les yeux écarquillés, je le dévisageais. Je n'étais même pas sûre qu'il fût conscient de ce qu'il faisait. Il était furieux, c'était clair, mais il y avait quelque chose de plus lourd et de plus épais à la source de cette colère.

— Tu as perdu la tête.

Une main glissa de ma taille, passa sur ma hanche, jusqu'à ma cuisse. Sa main se serra, les griffes aiguisées accrochèrent le tissu fin de mon legging.

OK. Il savait ce qu'il faisait.

— Tu es complètement imprudente et extrêmement impulsive, poursuivit-il, et je renversai la tête contre la paroi derrière moi, car bizarrement j'avais du mal à faire entrer l'air dans mes poumons. Si tu refais quelque chose comme ça…

Je serrai ses épaules alors que ses ailes montaient et descendaient, nous enveloppant. Avant, l'obscurité totale m'avait fait paniquer, maintenant elle me rendait audacieuse, comme si je pouvais tout faire dans le cocon qu'il avait créé.

— Quoi ? lançai-je. Qu'est-ce que tu vas faire ?

— Quelque chose.

Ses mots chauds contre mon cou provoquèrent une tension de tous mes muscles.

Mes doigts touchèrent la racine de ses cheveux.

— Tu vas devoir me donner un peu plus de détails, répliquai-je. Parce que je vais recommencer, tu peux y compter à cent pour cent.

— Je vais me procurer une laisse pour te tenir.

Il déplaça son corps et le mien fut parcouru d'une secousse au contact de la dureté inattendue entre ses jambes.

Oh, bon Dieu !

Mon cœur battait la chamade et la chaleur s'accumulait.

— Si tu prends une laisse, je t'étrangle avec.

Son gloussement rauque me brûla les lèvres.

— Tu en serais bien capable.

— Oui.

Et ce mot, en réalité, lui donnait la permission de faire quelque chose qu'il n'avait pas demandé mais que je voulais lui accorder. Quelque chose dont il avait envie, je le savais.

Il devint parfaitement immobile et silencieux, puis finit par lâcher :

— À la seconde où tu m'as embrassé dans la salle d'entraînement, j'ai su que tu allais me causer des problèmes.

— C'est pour ça que tu m'as fuie ?

— Je ne te fuis pas, là. On dirait plutôt que c'est moi qui te cours après maintenant.

Puis le simple contact de ses lèvres sur les miennes me fit cambrer le corps. Mes lèvres s'entrouvrirent, lui donnant accès à ma bouche, et je sentis la pointe coquine de son croc contre ma lèvre. Je frissonnai tandis que lui émettait un gémissement profond et guttural qui faillit me perdre.

— On ne devrait pas... (Il s'interrompit pour effleurer ma lèvre inférieure de son croc acéré.) On ne devrait pas faire ça.

Moi, je ne voyais pas ce qu'on aurait dû faire d'autre en cet instant.

— Pourquoi ?

Je perçus le son bas et doux de son rire contre mes lèvres.

— Pourquoi ? À part le fait que ça complique les choses ?

— J'aime les complications.

— Bizarrement, ça ne me surprend pas, ironisa-t-il, puis il posa le front contre le mien. Tu as traversé beaucoup de choses, Trin. Beaucoup de choses te préoccupent et je ne suis pas...

Un cri strident déchira l'air, qui nous écarta brusquement. Zayne me reposa sur le toit et tournoya sur lui-même, en repliant ses ailes pour éviter de me cogner à la tête avec l'une d'elles.

Je ne les vis pas au début, jusqu'à ce que les deux créatures atterrissent sur le toit. Elles ressemblaient à des chauves-souris, d'énormes chauves-souris qui marchaient debout. Le clair de lune traversait leurs fines ailes presque translucides.

— Des Ympes, soupira Zayne.

Je décrochai mes lames et me préparai. Les Ympes n'étaient pas connus pour leur intelligence, mais ils compensaient leur manque de cervelle par une tendance à la violence.

— Ils ne sont pas censés traîner dans les grottes, normalement ?

— Normalement, si. Je suppose qu'ils sont sortis faire du tourisme.

— Tu crois qu'ils me cherchent ?

— Eh bien, on est sur le point de le découvrir.

L'un d'eux poussa un cri et se précipita sur Zayne. L'autre s'envola et atterrit agilement en face de moi.

Comme il faisait trop sombre pour que je risque de lancer mes lames, ce combat allait se faire à mains nues... ou du moins à mains contre ailes de chauve-souris.

Je gloussai.

— Je suppose qu'il vaut mieux que je ne sache pas pourquoi tu ris ? demanda Zayne, qui attrapa son Ympe par le cou.

Tout sourire, j'esquivai un coup de celui que j'avais face à moi. Je me glissai sous les bras tendus du démon et surgis derrière lui, puis je pivotai et enfonçai la lame de fer dans son dos.

Il poussa un cri suraigu avant de prendre feu. Je me retournai à temps pour voir l'autre démon faire de même. Je m'élançai vers lui...

Et fus projetée en arrière. Je faillis lâcher mes dagues lorsque des serres m'agrippèrent par mon tee-shirt. Un battement de cœur affolé plus tard, je me retrouvai soulevée du sol. Je hurlai quand l'Ympe décolla et que le tissu de mon tee-shirt commença à se déchirer.

Zayne se tourna vers l'endroit où je me balançais à plusieurs pieds au-dessus du toit.

— Bon sang !

Je levai mes dagues et leur fis décrire vers l'arrière un grand arc de cercle qui attrapa les pattes arrière de l'Ympe. Les lames méchamment aiguisées tranchèrent la peau et les os de la créature. Une chaleur humide gicla. Le cri de l'Ympe monta dans des aigus qui me rappelèrent un bébé en colère – si un bébé en colère était aussi en partie hyène. La chose lâcha prise et, soudain, je tombai.

Dans le vide.

Un rugissement de vent et d'air nocturne se leva pour m'attraper. La terreur qui explosa dans mes tripes pendant ma chute fut si puissante que je ne pouvais même plus hurler.

Oh, mon Dieu. Oh, mon Dieu. Oh mon Dieu, ça allait faire mal. Ça allait faire très mal…

Une paire de bras m'attrapa par la taille, interrompant ma chute, et je fus plaquée contre un torse dur. L'impact expulsa l'air de mes poumons, mais je savais que c'était Zayne.

Zayne m'avait attrapée.

L'air claquait autour de nous tandis que ses ailes se déployaient, ralentissant notre chute, puis il atterrit accroupi et la secousse de l'impact se répercuta jusqu'au plus profond de moi.

— Putain de merde ! soufflai-je en clignant rapidement des yeux.

Mes cheveux s'étaient libérés de leur chignon et collés à mon visage. J'avais l'impression que le manche de mes dagues était incrusté dans mes paumes.

— Putain de merde, je n'ai pas lâché mes dagues, remarquai-je.

— Tu vas bien ? (La voix de Zayne était plus tendue que d'habitude lorsqu'il me lâcha, et je pivotai aussitôt vers lui.) Trinity ?

— Ouais. Il ne m'a pas griffée, l'informai-je en rengainant mes lames, après un coup d'œil à mes épaules. Je pense qu'il essayait de m'emporter. Merci, Zayne. (Je levai les yeux vers lui.) Tu viens probablement de me sauver la vie.

— Je pense sans l'ombre d'un doute que je t'ai sauvé la vie, en effet.

— Sans l'ombre d'un doute, acquiesçai-je, regardant autour de moi et comprenant que nous étions dans la ruelle, près de l'escalier de secours. Tu vas bien, toi ?

Il baissa les yeux, jura.

— Il m'a touché à la poitrine.

Mon ventre se contracta et je tendis la main vers lui, soudain emplie d'inquiétude.

— C'est grave ?

— Pas trop, répondit-il en s'éloignant de moi. Mais on ferait mieux de rentrer. Je vais devoir nettoyer tout ça.

Soucieuse, j'acquiesçai immédiatement et m'efforçai péniblement d'ignorer le souffle arctique qui émanait soudain de Zayne.

29

La fine bande de lumière qui sortait par la porte de la salle de bains me tira de mon sommeil et m'alerta : je m'étais endormie sans Zayne.

Dès qu'on était rentrés chez lui, il était parti se laver dans la salle de bains puis m'avait annoncé qu'il allait se couchait tôt. Les lumières du salon s'étaient éteintes, signe clair qu'il voulait son propre espace, et j'étais restée dans la chambre à coucher, complètement perdue. Contrairement à toutes les nuits précédentes, il n'était pas venu dans ma chambre et il m'avait fallu une éternité pour finalement m'endormir.

Maintenant, soit lui, soit Nabot était dans la salle de bains.

Je m'assis et je glissai mes jambes hors de sous ma couverture. Le sol en ciment était frais sous mes pieds lorsque je m'avançai doucement vers la salle de bains. Je posai les mains contre la porte.

— Zayne ?

— Désolé, me parvint sa réponse bourrue, plusieurs secondes plus tard. Je ne voulais pas te réveiller. Retourne te coucher.

Aïe. Il avait l'air… bizarre, sa voix était laconique et tendue, plus encore que d'habitude.

— Tu vas bien ?

— Oui, aboya-t-il.

Je me mordis la lèvre. Est-ce qu'il souffrait ? Il avait l'air pâle quand on était rentrés, mais il avait insisté

– tout allait bien – et pourtant j'avais posé la question une demi-douzaine de fois. Sachant que je ne devais probablement pas, j'ouvris la porte de la salle de bains.

Ce que je découvris, c'était un sacré chaos. Zayne était devant le miroir, torse nu, et il... il s'arrachait quelque chose de la poitrine avec... une pince à épiler ? Des serviettes ensanglantées gisaient sur le meuble, je voyais quelque chose de laiteux dans un bocal.

— Bon Dieu ! m'exclamai-je.

— Merde, Trinity, grogna Zayne en se détournant – je notai qu'il m'appelait de nouveau par mon prénom complet. Tu ne fais jamais ce qu'on te dit ?

Pas particulièrement.

— J'étais inquiète.

— Je vais bien.

Il était d'un gris effroyable et ses doigts, empoissés de sang, tremblaient sur la pince à épiler en argent.

— Tu n'as pas l'air bien du tout. Que s'est-il passé ?

— Ce n'est rien, gronda-t-il en se retournant vers le miroir.

— Ça n'en a pas l'air.

Je m'approchai de lui, contente de ne pas craindre la vue du sang, mais ce qu'il essayait de faire à sa poitrine, en revanche... oui.

— Je peux t'aider ?

— Oui. Tu peux m'aider en retournant au lit. (Il me regarda, puis me regarda à nouveau, sourcils froncés.) C'est le visage d'Elmo sur ton short ?

— Ne critique pas mon short. (C'était un cadeau de Jada, un cadeau gag, n'empêche que c'était le short le plus confortable que j'avais jamais eu.) Je n'ai vraiment pas besoin que tu t'évanouisses ou que tu meures en essayant de t'opérer toi-même. Alors, arrête d'agir comme un mâle alpha ridicule et laisse-moi t'aider.

Son dos se crispa et il me regarda par-dessus son épaule.

— Est-ce que tu viens de me traiter de mâle alpha ridicule ?

— Oui. Absolument.

Un côté de sa bouche s'étira sur un début de sourire tandis qu'il baissait la tête pour se regarder. Plusieurs mèches de cheveux tombèrent en avant, qui lui masquèrent le visage.

— Ce fichu Ympe m'a touché à la poitrine.

— Je sais, mais tu devrais guérir…

Attrapant la serviette, il épongea le sang qui s'écoulait de sa blessure.

— Ouais, ben, une de ses griffes s'est cassée à l'intérieur. J'ai réussi à en extraire la plus grande partie.

De la glace coula dans mes veines.

— Tu… tu as une griffe d'Ympe plantée en toi ?

— Oui, d'où la pince à épiler.

Je ne savais pas si je lui serais d'une grande aide avec ma vue, mais ce serait forcément mieux que de se charcuter lui-même.

— Donne-moi la pince à épiler. Il faut l'enlever. Maintenant.

Zayne tourna brusquement la tête vers moi et il me regarda comme si j'avais deux têtes.

— Quoi ? Je peux t'enlever une griffe, insistai-je. C'est mieux si c'est moi qui essaie, au lieu de toi qui te trifouilles toi-même la peau.

— Tu es sûre d'en être capable ?

Je plissai les yeux.

— Je suis peut-être à moitié aveugle, mais je ferai, sans aucun doute, un meilleur travail que toi en ce moment.

Il resta à me dévisager si longtemps que je le crus sur le point de m'envoyer me recoucher et, s'il faisait ça, je pourrais bien le frapper, mais il grogna :

— Bien.

Il se retourna vers le lavabo, ouvrit l'eau et passa la pince à épiler sous le jet.

— La griffe fait à peine trois centimètres de long. Elle est noire.

Même pas trois centimètres de long ? Doux Jésus. Je lui pris la pince à épiler et je regardai ouvertement son torse. La zone qu'il fouillait était au-dessus de son mamelon droit et j'avais justement les yeux au niveau de ce mamelon.

Je plissai les paupières, ne voyant rien d'autre que de la chair déchirée.

— Je vais devoir…

— Je sais ce que tu dois faire, me coupa-t-il. Fais-le, c'est tout.

Son souffle chaud dansait sur mon front. Prenant une brève inspiration, je plaçai mes doigts de part et d'autre de la profonde entaille, puis j'écartai. Zayne retint son souffle entre ses dents serrées et je relevai la tête. Ses pupilles étaient à nouveau verticales.

— Désolée, chuchotai-je.

— Pas grave.

En me penchant, j'essayai d'ignorer l'odeur mentholée qui se mêlait aux effluves métalliques du sang tandis que je cherchais un reste de griffe de trois centimètres de long.

— Combien de temps tu as mis à te rendre compte que tu avais une griffe plantée en toi ?

— Quand je me suis levé et que j'ai failli vomir. Là, j'ai compris que je ne guérissais pas. Donc, il y a environ une heure.

— Ça fait une heure que tu te charcutes ?

— Oui.

— C'est assez nul.

Quand je levai les yeux vers lui, je vis sa mâchoire crispée. En glissant ma main le long de sa peau, je tirai un peu plus sur la déchirure.

— Désolée.

— Arrête de t'excuser.

— Pas évident quand je dois t'ouvrir la paroi thoracique.

Il cracha un rire sec.

— Tu n'es pas en train de m'opérer à cœur ouvert non plus.

Une seconde plus tard, je repérai un petit morceau de noir coincé dans la chair rose.

— Alors, euh, tu es toujours en colère contre moi ?

— En colère contre toi pour quoi ? demanda-t-il.

— Pour avoir sauté du bâtiment ?

Je saisis bien fermement la pince à épiler.

— Ça, j'essayais de l'oublier, dit-il sèchement.

Je levai les yeux vers lui. Essayait-il aussi d'oublier ce qui s'était passé après ? La question me brûlait le bout de la langue, mais je la ravalai.

— Je ne suis pas en colère contre toi, Trin.

Encouragée par la réapparition de mon diminutif, je pris une petite inspiration. Concentrée sur la griffe, je positionnai la pince à épiler et envoyai une petite prière.

— Tu n'es pas venu dans la chambre, ce soir, pour me souhaiter bonne nuit… ou autre chose.

Il resta silencieux un moment, puis :

— Ce n'était pas parce que j'étais en colère contre toi. (Zayne prit une brusque inspiration quand j'enfonçai la pince à épiler entre les chairs.) Tu as la main très sûre.

Je me mordis la lèvre.

— Effectivement. Alors, pourquoi tu n'es pas venu ?

Je refermai le bout pointu de la pince à épiler autour du bord de la griffe cassée.

— Je ne suis pas sûr de vouloir parler de ça pendant que tu me fouilles dans la poitrine.

Malgré le sens plus profond qu'ils pouvaient revêtir, ses mots me firent sourire au moment où je tirais sur le morceau de griffe. La pince à épiler laissa échapper sa prise et Zayne sursauta.

— Désolée.

Il prit une longue et lente inspiration.

— Ça va.

Je répétai ma tentative, faisant en sorte que la pince à épiler accroche bien la griffe.

— Je suis un peu surprise qu'un Ympe de base ait eu le dessus sur toi.

— Merci de me le rappeler.

— Je dis ça comme ça.

— J'étais... un peu distrait.

— Pas ma faute.

Je tirai à nouveau et je sentis la griffe commencer à venir. Zayne se crispa.

— Je vais dire que c'était partiellement notre faute à tous les deux.

Cette satanée griffe ne bougeait pas.

— Tu étais distrait... à quel point ?

Zayne hésita.

— Je pense que tu as dû... sentir à quel point j'étais distrait.

Immobilisant ma main, je levai les yeux vers lui.

— Oui, je l'ai senti.

Le centre de ses joues prit une teinte rose pâle.

— Eh bien, voilà, tu as ta réponse.

Un lent sourire se dessina sur mes lèvres.

— Tu rougis.

Il ferma les yeux.

— Tu sais, la plupart des gens ne me le feraient pas remarquer.

— Je ne suis pas la plupart des gens.

— J'ai bien vu. (Un sourire en coin apparut.) Je ne sais pas encore si c'est une bonne ou une mauvaise chose, en revanche.

— Waouh, murmurai-je.

Puis je tirai fort, libérant la griffe alors que Zayne lâchait un juron à mi-voix.

— Je l'ai. (Me redressant, je lui montrai mon butin, le nez plissé.) C'est super dégueu.

— Merci.

Il expira bruyamment et tendit la main vers les serviettes, mais je l'avais devancé. Reposant la pince à épiler, j'avais déjà saisi la première de la pile et j'arrêtai le nouvel afflux de sang qui s'écoulait de la blessure. Déjà, les chairs déchirées commençaient à se refermer.

Zayne laissa retomber les mains contre ses flancs pendant que j'essuyais le sang. Je guérissais rapidement, mais c'était fou, la vitesse à laquelle les Gardiens récupéraient. Son visage reprenait déjà des couleurs.

— Tu as l'air beaucoup mieux.

— Je me sens mieux.

Son regard accrocha le mien et le soutint, puis il baissa les yeux et je sentis l'intensité de son regard jusqu'au bout de mes orteils, avant qu'il le replonge dans mes yeux. Il referma les doigts sur mon poignet.

— Tu as du sang partout sur les mains.

Je ne dis rien quand il prit la serviette, et je me laissai faire aussi quand il mit la serviette de côté et m'entraîna devant le lavabo.

— Je peux me laver les mains moi-même, lui fis-je remarquer.

Il ouvrit l'eau, puis un tiroir dont il sortit un tube de savon moussant pour les mains.

— Je sais. Tu as réussi à dormir ?

— Un peu.

Levant les yeux, je nous vis dans le miroir. Il avait la tête inclinée, les sourcils froncés par la concentration tandis qu'il faisait couler du savon sur mes mains.

Je me perdis un peu dans notre reflet. Il était tellement plus grand et plus costaud que moi, cheveux blond doré alors que les miens étaient plus foncés. Mon regard tomba sur nos mains quand il glissa la sienne sur la mienne. L'eau faisait des bulles roses et rouges en tourbillonnant dans le fond de l'évier. Il me lava les mains jusqu'à ce qu'il n'y ait plus une seule tache de sang, puis il récupéra une serviette propre dans un autre tiroir.

Il me détourna du miroir pour me sécher les mains.

— Tu sais ce que tu m'as demandé tout à l'heure ? (Ses mains quittèrent mes poignets pour remonter le long de mes avant-bras.) Pourquoi je ne suis pas venu dans la chambre ce soir ?

Mon rythme cardiaque s'accéléra, je hochai la tête.

— Je ne pouvais pas, parce que je ne pensais pas pouvoir m'allonger à côté de toi après ce qui s'était passé sur le toit.

Sa voix était plus profonde, plus épaisse, ses mains agrippaient mes bras. Il me souleva avec facilité, m'assit sur le bord du meuble.

— Et m'empêcher de te toucher, termina-t-il.

La chaleur de tout à l'heure revint danser sur ma peau.

— Et si… et si je voulais que tu me touches ?

Ses prunelles s'arrondirent sur un bleu pâle intense.

— Eh bien tu vois, c'est ça le problème.

— Pourquoi ?

Il leva les mains, plongea les doigts dans mes cheveux et écarta les mèches de mon visage.

— Parce qu'il ne faut pas, Trin. Ça va compliquer les choses. Regarde ce soir, on n'était pas attentifs. L'Ympe aurait pu te toucher. Tu aurais pu être blessée.

— Mais je ne l'ai pas été.

— Moi si, et ça n'aurait pas dû arriver. (Son regard fouilla le mien.) Je devrais être plus avisé, Trin. Je sais ce qui arrive quand je n'ai pas les idées claires. On forme une bonne équipe…

— C'est vrai, le coupai-je en enroulant mes doigts sur le bord du meuble. On forme une sacrée bonne équipe.

— C'est pourquoi ce serait une mauvaise idée.

— Je pense au contraire que ça en fait une sacrément bonne idée.

Son rire était tendu.

— Ça ne m'étonne pas, tiens, mais il y a autre chose.

— Je ne suis pas ton père…

— Oh, bon sang, j'espère bien que non.

Je l'examinai plus attentivement.

— Et je ne suis pas Layla, ajoutai-je. (Quelque chose traversa son visage, une émotion à vif, qui disparut avant que je sache ce que c'était.) Tu dois juste apprendre à être multitâche.

— C'est tout ? fit-il en riant.

Je hochai la tête. Une de ses mains glissa le long de mon cou, tandis que le bout de ses doigts suivait la ligne de ma mâchoire.

— Même si j'apprenais, tu as traversé beaucoup d'épreuves, reprit-il. Et je suis plus vieux que toi.

— Oh, ça va. La différence d'âge est infime.

Il baissa ses cils épais tandis qu'il effleurait ma pommette. Je frissonnai.

— Tu es venue ici pour trouver Misha et tu me fais confiance pour t'y aider tout en te protégeant. Du coup, ce serait...

— Bien, suggérai-je pour l'aider à formuler. Parce que c'est comme ça que je le ressens, moi. Comme si j'avais été... (Mes joues rougirent.) Je me sens bien, Zayne. Tu veux insinuer que c'est mal ?

Les cils se soulevèrent. Ses yeux pâles qui se verrouillèrent aux miens étaient d'une intensité folle. Des ombres se formèrent autour de sa bouche.

— Non. Je ne dis pas ça. Tu veux m'embrasser à nouveau, c'est ça ?

Tous les muscles de mon corps se tendirent.

— Oui. Je veux...

Zayne m'embrassa.

Ce fut un baiser doux et beau au début, ses lèvres effleurant les miennes une fois, puis deux. Et le baiser s'approfondit. Il n'avait plus rien d'hésitant. C'était brûlant, exigeant, ça embrasait l'âme, ce mélange brut de besoin refoulé et de désir explosif.

Il me tira jusqu'au bord du meuble et s'avança, lui, pour presser son corps entre mes jambes, et quand il m'embrassa à nouveau, il me laissa à bout de souffle et à vif comme un fil électrique. J'enroulai les jambes autour de sa taille et glissai une main sur son torse, en contournant la blessure qui guérissait. Sa main se faufila sous mon bras, dans mon dos… Je me dis que je pourrais être ivre de ses baisers.

Puis il me souleva du lavabo, reculant tandis que je m'accrochais à ses épaules et aux douces mèches de ses cheveux. Il se heurta au mur tandis qu'il me mordillait les lèvres et je ris dans son baiser, à quoi il répondit par un grognement. On finit par réussir à atteindre la chambre, où il m'allongea sur le lit et appuya son corps large et chaud juste au-dessus de moi.

Avec la lumière de la chambre pour me guider, je tendis la main et lui touchai le visage. Il se frotta contre ma paume et je le sentis frissonner. Quand ses yeux se rouvrirent, j'aurais juré qu'ils brillaient.

Aucun de nous ne bougea ni ne dit quoi que ce soit pendant un long moment. Je me pris à songer que, bon Dieu, si Nabot décidait de surgir maintenant, je trouverais un moyen de le ramener à la vie juste pour le tuer.

Heureusement, Nabot n'apparut pas, mais l'immobilité de Zayne commençait à m'inquiéter.

— Zayne ?

Je vis sa glotte bouger, signe qu'il ravalait sa salive.

— Il y a quelque chose que je dois te dire.

— Quoi ?

Je fouillai son visage tout en suivant la courbe de sa joue. Il tourna le menton, embrassa le bout de mes doigts.

— Je n'ai… je n'ai jamais fait ça avant.

Mes doigts s'immobilisèrent. Mon corps tout entier s'immobilisa quand ses mots prirent tout leur sens.

— Tu veux dire… que tu n'as pas fait ça ?

— Eh bien, j'ai fait *ça*. J'ai fait… des trucs, mais je n'ai jamais fait l'amour. (Son regard trouva le mien et un petit sourire apparut.) Là, je t'ai cloué le bec.

Je clignai des yeux.

— Je suis désolée. Je ne devrais pas, mais je suis sous le choc. Je veux dire, tu es… tu es toi. Tu es beau et intelligent. Tu es gentil et tu es drôle et…

— Et agaçant.

— Oui, ça, mais...

— Et autoritaire.

— Et ça aussi, mais...

— N'empêche que je ne l'ai toujours pas fait, termina-t-il.

— Pourquoi ? demandai-je, et je me sentis aussitôt très bête d'avoir posé cette question. Pardon. Je n'aurais pas dû demander ça.

— C'est bon. Je... je ne l'ai jamais fait, c'est tout.

J'étais sidérée, mais j'étais aussi... soulagée d'une certaine façon.

— Je ne l'ai jamais fait non plus.

Un sourire lent, déchirant, se dessina sur ses lèvres. Un vrai sourire, du genre qui pouvait briser les cœurs et les reconstruire.

— Je ne sais pas où ça va nous mener, dis-je en traçant la courbe de son épaule. Je sais juste que je t'aime bien, Zayne. Je t'aime vraiment bien, et ça n'a rien à voir avec tout ce qui se passe par ailleurs. J'ai envie de toi, mais on... on n'est pas obligés de faire ça.

— Non, on n'est pas obligés. (Il baissa la tête et déposa un baiser sur le bord de mes lèvres, puis il reprit la parole.) Mais il y a d'autres... trucs qu'on peut faire.

Et cette fois, quand Zayne m'embrassa, il but à mes lèvres, il avala mes gémissements, tandis qu'il passait le pouce sur ma joue, dont il suivit la forme de l'os. Son contact était aussi léger qu'une plume, pourtant j'avais des fourmis de partout. Le désir me picota la peau quand il fit glisser ses doigts le long de ma gorge, sur mon épaule. Un petit soupir m'échappa.

Je n'avais pas menti en disant que je l'aimais bien, que je l'aimais beaucoup, et le fait de le savoir, de le ressentir, m'effrayait un peu. C'était le premier gars qui m'attirait vraiment, mais là, ça allait bien au-delà. Il y avait sa force et sa gentillesse, ses convictions, même celles qui m'avaient choquée au début, et sa vivacité d'esprit. Il y avait son instinct protecteur et, même quand il doutait de lui, ça le rendait en quelque sorte… ça le rendait humain à mes yeux.

Quelque chose d'autre restait accroché en marge de mes pensées, un sentiment de familiarité avec lui, comme si les nombreuses pièces d'un puzzle se mettaient finalement en place.

Comme si c'était normal.

Comme si être avec Zayne était normal.

Lentement, il vint poser sa main au centre de ma poitrine.

— Tu n'as pas idée du nombre de fois où j'ai rêvé de ça.

Je posai ma main sur son flanc, la déplaçai vers son dos, dont je pétris les cordes contractées des muscles. Il baissa la main sur ma hanche et me tira vers le bas, au bord du matelas. Puis il se hissa au-dessus de moi, en appui sur un bras. Avec une cuisse, il écarta les miennes, puis se baissa. Ses lignes dures pressèrent contre mes lignes douces, et quand il se mit à onduler contre moi dans un lent mouvement, je lâchai un hoquet et me raidis sous l'effet de la décharge de plaisir qu'il m'envoyait.

— Je peux ? demanda-t-il.

— Oui. Oui. Carrément.

Il pouffa contre ma bouche et se remit à balancer le bassin. Suivant son exemple, je levai les hanches alors que, bougeant la tête, il vint poser les lèvres sur la joue qu'il avait caressée quelques instants auparavant.

— Et toi, tu as rêvé de ça ? De nous ? Tu t'es demandé comment ce serait ?

— Oui, chuchotai-je en écartant les jambes pour mieux accueillir son corps. Oui, j'y ai pensé.

Sa main libre glissa le long de ma hanche, remonta sur mon ventre. Il s'arrêta juste en dessous de mes seins, dont son pouce effleura le renflement. J'en eus le souffle coupé quand ses baisers atteignirent la commissure de mes lèvres. Je tournai légèrement la tête. Nos lèvres se frôlèrent.

— Tu n'as pas à t'inquiéter que ça aille trop loin, dit-il.

Mes doigts se recroquevillèrent contre sa peau.

— Je ne suis pas inquiète. Toi si ?

— Toujours, murmura-t-il.

Et avant que j'aie le temps de me demander ce qu'il voulait dire par là, il fourra le visage dans le creux entre mon cou et mon épaule. Descendant les mains sur mes hanches, il me bécota le cou. Puis il laissa sa main s'égarer plus haut, presque jusqu'à mon téton.

Je ne bougeai pas, je ne dis rien. J'attendais... j'attendais de voir ce qu'il allait faire.

— Dis-moi quand m'arrêter et je le ferai.

— Je sais. (Ma voix était épaisse, brute.) Je... je te fais confiance.

Zayne s'immobilisa, puis il s'écarta. L'espace d'un instant, j'eus peur d'avoir dit ce qu'il ne fallait pas, mais ses mains saisirent ensuite le bas de mon tee-shirt.

— Je voudrais te voir, te toucher... te goûter.

Ses mots envoyèrent un sombre frisson à travers tout mon corps.

— Oui.

Il souleva mon tee-shirt et je me redressai sur des coudes tremblants, le temps qu'il le fasse passer par-dessus ma tête. Mon short ne tarda pas à suivre. La brusque inspiration de Zayne se perdit dans les battements de mon cœur. Je me rallongeai, ne portant plus qu'une petite culotte et sachant qu'avec ses yeux de Gardien il pouvait tout voir. Je luttai contre l'envie de me couvrir la poitrine.

— Tu es magnifique, Trinity.

Puis il baissa la tête et donna un coup de langue sur une partie particulièrement sensible, me tirant un gémissement. Je m'agrippai plus fort à ses épaules. Il rit contre la peau de ma poitrine, mais ce rire se transforma rapidement en grognement lorsque mes mains s'aventurèrent plus au sud et s'attardèrent sur son bas-ventre. On aurait dit du satin tendu sur un rocher, et j'étais fascinée par la façon dont ses muscles se contractaient sous mon contact.

Je levai le regard tandis que mes doigts couraient sur chaque vague dure.

— Tu es parfait.

Il appuya un peu plus, déplaçant sa main puis sa langue vers mon autre sein.

— Mmm ? Tu veux que j'arrête ?

— Non. Pas du tout. Absolument pas.

— C'est la meilleure chose que j'aie entendue de l'année.

Mon rire se termina dans un hoquet lorsque Zayne me fit rouler sur lui et s'assit, mes genoux glissant de part et d'autre de ses hanches alors qu'il m'attirait sur ses genoux. Je haletai quand la partie la plus douce de mon corps se retrouva pressée contre la partie la plus dure du sien. Il avait toujours son bas de pyjama et j'étais toujours en culotte, mais je pouvais sentir chaque centimètre de lui.

Ses doigts plongèrent dans mes cheveux et sa main s'enroula autour de ma nuque. Il attira ma bouche vers la sienne et m'embrassa tandis que je me cramponnais à ses épaules pour mieux m'installer sur lui. Le grognement qui me répondit envoya une série de déflagrations à travers moi.

— Ça ne ressemble pas du tout à ce que ferait un Gardien, chuchotai-je.

La main se resserra sur ma hanche.

— Tu serais choquée par toutes les choses pas très Gardiennes qui me passent par la tête en ce moment.

Je frissonnai, avec la sensation d'être étourdie, brûlante et vivante.

— Alors montre-moi.

Et il me montra.

La tête renversée en arrière, je me mis à haleter. Ses mains et sa bouche étaient avides, et j'adorais ça. Le bas de mon corps commença à bouger en petits cercles et, bon Dieu, je croyais sentir son pouls à travers le coton de son pyjama.

Je ne me rappelais pas avoir déjà ressenti ça, certainement pas avec Clay et pas non plus quand je me touchais. C'était… oh, là, là, c'était tellement plus ; comme si de la lave en fusion me coulait dans les veines. Le désir tourbillonnait en moi, me privant de tout contrôle et me laissant étourdie.

Mon corps se cambrait vers le sien, gonflé d'un désir proche de la souffrance, au point que j'en avais presque peur, mais oui, je lui faisais confiance. Je lui faisais confiance pour tout.

Et quand sa bouche happa mon sein et que sa langue lécha ma peau, j'arrêtai de penser. Il n'y avait plus que les sensations, les sensations brutes et exquises qui descendaient jusqu'au fond de mon ventre. J'avais chaud et en même temps j'étais de plus en plus trempée.

Mes mains glissèrent sur les abdominaux qui roulaient sous la peau. Je balançais le bassin contre lui et, quand il me chuchota à l'oreille, sa voix était épaisse, comme enfumée. Je haletais contre sa bouche, mes doigts tremblaient en glissant sur sa peau quand je les passai sous l'élastique de son pyjama. Lui aussi y porta les mains pour repousser le tissu vers le bas, se haussant juste assez pour le baisser au niveau de ses cuisses… et ensuite il n'y eut plus rien entre nous.

— Bon Dieu, grogna-t-il contre ma bouche.

D'une main plaquée à ma hanche, il m'incitait à bouger, à prendre ce que je voulais, mais je n'avais pas besoin d'y être incitée. Mon corps ondulait contre le sien et son corps ondulait contre le mien. La chaleur de sa peau, le frottement et l'humidité, et la façon dont il me mordillait la bouche – c'était à la fois trop et pas assez. La tension entre mes jambes monta rapidement, me vola mon souffle, me choqua. Quelque chose se serra tout au fond de moi, et nos mouvements devinrent presque frénétiques. Son grognement de plaisir me brûla la peau, y alluma le feu et je jouis dans une aveuglante tornade, mes muscles se contractant et se relâchant tout à la fois. Jamais, jamais je n'avais ressenti quelque chose d'aussi puissant, d'aussi exquis, qui oblitère tout.

Zayne ne tarda pas à me rejoindre, dont le cri rauque et profond comme l'âme étouffa les miens alors que l'orgasme nous secouait, et puis sa bouche fut sur la mienne et il m'embrassait, et il continuait à m'embrasser comme s'il ne voulait pas simplement me goûter, mais dévorer mon être même, et je... je voulais être dévorée.

Je ne savais même pas que c'était possible d'être embrassée comme ça.

J'ignorais comment, on se retrouva sur le flanc, nos visages à quelques centimètres l'un de l'autre, nos jambes entremêlées, l'un de ses bras sous mes côtes, enroulé autour de moi, et l'autre autour de ma taille. Je me pris à penser que je n'allais jamais réussir à respirer normalement alors que nous étions allongés là, mon cœur battant toujours la chamade.

— C'était... (Je m'éclaircis la gorge.) Je ne savais pas que ça pouvait être comme ça sans même... tu sais... le faire.

Les bras de Zayne se resserrèrent et il m'attira contre son torse, chair contre chair.

— Moi non plus.

Je souris et lorsqu'il embrassa de nouveau la commissure de mes lèvres, mon sourire s'étira un peu plus. Il amena ma tête sous son menton et je fus entourée de sa chaleur.

Je n'avais aucune idée du temps qui avait passé, mais je sentais le sommeil me tirer vers lui.

— Tu vas... tu vas rester avec moi ce soir ?

Ses lèvres effleurèrent mon front.

— Dors, Trin. Je ne vais nulle part.

30

— Des nouvelles ? me demanda Jada au bout du fil.

Le téléphone coincé contre mon épaule, je fouillais dans les vêtements que j'avais emportés, en quête de quelque chose d'approprié pour rencontrer les sorciers : je sentais que j'avais besoin d'une tenue sombre, digne d'une dure à cuire. Je n'avais pas dit à Jada que nous allions voir des sorciers ce soir, ni que nous travaillions avec des démons. Je ne pensais pas qu'elle comprendrait… déjà que je comprenais à peine moi-même.

— Bael a été aperçu avant-hier soir. On attend des infos qui nous indiqueront où le trouver. Du moins je l'espère, parce que je ne peux pas imaginer…

Je basculai en arrière sur les genoux, fermant les yeux.

— Je sais, murmura Jada. La bonne nouvelle, c'est que tu ressens toujours le lien, non ?

— Oui.

— Donc il est toujours en vie et c'est tout ce qui compte pour l'instant.

Je m'éclaircis la gorge et rouvris les yeux.

— Comment va Ty ? Thierry et Matthew ?

— Ty est merveilleux, comme toujours, répondit-elle après un bref silence. Thierry et Matthew vont bien, mais tu leur manques.

— Ils me manquent aussi. Je ne manque pas à Ty ?

Jada rigola.

— Mais si, tu manques à Ty, espèce d'idiote.

— Y a intérêt. Pas d'autres attaques ou quoi que ce soit de ce genre ?

Je fronçai les sourcils quand Nabot traversa le mur et ma valise, où il dérangea mes vêtements.

— On s'ennuie comme des rats morts, répondit Jada. Rien de nouveau sous le soleil, par ici.

Je ne pus réprimer mon sourire.

— Ça craint… pour vous.

— Et pour toi quand tu reviendras, me rappela-t-elle.

Un étrange pincement me serra le cœur quand je regardai la porte de la chambre ouverte.

— Ça craint pour moi alors.

— Et Zayne, comment il est ?

Je me mordis la lèvre inférieure en pensant à la nuit dernière, à la façon dont il m'avait touchée, à ce qu'il m'avait fait ressentir, comment il m'avait tenue dans ses bras toute la nuit. Mon visage rougit sous l'effet des souvenirs torrides. Heureusement que Jada et moi n'étions pas en train de nous parler en FaceTime.

Non seulement Zayne était resté avec moi toute la nuit, mais il m'avait embrassée ce matin – il m'avait embrassée avec une telle douceur que rien que d'y penser maintenant, j'avais l'impression d'un ballon gonflé dans ma poitrine.

Et puis, il m'avait préparé le petit déjeuner, gaufres et bacon, et j'avais eu la drôle d'envie de le garder pour toujours.

— Trinity ?

— Il est bien, répondis-je, à voix basse parce qu'il était dans la salle de bains, en train de se doucher.

— Tu m'étonnes.

Je gloussai, brûlant de tout lui dire mais sachant que ce n'était pas le moment. En plus, elle me poserait plein de questions auxquelles je ne pourrais pas répondre. Comme : la nuit dernière signifiait-elle qu'il y aurait d'autres nuits dernières ? Est-ce que ça voulait dire qu'on était ensemble ? Je ne le savais pas. On n'avait pas vraiment eu cette conversation.

— Tais-toi… ne quitte pas. (Je baissai le téléphone en voyant Nabot se diriger vers la salle de bains.) Nabot ! Je te l'interdis !

Le fantôme leva les mains et battit des bras jusqu'au lit avant de se jeter dessus. Il passa à travers et disparut.

— Qu'est-ce qu'il fait ? demanda Jada.

— Il joue les sales types.

— Je ne suis pas un sale type, intervint la voix étouffée de Nabot de quelque part dans le lit. J'ai besoin d'aller aux toilettes.

— Nabot, d'abord il y a deux salles de bains ici, mais surtout, tu es mort et tu n'utilises pas les toilettes.

— Je devrais te laisser, dit Jada, et je soupirai. Tu m'appelles demain, OK ?

— OK. On se parle bientôt.

Je laissai tomber mon téléphone sur le matelas au moment où la tête de Nabot refaisait surface.

— Tiens-toi bien, lui ordonnai-je.

Il m'adressa un sourire, qui n'était en fait qu'une grimace dénudant toutes ses dents.

Secouant la tête, je retournai à mes vêtements. Je sortis un débardeur noir. C'était un de ces modèles plus court devant que derrière. Je le montrai à Nabot.

— Et ça ?

Il pencha la tête sur le côté.

— Qu'est-ce qui te fait penser que je saurais quoi porter pour aller rencontrer des sorciers ?

— Je ne sais pas.

Avec un soupir, je me laissai retomber sur les fesses.

— Je n'en reviens pas que les sorciers existent, dit la tête de Nabot, seule partie de lui visible. Et je n'en reviens pas d'être encore surpris par quoi que ce soit.

— Pareil, acquiesçai-je.

— Je n'en reviens pas non plus de ce que vous avez fait hier soir, tous les deux.

J'écarquillai les yeux et baissai la voix.

— Tu nous matais ?

— Non. Voyons. Ce serait dégoûtant. (Il marqua une pause.) Sauf que je n'avais littéralement nulle part où aller dans cet appart, je vous entendais de partout.

Oh, mon Dieu.

La porte de la salle de bains s'ouvrit et je regardai par-dessus mon épaule, juste à temps pour voir un Zayne torse nu en sortir, qui passait une serviette sur ses cheveux mouillés. Il portait un pantalon de jogging, humide à des endroits... intéressants, ce qui me fit penser qu'il n'avait pas pris le temps de se sécher complètement.

Il jeta un coup d'œil vers moi.

— Qu'est-ce que tu fais ?

— Je cherche quelque chose à porter pour ce soir. (Je lui montrai le débardeur, dans un effort pour me comporter comme si tout était absolument normal.) Tu penses que ça irait ?

Un côté de ses lèvres se retroussa.

— Tu peux porter ce que tu veux, Trinity.

— J'aime la façon dont il prononce ton prénom, commenta Nabot.

Je n'étais donc pas la seule à trouver qu'il disait mon nom d'une manière si craquante.

— Certes, mais je ne veux pas me faire remarquer.

— Je ne pense pas que ce soit possible.

Je baissai mon tee-shirt, en souriant comme une petite bécasse. Quand il se retourna pour aller vers son armoire, je me mis à le zieuter si avidement que Nabot gloussa.

— Ta plaie, ça va ? demandai-je.

Il sortit un tee-shirt noir et l'enfila. Et voilà. Les mecs, pour choisir leurs vêtements, c'était trop simple.

— Oui, j'ai mis un peu de ce truc dessus ce matin, juste pour le cas où, mais c'est bon. Je me disais qu'on pourrait y aller doucement ce soir, après ta visite.

— Ah ?

Qu'est-ce qu'il entendait par « y aller doucement » ? Je jetai un coup d'œil au lit et sentis mon corps tout entier rougir.

Il fallait vraiment que j'apprenne à me contrôler.

Zayne se dirigea vers la porte, un jean à la main.

— Ben, on pourrait manger un morceau dehors.

L'excitation m'envahit. J'allais voir des sorciers et sortir dîner avec Zayne comme une personne normale, comme une...

Je m'interrompis avant d'aller au bout de cette pensée. Je baissai les yeux et repliai mon tee-shirt.

— J'aimerais bien, mais si les sorciers nous donnent des informations, on...

— On agira immédiatement, convint-il.

J'osai me laisser aller à sourire.

— OK.

— Bien. (Zayne hésita devant la porte.) Tu seras bientôt prête ?

Je hochai la tête.

— Je t'attends, dit-il en refermant la porte derrière lui.

Dès qu'il fut sorti, je m'affalai dans ma valise, la tête la première.

— Je pense que tu l'aimes bien, chuchota Nabot.

Je lâchai un grognement.

— Je pense que tu l'aimes vraiment bien.

— Tais-toi, dis-je en fermant les yeux.

— Je pense que tu l'aimes beaucoup, continua de chantonner Nabot.

À quoi je ne pus rien répondre, parce qu'évidemment, c'était vrai.

J'aimais bien Zayne.

Je l'aimais beaucoup.

Le trajet jusqu'à Bethesda prit plus de temps que prévu, en raison de la circulation intense entre les deux villes. À notre arrivée, la nuit était tombée et Roth nous attendait dans le garage, tout de noir vêtu. Il n'était pas seul.

Layla était avec lui.

J'avais décidé d'opter pour mon legging avec des têtes de mort, que j'avais jugé super adapté pour une rencontre avec des sorciers, et le débardeur noir, mais en voyant Layla dans une robe bleu pâle, du genre fluide et fleurie, je regrettai de ne pas avoir choisi quelque chose de plus… joli.

Je soupirai. Trop tard maintenant.

Et puis, ce n'était pas comme si j'avais pu cacher mes lames, dans une robe pareille.

— C'est quoi ce bordel ? marmonna Zayne en coupant le moteur.

Il ouvrit la portière et sortit en même temps que moi.

Roth et Layla s'approchèrent, main dans la main, alors que Zayne contournait l'Impala par l'avant.

— Salut, lançai-je, avec un signe de la main maladroit à l'adresse des démons.

Roth m'adressa un large sourire, Layla un bref sourire crispé.

— Je reste, annonça Layla avec un sourire innocent à l'intention de Zayne. Pour te tenir compagnie.

Oh-oh…

La mâchoire de Zayne faisait des heures supplémentaires, on aurait presque dit qu'il allait se briser les molaires.

— Juste pour vous prévenir, Bael a été vu il y a deux nuits, près de Franklin Square, annonça-t-il. On a patrouillé là-bas, mais on ne l'a pas vu.

— Il était avec quelqu'un, mais on ne sait pas encore très bien qui, ajoutai-je. On attend de le découvrir.

— C'est bizarre qu'il soit allé là-bas, commenta Layla, ses sourcils clairs froncés alors qu'elle regardait Zayne. Je ne pense pas y avoir jamais vu de démons quand je patrouillais.

— Tu as patrouillé ? m'étonnai-je.

Elle hocha la tête.

— Avant, je… filais les démons pour que les Gardiens puissent les trouver facilement quand ils chassaient.

Je n'en revenais pas.

— J'ai tellement de questions.

— La capacité de Layla à voir les âmes signifie également que si elle touche un démon, il s'illumine et du coup nous, les Gardiens, on peut le voir. Grâce à cette lueur, m'expliqua Zayne, les bras croisés. Je me demande si tu serais capable de la voir aussi.

— Je ne sais pas.

— Ça ne marche pas sur les démons comme Roth, précisa Layla. Mais ça a fonctionné sur beaucoup de Démons Inférieurs. Je les marquais et Zayne les chassait plus tard.

— Ah, le bon vieux temps…, ronronna Roth avec un sourire. Pas vrai ?

Layla fixait Zayne, qui fixait un endroit derrière Roth.

— Tu chassais les démons ? demandai-je, complètement perdue.

Parce que, bien qu'elle fût à moitié Gardienne, Layla était aussi à moitié démone.

— Oui. Je marquais tous ceux que je croisais, peu importe ce qu'ils faisaient, expliqua-t-elle. Je patrouille toujours, avec Roth, mais je ne marque plus que les démons qui sont activement mauvais.

— Je ne patrouille pas vraiment, parce que je n'en ai absolument rien à fiche, de ce que font les démons, précisa Roth avec son sourire ironique. Je suis juste là pour m'assurer que tout va bien pour Layla. Bref, on ferait mieux de se mettre en route.

Je n'avais toujours aucune idée de ce qui se passait entre Zayne et Layla mais, sentant qu'il était tout sauf ravi de sa présence, je lui touchai le bras pour attirer son attention. Et quand je m'adressai à lui, je le fis à voix basse.

— Ça va ?

Il me dévisagea un moment, puis hocha la tête sèchement.

— Toujours.

Pas sûre de le croire, je jetai un coup d'œil à Layla et Roth et les découvris qui nous observaient attentivement. Roth semblait amusé, mais Layla avait l'air… d'hésiter et de vouloir… retirer ma main du bras de Zayne.

— C'est bon, ajouta celui-ci.

Mon regard fouilla le sien, puis je hochai la tête.

— Bon, amusez-vous bien, tous les deux.

Roth haussa les sourcils.

— C'est probablement mieux d'en finir le plus vite possible.

Inclinant son corps vers Layla, il lui posa les doigts le long de la mâchoire et fit basculer sa tête en arrière. Il l'embrassa et, bon sang, comme il l'embrassa ! Je sentis mes joues s'empourprer et détournai le regard jusqu'à ce que Roth me lance :

— Tu es prête ?

J'hésitai, ayant soudain le sentiment que je devais dire quelque chose à Zayne avant de partir, mais quoi ? Aucune idée, et aucun risque que je l'embrasse ou qu'il m'embrasse comme ça – même si ça aurait été bien –, alors je commençai à me diriger vers Roth qui m'attendait.

— Trin, attends une seconde, me rappela Zayne.

Mon cœur, cet imbécile, exécuta un petit saut périlleux dans ma poitrine quand je me retournai et le vis s'avancer vers moi.

— Oui ?

— Tu as tes lames sur toi ? (Lorsque j'acquiesçai, son regard fouilla mon visage.) Et qu'est-ce que je t'ai dit ?

— D'utiliser la *grâce* s'il le faut, chuchotai-je, pleinement consciente que Layla et Roth m'entendaient probablement quand même.

— Bien. (Son torse se souleva alors qu'il jetait un coup d'œil à Roth avant de revenir sur moi.) J'aurais aimé y aller avec toi.

— Pareil, murmurai-je.

Il ouvrit la bouche, comme s'il voulait en dire plus, puis il me fit un sourire en coin avant de tourner son attention vers les autres.

— Surveille ses arrières, Roth.

— Je sais, répondit le Prince démon.

— Faut que j'y aille, maintenant, dis-je à Zayne, un peu déçue de ne même pas avoir droit à un câlin, tout en étant pleinement consciente que nous avions un public. Je reviens vite.

Zayne me laissa faire un pas, puis il m'attrapa par la main et me tira en arrière. J'en eus le souffle coupé. Avant que je puisse deviner ce qu'il allait faire, il baissa la tête et murmura :

— Sois prudente.

Puis je sentis ses lèvres sur ma tempe et mes paupières se fermèrent brièvement. C'était un baiser doux et rapide, mais il signifiait quelque chose pour moi. Quand je rouvris les yeux et m'écartai, je perçus la chaleur dans ses prunelles pâles. Alors je songeai que ça signifiait peut-être quelque chose pour lui aussi.

Ridiculement étourdie, je hochai la tête et je pivotai, me hâtant de rejoindre Roth.

Le Prince démon m'adressa un haussement de sourcils, puis il pivota avec élégance.

— Suis-moi, sainte patrouilleuse.

Je fronçai les sourcils derrière son dos, mais je le rattrapai au moment de sortir du garage. Les rues étaient éclairées par les lumières vives des réverbères.

— Alors, on va dans un club ? demandai-je en comprenant qu'on traversait la rue, vers un hôtel.

Il atteignit la porte avant moi, qu'il me tint ouverte.

— Plutôt un restaurant. Privatisé. Probablement pas ce à quoi tu t'attends.

Ce n'était déjà plus ce à quoi je m'étais attendue.

En entrant dans le hall de l'hôtel, je levai les yeux vers les plafonniers argentés qui projetaient sur les sols en marbre noir une lueur qui me rappela le clair de lune. Roth nous dirigea vers un ascenseur, qui s'ouvrit avant qu'on l'atteigne. Je le regardai.

— Flippant, dit-il avec un sourire.

Je plissai les yeux et il gloussa alors qu'on entrait dans la cabine, puis qu'il appuyait sur le bouton du treizième étage, ce qui me fit tiquer.

Je me tournai vers lui.

— Je croyais que les hôtels n'avaient pas de treizième étage ?

— Celui-là, si.

OK. C'était effectivement flippant mais, une fois les portes refermées, je jetai un coup d'œil là où Roth s'était rencogné.

— Je peux te demander quelque chose ?

— Bien sûr.

— Qu'est-ce qui se passe entre Zayne et Layla ?

Il haussa les sourcils.

— Qu'est-ce qui te fait penser qu'il se passe quelque chose entre eux ?

— En plus de leur évident malaise quand ils se sont rencontrés chez toi et de ce qui s'est passé, juste là ? Zayne avait l'air plus partant pour s'accoupler avec un porc-épic que de nous attendre avec elle.

Roth cligna des yeux.

— Belle image…

Secouant la tête, il croisa les bras et je remarquai alors un tatouage sur son biceps. Je plissai les yeux. Il ressemblait à un… chaton recroquevillé en boule ? Non, ça ne pouvait pas être ça. Un démon avec un tatouage de chaton ? Ma vue déconnait de plus en plus.

— Qu'est-ce que tu sais à leur sujet ? demanda-t-il.

Un grand sentiment de malaise fleurit dans mon ventre.

— Je sais qu'ils ont grandi ensemble et qu'il… se sent mal de n'avoir jamais accepté son côté démoniaque.

— Il t'a dit ça ?

Je hochai la tête.

— Et il m'a raconté ce qui est arrivé à Layla – ce que son clan a fait et pourquoi il culpabilise.

Un muscle se contracta dans la mâchoire de Roth.

— Il t'a parlé de la cause de tout ça ?

Je secouai sa tête.

— Seulement qu'il se sent responsable.

L'ascenseur s'arrêta et les portes s'ouvrirent

— Ben voyons, marmonna-t-il. On devrait finir cette conversation plus tard.

— Mais…

— Plus tard, répéta-t-il en sortant dans le couloir. Viens, Trinity. On doit se concentrer, or si on avait cette conversation, ta tête ne serait pas au bon endroit.

Je voulais insister, mais il avait raison, alors je laissai tomber pour l'instant. Le couloir dans lequel nous progressions était long et étroit, puis il s'incurva vers la droite et je découvris ce qui ressemblait à un restaurant rempli de silhouettes de forme humaine.

Roth se fendit d'un bref sourire.

— Je t'avais prévenue que ce n'était pas ce à quoi tu t'attendais.

— Pour le coup, tu avais raison, murmurai-je, en portant mon attention vers une jeune femme qui se tenait au bureau de l'hôtesse.

Déjà concentrée sur Roth, elle ne m'accorda pas même un regard. Ses lèvres fines étaient si pincées qu'elles en devenaient inexistantes.

— Encore vous !

Roth, tout sourire, posa les avant-bras sur la tablette de l'hôtesse.

— Rowena, je vous ai manqué ? lança-t-il. Parce que moi, je me languissais de vous.

Elle recula d'un pas.

— Non. Vous ne m'avez pas manqué. Vous êtes ici pour voir Faye ?

Roth acquiesça en se redressant.

La femme soupira si fort qu'elle devait s'être cassé une côte dans le processus.

— Suivez-moi.

Rowena nous précéda parmi le dédale des tables, occupées par des gens qui avaient l'air, eh bien, de gens normaux. Tous dévisageaient Roth comme s'ils savaient exactement ce qu'il était et, à voir la manière dont ils remuaient sur leurs sièges, tâchant au maximum de s'écarter sur son passage, personne n'avait l'air plus ravi que cela de sa présence.

Je ne savais pas exactement à quoi je m'étais attendue, en réalité. OK. J'avais imaginé des femmes en longues robes noires et des hommes en soutanes, qui psalmodieraient des paroles mystiques, et puis des feux – beaucoup de feux. Je ne m'attendais pas à des gens en jeans et robes d'été en train de manger des calamars frits.

J'étais un peu déçue.

On arriva à une table ronde occupée par une jolie jeune femme brune aux cheveux courts. Elle leva les yeux lorsque Rowena nous planta là et la surprise se peignit sur son visage, rapidement suivie par la méfiance.

— Bonjour, Faye, susurra Roth.

La femme commença à se lever.

— Roth. C'est une surprise… oh !

Il se passa quelque chose.

Quelque chose de vraiment bizarre.

Une… ombre s'échappa de son corps, qui explosa en un million de minuscules points noirs. Ils tombèrent sur le sol en tournoyant, puis tourbillonnèrent et remontèrent, pour reformer ensemble un…

— Putain de merde !

Je reculai d'un bond, une main à ma poitrine, alors que ma *grâce* s'animait à l'intérieur de moi face à l'énorme serpent – au moins dix pieds de long et aussi large que moi – qui apparaissait à moins d'un pas de moi.

Le serpent se jeta sur Roth, son corps épais ondulant et l'enlaçant, tandis qu'il lui posait sa tête en forme de losange sur l'épaule et sortait une langue rouge qui vibrionnait.

Il n'essayait pas de me tuer.

Il n'essayait pas de tuer Roth.

Ma mâchoire se décrocha. La bestiole me faisait penser à un chien heureux – si le chien heureux en question était un serpent géant – qui se tortillait et frappait le sol de sa queue. Minute. Les serpents, ça a une queue ? Je n'en avais aucune idée, mais j'avais besoin de m'asseoir, je le sentais.

— Eh, ma fifille, je t'ai manqué ? demanda Roth en grattant la tête du serpent géant. Je sais. Ça fait trop longtemps.

Je clignai des yeux lentement.

— C'est... c'est un serpent géant.

Roth lui embrassa le bout du nez.

— En effet. C'est Bambi.

— Le serpent s'appelle Bambi ? couinai-je.

— J'ai un faible pour Disney, répondit-il, et je trouvai ça encore plus perturbant. C'est l'une de mes familières, mais elle est actuellement prêtée à cette sorcière...

— Ce n'était pas le marché, l'interrompit Faye, qui se tut quand Roth lui envoya un regard que je ne vis pas.

Une « familière » ? Nom de Dieu des cieux, j'avais lu des choses sur ces créatures, mais bien sûr je n'en avais jamais vu. Au repos, elles ressemblaient à des tatouages, mais se détachaient de la peau et prenaient vie à la moindre invocation. Seuls les plus puissants parmi les Démons Supérieurs en avaient.

Mon regard se porta sur son bras. Le tatouage du chaton était toujours là. Était-ce aussi un familier ? Un chaton ?

— Bambi, voici Trinity. C'est une amie, poursuivit-il alors que le serpent se tortillait.

Il approchait en ondulant l'épais cylindre de son long corps vers moi.

J'écarquillai les yeux.

— Et qu'est-ce qu'on fait aux amis ? dit Roth. On ne les mange pas, Bambi.

— Elle… elle mange les gens ? demandai-je.

— Elle mange toutes sortes de choses. Parfois des démons, parfois des gens. Elle n'a jamais mangé d'ange. Pour l'instant. Thumper, par contre, a fait frire un Alpha.

— Thumper ?

En souriant, Roth releva un pan de sa chemise et sur tout le long de son flanc ferme, dans des couleurs bleu et or profondes…

— Oh mon Dieu, c'est un dragon ? chuchotai-je.

Il m'adressa un clin d'œil.

— C'est ça, confirma-t-il en relâchant sa chemise. Assieds-toi, Trinity.

Contournant Bambi d'aussi loin que possible, je me glissai sur la banquette en face de Faye, et Roth s'assit à côté de moi. Une seconde plus tard, Bambi se vautra sur les genoux de Roth et je me reculai au maximum, car le serpent me fixait de ses yeux d'un rouge contre nature.

— En quoi puis-je t'aider, Roth ? demanda Faye, qui me considérait avec curiosité.

— Nous avons besoin d'informations, répondit-il en frottant tranquillement le sommet de la tête de Bambi.

Faye ramena une mèche de ses cheveux courts devant son oreille.

— Jusque-là, je l'avais deviné. Je suis désolée. Je ne veux pas paraître impolie, mais qui êtes-vous ?

— Une amie de Roth, répondis-je. (Voilà bien une phrase que je n'aurais jamais pensé prononcer il y avait encore peu et, à en juger par le sourire du démon, ma réponse lui plaisait beaucoup.) Je suis à la recherche d'un ami. Un Gardien qui a été enlevé par un démon.

— Un démon qui est soudain devenu très actif dans la ville, ajouta Roth. Son nom est Bael.

— Tu sais que nous… fréquentons rarement les démons.

Sa main tremblait légèrement quand elle attrapa son verre de vin rouge.

Faye était nerveuse.

— Je sais que tu fréquentes les démons et toutes sortes de choses, du moment que ça profite au coven, répondit-il, mielleux. Alors, arrêtons les fichues conneries politiquement béni-oui-oui comme quoi vous seriez de soi-disant bons sorciers qui vénèrent les arbres et se tiennent la main en chantant *Kumbaya*.

Je haussai les sourcils. Le sourire taquin s'était effacé des lèvres de Roth.

— Toi et moi savons tous les deux qu'il en va différemment, poursuivit-il. Un gros détachement d'humains a attaqué une communauté de Gardiens. Ils travaillaient avec Bael et il est impossible qu'il les ait tous possédés.

— Ce qui pose la question de savoir comment un démon a pu rassembler une petite armée d'humains prêts à mourir pour lui, ajoutai-je. Je pense que je connais la réponse.

Faye se raidit. Roth se pencha en avant.

— Moi aussi. Votre coven aurait-il, par le plus grand des hasards, aidé un certain démon avec un sort d'enchantement ? Peut-être l'un de ceux qui vous permet de contrôler les humains ? Et ne me réponds pas qu'un tel sort n'existe pas.

Elle retroussa les lèvres sur une moue.

— Il existe un tel… enchantement, un sort. Qui n'est pas souvent utilisé et qui est même interdit.

Je fus momentanément distraite par le son d'un petit moteur à côté de moi. Je jetai un coup d'œil à Bambi. Est-ce que ce serpent… ronronnait ?

Bambi me regarda en sortant sa langue fourchue.

OK, OK…

— Mais vous aimez bien ce qui est interdit, rétorqua Roth. Avez-vous aidé Bael en lui fournissant un sort de ce type ?

Ayant pris une gorgée de son vin, elle secoua ensuite la tête sur une déglutition laborieuse.

— Tu n'es pas une Gardienne, me dit-elle.

— Non, en effet.

— Pourquoi te soucies-tu de l'attaque d'un camp de Gardiens ? demanda-t-elle à Roth.

— Ai-je dit que je m'en souciais ? (Je lui lançai un regard cinglant.) Votre coven a-t-il aidé Bael avec cet enchantement ? insista-t-il.

— Si nous l'avons fait, et je dis bien « si », nous ne sommes pas responsables de l'utilisation qui a pu être faite du sort, déclara-t-elle.

Alors là, elle était gonflée.

— Pas responsables ? C'est comme si vous mettiez le feu à un buisson, que vous l'abandonniez comme ça et que ce feu se propageait à un immeuble et le détruisait tout entier. Vous ne vouliez pas que ça arrive, mais vous êtes quand même responsable. Que pensiez-vous qu'il allait faire avec un tel enchantement ? L'utiliser pour convaincre un groupe d'humains de faire du travail caritatif ?

Roth ricana.

La sorcière resserra sa prise sur le verre à vin.

— Cette conversation commence à m'ennuyer, Faye, annonça Roth, qui se cala contre le dossier de la banquette. Votre coven a-t-il été en contact avec Bael ?

Elle resta silencieuse un long moment, puis :

— Tu réalises les dégâts pour nous si on apprenait qu'on... divulgue les activités d'autrui ?

Roth continuait à caresser la tête de Bambi. Il m'adressa un sourire.

— Et toi, tu réalises que je me fous complètement de ce qui te retombe dessus ? Tu devrais plutôt t'inquiéter de figurer sur ma mauvaise liste.

— Oui, bien sûr, mais...

— Mais ce que tu ne réalises pas encore, c'est que tu n'as vraiment pas intérêt à figurer sur sa mauvaise liste, à elle, l'interrompit-il, et je levai une main en agitant les doigts. Réponds à cette fichue question.

Faye me contempla un long moment, puis elle frissonna.

— Pour ton information, j'ai déconseillé au coven de fournir un tel sort à qui que ce soit, mais j'ai été mise en minorité. Ce n'est pas un démon qui est venu nous voir il y a deux mois.

L'espoir qui avait jailli mourut aussitôt dans ma poitrine.

— Pas un démon ?

Elle secoua la tête.

— C'est un humain qui est venu demander ce sort.

Je regardai Roth : disait-elle la vérité ou non ?

— Qui était cet humain ?

Faye serra les lèvres et secoua la tête.

— C'était... il s'appelle Josh Fisher.

Ce nom ne me disait rien du tout.

— Josh Fisher ? répéta Roth. Tu parles du sénateur Josh Fisher, le chef de la majorité au Sénat ? Ce Josh Fisher-là ?

Je sentis mon cœur manquer un battement quand Faye hocha la tête.

— Celui-là même.

— Quel besoin un sénateur aurait-il de demander ce genre d'enchantement ? demandai-je, abasourdie. Et sans l'utiliser ensuite pour, je ne sais pas, influencer les votes ou quelque chose comme ça ?

— Je ne sais pas pourquoi il en avait besoin...

— Vous avez souvent des gens qui demandent cet enchantement-là ? demanda Roth.

Faye se raidit.

— Eh bien, non. C'était la première...

— On peut donc supposer que cet enchantement a été utilisé pour transformer des humains en chair à canon, au propre comme au figuré.

— Bael a été vu en compagnie de quelqu'un il y a deux nuits. On ne sait pas qui c'était, ni si la personne était humaine ou non, indiquai-je à Roth. Mais le sénateur doit bien connaître des démons, pour savoir que les sorciers sont capables de ce genre de choses, non ?

Roth regarda Faye.

— En effet. À moins qu'il ne soit sorcier lui-même, mais je vais partir sur une hypothèse et considérer qu'il n'est pas un sorcier. Je me trompe ?

— Non, marmonna Faye.

Je me penchai en avant, posai les bras sur la table.

— Savez-vous pourquoi il tenait à acquérir ce sort ?

Elle finit son vin.

— Nous n'avons pas posé la question. Il vaut mieux ne pas savoir certaines choses. Et il a proposé une somme d'argent plutôt conséquente.

— Comme c'est pratique, murmura Roth. Ne me dis pas qu'il ne s'est pas trouvé un seul d'entre vous pour s'inquiéter un tant soit peu de ce qu'un foutu sénateur ferait d'un tel sort, si ? Ou est-ce que vous aviez un besoin d'argent tellement désespéré ?

— L'argent n'est pas la seule chose qu'il a offerte, répondit-elle en croisant les bras. Il a offert quelque chose d'autre, de hautement convoité, quelque chose qu'aucun de nous n'a en sa possession.

— Et c'est ?

— Un nephilim, chuchota-t-elle.

Je me figeai, les yeux rivés sur la sorcière.

— Et pourquoi voudriez-vous un nephilim ? demandai-je, même si une partie de moi le savait déjà.

— Beaucoup de sorts nécessitent… des parties d'un nephilim, répondit-elle. Os. Tissus. Cheveux.

La colère m'envahit et je toisai avec rage la femme qui parlait des parties de *mon* corps comme s'il s'agissait des ingrédients d'une tarte.

— Et pourquoi penses-tu qu'un sénateur aurait accès à une créature éradiquée il y a un millénaire ? demanda Roth.

Une créature qui subissait pour l'heure les assauts d'une queue de serpent géant sur la cuisse. Je baissai le regard : Bambi me regardait avec de grands yeux rouges pleins d'espoir.

Faye balaya la salle autour d'elle avant de répondre :

— Parce qu'il a dit savoir qu'il en restait un en vie et qu'il savait comment le débusquer.

— Comment ? demandai-je.

— Il a dit qu'il tenait le Protecteur du nephilim.

La peau se mit à me picoter tant était forte l'envie de balancer mon poing par-dessus la table dans la figure de la sorcière.

— Et vous a-t-il dit où il détenait ce… Protecteur ?

Elle secoua la tête.

— La seule chose qu'il nous a dite, c'est qu'il pensait avoir ce nephilim avant la fin du solstice.

— Le solstice est dans quelques jours, commentai-je alors que Bambi me donnait un autre petit coup.

— En effet, dit-elle en haussant les épaules. Nous saurons donc bientôt s'il est capable de tenir sa part du marché.

Je me baissai pour effleurer, à peine, le sommet de la tête de Bambi. Les écailles étaient rugueuses et froides au toucher.

— Il ne sera pas en mesure de le faire, assurai-je à Faye. Vous pouvez compter là-dessus, donc j'espère que cet argent valait le sacrifice de vies humaines innocentes.

Un muscle se contracta dans sa mâchoire.

— Vous n'avez interagi qu'avec ce sénateur ? s'enquit Roth. Pas avec Bael ?

Elle secoua la tête.

— Exact.

— Vous êtes en mesure de trouver où ils détiennent ce Protecteur, n'est-ce pas ? demandai-je. Les sorciers ne peuvent pas pratiquer des… sorts de localisation ?

— Pas sur les Gardiens ou les démons, répondit-elle. Ça ne marche que sur les humains.

— On n'aura pas besoin de ça pour trouver le sénateur, déclara Roth.

Bambi se frottait contre ma paume, visiblement peu satisfaite de mon manque d'effort. Je grimaçai et exerçai une légère pression sur la tête du serpent. Qui se mit à ronronner en réponse.

— Y a-t-il autre chose que tu puisses nous dire ? demanda Roth.

Faye posa son verre vide sur la table.

— Je sais qu'il ne travaillait pas seul. Quand il est venu nous voir, il était constamment au téléphone avec quelqu'un qui semblait lui donner les ordres, expliqua-t-elle. C'est tout ce que je sais.

C'était une nouvelle, et pas une bonne. Un Démon Supérieur à gérer, c'était déjà assez compliqué, mais s'il y en avait plus…

Je m'affalai contre la banquette.

— Merci de nous avoir été aussi utile, lança Roth avec une pointe de sarcasme. Je pense qu'il est temps de partir.

Il écarta le serpent, puis se pencha pour soulever sa tête de ma jambe et l'extraire de la banquette, nous permettant à tous les deux de nous lever.

— On se voit bientôt. (Roth tapota la tête de Bambi, puis fit un geste du menton vers Faye.) Retourne auprès d'elle.

Le familier s'agita avant de pousser un soupir très humain et d'éclater en une multitude de points formant une ombre épaisse. La masse dériva jusqu'à Faye et s'encra sur le bras de la sorcière.

— Roth, le rappela Faye alors qu'on s'éloignait de la table. Nous nous préparons à partir. Vous devriez faire de même.

Un frisson me parcourut l'échine et le Prince se retourna vers elle.

— Le coven tout entier déménage, précisa-t-elle.

Les petits poils de ma nuque se dressèrent.

— Pourquoi ?

— Il y a quelque chose, ici, et nous ne voulons pas en faire partie. (Son regard sombre glissa vers moi.)

Mais j'ai le sentiment que tu découvriras assez vite de quoi il s'agit.

— Eh bien, voilà qui est effrayant et pas du tout utile, mais merci, répliquai-je en secouant la tête et en me détournant. (Roth me suivit dans le hall.) Tu crois qu'elle parlait du démon qui tue des Gardiens et d'autres démons ?

Roth haussa une épaule.

— Je ne pense pas que ce soit un démon.

— Alors qu'est-ce que ça peut être ? (Il me regarda avec curiosité.) Je ne comprends pas, repris-je en m'arrêtant au milieu du hall. Pourquoi un sénateur est-il impliqué dans cette affaire ? Que pense-t-il pouvoir y gagner ? Ça ne peut pas être de l'argent. Et si ce sénateur m'a déjà troquée en grande partie, alors que compte faire Bael de moi ? Juste me tuer ?

— Eh bien, c'est un démon. Les démons aiment tuer des trucs, surtout… (Il se pencha et murmura :) Des trucs angéliques.

Je levai les yeux au ciel.

— Ça ne peut pas être juste ça. Ça ne peut pas être aussi simple et stupide.

— Certains démons sont aussi simples et stupides que ça. Comme beaucoup d'humains, poursuivit-il. Parfois, la réponse la plus évidente et la plus stupide est la bonne.

Je le considérai un moment. Voilà qui s'avérait à peu près aussi utile que les derniers propos de la sorcière.

— C'est une bonne nouvelle, cependant. Si on trouve où est le sénateur, on devrait pouvoir localiser Bael, non ?

— On devrait, répondit Roth. À condition que Bael ait dit au sénateur où il se trouvait. Le sénateur pourrait aussi être possédé.

— Ne joue pas les rabat-joie.

— J'envisage juste toutes les voies possibles, nuança-t-il. Il pourrait y avoir beaucoup d'impasses, Trinity. Si Bael utilise ce sénateur pour faire son sale boulot, il y a de fortes chances qu'il ait été assez intelligent pour couvrir sa base arrière. Il ne suffira peut-être pas d'aller chez ce sénateur pour obtenir toutes tes réponses, ce n'est peut-être pas aussi simple.

— Je sais.

Il inclina la tête.

— Vraiment ?

Oui, je savais, pourtant j'espérais que ce serait simple. Je me retournai et me dirigeai vers l'ascenseur, en réfléchissant à ce que la sorcière nous avait dit et à sa mise en garde flippante, dont j'avais le sentiment qu'elle avait un rapport avec ce qui tuait les Gardiens et les démons. Cette rencontre ne m'avait peut-être pas fourni toutes les réponses que j'escomptais, mais ce n'était pas une perte totale de temps non plus. On avait une nouvelle piste, qui aboutirait peut-être à une impasse comme le suggérait Roth, mais j'allais la suivre. Je tendis la main vers le bouton d'appel de l'ascenseur.

Mais alors Roth lâcha trois petits mots comme un tremblement de terre.

— Zayne aime Layla.

31

Tous les muscles de mon corps se verrouillèrent.

— Quoi ?

— Il est amoureux d'elle depuis qu'ils sont gosses, poursuivit Roth. Et Layla l'aime. Elle l'aime depuis qu'elle est enfant. Ils ont même été ensemble pendant un moment.

Lentement, je me retournai pour faire face au Prince démon. Nous étions assez proches pour que je puisse distinguer son expression. Il n'y avait aucun rictus ou sourire sur ses lèvres, aucune animosité dans ses yeux ambrés, aucune intention malveillante.

— Simplement, Layla me préfère, moi, termina-t-il. Et je sais que si Layla et moi ne nous étions jamais rencontrés, Zayne et elle seraient ensemble. Bon sang, parfois je suis surpris qu'elle ne l'ait pas choisi plutôt que moi, soupira-t-il. C'est un type bien meilleur que je ne pourrai jamais espérer le devenir.

J'étais tellement médusée par ce qu'il disait que je me trouvais à court de mots. Tout ce que je parvins à énoncer, une fois que ma bouche se remit à fonctionner, ce fut :

— Il l'aime ?

Roth s'appuya contre le mur.

— Ouais, enfin, il l'aimait il y a encore six mois. Je n'imagine pas ce genre d'amour – tu sais, quand on aime quelqu'un pendant des années et des années – s'estomper aussi vite.

Une minuscule fissure s'ouvrit dans ma poitrine, qui venait me prouver à quel point je m'étais mise à aimer Zayne – à quel point je l'aimais sans même m'en rendre compte.

Pourquoi cela devrait-il me surprendre ?

C'était pour ça que je lui avais fait confiance, la veille au soir. Pour ça que je ne pouvais pas le quitter des yeux quand j'étais près de lui. Pour ça que je m'étais confiée à lui au sujet de ma vue et que je lui avais parlé de ma mère.

Ce n'était peut-être pas de l'amour, mais c'était assurément quelque chose de puissant et qui pouvait être endommagé, parce que quoi que ce fût, ça faisait mal, là.

Basculant la tête en arrière contre le mur, Roth laissa échapper un soupir.

— Tu l'aimes bien, pas vrai ?

Ma mâchoire se contracta, à force de serrer les dents.

— Il t'aime probablement bien aussi. Il aimait bien Stacey.

Je clignai des yeux.

— Qui est Stacey ?

Il inclina la tête vers moi.

— La meilleure amie de Layla. Zayne et elle étaient assez proches après, eh bien, tout ce qui s'est passé entre Layla et lui. Ils n'étaient pas ensemble. Je veux dire, j'essaie de ne pas me mêler de leurs affaires personnelles, mais je pense qu'ils étaient juste… une distraction l'un pour l'autre.

— Distraction de quoi ?

— De leur chagrin, répondit-il. Il y a beaucoup de choses que tu ne sais pas, Trinity. Comme la raison pour laquelle le clan de Layla l'a attaquée et presque tuée : c'est parce que Zayne l'avait embrassée et qu'elle lui avait pris un morceau de son âme.

Je pris une inspiration saccadée.

— Et tu ne sais pas non plus qu'il se punit tous les jours à cause de ça, continua Roth. Pourquoi crois-tu qu'il ait emménagé tout seul ? Pour quelle autre raison aurait-il refusé de prendre le siège du pouvoir après son père ?

— Il m'a dit que c'était par besoin d'espace et parce qu'il était en désaccord avec ce que faisait son clan, arguai-je.

Le visage de Roth s'adoucit.

— Et je suis sûr qu'il te disait la vérité. Mais il en a omis une partie. Je suis surpris que son clan n'ait pas moufté quand tu t'es lancée dans cette quête et que tu es partie vivre avec lui.

— Pourquoi seraient-ils intervenus ? Je doute qu'ils parlent de ses... de ses relations passées avec des inconnues.

— Oui, mais tu es une Légitime et tu dois être protégée à tout prix, non ? fit-il sur un ton où je ne décelai aucune moquerie. Or il t'abandonnerait et donnerait sa vie pour elle à la seconde même.

Je pris une inspiration malgré la douleur que ses mots provoquaient. Détournant le regard de Roth, je forçai ma poitrine à se soulever et à s'abaisser lourdement, dans un effort pour effacer ce qu'il venait d'assener – j'essayai de me dire que Roth était un démon et qu'il tentait de m'embrouiller, mais... pourquoi le ferait-il ?

Et puis, j'avais vu la façon dont Zayne se comportait avec Layla, entendu la façon dont il parlait d'elle, et ses esquives chaque fois qu'elle venait sur le tapis.

Roth ne mentait pas.

Je fermai les yeux.

— Oui, tu l'aimes bien. Vous avez couché ensemble ?

Je relevai brusquement la tête.

— Pardon ?!

— Je pose la question, parce que je sais qu'il ne l'a pas fait avec Stacey. Ils ont fricoté, mais ils ne sont pas, tu sais, passés au niveau supérieur.

— Comment tu sais ça, toi, d'abord ?

— Malheureusement, j'ai entendu trop de conversations entre Layla et elle, répondit-il sèchement. Elles partagent tout. Alors, vous l'avez fait ? Tu sais, passer au niveau supérieur ? Parce que s'il l'a fait, alors c'est que je parle sans réfléchir et je vais faire une fête de tous les diables. Crois-moi, personne n'a plus hâte de voir Zayne passer à autre chose que moi.

En pinçant les lèvres, je secouai la tête.

— Pas de fête pour moi, alors. Merde, soupira Roth. Comme je viens de le dire, personne n'a plus envie que moi de le voir avec quelqu'un, de le voir *vraiment* avec quelqu'un, aller de l'avant et vivre sa meilleure putain de vie, mais toi, tu as choisi le mauvais cheval. (Il se repoussa du mur et s'approcha de moi, pour se pencher et appuyer sur le bouton de l'ascenseur.) Donc, voilà la situation entre Layla et Zayne. Dix ans à aimer ce que tu ne pourras jamais avoir, puis tu le perds une fois que tu as compris qu'il était là, à portée de main depuis le début.

L'ascenseur tinta, signalant son arrivée.

Roth et moi, on effectua la descente dans le silence, puis on sortit dans l'air humide de la nuit. J'étais étourdie par ce qu'il venait de me révéler, et pourtant une partie de moi comprenait que je n'aurais pas dû l'être autant. Les signes étaient là, seulement je ne connaissais pas assez bien Zayne pour les avoir déchiffrés plus tôt.

Une vive douleur enflamma ma poitrine à cette prise de conscience. J'avais cru avoir appris à bien le connaître, surtout après toutes les nuits où on avait parlé de tout et de rien, alors qu'en réalité, il avait surtout partagé des choses superficielles.

On entra dans le parking, toujours en silence, et mon cœur battait la chamade quand, au détour d'un pilier, je vis Layla et Zayne, debout devant sa voiture. Quelques pas les séparaient et leurs têtes étaient inclinées comme s'ils discutaient de quelque chose de très important. Mon ventre se mit à effectuer des sauts quand ils levèrent tous les deux les yeux.

— Eh bien, Trinity, ça devrait être une soirée amusante pour nous deux, lâcha Roth avant de se diriger vers Layla, autrement dit vers la fille dont Zayne était amoureux. Coucou, demi-portion.

Je ralentis le pas et, en me rapprochant, je pus lire l'expression de Zayne, malgré ses yeux fixés au sol. Il n'avait pas l'air en colère ou aussi irrité que lorsque je l'avais quitté. Il avait juste l'air... triste.

La pression se resserra autour de ma poitrine et je ne savais pas si j'étais mal pour moi, pour lui ou pour toute cette situation.

Il leva le menton et ce qu'il ressentait, quoi que ce fût, s'évanouit quand son regard rencontra le mien. Alors je le vis. Un voile qui glissa sur son visage, dissimulant tout ce qu'il ressentait. Aucune émotion, rien de plus profond que la surface.

— Qu'est-ce que vous avez découvert ? demanda Layla.

Sa voix était plus rauque que dans mon souvenir, comme si elle avait besoin de s'éclaircir la gorge.

— On a appris que c'est un sénateur qui est venu voir les sorciers pour obtenir d'eux l'enchantement, expliqua Roth tandis que je restais là, à essayer de remettre mes idées en place. Josh Fisher, le leader de la majorité au Sénat, excusez du peu. En retour de quoi, il a offert à l'assemblée de sorciers un Légitime, en pièces détachées, si je puis dire, en prétendant qu'il détenait le Protecteur du Légitime en question.

— Qu'est-ce que c'est que ce bordel ? s'exclama Zayne, qui se tourna vers moi.

Roth passa un bras autour des épaules de Layla.

— En gros, on sait que Bael travaille avec le sénateur.

— On trouve le sénateur Fisher et peut-être qu'on tombera sur Bael, conclut Zayne, les yeux toujours fixés sur moi. C'est une bonne nouvelle.

Je hochai lentement la tête.

— Je vais passer quelques appels. Gideon, l'un des membres de notre clan, un petit génie de la tech, sera capable de dénicher l'adresse du sénateur, annonça

Zayne, et c'était effectivement une bonne nouvelle. (Il était déjà en train de fouiller dans sa poche, et il passa un rapide coup de fil.) On devrait avoir deux trois infos d'ici quelques heures.

— Vous allez aller chez lui dès que vous aurez l'information ? demanda Layla.

— Oui, répondis-je, retrouvant enfin ma voix et ignorant la soudaine intensité dans l'expression de Zayne. On devrait...

— Attendre jusqu'à demain soir, suggéra Roth. Layla et moi, on a des choses à régler ce soir, mais on peut vous servir de renforts si vous obtenez ses infos et décidez d'y aller.

J'ouvris la bouche, mais Zayne parla avant moi.

— Je ne pense pas que ce sera nécessaire.

— Je ne pense pas que ton avis m'intéresse, rétorqua Roth.

Layla s'écarta de lui et le frappa à la poitrine, puis elle se concentra sur nous, sur Zayne.

— Tu n'as aucune idée de ce à quoi tu vas être confronté. C'est peut-être juste le sénateur. Ou il pourrait y avoir une garde humaine. Et si c'est le cas, tu as besoin de nous...

— Parce que moi, je m'occuperai des humains sans éprouver le moindre remords, renchérit Roth. Tu sais, si les humains nous posent un problème.

Je gardai la bouche bien fermée.

— Pas seulement à cause de ça, reprit Layla en lançant un regard à son petit ami, qui se contenta de sourire. J'ai l'impression que le clan ne vous aide pas vraiment, pas activement, et vous aurez besoin de renfort au cas où les choses tourneraient mal.

— Elle a raison. Ils ont raison, approuvai-je en croisant les bras. On serait stupides d'agir sans soutien.

Zayne expira puis hocha la tête.

— Dès que j'ai des nouvelles de Gideon, je vous envoie l'adresse par SMS et on vous retrouve ici demain. À 8 heures, ça va ?

Roth prit la main de Layla.

— Ça nous va. À plus, donc. (Il commença à se tourner, puis s'arrêta pour me regarder.) Désolé que tu n'aies pas eu toutes les réponses que tu cherchais.

Sur un hoquet, je compris qu'il ne parlait pas seulement de Bael ou de Misha. Il parlait de Zayne. Je hochai la tête puis je tournai les talons pour me diriger vers le côté passager de l'Impala.

Zayne suivit, qui vint m'ouvrir la portière.

Tellement poli.

Un vrai gentleman.

— Gideon va nous obtenir les informations dont on a besoin, dit-il.

Je perçus une pointe de distance dans le ton.

— Je sais.

Appuyé contre la portière passager, Zayne se passa une main dans les cheveux.

— On a une piste, mais l'association de Bael avec un sénateur pourrait aussi être une mauvaise nouvelle à long terme.

Je lâchai un soupir, au-delà de la frustration et de la tension émotionnelle et mentale, en levant les yeux vers Zayne.

— En effet. On est plus proches de trouver Misha, cependant. C'est déjà ça.

Sans un mot, Zayne tourna la tête vers l'endroit où Layla et Roth avaient disparu.

— J'ai l'impression… qu'on passe à côté de quelque chose, fit-il. Que c'est juste là, sous nos yeux et qu'on ne le voit pas.

— Ouais, bon, Roth pense que tout ça, c'est parce que Bael veut ma peau. Genre, il a découvert mon existence et il prend toutes ces mesures élaborées pour me tuer. (Zayne haussa les sourcils.) Mais ça n'a pas de sens : pourquoi garder Misha en vie, dans ce cas ? poursuivis-je. Avec le lien, je suis plus forte. Il est plus fort. Et s'ils en savent assez sur Misha et ce qu'il est, alors pourquoi ne l'ont-ils pas tué ?

Zayne fit un pas en arrière.

— Je ne sais pas, mais ce n'est pas ici qu'on trouvera les réponses.

— Non.

Je bouclai ma ceinture alors que Zayne fermait la portière et faisait le tour par l'avant de la voiture pour s'installer au volant. Je devais me concentrer sur ce que la sorcière avait dit, je le savais bien, pourtant tout ce à quoi j'arrivais à penser, pendant qu'il sortait du parking, c'était à ce que Roth m'avait dit.

Mon cœur se remit à battre la chamade lorsque je regardai Zayne, les traits de son visage plongés dans l'ombre. Je portai mon attention sur la fenêtre, tâchant de trouver un moyen d'aborder le sujet, car il fallait qu'on parle. Peut-être que si la nuit dernière n'avait pas eu lieu, on aurait pu s'abstenir de cette conversation, parce que ça n'aurait pas été mes affaires, mais maintenant c'étaient mes affaires.

— Tu vas bien ? demandai-je, frottant mes mains étonnamment moites sur mes genoux.

— Ouais. (Il me regarda.) Pourquoi ?

Je le scrutai.

Tu es bien silencieux.

— Ah bon ?

— Oui, confirmai-je. (Cette distance que je percevais dans son ton, elle était vraiment là ou c'était mon imagination ?) Comment… comment ça s'est passé avec Layla ?

— Bien.

J'arquai un sourcil.

— Bien ?

— Oui, bien.

— Ça n'en a pas l'air.

Il me jeta un autre regard, rapide, mais ne répondit pas.

La frustration grandissait, mais aussi une soudaine sensation de malaise qui avait le goût de l'amertume et de la crainte au fond de ma gorge. Je levai les mains.

Je n'avais pas prévu de m'épancher, mais les mots sortirent comme ça.

— Roth m'a dit.

Comme Zayne ne répondit pas immédiatement, je pivotai vers lui sur le siège. Il était concentré sur la route, sa mâchoire était dure.

— Il t'a dit quoi, Trinity ?

— À propos… de Layla et toi.

Aucune réaction. Aucune. Pas même un bref regard ou une lueur d'émotion que je puisse voir.

— Il m'a dit que tu étais amoureux d'elle.

Là, j'eus droit à une réaction, pas celle que j'attendais, mais quelque chose. Ses lèvres se tordirent sur un rictus et il secoua lentement la tête.

— Il t'a dit ça ?

— Ouais, chuchotai-je, et j'attendis qu'il dise quelque chose, n'importe quoi, sauf que rien ne vint. Tu l'es ? demandai-je alors. Tu es amoureux d'elle ?

Il soupira, une main serrée sur le volant. Quelques secondes s'écoulèrent, si longues qu'elles contenaient déjà ma réponse.

La réponse que j'avais avant même de poser la question.

Crispée, je me concentrai sur le flou de l'obscurité par la fenêtre. J'ouvris la bouche, puis je la refermai, parce que je voulais dire tellement de choses que je ne savais même pas par où commencer.

— J'aurai toujours… des sentiments pour elle, lâcha enfin Zayne, presque à voix basse. Toujours.

Je cillai, le souffle bloqué dans ma gorge.

— Ne te sens pas obligé de répondre à ma question. Je le sais déjà. Je ne sais même pas pourquoi je t'ai demandé.

— Qu'est-ce qu'il t'a dit ?

— Assez pour… je ne sais pas. Me remettre les idées en place, je suppose, marmonnai-je. C'était quoi, du coup, la nuit dernière ?

Oh, bon Dieu !

À la seconde où cette question quitta ma bouche, je voulus la rattraper et la renvoyer au fond de ma gorge, mais il était trop tard.

— Qu'est-ce qu'il t'a dit, Trinity ? insista-t-il.

— Il m'a dit que... que tu étais amoureux de Layla et que ça durait depuis des années. Il m'a dit que vous aviez été ensemble et qu'elle t'avait pris une partie de ton âme. (Une fois lancée, je ne pouvais plus m'arrêter.) Il m'a même parlé d'une certaine Stacey et que... (Je m'interrompis avant d'en dire plus.) Bref, il m'en a dit assez.

— Punaise, murmura Zayne. Pourquoi me demander ce que je ressens ou pense, puisqu'il t'a déjà exposé toutes mes affaires, on dirait ?

— Ben tiens, parce que toi, tu t'es montré tout à fait honnête et prêt à parler, chaque fois que je t'ai questionné sur Layla ? rétorquai-je sèchement. (La colère avait remplacé la douleur, et je m'y accrochai, car la colère, c'était mieux, plus facile à gérer.) Tu as oublié de mentionner la plus importante, hier soir, quand tu énumérais toutes les raisons pour lesquelles on ne devrait pas faire ce qu'on a fait, à savoir que tu es toujours amoureux de quelqu'un que tu ne peux pas avoir.

— Je n'avais pas compris qu'entre toi et moi, c'était aussi profond, répliqua-t-il, et ma tête pivota dans sa direction.

Mes lèvres s'entrouvrirent sur une brusque inspiration qui n'arriva toutefois pas jusqu'aux poumons, parce que la brûlure était revenue, plus vive qu'avant. Le nœud dans ma gorge était de retour aussi et, soudain, j'étais si mal à l'aise sur ce siège, dans ma peau, que je ne rêvais plus que d'être loin d'ici. N'importe où. Dans la rue. Près du fleuve. Dans un repaire de démons affamés. N'importe où. Les épaules tendues à l'extrême, je détournai mon regard de lui.

— Merde, siffla-t-il. Trin, je ne voulais pas dire ça comme ça. Je ne voulais pas...

— On peut juste ne pas parler, là ? le coupai-je.

— Non, il faut qu'on parle. Je suis dans un… Je suis dans un espace bizarre en ce moment. Je ne m'attendais pas à ce qu'elle soit là ce soir et… et toute la merde qui l'accompagne. Je ne m'attendais pas à ce que Roth radote comme une vieille bonne femme. Je ne m'attendais pas à la nuit dernière…

— Ouais, ben moi non plus, Zayne. Je ne m'attendais pas à apprécier quelqu'un qui est amoureux de quelqu'un d'autre. (Mes doigts s'enfoncèrent dans mes cuisses.) Et je n'ai vraiment, vraiment plus envie d'en parler.

— Tu ne comprends pas.

Je clignai des paupières pour retenir mes fichues larmes, des larmes que je refusais de laisser couler. Je n'étais pas faible. J'étais une putain de combattante super entraînée. Non, je ne pleurerais pas.

— Tu as raison, répliquai-je. Je n'ai jamais été amoureuse. Alors non, je ne comprends pas.

— Trin…

— Je ne veux pas parler de ça. Qu'est-ce que tu ne comprends pas dans cette phrase ? Je ne veux pas, c'est tout, OK ? Je suis fatiguée et je veux rentrer à la maison… chez toi.

Une seconde de silence.

— Je pensais que tu étais toute contente à l'idée d'aller manger dehors ?

— Plus maintenant. Je n'ai pas faim. Je veux juste rentrer.

— Bien. C'est faisable.

Et c'est ce qu'on fit, dans un putain de silence parfait, qui nous suivit dans l'ascenseur et qui se termina lorsque j'entrai chez lui et me dirigeai d'un pas déterminé vers la porte de sa chambre.

— Il y a de la nourriture dans le frigo, si tu changes d'avis, lança-t-il.

Lentement, je me retournai.

— Tu sors ?

— Ouais. Je sors.

Je fis un pas vers lui, comprenant que je ne voulais pas qu'il parte… et que je ne voulais pas qu'il reste. Je voulais qu'il poursuive bon gré mal gré la conversation et je ne voulais pas non plus en parler. Bref, j'étais complètement désorientée par ces émotions violentes et contradictoires.

— Où ? lâchai-je.

— Je ne sais pas.

Il se dirigea vers l'ascenseur, puis s'arrêta et me fit face. L'espace d'un instant, ce mur dont il s'entourait tomba et je vis tout. La tristesse. La colère. La déception. Et surtout, un sentiment que je reconnaîtrais entre tous : le désir. Puis il se détourna de moi.

— Je suis désolé, Trinity. J'ai juste besoin… Je suis désolé.

Et puis il s'en alla.

Je savais pourquoi il partait et pourquoi il avait été tellement mutique sur le chemin du retour. Et je savais maintenant pourquoi il n'avait jamais fait l'amour et pourquoi il n'avait pas insisté pour le faire avec moi.

Parce qu'il était amoureux de Layla depuis l'enfance et, de toute évidence, ses sentiments étaient toujours aussi puissants aujourd'hui.

Je pris une inspiration qui se coinça sous la forme d'un nœud dans ma gorge. Je baissai les yeux vers mes mains, que je regardai se serrer mollement. Ma poitrine… elle me faisait mal comme si j'avais reçu un coup de poing en plein dedans, et je ne savais pas pourquoi je me sentais stupide et bête, mais c'était le cas tandis que je restais les yeux fixés sur ces portes, parce que tout ce que j'arrivais à me dire, c'était qu'il avait fait ces choses avec moi la nuit dernière, qu'il m'avait touchée comme ça, m'avait tenue comme ça, alors qu'il était toujours amoureux de Layla, amoureux d'une femme moitié Gardienne, moitié démone, elle-même amoureuse du Prince héritier de l'enfer.

Est-ce qu'il me voyait, moi, au moins la nuit dernière ? Est-ce qu'il me sentait ? Ou avait-il vu Layla à la place et imaginé que c'était elle...

Un rire étranglé entrouvrit mes lèvres.

— Mon Dieu...

Je n'eus aucune idée du temps que je passai plantée au milieu de son appartement, face aux portes fermées de l'ascenseur. Peut-être quelques minutes ou bien des heures, avant que je me dirige vers le canapé et m'y assoie, engourdie jusqu'à la moelle.

Nabot voleta vers moi. D'où ? Je n'en avais aucune idée.

— Trinnie ?

Je secouai la tête, incapable de parler.

— Tu vas bien ? insista-t-il. Où est Zayne ?

J'ouvris la bouche, mais pour dire quoi ? Je n'avais pas la moindre idée de l'endroit où il se trouvait.

— Tout est...

La porte de l'ascenseur tinta et la voix de Zayne envahit soudain l'appartement silencieux.

— Tu sais quoi, Trin. Fait chier. Il faut qu'on parle de tout ça.

— Eh bien, le voilà, annonça Nabot.

Les yeux ronds, je me levai d'un bond et me retournai, et oui, il était là, qui traversait le salon à grands pas. Il jeta ses clés sur l'îlot.

— Roth n'avait pas à te raconter ces trucs, lança-t-il en contournant le canapé. Ce n'était pas à lui de le faire. Il pense peut-être tout savoir de moi, mais il ne sait que dalle...

— On a de la compagnie, lâchai-je.

Zayne ferma la bouche en regardant autour de lui, tandis que Nabot lui faisait signe, sans qu'il le voie.

— Le fantôme ?

— Le fantôme a un nom, lui rappelai-je. Nabot.

— Nabot. OK. (Zayne se passa une main dans les cheveux et les mêmes mèches retombèrent aussitôt sur sa joue.) Nabot, tu peux nous laisser un moment ?

L'intéressé baissa les mains en me regardant.

— Il… il me parle.

— Oui. Il te parle.

Une expression stupéfaite se peignit sur le visage de Nabot.

— Pour de vrai ? Personne ne me parle à part toi, même quand ils savent que je suis là.

— Eh bien, il te parle maintenant, Nabot. Pas vrai ? ajoutai-je à l'intention de Zayne.

Qui hocha la tête.

— Oui, Nabot, c'est à toi que je parle. Tu peux nous laisser un peu de temps en tête à tête ?

Je me tournai vers Nabot.

— Normalement, j'adorerais assister à ce qui va être une conversation super gênante, mais puisqu'il le demande, je vais te laisser ton espace, consentit Nabot. (Je songeai que c'était un peu bizarre qu'il obtempère au motif que c'était Zayne qui le lui demandait, vu qu'il ne l'avait jamais fait pour moi.) Je vais te laisser de l'espace et aller voir ce que fabrique Gena.

— OK. Il sort… Minute. C'est qui, Gena ? demandai-je.

— C'est la fille super cool du quatrième étage qui peut me voir. On se fait un marathon *Stranger Things* ensemble, expliqua-t-il, et je clignai des yeux. À plus dans le bus !

— Attends ! (Je me précipitai vers lui, mais il clignota et disparut. Je me tournai vers la porte.) Oh, mon Dieu ! Il traîne avec une nana du quatrième étage qui peut le voir. Je ne sais pas si c'est une bonne chose ou non, en tout cas ça explique ses absences répétées.

— Ce fantôme est un de tes parents éloignés, ironisa Zayne.

Je lui lançai un regard noir en dégageant mes cheveux de mon visage.

— Je vais devoir réfléchir à ça plus tard.

Sur une profonde inspiration, je levai le regard vers lui et ses yeux bleu pâle accrochèrent les miens. Soudain épuisée, je laissai échapper un hoquet.

— Qu'est-ce que tu voulais me dire ?

Ses yeux fouillaient les miens.

— Roth aurait dû garder sa grande bouche fermée.

— Pourquoi ? Pour qu'on continue comme ça sans que je sache que tu en veux une autre ?

Ses mots me revinrent en mémoire : *Je n'avais pas compris qu'entre toi et moi, c'était aussi profond*. Une douleur aiguë me traversa la poitrine et je reculai d'un pas avant de m'asseoir sur le bord du canapé.

— C'est le bordel…

— Non, reprit Zayne, ce n'est pas pour ça. Il n'aurait pas dû s'en mêler, car ce ne sont pas ses affaires.

— Je lui ai posé la question. Ce n'est pas lui qui en a parlé spontanément. Je lui ai demandé ce qui se passait entre vous deux. Il a juste répondu.

— N'empêche, ce n'était pas à lui de le faire.

Je le considérai, pensive. Oui, Zayne avait peut-être raison. Ce n'était peut-être pas à Roth de me parler de ça, mais ça ne changeait rien à la teneur de ses propos ni au fait que je connaissais la vérité. Déglutissant péniblement, je détournai le regard.

— Il n'aurait pas dû te le dire, parce que je ne voulais pas que ça arrive. Avec tout ce qui se passe, la dernière chose que je voulais, c'était que tu sois blessée.

Bon Dieu.

Pourquoi ses paroles me faisaient-elles encore plus mal ?

— Je ne suis pas blessée. (C'était un mensonge, j'avais l'impression d'avoir une griffe d'Ympe plantée dans la poitrine.) Je… je ne sais pas à quoi je pensais hier soir, repris-je en enroulant mes mains autour de mes genoux tandis que mon regard se posait sur la télévision éteinte. Ce n'est pas comme si je te pensais follement amoureux de moi ou quoi que ce soit. Je pense que je t'agace trop pour ça, de toute façon. En revanche, j'ignorais qu'il y avait quelqu'un d'autre.

— Il n'y a personne d'autre.

— Ah non ? Tu n'es peut-être pas avec Layla, mais tu es amoureux d'elle, et ça veut dire qu'il y a quelqu'un d'autre avec qui tu préférerais être. Autrement dit que je suis... je suis un second choix. Je suis...

Zayne soupira et mon cœur se serra.

— Tu n'es pas un second choix, Trin. Je sais que ça te fait mal. Merde. T'entendre le dire, ça me tue.

J'inclinai la tête.

— Vraiment ? En quoi est-ce que ça te tue exactement, Zayne ?

— Parce que je tiens à toi. Parce que la nuit dernière était...

— Une erreur ?

— Non. Ce n'était pas une erreur pour moi. C'en était une pour toi ?

Une énorme partie de moi voulait répondre que oui, lui assener une réplique cinglante, au lieu de quoi je ne réussis qu'à secouer la tête en regardant mes mains. Mince, comment j'en étais arrivée là ?

— Est-ce que tu... ?

— Quoi ?

Je secouai de nouveau la tête, le cœur battant la chamade, au bord des lèvres, tandis que je relevais les yeux vers Zayne.

— Tu voulais faire ça avec moi hier soir ou tu pensais à elle ?

Ses yeux s'arrondirent.

— Bon sang, c'est une question sérieuse ?

— La première fois que je t'ai embrassé, tu t'es enfui comme une fusée, et chaque fois qu'on s'est rapprochés, tu t'es éloigné. Et hier soir, on ne peut pas non plus dire que tu m'aies sauté dessus. J'ai dû... j'ai dû te convaincre, chuchotai-je, le ventre vrillé en comprenant que c'était vrai. (Je ne pouvais plus le regarder.) Tu as énuméré toutes ces raisons et je...

— Tu n'avais pas besoin de me convaincre. Ce que je ressens pour Layla, ce que j'ai ressenti pour elle n'a rien à voir avec la nuit dernière. Rien du tout. Ce qu'on a partagé, toi et moi, c'était proche de la perfection, merde, ajouta-t-il. (Je sentis le coussin du canapé s'enfoncer lorsqu'il s'assit à côté de moi, puis il plaça les doigts sous mon menton et je sursautai.) Pardon, murmura-t-il, relevant mon regard vers le sien. Il n'y a pas un seul moment de la nuit dernière que je regrette.

Je clignai des yeux.

Il soutint mon regard quelques secondes de plus, puis détourna les yeux pour continuer :

— J'ai l'impression de connaître Layla depuis la moitié de ma vie. Plus longtemps, en fait. Elle était... elle était juste une petite fille, au début, qui me suivait partout et c'était... ben c'était pénible. J'imagine que c'était un peu pareil pour Misha et toi.

Je serrai fort les paupières et je pris une inspiration saccadée. Je voulais qu'il se taise. Je voulais qu'il continue à parler. Je voulais...

Je ne savais pas ce que je voulais.

Mais Zayne continuait à parler.

— À mesure qu'elle grandissait et moi aussi, j'ai compris qu'elle avait un faible pour moi, mais c'était facile de l'ignorer au début, parce qu'elle était plus jeune. Ensuite elle ne l'était plus autant et elle allait à l'école publique, privilège qu'elle avait supplié mon père de lui autoriser, et j'avais hâte qu'elle rentre à la maison chaque jour pour me raconter sa journée. Je savais qu'elle m'aimait bien, mais ce n'était pas quelque chose dont on parlait, on faisait comme si de rien n'était.

J'ouvris les yeux.

— Parce qu'elle n'était pas une Gardienne à part entière ?

Il fixait encore ses mains quand il laissa échapper un rire rauque.

— Non. Parce que les capacités de sa mère se manifestaient différemment chez elle. Tu en connais certaines, mais il y a aussi le fait qu'elle ne peut embrasser personne qui ait une âme. Car c'est ainsi qu'elle se nourrit.

Mes yeux s'arrondirent.

— Rien que ça aurait suffi à rendre une relation... compliquée, mais je lui faisais confiance. Je n'ai jamais eu peur qu'elle me fasse du mal. Elle, en revanche, se méfiait d'elle-même, précisa-t-il en renversant la tête en arrière pour déglutir laborieusement. Je ne sais pas exactement quand j'ai pris conscience que ce que je ressentais pour elle n'avait rien de... fraternel. Avant que Roth entre en scène, en tout cas. Ce que je sais, c'est que je sortais avec des filles, mais sans parvenir à m'attacher à personne à cause d'elle. Je flirtais avec elle, mais elle n'a jamais cru que je la voyais de cette manière. J'avais beau flirter avec elle ou lâcher des sous-entendus quant au fait que j'étais... que j'étais amoureux d'elle, moi aussi, elle ne le voyait pas. Et puis, Roth est arrivé.

— Je... Roth a dit que vous avez été ensemble à un moment donné.

Il baissa le menton et hocha la tête.

— On a été ensemble. On a essayé. C'est une longue histoire, mais Roth l'a repoussée parce que mon père l'avait menacé, afin qu'il ne s'approche pas d'elle. Roth a obéi par peur pour elle, et ça a été l'occasion ou jamais pour moi, notre chance d'essayer de faire en sorte que ça marche. On l'a vue tous les deux et on l'a saisie, mais ça n'a pas duré.

— Parce que tu as essayé de l'embrasser ? demandai-je.

Ne pas pouvoir s'embrasser, ça devait être nul, mais il y avait toutes sortes de choses qu'on pouvait faire sans passer par le bouche-à-bouche.

— En fait, on pouvait s'embrasser. On la pensait capable de contrôler ses capacités, mais elle avait la familière de Roth sur elle à l'époque, et ça a altéré ses capacités...

— Bambi ? demandai-je. Ou une autre ?

Il me regarda.

— Bambi, oui. Comment tu le sais ?

— Je l'ai rencontrée ce soir. Elle était sur la sorcière.

— Cette satanée vipère a fini par me plaire. (Un léger sourire apparut, puis s'effaça.) Quand Layla a été blessée par mon clan, elle était mourante. Les sorciers possédaient un remède et Roth a négocié avec eux. Ils voulaient Bambi, il la leur a donnée. J'ai entendu dire que perdre un familier, c'est comme perdre une partie de soi, ça te dit un peu à quel point il aime Layla.

— Oh, murmurai-je.

— Bref, la dernière fois que j'ai embrassé Layla, Bambi n'était pas sur elle et elle s'est accidentellement nourrie de moi, dit-il. Elle a pris juste un petit morceau de mon âme, mais ce n'est pas ce qui a scellé la fin de notre relation. Elle a choisi Roth, et tout le temps où elle était avec moi, c'était en réalité lui qu'elle voulait. Elle m'aimait. Elle m'aime toujours, mais elle... elle aime Roth encore plus.

Je grimaçai. Roth avait dit la même chose.

— Après coup, j'ai été furax. J'avais l'impression qu'elle s'était servie de moi, puis qu'elle m'avait jeté. (Un muscle se contracta le long de sa mâchoire.) Je suis resté longtemps en colère contre elle.

— On dirait que tu l'es toujours.

Zayne me regarda.

— Non.

— Vraiment ?

— Non. Si j'ai de la colère, c'est plutôt contre cette situation, parce que je n'ai pas seulement perdu une relation avec elle, j'ai perdu mon amie la plus proche, en gros. Les choses ont changé. Elles ont changé pour elle. Elles ont changé pour moi. Et je sais que j'ai pu paraître en colère contre elle, d'ailleurs je l'ai été, mais pas parce qu'elle a rompu avec moi. Non, plutôt parce qu'elle essaie encore de me traiter comme si rien n'avait changé. Comme si elle pouvait exiger de savoir ce qui se passe dans ma vie et qui je fréquente. Je suis sorti avec une fille, à un moment donné, et Layla s'en est mêlée.

— Stacey ?

— Mon Dieu, mais qu'est-ce que Roth ne t'a pas dit ?

— Désolée, marmonnai-je. Il a laissé entendre que Stacey avait perdu quelqu'un ?

Il se passa une main dans les cheveux.

— Oui. Son petit ami. Qui était aussi l'ami de Layla. Stacey et moi sommes amis. On... on s'est embrassés quelques fois. Les choses ont été un peu gênantes par la suite, parce qu'on était tous les deux proches de Layla. Je ne l'ai pas vue depuis un moment, fit-il en haussant une épaule. Bref, Layla pense que je lui dois... je ne sais pas quoi. L'acceptation ? J'ai déjà accepté qu'elle soit avec Roth. Le pardon ? Ça m'a pris du temps, mais j'y suis arrivé. Revenir à la situation d'avant, comme si rien ne s'était passé ? Je ne suis pas sûr que ce soit possible un jour, et c'est un peu tordu qu'elle attende ça de moi.

— Un peu ? répétai-je. Pour être honnête, je trouve ça hyper tordu. C'était il n'y a pas si longtemps, non ?

— Décembre, dit-il. Ça ne fait pas une éternité, mais ça n'était pas hier non plus.

— En effet.

J'étudiai son profil, peu sûre de ce que je ressentais après avoir entendu tout cela. C'était il y avait sept mois, pas six, et je ne savais pas combien de temps il fallait pour se remettre d'un cœur brisé.

— Je ne sais pas quoi dire, là.

C'était vrai, parce que savoir m'aidait à comprendre, mais ça n'atténuait pas la douleur dans ma poitrine. Ni le frémissement de jalousie dans mes tripes, parce que je voulais... ce que Zayne ressentait pour Layla. Qu'il le ressente pour moi.

Comment Layla avait-elle pu ne pas choisir Zayne ? Il était loyal et gentil. Intelligent et drôle. Fort et protecteur. C'était un type bien avec un côté très coquin, si je pouvais me fier à la nuit dernière.

Bref, Zayne n'était pas parfait, mais bon sang, il en était proche.

— Roth aurait dû fermer sa gueule, parce que, merde, comment est-ce qu'il pourrait savoir ce que je ressens ou ce que je veux alors que je ne le sais pas moi-même ?

Je m'accrochai à mes genoux.

— Comment ça ?

Zayne secoua sa tête.

— Je pensais… je pensais savoir. Merde. Ces sept derniers mois, je n'aurais jamais pensé vouloir une autre personne qu'elle au cours de ma vie. Je voulais être vraiment avec elle. C'était ce que je ressentais jusqu'à ce que tu me bottes les fesses dans la salle d'entraînement. À partir de là, c'est toi que j'ai voulue. Juste là, sur ces foutus tapis. Tu n'as pas idée comme j'ai dû me retenir pour ne pas… (Lui aussi serra la main sur sa cuisse, au point que ses phalanges blanchirent.) Je ne pense même pas l'avoir jamais voulue à ce point, elle. C'était comme un coup de poing dans les tripes. (Mes lèvres s'entrouvrirent.) Ça m'a choqué. C'est pour ça que je me suis carapaté. Je n'ai jamais ressenti une telle… réaction animale envers quiconque. Je… je ne sais pas ce que je fais avec toi. Quand je suis à tes côtés, je ne pense pas à elle, et ce qui est sûr, c'est que je ne la vois pas. Je ne vois que toi. Je ne sais pas ce que ça signifie. Tout ce que je sais, c'est que je n'ai jamais voulu te faire de mal.

Je le croyais.

Les larmes agglutinées au fond de ma gorge, je hochai la tête. Je le croyais, oui, et d'une certaine manière, ça me donnait envie de me laisser aller à pleurer. Je détournai le regard, n'ayant aucune idée de ce que ça disait de moi. De nous.

Non, c'était un mensonge.

Je le savais.

— Je t'aime bien, Trin, je tiens à toi. C'est vrai, et je sais que ça veut dire quelque chose, reprit Zayne. (Comme je ne le regardais pas, je sentis ses doigts se poser sur ma joue pour faire basculer ma tête en arrière jusqu'à ce que je croise son regard.) Et je te désire. Bon sang, j'en deviens dingue tellement je te veux, et j'ai l'impression d'être… aimanté vers toi. C'est complètement fou. Comme si je savais où tu étais dans la pièce sans même regarder. Quand je t'ai dit dans la communauté du Potomac que j'avais l'impression de te connaître, ce n'était pas des conneries. Je ressens vraiment ça, et je… je ne peux pas l'expliquer.

Mais.

Il y avait un « mais » qui persistait entre nous.

Zayne m'aimait bien. Il se souciait de moi. Il me désirait. Mais il s'était brûlé les ailes. Gravement. Il y avait une forteresse autour de lui qui n'avait pas seulement à voir avec Layla, mais aussi avec son père et les comptes qu'il avait à régler avec les responsabilités de son clan. Il ne savait pas ce dont il avait vraiment besoin.

J'ignorais peut-être ce que c'était d'être amoureux ou d'aimer quelqu'un comme il l'avait fait, n'empêche que je pensais… Je pensais qu'on savait si on aimait vraiment quelqu'un, que s'il y avait un potentiel pour ça, même si on ne connaissait pas la personne depuis des semaines, des mois ou des années, on le savait. Et si on savait qu'on aimait vraiment quelqu'un, on tendait la main et on saisissait sa chance. On courait après.

Or je savais que je l'aimais vraiment bien, et je savais que même si les choses étaient tordues à l'extrême, s'il ressentait la même chose, je tendrais la main et je saisirais cette chance. Je courrais après.

En revanche, j'étais quasiment sûre que, malgré tout ce qu'il avait dit, il ne me suivrait pas sur ce chemin. Il ne saisirait rien, ne courrait après rien. Il n'était pas prêt.

— C'est bon, dis-je, m'obligeant à sourire même si non, ça n'était pas bon du tout.

C'était horrible.

Zayne posa la main sur ma joue et je fermai les yeux.

— Trin…

Mon sourire commença à vaciller et je sus que le moment était venu de m'accorder un peu d'espace. Il fallait que tout aille bien. J'avais besoin de son aide. Il allait avoir besoin de la mienne, et mes pleurs ne risquaient pas d'arranger les choses ou de les rendre moins gênantes.

Son pouce glissa sur mon menton, juste en dessous de ma lèvre, provoquant un hoquet malgré moi. Je sentis ce doux contact jusqu'au bout de mes orteils.

— Tout va vraiment bien ?

Je hochai la tête en rouvrant les yeux.

— Oui, je comprends.

Le doute assombrit ses beaux yeux, pourtant il sourit en se baissant pour coller ses lèvres au milieu de mon front. Ce baiser ressemblait à celui de tout à l'heure dans le parking : doux, tendre et complètement dévastateur.

Je m'écartai, me libérai et me levai sur des jambes instables.

— Je pense... que je suis fatiguée. Je vais aller me coucher. (Il n'était même pas encore 23 heures.) Merci de m'avoir parlé.

Il ouvrit la bouche, mais parut à court de mots. Finalement, il lâcha dans un râle rauque et sec :

— S'il te plaît, ne me remercie pas maintenant.

Je hochai la tête malgré le spasme dans ma poitrine. Je me retournai avant de faire quelque chose... d'impulsif et d'irréfléchi, comme envoyer valdinguer la crainte du chagrin d'amour, le vrai, le douloureux, celui qui ne manquerait pas de survenir en chemin, et sauter dans ses bras, parce que je pensais qu'il me laisserait faire.

Qu'il en serait heureux.

Je ne pouvais pas faire ça... parce que je commençais déjà à tomber amoureuse de lui, or je ne pouvais pas permettre que ça arrive.

Je devais être plus intelligente que ça.

Je serais plus intelligente que ça.

Parce que j'avais enfin trouvé quelqu'un que je voulais, que je désirais, et je n'allais pas jouer les seconds rôles contre un passé qu'il n'avait pas encore digéré.

Ayant contourné le canapé en trombe, je fonçai vers la chambre à coucher, m'arrêtant dans l'embrasure de la porte.

— Bonne nuit, Zayne.

Il resta sur le canapé et, au moment où je commençais à fermer la porte, il lança :

— Bonne nuit.

Je fermai la porte.

Et je la verrouillai.

32

Je n'ai pas pleuré.

Je voulais pleurer, mais les larmes montaient, montaient et n'allaient nulle part alors qu'allongée sur le dos, j'aurais aimé regarder les étoiles.

Je ne me rappelais pas la dernière fois où je m'étais laissée aller à pleurer. Quand maman était morte ? Non. Putain de merde, même là, je m'étais retenue. Bien sûr, j'avais senti la brûlure des larmes dans ma gorge et dans mes yeux, mais je ne les avais jamais laissées sortir.

Je ne pouvais pas les laisser sortir maintenant.

Je ne dormis pas beaucoup. Chaque fois que je m'endormais, je me réveillais en sursaut quelques minutes plus tard, m'extirpant de cauchemars autour d'un Misha mourant et en sang, ou de Zayne que je suivais sans jamais parvenir à l'atteindre, quels que soient la vitesse à laquelle je courais ou le nombre de fois où j'appelais son nom. Toute la nuit, ce schéma se reproduisit, alors quand je me réveillai au petit matin et que je distinguai la faible lueur de l'aube à travers les lourds stores, je finis par renoncer à dormir.

Je roulai sur l'autre flanc pour attraper mon livre usé sur la table de nuit. Enroulant les doigts sur sa reliure fragile, je l'approchai de ma poitrine et l'y maintins, les yeux fermés.

Il fallait que je remette ma vie en ordre.

Voilà ce que je conclus en ce tout début de matinée, étendue dans le lit de Zayne, avec le livre de ma mère contre ma poitrine. Je pensai à ce qui s'était passé la veille au soir entre Zayne et moi. Je pensai à ce que la sorcière nous avait dit, à Roth et à moi, et je pensai à ce qui se passait peut-être pour Misha en ce moment même.

Pas une seconde je ne pensai que Bael voulait juste me capturer, me tuer et me vendre en pièces détachées à l'assemblée des sorciers. Il devait y avoir autre chose derrière tout ça, et c'était là-dessus que je devais me concentrer. Pas sur ce qui s'était passé entre Zayne et moi.

J'allais trouver Misha, puis j'aiderais Zayne et son clan à débusquer cette chose qui les tuait, et ensuite, Misha et moi rentrerions chez nous. Zayne... il ne serait qu'un souvenir. Avec un peu de chance, une fois que j'aurais mis de la distance entre nous, il deviendrait un agréable souvenir, mais même si c'était encore un souvenir triste, cela n'aurait pas d'importance, parce que j'aurais Misha et Jada. J'aurais mon devoir, Misha et moi aurions notre devoir.

Mais si ce soir ne nous menait nulle part ?

Le démon avait enlevé Misha pour m'atteindre. Il avait déjà envoyé des Infernaux et des Ympes à mes trousses. Et si la seule façon de retrouver Misha était de donner à Bael ce qu'il voulait ?

Moi.

Je serrai plus fort le livre contre ma poitrine, le ventre noué. L'idée semblait... folle et pour le moins imprudente, mais j'étais prête à la tenter. Si on n'obtenait pas de réponses ce soir...

Je dus me rendormir, parce que je me réveillai pour découvrir Nabot assis au bord du lit et le petit livre de ma mère coincé sous ma poitrine.

— Bonjour, dit Nabot, en balançant des jambes transparentes. Enfin, c'est presque l'après-midi. Tu devrais te lever et, je ne sais pas, faire quelque chose de productif.

Je lui adressai un regard noir.

— Et tu devrais te lever bientôt, car je pense que M. Garçon-Gargouille-Hyper-Sexy-Troublant fait du bacon.

— Du bacon ?

Je me lèverais et j'affronterais Zayne complètement nue, pour du bacon.

Je me retournai sur le dos, écartai le livre et le posai sur la table de nuit.

— Quelle heure est-il ?

— L'heure pour toi de reprendre le cours de ta vie.

Je levai les yeux au ciel.

— Il est presque midi, reprit-il. Est-ce que tout va bien entre Zayne et toi ? Quand je suis revenu, vous n'étiez pas tous les deux blottis l'un contre l'autre comme deux petites bébêtes à câlins.

Je ne voulais même pas penser au fait qu'il nous avait vus ensemble, et je ne voulais pas non plus m'attarder sur les spasmes qui secouaient ma poitrine.

— Tout va bien, finis-je par répondre.

— Ce n'est pas l'impression que ça donnait hier soir.

— En parlant d'hier soir… (Je m'assis et j'écartais mes cheveux de mon visage.) Qui est cette fille à qui tu as parlé ?

— Gena ? Oh, elle est géniale. Elle m'a vu il y a quelques jours quand j'inspectais le hall. Elle m'a fait découvrir *Stranger Things* et je lui ai fait découvrir *Star Wars*. Tu sais, les trois originaux, les seuls qui comptent.

Je ne savais pas quoi penser de l'idée que quelqu'un d'autre puisse voir Nabot.

— Quel âge elle a ?

— Quatorze ans, je crois ? Elle est cool. Tu l'aimerais bien. Je devrais vous présenter toutes les deux.

Mon estomac se serra.

— Tu ne lui as rien dit sur moi… sur ce que je suis ?

Il leva les yeux au ciel.

— Pff ! Non. Je ne suis pas débile. Mais si elle peut me voir, ça ne veut pas dire qu'elle est comme toi ?

Je me levai.

— Pas exactement. Elle a probablement un ancêtre angélique quelque part dans son arbre généalogique, mais ce n'est pas la même chose. Je suis...

— Un flocon de neige unique ?

Je lui lançai un regard noir.

— Non. Je suis de la première génération. J'aimerais la rencontrer à un moment donné, mais pour l'instant je vais prendre une douche et commencer à remettre de l'ordre dans ma vie.

— Il était temps.

Sans relever sa remarque, j'allai dans la salle de bains et pris une douche rapide, laissant l'eau chaude enlever ce qui me faisait l'effet d'une couche de crasse. Une fois sortie, je peignai les nœuds dans mes cheveux et j'enfilai un legging et un tee-shirt léger et confortable avec un smiley « sourire » au centre de la poitrine.

Nabot n'était plus dans la chambre. Je m'arrêtai à la porte et pris une profonde inspiration pour me calmer.

Je peux le faire.

Je pouvais aller à la cuisine, voir Zayne et agir... agir comme il fallait. Je pouvais le faire. Je devais le faire.

Alors je le fis.

Quand j'ouvris la porte, mon estomac gargouilla dès que je perçus l'odeur du bacon. Zayne était devant l'îlot de cuisine, en train de retirer les tranches croustillantes de la poêle. Mes pas ralentirent malgré moi lorsqu'il leva la tête et me regarda. Même si je ne voyais pas ses yeux d'où j'étais, je percevais l'intensité de son regard. Un frisson me parcourut la peau et je me forçai à continuer d'avancer.

— Salut, murmurai-je.

Zayne posa quelques tranches de bacon sur une assiette et, en m'approchant, je vis le léger sourire sur ses lèvres, alors qu'il coinçait une mèche de cheveux derrière son oreille.

— Je m'apprêtais justement à venir voir si tu étais réveillée.

— Je le suis, dis-je avant de réaliser à quel point ma remarque était stupide. (J'allai au réfrigérateur et je sortis la bouteille de jus de fruits.) Tu as bien dormi ?

— Ouais. (Il se tourna, lâcha sa pince dans la poêle et laissa tomber ses mains sur l'îlot.) Non, en fait, c'est un mensonge. J'ai très mal dormi.

Mon regard remonta sur le sien et je pris une inspiration hésitante.

— Je n'ai pas très bien dormi non plus.

— Désolé, murmura-t-il, contrit. J'espère que le bacon et les nouvelles que j'ai pour toi compenseront le manque de sommeil.

Je me perchai sur le tabouret et posai mes pieds nus sur la barre.

— Le bacon arrange à peu près tout. Quelles nouvelles ?

— Gideon a appelé ce matin. (Il s'agissait du Gardien de son clan.) Il nous a dégoté l'adresse du fameux sénateur. Sa demeure principale est dans le Tennessee, mais il a une maison juste de l'autre côté de la rivière, près du restaurant où on a retrouvé Roth.

— C'est bien, ça. Alors, on va aller voir ce soir ?

Je sentais le regard de Zayne sur moi pendant que je grignotais mon bacon.

— Oui, mais j'ai aussi d'autres nouvelles. (Il attendit que je lève les yeux vers lui.) Gideon a pu retrouver la voiture dans laquelle Bael a été vu. Ce qui lui a permis de remonter jusqu'à un service de voitures qui ne s'occupe que des membres du gouvernement et des diplomates. Il a contacté le chauffeur et, grâce à son pouvoir de conviction, il a pu obtenir la liste des personnes qu'il a transportées ce jour-là. Qui se résumait à une seule personne.

— Laisse-moi deviner. Le sénateur Josh Fisher ?

— Ouais. (Il prit une tranche de bacon et la pointa vers moi.) Donc, jusqu'à présent on avait des soupçons, mais maintenant on sait que le sénateur Fisher et Bael sont liés.

L'espoir jaillit en moi.

— Mon Dieu. Je sais que je ne devrais pas être heureuse d'entendre ça, mais c'est…

— C'est une piste claire. Un lien.

Je hochai la tête, laissant échapper un souffle frémissant.

— Ce soir pourrait être…

Je m'interrompis avant de me laisser emporter par l'espoir.

Zayne comprit, cependant.

— Tu pourrais retrouver Misha ce soir. Ou bien, on pourrait dénicher des informations sur l'endroit où il se trouve. C'est normal d'avoir de l'espoir, conclut-il en se repoussant de l'îlot.

Je m'essuyai les mains sur la serviette en papier qui venait d'apparaître devant moi comme par magie.

— Vraiment ? Et si on ne trouve rien ?

— Ça se pourrait.

Il fit le tour de l'îlot, et je me crispai quand il s'arrêta à côté de moi, positionnant son corps entre l'autre tabouret et moi. Il était si près que je sentais la chaleur qui émanait de lui.

— Mais l'espoir que ça finira par s'arranger vaut la peine d'être nourri, ajouta-t-il.

Trop d'espoir ne mènerait peut-être à rien d'autre qu'à souffrir, me dis-je, mais je gardai ma réflexion pour moi et baissai les yeux. Je me retrouvai à les fixer sur son torse. Il portait un tee-shirt gris en coton qui n'avait pas reçu la moindre projection graisseuse. Je ne pus m'empêcher de songer que pareil exploit demandait de sérieuses compétences en matière de friture de bacon.

Je pris une profonde et lente inspiration et sentis le léger parfum de la menthe d'hiver. Je déglutis.

— Merci pour le petit déjeuner. Je… je te dirais bien qu'un jour, je te rendrai la pareille, mais je ne pense pas que tu aimerais.

— Pourquoi ?

— Je ne sais même pas faire bouillir des œufs.

Il gloussa.

— Je suis sûr que ce n'est pas à ce point.

— Oh si, si, si. Une fois, j'ai essayé de me faire un sandwich au fromage grillé et le pain et le fromage sont restés collés à la poêle, admis-je en jouant avec la serviette. Une autre fois, j'ai failli mettre le feu à la maison de Thierry, parce que je m'étais crue capable de faire rôtir un poulet. Je suis un désastre dans une cuisine.

— Je peux t'apprendre à faire griller du fromage, dit-il, et mon regard se posa sur le sien : j'y vis une chaleur dans laquelle je voulais tomber. Et si on essayait ça demain, pour le déjeuner ?

Mon cœur, cet imbécile, ce crétin, manqua un petit battement heureux et s'il s'était trouvé juste en face de moi, je lui aurais flanqué mon poing dans la figure. Je baissai les yeux sur mes mains.

— Je ne sais pas.

Zayne prit une mèche de mes cheveux et tira doucement dessus.

— Apprendre à faire griller du fromage, ça va te changer la vie.

Contre ma volonté et toute logique sensée, mon regard replongea dans le sien.

— Dis juste « oui », Trin.

J'aurais dû dire « non », au contraire, mais comme j'étais une masochiste de première, j'acquiesçai.

Zayne sourit alors, et j'eus l'impression de recevoir une récompense, ce qui me donna cette fois envie de le frapper, lui. Le sourire s'effaça, cependant, quand il fit courir ses doigts le long de mes cheveux humides.

— Tu as verrouillé la porte la nuit dernière.

Je me figeai.

Zayne lâcha mes cheveux.

— Je… J'aurais préféré que tu ne le fasses pas.

L'air resta coincé dans ma gorge.

— Mais c'était probablement ce qu'il y avait de plus intelligent à faire.

Zayne avait essayé de venir me voir la nuit dernière. Soit parce qu'il ne pouvait pas dormir, soit parce qu'il m'avait entendue me réveiller à d'innombrables reprises.

N'empêche, il avait quand même essayé de venir me voir après tout ce qui s'était passé, et je ne savais pas quoi en penser, à part que Zayne avait probablement raison.

C'était probablement une bonne chose que j'aie verrouillé cette porte.

Relâchant lentement mon souffle, je détournai le regard de l'épais bosquet d'ormes. Le crépuscule était tombé et nous étions en route pour la maison du sénateur Fisher, en bordure de Bethesda.

On avait déjà dépassé plusieurs maisons si grandes que même moi je pouvais les voir, mais sur le dernier kilomètre environ, je n'avais vu que des arbres.

Le téléphone de Zayne sonna et il le saisit là où il était posé, sur sa cuisse.

— C'est Roth, m'annonça-t-il avant de décrocher et de lancer : Qu'est-ce qu'il y a ?

Je le regardai et je vis un muscle se contracter le long de sa mâchoire, probablement en réaction à une remarque de Roth.

— Bien sûr. On se voit dans quelques minutes.

Raccrochant, il plaça l'appareil dans le vide-poches de la porte.

— On va s'arrêter ici et finir à pied. Roth et Layla y sont presque.

Je hochai la tête.

— Ça me va.

Zayne se gara juste à côté de la vieille route de gravier, à un endroit où les arbres cachaient la voiture à tous ceux qui passaient sur la route. Lorsque je sortis, j'appréciai immédiatement de porter un tee-shirt ample, car l'humidité me frappa au visage.

Zayne contourna l'avant de l'Impala et me rejoignit.

— On va vers l'ouest, à travers bois, et on devrait arriver à un portail, selon les indications de Gideon. Roth et Layla nous y retrouveront.

Je hochai la tête, sentant le poids des dagues attachées à mes hanches lorsque je quittai le gravier et montai le petit talus, non sans déraper. Je fouillai les arbres. Avec le crépuscule qui se transformait rapidement en nuit, la balade promettait d'être tout sauf sympa.

— Ça va ? me demanda Zayne, quelques pas devant moi.

J'allais pour répondre que oui, parce que je ne voulais pas être un obstacle, mais je ne voyais rien devant moi et le terrain n'était pas du tout familier.

— Je... je ne... je ne vois pas grand-chose.

Devant, Zayne s'arrêta et se tourna vers moi. Une seconde plus tard, il était à mes côtés. Sans dire un mot, il prit ma main et je rougis.

— C'est un peu rocailleux, le sol. En plus, il y a beaucoup d'arbres et de branches tombés.

— D'accord, murmurai-je, moitié gênée, moitié reconnaissante. Normalement, ce n'est pas si difficile. Chez moi, je peux courir dans les bois comme si de rien n'était, parce que je connais bien le paysage. Je suis désolée...

Il serra ma main.

— Ne t'excuse pas. Ce n'est pas grave.

— Ben si, tu es obligé de me donner la main, lui fis-je remarquer alors qu'il m'aidait à contourner quelque chose de gros au sol – un rocher ou une branche.

Il attrapa une branche basse et l'écarta du chemin, le temps qu'on la dépasse.

— Je ne suis pas obligé. Je veux le faire. Et souviens-toi, je t'ai dit que je serais ta gargouille d'aveugle quand tu aurais besoin de moi.

En secouant la tête, je rigolai.

— Eh bien, tu fais du très bon boulot.

— Oh, je prévois d'exceller dans ce domaine.

Je pinçai les lèvres, ne sachant pas comment comprendre ce ton léger et taquin. Je décidai de remettre à plus tard tout stress sur ce sujet, car à cet instant, les pas de Zayne ralentirent.

On était à la clôture.

Libérant ma main, je regardai les piliers de ciment éclairés et le portail fermé. Je pris une profonde inspiration, goûtant l'air frais qui se mêlait à la menthe d'hiver de Zayne, et...

— C'est bizarre, dis-je.

Zayne se tourna vers moi.

— Quoi ?

— Je ne sens aucun démon. La seule fois où je n'ai pas senti de démons, c'était dans l'enceinte de ton clan... (Je levai les yeux vers le portail.) Je m'attendais à en sentir ici.

— Ça doit être difficile à gérer dans une ville comme Washington, où tu les sens constamment.

Levant une main, je me passai la paume sur le front.

— Je m'habitue peu à peu aux différents degrés de leur présence. Mais si le sénateur est lié à Bael, il ne devrait pas y avoir des démons ici ?

— Ça ne veut rien dire, vraiment, répondit-il, et je jetai un regard vers lui. (Un long moment s'écoula alors que tout ce qui nous entourait s'enfonçait un peu plus dans la pénombre.) Trin, je...

Soudain je les sentis.

Zayne aussi.

Un souffle chaud dans ma nuque et une lourdeur soudaine dans l'air autour de nous. On pivota tous les deux vers le portail au moment où une forme apparaissait dans l'ombre, de l'autre côté de la clôture.

— Roth, lâcha Zayne en s'avançant.

Le Prince démon s'arrêta et je plissai les yeux, distinguant quelqu'un d'autre derrière lui. Sans doute Layla.

— On a fait le tour de la maison. Il semble qu'il n'y ait personne.

— Merde, marmonnai-je.

— Ce n'est pas une mauvaise nouvelle, intervint Layla. On peut entrer et jeter un coup d'œil, voir si on trouve quelque chose.

Elle marquait un point.

— Et le sénateur va probablement rentrer chez lui à un certain moment de la nuit, ajouta Zayne, à quoi je hochai la tête. Bon, eh bien, passons à l'effraction.

Il plaça les deux mains au centre du portail et le tordit. Le métal grinça, puis céda. Les barreaux du portail s'écartèrent et le battant s'ouvrit. Zayne fit un pas de côté.

— Après vous.

— Frimeur, murmurai-je.

Il gloussa.

— Quoi ? Tu ne peux pas faire ça ?

— Je suis forte. (Je hochai la tête dans la direction de Roth et Layla.) Mais pas à ce point.

— Il y avait une alarme dans la maison, mais on l'a désactivée avant de venir vous rejoindre, annonça Layla, et je me demandai comment ils y avaient réussi sans alerter la société de sécurité – sans doute grâce à Roth. On n'est pas encore entrés.

— D'accord, répondis-je.

Par chance, on marchait désormais sur la surface plane de l'allée. Zayne s'était porté à côté de moi quand Layla demanda :

— Vous avez fait des recherches sur ce sénateur ? Nous, on a regardé aujourd'hui et c'est probablement la dernière personne qu'on imaginerait impliquée dans quelque chose de démoniaque.

— Ou la première personne, si vous voulez mon avis, intervint Roth. L'illustre sénateur est impliqué dans de nombreuses associations caritatives pour les jeunes en difficulté. Il va à l'église tous les dimanches. Descend d'une longue lignée de pasteurs baptistes. Marié une fois, avec son amour de jeunesse, décédée d'un cancer du sein il y a deux ans. Depuis, il s'est également engagé pour la réforme des services de santé et des soins à destination des femmes.

Je pinçai les lèvres.

— Et qu'est-ce qui te le rend suspect dans tout ça ?

— Ces gens-là sont toujours les derniers qu'on soupçonne, d'après mon expérience. Ceux qui cachent leur âme sombre plutôt que de montrer au monde le tas de merde qu'ils sont, répondit-il, et je secouai la tête. Et aussi le fait que, même s'il est impliqué dans toutes ces bonnes œuvres, il a voté contre à chaque réforme ou projet de loi qui aurait réellement aidé les gens dans le besoin.

— Ah…

Eh bien, la dernière partie scellait l'affaire, en effet.

— Si on ne rencontre pas le sénateur ce soir, Layla va essayer de le trouver pour qu'on puisse jeter un coup d'œil à son âme, mais j'ai le sentiment qu'on sait déjà quelles seront les conclusions.

On accéléra le rythme une fois que le ranch tentaculaire, construit sur seul étage, apparut. Les projecteurs s'allumèrent et je grimaçai, soudain éblouie. Roth et Layla nous entraînèrent, par le côté de la maison, vers l'arrière.

Mon cœur se mit à battre plus vite quand on passa sous un paravent et que Roth s'approcha de la porte de derrière. Il tourna la poignée, cassant le verrou en deux.

— Et là, c'est qui est le frimeur ? fit Layla.

— Moi, ricana Roth. Toujours moi.

Je jetai un coup d'œil à Zayne et pris une profonde inspiration. Puis je suivis Roth et Layla à l'intérieur de la maison faiblement éclairée, tout entière crispée par la nervosité.

Zayne était derrière moi.

— Je n'ai pas encore repéré de caméras, mais gardez l'œil ouvert.

— OK, patron, répondit Roth.

Et on entreprit d'ouvrir porte après porte, révélant chambre à coucher vide après chambre à coucher vide et, à chaque pièce vide, d'apparence normale, ma déception montait d'un cran. Une fois toutes les chambres, le salon, une cuisine et un office vérifiés, je dus me rendre à l'évidence : Misha n'était pas là.

Je ne pensais même pas qu'il fût venu ici et, si j'étais honnête avec moi-même, depuis le moment où nous avions appris l'adresse de ce sénateur, je savais au fond de moi qu'il ne serait pas là. Ç'aurait été trop facile.

— J'ai un bureau ici, cria Layla depuis l'autre aile de la maison, alors que je me tenais au milieu d'un grand salon en contrebas.

Il y avait des photos encadrées au mur. En m'approchant d'elles, je constatai qu'elles montraient une famille. Les visages n'étaient pour moi que des taches floues, mais j'imaginais que le salon du sénateur n'était pas différent de millions d'autres. Je tendis le bras, touchai le cadre noir et mat d'une photo. Mon doigt revint couvert d'une fine couche de poussière.

— Trin ? lança Zayne quelque part derrière moi.

Je me retournai, les bras le long du corps alors que j'ouvrais la bouche, la refermais et essayais à nouveau de trouver les mots.

— Il n'est pas ici. Misha. Ni le sénateur. Personne. Je ne pense pas que quelqu'un soit venu ici depuis un moment.

— Trin. (La voix de Zayne était douce et s'avançait vers moi.) Je suis…

Je levai la main.

— Ne le dis pas. S'il te plaît, ne t'excuse pas, pas maintenant. C'est juste une impasse de plus, et Misha est quelque part, probablement en train d'être torturé à mort, et nous, qu'est-ce qu'on fait ?

— On essaie de le trouver.

— Et si on ne le trouve jamais ? Ou pas à temps ?

Mon cœur battait trop vite alors que je me détournais. Je n'allai pas très loin.

Zayne passa un bras autour de ma taille et m'attira à lui. Je voulus protester, mais il replia les bras autour de moi, une main dans ma nuque. Je frissonnai à ce contact et, quand je sentis son souffle sur mon front, je fermai les yeux.

— On va le trouver, dit-il. On le trouvera.

Je posai la joue contre son torse, refusant de donner voix à ce dont je venais de prendre conscience. À savoir que la seule façon d'atteindre Misha était de m'utiliser comme appât.

La voix de Roth s'immisça entre nous.

— Eh ! Layla a trouvé quelque chose qui va vous intéresser, je pense.

Zayne mit du temps à s'écarter, mais il ne me lâcha pas complètement, gardant la main enroulée autour de ma nuque.

— On va le retrouver, Trin.

Déglutissant avec peine, je hochai la tête.

— Qu'est-ce que tu as trouvé ? demanda Zayne, retirant sa main de mon cou.

— Suivez-moi.

Je mis mes pieds en mouvement, ignorant le regard curieux que Roth me lançait. On le suivit jusqu'à un bureau éclairé par une lampe. Des murs tapissés de livres. Un globe terrestre sur pied. Encore des photos de ce que je supposais être la famille du sénateur. Layla était derrière le bureau, dont la lampe donnait à ses cheveux une teinte presque blanche. Elle avait les yeux baissés sur ce qui semblait être de grandes feuilles recouvrant presque toute la surface du bureau. Roth s'approcha du globe et commença à le faire tourner, tandis que Zayne rejoignait Layla.

Un drôle de pincement me serra le cœur quand je les vis ensemble, mais je passai outre, parce que ce pincement était vraiment, vraiment déplacé. Croisant les bras, je me dirigeai aussi vers le bureau.

— Qu'est-ce que c'est ? demandai-je, incapable de distinguer de quoi il s'agissait.

Zayne retourna un feuillet.

— Ça ressemble à… aux plans d'une école ?

Layla se pencha vers lui.

— Oui. (Elle pointa du doigt plusieurs tracés.) Là, ce sont des classes, et là-bas, des dortoirs. Qu'est-ce que... ?

Zayne se pencha encore.

— Une nursery ?

Le globe s'arrêta de tourner.

— Quel genre d'école a une nursery ? demanda Roth.

Un malaise soudain courut sur ma peau.

— C'est une bonne question.

Zayne secoua la tête en soulevant une fine feuille.

— Il y a un nom de société, là. Entreprise Cimmérien. Tu en as déjà entendu parler ?

— Non. En revanche, le mot « Cimmérien »...

Roth tourna brusquement la tête, et je la sentis : la pression entre mes omoplates. Je tournai moi aussi la tête alors que Roth levait le menton, les narines dilatées.

— Des démons ? demandai-je, sortant mes dagues.

— Tu les sens ? demanda-t-il tandis que Zayne et Layla arrêtaient de fouiller dans les papiers. Et tu es sûre que ce n'est pas nous que tu sens ?

Je hochai la tête.

— Je vous sens, tous les deux, mais là, c'est plus... intense.

Roth inclina la tête vers moi et, je le jure, je crois qu'il fit la moue.

— Je ne suis pas intense ?

— Waouh, Roth. Tu es un peu susceptible, non ?

Zayne plaqua une main sur le bureau et sauta par-dessus, atterrissant en position accroupie. En se relevant, il se transforma. Son tee-shirt craqua par le milieu et dans le dos, sa peau passa du doré au gris profond. Puis ses ailes se déployèrent.

C'était un spectacle assez impressionnant à voir.

Presque à contrecœur, je le quittai des yeux pour regarder Roth.

— Ce que je veux dire, c'est que je peux vous sentir, Layla et toi, mais je sens aussi la présence de... d'autre chose.

Roth sembla rasséréné par cette réponse.

— Layla, tu as ton téléphone sur toi ? demanda Zayne en s'avançant vers moi.

— Oui.

— Tu peux prendre des photos de tout ça très vite ? Et me les envoyer par SMS ?

Layla sortit son téléphone de sa poche.

— Je m'en occupe.

Je pliai les doigts autour du manche de mes dagues en me dirigeant vers les fenêtres. Je ne voyais rien au-dehors. Je sortis les lames.

— Vous pensez que le sénateur et peut-être Bael sont de retour ? demandai-je, même si je ne trouvais pas l'idée très logique. (Je ne voyais pas de phares. Pas de voiture dans l'allée.) Ou c'est quelque chose d'autre ?

— Si c'est Bael, il est sur le point d'avoir la surprise de sa vie, grogna Zayne. Regarde ça. Tu le vois ? me demanda-t-il.

Je plissai les yeux pour distinguer ce qui ressemblait à... un brouillard englobant l'allée et le jardin de devant, si épais qu'on aurait dit une vague de nuages d'orage au niveau du sol.

— Oui, je vois.

— Forcément mauvais signe, commenta Zayne, les ailes repliées dans le dos.

— J'ai les photos, annonça Layla, qui sortit de derrière le bureau en glissant son téléphone dans sa poche. Je ne vois pas de voiture remonter l'allée et je n'ai vu aucune caméra nulle part.

— Ce qui vient vers nous, c'est une putain de tonne de démons, déclara Roth, la voix basse. Et je ne crois pas aux coïncidences.

— La sorcière t'a parlé du sénateur, dit Zayne. Y a-t-il une chance qu'elle ait prévenu le sénateur ou Bael ? Qu'elle nous ait jetés sous cette avalanche de démons ?

— Si elle a fait ça, elle n'est pas seulement une crétine de sorcière, elle ne tardera pas à être une sorcière morte, grogna Roth.

Et je le vis se transformer. Sa peau devint plus fine et une obscurité huileuse en suinta, faisant virer son teint de l'olivâtre à l'obsidienne. Ses ailes étaient presque aussi larges que celles de Zayne, mais il n'avait pas de cornes.

— Putain de merde, chuchota Layla. Il y en a combien ?

Mon cœur manqua un battement alors que je m'efforçais de voir quelque chose dans le brouillard dehors.

— Je ne vois rien... (Je laissai ma phrase en suspens quand plusieurs formes commencèrent à se matérialiser dans l'épais brouillard.) Oh, punaise !

Il y en avait des dizaines, certains grands et d'autres petits. Certains marchaient. D'autres rampaient. Il y en avait même dans les airs. Je n'avais jamais vu autant de démons au même endroit.

Je me tournai vers Zayne.

— Je croyais qu'il n'y avait pas beaucoup de démons dans le coin ?

— Ouais, lâcha-t-il d'une voix traînante. Il n'y en avait pas beaucoup.

— Je pense qu'ils se sont tous donné rendez-vous ici, dit Roth en jetant un coup d'œil à Layla. Si les choses tournent mal, je veux que tu partes d'ici. Rentre à la maison auprès de Caïman...

— Tu es défoncé ? rétorqua Layla. Si les choses tournent mal, je vais botter des fesses.

— Layla...

Elle leva une main.

— N'oublie pas que je suis une dure à cuire.

— Il y a plus de quarante démons, là-dehors.

Plus de quarante ? Bon Dieu !

La voix de Zayne retentit au-dessus de ma tête quand il s'adressa à moi.

— Si tu as besoin d'utiliser ta *grâce*, fais-le. Tu as compris ? Si tu es fatiguée après, je ferai en sorte que rien ne se mette entre toi et moi.

Le cœur battant, je hochai la tête.

— Compris.

— Si tu restes, tu ferais mieux de te préparer, Layla, lui conseilla Zayne alors que les choses dans le brouillard s'immobilisaient à une dizaine de mètres de la maison.

Alors Layla se transforma, ce qui attira mon attention sur elle, et je ne compris pas ce que je voyais. Elle ressemblait à ce qu'elle était d'habitude, sauf qu'elle avait des ailes, des ailes noires avec des plumes.

— Des plumes. Tu as des plumes sur tes ailes, commentai-je bêtement.

L'aile gauche de Layla se contracta alors qu'elle me souriait.

— En effet. C'est une longue histoire, mais pour te la faire courte, j'ai failli mourir et bon, ben, voilà ce qui se passe maintenant quand je me transforme.

Je la dévisageai.

— Tu ressembles à… un ange. Si les anges avaient des ailes noires.

Elle haussa une épaule.

— Je ne suis pas un ange. Je suis juste… unique.

— Ça oui, chérie, roucoula Roth en lui tendant la main.

Elle la prit et ils se postèrent côte à côte devant la fenêtre. Il se pencha et lui murmura :

— Je sais que tu es une dure à cuire. Je ne l'oublierai jamais.

Je détournai le regard juste à temps pour voir l'une des grandes formes s'approcher de la fenêtre. Elle s'arrêta trop loin cependant pour que je puisse en distinguer les détails.

— C'est un Démon Supérieur, expliqua Zayne, sachant que ses traits n'étaient rien d'autre que flous pour moi. Ce n'est pas Bael. Je ne l'ai jamais vu, celui-là. Et toi, Roth ?

— Comme je l'ai déjà dit, je ne suis pas ami avec tous les démons.

Zayne ricana.

— Bonjour ? lança le démon à l'extérieur de la maison, comme s'il était là pour vendre des biscuits au profit des scouts ou quelque chose comme ça. On sait que vous êtes là. (Il leva un bras et l'agita.) Salut ! Qu'est-ce qu'on a ici ? Une... bâtarde de Lilith. Un Prince démon qui a été très, très vilain. Un Gardien en étrange compagnie et une vraie... Légitime ? Bien vivante ?

— Tiens, fis-je en haussant les sourcils. Il existe une race de démons qui a une vision à rayons X ?

— Pas que je sache, marmonna Roth.

— Vous vous demandez comment on est au courant ? cria le démon, et je levai les yeux au ciel. Je serais ravi de vous l'expliquer, les gars, et j'espère que nous pourrons en faire une expérience agréable pour toutes les personnes concernées. Commençons par les présentations. Je m'appelle Aym, mais d'aucuns me connaissent sous le nom de Haborym. Je suis un séduisant petit diable, cependant ne vous laissez pas tromper par mon beau visage et mon caractère charmant. Je suis un Grand-duc de l'enfer, qui règne sur vingt-six légions de démons, dont la moitié est ici avec moi ce soir, ronronna-t-il. J'ai brûlé des châteaux et des villes entières, ne laissant que des cendres et la mort dans mon sillage lorsque je n'obtiens pas ce que je veux. Je vous raconte ça comme une mise en garde, histoire que vous sachiez.

Roth bâilla.

— Oh, et vous pouvez me considérer comme l'assistant personnel de Bael, poursuivit Aym. Donc, maintenant que les présentations sont faites, avez-vous des questions ?

— Ouais, cria Zayne. Pourquoi fallait-il qu'on nous flanque un démon aussi bavard ? Ça nous fait perdre beaucoup de temps avant de te tuer.

— Pour une fois, Stony, toi et moi sommes d'accord sur quelque chose, ricana Roth.

J'écarquillai les yeux au son d'un rire profond qui gronda et fit trembler les vitres.

— Le Gardien parle en premier. Intéressant. Tu ne veux pas discuter ? Très bien. On est ici pour la Légitime.

— Sans déconner, murmura Roth.

— Donnez-la-nous, on vous laisse poursuivre votre petit bonhomme de chemin. (Aym marqua une pause, puis :) Croix de bois, croix de fer.

— N'y compte pas, répondit Zayne. Vaut mieux que tu passes direct à l'option B.

— Eh bien, l'option B, c'est que vous mourez tous. À commencer par toi, Gardien. Je vais te brûler vif.

Mon ventre se vrilla, même si Zayne ne semblait pas le moins du monde affecté. Je m'avançai et criai :

— Qu'est-ce que vous voulez de moi ? Me découper et me donner aux sorciers ?

— Beurk, souffla Layla.

— Pas du tout, ma chère petite nephilim, roucoula Aym, et je me raidis. On veut juste t'aimer, te serrer dans nos bras et être tes meilleurs amis au monde.

Layla et Roth échangèrent un regard. Et moi, je resserrai la main sur ma dague.

— Waouh, lâchai-je. Où est Misha ?

— Ton Protecteur ? Eh bien, il est juste là, il t'attend.

Je crus que mon cœur s'arrêtait dans ma poitrine. Je me sentis comme pétrifiée, le temps d'une éternité, puis je réagis sans réfléchir ni hésiter.

33

Tout se passa très vite.

Zayne pivota et je l'entendis crier en se jetant sur moi. Roth et Layla se retournèrent, mais aucun d'eux n'était aussi rapide que moi. Pas quand je ne voulais pas qu'on m'arrête.

J'étais à la porte qui menait dehors avant qu'aucun d'entre eux n'ait pu m'atteindre. Sans la moindre hésitation, je saisis la poignée et la tournai : la serrure se brisa quand j'ouvris.

L'air humide de la nuit m'enveloppa sitôt que je me ruai dehors, face à la ligne des démons, que je fouillai des yeux. Je ne vis pas Misha, mais bon, de toute façon, je n'aurais pas pu, dans un brouillard que même la pleine lune ne pouvait pénétrer.

— Où est-il ? criai-je en tournoyant vers Aym.

Le démon fut soudain en face de moi et il était beau. Grand et blond, impeccablement soigné.

— Il a dit que tu étais impulsive, commenta-t-il. (J'en eus le souffle coupé.) Il a oublié glorieuse.

Il allait pour me toucher, quand quelque chose d'imposant le heurta violemment, le renvoyant dans le brouillard.

Zayne.

Un puissant changement dans l'air se produisit, qui dissipa la brume. Le seigneur des démons chargea, et ils étaient si nombreux et si rapides que je restai abasourdie l'espace d'un instant.

Noctambules.

Infernaux.

Ympes.

Charognards.

C'était la putain de salsa des démons.

Roth me dépassa comme une balle et attrapa ce qui semblait être un Infernal. Il s'envola avec la créature et la projeta contre le côté de la maison. Layla apparut près d'un Charognard, l'attrapa par les épaules et envoya son genou contre le menton de la créature, lui brisant le cou. Un Noctambule chargea Layla. Elle pivota, mais il était rapide.

Seulement moi, j'étais plus rapide encore.

Je lâchai ma dague et elle atteignit le Noctambule au visage, le renversant en arrière. Il ne restait plus de lui que des cendres quand il toucha le sol.

Layla pivota vers moi.

— Putain de merde, merci.

Je me précipitai sur le lieu de l'impact, mais je ne vis pas la dague dans l'herbe. Il faisait trop sombre et je n'avais pas le temps de la chercher.

— Misha ! criai-je, m'élançant à travers la pelouse, droit vers un Infernal.

Il se jeta sur moi, mais je plongeai sous son bras et tournai sur moi-même pour lui enfoncer ma deuxième dague dans le dos. Un jet de sang chaud gicla sur moi alors que je tournoyais.

D'épaisses vrilles de brume se dispersèrent quand Zayne fut projeté en arrière dans les airs et heurta le sol avec assez de violence pour que je trébuche. Je me tournai vers lui alors qu'il se remettait debout d'un bond.

Il m'envoya un bref regard.

— Ce démon est aussi pénible que je le pensais. Trouve Misha et va-t'en d'ici.

— Pas sans toi.

Zayne me saisit à l'épaule et m'attira vers lui tandis qu'il baissait la tête pour que je sois au niveau de ses yeux bleu pâle et féroces.

— Tu trouves Misha et tu dégages d'ici. Je te retrouverai. Où que tu ailles, je te retrouverai.

Nos regards se connectèrent et j'en eus le souffle coupé. Trop de mots non exprimés refirent surface. Trop de choses que j'avais besoin de lui dire et on n'en avait pas le temps.

Ses griffes s'accrochèrent à mon tee-shirt, puis il lâcha prise, me repoussa tandis qu'il s'envolait pour aller frapper un Aym entièrement transformé de son poing serré en plein ventre. Le démon en fut plié en deux.

Le démon… le démon avait deux têtes.

Dans un tourbillon, je frappai un Charognard au genou. Il bondit vers moi, bouche ouverte et dents claquantes, mais je l'évitai. Je feintai sur la droite puis je tournai sur moi-même et j'enfonçai la dague dans son torse glabre.

Libérant la dague dans un mouvement vif, je fis demi-tour alors qu'un Noctambule se dirigeait vers Roth. Un autre me coupa la route en se précipitant sur le Prince démon. Un Noctambule qui se ruait sur Layla sauta par-dessus ma tête. Elle s'éleva, très haut…

Les griffes du Noctambule la touchèrent au milieu du corps. Il pivota, la projetant sur le côté. Elle tomba à la renverse dans un hurlement et atterrit sur une aile avec un bruit écœurant.

Non.

Un rugissement de rage secoua le sol : Roth s'élançait dans les airs. Je me retournai à l'instant où Zayne faisait volte-face. Je vis le moment où il comprit que Layla était à terre. Sa mâchoire durcit et il se retourna vers Aym tandis que Roth atterrissait derrière le Noctambule. Il ressemblait à un cobra à l'attaque. Sa main jaillit, qui traversa le dos du démon. Puis il recula le bras et le Noctambule se replia sur lui-même, froissé comme une boulette de papier.

Les Ympes plongèrent vers le sol à grands cris suraigus, visant Zayne. Je criai son nom et il se retourna, jeta Aym par-dessus son épaule et s'élança dans les airs pour attraper un Ympe par le cou.

Au sol, les Charognards couraient autour de moi, leurs griffes enfoncées dans le sol pour mieux s'élancer vers Roth et Layla. Les Ympes tournoyaient autour comme des vautours.

Ils étaient bien trop nombreux.

Ils encerclèrent Roth et Layla, resserrant leur cercle alors que Roth bataillait pour remettre Layla debout. L'un des Ympes accrocha l'aile de Roth. Il s'en débarrassa d'une secousse, mais ils continuaient à venir. Deux d'entre eux s'attaquaient de nouveau à ses ailes, qu'ils commencèrent à tirer. Le Prince démon hurla alors que Layla tentait de se relever.

Je devais faire quelque chose.

Layla et Roth étaient des démons, mais je ne pouvais pas laisser faire ça. Je ne pouvais pas. Si les Ympes déchiquetaient les ailes de Roth, il serait au tapis, quant à Layla, mon Dieu, elle y était déjà. Ses bras étaient couverts d'une sorte d'encre noire et ses ailes avaient disparu. Elle était revenue à sa forme humaine, si bien que maintenant elle était aussi vulnérable qu'un chaton nouveau-né.

En reculant, je levai la main gauche et pris ma dague, que je fis glisser au centre de ma paume. Je sifflai entre mes dents quand la peau s'ouvrit. Le sang monta. Je refermai la main, le cœur battant avec férocité dans ma poitrine.

Je repérai le moment où ils sentirent l'odeur de mon sang dans l'air.

Les Ympes s'immobilisèrent. Les Infernaux s'arrêtèrent dans leur course et, lentement, pivotèrent. Les Noctambules renversèrent la tête en arrière et humèrent l'air. Mon sang eut l'effet escompté : les démons étaient désormais concentrés sur moi, et non plus sur Roth et Layla.

Je souris.

— À table !

Aym fit volte-face, reprenant sa forme humaine, bouche ouverte, béante même, étirée à l'extrême et déformée par un gémissement qui fit dresser tous les petits poils de mon corps.

— Non ! cria-t-il. (Ou peut-être que c'était Zayne, je n'étais pas sûre, en revanche ce fut bien le démon qui cria :) Il faut la prendre vivante !

Abaissant ma main sanglante, j'étais bien consciente que les Démons Inférieurs n'entendraient pas l'ordre d'Aym. Les Ympes lâchèrent les ailes de Roth et se jetèrent sur moi. Prête à les affronter, je serrai la dague et courus vers le premier : un bond et une pirouette, et j'enfonçai la dague profondément dans la poitrine de l'Ympe. Il hurla et on tomba tous les deux dans un enchevêtrement de bras et d'ailes de démon.

Je roulai, rejetai le démon affalé sur moi, puis je me relevai.

— Emmène Layla hors d'ici, Roth ! lui criai-je en plongeant pour éviter de justesse les pattes griffues d'un autre Ympe. Fais-la sortir d'ici maintenant !

Roth ne se le fit pas dire deux fois.

Il prit Layla dans ses bras, s'accroupit et décolla comme un missile, disparaissant dans le ciel alors que je faisais face à ce qui, au son, ressemblait à un troupeau.

Tous les démons se ruaient désormais sur moi.

Rengainant ma dague, je cédai à l'adrénaline de la *grâce* qui coulait dans mes veines et m'emplissait tout entière, poussait, poussait, exigeant que je la laisse sortir, et je l'accueillis.

La lumière m'emplit, bourdonnant dans mes veines alors que les bords de mon champ de vision s'allumaient. Mes muscles se bandèrent et une lumière blanc-doré jaillit le long de mon bras pour former l'épée. Au moment où la poignée se matérialisa contre ma paume, je lâchai un hurlement et je balayai l'air de sa lame, atteignant l'Infernal le plus proche à la taille et le coupant en deux. Je tournoyai sur moi-même, enfonçai l'épée dans la poitrine d'un autre démon. Je retirai l'épée, pivotai et frappai un Noctambule au niveau des cuisses, le coupant en deux lui aussi.

Un cyclone de violence et de sang m'entourait alors que le monde se resserrait à chaque coup que je portais, à chaque coup que j'esquivais de la part des démons qui essayaient de m'atteindre. Les corps s'empilaient autour de moi, mourant les uns sur les autres avant de n'être plus que cendres et feu. Je ne ressentais rien d'autre qu'une rage justifiée tandis que j'abattais démon après démon, le sang se mélangeant à la sueur…

La douleur explosa le long de mon flanc et je trébuchai en avant, l'épée clignota et s'effaça : je perdais mon emprise sur la *grâce*. Je bondis vers le responsable de la brûlure à mon flanc.

La responsable.

La démone était habillée en skaï rouge de la tête aux pieds, ses longs cheveux blonds attachés en une queue-de-cheval haute. Quand nos yeux se croisèrent, sa bouche s'ouvrit et s'étira de façon grotesque. Son geignement sinistre me donna le frisson. Mais plus que tout, la vue d'une démone femelle me rendit dingue. C'était une Démone Supérieure, manifestement attirée par mon sang.

Elle frappa et sa main m'atteignit en plein ventre avec une rapidité sidérante et une force qui priva mes poumons d'oxygène.

OK, on la jouait comme ça ? Si elle voulait un combat de garces, elle allait en avoir pour son argent.

— Tu n'aurais vraiment pas dû faire ça, chérie.

Elle pencha la tête sur le côté en me tournant autour.

— Je vais te manger toute crue, salope.

— Aussi plaisante que soit la perspective, tu n'es pas mon genre.

Je m'élançai, plongeai sous le bras tendu de la démone et lui assenai un coup de poing dans la mâchoire.

Reculant de quelques pas, elle cracha une pleine bouche de sang noir.

— Ce n'était pas très gentil.

Fulgurante, la démone me frappa à la poitrine et me projeta à terre. Mon dos m'élançait, mais ce n'était qu'une petite douleur de rien du tout dans le contexte. En me relevant, je pivotai et lui plantai mon pied dans l'estomac. On échangea et esquiva une série des coups. La démone était féroce, bagarreuse et prête à tous les coups, y compris le crêpage de chignon.

Elle m'attrapa par les cheveux et me jeta au sol. Là, elle m'avait vraiment énervée ; je me levai d'un bond et lui rendis la pareille malgré le sang qui coulait de mon nez. Je la saisis par sa queue-de-cheval blonde, tirai sa tête en avant et montai le genou. Le craquement répugnant du nez de la démone m'emplit d'une joie incommensurable.

— Comme je te l'ai dit, lâchai-je en réitérant le coup de genou dans la face de la nana. Fallait pas commencer.

— Va te faire voir, cracha-t-elle.

Bon, assez joué ! Je la relâchai et je sortis ma dague pour lui assener le coup de grâce d'une profonde poussée dans la poitrine. Je retirai la dague, le souffle court, et la regardai se recroqueviller sur elle-même.

— Trinity ! cria Zayne.

Un instant plus tard, il était à côté de moi, un bras passé autour de ma taille, et il m'attirait en arrière tandis qu'un mur de flammes se dressait à quelques mètres devant moi.

Haletante, je m'agrippai à son bras d'une main alors qu'il me faisait pivoter sur moi-même et m'amenait au sol. Au-dessus de nos têtes, les flammes rugissaient. Les ailes de Zayne se refermèrent de chaque côté de moi, se plantant dans le sol.

— C'est Aym, grogna-t-il. Il est en train de tuer les autres démons.

Une nouvelle aussi étonnante qu'appréciable, même si Aym n'agissait pas par pure bienveillance. Il avait besoin de me capturer vivante et, pour parvenir à ses fins, il était prêt à tuer ceux de sa propre espèce.

Dès que les flammes se rétractèrent, Zayne se leva et me remit sur mes pieds. L'odeur de terre brûlée et d'ozone assaillit mes sens, mais ma vision se concentra sur le démon blond.

— Vous n'avez aucune idée de ce qui est sur le point de vous tomber dessus, railla Aym. Mais vous êtes sur le point de le découvrir.

Des flammes coulaient de ses doigts alors qu'il s'avançait à grandes enjambées. Des étincelles atteignirent les arbres. Qui s'embrasèrent comme de simples brindilles sèches.

Zayne réagit et, comme il se tenait à mes côtés, je ne le vis pas avant qu'il soit trop tard. D'un bras jeté en arrière, il m'attrapa par la taille et me poussa au moment où le démon nous chargeait.

Je fus propulsée en arrière à travers la cour et me rattrapai au mur de la maison. De son côté, Zayne décollait puis s'écrasait sur le démon dont jaillissaient des flammes.

— Merde, criai-je en me repoussant du mur.

J'attrapai ma dague, mais comme les deux combattants tournoyaient et s'enchevêtraient, il m'aurait été impossible de viser Aym sans blesser Zayne.

C'était comme l'affrontement de deux Titans, pied à pied, se rendant coup pour coup. Le démon s'était également transformé : sa peau était maintenant d'un marron profond et, à chaque coup de poing qu'il donnait, des flammes jaillissaient, saturant l'air d'une odeur de chair brûlée.

Le feu… le feu brûlait Zayne.

— Non, murmurai-je, le cœur serré.

Je m'élançai, mais dus freiner quand un mur de flammes se dressa devant moi, brûlure intense qui me força à reculer le temps qu'il s'éteigne, laissant le sol carbonisé.

Zayne et Aym n'étaient qu'une masse floue de corps tordus et furieux et, soudain, Zayne fut projeté en arrière, en plein vol, et percuta la maison. J'en profitai pour me tourner et lancer la dague sur le démon. Elle le toucha à l'épaule et il tituba tandis que Zayne se relevait. Je lui jetai un rapide coup d'œil. Une de ses ailes était complètement noircie et la moitié de son corps…

Oh, bon Dieu, non. *Non*.

Je devais l'emmener loin d'ici. Je devais…

Aym s'élança dans les airs, droit sur moi. Ma *grâce* s'éveilla de nouveau alors que je me tenais là, plus que prête à abattre cet enfoiré de…

Zayne attrapa le démon et ils tombèrent derrière moi, glissant sur le sol et jusque contre le mur. Je me retournai, et là je découvris le regard choqué du démon à qui Zayne tirait la tête en arrière, cornes et griffes dégoulinantes de sang.

— Merde, haleta Aym.

Une seconde plus tard, Zayne lui arrachait le cou. La tête partit dans une direction, le corps dans l'autre. Les deux s'embrasèrent avant de retomber au sol.

Et c'était impressionnant.

Dégueulasse.

Mais impressionnant.

Zayne était sur un genou et je compris qu'il essayait de se lever. Ses ailes se replièrent dans son dos, disparaissant dans les fentes au-dessus de ses omoplates pour ne plus laisser qu'une peau soudain devenue rose à certains endroits et… et noire ou rougeâtre à d'autres.

Oh, bon Dieu !

Je m'élançai maladroitement, mais ne pus l'atteindre à temps. Il tomba sur le côté, contre le mur, dans sa forme humaine.

— Zayne ! criai-je en me jetant à ses côtés. (L'horreur me saisit alors que je le regardais et je lui pris la main.) Zayne !

— Je pense… Je pense que j'ai pris un petit coup de soleil.

J'étouffai un rire mouillé.

— Petit. Bon Dieu, qu'est-ce qui t'a pris ? J'aurais pu…

— Son feu… t'aurait scarifiée… il t'aurait tuée.

En effet. Sa peau de Gardien le protégeait, mais seulement jusqu'à un certain point, car les boursouflures blanches sur les zones de peau carbonisée m'indiquaient qu'il avait des brûlures au troisième degré. L'horreur explosa dans mes tripes.

— Zayne…

Il frissonna, paupières serrées.

— C'est bon. Ça va… aller.

Non, pas possible que ça aille. Pas moyen. Aucun moyen. C'était horrible et la panique me tenaillait tandis que l'épuisement envahissait tous mes pores. Il était gravement blessé.

— Je vais te sortir d'ici. Je vais appeler Nicolaï ou Dez, et je vais…

— Misha, gémit Zayne.

Je secouai la tête, le cœur battant.

— On le trouvera plus tard. Pour l'instant, c'est toi la priorité. Tu…

— Non, dit-il, les yeux se fermant et s'ouvrant, le regard concentré sur un point derrière moi. Misha.

— Ça sent le barbecue par ici, un barbecue de Gardien.

Je me figeai.

Mon cœur s'arrêta.

Tout s'arrêta.

Presque comme si je me déplaçais dans un rêve, je me tournai vers le son de cette voix familière, une voix que je ne m'expliquais pas. Je fouillai la cour du regard et celui que je découvris ne pouvait pas se trouver là. C'était impossible.

Parce que c'était Misha que je voyais, debout dans le clair de lune.

— Je savais qu'on pouvait toujours compter sur ton impulsivité.

34

Oui, c'était Misha – ses cheveux brun-roux bouclés, sombres dans la lumière de la lune, son visage toujours aussi beau et sa posture familière, jambes écartées et épaules en arrière, comme s'il pouvait défier quelqu'un rien que par la façon dont il se tenait.

Misha.

Pendant ce qui me parut durer une éternité, je restai pétrifiée, incapable de bouger alors que je regardais Misha avancer d'un pas, et tout à coup l'exaltation m'envahit, si violente que je me mis à pleurer en me relevant péniblement…

La main de Zayne se resserra sur la mienne.

— Non, gémit-il, la voix rauque et basse. Quelque chose… quelque chose ne va pas…

Je pivotai vers lui, confuse.

— C'est Misha, dis-je. C'est…

— Tu ferais mieux de l'écouter, Trin, intervint Misha. Surtout qu'il n'a pas l'air de lui rester beaucoup de temps.

Un courant d'air froid me parcourut le dos alors que je me retournais vers Misha.

— Quoi ?

S'arrêtant à quelques mètres de moi, Misha baissa le menton. Les arbres en feu jetaient une lueur rougeâtre sur son visage. Il était… Il souriait.

— Tu as l'air surprise. Si tu voyais ta tête !

— Je… je ne comprends pas.

Toujours à genoux à côté de Zayne, je levai mon autre main, pressant la paume contre ma poitrine et combattant l'envie de courir vers Misha, de me jeter sur lui et de le toucher, de le serrer dans mes bras, parce que je… je ne comprenais pas.

— Comment tu t'es échappé ?

Il jouait avec les cendres d'Aym du bout de sa botte, sourire narquois aux lèvres.

— Échappé ? Il a dit que tu penserais ça, en effet.

— Qui ? Aym ?

En regardant Zayne, je vis qu'il avait les yeux ouverts. Il gardait peut-être le silence, sa main sur la mienne était aussi plus lâche, mais je savais qu'il était conscient de ce qui se passait. J'exerçai une pression sur sa main et le lâchai pour me lever sur des jambes tremblantes.

Misha rigola.

— Non, pas cet idiot ! Bon Dieu, celui qui nous a raconté que les démons étaient intelligents et sournois n'en avait manifestement pas rencontré des masses.

De plus en plus mal à l'aise, je retirai ma main de celle de Zayne.

— Qu'est-ce qui se passe, Misha ? Tu t'es échappé ? (Mais si c'était le cas, pourquoi ne nous avait-il pas aidés, Zayne et moi ?) Qu'est-ce… ?

— Qu'est-ce que je fais ici ? termina-t-il en écartant les mains. J'ai une meilleure question à poser. Tu pensais vraiment être la seule à être spéciale ?

— Quoi ?

— Quoi ? répéta-t-il, moqueur, en inclinant la tête. Tu le pensais, hein ? Pendant tout ce temps, tu as toujours cru que tu étais l'élue, la Légitime qu'on appellerait un jour, et que j'étais le Protecteur, ta putain d'ombre fidèle, le toutou qui te suivait partout.

Stupéfaite, je commençai à m'approcher de lui, mais je m'arrêtai dès que je fus assez près pour voir la haine qui lui tordait les traits.

Je reculai, l'estomac retourné.

— De quoi tu parles ? Qu'est-ce qu'il t'a fait ?

— Il m'a choisi, dit Misha. Voilà ce qu'il a fait. Il m'a choisi, moi.

— Qui ? Bael ? Qui… ?

— Bon Dieu, tu devrais être plus intelligente que ça. Je sais que tu l'es.

Je le regardai fixement, le cœur battant à tout rompre.

— OK. Je ne sais pas ce qui te prend, mais on peut trouver une solution. Ensemble. Manifestement, le démon t'a fait quelque chose…

Misha s'élança en avant et sa main jaillit, qui me gifla le visage d'un coup sec et me fit reculer d'un pas.

— Il ne m'a rien fait ! Bael n'est qu'un outil pour parvenir à cet affrontement. Tout ce dont j'avais besoin, c'était qu'il crée une diversion. Qu'il entre et nous attrape, toi et moi, mais il a foiré. Tout comme Aym a foiré ce soir.

Goûtant le sang dans ma bouche, je tournai lentement la tête vers lui.

— Tu viens vraiment de me gifler ?

— Je vais faire bien pire.

Je pris une très, très longue inspiration en soutenant son regard. Quelque chose de terrible lui était arrivé. Était-il possédé ? Ses yeux étaient normaux, d'un bleu vibrant. Il ressemblait au Misha que je connaissais, au Misha que j'aimais, pourtant il ne parlait pas du tout comme lui.

— Savais-tu qu'un lien de protection pouvait être rompu sans la mort du Légitime ? demanda Misha, qui se mit à rire en voyant mes yeux s'écarquiller. Tu ne le savais pas, hein ? Personne ne nous a appris ça. Bon, il faut bien dire que ton père ne nous a jamais vraiment appris quoi que ce soit.

L'instinct prit le dessus et je reculai, de façon à garder assez d'espace entre nous pour qu'il ne se retrouve pas dans mes angles morts.

— Pour briser le lien, il suffit qu'un Protecteur tue un innocent, reprit Misha. Je ne vais pas te tuer,

Trinity. Pas maintenant. Mais un jour, je devrai briser ce lien, car tu vas bel et bien mourir.

La glace m'inonda les veines et l'horreur m'envahit.

— Misha, ce n'est pas toi. Tu ne parles pas de tuer des innocents, de tuer qui que ce soit, comme si ce n'était rien. Ce n'est pas toi.

— Je ne dis pas que ça n'est rien, admit-il, la mâchoire contractée. Mais je dois le faire. Il m'a montré la voie. Il m'a tout appris quand il m'a choisi. Il m'a montré comment le cacher, et ça a marché. Ça fait des années que je planifie cet instant.

Des années ?

Je secouai la tête, abasourdie par ce qu'il disait et terrifiée que ce soit la vérité, que ce soit bien lui. Et il avait raison : je ne l'avais pas vu venir. Parce que si c'était le cas, je ne pouvais pas réparer ça, je ne pouvais pas le réparer, lui.

— Qui était derrière Ryker, à ton avis ? Il n'était jamais venu dans les salles d'entraînement et, comme par hasard, il s'est pointé la seule fois où tu décidais de montrer ta *grâce* ? (Il gloussa en voyant l'horreur se peindre sur mon visage.) Qui l'a poussé à avoir peur et à se mettre en colère, selon toi ? Qui tirait les ficelles ?

Le cœur affolé, je secouai la tête.

— Non.

— Si.

— Non, chuchotai-je. Non. Tu n'as pas pu. Il a tué ma mère. Il l'a tuée…

— Elle devait mourir, cracha-t-il. (Je me raidis devant le dégoût qui dégoulinait de chacun de ses mots.) Elle était en train de comprendre que Thierry avait commis une erreur. Tu ne t'en es jamais aperçue, mais là encore, je ne suis pas surpris. Il n'a toujours été question que de toi : de la vie que tu n'avais pas, du fait que tu t'ennuyais ou que tu te sentais seule et que tu ne trouverais jamais personne si tu restais dans la communauté. Il n'y en avait que pour ta sécurité et ta protection. Que pour ton importance, ce que tu voulais et ce dont tu avais besoin, et jamais personne ne se préoccupait de moi ! rugit-il, faisant trembler le sol.

Je fus frappée par la vérité de ses propos, parce que c'était tout à fait moi. Oh, bon Dieu, c'était tellement moi !

— Il n'a jamais été question de moi jusqu'à ce qu'*il* me choisisse et me montre le chemin. Et il sait que je vais réussir, parce que tu... tu ne me tueras pas. Tu ne peux pas. (Sa poitrine se gonfla sur une profonde inspiration.) Donc, pour une fois dans ta vie, tu vas m'écouter et venir avec moi. Si tu ne le fais pas, je t'y obligerai et ça ne va pas te plaire.

Un son étranglé me bloqua la gorge.

— Et Clay ?

— Oh, je n'ai rien à voir avec ça. C'était juste un abruti qui avait manifestement un compte à régler avec toi. Je ne pense pas qu'il avait l'intention de te tuer. Je pense qu'il voulait juste te faire peur. Le masque était une bonne idée, cela dit. Je la lui ai copiée.

Mon ventre se vrilla encore plus.

— Misha, s'il te plaît... Tu ne peux pas être derrière tout ça. Quelqu'un t'a transformé. Quelqu'un t'a...

— Montré à quel point je suis important, pour une fois ! me coupa-t-il dans un cri, et je sursautai.

Je frissonnai.

— C'est qui ?

— Le Précurseur, répondit Misha avec un rictus mauvais. Il est déjà venu ici. C'est lui qu'ils pourchassent et qu'ils ne trouveront jamais. Il m'a montré ce qui allait arriver, Trinity, ajouta-t-il en secouant la tête. Tu vas en faire partie.

— Comment ? demandai-je, prenant de pénibles respirations. Comment je vais en faire partie, et puis quoi ? Tu romps le lien et ensuite tu me tues ? Qu'est-ce qui va t'arriver ensuite, Misha ? Tu pourras te regarder dans la glace après tout ça ? Je t'ai fait confiance. Je t'aime, et tu peux faire ça ? Me faire ça ? Nous faire ça ?

— Non seulement je peux, mais je vais le faire, affirma-t-il, le menton levé. Et, Trin, il n'y a jamais eu de « nous ». Il n'y a jamais eu que toi.

C'était pire qu'une gifle en plein visage. C'était un couteau dans le cœur.

— Le moment est venu d'entrer dans une nouvelle ère.

Je secouai la tête.

— Une « nouvelle ère » ? Tu as perdu la tête ?

Misha sauta sur moi et il ne resta plus aucune place pour le doute : il avait pleinement l'intention de faire ce qu'il avait affirmé. Et peut-être était-ce le choc. Peut-être était-ce le fait que je n'arrivais pas à croire à ce que j'avais sous les yeux, mais quoi qu'il en soit, je ne bougeai pas.

Le premier coup, qui me renversa sur les fesses, m'assomma. Le deuxième coup, un coup de pied dans le dos, me réveilla en sursaut. Je me levai d'un bond et le troisième coup n'arriva jamais, car je l'esquivai d'un saut, pantelante.

— Tu es épuisée. Tu as utilisé ta *grâce*. Tu aurais dû rester à terre, constata-t-il.

— Et toi, tu devrais me connaître mieux que ça.

Les lèvres de Misha se retroussèrent sur un rictus.

— Ainsi soit-il.

Puis il se transforma, son tee-shirt se déchira et sa peau durcit comme de la pierre. Il se jeta sur moi avec force et rapidité, sidérant par sa brutalité.

Combattre Misha, c'était comme me battre contre moi-même, comme si j'étais un Gardien tombé dans une spirale de rage incontrôlable. Il parait presque tous les coups que je lui envoyais, et ses poings m'atteignirent plus de fois que je ne peux en compter. C'était sauvage et brutal. À chaque coup de poing et de pied, je sentais toute la haine que Misha avait accumulée en lui et gardée enfouie jusqu'à présent. Le dernier coup me mit à genoux.

Le sang coulait abondamment de mon nez et de ma bouche. Ma lèvre était bizarre. Fendue. Je crachai une pleine bouche de sang, les bras tremblants alors que je me remettais debout. Je refusais de regarder le corps recroquevillé de Zayne, sachant que je ne pouvais pas me permettre cette distraction, et j'affrontai Misha une fois de plus.

Il jeta contre moi un bras haineux, manquant d'enfoncer ses griffes dans mon ventre. Son attaque, rapide, me coupa et me poignarda tout en m'acculant contre le mur de la maison.

Pendant tout ce temps, ses propos me revenaient en boucle, des mots qu'il m'avait répétés pendant nos années d'entraînement.

Se battre, c'est « simplement anticiper la prochaine attaque ». *Trouve où le muscle tremble. Observe où Misha regarde... où il positionne son corps... Il te dira où il va frapper sans prononcer un mot.*

Mais ce n'était pas suffisant.

Misha avait ma force, et il connaissait tous mes coups, toutes mes faiblesses. Je savais qu'il pouvait me battre.

Le coup de pied retourné de Misha me frappa à la mâchoire, me projeta la tête en arrière et m'envoya au sol une fois de plus. Je roulai sur le côté, gémissant en clignant des paupières sur mes yeux flous. J'essayai de me redresser, mais la douleur me ramena sur l'herbe brûlée. Pantelante, la respiration sifflante, je peinais à remplir mes poumons. La douleur me lacérait la poitrine. Quelque chose semblait cassé. Une côte ? Plusieurs ? Je n'en étais pas sûre. Mes yeux se fermèrent.

Misha passa par-dessus mes jambes.

— Reste à terre, ordonna-t-il. Je vais mettre fin aux souffrances de celui-là.

Non.

— Dans tes rêves, grogna Zayne. Je vais t'arracher la gorge.

J'ouvris les yeux pour le voir basculer en avant alors qu'il luttait pour se lever. Je me haussai sur un coude, à bout de souffle.

— Ah ouais ? ricana Misha en s'agenouillant à côté de Zayne. C'était censé être toi.

Je n'avais aucune idée de ce dont Misha parlait, mais ça n'avait pas d'importance. Je devais me lever. Je devais arrêter Misha, parce qu'il allait tuer Zayne.

Et je ne pouvais pas, ne voulais pas laisser ce meurtre se produire.

Je me hissai debout, vacillante alors que ma *grâce* prenait vie en moi une fois de plus, enflammant mes veines et mes muscles, mes os et ma chair, illuminant chaque cellule. Le feu me traversa alors que j'invoquais l'épée et que je la sentais répondre, chaude et lourde dans ma main.

Je n'étais plus que tempête et fureur quand je fis un pas en avant et que Misha me regarda. Il se leva.

— Je t'aime, dis-je.

Les yeux de Misha s'arrondirent. Je vis une lueur de surprise, presque comme s'il n'en revenait pas de ce que je m'apprêtais à faire et, l'espace d'une fraction de seconde, je me demandai ce qu'il voulait de moi, ce qu'il attendait. Il ne me connaissait donc pas du tout ? Il ne savait pas qu'il m'était impossible de le laisser tuer Zayne ?

De le laisser me le prendre ?

Pourquoi ne le comprenait-il pas ?

Misha tendit le bras vers moi.

Mais je levai l'épée bien haut et elle cracha un feu blanc.

Des hurlements m'emplirent les oreilles, noyant tout autour de moi et en moi, et quelque part, tout au fond, une partie lointaine de mon être comprit que ces bruits émanaient de ma gorge, que c'était moi qui geignais en balançant l'épée sur Misha.

Les flammes blanches brillèrent et, à la seconde où nos regards se verrouillèrent, je crus voir un instant le garçon avec lequel j'avais grandi me regarder de ses beaux yeux bleus que je connaissais si bien, mais ensuite les flammes avalèrent Misha et, en un battement de cœur, il n'était plus là. Il ne restait plus de lui que des cendres…

Une sensation soudaine et glacée m'emplit la poitrine, chassa l'air de mes poumons. Je fis un pas, mais mes jambes se dérobèrent sous moi et j'atterris sur les genoux, sans même ressentir la douleur.

Oh, mon Dieu.

Un frisson me secoua des os aux muscles et quand il cessa, emportant la glace avec lui, je ne…

Je ne le sentais plus.

Je levai une main tremblante et l'appuyai au centre de ma poitrine, juste en dessous de mes seins. Je ne le sentais plus… le lien.

Il était parti, brisé, et cela signifiait que Misha était… qu'il était vraiment mort.

35

La *grâce* reflua, se retira au plus profond de moi. L'épée se replia sur elle-même et les coins de mon champ de vision s'obscurcirent tandis que je fixais l'endroit où Misha s'était tenu. J'ouvris la bouche, incapable pourtant d'émettre le moindre son, comme si ma gorge était scellée. Il y avait un grand vide en moi, un trou...

Misha était mort.

Pliée en deux, je pris une inspiration, petite mais douloureuse. Mais l'air n'allait nulle part, il restait bloqué dans ma gorge brûlante. Mes mains tremblaient. Mon corps tout entier tremblait alors que la douleur brute, insupportable, m'avalait et que les questions se bousculaient. Comment cela avait-il pu se produire ? Comment Misha avait-il pu faire ça ? Comment avait-il pu se perdre à ce point sans que je le voie ? Je levai mes mains et les contemplai. Mes doigts tremblaient. Mes jambes aussi. Mon corps tout entier était secoué de frissons.

J'avais tué Misha. J'y avais été obligée, mais je l'avais tué et je...

Zayne.

Je me remis péniblement debout et titubai vers lui. Chaque once de mon être concentrée sur lui. Zayne était là. Il avait été blessé. Gravement. Je devais l'aider. Il était la priorité. Pas Misha. Pas moi. Zayne. Je tombai à genoux à côté de lui. Je tendis la main vers lui, mais m'immobilisai, faute de savoir où je pouvais le toucher.

— Oh, Zayne, chuchotai-je.

Pendant un instant, je ne sus quoi faire. Ses yeux étaient fermés et une peur horrible naquit en moi. Une peur si puissante qu'une panique sauvage s'empara de moi, qui s'atténua seulement un peu lorsque je vis sa poitrine bouger enfin.

Il n'était pas sous sa forme de Gardien, comme s'il avait perdu la force de se retransformer. La moitié de son corps était carbonisée, rouge et noire. Il avait une horrible entaille en travers de la poitrine, assez profonde pour exposer les muscles sous la peau. Les blessures que j'avais reçues, a priori nombreuses, n'étaient rien en comparaison de ce qu'avait subi Zayne.

De ce qu'il s'était infligé pour me protéger.

— Il faut que j'aille nous chercher des secours, dis-je en touchant sa joue gauche, là où il n'était pas brûlé. (L'inspiration que je pris était saccadée.) Tu penses que… ?

Sa voix était rauque quand il parla.

— Je suis désolé. Je suis tellement désolé.

Je secouai la tête, voulant le toucher davantage mais redoutant de lui faire mal.

— Pourquoi es-tu désolé ? Tu…

— Misha, gémit-il, les yeux entrouverts comme des fentes. Je suis tellement désolé.

Si je pensais que mon cœur était incapable de se briser encore plus, j'avais eu tort. Il se cassa et s'ouvrit en deux alors que je ravalais mes larmes en clignant furieusement des paupières.

— Non, chuchotai-je, écartant doucement les cheveux de son visage. Ne t'excuse pas pour lui.

Il lâcha un soupir comme un frisson et son visage se crispa.

— Je sais… je sais combien il… compte pour toi et tu… tu n'aurais pas dû avoir à faire ça.

Son visage se brouilla alors que je luttais contre les larmes.

— Merci…, commençai-je, et ma voix se brisa.

— Il… il t'a fait du mal.

Zayne frissonna.

— Ça va aller. (Pour moi, ça irait, mais pour Zayne…) Tu penses que tu peux te lever ? Ou au moins te transformer ?

— Je… je ne pense pas, répondit-il.

C'était mauvais signe. S'il pouvait se transformer, cela activerait ses capacités de guérison, alors que s'il restait sous sa forme humaine, son état continuerait d'empirer jusqu'à ce qu'il…

Je coupai court à cette pensée.

— Je ne vais pas te laisser mourir, Zayne. Tu m'agaces trop pour que je te laisse mourir.

Un rire souffreteux et apparemment douloureux lui échappa.

— Ça n'a pas de sens.

— C'est tout à fait logique au contraire, arguai-je. Tu dois te transformer.

— Toi, tu dois… t'en aller avant que d'autres… démons arrivent, dit-il, sa poitrine se soulevant puis s'abaissant. Tu saignes de partout. Je le sens. La crème glacée.

— Pas question que je t'abandonne, Zayne. J'ai besoin que tu te concentres et que tu te transformes. Sinon, tu vas mourir puceau, mon pauvre. Tu veux mourir puceau ?

Il pouffa et son rire se termina sur un son étranglé qui me serra un peu plus le cœur.

— Je n'en reviens pas que tu viennes de dire ça.

— Moi non plus, mais allez, Zayne. S'il te plaît. Dieu, s'il vous plaît, ne faites pas ça. Je…

Je l'aime vraiment bien. Mes sentiments étaient peut-être même plus profonds encore. Si ça se trouvait, j'étais même en train… de tomber amoureuse de lui, et je ne pouvais pas le perdre. Ni maintenant. Ni jamais.

— Je t'aime vraiment bien, Zayne.

— Je pense… que c'était assez évident il y a quelques nuits.

Malgré tout ce qui s'était passé et tout ce qui pouvait encore se produire, je rougis en lui prenant la main et je ressentis cette secousse qui accompagnait toujours le contact peau à peau avec lui.

— J'ai besoin de toi, Zayne. Donc, je ne vais pas te laisser mourir. Tu vas te transformer et ensuite on se tirera…

C'est alors que je le sentis, le souffle chaud dans ma nuque. Tous les muscles de mon corps se contractèrent et je pivotai, prête à dévaster n'importe qui ou n'importe quoi…

Une silhouette sortit du mélange de fumée et de feu et prit forme. Ce n'est que lorsqu'il fut à quelques mètres de moi que je le reconnus : Roth.

Je me détendis.

Un peu.

— Par l'enfer, murmura Roth en se dirigeant directement vers Zayne.

Il se mit à genoux à côté du Gardien, tendit la main vers lui mais interrompit son geste, pour refermer le poing sur le vide.

— Je suis revenu dès que j'ai pu, reprit-il. Je…

— Il est blessé. Gravement. Il faut qu'on le sorte d'ici et qu'on lui trouve de l'aide.

Alors Roth posa sur moi ses yeux ambrés lumineux. Le regard qu'il me lança priva mes poumons de tout leur air. Ce qu'il n'osait pas énoncer était contenu dans son expression douloureuse. Et j'y décelai tout ce que je craignais aussi.

Trop tard.

Voilà le regard que Roth me lança.

Il était trop tard.

— Non, murmurai-je en tremblant.

Les lèvres de Roth s'entrouvrirent.

— Je…

Et il se passa quelque chose à ce moment-là.

Ça commença par un éclat lumineux qui ressemblait à des lucioles qui auraient envahi le jardin. Les petits poils se hérissèrent sur tout mon corps et Zayne décolla la tête du mur. Je contemplai, autour de moi, des milliers de lumières scintillantes, comme si les étoiles étaient descendues du ciel. Les feux scintillèrent, puis s'éteignirent.

La peur explosa dans mes tripes. Pas pour moi. Pas pour Zayne. Mais pour le Prince démon qui était si différent d'un démon, qui aimait Layla et se souciait assez de Zayne pour être revenu.

Je tournai brusquement la tête vers Roth, accroupi à côté de Zayne, dont les yeux étaient à nouveau fermés.

— Tu dois partir, lui dis-je. Maintenant.

Roth fixa les lumières, les yeux écarquillés.

— Est-ce que c'est... ?

J'avais la bouche sèche.

— Oui. Si tu restes, il te tuera. Tu le sais, pas vrai ? Tu ne peux pas le battre. Personne ne le peut. Tu dois partir. Nous, on va s'en sortir. (Du moins, je l'espérais.) Mais toi, non.

Pendant un moment, je crus que Roth allait discuter et m'assener quelque réplique arrogante, mais le bon sens l'emporta. Il semblait savoir que ce n'était pas un Alpha qui arrivait, du genre que son familier pourrait avaler tout cru. Non, ce qui arrivait signifiait la mort pour lui. Il me considéra, hocha la tête et se tourna vers Zayne.

— Ne meurs pas, lui grogna-t-il. Ça peinerait Layla.

Sur quoi, Roth partit, trop vite pour que je puisse le voir. Je relâchai un souffle tremblotant et me concentrai sur les lumières scintillantes.

— Est-ce que je... est-ce que je vois bien ? demanda Zayne.

Je n'étais même pas sûre qu'il ait eu conscience de la venue de Roth.

— Ouais.

Je déglutis.

Je resserrai mon étau sur sa main quand une lumière blanche aveuglante baigna la cour, dégoulinant des arbres brûlés et le long des murs de la maison. Si lumineuse que mes yeux piquaient et que je dus détourner le regard.

Je savais qui c'était.

Je savais qui venait.

Zayne tenta de s'asseoir pour jeter un bras devant moi tandis qu'il déplaçait son grand corps de manière à me protéger un peu. Même atrocement blessé, il essayait de me protéger ; je voulus lui dire que ça allait, mais alors les trompettes retentirent, qui firent trembler les murs et nos tympans. Je grimaçai et me plaquai les mains sur les oreilles au moment où les cuivres hurlèrent une fois de plus. Quand ils se turent et que la lumière disparut, Zayne fixait des yeux le centre de la cour, le dos raide.

— Pu…

Il ne termina pas.

Je levai la tête, baissai les mains et suivis la ligne de son regard.

Il se tenait au centre de l'allée, ses longues jambes gainées de cuir écartées, son torse et sa poitrine protégés par une armure de combat dorée. Ses bras étaient nus et sa peau dégageait une lueur rougeoyante qui rendait difficile de dire exactement de quelle teinte était sa carnation. Ses cheveux étaient clairs, au niveau des épaules, et d'après ce que je pouvais distinguer de ses traits, il ne semblait pas plus âgé que Nicolaï, même si je savais qu'il n'avait pas d'âge.

L'air s'agita alors que ses ailes se soulevaient derrière lui, blanches et emplumées, sur une envergure d'au moins trois mètres de chaque côté.

Michael, mon père, aimait les entrées remarquées.

— Quel gâchis, commenta l'archange en considérant ce qui restait de Misha.

Je cillai à ses mots.

Quand il marcha vers nous, le sol trembla sous son poids. Et je compris immédiatement pourquoi il était là.

L'horreur me prit aux tripes et je plongeai sous le bras de Zayne, me plantant entre mon père et lui.

— Non, dis-je, les yeux levés vers l'archange. S'il te plaît, ne lui impose pas ça.

Mon père s'immobilisa.

Je déglutis à la vue de son expression médusée que j'ose le questionner ou l'arrêter.

— Tu as vu ce qui s'est passé quand tu as imposé un lien de force. S'il te plaît, ne fais pas ça à Zayne, le suppliai-je d'une voix tremblante. S'il te plaît, ne le force pas à prendre ce lien.

Zayne était appuyé sur le flanc.

— Quoi ?

— Il va te forcer à devenir mon Protecteur, comme il l'a fait pour Misha, dis-je en m'accroupissant devant Zayne. Je ne le permettrai pas. Je ne te permettrai pas…

— Tu ne permettras rien, me coupa mon père, dont les yeux tout blancs pulsaient. Et tu présumes trop de ton pouvoir.

Je levai le menton.

— Je ne présume pas…

— Rien qu'en parlant, tu montres que tu présumes trop, m'interrompit-il encore avant de s'adresser à Zayne, la lèvre supérieure retroussée. Tu ne m'impressionnes pas.

— Bon à savoir, grogna Zayne, qui s'obligea à s'asseoir.

Je reculai au sol pour soutenir son poids alors qu'il affrontait le regard de mon père.

Mon père qui continuait à ricaner.

— Ta foi dans les démons me perturbe beaucoup.

— Je… J'imagine que oui, répondit Zayne. Tout bien considéré…

Le rictus s'effaça.

— Mais nous voilà là où nous aurions dû commencer. L'erreur a été commise il y a dix ans. Elle ne sera pas répétée.

— Une erreur ?

Aussitôt, je me remémorai ce que Thierry et Mathieu avaient dit, ce que Nabot avait entendu. L'erreur qu'ils avaient évoquée. La chose que ma mère était sur le point de comprendre, aux dires de Misha.

— Quelle erreur ?

Je ne pensais pas que mon père allait répondre, mais si.

— Les Protecteurs sont prédestinés à la naissance, liés à leur protégé avant même qu'ils se rencontrent. Ils pensaient que c'était Misha, vu la rapidité avec laquelle tu t'es attachée à lui dès votre première rencontre. Ils avaient tort.

— « Ils » ?

— Ceux qui ont pris soin de toi. Thierry. Matthieu. (Ses yeux blancs se tournèrent vers Zayne.) Ton père.

— Mon père ? répéta Zayne.

— Ton père était censé la récupérer, elle, dit-il en inclinant son menton vers moi. Pas la demi-démone.

Ma mâchoire se décrocha.

Zayne secoua la tête, un mouvement qui lui tira un grognement.

— Je ne... je ne comprends pas.

— Moi non plus. Enfin, si. Tu dis que je n'étais pas censée être liée à Misha, alors pourquoi m'avoir liée à lui ? (Mes pensées s'emballaient.) Pourquoi tu n'es pas intervenu ? Pourquoi... Tu aurais dû...

— Ce n'était pas à moi d'intervenir, pas plus qu'il te revient de remettre en question ce que j'aurais dû faire ou ne pas faire, tonna-t-il. (Ses yeux jetaient des éclairs de lumière blanche.) Je n'ai pas su que l'erreur avait été commise avant que vous soyez liés. J'ai décidé de voir ce qui se passerait.

J'étais abasourdie.

— Tu... tu as « décidé de voir ce qui se passerait » ?

— Après tout, ça devait faire partie du grand plan.

Et il haussa les épaules, comme si ce n'était pas grave. Je ne pus que le dévisager alors qu'un frisson me parcourait. Il s'en fichait complètement. Il se fichait que Misha ait été lié à moi contre toute règle, ou que Misha soit mort maintenant. Il s'en fichait tout simplement.

Et pourquoi étais-je surprise ? Les anges n'avaient pas d'émotions. Ils n'avaient même pas d'âme, contrairement aux humains.

Mon père carra les épaules.

— Gardien, acceptes-tu ce lien, en renonçant à tous les autres et à tous tes devoirs, pour devenir son Protecteur jusqu'à ce que la mort brise ce lien ?

J'avais le souffle coupé.

— Oui, grogna Zayne. Oui, je serai son Protecteur.

La panique me gagna. Tout allait trop vite.

— Zayne…

— Alors qu'il en soit ainsi.

Mon père posa une main sur le côté du visage déchiqueté de Zayne, qui hoqueta sous l'effet de la douleur. Il plaça ensuite son autre main sur la mienne et alors je le sentis.

La chaleur qui lui traversa la paume entra et sortit de moi, traversa l'archange et puis Zayne. Son corps s'inclina et la *grâce* l'emplit, le liant irrévocablement à moi. Zayne fut inondé de lumière céleste, complètement indiscernable. Je pouvais à peine respirer à cause de la chaleur qui m'emplissait la poitrine, remplaçant le lien qui m'unissait à Misha, effaçant le vide laissé par lui.

La douleur, oh Dieu, la douleur de la trahison de Misha était toujours présente, mais… mais Zayne était là. Je le sentais au plus profond de moi, qui prenait racine, son essence même devenant une partie de la mienne.

Puis je ressentis autre chose. De plus fort encore.

Deux battements de cœur au lieu d'un. Le mien. Le sien. Ensemble. Et ça... c'était quelque chose que je n'avais jamais ressenti avec Misha.

Lorsque la lumière se retira, Zayne resta prostré, les mains plantées dans le sol, sa peau brûlée et déchirée, sa poitrine... tout était guéri.

Ce constat, savoir qu'il allait s'en sortir, c'était presque trop. Je me mis à trembler.

Mon père se pencha et murmura à l'oreille de Zayne. Je ne pus entendre ce qu'il lui dit, mais quoi que ce fût, Zayne écarquilla les yeux et son regard se tourna vers moi. J'y lus une prise de conscience. Mais je n'eus pas le temps de demander ce qu'on lui avait dit.

Michael retira ses mains de nous.

— Levez-vous. Car ce qui a commencé il y a un millénaire est maintenant à notre porte. Le Précurseur est arrivé.

Sa voix s'amplifia, comme un coup de tonnerre, et les mots qu'il prononça alors m'envoyèrent un frisson glacé dans le dos.

— La fin est proche. Empêchez-la ou l'humanité entière sera perdue.

36

— Trin.

Je fus réveillée par le doux effleurement de doigts sur ma joue. J'ouvris les paupières sur les yeux bleu pâle de Zayne, frangés d'épais cils bruns. Sa peau dorée était intacte, il ne restait même pas la plus petite trace de rose là où il avait été brûlé. C'était presque comme s'il n'avait jamais été blessé. Presque comme si la nuit dernière n'avait pas eu lieu. Comme si on n'était pas allés chez ce sénateur et qu'on ne s'était pas retrouvés entourés de démons. Presque comme si Misha ne s'était pas pointé et que… je n'avais pas eu à le tuer. Tout ça me faisait l'effet d'un cauchemar, le genre de cauchemar qui vous hantait encore toute la journée, entrait et sortait de votre conscience quand vous vous y attendiez le moins.

Pourtant, je sentais une chaleur dans ma poitrine, une boule de lumière à côté de mon cœur qui battait au rythme de celui de Zayne.

La nuit dernière avait bel et bien eu lieu, et Zayne était maintenant… il était mon Protecteur.

Au cours des dix années pendant lesquelles j'avais été liée à Misha, jamais je n'avais ressenti ce que je ressentais maintenant. Avec Misha, on avait une connexion, mais avec Zayne, c'était comme si une partie de lui existait en moi.

Et c'était bizarre.

Je pris une brève inspiration et m'assis, sortant les jambes de sous une couette aux couleurs arc-en-ciel que je ne me rappelais pas avoir eue sur moi avant de m'endormir. Des cheveux me tombèrent sur le visage alors que je détournais mon regard de celui de Zayne pour balayer la pièce inconnue. C'était une petite pièce ovale encombrée de parcs pour enfants en face du canapé sur lequel je m'étais assoupie. J'étais dans l'enceinte de la communauté de DC. On était venus ici la nuit dernière après… tout ça, et pendant que Zayne se réunissait avec Nicolaï et le reste de son clan, j'étais partie appeler Thierry, puis Jada. Et je ne sais comment, je m'étais retrouvée dans cette petite pièce pendant que Zayne racontait à son clan ce qui s'était passé – ce que Misha avait fait, ce qu'il avait laissé entendre et ce contre quoi mon père nous avait mis en garde.

Je n'avais pas voulu assister au compte rendu de ce que j'avais déjà vécu, et il y avait des choses plus urgentes. J'avais besoin de téléphoner à la maison.

Tout raconter à Jada, Thierry et Matthew avait été l'une des choses les plus difficiles de toute ma vie. Jada et Matthew avaient pleuré et Thierry avait gardé un silence de tombe, que je savais dû à un mélange d'état de choc et de culpabilité, parce que, comme moi, il n'arrivait pas à y croire et à comprendre comment il avait pu être aussi aveugle. À la fin de l'appel, Matthieu avait annoncé qu'il partait pour venir me rejoindre et j'avais promis à Jada de rentrer dès que possible.

Je n'avais aucune idée de la façon dont je m'étais assoupie ensuite. Cependant, ayant utilisé la *grâce* à deux reprises, je n'aurais pas dû m'en étonner, même si mes blessures avaient été guéries en même temps que mon père avait guéri Zayne.

— Tu vas bien ? me demanda-t-il.

Il leva la main de façon bien visible, même pour moi, et le bout de ses doigts effleura ma joue alors qu'il écartait mes cheveux de mon visage.

— Tu as dormi pendant quelques heures. Je suis venu te voir à plusieurs reprises.

Voilà qui expliquait la couette drapée sur moi. Je posai les mains sur les coussins à côté de moi et hochai la tête, même si je n'étais pas sûre de ce que je ressentais.

— Tu as des nouvelles de Roth ou de Layla ? demandai-je.

Il opina du chef.

— Tous les deux vont bien. Roth a dit que tu avais fait en sorte qu'il parte avant que ton… ton père arrive.

— Ouais.

Un moment de silence s'ensuivit, puis :

— Layla va bien. Elle se repose. Grâce à toi. Tu lui as probablement sauvé la vie.

— Oh, ça, je ne sais pas.

Il inclina la tête sur le côté.

— Trin, elle dit que si tu n'avais pas…

— Je suis juste contente qu'elle aille bien, le coupai-je, et puis je le sentis.

L'assaut de la frustration qui avait le goût du poivre dans le fond de ma gorge. Ce n'était pas moi qui l'éprouvais. C'était Zayne.

— Tu es frustré.

— Eh bien, oui. Je ressens beaucoup de choses en ce moment. Notamment de la frustration…

— Je le perçois. Je sens que tu es frustré, lui dis-je. Et toi, tu me sens ? Tu perçois ce que je ressens ?

Zayne s'assit à côté de moi et je remarquai ses boucles blondes en désordre, comme une mer tumultueuse. Il baissa les yeux puis, sans un mot, il prit ma main qui était la plus proche de lui. Il la porta à sa poitrine, à son cœur. L'air resta coincé dans ma gorge. Il savait ce que je lui demandais.

— Je le sens, répondit-il, en gardant ma main contre sa poitrine. Je te sens, toi, mais je ressens quelque chose depuis la première fois que je t'ai rencontrée. Comme si je t'avais toujours connue. On en a déjà parlé, mais je pensais que c'était juste un truc bizarre. Comme peut-être nos deux imaginations qui s'emballaient, mais il y avait aussi cette... secousse que je ressentais chaque fois qu'on se touchait.

Je me penchai vers lui.

— Je la ressentais aussi. Avec Misha, ce n'était pas comme ça. Je pouvais le percevoir. Je savais qu'on était connectés, mais c'était plus un truc mental. Pas physique. Pas comme ça.

Zayne abaissa nos mains jointes entre nous.

— Peut-être parce que... c'était écrit comme ça.

Je fermai les yeux. Écrit comme ça. Lui. Moi. Protecteur. Légitime.

Il lâcha un petit rire sec.

— Bon Dieu ! Si ce que ton père a dit est vrai, et puisqu'il est le foutu archange Michael, je suppose que c'est le cas, alors c'était censé être toi. Mon père était censé t'amener ici, toi, et pas...

Et pas Layla.

Déglutissant, je secouai légèrement la tête en ouvrant les yeux.

— Je ne comprends pas. Je ne comprends pas comment tout ça a pu se produire et pourquoi.

— Eh bien, on aura peut-être bientôt des réponses, dit-il. Je suis venu te réveiller, parce que Matthew est ici. Il est avec Nicolaï. Tu es prête à le voir ?

Pas vraiment, mais je hochai la tête, et quand Zayne se leva, il me releva avec lui.

Dès que je vis Matthew, j'eus l'impression d'avoir dix ans à nouveau et que seul un câlin de lui aurait le pouvoir de me réconforter.

Je lâchai la main de Zayne puis, sans me soucier de qui était présent dans la pièce, je courus vers lui comme s'il tenait une assiette de gâteaux. Je me jetai sur lui, il m'attrapa, m'enveloppa de ses bras et, en prenant une profonde inspiration, je sentis l'odeur de la maison.

— Ma puce ! s'exclama-t-il en me soulevant du sol une brève seconde. Je suis vraiment, vraiment désolé.

J'enfonçai les doigts dans le dos de son tee-shirt, m'y accrochant comme à une bouée de sauvetage, parce que Matthew… il représentait l'avant pour moi. Avant que je vienne ici avec Zayne. Avant que Misha… fasse ce qu'il avait fait. Je ne voulais pas lâcher prise, alors je me cramponnai, pendant ce qui me sembla durer une éternité.

Matthew dut dénouer mes bras d'autour de lui comme si j'étais une pieuvre. Quand il me guida jusqu'à une chaise, je remarquai que Nicolaï était dans son bureau, derrière sa table de travail, et Zayne se tenait juste à côté de moi, posté là comme une sentinelle.

Comme s'il avait toujours été là.

Matthew s'assit sur la chaise en face de moi et je le regardai, je le regardai vraiment. Il y avait des cernes sous ses yeux bouffis et des lignes creusées aux coins de sa bouche. Je posai les mains sur mes genoux.

— C'était une erreur, dis-je en voyant qu'il s'apprêtait à parler. C'est ce que mon père a dit. Que j'étais censée être liée à Zayne depuis le début.

— On ne savait pas, Trin. On pensait faire ce qu'il fallait.

Il jeta un coup d'œil à Nicolaï, puis à Zayne. Un long moment s'écoula avant qu'il reprenne :

— Ta mère était censée t'emmener à Abbot. C'est ce qu'elle nous a dit et, à ce jour, Thierry et moi ne savons toujours pas pourquoi elle ne l'a pas fait. Peut-être qu'elle se sentait en sécurité avec Thierry, avec moi, et tu t'étais tellement attachée à… (Il recula sur son siège et prit une profonde inspiration.) Tu t'entendais si bien avec Misha… On a cru que c'était lui. On a commencé à vous entraîner ensemble, et voilà, vous étiez liés. On n'y a plus jamais réfléchi jusqu'à ce… qu'il arrive.

Il désignait Zayne. Je levai les yeux vers lui et, derrière son expression impressionnante de stoïcisme, je sentis sa confusion se mêler à la mienne.

— Tous les deux, vous avez semblé vous trouver immédiatement, poursuivit Matthew. Par exemple, tu étais là pour le voir arriver, et lui a su que tu étais dans la Grande Halle alors qu'aucun de nous ne le savait. Il t'a trouvée, la nuit où tu as été blessée. Il a su, et pas Misha.

— C'est vrai, renchérit Nicolaï, attirant nos regards sur lui. (Il était concentré sur Zayne.) On était tous assis et soudain, tu es devenu agité. Tu as dit que tu avais besoin d'air frais. On n'était pas dehors depuis plus de deux minutes quand on est tombés sur elle.

Zayne hocha lentement la tête, puis il me regarda.

— Je ne savais pas qu'elle était blessée. J'éprouvais juste le besoin de sortir et de marcher.

— Les Protecteurs sont choisis à la naissance. C'est ce qu'on nous dit, et il semble que ce soit vrai. Même si vous n'aviez jamais été officiellement liés, tous les deux, tu pouvais la sentir, reprit Matthew avec un vague sourire avant de se passer la main sur le visage. C'est là qu'on a compris que c'était toi. Sauf qu'on ne savait pas quoi faire, et ton père…

— Il n'a rien éclairci. Il a juste laissé tout ça arriver. (Je pris une brusque inspiration.) Misha n'était pas une mauvaise personne. Je le sais. Tu dois le savoir, Matthew. Il était bon, normal et…

— Et il n'était pas censé être ton Protecteur. Nous avons commis une erreur, Trinity, et les erreurs… (Il secoua la tête.) Je ne comprends toujours pas comment il en est arrivé là. Je pense… que peut-être le lien l'a influencé, l'a rendu sensible à l'influence de Bael, lui a fait ressentir et penser… ça. (Matthew baissa la tête.) C'est la seule explication à peu près logique.

Peut-être.

Matthew avait peut-être raison de dire que ce lien, imposé au mauvais Gardien, l'avait lentement empoisonné, mais je n'en étais pas si sûre. Les choses qu'il avait dites… Il avait parlé de la présence du Précurseur, tout comme mon père ensuite.

Matthew le savait. Nicolaï aussi. Je l'avais dit à Matthieu et à Thierry au téléphone. Zayne avait tout répété à son clan. Il était plus facile de penser que c'était la faute du lien. Je voulais penser que c'était ça, aussi, parce que si c'était Misha, le fautif, si c'était lui depuis le début, je ne savais pas comment j'étais censée l'appréhender.

Comment j'étais censée passer à autre chose après ça ?

Je marchais dans les bois inconnus à la tombée de la nuit, en suivant le chemin bien balisé au sol. Je n'avais aucune idée de sa destination, mais je songeais que Zayne me trouverait quand sa séance serait terminée à l'intérieur de l'enceinte.

Matthew était toujours là et ils parlaient de ce qui avait été découvert dans la maison du sénateur – une maison dont nous venions d'apprendre qu'elle avait été réduite en cendres ce matin. C'était dans tous les journaux et les gens se réjouissaient : quelle chance que le sénateur ait été dans son État natal du Tennessee pendant ce qu'ils qualifiaient d'incendie d'origine électrique.

De toute évidence, le sénateur était un sale type et on devait découvrir exactement comment il était lié à Bael et ce qu'il comptait faire de cette école.

J'aurais dû être là-bas avec eux, seulement j'étais incapable de rester assise plus longtemps. J'avais besoin d'espace, parce que je...

Je n'avais pas encore pleuré.

Pas une larme.

J'ignorais pourquoi. J'avais l'impression que quelque chose clochait chez moi, parce que ce n'était pas non plus comme si j'essayais de balayer ce qui s'était passé sous le tapis. Au contraire. J'y pensais constamment. Je me stressais, je me rejouais presque chaque jour de la vie que Misha et moi avions partagée, prenant enfin conscience des signes de son mal-être... Mais ça ? Son mécontentement l'avait rendu influençable, parce que oui, forcément, il avait dû être manipulé.

Misha était tout pour moi et, finalement, je ne le connaissais même pas. Pas vraiment. Et ce constat était aussi dur à avaler que sa trahison. Pourtant, je n'avais toujours pas pleuré et je ne comprenais pas que…

Je trébuchai sur un tronc en travers du chemin, réussis à me rattraper avant de tomber.

Agacée, je me redressai et me remis à marcher alors que les bois devenaient plus épais et que les lucioles se multipliaient, apparaissaient puis disparaissaient. Misha les appelait les insectes-éclairs. Quand on était plus jeunes, on les attrapait dans nos mains et on se poursuivait avec.

Ma poitrine se contracta lorsque, ayant contourné un gros tronc, je tombai sur… une cabane dans les arbres ?

Ouais. C'était bien ça.

Une cabane dotée de ce qui ressemblait à une immense terrasse d'observation. Je jetai un coup d'œil par-dessus mon épaule en direction de la maison principale. J'étais toujours sur leur propriété, il y avait donc fort à parier que cette cabane avait été pour Zayne, dans le temps. Pour Zayne et Layla.

Et voilà que ma poitrine me faisait encore plus mal, parce que j'aimais vraiment beaucoup Zayne, et si les choses avaient été compliquées avant, elles étaient carrément bordéliques maintenant, parce que les Protecteurs et les Légitimes…

C'était *NIET*.

Alors je la sentis, la brûlure au fond de ma gorge et derrière mes yeux. Je me plaquai les mains sur le visage et pris plusieurs grandes inspirations, mais qui ne firent qu'alimenter un peu plus le désordre d'émotions, moches, à vif, qui se développaient dans ma poitrine et grandissaient, grandissaient… jusqu'à ce que je ne puisse plus me retenir. Que je ne puisse plus ni les apaiser, ni les ravaler. Plus les repousser dans un coin de ma tête. Elles déchiraient tout, arrachaient tout et elles montaient à coups de griffes.

Le bout de mes doigts devint humide, mes joues mouillées et, quand j'ouvris la bouche, le cri qui s'échappa était plein de colère, de chagrin et de rage. Il fit s'envoler les oiseaux dans les arbres autour de moi et ne se termina que lorsque ma voix s'éteignit et que ma gorge s'assécha. Je fis un pas et je ne pus en faire un autre. Je m'effondrai dans l'herbe moelleuse sous la cabane, les mains toujours sur mon visage. Je basculai sur le dos et je me recroquevillai sur le côté, les jambes repliées contre moi aussi fort que possible.

Je voulais ma mère – je voulais un de ses câlins, là, maintenant, plus que tout –, et je voulais Misha. Mon Dieu, je voulais Misha, le Misha que je connaissais et que j'aimais, pas celui qui me haïssait. Pas le Misha que j'avais dû abattre.

Pas celui-là.

Je voulais revenir en arrière et lui prouver encore et encore qu'il était spécial et qu'il comptait, et je détestais ça. Putain, je détestais ça, parce que ce n'était pas à cause de moi. Ce n'était pas moi qui l'avais rendu comme ça. Je ne l'avais pas transformé en ce qu'il était devenu. Ce n'était pas ma faute.

Pourtant, j'avais l'impression que si, alors je hurlai à nouveau, mais aucun son ne sortit alors que ça me déchirait quand même la gorge, parce que je ne pleurais pas seulement pour Misha.

Je pleurais enfin pour ma mère, je m'abandonnais enfin au chagrin qui gonflait depuis plus d'un an, à la douleur et à la colère de sa perte, aggravées par le fait que c'était Misha qui l'avait causée. Ça avait toujours été lui, et je voulais le détester. Vraiment. Mais je voulais le détester encore plus, parce que peut-être que si je le haïssais, ça ne ferait pas aussi mal.

Je ne sentis pas le lien se réchauffer dans ma poitrine. J'étais tellement prise dans le maelström d'émotions que je ne perçus pas l'arrivée de Zayne. Je ne le sentis que lorsqu'il s'accroupit à côté de moi, me passa ses bras puissants autour des épaules et me souleva pour me prendre sur ses genoux.

Le chagrin et la douleur se déversaient de moi à gros sanglots affreux et ça me faisait mal – tout ça faisait mal, et je ne pensais pas que ça s'arrêterait un jour. N'empêche, pendant tout ce temps, Zayne me tint serrée, si proche que même si ce nouveau lien étrange ne lui avait pas permis de ressentir ce que je ressentais, il l'aurait deviné.

Il m'étreignit tout simplement, un bras passé autour de moi tandis que son autre main me caressait le dos, lentement et doucement, et enfin, au terme de longues minutes, les soubresauts se calmèrent, les larmes s'asséchèrent.

Je ne savais pas combien de temps s'était écoulé, mais quand ce fut terminé, j'avais mal au crâne et la gorge à vif.

Et je n'avais pas seulement déchiré le devant du teeshirt de Zayne à force de tirer dessus, je l'avais trempé.

Gênant.

Je retirai mes doigts de l'étoffe et je m'écartai. Zayne ne me laissa pas aller trop loin, cependant.

Je m'éclaircis la gorge avant de lâcher avec une grimace :

— Pardon.

— Ne t'excuse pas.

Pour une fois, je n'étais pas mécontente qu'il fasse trop sombre pour pouvoir distinguer son visage, mais je sentais sa main dans mon cou. Lentement, il la fit remonter vers ma joue et attrapa les mèches emmêlées collées là, les rassembla et les écarta de mon visage.

— Tu te sens mieux ? demanda-t-il d'une voix douce.

— Non, murmurai-je. Si.

— Lequel des deux ?

— Je ne sais pas. (Je pris quelques inspirations.) Je me sens mieux. C'est ça, la bonne réponse.

— Je me fiche de la bonne réponse, Trin. Je veux juste la vérité.

Je plaquai les mains contre son torse.

— Je… J'avais l'impression d'étouffer et… je ne me sens plus comme ça.

— Alors c'est un début.

Il repoussa aussi les cheveux de l'autre côté de mon visage.

Quelques minutes s'écoulèrent où Zayne continua de me tenir contre lui, une main sur ma joue, le pouce dessinant la ligne de ma pommette.

— J'ai été égoïste. Il avait raison sur bien des choses. Il n'y en avait toujours que pour moi. Je ne pensais qu'à moi et…

— Tu n'étais pas égoïste. C'est lui qui l'était. Égoïste et peut-être même délirant, corrigea Zayne. Ce qu'il a fait était sa faute, sa faute et celle de personne d'autre.

— Je veux le détester, Zayne. Une partie de moi le veut, mais je…

— Je sais. Je comprends. Vraiment.

Un moment s'écoula, puis je sentis ses lèvres chaudes contre mon front, et ce baiser dura longtemps, plus longtemps qu'il n'aurait dû.

— Ça va aller.

Ça irait.

Je le savais.

J'irais bien.

Ça allait faire mal, et ça me hanterait comme un fantôme, mais j'irais mieux… j'irais bien.

Et j'avais besoin de mettre un peu d'espace entre Zayne et moi avant de céder à une impulsion qui aurait sûrement des conséquences.

Je m'élançai et quittai ses genoux pour me poser sur l'herbe à côté de lui. Nos cuisses se touchaient, ainsi que nos bras. Je ne m'éloignai pas. C'était comme si j'avais besoin d'être assez proche pour le toucher. Cela venait-il du lien ou bien de moi ?

Zayne s'éclaircit la gorge.

— J'ai quitté la réunion quand je…

Mes épaules s'affaissèrent.

— Quand tu m'as sentie ?

— Oui.

— Cette histoire de lien, ça va être vraiment… gênant.

— En l'occurrence, non, répondit-il. Tu avais besoin de moi et j'avais besoin d'être là.

Ses mots se frayèrent un chemin jusqu'à mon cœur, même s'ils n'auraient pas dû – parce que ces mots, ils venaient du lien et non de son cœur. Je le savais, et pourtant ils s'imprimèrent à l'encre indélébile dans mes muscles et sur ma peau.

— Qu'est-ce qu'ils ont dit ? demandai-je, préférant me concentrer sur les choses importantes, à savoir les conversations entières que j'avais ratées. À propos du Précurseur ?

Zayne s'adossa contre le tronc de l'arbre.

— Ils sont inquiets. Quelle que soit cette chose, elle est à l'œuvre depuis un moment et si Misha était impliqué, c'est qu'elle te visait, toi, or elle est toujours là.

Je frissonnai en m'appuyant contre le tronc moi aussi.

— Je ne pense pas que ce soit un démon.

— Moi non plus, convint-il. (Je sentis sa tête se tourner vers la mienne.) Nicolaï non plus.

Ce qui nous laissait avec la grande question. Qu'est-ce que ça pouvait être ?

Soudain accablée de fatigue, je laissai mes paupières se fermer.

— Tu sais, mon père aurait pu nous renseigner. Nous donner des indications. Une petite exclu. Quelque chose…

Zayne resta silencieux un moment, et je me souvins d'avoir vu mon père lui chuchoter à l'oreille. Je tournai ma tête vers la sienne et je compris que nos bouches étaient à quelques centimètres l'une de l'autre.

— Il t'a dit quelque chose ?

Quand il me répondit, son souffle caressa mes lèvres.

— Rien sur le Précurseur. On va y arriver, Trin. Il faut juste empêcher la fin du monde avec peu ou pas d'indications.

— Fastoche !

Il gloussa, et mes lèvres se retroussèrent à ce son, à cette sensation.

— Carrément.

On se tut tous les deux, même s'il restait encore beaucoup de non-dits entre nous, mais je sentais ce qui n'avait pas été énoncé avec des mots à travers le lien. Ce qui prenait vie au fond de moi faisait de même chez lui. C'était là. Envie, besoin et... désir.

Un désir ardent de quelque chose de plus. C'était là, même si je n'étais pas sûre de ce qu'il signifiait, même si son cœur appartenait peut-être encore à une autre, et même s'il était maintenant mon Protecteur.

Le désir était quand même là.

— Trin ?

— Ouais ?

— Je sais qu'on a une apocalypse à empêcher, tout ça, mais j'ai repensé à quelque chose que tu as dit.

— Dieu seul sait ce que ça peut bien être.

Il gloussa à nouveau et je souris, sachant qu'il le voyait probablement.

— Tu as dit que tu aimais être sur les toits des immeubles, parce que c'était proche des étoiles et que c'était l'expérience la plus proche du vol que tu pouvais connaître. Tu as aussi dit que cette aptitude à voler, c'était la seule chose dont tu étais jalouse.

— J'ai dit ça, oui.

— Tu veux voler ?

Je m'écartai de l'arbre et me tournai vers lui, même si je ne le voyais pas. Mes mains atterrirent sur ses genoux.

— Est-ce que tu suggères ce que je pense que tu suggères ?

— Tu veux voir les étoiles ? demanda Zayne.

Je hochai la tête avec emphase, sachant ce qu'il insinuait.

Quand il me prit la main, je refermai les doigts sur les siens comme je l'avais fait le jour où j'avais quitté la communauté. Je le sentis amorcer sa transformation quand sa peau durcit sous la mienne.

— Alors accroche-toi bien, Trin. Je vais nous rapprocher le plus possible des étoiles.

Remerciements

L'écriture de *La foudre et la fureur* fut d'une difficulté sans nom. Pas parce qu'il s'agissait du *spin-off* d'une série que je n'avais pas visitée depuis un certain temps, même si cela n'est jamais très facile. Pas non plus parce que j'étirais le monde, que je le réécrivais en quelque sorte. Non, c'était parce que Trinity est atteinte de la même maladie oculaire dégénérative que moi. Les rétinites pigmentaires sont un ensemble de maladies génétiques plutôt rares qui entraînent la dégradation et finalement la mort des cellules de la rétine. Moins de 200 000 personnes en souffrent. Il s'agit d'une maladie progressive, qui entraîne généralement un rétrécissement important de la vision (vision tunnel) ou la cécité. Il n'existe pas de remède ou de traitement à l'heure actuelle. Si vous êtes diagnostiqué(e) atteint(e) de RP, vous aurez droit au discours typique. Le discours sur « ce qu'il faut attendre de l'avenir ». On vous dit que votre vue va continuer à diminuer jusqu'à ce qu'il ne vous reste plus qu'un mince filet de vision, voire rien du tout. Vous ne saurez pas quand cela se produira, combien de temps cela prendra, ni quand vous deviendrez aveugle, mais vous savez que telle est votre perspective. C'est effrayant. Sans mentir. Lorsque j'ai été diagnostiquée au début de la trentaine, je n'y ai pas cru. Au début, j'ai fait comme si de rien n'était. Je me suis voilé la face pendant des années, jusqu'à ce que mon médecin de l'Institut ophtalmologique Wilmer me demande : « Voyez-vous toujours les étoiles la nuit ? » Et vous savez quoi ? J'étais bien incapable de répondre à sa question. Je ne me rappelais pas la dernière fois où j'avais pris le temps de regarder les étoiles, et ça a sonné comme un signal d'alarme pour moi. Parce qu'une nuit, quand je contemplerais le ciel nocturne, je ne verrais plus que l'obscurité, et je ne me souviendrais même pas de la dernière fois où j'avais vu les étoiles. Je ne voulais pas que cela arrive. Le déni est tout aussi nocif que de se vautrer dans la maladie. J'ai dû admettre que j'étais en train de devenir aveugle, que cela m'arrivait bel et bien, que je devais m'adapter, et je voulais que les gens soient informés sur la RP.

Comme pour Trinity, ma RP ne définit pas qui je suis. C'est juste une partie de moi et, à travers elle, j'ai voulu éduquer les gens sur des maladies comme la RP. Des maladies silencieuses et pas toujours visibles. Quand les gens me regardent et interagissent avec moi, ils ne se rendent pas compte, la plupart du temps, que je les vois à peine. Lorsque je demande de l'aide à des inconnus, en général ils m'envoient balader, car je n'ai pas l'air « handicapée ». J'espère qu'après avoir découvert la RP, les gens seront plus empathiques envers tout ce qui se trouve entre les aveugles et les voyants. Et peut-être, avec un peu de chance, qu'un jour il y aura un remède.

Je tiens à remercier mon agent, Kevan Lyon, mon agent pour les droits d'auteur, Taryn Fagerness, Tashya Wilson et toute l'équipe d'Inkyard Press, ma publiciste, Kristin Dwyer, Margo Lipschultz, mon assistante et amie, Stephanie Brown, Stacey Morgan (qui m'a dit que la première version de ce livre était nulle, ce qui était vrai), Andrea Joan, Vilma Gonzalez, Jen Fisher, Lesa et Andrew Leighty. Les personnes suivantes sont toujours une source d'inspiration sur de nombreux fronts différents : Sarah J. Maas, Jay Crownover, Cora

Carmack, KA Tucker, Kristen Ashley, JR Ward et bien d'autres encore.

Merci à Liz Berry et Jillian Stein de toujours veiller à ce que je voie les étoiles.

Et un merci tout spécial à tous mes JLAnders et mes critiques, ainsi qu'à toi, lecteur. Ce livre n'existerait pas sans vous. Je vous dois tout.

Composition
NORD COMPO

Achevé d'imprimer à Barcelone
par CPI Black Print
le 28 juin 2022

Dépôt légal : juin 2022
EAN 9782290223024
L21EDDN001111A002

ÉDITIONS J'AI LU
87, quai Panhard-et-Levassor, 75013 Paris

Diffusion France et étranger : Flammarion